△二月二十七日△

立功运动的确比过去的英模运动要推进一步，因为英模只限于少数骨干的活动，而立功更适合于中国国情，人人可以立功，可以造成一个推动群众进步的大运动——我在连队中住了二天深深有这样的感觉。由于立功运动的展开，八连伤亡虽然很大，但战斗力并不比以前减弱，战士们大部都不去考虑个人的生死问题，他们私下常谈论着"假使我死了，就算革命成功了""现在我们在山头上打仗，要迎接大革命高潮的到来，就要每个人不怕牺牲"。他们那样对党忠心耿耿，坚定不移的革命意志，使我大为感动，我应该好好向他们学习。

下午三时到团部去参加他们举行的团以上干部的"庆功宴"，宴请在八连战斗中涌现出来的三十二位功臣，每位胸口挂起红花，墙壁一边上写"为民立功"四个大字，[illegible]毛主席像，上面四个[illegible]红字"英雄光荣"，四周贴满标语。[illegible]要在战场上光荣立功，宴会上[illegible]，[illegible]三百人。[illegible]

他说："我们打了胜仗，要百倍地[illegible]——人民需要那些勇敢、顽强，能在战场上为他们立功的英雄们，人民鄙视那些懦夫，憎恨那些怕死鬼！同志们，在战场上向敌人屈服，是最可耻的……"他的话大大鼓舞了[illegible]士气。接着由[illegible]代表报告立功者的英勇事迹，给全体同志一个很好的教育。一营有一位战士，[illegible]表现了高度的自我牺牲精神。[illegible]胜利。

晚上八时参加宴会，三个菜，团长举杯向大家祝贺胜利，我不会喝酒，也有热情鼓动，向八连的英雄们致敬。桌上摆着[illegible]，唱戏，全堂[illegible]，十时许散会。

[illegible](No.6.7.)，[illegible]

我的解放战争

一个
三野记者的
战地日记

沈如峰 著

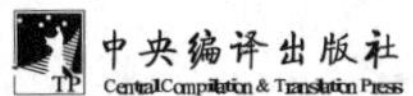

图书在版编目 (CIP) 数据

我的解放战争 : 一个三野记者的战地日记 / 沈如峰著 . -- 北京 : 中央编译出版社 , 2024.4

ISBN 978-7-5117-4712-9

Ⅰ . ①我… Ⅱ . ①沈… Ⅲ . ①日记—作品集—中国—当代 Ⅳ . ① I267.5

中国国家版本馆 CIP 数据核字（2024）第 064669 号

我的解放战争：一个三野记者的战地日记

出版统筹 潘 鹏
责任编辑 李媛媛
特约编辑 韩 丰
责任印制 李 颖
出版发行 中央编译出版社
地　　址 北京市海淀区北四环西路 69 号（100080）
电　　话（010）55627391（总编室）　（010）55627310（编辑室）
（010）55627320（发行部）　（010）55627377（新技术部）
经　　销 全国新华书店
印　　刷 北京文昌阁彩色印刷有限责任公司
开　　本 880 毫米 ×1230 毫米 1/32
字　　数 454 千字
印　　张 21
版　　次 2024 年 4 月第 1 版
印　　次 2024 年 4 月第 1 次印刷
定　　价 88.00 元

新浪微博： @ 中央编译出版社　　**微　　信：** 中央编译出版社（ID：cctphome）
淘宝店铺： 中央编译出版社直销店（http://shop108367160.taobao.com）（010）55627331

本社常年法律顾问：北京市吴栾赵阎律师事务所律师　闫军　梁勤

目录

序一

我所看到的华东岁月

刘建生

一位研究解放战争的学者告诉我，解放战争的真正转折点是刘邓大军千里跃进大别山。正是由于刘邓大军在极其艰苦困难的环境中，殊死搏斗，牵制住蒋介石的数十万精锐部队，才有了陕北、东北、山东、华北各个战场的战略主动。而在中原野战军与华东野战军会合的征途中，人们看到的是怎样一番情形？队伍衣衫褴褛、弹药装备不齐、供给接应不上、兵员缺口很大，唯有士气高昂和精神饱满。以至于陈毅向华东野战军部队下令，兄弟部队的困难就是我们的困难，要尽最大可能支援中野。华东战场上，刘、陈、邓携手作战，以少胜多，完成了解放战争敌我态势的根本转换，奠定了解放战争最终全面胜利的坚实基础。

是的，这就是我们今天所看到的历史过程和历史脉络。但是，我们真的了解身在其中的中野、华野的一线战士们吗？他们是怎样在华东战场上度过奔袭、突围、包抄、聚歼的无数险境的？他们是怎样度过解放战争的艰难岁月的？有一位英雄的战地记者，以随时都有可能献出生命的危险，用日记记载下这难忘的日日夜夜，记录了这南北转战的分分秒秒，记述着这重压、重负、重责、重任之下的大大小小的战役和战斗。

这是一部可以让人读哭、读痛的日记，是一部让人真正走进战争、走近生死边缘真切体验的生命之作，是一部直面血与火、汗与泪、苦与难的肺腑情话。

一是纪实性。因为是战场上留下来的日记，真实记录了解放战争大决战前后，中国共产党领导的人民军队，在全国老百姓的支持下，取得重大战略转移，由弱变强、由败转胜、由局部突破到全面反击的历史过程。以一个随军记者的眼光，如实反映了解放战争的重要组成部分——华东战场南征北战的历史细节，从一个侧面展示了解放战争的艰苦卓绝、局势转折和决定性的意义。

二是政治性。日记记载了一个知识分子在党和军队的领导、教育、感召下，如何转变成为一个真正的革命战士、党的新闻事业的忠实工作者、冲锋陷阵的优秀军队干部的心路历程。尤其是出身于富裕家庭、缺少艰苦锻炼的青年学生，如何在党的教育下，认真改造自己，努力学习进步理论，逐步成熟起来，一步步成长为革命者、革命家的思想转变过程。充分证明，党的知识分子政策，党的召唤力、影响力，是党的事业兴盛、党的队伍强大、党取得伟大胜利的重要原因。

三是可读性。贯穿于四年日记的另外一条主线，即是主人公和女朋友坚贞不渝的爱情。作者对于分处于不同战场、地域、环境的恋人的思念，执着、热烈、坚定的感情，是支撑他事业、工作乃至生命的另一个精神支柱。日记真实表达了革命队伍中纯洁的爱情，表达了一个人在献身革命的同时并不排除对恋人的爱慕和思念，人性的光辉烛照人生的道路，同时也展现了革命者“若为自由故，二者皆可抛”的崇高精神境界。其中寻找恋人的情节，跌宕起伏，一波三折，扣人心弦；而不间断写信给恋人的细节，感人至深，耐人寻味，余音绕梁。

四是连贯性。每年日记之前的一段说明文字和插入文本之中的编注，弥补了日记记载之外的时空空白和事件空缺，与整个日记浑然一体，是本书编辑工作的一大特色。文本之外的文字，充分显示出日记主人公的两个儿子，作为期刊主编、出版大家，作为研究员、记者、作家，所具有的职业素养，同时也明显看出他们对父母的尊崇与爱戴。整理日记本身就是一个巨大工程，繁体字，时间、人物、地点错讹，大背景的疏漏，等等，在本书稿中几乎都有了十分得体的弥补，甚至达到天衣无缝、浑然天成的地步。这是一件很不容易的事情，是一个工程浩大的建设，但是，两个儿子做到了。日记编纂出版当是对父亲母亲最好的纪念，也是对本书价值、对社会读者不可多得的奉献。

五是教育性。无论是忠贞不渝的爱情，还是革命战争的艰难坎坷；无论是革命队伍的团结友爱，还是自我革命、自我约束的精神境界；无论是党和人民群众的鱼水关系，还是老百姓争自由求解放闹翻身的由衷愿望，本书提供了大量真实可信的细节，令人鼓舞，催人奋进。全书既是对伟大的解放战争的另外诠释，又为中国社会的历史变革提供了最真确的细枝末节；既是生动的党史国史军史课程，又是人生不可多得的教科书。

伟大的历史斗争，残酷的革命战争，需要有宏大叙事巨笔巨卷来抒写如火如荼的主旋律，需要有恢弘的文字叙述伟大战略决策的制定与实施，需要详尽展示领袖们的高瞻远瞩、运筹帷幄、用兵如神。同时，也需要个性化、具体化、个别化的小视角、小范围、小侧面的叙述和披露，需要一个人、一个记者亲临现场、亲力亲为记录下一点一滴、一举一动、一兵一马。唯此，才可以把历史画面，把伟大斗争，把扭转乾坤的社会变革，更全面、更具体、更细腻、更贴切地展示出来，让人身临其境、感同身受，和铁流滚滚共进的同时，把握一个战士、一个人所思所虑所盼，倾听来自个体生命的衷肠倾述，接受主人公心声心音的和盘托出。

日记给了我们活生生的个人细节、个性屈张、个体呈现，给了我们伟大解放战争立体倒影，给了我们中国革命奋进征程的多维成像，也给了我们不可多得的观察视角和人性揣摩——钢铁是这样炼成的、意志是这样铸造的、人格是这样升华的、党的好儿女是这样成长的。

日记，是一种极其特殊的体裁；在战争年代，现场写下的日记，尤其难能可贵。只有通过他们的记述，我们才能够真正闻到战争的硝烟，听到历史前进的足音，触摸到战场上年轻恋人的脉搏，理解苦难与辉煌的种种不易。《我的解放战争——一个三野记者的战地日记》以极其难得的珍贵向我们走来，我们会两眼满含泪花投入她的怀抱，品尝着主人公所经受的苦涩艰辛，经历着他们风风雨雨中的殊死拼搏，念想着他们的念想，也幸福着他们的幸福。

2023 年 10 月 2 日初写

2024 年 1 月 15 日补充

序二

沈卫国[1]

父亲生前，从未提起他曾记过日记。直到他去世后，我们清理旧物，见到杂物柜中有一只小布口袋，好奇地打开一看，是十几本写满密密麻麻蝇头小字的袖珍日记本，方知是父亲解放战争期间“文物级别”的战地日记。如果不是清理时还算仔细，很可能就直接当废品处理了。字和本子如此之小，显然是为了节约纸张和行军携带方便刻意为之。字里行间，父亲的音容跃然纸上。父亲当年所思、所为，历历就在眼前。日记中的父亲，可以说既熟悉，又陌生。熟悉自不待言，说陌生，是从我们记事起，父亲就是“大人”、长辈，后来又成了“老干部”。我们对他年轻时的形象事迹，自然了无印象。而日记中呈现在眼前的父亲，当年居然也是一个“知青”啊，只不过他所投身的“上山下乡”，是炮火中的上山下乡，是随时准备付出生命的上山下乡，是为新中国而英勇奋斗的上山下乡。

① 沈卫国，沈如峰的长子，工程师，科技期刊主编。

作为随军记者，他可以说是“携笔从戎”。

战争年代，戎马倥偬，能记日记不易，能够保留下来更不易。尽管关于解放战争的回忆文章汗牛充栋，但回忆与当时当地的真实感受、实录还不同，因此父亲的日记，史料价值是毋庸置疑的。捧读之后，有一个感觉：当年的敌人，包括稍后在朝鲜的“美帝”，焉能不败？正如一个国民党高官所言，这是一场有主义的军队与无主义的军队之间的战争。胜负在开打之时，就已经决定了，剩下的只是时间问题。印象较深的是日记中提到的“新式整军”，居然全师尽哭，这是地地道道的“哀兵”啊！人而无气，莫知其可，我想几十年后的现在也一样。这也许就是父亲日记出版的现实意义，而不仅仅只是一个平凡人物的行迹事略、所思所感。

父亲日记记述的时代已经久远，几十年间，无论国内还是国外，都可谓是沧桑巨变。有些事，一定也是父亲那一代人当年所未曾料定的。父亲一生经历了很多，看到了很多，但他初衷不改。记得父亲去世前不久，召集我们交代后事，说到最后，他特意用力提高嗓音说：“……我希望你们今后坚决要听党的话，坚定跟党走！这也是我最终的希望。”在看过他尘封七十年的日记后，我突然意识到，他对后辈的交代不正是他一生的真实写照吗？无悔初心，矢志不移，父亲可以说是真正地做到了！

父亲日记的字写得很小，且为繁体，要用放大镜才能看得真切，将这数十万字整理、录入的工作难度可想而知。各方同人不辞辛劳，认真刻苦完成了此项浩繁“工程”，《我的解放战争——一个三野记者的战地日记》能够出版凝结了他们的兢业和专业，特表由衷感谢。

编注说明

沈卫平[①]

我的母亲王萍，2016 年 9 月辞世，终年 91 岁。

我的父亲沈如峰，2018 年 4 月辞世，终年 92 岁。

父母都走了，我便鲜少踏入他们的故居，因睹物思人，怀念又会让我心痛、悲伤。直至 2020 年末，才去清理父母的遗物，做晚辈早晚要做的事情。

客厅吊柜里，堆满了旧衣被、过时日用品，我差点把一个小粗布口袋也丢进大垃圾袋中。后觉有些沉甸甸的分量，打开来看，是十几本纸张泛黄的小笔记本。粗粗翻阅，原来是父亲解放战争时期的日记，时间跨度：1946 年至 1950 年，有 40 余万字。另外，还有那时父母的十余封通信和母亲的一本日记。显然，他们是作为纪念物保存的。

在我的记忆里，父母未有写日记的习惯，也从未看到他们翻看自己以前的日记。二老去世前，未对这十几个小本子向我们做出任何交代、嘱咐。为什么会这样呢？我想，他们也许早

① 沈卫平，沈如峰的次子，记者、研究员、作家。

把这些本本遗忘了。自20世纪80年代父母迁居干休所后，身体日渐衰老，尤其是父亲，严重的关节炎使他的手掌、脚掌扭曲、变形，黄斑变性又使他的双目视力几近丧失，攀登梯子去整理吊柜中的物品早就不可能了。另外，父母生前很少“忆旧”，很少提及战争年代的生活和经历。他们为亲身参加了抗日战争、解放战争而感光荣，但他们认为那是千千万万人所从事的伟大事业，个人在其中只是做了一份普通工作而已。记得有一次父亲的一位老战友登门做客，说：“现在很多老同志写回忆录出集子，老沈，你不打算写点什么吗？”父亲说：“不写了，不写了，没有什么特别贡献，没有什么好写的。”或许这也是父母对日记遗忘的原因吧。

父亲的小楷钢笔字功夫了得，他居然能在巴掌大的一页纸上，密密麻麻写下500字左右，而且字迹始终工整，一气呵成，极少涂改。写小字显然是在纸张匮乏时期为了节省本子，同时减轻重量，方便行军携带。但在常年转战、没有电灯的情况下天天练小楷字确实不易，父亲坚持不辍的背后应该有强大的精神动力。他曾委托过战友：“如果我牺牲了，代我把这几个本子交给王萍。”我猜测，他坚持的动力之一是为了将来要让母亲看，无论自己是否生存，都要让母亲知晓他在战争中的经历、思想和对她的思念忠贞。父亲从未有过哪一天要把这些文字拿出来发表的念头。他的日记只有母亲看过，母亲是唯一读者。

父亲的日记要拿出来发表吗？我和哥商议：如果仅仅基于儿子的怀念，就不必了，因为这些本子就是最好的纪念物了。但鉴于父亲是那场伟大战争军事报道的参与者、目击者，如果日记还能产生一定的社会意义，有些史料价值，可以考虑。

出版社的领导和编辑同志很快答复：沈老七十年前的随军日记能够完好保存至今，很不容易。内容有价值，体现正能量，我们打算编辑出版。

父亲不是各级的指挥员，也不是一线的战斗员，他的日记中没有运筹韬略，也没有白刃搏杀。他是华东野战军（三野）的一名战地记者。记者是小干部，但这个职业又挺特殊的。战争时期新华社系统有一整套通联方式，记者们上“通天”，能较快了解战局战役进程，直接获得华野总部和纵队首长的指示要求；下“接地”，要及时将战斗情况和英模事迹报道出去，故属于消息灵通人士。父亲用近似白描和略加文学修饰的笔法，记录了战争概况、敌我态势、战斗片段、行军过程、战地生活、民情实景以及有关政治工作和军心士气的方方面面、点点滴滴，包含的信息量挺大的，为深入了解华东战场和淮海战役提供了真实的佐证。战争是有千万人参加的人类极端的一种行为方式，每个参与者处于不同位置，都会有难忘的过往和道不尽的故事。父亲的经历和见闻其实平常，普通人记普通事，并没有特别的“非凡”之处，只是当他那一代人大多凋谢，又没有几人能留下坚持数年而不间断的文字时，他的日记才显现出因稀缺而珍贵的价值来。一滴水可窥汪洋，那么，琢磨一下这“一滴水”，还是件有意义的事。

日记记录的是生活、行动，也记录了思维、情绪，父亲的文字中有他的理想追求，有他的喜怒哀乐，还有他的反省自责和自我批评。作为儿子，我本是最熟悉、最了解父亲的人了，但当我阅读完他的40余万字，我才发现，对于父亲曾经的过往实际知之甚少，我与他的交流太欠缺，以至于好像重新认识了父亲，才知道原来“他是这样的人”。父亲日记中有许多对于母亲思恋的内容和片段，年近70岁的儿子读父母20岁时的恋爱情节，心跳确实会怦然加快，感觉有点异样。爱情属于个人隐私，儿子可以不经父母同意，就把他们的爱情端出来示人吗？我们难以决断。编辑们的几句话说动了我们：恋爱是人生的组成篇章，爱情观是世界观的重要部分，沈老那一代人很好地处理了信念与恋爱的关系，对青年人是有正面宣教作用的。是啊，电视剧《父母爱情》连播数载而热度不减，是因为主人公的故事反映了时代变迁中爱情永恒的主旨。我的“父母爱情”仅是那一代青年知识分子战争恋情的缩影，他们的故事不会重演了，但精神主旨仍可为当代人回味借鉴。

日记体文字的特点是真实，但内容是跳跃式的，读日记不会有读小说散文的连贯感。父亲非大名人，没有公众普遍熟识的史迹，记录的事件、地名、人物，读者们亦不知晓，一定会产生阅读上的障碍。为此，我找来华东野战军战史、28军军史及一大摞亲历者回忆录看，恶补有关华东战场和淮海战役的历史知识，基本弄清了父亲日记所对应的环境背景。与编辑部商定，在父亲日记的某些段落后加以必要的“编注”，以助感兴趣的读者能够较顺利读懂，获取更多的信息。

胜利来之不易——父亲70多年前的日记反映的就是这么一个主题。父亲如知自己的记录还能从一个独特的小侧面加深人们对当年战争的了解，他应会欣慰。父亲日记中记了众多人物，男主角其实是他自己，母亲则是女主角。真有兴趣读完这

40 余万字，男女主角的形象似乎会从书籍中走出来。这形象真的平凡，但也真的体现出那一代青年人，特别是革命青年知识分子普遍的精神状态——坚信事业一定胜利！

父亲日记从 1946 年 3 月写起。这时，他在苏皖边区根据地的淮北中学（干部学校）当国文教员。

一九四六年

1946年6月，国民党蒋介石撕毁停战协定，向解放区大举进攻，全面内战爆发 // 苏皖边解放区成为战地 //3月，作者是泗县淮北中学（干部学校）教授国文的“小沈老师”//4月，担任五河县查粮工作队队长 //6月，调至拂晓报社成为战地记者 // 先后采访睢宁扩军、泗县战斗、两淮保卫战，从此与军事新闻结下不解之缘 // 兵荒马乱之际，请假跋涉千里，与不通消息的恋人终于在山东莒南县大店镇见了一面……

3月7日

朱祥珍同学给带来了萍在双沟写给我的信，这是她在别后给我的第一封比较有内容的信，我读得非常兴奋和愉快。在她的心里充沛着一片对我的真情，从她别后对我的思念中可以看到。但是我希望她不要想的太美丽和幸福，真诚的爱情，是非常平淡的，而这种高尚的平淡，就是我们应该认为的幸福。

据说竟有人造起我的谣言来了，可笑之至。不出我的意料。我们多少会碰到一些谣言的，但不知萍是否又不快活了呢?

近来工作渐忙，这两个班的国文在选材、教授，以及改卷上都是非常“吃力”的。我应该以不怕劳苦的精神去耐心工作。要想把国文真正教好，对同学有真正的帮助，不是一件简单的事。

近来似乎身体不太好，大概是由于少做运动、缺营养的缘故，只要自己少懒，身体是会好的。

3月8日

2 班同学的程度比较好，原是宋校长教的，在同学们中他的威信还很高。我应该特别下功夫，才能建立起自己的威信来。我对词句的讲解非常的详细，但是他们觉得不需要这样讲，要求在文法上多分析、多补充。因此明天两个钟头的课，我很耐心地准备了一个下午，收集了很多材料来补充，旁人也许难以想象。

下午开党小组会，把以前的进步计划做了一个总结。晋岩同志说，进步计划的完成和进取心、坚决性有很大关系。我很同意，我每次的计划在总结时总要打折扣，这的确也是由于进取心还不够强的缘故。

今天刮了一天大风，夜深的时候在灯下，听见纸窗的啪啪声，实在太凄肃了。外面又飘雪片了，估计明早又是一片银白的世界。王萍在半城不知是否注意身体，今天很冷，她不要感冒啊！我时常会想起萍，这样是不是算多情？我大概是个多情的男子吧！否则我为什么看见谭亮生病，会想起她是否健康？听钟仑说现有土匪，我又想起她在半城是否平安？我吃高粱会想起她的营养；我种麦子会想起她种了没有；我拿到了钟点费就想买书给她。为什么这样多情呢？是她爱我吗？当然是的，不过主要还是由于我自己爱她。但是我这样爱她，有时也会有矛盾，就是说应该不应该这样爱她呢？假使将来是一场空的话！但我不应该太自私，我应该好好对待她，即使将来不能和她结婚。

明天快把日记本替她订好，再去看看有什么新出的杂志。

近来吃小秫秫（高粱米），我又有胃痛了，要注意点，不要年纪轻轻患上了胃病。

3月9日

早晨起身出外，外面已成了一片银白的世界了。大雪虽停止，细雨还蒙蒙，整整又下了一天，把我紧关在门内。不想出去一步，连小便都要再三迟疑，真是“愁人天”啊！

今天一共 4 堂课，从早饭后，一直到下午 3 时，嗓子都嘶哑了。

在 2 班上课的时候，捣蛋鬼高某某竟想来捣我的蛋，我正在详细讲解作文题“解放区是人民的乐园”，他在底下说：“这样不教条吗？对我们的写作太限制了！”同学们接着嘘起来，说：“这样讲很好，反对这种意见！”还是同学把他压了下去。我以后对这些捣蛋鬼要注意点。一方面对他要虚心，另一方面也要批评，最重要的还是要争取同学大多数。

下课已经筋疲力尽了，倒在床上就沉思起来——休息一下的滋味是最舒服的，如果爱人在身旁将是多么的愉快呢！门外雨声嗒嗒，声调凄寂，不知怎的，萍的影子总是离不开我，我拿她的照片看了半天，又拿出她最近的信，来回看了几遍，一种甜蜜的感觉滋长在我的心里。我越想越爱她，越爱她越想她，一种不可形容的情谊在联系着我俩。

晚上我写了一封信给弟弟，一封给妹妹，一封给母亲。因为弟弟现在可能已去住读（学校），母亲当然更加寂寞，我写信安慰她是必要的。给了弟弟一些鼓励，说明住读对他会有很多好处，可以使他变得老练，而且能干，克服任性和娇弱，所以希望他大胆地去。

编 注

父亲是 1926 年 4 月生人，籍贯上海。

1942 年，父亲在上海中学积极参加反汉奸学运，继而加入中国共产党，时年 16 岁，读初中三年级。1944 年父亲接组织命令撤至淮北敌后根据地，入新四军第4师创办的江淮大学学习。1944年7月，江淮大学停办，父亲被分配至泗阳县淮泗中学当教员。1945年2月，父亲调泗县淮北中学（淮北师范学校）任教员、教导员、班主任。1946年4月，担任下乡查粮工作队队长。1946年6月，父亲被调淮北拂晓报社、新华社淮北支社任记者。1946年7月，父亲调山东野战军新华社前线记者团当记者。山东野战军和华中野战军合并后，父亲成为华东野战军新华社记者，曾被派往华东野战军第1纵队（后改编为第20军）随军采访。1947年4月，父亲调华东野战军第10纵队（后改编为第28军）新华支社兼前哨报社任编辑、编辑主任。1949年7月，父亲调南京第三野战军新华总分社任编辑、政治组组长。1952年6月，父亲调北京总政宣传部新闻处、报刊处任助理员。1958年5月，父亲调中央人民广播电台军事部工作。1986年，父亲在央广军事部主任任上离休。父亲从事了40年军事新闻和宣传工作，其中有3年多是解放战争时期，他的日记正写于此时期。父亲说过，1944年，他所在党小组有一人被捕，上海地下党送来紧急通知，令他立即撤退至新四军淮北根据地。他给我奶奶留下便条，说自己要出远门做生意去了，并叮嘱弟弟（我叔）一天后才能交给我奶奶，担心交早了我奶奶会跑到汽车站去找人，扯他的后腿。按照组织要求，他在汽车站看到一个服装特别的人，知道那人便是党的地下交通员。于是，跟紧了交通员。那人乘车他乘车，那人坐船他坐船，那人住店他住店，一路上绝对不与那人说一句话，也不能与左右旁人有交流，三天后到达根据地安全区域，才能互相公开身份，握手畅谈。原来，同行的还有其他几

沈如峰学生时代

王萍学生时代

位同志，其中包括我母亲。

母亲王萍，1925 年 10 月生人，籍贯江苏昆山。因躲避战乱，少年时曾在苏州、杭州、上海居住和上学。1943 年，她考入上海南通农学院农艺系。在一位进步亲戚的宣传鼓动下，她接受了抗日救亡思想，于 1944 年随亲戚赴淮北根据地。母亲亦先在江淮大学学习，又在淮北中学任教，1945 年调至解放区雪枫农场当技术员，此期间入党。1946 年至 1948 年末，在山东解放区惠民县的渤海农场工作。1949 年在济南山东农学院当教员、辅导员。1951 年调南京市委组织部当秘书，1952 年随父亲调总政宣传部工作。1954 年转业至农业部外联局当秘书。1958 年至 1985 年在农业出版社当编辑，离休后享受局级待遇。

母亲离家到根据地时亦不能向我的姥爷、姥姥明说，她留下一纸信函："你们放心，我是去寻求光明的，而不是去堕落的。"父亲和母亲曾是同路、同学和同事，相互产生好感以至恋情，应该挺自然。

母亲去世后，我在她的自传中还发现了一个小秘密：母亲有两位入党介绍人，其中一位是我父亲，父亲把自己的发展对象培养成了恋人。也不奇特，说明他们的追求和三观一致。

1946 年，父母二十来岁，处于今天大一大二少男少女的年龄段。那时代没有提倡晚婚一说，根据地组织亦不会干预适龄年轻人谈恋爱。父亲那时虽已入党几年，但日记中仍可显现一些学生味儿，不自觉流露出挺小资的浪漫情调和对爱情的憧憬彷徨。父亲的学校在安徽泗县城，母亲的农场在江苏泗洪县半城镇，相距百里路程，见一面已不易，联系主要靠通信。父亲往后日记中有许多对母亲健康和安全的担心，也不乏对恋爱前途的担心。根据地许多青年男女的爱情长跑都是这样，注定会遇到现在年轻人不会有的困难和磨炼。

3月10日

清晨，定一及刘卫华等同学拿着日记本来征求我的意见。这两位同学都虚心，学习用功。因为我年轻而比他们（文化）好，见了我好像很难为情似的。我向他们解释，互相可以做好朋友，不一定以师生相看而使双方多添一层隔膜。他们很感动，非常高兴。

上午教导处召开会议，交换教学经验。在国文教学上，我感到师范同学程度不同，共同的要求是：少念大文章，多分析及多讲一些实际写作方法，这样对他们的帮助较大。

下午，王种蓝来看我。明天她就上淮阴了，我叫她替我带了一些信给朋友们。

自问和女同志接近尚大方，态度也无不合理之处，若有谣言真是冤哉枉也。

3月11日

今天有两节国文课，做了专题报告（怎样写新诗）。因为我的准备还不够充分，所以讲得没有前天生动，同学中有打瞌睡的。我以后上课要多准备，并且要把“怎样提高兴趣”准备在内。

最近的工作是很忙的，要选、要编、要上课、要改作文及日记本（每人有三本），又要领导课外写作活动，还要加上自己的学习，以及一个星期至少有一次给萍写信……我很少有休息时间，不论工作学习和生活很少有秩序，非常凌乱。明天起一定要规定时间做事，可能使我在很少时间内做很多事。

近来常吃小秫秫，大便实在痛苦，今天早晨用猛劲大便后，肛门一直痛到现在，这样若继续几天是有生痔疮可能的。

晚上女同学孙芸来找我谈做题问题，她站在门口不肯进房来，好像很害羞，反正女孩子见了年轻先生是容易害羞的！

3月16日

已经下了四天的雨了，它以一种看不见的桎梏，把我成天关在房内。

我把大部分时间及精力放在进攻桌上的几百本卷子上，另外还要有时间用心地学习。昨天把茅盾的《第一阶段的故事》看完了，今天又开始看《文摘副刊》。我看完了《恋爱的艺术》，是一位法国作家写的，在他的恋爱观中强烈地充沛着一种人为的做作的虚伪，并且强调了心理作用的一面，而忽略了恋爱在这个社会上也是有着阶级性的，他的所谓“艺术”的那一套也都是属于资产阶级范围之内的。当然也有部分说得很精辟和正确的地方，例如关于一对爱人互相间会不会在长久之后要厌倦的问题。他这样说道：“如果一个人有一点可爱之处，他永远不会失掉她，这种可爱之处也不会枯萎的。年龄并不能使一个人改变。美丽的面容随年龄发展，在白发之下，寻觅到一个人很久以前爱着的笑容和面貌，这是一大愉快。”这论点倒是很合理的。

我近来工作的积极性提高了，学习的积极性也提高了，但工作和学习时常矛盾。自己埋头于目前这种工作中，没有人来关心指导，只会使自己愈做愈空虚。于是便加紧学习，但这些学习是限于书本上的。虽然自己的理论和知识提高且丰富了，由于自己实际生活经验的贫乏，我在看问题以及分析问题时仍旧非常容易犯主观主义。所以觉得实际工作虽是主要的，但我常常怀疑目前的工作是"实际工作"，忙碌又来妨碍我的学习——所以心里是矛盾的。

我给王萍的信，因为下雨的缘故没有寄出，但明天一定要寄出了，她大概盼望得很焦急了吧！

孙治安同志开会，回来说现在灾荒很重，边区还要继续精简 2 万人，地方上粮食每人每天减量，全部为小杂粮，尚不够半月的粮食。这荒年还有三四个月，估计 7 月后青黄不接时当更加严重。现在应该加紧生产，多种菠菜，个人多纺纱，到那时才能有办法。否则到那时营养不好，像我们这样的身体，一下就会搞坏的。过几天把这消息告诉萍，督促她赶快生产，解决营养问题，否则她的身体一定会支持不住的。

我吃小秫秫倒还能习惯，但大便太痛苦了。昨今两天，我大便中已带有多量的血，便后感头晕，恐怕将来会造成胃病和痔疮。很多干部的身体不是这样弄坏的吗？以后每天还是多喝一点开水较妥！

丁力也有同感，昨天曾开玩笑似的谈"小秫秫与屁股"问题，他给事务处要求烧开水的信中这样写着："我知道烧草困难，但大便更困难！"可谓写得极幽默而入情入理之极！其他宏论百出，一半感叹，一半笑话。我记起了马克思的话："因为人们的生活坏，所以我的生活也应该坏！”（应为高尔基在《弗·伊·列宁》中写的一句话：“人们的生活很苦，因此我也应当过苦日子。”）

现在外面正雷声隆隆，哗啦啦地在屋上掣过，窗户被电光照得一闪一闪地发射银光，再急骤地压下来。我不免又想起了萍，这几天她有没有受冻啊？她过的是怎样的日子呢？在她的来信里还未提及。她真是太不知我的心了，也许是她的头脑太迟钝了，每封信上总是问我的情形，她自己的就没有写多少，叫我挂在心里。唉，虽心爱也莫及。

其实我在一个人静处的时候，很难使自己不去想她的，她是不是也这样想我？如果是这样，我们的情感是真正的一致了。

3月19日

还是蒙蒙地下着细雨，一阵寒风从窗缝里刮着我紧握笔杆的手。其实，如果没有桌上等待着我“青睐”的那一大堆卷子，以及几本书籍，准会把我寂寞死了。

当自己在课堂上口若悬河般讲解的时候，或者埋头于课卷及书本的时候，我的全部心灵就被工作所占有了。在这种时候，私人的一切都不知躲避到哪里去了，自己就像世界上最愉快最幸福的人，不论是站在黑板前，或者是坐在交椅上，或者是在和同学交谈的时候。

可是只要这种时候一过，一种平凡、平淡和空虚的感觉就涌上我的心头了，占有了我的全部心灵。纠结着的抑郁和矛盾，就起来向我挑衅或是挑剔。我任凭它们摆弄着，让自己疲乏地存在。烦恼中，让光阴在眼前轻蔑地过去，呆视着窗户或者静卧在床上，好像什么都不想似的轻松，也好像万念俱灰似的沉重。

这些矛盾的焦点是在工作上，我对目前的工作很不满意，甚至对自己的工作还有一种轻视的看法，而自己的责任心又叫我提起劲来干，我用了自己所能用的心思在工作上。我明知教育工作在今后和平建设中是极重要的。最近我也注意了一些业务上的研究，但自己的英雄思想，阻滞着我埋头于这工作。但也不是没有开通过的时候，我甚至下了决心，如果党一定要叫我干这门工作，我就准备献身了，即使一辈子默默无闻。

我对自己的估计是非常低的，自命不凡的意识的确已离开了我，这甚至引起我某些时候对自己前途的悲观，觉得自己太低了，无论在体格的发展上，思想能力的水平上以及个人的修养上、性格上都太弱了。怎样才能把自己提高呢？净看书，懂得了教条，就算提高了吗？有没有一个真正能帮助我进步的上级同志呢？

不过我上进的锐气还是很充分的，所以悲观时感觉环境对我的约束太大了，我的一切——无论是我的能力及我的信心都无法在这里舒展开来。同事之间一团和气，我的一些斗争性已快消失了，我采取着随波逐流的态度。不是这样，反感就会在人们中间滋长出来。想起了自己的爱人呢？当然她会给我很多安慰，但也未尝没有愁闷及矛盾的时候。我在年龄问题上是想开了，但我在我的能力未达相当程度时是不会结婚的，尤其不想同她这样的人结婚，因为我恐惧婚后生活的不愉快。但如果我在二三年之内没有达到相当程度而不愿结婚，岂不耽误了她在这几年中找更好的对象呢？另外，像她那样虚荣和美丽的人，我这样一个平凡的人是满足不了她的。因此目前大家虽有绝对忠实的决心，但我对她的一片爱意也未尝没有白费的可能。我现在所抱的态度是，只要她爱我，我就该给她一个爱人的关心和爱护，尽我自己所能及的来爱她，将来发展得好，当然使我兴奋和幸福，不好时我也不会心酸，因为我究竟赤心赤意地爱过人，我无愧于人。虽然我对她的爱意是很浓厚的，但可以想象假使没有一点疑问存在两人之间，我的情感便会毫无保留地献给她的！我对她是可谓一心一意了，否则在她去后，我不会那样地想念和关心她。

她对我的矛盾也的确减少了，对我的爱也在深化着，但从她最近的来信中没有提到有何矛盾，我不相信。她也许由于我太关心她，而“没有勇气”提出呢?

窗外雨绵绵，房内风瑟瑟，桌上还有卷子及未编完的讲义，让自己埋头于工作吧！

编 注

江淮大学是新四军于抗战期间创办的一所大学，在淮北根据地挺有名气。1943 年 10 月 5 日，在江苏淮宝县仁和镇举行开学典礼，陈毅、张云逸、彭雪枫、刘瑞龙、潘汉年、范长江等领导人莅临参加。江大原拟设土木、农业、医学、教育四个系，办学目的是为根据地建设培养专业人才。江大招收学生共 120 人，基本是来自上海的高中生、大学生，有爱国青年，也有地下党员。种种原因，江大于 1944 年 6 月停办，学生们被分配到根据地的各行各业。父母来得晚，在江大学习仅仅数月，但他们的档案中有了参加新四军的履历，虽然那时他们并未有过严格紧张的军事生活。

抗战胜利后，新四军创建的苏中、苏北、淮南、淮北四大根据地已连成一片。1945 年 11 月，共产党领导的统一的苏皖边区政府在淮阴成立，辖江苏 50 个县、安徽 20 个县、河南 3 个县，人口 2500 万，面积 10.5 万平方公里。父亲所在学校和母亲所在农场是这一模范红色民主政权直辖的教育、农建机构。

父亲所在学校全称为“苏皖边区公立淮北中学”。名为“中学”，实为一所培养干部的学校，重在提升未来各类干部的文化素养。先后从这里毕业了 2000 多名干部学员。学生 15—30 岁不等，学历、经历各异，许多人比父亲年纪大、资格老。我记得，小时常有访客登门，进门后毕恭毕敬敬礼，称“沈老师好”“王老师好”。一生为师，终身不忘，叔伯、阿姨都说：一直感谢当年老师的辛苦栽培，我们才能在今天的岗位上为国家做点事。

然而，父亲好像并不太安心“国文教员”这个职业。我基于对他性格的了解，亦觉得不适宜。他年轻时自觉有些能力，有点小自信、小自负。他钟情的职业似乎是干工业，未来去管理一个车间或工厂，直接为社会创造财富，更能体现人生价值。他如果想当教员，留在上海就是了，机会更多。他入党，到根据地，选择的是干革命，而不是去选择一种谋生糊口的职业。问题是，现在革命要求你去当教师，当教师就是干革命。他内心的矛盾可以理解：个人理想是干工业，但现在应认真地履职做好“小沈老师”。

3月20日

今天上午只一节课，课后一直到吃第二顿饭的时间里，把2班交来的日记全部批阅完了。有很多是写得很好的，看的时候很感兴趣，我觉得看日记比作文有意思，因为日记思想自由，较易看出他们的思想规律。这些日记中的共同特点，是反省深刻，这也表示同学们的政治质量在逐渐提高着。我每一本日记都至少要看最近10天所记的，然后批十、几十句，甚至批上有几百字的。改完了时，头昏脑涨，软瘫在床上。

我和丁力两个约好，每天清晨上城墙朝太阳早操一次，傍晚散步一次，除此之外也很难找出时间来运动。

晚上点灯，准备给萍去信，虽然上封信发出不久，但因雨天关系，可能时间隔得太长，所以急急又想给她去信。正当我把她的来信仔细看完，记下提纲，开始落笔时，有人急叩着我的门。屡问是谁，未见答应，门开看时恰是王萍。我又惊又喜，她的来总是这样突然的！

原来她因为下雨在青阳停了几天，又伤风，大概是辛苦的缘故吧！

她近来虽因工作来回地跑，但身体尚好，使我放心不少，今夜很兴奋！

3月21日

今天吃大米稀饭，这是一个月来第一次的好饭。左政和方方恰来，我买了油条请她们。她们告诉我谭兄和李耀的协商会已完全成功，而且还拍了照。我称左政是马歇尔，大家不禁失声大笑。

萍昨天说我瘦了，气色也不好。今天照镜子看看，的确如此。但在目前这种经济条件下，有什么法子可想呢？

今天早上两节课上得特别卖力，同学都听得非常入神和有兴趣。上过课后，就去看萍。虽然分别仅一个月，但话是谈不完的。

萍说对我也没有什么矛盾，但我不相信。虽然她正面不承认，但她的谈吐是有矛盾存在的。譬如她谈起两个人的工作性质问题，她感觉文化工作和农业工作相差太甚，因此我对她的帮助不会大，将来两个人兴趣相差太远是不是好。另外她看《恋爱的艺术》以后，感觉男的应该比女的高强许多，但我比她强得太少，尚且还不够老练。当然这些矛盾是存在的，但这些矛盾对我们现在的恋爱，以至将来的夫妇生活，都不是有妨碍的。

现在她强调脱离淮中后精神上的愉快，以及能力上的进步，现在干（农业）工作有兴趣。兴趣是把工作做好的前提，但她这样强调兴趣就成为一个兴趣论者了。我指出她仅仅靠兴趣来维持工作的积极性是靠不住的，而且她对农业的兴趣也只是有一种崇高的理想，并不是真正对农业有什么了解，何况她在情调及生活习惯方面，离一个农业工作者还远得很。我这样提醒她，是希望她更不顾及一切地投身工作，生出真正的可靠的心血，不致被困难所挫折。

她做农业工作事实上是要比我吃苦的，要下湖劳动风吹日晒，人当然容易老得快一些。她很害怕这一点，其实我是会永远爱她的，因为我不仅爱她的美，而且还爱她的其他许多可爱之处。这种可爱之处是不会随年华消逝的，在白发之下依旧可

1946年新四军江淮大学同学合影，沈如峰（右三）、王萍（右四）

以觉得。我给了她保证，但她仍然很矛盾，恐怕外表上相差太远。这个思想只有靠她自己去想通了，反正我是不会背叛的。她如有矛盾，尽可另找对象，找一个黑一些老一些的，这样就配称了？她的这种想法也是妨碍工作的，同时也表示她对农业的兴趣，根本不在艰苦的劳动，而在轻巧的室内研究，现在哪有这种轻巧的农业呢？

她说农业工作非亲自动手不可，这就是社会主义的工作，其实每门工作都得亲自动手，才能把工作搞好。所谓事务主义就是只知道工作不懂研究、总结和提高。如果做工作事务主义，则做了几年，还是很平凡空虚的。

又谈起了和W的问题，这个问题，自始至终夹在我们之间作怪，真是气人。萍听到了谣言，只觉得我和W二人好笑，真不知是什么意思。其实谣言是完全无稽的，尤其把我和W凑在一起造谣，更为无稽，有什么可笑的。萍总怪我懦弱，见她怕，不果断，所以很不高兴。其实我也知道W很爱接近我和我谈问题，并且比对一般男同学要关心，而且对我比较坦白（虽然还是有限度的）。其实我并不因此而对她有所好感，我只觉得一下子和她过分的冷淡，是不大必要的。但最近两个月来，我的态度是转变了，事实上我对她是很冷淡的，我很少主动去看她，至于她对萍的态度，我也看得很明白。不过萍总不大信任我的态度，我也没有办法。

萍对我提了两点意见，的确是非常正确的，值得我注意。（一）我待人接物现在变得一团和气，说些讨人欢喜的话，怕得罪人，喜欢与人闲扯，表示自己谈话资料多。这样当然不会与人有什么冲突，也许粗略能给人印象好，但也许人家看清了我这个本质，就会感觉我是个“见风转帆”的“小乖人”，这样人家就不会来尊敬我，甚至轻视我的。的确，这是我在过分注意待人接物及干部团结时所造成的一个偏向，以后要认真克服。（二）我的作风还不大老练，资格很嫩。萍要求我进步快，唉，她对我的要求真高啊！

她的意见真是一针见血，对我的帮助很大，的确我感觉萍近来比在淮中时老练而且懂事了，尤其她待人接物的合理的态度，是比我高强。而且，她比我似乎尖锐一点，不像我现在有些中庸的偏向，这主要是她一个人来来去去独撑一面的缘故。一个人多流动，多接触人是容易老练的，我下学期死也不当教员了。

当然她的政治开展上还不算快，但她一个人能深入乡间，辛苦往返，毫不抱怨，且精神上甘之如饴，这点是值得我学习的，是我所远不及的。

送她走后，天也很晚了，我一个人在灯前想了很久，她对我的希望要求高，比我母亲都要高。革命队伍中也是很少的。虽然我很对党忠实，但目前的负责人对我没有关心，也没有教育，有谁来时常督促鼓励我呢？我没想起来。但她对我的希望和要求高，也使我非常害怕。假使我不能达到她的希望和要求呢？爱，我没有十分的把握，我也不敢把握，我总之尽我的努力求进步。

解衣入睡时，仿佛房里还存在着萍的温和而又体贴的女声，她的一发不可收拾的笑声的尾音。心被激荡的甜蜜兴奋幸福，再加上害怕的各种心绪，敲击我的心房，我静听着自己心房的忐忑，迷迷糊糊地睡去了。

半夜梦见萍在双沟，走着崎岖的山路，我从床上飞去伤心地陪伴她。

我能永远有萍，是最幸福的。但我害怕，我没有把握。

（22 日晨记录）

3 月 23 日

昨天的日记照例是有着很好的小说写的，可是萍把我的日记本拿去了，我没有记下。

她给我讲了一段在青阳的浪漫史——非常邂逅而充满神幻的一段令人愉快的遭遇。在一个雨后初晴的夜晚，空气当然非常适宜，可她却昏沉地睡在一间具备一切可以造成神话美丽的邂逅的条件的屋子里。在睡意蒙眬中，梦中的细雨中，一个工程师的侧影，以及一双温和而又尊敬地端着火盆的手，是空前未有的那样轻微而有力地撩动了她的心。她的心啊，是那样地颤动，颤动出初恋一般的滋味！

我还记得在两年前的秋天，林漪也给我制造了同样甜俏的事情。我虽没有生病，可是在青年会的会客室里，她的美丽的娇嫩的红润的脸，虔诚的渴求的表情，聪明的含有热泪的明眸，那样颤动的热情的语音，不也曾经使我感动过的吗？可是理智的时候，那仅仅是一种邂逅而已，它连回想的价值也没有。

可她的遭遇在本质上是和我不同的，因为她是那样不必要地激动了爱心。

我不高兴吗？不，更谈不到伤心。我体谅她的心情，否则就不称其为爱人。

这首诗就是我听了故事后的心情：

这是一个雨后的初晴的晚上，
略带湿润的春风带来了夜之气息，灯光在摇曳，
我眺望着窗外的天空，月还没有出，
薄云在飘动，
想起了自己爱所寄托的萍，今夜在何处，
可很平安和愉快？我像石塑的像，仰首望窗外，
怀念着远离的萍！

谁知道，她被囚在
旷野中的古城——青阳。雨中的寂寞，
我自无想象，

可是，她身体又不好，我的确不会知道。
即使知道了，我可又奈何？！
她昏沉沉地睡在一间温和的普通的房子里。
可是用神话的眼光看来，
她是神幻之物，所以
这屋也能生长一切神话的感觉！
用爱的心来看，
它也是一间爱神的仙境，人在这里可以倾心。
因为，这屋的洁净，象征着坦白和纯洁，
科学的仪器，象征着尊严和崇高，
融融的炭火，象征着热情和温存。
还有，在寂寞和病弱中，
有着一个足以倾心的人影，
啊，我在那里，也要动情！
我说，这是神幻之屋！
一点也不过分，
因为在这里展开一幕邂逅的甜情。
我曾经在莎士比亚的小说里，
看到这种富于情意的场面：
在蒙眬的睡意中，
灯光亲着一个令人欢喜敬仰的侧影，
抬头思索着什么问题。
那样镇静，虽然旁边睡着
一个美惠温柔的少女，
却毫不动心！

在她的无力微弱的呻吟下，
一个温和体贴的声音，
“要喝开水不？”
接着一双温和的手，把炽红的炭火，
虔诚地，小心地，关切地
端在床旁，轻轻的，
一个人影，悄悄地小心地
溜出了门扉。
这原也很平常，是阶级的友情，
如果大家思想纯洁，
远远没有什么神幻和稀奇，
所以稀奇和神幻，
因为撩动了她的爱情之心，
——这是超于一般的不同的感激的！
我不了解，病中的脆弱，和寂寞，
会使她这样轻易地动心，
对一个初识的，虽然印象很好的人。
也许还在这个时候，我仍是，
像石塑的像一般地
静静在窗前，在心中洋溢着怀念之情。薄云的飘动，
不会带给我任何的音讯，
——不论是愉快或失望，
回想那夜闪耀的星星，
也许在故意地向我弄！
我想，容易感受寂寞的人，

她的心是脆弱的，

所以也易于波动！

写到这里，我自己的心被激动了，眼睛是湿润的，我不知为什么，不过我感觉我是谅解她的。

昨天她来时没有吃晚饭。我叫通讯员买了猪肉及烧饼给她吃，一面吃一面谈。我的心绪极为紧张，完全被她对我的坦白感动了。我很愉快地送她至专署。但回来后想想，感觉萍对我仍有很多矛盾，而且有新的幻想产生，似乎对我不大重视。感觉萍的性格太温柔，易于波动，她将来是否靠得住呢？

我真是万念俱寂，心里愁闷，虽然我知道实际并没有什么事存在，那工程师也是一个非常可靠的人？

我像发痴似睡了。有了一点新发现，就突然想起来写一下，弄到半夜才入睡。第二天又醒得很早，只睡了三个钟头。

萍这次来泗县对我所提的意见：

一、我的“丈夫”气概不够，把自己当成小弟弟，叫人家“大姐”。这样除给人觉得可爱之外，不易为人崇拜。

二、我理想也是很远的，但深入下层不够。我到根据地的这两年，从没好好下去过，很是可惜。

三、性格有些懦弱，不够刚强，例如对于工作的意见，始终没有坚持。

四、英雄主义地位观念，不想想究竟能否真进步？

五、待人接物好迎合人家心理。与人谈话时要沉着，不要匆忙，不要犯主观、不耐心。要先听对方讲（对方往往因你有耐心去谈，而感到很高兴），很虚心，不要给人以“冒失”的感觉。我有时好表示自己会讲话，好接人的话。不要太锋芒外露，太心急，提问题要听完后再问。

六、我近来的生气不如以前足。这个环境是最容易消磨人的志气的。

3月26日

昨天晚上淋着大雨从萍处回来，钟仑同志转达我学校的变动。因为目前灾荒严重，全部编成三个工作队出发至宿县、五河及泗阳，我被任为五河队的队长。我当然是很高兴的。一方面，为了度过灾荒，我实在毫无理由在这个工作上讲价钱；另一方面，这工作对我也将是一个很好的考验。萍一直批评我不深入群众，现在是给我一个深入群众的机会了。我另请钟仑同志转呈尹主任[①]一个意见，希望组织上对我的工作调整给一个答复。

尹锡珍

今天上午有三节连堂课，接着又着手下乡工作，所以很忙。正在这时萍来信说，她早上泻了三次，要我下午买些好吃而易消化的东西给她吃。我真是着急，心会跳起来。我明白，如果我俩的友谊没有像现在这样深刻化，爱情没有像现在这样巩固，我的心是不会跳得那样厉害的。

① 尹锡珍，淮北中学党支部书记，新中国成立后曾任中组部组织局副局长。

下午买了些馓子及酱杂去给她，除此之外，我在街上巡逻不出其他的食品来。她下午又好了，就漫谈我的工作问题。她很替我有下乡的机会而高兴，希望我好好深入下层。我也因为有了鼓励，决心也就更大，我一定要在工作中去提高自己的能力及意识的修养。我早就说过，萍的名字和我的进步是分不开的。她又屡次地希望我要小心、不要冲动。五河情况不好，我又是队长名义，处处要小心。

我俩都是互相非常的关切，可谓体贴入微。如果能永远这样的对我，我真是会醉心于她的。将来如果要见异思迁，真不是一个有理性的人了。

萍近来略瘦一点，但这样反而好看，她红润润的，对我多般温存，实在太感动我了。

王萍学生时代

编 注

父亲20岁时曾对另外一个女孩有过一闪念的好感。母亲20岁时也曾对英俊工程师端炭火的关心产生感动。相互讲述心中的小秘密是为了向对方坦诚：我最在意喜欢的人其实还是你。

原来1946年初春时节，苏皖边区根据地内的年轻人也是这般自由恋爱的，与任何和平年代、宁静环境中的恋情一样。

1945年国共签订《双十协定》，共产党认真贯彻，许多人对和平民主新阶段有过真诚期许，根据地出现了短暂的祥和与建设热潮。父亲母亲当年的地位太基层，对时局的发展变化似乎不敏感。年轻人卿卿我我，设想未来，向往美好，却不知风云即将突变，战争将冲击根据地的一切，包括爱情轨迹。

1946年4月，父亲担任安徽五河县下乡工作队队长，带学员前往。

与母亲相距多了80里，两人见面更难了。

4月5日

昨晚上王秘书告诉我县府要移动。他们为了召开乡以上干部大会要到大圩子去。为了工作上的便利，我们也需要随着移动。

晚上立即召集了俱乐部委员、分队长以及经济委员会的联合会议，商讨搬家的问题。人员移动无困难，麻烦的是物资搬运，以及新家务的建立。决定明天一早组织先头部队，由孟先生带领至大圩子找房子，再留三人在后面帮助运载东西。

今天清晨，当同学们长长的行列湮没在庄外树林里的时候，我在后面处理善后工作，帮助经委会的同学搬粮草上车。我抱着多刺的木材，驮着充满面粉的口袋，身上不是灰，就是面粉。这是不是事务主义呢？也许是的，这些事何必要我亲自动手呢？不动手也不会有人来说难我。但我觉得这样对我的锻炼是很大的，可以养成我亲自动手的精神、切实苦干的作风，而这些精神和作风就要在小地方培养起来的。另外，为了提高同学们的工作情绪，也需要亲自动手做。

大圩子是一个非常富裕的庄子，全是地主，共有 5 家大地主，每家房屋都有七进，且有楼，建筑也很漂亮，比泗县罗少泉的房子还要高阔。我住在一家有三进西跨院的小厢房里，比我学校里住的那间还好。但我这次并不计较，因为没几天就要下去查粮了。

同学们大部分是新成分，在路上经过我几次批评，现在各方面秩序尚佳。但在分配房子时，又有些争执，到处没有管束似的往人家楼上乱走，弄得楼下隆隆震响，引起人家反感，实在使我恼怒。

辛苦了半天，又安全了，大概要住两个星期。

我的房子很幽雅，疲劳过后，下午竟倒在床上，呆呆地看着和萍合拍的照片，望得出神时，孟先生大笑起来，我也笑了起来。自己还不知道自己看得这样发痴。

4 月 7 日

昨天王县长回来了，他请了我一次客，和我初步商榷了一些工作上的问题，告诉了我一些情况。他为人颇诚恳，口才不大好。

今日下午被邀请参加县里各界人士座谈会，讨论推销公债问题。我因不了解情况，不多发言。王县长要我们搞 5 个区，我主张力量集中使用较好。最后决定明天让 15 位同学分头到沱西、淮北、五北等 3 个区去帮助领导推销公债，到 18 日完成任务归队。

4月9日

队内工作主要是进行思想教育及调查研究。昨天我给全体同志做了一个报告，内容为建立正确作风、一个革命者应有的品质、下乡应注意之点，及在工作中进一步改造自己等。

在调查研究方面已根据填表及个别谈话，分类算成百分数。我从这些百分数中，对队内力量实难乐观。如年龄在15、16、17者占38.3%，18、19者占14.9%，年龄太小也会使工作上受损失。无工作历史者占70.22%，大部为来校不到一个半月的新生，占70.2%。无工作能力者、工作能力差者占53.17%。根据这数字可见队内力量是非常单薄的，所以我很担心将来会心有余而力不足。队内有许多人非但无用，而且实际上还是一种累赘。如宿迁的同学朱某某，只知挑拨是非；李某某满身疥疮，不能动弹；杜某某还是十足少奶奶味；朱某某，才从徐州来校不到半月……像这些人在队内简直是毫无作用的，我们照顾还来不及，不要说工作了。我一方面对本身力量有正确的估计，但并不减低我的信心，我只是抱着"尽力而为"的态度，在自己能力所及的范围之内，把工作搞好。

队里没有医务员，也是一个问题。带的药太少了，而生疮、害疥、生小病的人很多，这些问题不解决，也会影响健康和情绪的。

县政府的门诊所里，只有一个14岁的小孩，王秘书说他只是看药的。而现在，地方上干部的医药费已独立解决，我们用他们的药来解决问题，也是不合适的。

为了这些问题，我昨晚写了一封很长的信给尹主任，将情况告诉她，看她怎样处理。今天请孟干事带了信往泗县一趟。

工作很琐屑，而我的计划性、决断性还不够，有些问题处理得很拖拉，如朱某某造谣孟干事和杜某某的关系，我到今天还没有正式批评过朱某某，这样会影响孟干事的情绪的。

今天写了信给萍，我的确很想念她，只要有时间想想自己事的时候，第一个想起的就是萍。清晨和傍晚我常到远湖里去散步，孤单一个人穿过柳树，踏着狭小的夹在细麦中间的小径，走向河滩去，在那里看照片。想起去年马庄时的情形，那时我和萍的感情尚在萌芽，在清晨和傍晚，很少和萍到田野里去散步。可是今春，想和萍一起散步也不可得了。

4 月 10 日

今天下午去开支委会，讨论发展生产。林主任给我们的任务是要在这两个月内完成 1/3（全数的）的任务。但队内新成分多，党员少，所以目前只能打下一个基础。

王秘书请我们布置会场，我和他一起拟就了 8 条标语，请刘冰同志写出来。

王秘书能力很强，可是他的文化程度不及我，标语在措辞上啰嗦，而且缺乏警惕性和鼓励性。我修改得简洁生动，他很虚心地点头称是。

王秘书这个人在作风上有很多显著的特点，他戴个眼镜，年纪约二十七八，穿黑制服，个子比我还矮一点，动作机警灵活，处理问题很敏捷，为人直爽，态度大方，但似乎还缺乏一点冷静。他的工作态度和工作作风是值得我学习的。

4月11日

乡以上干部大会开幕了。

上午是参谋同志的时事报告，下午是王县长的查粮报告。

傍晚，孟先生回来了。尹主任给我一封简短的复信，医务员没有，带了一些药来。菜金方面，又交涉增加了1毛钱。据孟干事说，我们的伙食是各队中最好的了，泗县政府及泗阳队还拨不到粮食。泗阳队看到老百姓没有吃的情形，自动要求吃白芋干了。

一路来耳闻目见，灾荒的严重对我是一个很好的教育。我是不是一个人民的勤务员？在人民最危难的时候，我抱什么态度？这是一个最好的考验我的时候！

4月12日

专署民政处宋副处长来五河县领导检查工作，今天到我房里来玩。他很年轻，感觉官僚气少一点，和我们还能谈得投机。专署张专员到泗阳，王专员到邱睢，其他各县长和处长、科长也都下乡了。我想现在专署一定是很冷清的了。

上午没有参加会，处理朱某某和刘某某的矛盾。

朱某某实在是队里的宝货。自出发以来，差不多没有一天不要闹些是非出来。今晚又和杜某某吵得大哭大跳，所为的往往是生活上的一些小事。我为了正确处理此事，进行了两个小时的调查研究，今晚，又召她两个分别谈了一晚上，准备明晨来解决这个问题。

傍晚，和刘冰、孟超月、周志恒3人出外散步，恰是月上柳梢的时候。大地穿上银衣。穿过两行柳树的夹道，向北拐弯走到空旷的原野里，在河边看见对岸有一叶扁舟，一老者卧着吸烟，几只蝙蝠像黑点一般逐着青波远去。我们不禁唱起“道情”来，在微弱的晚风下，有一点飘然之感。心非常静，我想春天能给自己的心一个“静”的机会，对健康是有益的。

我让他们先回去，因为今夜的月色很好，我想再多留一会儿。庄子后面是一圈树丛，有几棵怪树，在大地上散着斑驳的黑影。我坐在石上，万念聚集。去年这时候，我总时常和萍两个静静地在田野里散步。不过那时我们还有很多矛盾，在愉快中时常会出现悲观的阴影。假使现在能和萍在一起散步，一定是完全愉快的。

家里来信中，述及目前境遇的凄寂，但我除了同情之外，又有什么办法呢？亲好婆（外婆）这样写道：“我现在年近70，状如风前之烛，不比八九年前，现在自知衰老异常。汝母于去年12月卧病以来，尚未起床，弟弟又远赴吴家巷读书，家中所存者，仅我与你妹妹二人，寂寞琐烦，苦恼不堪。当汝之公公去世时，你仅5岁，弟弟仅2岁，而现在好容易抚养你们长大了，非常高兴，而你却远离我而去，致我日夜思想屡遭失眠，汝又何其忍也？”我的家境的确太孤苦无依了，可我为了自己的理想已经献身于人民了，家所给予我的凄凉之感，会激励我的前进心。

4月13日

今天上午，干部开小组会，同学到附近庄上去调查了解灾荒。我和朱某某、刘某某、杜某某等三同学，进行个别谈话。刘某某在组织问题上很迫切，但她似乎受旧社会影响很深，爱面子，注意小节，所以她的组织问题一时还不能解决。杜某某哭着向我讲了很多凄惨的身世，表示愿意随着革命方向进步，"没有共产党就没有我"。但她出身是少奶奶，一套做作的功夫是有的。朱某某真像一个泼妇，穿着旗袍，就像上海的白相人或巡捕之类的"姘头"，言辞非常泼辣刻薄，说话没有一句是真的。女同学反映，她非常好谈男女之间性的问题，闺女们都耳不忍闻了。今天她谈话时嬉皮笑脸，满不在乎的态度。这种人的转变，不是靠几次谈话就能成功的。

我问她同学们对我有什么意见。她好像拍马屁似的，说男女同学都很羡慕我，在背后议论我"才貌双全"，"沈先生在校里很被器重"，"没有一个能及上他漂亮的"，"怪不得王科长（王萍）这样爱他"，"王科长有他是福气啊"，真把我笑死了。在同学们眼中，我确是了不起的。可是自己想想，我真是太空虚了，我在他们面前玩的什么把戏呢？

顾芸来信，开头一句"忘了算了"。我估计她一定为了我很久没有给她去信而生气的，所以立即写了一封很长的信给她。赵（汇川）最近打算去看她一次，我向芸建议，如果她还有很多矛盾存在，公开（恋爱关系）会使自己束缚于桎梏，逼着自己去完成和增进感情——矛盾的感情，而赵的到来，就能更快地造成这种公开。

顾芸是我的好朋友，我应经常和她通讯，她说："我不愿我们的友谊因长期的互不通讯而疏远了……"是的，我也不愿意。芸是了解我和萍感情发展的全过程的，我不能失去这样的人！

编 注

顾芸，父亲和母亲江淮大学时同学、好友，其时正与旅长赵汇川相识谈恋爱。新中国成立后顾芸在中央机关当秘书，爱人赵汇川是北海舰队副司令员。顾芸患有先天性心脏病，20世纪60年代初在办公室午休时猝然离世，才30多岁。北京八宝山革命公墓某室长条案上，摆放有顾芸的骨灰瓷瓶，她的烧瓷印像端庄而清秀。

父亲曾回忆：有一年清明，江大同学出去踏青。路过村边一片坟地，顾芸对父亲说："小沈，我心脏有毛病，怕是活不长的，将来逢清明，你别忘了到我坟头来看我哟。"

2008年清明，父亲和母亲在八宝山公墓向顾芸遗像三鞠躬。父亲说："顾芸，今天我和王萍又来看你了……"出门时，父亲

顾芸、赵汇川

用手帕轻拭眼角，长叹一声："唉，人走了都四十多年啦！"

4月14日

昨晚又起狂风，大概睡觉时受了凉，所以今天精神上不舒服，心跳沉重，像睡倒似的。

又有4位同学介绍来本地工作了，替本队添上几位宝贝。孙某某吸香烟，很幼稚；吕某某是从解放大队里才来的，有流氓意识，今天从圩子外边解了纽扣踱方步，显示了"小流氓"的特征。总之，添了这些人，在我们队内工作上来说，是增加了负担，我们将花很大的功夫来了解和教育这些人。

从出发以来，今天才见到报纸。最近十几天，对下层情况当然很了解，然而对时局就等于蒙在鼓里，一无所知，明天我应该抽时间给同学们报告一下时事。

我发现和同学们的接近是远不如前了，现在我只爱和少数同学谈谈，和落后的便觉得浪费时间。这样实际上是妨害了我工作的深入，不能和同学之间建立感情，今天我就自觉走到他们寝室去闲谈了。

4月15日

今天上午我给同学们报告"反对自由主义"。

因为同学们近来在生活上很松懈，所以自由主义发展得特别厉害，我就根据现在情况，对照文件来讲，特别着重在自由主义的具体表现根源及其克服办法上来讲，同学反映说对他们修养很有帮助。

下午又给萍去了信，又是5张。我们的交通工作也太成问题了，自 4 月 4 日，我给萍去信后至今还没有收到她的信，心里是怪焦急的，不知她的身体又如何了。

晚饭后，我和几位同志到湖边散步。月亮已经悬在西方了，云行得那样斯文，风吹得那样温和，蛙儿伴着月色歌唱，影儿伴着我轻移，心里非常沉静和愉快，可不知今夜萍在何处？

4 月 16 日

近来县政府和我们的配合非常不够，对我们很客气。今天下午又去和王县长谈了一下，表示我们来此就是县政府的一部分了，应该把我们当作“一部分”来看。

晚上参加同学们的娱乐晚会，几十个人在月光底下围了一个圆圈，哄发出掌声和笑声，30 岁的高佩章同学和年纪只有 15 岁的小同学在一起，不分彼此开着玩笑，空气非常融洽和愉快。我的参加，是一个最大的斗争目标，玩碰球没有把我带倒，他们便玩“飞机丢炸弹”。女同学特别调皮，她们集中火力捉弄我，把我炸倒了 3 次，我只得唱 3 支歌曲，然后她们便非常高兴。

半年来的淮师生活是把我变了，我在作风上有些官僚味，对人太严肃了些。这当然也有好的一面，但无论如何是会妨碍我的深入的。在马庄时，我记得我非常活泼，我还教他们歌子，但我现在为什么不愿了呢？是有了“架子”吗？我有什么架子呢？我还不仍是一个教员？今天我又活跃地参加了他们的晚会，那如洗的月色，把马庄的情景一幕幕地推上心头，如湖水般的不可压制。我不应沉浸于那时的愉快中，我应重新恢复起那时的活泼来。

4月17日

晚上睡太晚，早上起得不早，这恐怕也是小资产阶级的习性吧！

今天是大会最后的一天了，由王县长总结，报告查粮工作的任务、方针、方法及进程，报告很有条理。

下午和宋处长闲谈，他很年轻，似乎比王县长好接近一点。我和他初步商议了将来如何工作的问题，我说还是集中的好，不论在队的领导上以及伙食管理上。上边总有点要我们分散的意思。

宋处长告诉我一个非常不幸的消息，王若飞、秦邦宪及叶挺军长等，连随员共约14人（实为17人）在重返延安途上，因飞机撞山致命。叶军长才出狱，就遭难，实在是非常痛心的。如果他活着，根据他在国内外的威信，可以有更多贡献的，我估计飞机误事是反动派的阴谋也说不定。

从昨天起刮了一天半的大风，天气又突然变凉了些，生病的同学很多，7个女同学病了5个。今晚去看她们时，孙芸说心痛，王英说头晕，李英说肚子痛，向我要药。我看她们弱不禁风的样子，很怀疑她们出去究竟能干些什么呢。

农村实在太落后了（但我并不讨厌它），如果生急病那只有等死，我自己应该注意一点。今天天很凉，不知萍是否加了衣服，到今天还未收到她的来信，使我太焦急了。

4月19日

区乡干部会昨天结束了，乡级干部回去了，我们大概后天可以下去工作了。

昨天下午，我和宋处长闲谈了半天，从工作队应该如何工作，一直谈到淮师的教育方针问题。大家感觉，五河县这次区乡干部会议开得颇有成果，大部分干部都坦白反省了。据统计，乡级干部贪污者占 95%，区级干部占 85%，尚有隐瞒不说的。从这次会议我体验到，打通干部思想才是打通查粮工作的第一关，才能通过觉悟的可靠的干部去工作。贪污是一切腐化行为的物质基础，因为想搞女人、想享乐，于是就想贪污。所以反贪污，也就是开了审查干部之门。在这次经济整风中，我们发现乡干部的思想揭发是非常困难的，因为他们的政治认识较低，平时染有旧社会的恶习也较深。

昨晚和王县长商谈，我对工作关系、领导关系提出一个意见，他完全同意。在工作关系上我们是参加县的查粮委员会，接受县委员会的任务，到区里参加区的查粮委员会，领导决定先搞沱南、淮北两个区。

今天下午开了一个干部小组会议，决定了队内的中心工作，接下来就对同学传达报告。

4 月 29 日

昨天冯科长来信说，这区的工作有些偏向。在区东部的几乡着重在救灾方面，而把查粮清仓忘了。在区西部的几乡，却又着重在查粮，而把救灾忘了。我记得地委的指示中曾经指出，这二者是不应偏废的。我写了回信给他，请他给区里转达几项意见，首先我感觉区里没有一个统一的领导，至今还没有成立查粮委员会，干部下乡也大部是走马观花，到各乡乱跑，似乎很积极，其实什么成绩也没有搞出来。冯科长一天跑一乡，能收集到什么材料呢？其次我感觉查粮工作是自上而下的，没有和群众结合起来，造成一个群众性的自我检讨运动。而要造成这种群众性的运动，也只有和群众当前切身的利益结合起来，才有可能。群众的当前急需是救荒，所以查粮必须和救荒结合，以救荒来号召不可，使群众了解查粮是为了他们。这几项意见，区署也很同意。我在薛集乡的典型，就是在试行这种意见，考验一下是否正确。

昨晚开了一个工作检讨会，发现同学中的群众观念很差，以致他们在方式及作风上非常不注意，很急躁，所以受不到群众的欢迎和拥护。近日来的调查工作和宣传动员工作，也仅是走马观花，不能对群众的思想起“酝酿的作用”，因此前天的两个民主大会都未能开得好，群众在会上不敢提意见。最后，我又重新布置了乡的工作，首先最主要的是将乡助理员的账以及空仓户的欠条打出来，因为上级急等要粮食，其次再联系反贪污及民主检查工作。

今天上午我布置工作之后，同学们都下去了。我抽这个空，给萍写了一封信。不知怎的，提起笔来，就有写不完的话。我先照着她的来信答复。关于陈某某来信动员她回家的事，我认为这种落后是一种规律性，所以没有什么可诧异的。他的人生观是幻想主义的，易于乐观，也易于悲观；易于积极，也易于消极；易于满意，也易于不满。这就是他高兴地来根据地，又愤恨地回去的基本原因。现在他才回上海，可能受到了一些小恩小惠，便会觉得家庭很好，几个月以后他又会不满意的。

我们通一次信，来去一次的时间实在太长了，空间的相隔，使我们不能及时互相了解情况。当她一个人自己走向双沟时，她能知道我在哪里吗？当我在芦圩子一带打游击，半夜提心吊胆不能安睡的时候，我又知道她在哪里呢！所感到幸福的，就是她的确一心一意地爱着我，使我有所安慰地将全心投入到工作中去。

下午去找薛集村村长刘某某谈话，关于他贪污的材料，我们已收集很多，今天主要是劝他自我坦白。我说话的态度软硬俱下，使他心中引起了很大的矛盾，虽然还未谈好，但今天让他在内心里斗争一下也是非常重要的。

晚上又起东风。女同学们和我住在一个院里，她们来拉呱。孙芸说这几天学习上很松懈，工作上也是无成就，光阴去得实在太宝贵了。的确，我仔细一想，光阴的确过得太快，而我的进步，还跟不上这种快。

4月30日

今天要到五河（县城）去了。昨天晚上下了大雨。路湿滑，不好走。但今天是会期，无论如何要赶去。

我脱了鞋子，在多水的像膏质似的泥上走着。一脚深深地插入土中，然后艰苦地提起来，一脚又深深插了下去，这样走40里路，不论在时间及精力上都至少要超过60里的。

到小圩子的时候碰到了柳部长，在区署吃过中饭，和他一起上五河去，我和他在水汽迷糊中走向遥远的庄子。沱河的灰白色的浪头在我们旁边起伏着，几点灰色的水鸟随着青波远去，在荒芜的湖里，散放着一群群白色的山羊，牧童们用手捏着泥弹互相戏射。

柳部长身体太坏了，他的脸苍白得可怜，他远远地落后了。我急急地向前赶着，因为看样子天快黑了，离五河还有十几里路。在这荒湖里如果碰到坏蛋，我和柳部长的两支手枪是顶不住的。

到五河时已是万家灯火了。吃过晚饭，在洋油灯下整理汇报材料。

5月1日

上午到货管局去看沙杰（江淮大学同学），他在那里当会计科长。阔别两年的朋友们都锻炼得比以前老成了，但他还是像以前那样的老实，不善于谈吐，机械的琐碎的会计生活使他变得更正经。他告诉我，陈某（王萍亲戚）走时也曾努力动员他回上海。陈的理由是“根据地也不过如此”，“回去继续升学，以求深造”，“将来你迟早也要走上这条路，何必在此浪费光阴”。而且他还肯定地说，小沈、王萍是和他一起来的，他走对他们一定有很大影响，不到半年他们一定也要回上海的。从他的各种谈话中对根据地表示出很大的厌倦，毫无一点留恋，沙杰很为惊诧。

县政府财粮局陈局长告诉我，6月份起干部待遇要实行薪水制了，中学教员的待遇每月有400多斤大米。对于干部来说，生活可较前提高。对于公家来说，可以减少过去配给制的许多麻烦。

顾芸又来了信，她对赵司令一般说很满意，觉得他的性格比他的实际年龄要轻许多，而且和一般首长不同，只要女同志奉侍他就行。她已有了“逃不出今年”结婚的思想准备，但她对于“结婚”又是非常害怕和顾忌的，所以她便要求我们关心和支持，希望在长年累月之后，大家将永远地在一起。她的确很关心我，相信我，她说她心中的话“找不到人谈，除了你”。我今后也该时常留心地去关心她才对，近来因为常想给萍去信，给顾芸的信都太平淡简单了，虽然心中往往有很多话想说的。

弟弟又来了信，说因为最近心太野，所以考试成绩不如以前好，心中很不高兴，希望我时常给他鼓劲。

下午在街上碰到李敬祥，他现在是长淮文工团的团长，明天又要上 3 团去了，文工团的生活也太具有流动性。

晚上和宋处长漫谈时事问题，他有 10 天没见报纸了，还是我知道得多些。他是一个很热情的青年，我很爱和他谈。

编 注

1946 年，时局日趋紧张。根据地在做人员精简和疏散工作，有一种方式叫“打埋伏”，即来自城市的知识分子可以自愿选择回家潜伏。回家者就业、读书均可，不算失联脱党，因为这是组织的动员安排。将来革命胜利了，组织上保证承认该同志此阶段的党员身份和革命经历。

当年鼓动母亲到解放区的亲戚陈某选择了回上海“打埋伏”，母亲不回。陈某又来信劝她，说将来打起仗来，会很艰苦，又危险，你王萍的身体会吃不消的。母亲仍铁定了不回。

我问过母亲，你为何不“打埋伏”？母亲说，解放区确实艰苦，但上海没有那里的革命氛围和同志关系，我喜欢解放区。

其中是否还有父亲的因素？不得而知。但可以预测，母亲如回上海“打埋伏”，她与父亲大概率会就此拜拜。战争来了，音讯不通，状况不知，生死不明，这样的异地恋怕很难维系。

5月2日

王县长回来了，一早就开会。

从各区的汇报中可以看出，五河县还未真正动员党政军民学的全部力量到清粮工作上来，许多负责同志还存在着这是财粮部门工作的观念，没有切实领导亲自动手。同时，干部存在不负责任的拖拉现象，主要原因还是思想尚未打通。最近张专员曾来五河，他说县的整风会开得不够彻底严密，所以五河县的任务恐怕很难完成。他还介绍了泗南的比较成功的例子：开大会到有 500 人以上，动员以后，就组织反省示范，热烈进行，最后还要写反省笔记，由小组盖上章。反省出来的贪污钱财，当时就给予处理，所以收获很大。

五河县的大会连工作队在内仅有 180 人，动员报告没有立案，以后的反省又进行得稀稀拉拉。而且会上并没有适当处理反省出来的东西，到区里后也不召集查粮委员会继续打通思想，而是抱着“糊涂观念”下乡，总体来说思想未打通，是工作不成功的基本原因。

我在检讨沱南区的工作时，着重将这一点提出来了。我说：“有好几个乡，如果没有人去，工作就无声无息，不仅查粮任务很难完成，以后任何工作都将难以推动，因为干部作风太疲塌了。”

另外，各区都没有走群众路线，大部是自上而下地搞，没有发动群众起来帮助政府查粮，没有造成一个“群众性的自我检讨运动”。各区至目前为止，只查了群众的粮，还未查出干部贪污的粮，即使有些零星材料，因为没有发动群众检举，所以也不好处理。查粮和发动群众、反贪污要联系起来，只要发动群众，这两者是可以同时完成的。

五北区双庙街，是宋处长领导的，在“走群众路线”方面有些新的创造。他们的优点有四个：一是力量集中，击中要点；二是搞得又快又有粮出来；三是耐心打通群众思想，造成群众还粮热潮，反对对群众采取高压恐吓的办法；四是继续打通干部思想。

末了王县长的指示仅有“一刻钟”，主要是重申前令，号召干部打通思想，集中力量，按期完成任务，我不免感觉王县长的作风有些不太切实了。

晚上和宋处长、刘冰、王秘书等在洋油灯下拉呱谈笑，感头晕，好像有病似的，否则手足为什么这般酸痛呢?

5月3日

大概因为只带了一条薄被的缘故，受了寒凉，所以真的生病了。昨天晚上一阵肚子疼，把我搅醒的时候，大时钟才打一下，一直到天亮。我在床上翻来覆去，阵阵寒意增加了我的头痛，我恨不得能大声哼叫，才能减轻自己的痛苦。可是王县长、王秘书、宋处长都在我周围，我压制着欲发的叫喊，我怕把他们闹醒。

半夜里起来拉肚子，天上乌黑黑的，风刮得很大，好像要下雨的样子。一阵绞痛，拉下稀屎，口里又呕出酸涩的、未经消化的东西来，用指头在肚子上敲敲，就咚咚作响。大便起来，一阵头晕，就像要倒下来似的。

早上王县长买了鱼肉请客，一定要留我吃过早饭走。好久不吃鱼肉，应该要“狼吞”一下子，可是今天一点也感不到有什么味道。我实在吃不下去，吃饭时也不像平时那样爱说话。

小管这通讯员一向是很调皮的，对我很忠实，出发以来，他服侍我非常周到。今天他又帮我背了背包，可是我这疲乏的身体，仅仅走了五里路，到渡口的时候就支撑不住了。我倒在渡船上迷糊地睡了，到对岸时，我又只得勉强拖着脚步走。

我把所有的衣服都穿在身上，想趁走路出一身大汗就会祛病。可是非但没有出汗，反而一阵阵感觉寒冷，头更热、更昏了。我在一条路口躺下了，的确不能再支持了，迷迷糊糊地觉得自己正睡在旷野的大湖里。青色的麦浪在我身旁卷着，天上只有几条孤单的云片，一会儿就消失了。我找不到一个人可以和我谈些话，急剧的心跳增加了我的寂寞之感，于是萍的影子很快地浮上来了。假使今天萍看见我生病，她一定会很好地照顾和安慰我的。

到大圩子时，碰到了冯科长和刘雷，我在那里昏昏沉沉睡了两个钟点。

回到薛集时，同学们都远远地招手欢呼，他们对我是很热情的。料理了一些工作就睡了，一天只吃了一次早饭，半夜醒来感觉肚子饿，又想念着亲爱的萍，不知回去可否遇见她。

5月5日

昨天早上身体稍微好一点，就召集同学汇报，他们高兴地告诉我，前薛村和后薛村的反贪污运动突破了，成功的原因主要是由于：（一）同学们很热烈地开了一次检讨会，检讨了过去的缺点以及失败的原因，开会以后工作的热情和决心都普遍提高了；（二）改变了过去粗枝大叶的作风，深入群众；（三）首先重新调查了各村的情况，划分村里的阶级成分，抓住积极分子，然后再开积极分子会、贫农会、中农会，酝酿反贪污。因为在会前有了充分的组织准备和思想动员，会上群众发言很踊跃，当场就把村长改选了。这两天的工作中心是要粮。这不是一件简单的工作，必须防止强迫恐吓，要耐心说服群众还粮。我们采取的方法是“打通思想和具体研究”结合，先研究好每家的成分及经济状况，确定他能不能还，然后召集欠粮户会议，着重提出“老百姓也应该帮助公家解决困难”，再叫他们讨论究竟是否应该还公粮，及如何还等。

有几个村的会议，开得很热烈，我们很谦虚而温和地向群众解释，启发他们爱护政府的心理。他们反映说“官家没粮吃，我们很难为情”“我们和官家大家兑兑，匀些稀饭吃”“我再穷也得想法还公粮”“我们欠官家粮，政府还是客客气气地和我们商量，过去政府哪有这样”！这些反映表示群众的思想已初步打通了，他们对查粮不再感觉是一种负担，或者是政府对他们的压迫。看样子还粮热潮是不难掀起了，但还有少数顽固富农在阻挠这种热潮的发展。我们对他们的态度是，如果他们不还，将押卖他们的牲口和田地。

我深深感觉一件工作要做得细微深入是不容易的。比方要老百姓还粮很容易，但让他们口服心服，却也不是一件易事。在老薛集的几位同学，没有对群众耐心地说服动员，就向老百姓要粮了，结果群众大都说还不起，弄得这两位同学束手无策。

在动员还粮以后，这乡要开一个全乡的反贪污大会，用一个轰轰烈烈的大会来结束全乡的工作。反贪污的对象主要是助理员和农救会主任，这两个家伙防御工事已筑得非常坚固，不用群众力量，不发动群众起来检举，是攻不破的。老百姓对助理员的看法是“一挤眼就是一个点子”，他在群众眼里是一个最会玩点子的人，所以也只有群众最了解他的点子。

下午去参加前王家的动员会，开得不很热烈，主要是事前未有组织准备和思想酝酿。

天黑才回，当我和两位同学从大路走向薛集时，如钩的明月恰巧挂在柳梢头上。

5月6日

吃过早饭，我们开党小组会议。

我反省最近工作的缺点是：（一）计划性和预见性差，一碰钉子就流产了；（二）对于工作中所发现的问题，很少去研究，收集的材料也不及时整理；（三）好高骛远和形式主义。我至今还未写通讯，主要是不想写短的，想写一篇长的、有系统的大文章，要等整个乡的工作结束以后才写。另外，总是异想天开，玩花样，胜人一筹。所以，工作还不能算很切实。关于这一点，萍也时常批评我的，可是我还未很好地克服，它的根源还是在于“个人英雄主义”。陈区长上午来找我，商讨处理干部的问题。我恐怕群众发动起来之后，会有过“左”现象，在反贪污运动中弄出偏向来。陈局长同意我的处理办法：如果群众要求罢免，就罢免，如果干部在群众大会上不承认错误，可扣押至区署。

我和陈区长一起找助理员谈，说服他“自我坦白”，说明政府的宽大政策，告诉他如果不坦白是要受处分的。他还是掩饰错误，发很多誓来表示自己没有贪污。下午我又同他谈了两个小时，他说我回去想想，可能思想上有些变化。我指出两条路，一条是坦白的光明的路，一条是黑暗的自灭前途的路，这两条路由他自己去走。

临近傍晚时，天上打了几个响雷，接着大雨倾盆而下，不免又耽误了工作。

庄前的沱河岔子水又溢满了。老百姓说现在小麦不要雨了，最好是有太阳，小麦就成熟得快。假使能多刮东南风，还能多收粮食。

晚上饭店里来了很多客人，我睡觉的地方被挤掉了。外边正下着雨，伸手不见五指，也没法另找地方了。我只得搬到里屋女同学的房里去睡，为了避免人家说话，我的床放得远远的。

这些女同学似乎很爱谈家常，大部还未脱去旧社会女性的性格。

5月7日

早晨肚子又一阵阵的微痛，大概又是天快亮时受了凉，因为我醒来时发觉下半身都露在被子外面。

看了新近来的《拂晓报》，其中有关群众工作的几篇，对我目前的工作启发很大。

各村的动员还粮工作都做完了，现在面临的最艰难工作，就是开反贪运动会。这个会议的基本目的有二：一是为了治病救人，帮助干部反省坦白，改进政府工作；二是养成老百姓爱护关心政府及监督政府工作人员的习惯。这会如果开得好，那么贪污干部就可能在群众面前低头承认错误；如果开得不好，今后对贪污干部的毛病就更难揭发。我们要防止群众过右，也要防止群众过“左”。但为了发动群众，我们宁可群众过“左”一点，要防止偏向，也要大胆地不怕“偏向”。根据我们在这次工作中摸索出来的经验，任何一个会要开得热烈，事先必须有充分的组织准备和思想酝酿。明天的大会是要下决心开好的，今天就重新配备了一些同学下去动员。

许多老百姓都来纷纷要求延期还粮：“队长你原谅一下吧，我们家里太困难了，还没有吃的呢！”实在使我为难，从群众口里吐出来的灾情实在是太凄惨了。可是我还必须把握原则，尽可能要他们还粮，因为政府也很困难，也没有吃的了。我们把有几家能还不还的顽固户的牛拉来了。于是，他们才答应把粮在麦收前还出来。可是我们对贫农及部分的中农总是很客气的，允许他们在麦收后还。有几家能还的富农户，也想打些折扣。我对他们说：“你们欠政府粮，政府还耐烦地和你们商讨，好像政府欠了你们似的。”他们感觉不好意思，于是也都答应还了。

在这次工作当中，我对老百姓的痛苦和困难体会得更深刻了。许多同学回来也摇头叹气地这样说。

孙某总是太随便，我在女同学桌上写东西时，她热得把衣服脱下来，只剩下一件短袖无领的内衣，以及露着大腿的裤头子，横卧在床上。我恐怕人家反映，提起书包就到事务处去了。从各方面来观察，她是一个放荡的女子，离一个公务人员的标准实在太远了。如果她不注意自己的缺点，不会有显著的进步。

5月8日

大清早，孟先生让人送信来，叫我去参加他们的“反贪污清算大会”，大会用这样一个名词就有偏向的。我恐怕他的布置也许还有其他的偏向，所以决定去。

编 注

1946年3月末至5月中，父亲的身份已不是“国文教员”了，而是五河县查粮工作队队长。他的那些尚不成熟的学生也不再是“学生”，而是边区政府工作队的队员了，这便是根据地培养干部学校与普通中学的不同。

边区财政收支依靠田亩核定后农民应交的“公粮”。抗战甫胜利，苏皖边解放区规模扩大，基层建设工作尚不完善，土地改革刚开始试点探索阶段，农村没有划定阶级，加之干部素质良莠不齐，又遇灾情，故如期征收“公粮”入库面临诸多困难。边区政府临时抽调干部组成“查粮队”，派至县、乡、区加强力量。查粮，即下乡催缴“公粮”，并查处基层贪官污吏，追回赃粮赃款。父亲第一次直面百姓，了解民情，受到锻炼。他的查粮日记，有助了解其时边区地方政府的运作方式和反贪实情。

5月8日至6月26日，有一个半月时间父亲未写日记。他如何结束的查粮工作、与学生们如何道别都不得而知，只知6月中下旬，他被调到拂晓报社当记者。他终于告别教师生涯，开启了从事军事宣传的人生旅程。也不一定是他个人的兴趣选

拂曉報

我軍攻入淮陰

正義的復仇！

日本降書全文

蘇聯定三日爲勝利日

◀《拂晓报》是中国抗日战争时期新四军部队在淮北抗日民主根据地创办的油印报纸，主要内容是宣传中国共产党的抗日救国主张，反映和报道敌后抗日根据地军民的艰苦卓绝斗争。该报在游击战争中坚持出版，毛泽东曾为它书写“坚持游击战争”的题词

图片提供：张庆民 /FOTOE

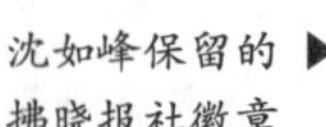

沈如峰保留的▶
拂晓报社徽章

择，但一脚入门，记者竟成为他的终身职业。

6 月 26 日，国民党军大举进攻我中原军区李先念部，全面内战爆发，苏皖边区的日子再不会有太平。父亲工作调动，应与这大背景相关。

6月27日

我记得是在 18 日左右从淮北师范调出来。那时曾有一度决定到东北去，但由于我自己抓得不紧，又给组织部调回来了。地委的意见简单而坚决，就是工作需要我到报社去。

于是我便到报社（拂晓报社）去了。去时是很矛盾的，我还在考虑，究竟干文化工作呢，还是干工业建设呢？工业的方向是极有前途的，也是我所最理想的。但目前我连过去所学的一些基本知识都忘了，凭什么去干这行呢？必须好好学一学才成啊！但到哪里去学呢？这条路既然走不通，于是便只能学文化工作了，因为我所有的是文化，干起来方便一点。

我的工作决定了，萍又为工作烦恼起来。对农业也不及以前那样的坚决有信心，开始怀疑她究竟是否适合做农业工作呢？当许多人都说她不合适时，她是很烦闷的，因为不做农业工作又做什么呢？有什么比较适合的工作呢？她曾经考虑了很多，想到东北去、淮阴去、学化学去……她往往并不很切实去想的，往往带有很多美丽的幻想。当这些幻想不能实现，于是又失望苦恼。这一时期，我自己的工作虽决定了，但常常为她着急，一天天拖下去怎么办呢？我们为了工作问题谈了不少次，但我也实在没有办法提出很具体的意见来，有时是使她失望的。

我参加地委扩大会，听了几次报告，以及研究了土地改革的文件之后，报社便让我到睢宁县去了。22日晚上，戴邦[①]同志很详细地给我布置了任务，我基本上是为土地改革服务，但如果转入战争状态时，就为战争服务。

23日晚上与王萍在城墙上玩，那时我们为一种即将分离的离愁笼罩着。她轻轻地倒在我怀里，我紧紧地亲切地抱着她。每一个都是久久的、紧紧的，多么幸福啊！

24日我为行李及手续忙了一天。午睡的时间，萍抽开会的空隙来帮我整理行李，我的确太幸福了。得到了多么大的安慰啊，她这样体贴我，只有好好工作才能报答她啊！

25日便离泗（县）了，萍至少送我到3里路以外。

在路上碰到了何科长，一路有说有笑，他叫我单人走路要小心一点。第一天在许陈庄住了，共行了55里路，因到得太晚，饭也没好好吃成。第二天中午到睢宁，工作已初步和县委商议。现在正在开大会，布置扩军工作。

7月7日

近来生活的流动性很大，往往一天三顿饭都没有一定的时间，不要说看书，就连记日记的机会也没有了。有时我虽然时常督励自己不要把日记断开，但往往在夜间，一提笔，便想睡觉了。

2日，县委的扩军布置会议结束了，周政委估计睢宁城市工作可能搞得很热烈。我参加了一个镇的实际工作。6日，我

① 戴邦（1917—2000），拂晓报社领导，新中国成立后曾任中国社会科学院新闻研究所副所长、中国新闻学会联合会副会长。

到新兵招待所去了解，新兵已有 60 人，估计今天能满 100 人。77 团张参谋说，泗宿县已经完成任务了，睢宁县完成任务大约在 15 日左右。

傍晚时，阴雾四合，雷声甫起，大雨骤下，我被关在楼上，心里实在阴郁得很。出发已 10 多天了，但我的成就又在哪里呢？成天忙着、跑着，但往往收效极微。近来可以说是毫无进步，长此下去，我将成为一个什么人呢？我很替我的前途担忧着，而我究竟应该成为一个什么人呢？我又想不出来。

在新闻工作上我还是不很安心的，感到当个新闻记者跑来跑去，不是一个办法。例如搞土地改革、征粮扩军的，我还不如做一个这些部门的实际工作者，能报道得更好，而且更多。近来，我到处调查调查、访问访问，差不多成了一个调查员、访问员，我实际工作的经验还是很少。有时，我很羡慕地方工作的同志，想到地方上工作，但外来干部到地方上去，情况生疏，工作上也不一定能吃得开。

近来的生活真是太自由了，一个人在外，谁也管不到我，谁也不来管我，一切都要自己好好把握。近来流动得厉害，组织生活也没过过，这里同志对我根本不了解，也没有人好好地来批评我，思想意识是很容易往坏的方向发展的。好在我入党也很久了，把握自己的能力是有的。

工作上虽有矛盾，但精神上是很愉快的，因为新华社几位领导同志都非常关心我的工作、身体以及私人问题。戴邦时常来信指教，在打电话时告诉我王萍的情况，并且半开玩笑地叫我放心。同志之间有这样融洽的感情，使我得到不少安慰，工作上安心不小。

曾经打电话给萍，叫她不必来睢宁中学调查生产经验了，因为那里并没有很好的材料。总算在百里外，能听到几句萍的亲切的声音，给了我一个很大的安慰，使我放心不少。

从我们双方的信上，就看出我们的感情是多么甜蜜了。她叫我今后要坚决注意身体，保持愉快，否则她会生气的，觉得我没有把她的话记在心上，假使有了病隐瞒她，她更会不高兴的，回来要揍我（一笑）。我回信时便这样写道："我以后如果知道你在吃带皮的桃子，也要揍你的，我保证今后不挨揍，你能不能保证呢？"我们应该好好地度过这分开着的夏天。

她的头发剪短了，问我赞成不赞成，我心头起了一点甜蜜的微笑，在回信时对她说："你的头发又不是替我生的，你有你的欢喜，我无权干涉，如果你一定要问我，那么你欢喜短的，我就爱短的，你欢喜长的，我就爱长的，你的欢喜就是我的爱好，好不好？"

我们这种融洽的感情已经到了毫无问题的阶段，都已写信告诉家庭，不久就可以订婚了。但我毕竟太年轻了，这样早订婚，人家是否会不同情呢？我书既未念足，事业上也是无有成就，是不是会使萍感到光荣和满足呢？她将来会不会懊悔呢？

我必须好好考虑这些问题。

7月9日

昨天晚上是第一完小（完全小学）演出秧歌及睢宁中学师生演出"睢宁之战"，成绩尚可，看戏群众约万余人。"睢宁之战"场面颇为热闹，但主要描写战斗的经过，没有启发（当前）群众自卫情绪。

昨天访问赵市长及杨政委，就睢宁市抗日解放周年纪念，问他们有何感想，下午写了两条消息到报社去。

今天早晨到新兵招待所去了。

当记者就是这样到处跑来跑去，到处看、访问、观察、写，仿佛是很特殊的人物似的。

各地不断地送参军的新兵来，有大批的，也有三三两两的，父送子、妻送郎的故事不断出现，充分地流露出解放区人民爱护自己乐园的热烈情绪，以及憎恨反动派罪行的不可摧毁的意志，使我感动。

傍晚时，夕照即将熄灭，金光照红了半个天空，从浓密的树林深处里，四周传来了金锣及爆竹的声音，这又是送参军来的，从东南西三面，差不多同时出现了大队人马，簇拥着各色旌旗，顿时一下子把大场压平，把世界搞翻了。参军英雄被人从马上、轿上扶下来，他们穿着新衣服，戴着大红花，满脸笑容地走进招待所。有些年纪大一些的老百姓说："庄上这样热闹，几千年还没有见过呢！"是的，在过去社会里，好男不当兵，当兵的哪有这样的福气被欢送呢？

7月11日

袁邦新从报社回来了，他替我带来了很多报纸，还有很多泗县的消息。泗宿扩军已经完成任务，泗县也正在热烈进行中，王允照（县长）在群众大会上号召"好党员要带头参军，好干部要参军，好老百姓要参军"，于是台下应声四起，报名参军的非常多。又据说中原宣化店已经失守，大部军队已突出包围区，少数部队情况未明。据刘副政委估计，今明两日可能发生大的战斗。

本县大部地区已经超过了任务，共有 260 人，但仍未造成群众性参军热潮，停留在少数党员及干部的活动上，没有放手地搞。客观原因是受时局的影响，慌了步骤。主观尚存在没有走群众路线。最后会上决定，在今后 10 天内造成第二次高潮，完成全县 650 名新兵的数目。

今天我到连队去了解材料。先与几个父送子、妻送郎的典型人物谈了一下，后来与赵支书拉呱。他是 9 纵队的连指导员，虽是工农干部，讲话很有一套，他好以军事家的口吻讲述战斗故事及部队生活，大家听得很有兴趣。他热爱着战斗和自己的队伍，他常以夸奖的语气来叙述部队里的同志爱，以及在战斗时不论团、营、连，甚至排或班，争先冲锋的情形。我从这人身上第一次体会到新型革命军人的气息。

下午参加他们的讨论会，我参加的是第二连，讨论三个问题：

（一）为什么要参军，参军有哪些利益？（二）老百姓生活和部队生活有哪些不同？（三）开小差是否能开得掉？一般还算热潮，有的政治认识似乎很高，讲得很正确而有条理。但第二题却不会讨论，有一位新战士说，我们在家都是老百姓，谁知道军队生活是怎样的呢？这样说得很对，出第二道题叫他们讨论是犯了主观主义。

近来在文化上的提高很慢，即使自己抓紧学习，但没人能在一起研究，也不会有多大成就的，形成我的苦闷。过去学校里学的东西，虽说是教条，但究竟还是有用的，但现在多半荒废了。近来提起笔来，在用词上觉得枯竭，大概就是这种荒废的表现吧，真是很危险的。只有自己尽量抓紧和利用时间，并且每一本书要经过细嚼，必要的还要做笔记。

萍在这方面，也是很松懈的，明天要写封信去提起她的注意。方岚（江大同学，拂晓报同事）来信说，邓岗、戴邦他们对我的来稿很喜欢。不过，我总觉得他们故意在鼓励我。我初次写稿，生疏和拙劣是必然的。

在一张旧报纸上看到了歌德对他夫人的爱，在他们的爱情中，歌德从她身上吸取了很多的美德。在爱她以前，歌德是个很放荡散漫的家伙，在爱她以后，歌德便变得端正，而努力于他自己的创作了。这就是伟大的爱的表现。我与萍以后除互相格外地体贴关切以外，更重要的

邓岗，时任拂晓报社社长，后任华东野战军新华社前线分社副社长，新中国成立后曾任新华社副社长、中央广播事业局局长

是要向对方学习，从对方身上汲取“美德”。

在连里吃过晚饭，又下起雨来。我赶快回去，因心慌又摸错了路。心里准备淋湿衣服的，却不料竟下起倾盆大雨来，离庄尚有两里半路，大雨往我身上倒，天又黑，路又滑，我在空无一人的野湖边奔跑着，衣服越来越重了，已经完全湿透。雨越来越大，力气却越来越不够，好几次差一点滑倒在沟里。好容易勉强回到庄上时，已经成了百分百的落汤鸡了。亏得因奔跑而出了一身汗，否则才吃过饭，又受冷，一定要生大病的。

黑漆漆地摸到自己房里，对方的同志只是敷衍地问了一句“衣服都淋湿了吧，快脱快脱”，又“唉”了一下，因为下雨，他们也懒得动。

身体渐渐感到冷了，找毛巾半天找不到，给人拿去使了，只得换了衣服，气恼地躺在床上。

空洞洞的小房间，一盏不明的小油灯，门外下着大雨，雨声压倒了一切。一个人想想今夜的苦头，有些冤枉，想想在湖边受大雨袭击而奔跑时的情景，也怪有意思。

一个人望着油灯出神地想，萍知道了，一定又要生气的。而她来信说，如果隐瞒了，她会更不高兴。不过我是更关心着她的。她今夜在哪里住呢，是不是也遭雨淋呢？今夜萍在这里，她不知又将怎样地一方面责备，一方面疼爱我了，她也许至少会帮我弄口热茶喝喝的。

李主任已经离开招待所了，据说战争已经爆发，他去负责民兵工作，如果战争真正发生，我准备到大李集去。

形势越来越紧张了，炮声响了，在一切为了前线的前提下，我要好好搞好我的工作。

外边雨越来越紧，不知什么时候睡去了。

7月13日

听说情况又有了变化，昨晚或者今晨可能在西方打起来。我们对这个消息表示沉默，如果传开了，对新战士的巩固将发生更大困难。

昨天晚上，月色很好，我和谢教导员、周教导员等到湖里去洗澡，我还是第一次下水，但是水仅及腰，也就不害怕了。水并不凉，洗得很痛快。

昨天晚上，开了一个各连负责同志的联席会议，讨论新战士的巩固及教育问题。在汇报中，发现连里有着很严重的动摇现象，由于两个原因造成：一是怕死，二是家庭困难。一连90多人，请假及私跑的就有40人。我建议，今后要加强他们的政治觉悟及阶级意识，才能巩固部队。首先应该着重在土地改革的教育上，这是最能使战士安心的；其次是时事教育及实例教育。教育方法上，土地改革教育，应该先从战士中收集材料，再做大的集体报告，以后再讨论。时事教育也这样，应该讲得简单，根据他们思想上怀疑的问题来讲。实例教育可收集战士平日言行表现，用饭前讲话或集合讲话等形式来进行，以严格纪律，表扬模范。大家又补充了一些意见，便决定这样做了。谢教导员负责报告土地改革。

又好久没有写信给萍了，同样没有收到她的信了。虽只几天，好像又有很多事想告诉她。我每写一封信给她，自己也能得到很多安慰的。今天我写的是第21封了，每一封上，我总是把所有的事，生活及工作的状况，以及思想都告诉她，同时把对她忠诚的爱情传达给她，使我们仍像天天见面一样的熟悉。这些信不但给予她做纪念品，而且也成了我历史的一部分。将这 21 封信连起来，就是这半年的历史。

我主要提出工作及学习的问题，作为双方共同的勉励。学习上，我提出要改进方法，要有悉心研究的态度才能扩大效果。工作上，我提出“没有理智的工作，就没有幸福的生活”，认为理智的感情，必须建筑在理智的工作之上。

晚上仍下湖洗澡，看《伊凡·尼古林——俄罗斯的水兵》数页后，就寝。

7 月 14 日

今天清晨，到县委找不到周政委，县委机关正准备迁移。到市委去时，赵市长告诉我，昨天半夜接到紧急通知，各机关星夜搬至城外，战争估计在今晨可能大规模发生，老百姓向城外搬迁转移的也不少。

后来到县政府去，各负责同志正在开会，于是我也参加，主要是讨论各机关的疏散问题，以及民兵后勤集中问题。周政委告诉我，战争已完全不可避免，顽军可能由二路从徐蚌分兵进击，我们主力可能暂时隐蔽一下，看看他怎样出击再打。因此，灵璧、五河等，都极大可能暂时撤退；睢宁、泗县等地已极易为战争波及，而转入游击状态，所以后方干部目前立即轻装，准备行动。

我今天仍回新兵招待所去，在这种混杂的形势之下，很担心萍。我写了一封简短的信给她，叫她在后方也不要大意，要防止坏蛋的捣乱。和平生活也过得很长久了，突然发生战争，混乱是难免的，我希望她能和女同志在一起行动，这样在照顾上方便一点。

回所里时天黑了，特别闷热，电光闪闪，一点风也没有，好像要下雨。

今天萍在哪里呢？伏天才开始，她身体怎样？今年夏天，我不能像去年一样关心照顾她了！

和宋干事、魏科长、周教导员等拉呱。哗啦啦有几位妇女同志唱小调，她们那嘶哑的嗓子，实在不能入耳。

7月15日

邱集区来了慰问团，带了很多慰劳品来。午后，便把4个新兵营集中起来，由李组织部长讲优待抗属工作情形。在他们区里，抗属大部都分到了土地，群众献粮、献草、献金非常踊跃。优抗和扩军结合非但扩得容易，而且容易巩固新部队。

新兵的材料已经收集差不多了，明天应该写出来。

周教导员是一个直爽和老脸皮的家伙，他把我的照相本抢去，一切给他知道了。晚上，大家躺在凉床上闲谈，他要我帮他介绍一位爱人，条件是漂亮一点，十八九岁，小学程度。他自称23岁，但看上去有30多岁。他自说要求很高。我想想暗自好笑，胡乱答应他，替他留意物色。

近来时常有人估我的年龄，大都说至少有22岁，至多也有说25的。周教导员在地委开会时曾见到萍，我问他萍年龄如何，他说最多20岁，反正我和萍在外表上是差不多的。假使人家不知道实际情况，是相信我们同年的。不过萍常着急外表上的区分，她的着急也不是没有理由的，我一定要对她绝对忠实，才能对得起她。她在条件最好的时候，毫无异念地专一地爱我，将来是更无问题的[①]。

新战士中有一位生急病，睡在炮楼上，叫得非常凄惨，难以入耳。叫着："唉，你的奶奶，我的妈妈……"大家好笑，我并不笑，克制着自己，很同情这个人。他生了病，人家见到很害怕，更没有人好好照顾他，由他一个人在黑暗而闷热的小楼上叫喊，死了也不会有人知道。如果我在外面，留在一个小庄上生病，不也这样吗？

我想这些问题并不是悲观或不满，而是警惕自己要注意身体。叫声叫得我们不能入睡，我将床搬到后院凉棚底下去。微风阵阵吹来，满月从屋脊上探出头来。天上一片云也没有，好像是透明的。我面对着月亮，想起了几千里路以外的家，母亲和弟弟是否也望着月亮想我呢？还有，我想念着在青阳一带流动着的萍，现在月色也许照在她的床上，她也许睡着了。但愿这月色象征母亲、弟妹以及萍，所有亲人都好！

7月17日

新兵大批送来了，第二次参军高潮已经造成。

招待所里成天闹哄哄的，很难安下心来看书记日记，让光阴在胡乱的闲谈中白溜过去了。我以后要好好克服这一点，有些土包子上进心差，整天闲拉呱不学习，我不能跟着胡混。

今晨到野外散步，太阳还不高，草上有露水，惊奇地发现

---

① 母亲比父亲大半岁。

了一棵苹果树。周先生问这是什么，我告诉了他。他拿了 5 元抗币，硬要老百姓摘 3 个给他。他贪婪地细细地嗅着，翻来覆去地看，一遍又一遍说这是第一次看见。我心里暗暗好笑。周有很多好笑的地方，爱谈人家的事，甚至说，哪个男同志性欲高，哪个女同志性欲高。我大笑地问他，你怎么知道？他说他有经验，从外表上能看出来。

还有一个笑话，要我帮他介绍一位爱人，他替我搞把短枪。

7 月 18 日

总算看完了《伊凡 · 尼古林——俄罗斯的水兵》。这是一本情节非常紧张的小说，从尼古林成长的过程中，我看到了真正的革命者应该怎样毫不怕牺牲地去完成自己的事业，我要英勇果敢、热情地工作。

玛丽亚的英勇殉难，叫我们要常以党的利益衡量自己，使自己在政治上无限坚定，在任何时候不会动摇。

潘奇的死，是由于他在接近敌人的时候，忘记了敌人，满脑子是回忆，想着爱人……告诉我们，我们在工作的时候应该少想自己。

这是一本很好的书，我要抽空好好写一篇笔记。

上午到县委，碰到了地委王、梁部长，他们从邳睢铜路过这里，明天回泗县去。据说邳睢县在土地改革中有了偏向，把 50 多家中农以上的粮食查封了，犯了错误，群众恐慌。事实上，把群众看成骡子，自己会倒霉的。

中午到县政府吃饭，有七八个丰美的菜。

骑自行车回来。半路车轮坏了，只好推着走，到庄上修了再骑。晚上与袁军入河洗澡，水太凉，不能忍。

7月19日

今天早上，按照计划有一个半小时的业务学习。我仔细读着《新闻学讲话》，发现自己工作上有这样几个毛病：一、采访不机动灵活；二、新闻线索少；三、写稿不迅速，常落在形势后面，以致不能发表；四、未能组织全面性的报道；五、不能抓紧每一个对象深入谈话。

分析原因，主观上尚未有缜密思想、认真研究的精神，客观上是业务不熟练，感到生疏和困难。

吃过早饭，到庄前大树荫底下写新兵招待所稿件。因材料多感到无从下手，半天时间写得又少又不好，还要好好修改。

戴县长、周政委来此，他们告诉我，徐州敌人已向双沟方向出击，那一带部队很少，有可能占领双沟，离此约有 90 里。今上午大家已闻三声重炮响，大概战争已爆发了。

因情势紧张，新兵连准备向城东北方向移动，那里较安定一点，各区停止扩军，集中大力扩区乡队。招待所明天结束了，我将至何处，尚未有定。

写信给萍，主要是为了她的工作，提些意见给她。在她最近 4 封来信中，我发现她的工作状态不稳定，情绪上形成了波浪式起伏，没有一定的主张。第一封信好像要调动工作；第二封信上说要决心学农，不抛弃原有基础；第三封信说以后要调动；第四封信又说要专心于农业了。她自己毫无主张及分析能力，完全根据陈处长的话。而他呢，一会儿说她不合适，一会儿让她负责农场，甚至又说不要抛弃基础，也是矛盾得很。许多空理论都是毫无根据，随一时的兴趣，心血来潮胡侃的，把她弄得七颠八倒。其实我并不反对她做农业工作，假使她有决心及兴趣的话。不过，将来如要改行，还不如早些改行，免得耽误大好光阴。而到将来改行时，更会感到毫无成就的，她总强调，搞农业工作的目的单纯为了“学”。

当然工作中是能“学”的，但如果为人民服务观念差，也不可能有效地去“学”。况且她嘴上说“学”，实际并没有真正认真地学。我的意见，她要学的话，就要赶紧认真地学，不要虚度光阴。

我把我自己工作的情绪也告诉了她。我并不是专门批评她，她也应该严格批评我，这样对我才有帮助。

下午到新兵 2 连，他们明天要移到高楼，找 9 纵队 73 团去。我帮他们整理新兵名单，调查成分和逃兵的姓名住址。

县里很多同志和我感情很好，最明确的表现是随便“老某”“老某”地互相称呼，随便开玩笑。我的爱人也被他们知道了，他们说我单身在外，没枪不方便，决心帮我搞支枪。魏科长送我了一把德国三保险的匣子，后来我想一个人带匣子反而不便，便和周教导员对换了一把手枪，今后在外活动可以大胆些了。

晚上回来时，月亮才出来，已有一更多光景了，连里派了两位特务员送我们回去。深夜的田野显得特别澄清幽静，5 个人在路上走，只有脚步声响着，以及远处迎来的狗吠声，其他什么声音也没有了。

7月20日

新兵招待所结束了。由于县西情况紧张，新兵2连向高楼开发，归并到73团。1连、3连、4连，集中到县东南18里的王林附近去整训，再正式编入部队，其中4连可能编为县的警卫连。

我在招待所10余天的日子过得不错，与县以及部队的同志处得非常融洽，尤其与部队同志的接触中，更使我热爱他们那种热情、大胆、机灵、艰苦朴实的作风，他们比地方同志要虚心一点，这是他们经常地不间断地整风的缘故，这些同志是值得我永远纪念的。

晌午，周政委告诉我敌人已占领了双沟，五河已遭轰炸，县属各机关正在准备转移。

7月21日

突然发现我的钢笔给魏科长“打了游击”，他说他给我搞到了枪，钢笔就该给他。这无论如何是办不到的，没有了钢笔我将无法工作，纠缠半天，他才将笔还给我，时间已经不早了。

县机关差不多搬完了，每个机关只剩几人看家。县委忙着找大车，准备先到离城东北五里的潘村，再转移到梁圩子去。

到县府打电话给戴邦，他说五河、灵璧各地也打起来了，全面战争已经爆发，情况很紧张。他才从大李集回来，明天又准备去了。方岚正在打摆子，她生病肺才好一点，又害起疟疾来，真是很痛苦的事。

我对自己今后的动向，是想随民兵活动，但报馆里是否迫切需要这方面的材料呢？否则费了力气还不讨好。

晌午，冒着炎热到离城有18里的王林去。炎日蒸着大地，人简直要昏晕过去了。走到半路，突然雷声隆隆，下起大雨来。我赶快跑到庄上歇下，否则又要做落汤鸡了。近半小时，雨停了。这里是沙地，雨一停，就可走路，走起来觉得更爽快。到王林已是下午2时了。

这次新兵移动的秩序很好，没有中途开小差的。

我晚饭未吃。回县委，走仅5里路，天变黑下来，整有10里路是在黑暗中走的，在野湖里，在小道上走，心中害怕。假使这里碰到坏人，真是糟糕事儿。前面来了两个黑影，我问是谁个，说是好老百姓。我让到一边，等他们走过了，再前进。到了睢凌公路上，问睡在树下的老百姓能不能再向前走，他们说，还有7里路，这官道上一路都是人，没有事，我才放心一点。

夜的原野几乎是死寂的，只有蛙声烦躁地响着。一种孤单恐怖的感觉，驱使我加快脚步。脑子很澄清，我把全部注意力都集中在前面了。

到城时已经戒严，在馆子里吃了两碗饺子。早上吃过饭，走了几十里路，到半夜才吃上饭，的确是很有味道的。

到县委时，只剩2个人了，王秘书和魏科长。他们正谈论着今天要警觉一点，不要敌人进城还不知道。听说敌人进双沟时，我们的干部被俘虏了十几个。

7月22日

我决定先到民兵支队部去，看看那里有没有可以采访报道的材料，队部在城北8里的傅楼庄上。

民兵尚在集中，编制也是团、营、连、排、班，与正式部队相似。团长是武委会主任，政委是魏科长兼任，人数约1000多人。

他们准备开到邳睢县活动，很长时间才能回来。我决定不去了，因为一去就离开了睢宁县，超过了我原来的报道范围。约2时吃中饭，雷声隆隆，下起细雨来。房子狭窄，住的人很多，还有一架织布机，又出不得门，大家只能躺在床上闲拉呱。我毫无兴趣，心里烦恼，大概是“细雨添愁”的缘故吧。

我出发有一个月了，可以说是毫无成绩。我的稿件登得很少，写得也不多，在工作上是乱跑一气，吃力不讨好，学习上也无进展……因此心中纳闷，觉得当新闻记者，跑来跑去，干长了真是无意义。

今后在工作上应该做到：（一）集中进行连续报道；（二）多做专门问题的调查研究；（三）多和首长取得联系；（四）扩大“我是这里的新闻记者”的影响，让人家主动给我材料；（五）帮助这里的通讯工作。

下午感觉头痛，昏沉沉睡去了，到吃晚饭时醒来。人家说我好睡，方才满屋蚊子嗡嗡地叫也不觉得。这几天身体不好，也许是晚上喜欢露天睡，受了露水打。白天总感到没有精神，没有力气，头常晕，有神经衰弱现象。

晚饭只喝了一碗稀饭，服半瓶“十滴水”草药便睡了。

7月23日

前方情况还未能断定。今天上午一位青年人从双沟来，说敌人未到双沟，只是在那里绕了一下就退走了。下午有人来说，敌人的确在双沟，还未退走。其实还是后者的消息较可靠一点，因为在官方也流传着这个消息。

我们在民兵支队部，1 个区的民兵大队已经到了，还有 12 个区的民兵未到。今天下了紧急通知，大概后天下午才能集中全县的 1420 名民兵。

周政委来谈，目前军事上暂不急需民兵前去助战。因为敌人到双沟后，便止步了，没有被我们诱进来，看样子要等他的后续部队到达再前进，估计还要六七天工夫。那时民兵已集中，正是打大仗的时候了。

现在敌人的兵力是在邳睢铜一带约 8 个团，灵璧、五河一带约 7 个团。据说灵璧城区西、南二关已被占，尚在激战中，看样子是守不住了。

下午看完了《新闻学讲话》。

许多同志都感到疲倦，我也是这样。午睡以后好像连路也走不动似的，由于天太热的缘故吧！

傍晚我一个人信步踱到树林里去，沿一条雨后才储满水的小溪走，绕一个弯，就走入了秫秫的交道里了。再一个曲折，又到了两旁树木参天的大道上。我吹着口哨，轻松地向前走去，夕阳正对着我，萍的影子在我的心灵上浮起来了。已经有好久未接到她的信了，现在她在哪里呢？也许已回到泗县去了。

当夕阳熄灭下去，大地蒙上夜雾时，我便赶快回，听说这一带很复杂。

在报上看到大庄区乡公所的消息。大庄是中心区，竟发生十几名特务用长枪、匣枪与我民兵激战的事，是值得注意的。最近这一带，也时常发生个别特务打黑枪伤人的事。今后单独行动要特别注意，到一个庄上，应该先了解该庄是否复杂，复杂的话就不该住夜。

今晚风大，不敢露天睡。睡去时，好像感到见到了萍，猛然醒来时，睡不着了。

7月25日

昨天早晨回县委，才到潘村（城东约3里的一个大庄子），恰巧县委县政府正忙着搬回城里去。我很奇怪，难道情况又好转了吗？韦秘书说因为在乡下与各方面联系不便，仍回城去办公。

我立即到城里去，才到南关大街上，突然来了3架国民党飞机，在头顶上低空盘旋。今天恰巧逢集，人拥挤得水泄不通。我赶紧到市政府去，躲在赵市长房内，将半个头用斗笠遮住，在窗口观望。3架飞机不断地转着，看样子要扫射一阵机枪或丢几枚炸弹才甘休似的。但出我意料，隆隆地转了5圈向东北飞去了。老百姓大多无心上集，提着篮子回家去了。

县委机关才搬回来，就受到了飞机威胁，估计又要搬出城去了。据说五河、双沟、运河线上的蔡集等都已遭到扫射和轰炸。我们的伕子队也遭到了扫射，死伤约40余。

晌午，动身到苗圩子去，县委工作队在那里搞土地改革试验。离城约有35里路。

晌午实在是不宜于走路的，尤其是走到小秫秫的交道中，不透一点风，水蒸气从地上闷热地蒸上来，就像把人放在热锅里蒸似的，有时我几乎呼吸不过来，中暑般的昏晕，但终于支撑着走了。

去苗圩子尽是曲折小道，有时在湖里到岔路口时，找不到一个人可以问路，炎热的太阳又不能使我歇下来，只得冒险随便取一条路走。

走 15 里路，感到有些饿了，在路旁树下找到了一个卖茶的老头子，说了许多好话，从他家里拿了两张蒸饼一壶开水来，又吃了他一根油条，他要我 30 元抗币。我对他讲了些新四军当官的与老百姓一样穷的大道理，给他 20 元。

我的行李已经减得很少了，书包、棉被以及文件等均已交县委寄存到乡下去，现在只带了一些衣服、稿纸以及几本书。可是走了几里路就背不动了，恰巧有一辆小车往王官集去，我便把行李放在小车上，走时轻松多了。

离王官集还有 5 里路的时候，我发现 5 架飞机在 10 里外上空低飞盘旋，一会儿打起机枪来，又丢了 3 枚炸弹。今天老百姓盛传在蔡集炸死了 10 多名伕子，烧毁了几间房子。老百姓对反动派痛恨入骨，大部群众不敢上集了。

因累的缘故，我走得很慢，未到王官集，天就黑下来了，口渴得很，吃了半个西瓜后，开始走夜路。天上阴云密布，好像快下雨的样子，走的又是小道，而且到处隔水，常常要脱鞋。当一个人单独在高粱地走的时候，的确害怕，如果这里埋伏几个特务把我害了，有谁知道呢?

后来走到了一条有 4 丈宽的河边，天更黑了，庄子还在 3 里外。正在踌躇莫展毫无办法时，发现左方有一位壮汉在洗澡。我大声问他是否走错了路，他说走错了，但涉过河去，有一条小路直通到王官集去的大路。他帮我背行李，我把裤腿卷起来，便在水里荡过去。他领我到小路上，很详细告诉我应该怎样走，便回头荡水去了，还回过头来叫我到前面庄上可住下，并且安慰我道："前面没有事。"我内心万分感谢他，假使昨夜碰不到他，恐怕只能冒着黑暗走回头路了。再一想，假使这里不是老解放区，后面是一片夜雾，前面是白茫茫的水，周围一个人也没有，不免会感到危险吧！

两旁庄稼都淹在水里了，小路只有尺把宽，就在秫秫地里蜿蜒曲折地通到大路上。离前面王官集只有里把路了，碰到一个老百姓在路旁水沟里洗澡。我热得不耐，便将行李放下，脱衣入水，和他拉拉呱，从他口里了解到这一带土地分散，人口集中，如果将土地分配，每人还摊不到 2 亩地。

洗澡后，浑身滑爽，但感到头晕，四肢无力，到王官集虽只有里把路，已经累极了。老百姓都睡了，村长又不在家，真把我愁急了。村长家里拿了 2 张蒸饼、1 壶开水出来。蒸饼咬不动，吃了 1 张就算进了晚饭。村长亲属叫我睡在房旁的草屋里，进去发觉一股腥味儿，到后面一看，原来是连着猪圈的。我嫌不卫生，便到场上与老百姓拉呱，探听一下情况，这里解放了几年、减租减息如何、农会如何、地方上太平不太平等。因为是老解放区，心里也就放心了。

原来打算在场上睡，但风刮太大，天上黑沉沉的，望不见星，将下雨的样子，村长便叫我跟一老者到后庄去住。沿着隐约发亮的小溪，绕几个曲弯，便到老人家中了。他给我点上灯，在地上铺一条席子。老人很好，他儿子在青阳一带当乡指导员。

睡后感觉浑身酸痛，走了 30 里路好像比以前走 90 里还要辛苦。我想起去年（淮中师生）去蚌郊宣传时的情景，那时大家情绪极高，一路很热闹，还有萍与我在一起，一点也不寂寞。去秋与顾芸一行到朱湖去时，一路也是很热闹的，今春带了工作队到五河去也很热闹。这次一个人单身行军，冒着黑夜和恐怖，毫无一点照顾，精神上寂寞所造成的难受是远胜于肉体上的疲劳的。何况，我睡的房子，空洞洞，只有一位慈祥的老人在凉床上呼呼睡着。我就睡在潮湿的地上，蚊子跳蚤侵扰得不能入睡，门外黑漆漆一片，大风呼呼刮着，隐约可望见树叶的摇动。

难免又使我想起了萍，今年 3 月她从半城回泗县，在青阳被雨阻住了，当她睡在农会房里，老鼠在墙角钻洞时，她那孤独和恐怖的感觉也不是毫无原因的。昨晚的情形，她知道了一定会了解我当时的心情了吧！但她又在哪里呢？

入睡不久，感觉门外有声音，猛张开眼来看，只见一个穿白衣的瘦长的人影，悄悄从门口进来，到堂屋中间，向四周打量了一下，便问："有人睡这里吗？"我不响。老人家说："有一位同志在这里。"我想，糟了，也许是特务，害了我怎办呢？心有些发跳，但仍装不知觉。那家伙追问道："是哪里来的人？"我便装醒了，问他干什么。是不是查更的？为什么半夜出来溜？他说是老百姓，因听狗咬，出来看看。但仍不走，在门口坐下了，脸向门外。我很怀疑，便轻轻坐起来，准备万一有事变时，与他拼。约一刻多钟，他走了。我赶紧起来将门关上，但没有门插，关不上，非常着急，到墙角里摸到了一把菜刀，紧紧握住，紧盯着门外的动静，注意力非常集中，"死拼"的思想在脑里浮起来了。

约有半个钟头光景，有七八个人声音从大路上走来，我赶紧闪到门角里黑暗的地方，这样，可使特务来时，在我睡的地方摸了个空，然后我再用刀砍倒两个，最后，也许我牺牲了……当时我的全部想法就是这样的，一切动作非常轻捷，床上的老头一点也不知道。

人进来了，有七八个人，操一挺轻机枪及长短枪数支，是乡公所来查岗的。我赶忙出来，问他们这里情况如何。有一位说："你放心，同志，这王集乡是最老解放区，我们天天查夜，没有事。你同志到俺乡有危险，俺要负责任的。"我在场上与他们拉起呱来，夜风虽刮得我有些发抖，但很兴奋。我告诉他们一些时事消息之后，互相通了姓名。那位副乡长叫王志修，感觉是很诚实负责的人。

差不多又过去了半个钟头，我回房后才放心入睡，感到轻松了一点。但由于过分恐怖和疲乏的缘故，翻来覆去怎么也睡不着。心中很苦闷，好像受了委屈似的。这两夜的折磨使我情绪上稍微起了一些波动，感觉自己真好像一个无人管束的流浪者，无声无息地飘在外面，吃了苦又有谁了解呢？当然又想起了家及萍，想起在上海、在江大、在淮北中学时的生活，企图来安慰自己。但立时发觉这是小资产阶级的情调和脆弱性，为了党，为了工作，吃这点苦，有什么值得计较呢？与目前正在火线上的同志们比较起来，又算得是什么苦处呢？再说一个革命者吃这一点苦就忍受不了了吗？这种情绪发展下去对我将有怎样大的危害啊！我思想上正确的以及坚强的一面终于克制了这种情绪，一切烟消云散，悄悄入睡了。

天才破晓，便洗了脸，向苗圩子走去。这一带水真多，经5里路，便过了3次水。到苗圩子时，已是10时光景了。

这里的典型试验已到最后阶段了，正在分配土地，还有几天便可总结了。他们已写了6篇连续报道，我似乎已无在这里的必要。上午先参加村里的分土地会议，老百姓因被昨天的飞机扫射死了几个，所以情绪不高。

午睡后，到黄河里去洗澡。离庄约 1 里路，是黄河故道。光绪年间，黄河改道了，庄后的堤坝很高，像假山一样，下了堤，直到河边。水有 4 丈宽，东头有 3 人深，我不敢去，西头只有半人深。我脱了衣服，擦了肥皂，便入水，水很凉，近苇子处较暖，今天是阴天，没有太阳晒，凉风习习，极为凉爽。

洗过澡，已是夕阳西下时分了。西边通红一片，东边有一条长虹在天空展开。我感觉很轻松，沿着大路回去，一路吹着口哨，吹着“贝加尔”，爬上高岗。前面遥远的松树林，以及一片芝麻花生地横展在我的下面，大路曲折地钻进树林，通到庄上去。抬头西望，彩色的云层翻滚着，西边是瓜园，我会想起萍，如果在一起，买一个鲜瓜吃，再在美丽舒畅的原野里散步，是多么愉快的事。现在，根本不可能，战争分离了我们。我最近也许会上前线，她呢？在哪里？直到现在还不知道。也许回专署了，但专署又搬到哪儿去了呢？一切都是无法探知的事……

7 月 27 日

这次我到苗圩子是不必要的，主要是戴邦强调报道土改群众运动。原来想参加他们的总结会议，学习一些经验，但他们仍在分配土地阶段，经验简直谈不到。

两天我参加了 3 个群众分地会议，出席者大部是妇女，男子都出伕去了。群众的情绪热烈，但会上秩序差，分土地多少有“恩赐”的感觉，表示还未真正地通过土地改革把群众组织起来。

前线战斗正猛烈地展开着，民兵不断上前线，干部也都忙于后勤、宣教及民兵工作，土地改革不得已要延迟了，就是县里的典型试验，也不能坚持下去了。工作队30个干部已经抽去10人，今天又来通知，要10位同志上前线慰劳，于是工作队无形就垮了。他们在分配土地后，其他不准备试验了。

今天，陈爱华同志及5个妇女慰劳团一起上前线去。

宣慰团里有一位姊妹团长叫刘素兰，只有17岁，拖着一条长辫子，懂得不少道理，在民校里识了很多字，她对我说："老蒋讲话不算话，不要脸，鬼子来了，他到四川去了。现在讲了和平，又要来打老百姓了。"我问她："你离开家，想不想妈呀？"她说："想什么？都是为了革命的！"当我们经过朱海集，到她家休息时，她妈要她留一晚，叫她不要跟我们走。她马上出来叫陈爱华同志不要说是到前方去的，而是到县里总结工作的。等我们走时，她妈妈拉住她。但她安慰了几句，便跑到前头去了，我问她："你为什么这么坚决呢？"她说："我时常出来工作的。"表示很骄傲的样子……

这样进步的女孩子，在解放区里不少。但在国民党地区，一般高中的女同学往往对政治时事一无所知。我妹妹17岁的时候，真是一点也不懂事的，哪里比得上刘素兰呢？

7月29日

大清早，向睢城进发。在一个小庄上碰到了货管局的马车，七八个人分坐在2辆空马车上，非常舒服，但因怕飞机轰炸，取小路走，颠得厉害。行约10里，遇到老百姓推瓜上城，一位女同志"请"了个大西瓜，大家吃得痛快，真是"及时瓜"。

20 里路 1 个钟头便到了，城里老百姓纷纷搬家。原因是昨天遭到了扫射。他们早该搬家了，但人就是这样，不吃苦头不会相信的。

睢城情形完全变了，很少人在街上行走，南关大街的商店大部关了门，一点声音也没有。我穿着制服在街上行走，空前未有地引起人们的注意，老百姓会从公务人员的表情上猜测时局的动静的。

机关都移乡下去了，县政府只有韦秘书在北关民房里办公。

到市政府，负责同志都不在，只有一位同志在家看门。他告诉我，昨天傍晚敌机自北关到南关扫射了一下，市政府的瓦片都被打裂了，他还捡到了子弹。

我们后方虽仍平静，但多少有点空虚，某些地方交通联络工作做得差。泗县到这里的邮路已断一个星期了。其实这只是自己惊慌失措，自泗县至睢县的交通联络是可以照常维持的。韦秘书告诉我，张专员找王、梁二部长找不到，县政府派了人马找五天五夜找不到。

结果找到了。梁部长及张秘书怪“张专员真成问题，走了也不留个地址”，张专员怪张秘书“怎么搞的，到那里不来个信”。

这表示我们有些混乱的样子。如果情况严重，很易遭受损失。写了一封简短的信给萍后，便向后勤总站去了，共有 30 里路。

头 10 里，天气非常闷热，一点风也没有，下了一阵暴雨。后 20 里路，完全脱了脚在水里走。尤其是后来的 10 里，四周一片汪洋，水最深时可及大腿上部，每次过水有五六丈阔。我过了三四十次水，滑跌了 4 次，衣服行李都湿了，身上重得不能走了。

在路上常遇大队民兵及伕子到前方去。飞机不住地在头上低飞侦察，过一会儿，又看见3架飞机在遥远的上空盘旋，打了几阵机枪便转回头来，直向我们七八个人的队伍飞来。女同志都奔散了，我赶紧跳到路旁的水沟里，躲到芦苇丛里去，胸部以下没在水里。有几个女同志跳到深的地方，全身除头外都浸在水里了。飞机去后，她们吓得爬不上来了，我一个个拉她们起来，看她们那可怜的样子，又好气又好笑。

到八里桥时，遇见一队民伕挑着蒸饼到前方去，我故意问："你挑的什么呀？"他气喘吁吁地说："这蒸饼挑前方去的，这是共产党领导的地方，要吃可以拿。"我们大笑起来，老百姓有这种幽默玩笑，足见他们参加自卫战的热情是很高的。一位当村长的同志对我们说："老蒋真不讲良心，用飞机来打老百姓，老百姓都恨他。"我问他："老百姓相信新四军一定能胜利吗？为什么？"他说："大家相信一定会胜利的，因为没有人拥护老蒋。我们呢，你看这许多老百姓，连夜到前方去与主力一块儿打仗……"这的确是真理，老百姓很明白人民战争的特点呢，他们知道打仗是为了保卫自己，所以都自动自觉地涌入战斗中去了。

到大袁楼时，天黑了，休息一下，王部长告诉我一个很动人的故事。

昨天半夜有200名伕子运伤兵在朱集龙河桥上经过。水涨了，睢宁中学学生19人脱光衣服，搬大石头下水垫桥。水又涨了，觉得运得太慢，于是伕子们都脱衣下水，12个人抬一张床，将床托在头顶上，慢慢从水里过去。他们不仅要使伤兵不碰水，而且还要快，争取时间。如果慢了，一则伤员受苦，二则天明会遭飞机扫射。这充分透露了解放区人民爱护伤病员的热忱。

一位凌城区的佚子王旭友说："水冷，我的心是热的。"在半夜天气，有许多佚子忍耐不住，来回几次，便坐在岸上不能坚持。于是区长、乡长都下水了，感动了佚子们，于是大家都下劲干起来了。这类事情在前线将到处会出现，我应该好好地去写群众、写战斗，但嫌我的笔太拙劣了。

这里已靠近前方，今天汪部长在路上碰到了特务打黑枪，我在这一带活动要注意一点。

近来天气闷热，雨下得不痛快，早晚很凉，我又没带棉被，不要再睡在外边，肚子已有些坏了。

7月31日

昨天把衣服被单洗了，总算有衣服换了。

一个星期之内，被人拿去了2条毛巾。转运站才成立，来往人多，秩序乱，怪自己粗心大意，胡南影送了一块布给我当作毛巾，而她的毛巾也丢了。以后要注意一点，虽是很小的东西，但不见了，一时也买不起了。

昨天下午徐科长从前方回来，传说双沟已被我军收复，俘敌8000余人，第一阶段战争基本结束。我不很相信，敌人这次进攻，准备已久，决不会像鸡蛋碰石头般容易溃败，战争更不会只有几天就能结束。果然，今天下午到县政府后勤司令部时，证明这消息不可靠，敌人还在双沟。近来消息混乱，报纸也看不到，所有的"战讯"大部是从前方下来的佚子、民兵口中"据说"的。后来我发现，他们为了掩盖自己"开小差"，便夸大前线如何胜利，敌人已经完了，“我们可以回家了”。所以这些消息，愈传愈夸大，愈不可靠，而大家也没有确实消息，只能将信将疑听传言。

今天上午随王部长、睢中工作队等30余人到戴县长处，自大袁楼到李院墙20里路，2/3是洼地，积满雨水。岗地干的地方太硬，潮的地方太软，水多的地方太热，这20里路比40里还累人。

下午与田耘等同志开了一个会议，商讨通讯工作以及出版《拂晓前线》的问题。《拂晓前线》已出两期，是一张很小的报，还没有稿件。所以要办好，首先要把通讯工作搞好，除依靠现有记者外，应该在民兵参战团、兵站及后勤部、转运站里，建立通讯小组。《拂晓前线》的对象是一般群众及后方干部，内容以消息为主。今天飞机扫射非常厉害，途中，我们时常碰到飞机在头顶盘旋扫射。好在有秫秫地，否则连隐蔽的地方也难找。我清楚看到5架飞机在10里外的九顶山上空扫射轰炸。成群的伕子从前方乱哄哄地下来，是泗阳的伕子，多被炸垮了。有一个伕子，将有3颗步枪子弹合起来那么粗的弹壳给我看，说被飞机扫射死了几十个伕子。有的一边说着，快哭出来了，说枪毙他们也不回西边前线上去了。其实很难怪他们，他们既无战争常识，又无适当教育，碰到一点危险，就垮散完了。

有4名俘虏路过这里，围了很多百姓看。我仔细盘问了一下，他们是敌人92旅卫生部的，押送途中被飞机轰炸分散的，200多人已经七零八落了。他们从上海开来，国民党没有告诉他们是去打共产党的，他们只知道是去驻防的。其中一个军医说：“日本投降后，国民党整编军队时，把年老的、他们认为无用的人去除了，所以军官大都很灰心，在任的军官也都胆寒，将来前途渺茫。其实中央军内部谁愿意打内战呢？我早想脱离这种部队了，但他们不准许……”他一面说着，很难过的样子。我又问他中央军是否也动员老百姓抬担架呢，他说：“他们都是当兵的抬，一旅约有几十副担架。”怪不得他们的伤员都留在战场上无人过问了。

傍晚，到分区后勤司令部所在地田和庄，碰到了施该同志。得知分社记者都出发了。昨天沈定一等从这里经过。

父亲与战友沈定一（左）。沈定一，新华社华东前线分社记者，新中国成立后曾任新华社副总编辑

8月1日

今晨在后勤司令部遇到了陈洪石同志，他才从2纵队回来，参加了朝阳集的战斗。当他将具体经过告诉我之后，我非常佩服他的勇敢与大胆。他与战士一起突入阵地，跑到火线上，终于收集到很多旁人不能收集的材料。我今天要上2纵队司令部去，准备赶上他们的双沟战役，恰巧碰到洪石，从他那里汲取了很多经验，的确是一件很幸运的事情。

我到张秘书那里拿了介绍信，由一个民兵护送上前线去了。我想冒险参加一次战斗，虽然我明知自己连打仗也没见过。

要走40里路，而且天黑以前必须找到司令部，否则部队移走，在边区是很麻烦的。天气虽特别热，我还是耐着性子走，有时走到秫秫地里，热水气蒸上来，头晕得很，心跳得剧烈，有立即要中暑的感觉，血管好像要爆裂一般的痛苦。沿路连茶水也喝不到，但我还是坚持走，因为有一个新的尝试等着我。

越向西北走，情况越坏，越可以嗅出战争状况。自魏山向西，庄上找不到老百姓，在湖里只见三三两两躲在秫秫地里，看见我，便慌乱地跑散了。我很奇怪，估计一怕飞机炸，二怕出伕子抬担架，三是不清楚中央军到底会不会来。在一处，有十几个老百姓见了我们，急忙跑到秫秫地去。我大声叫住他们，告诉他们不用害怕八路军。

自张山口到邱集、朝阳集这一段更凄凉了。非但在庄上找不到老百姓，就是在湖里也找不到了。偶然有几个老百姓抱着小孩回到庄上去，青年男女简直看不见了。这一带四周是环形的山围绕着，当我与民兵老张在湖里走的时候，的确感到恐怖，因为我对这里地理不知道，情况也不知道。

这一带是最近才打过仗的，战争的中心点是朝阳集。这里我们消灭了敌人 92 旅全部，俘副旅长以下两千多人，旅长自杀了。我走到离朝阳集 1 里地方，便闻到尸臭了。沿路很多大树都被炸断了，一路都是战壕、机枪阵地、炮兵阵地、障碍物、死人，到圩里除几个老头子在叹气外，没一个人。昨天还有 200 多具尸体无人掩埋，今天已经很少了，尸体已腐烂，有的没头，有的只有半个头，有的没手没脚……惨状不一。苍蝇集在尸体上飞来飞去，臭气使人作呕……但我的胆子很大，我一点也不害怕，那位民兵同志都怕得出冷汗了，连看也不敢看。

出集口后，问几位老年人陆家村在哪里，他们似真非真、似假非假地乱指一气。我不很放心，不随便相信。有一位脾气很坏，可以看出并不是他的本心，而是由于这一带情况动荡，故意做出来的。当我继续问时，他奇怪地跳起来道："咦，你这孩子怎么这样呢？告诉你几遍还不知道！"看那样子，这老头一定不是一个善人，他完全是因为这里情况不好，大胆地故意吵架。我当时恨不得打他两耳光才痛快，简直太无礼了！他那样向我咆哮，向我挑战，大有"你在这地方，看你怎样对我"的意思在内。这时夕阳已西斜了，我心里有些顾忌，便不再与他计较，向大路走去。问了几个老百姓说西边没有部队，今晨才搬走。这时我的确着急，周围情况是这样的复杂和动荡，如果没有任何部队机关可以取得联系，今夜将如何过法呢？周围才打过仗，死人太多，没有人埋，简直是无法住的。

陆家村原来驻有 2 纵队司令部，但现在移走了，移到哪里无法探知，自朝阳集向西已经没有部队。我那个民兵慌乱起来了，他告诉我他胆很小，如果我要向西走，他就不去了。恰巧这时，西北角有几个老百姓过来，他们告诉我西北约 3 里路的大赵庄上有十几匹马，大概是马队。

到大赵庄，果然看到我们的骑兵，大队长王天锡、教导员刘某某正在吃饭，把我的证明信给他们看了之后，他们很欢迎我。大家闲谈起来，知道他们原来都是（淮北）抗大的学生干部，与江大同学很熟识。于是大家一见如故，讲起故事，谈起笑话来，的确令我兴奋。今天晚上如果碰不到部队确实是很危险的。现在非但找到了部队，而且部队里的首长还这样热忱地招待我，在危难时碰到了好同志，的确是太愉快太幸福的事！

大赵庄靠前线很近，飞机常来扫射。我们闲谈时，两架飞机自庄后飞来。我赶紧躲到屋后秫地里去，飞机已在上空扫射了，我看到机关枪放的烟火，以及从飞机上掉下来的弹壳，的确是很紧张，树荫下的马都乱跳起来了。大队长、教导员忙着叫赶快隐蔽。飞机过去，我才走出来，它又回来扫射了。我已有了经验，只要自己镇静，不慌乱，是不容易被发现的。

晚饭后，部队移动。大队长给我一匹马，跟着他们动。他简单地发了命令，马队就从四周出来了。我发现这原来是一个整整的骑兵队第 7 大队。飞机对部队运动的限制很大，我们的兵团在晚上才能运动，白天就隐蔽起来。现在我看见这许多马匹，敬佩他们隐蔽的技术的确太神妙了。

大队长翻开军用地图，看了地理及形势以后，200 匹马便悄悄地走出庄子。这时天已经黑了，新月才起来。马拖到大路上，一声号令，大家“哗”地上了马，我也赶忙上马。马开始在大路上小跑，我感到非常兴奋，今天我居然成为一位骑士——骑兵大队中的一员。

我虽然第一次骑这样高大的马，但并不害怕，因为马有群性，几百匹马在一起是很好管理的。

这时西方响起了炮声、重机枪声，离我们很近，大队长告诉我，这是2纵队在双沟以北山地里向敌人攻击了。

在东方，是透明的黑空。一轮新月，点点明星，那里便是我们的后方，显得那样的平静和可爱。在西方，是越来越紧隆隆的炮声，机枪的连珠般的声音，那里是前方，是死亡，是胜利。我现在是在前后方的交界上，骑着高马，在黑夜里，穿过树林、秫秫地，在旷野上驰骋着。

骑队在水溪旁的狭岸上走着，淡薄的月光把影子倒映在水里，一切都是很平静的，只有马蹄声嘚嘚地响着，青蛙的噪声在原野里震荡着。

马队在几丈阔的水里跨过，便哄起了一片瀑布般的水浪声，几百匹马都过去后，又在广阔的原野上奔驰了。

行约20里，到了目的地。骑兵队轻轻地进了庄，毫无惊动，各连找到了自己休息的地方。

我把席子铺在场上，大家开了一个西瓜，把背带解开，便和大队长、教导员等拉呱了。

8月3日

2纵司令部到哪里去是无法探知了。骑兵队大队长王天锡同志帮我与9纵队司令部取得了联系，在离该庄仅2里路的郑楼。

司令部无负责同志在，政治部只有施科长及刘科长。我略谈了我的来历去踪，他们非常帮助我，但始终打听不出2纵队司令部究竟在哪里，他们意见叫我回后勤司令部打听。我同意，除此外并无别的办法。

在最近与部队同志接触中，我感觉他们的作风、政治认识比地方同志要好很多，大部是热情、真诚的，对人帮助无微不至，刻苦耐劳，不计较享乐。而且大部考虑问题很虚心沉着，民主精神好，工作上很负责……这许多优良的品质都是他们在战斗中磨炼出来的，应该为我好好学习。

施科长告我，这一带不宜单独活动，因为常有敌人还乡团便衣队来，而且敌人被打散的部队，常流散在山上、秫秫地里，看见没有武器的人便出来搞一家伙，的确值得我警惕。

昨天上午走时，政治部派一位战士送我到于沟。

找到了乡公所，中饭吃到了发面饼及鸡蛋炒辣椒，是半个月来第一次吃得较好的一顿。

除休息外什么也不干。因为等不到乡里负责人，我便找不到民兵，没有民兵，单独一个人行动很危险。

晚上与乡里干部睡到炮楼上去，人多地狭，又有蚊子，还受露水打，睡得不舒服。

今天清晨，两个民兵送我到后方去，从于沟到马集，到张桥，再一路下去。这次从后方到前方，除了遭受恐怖与飞机扫射外，毫无收获。所以在路上，我决心收集一点关于敌人在朝阳的罪行。到马集时，我与几个老百姓及一位副乡长闲谈，初步得到一些关于敌人还乡团的材料。

一路有民兵护送，大胆了不少。到独堆时，找到了专员公署直属的便衣队，收集了很多关于敌人在朝阳一带的罪行。

在独堆看到一个被抓到的敌人散兵，是贵州人，形状极狼狈。我问他："为什么不在战场上缴枪投降，却到处乱跑，弄得无吃无宿？"他说："因为摸不到这边底，现在知道了。"人家吹嘘（国民党）92 旅的战斗力强，其实也是假的。敌人宣传被我捉到了要剥皮，怎么会叫他们不顽强呢？只要我们有计划地展开宣传瓦解工作，他们的战斗力一定会大大减低。

吃过中饭，便到郭子庄去。半路，阴云密布，狂风大作，远处电光闪闪，雷声隆隆，下起大雨来，真是一个"奇观"。

晚上到大胡庄，才在树下铺好席子，下雨，搬到房内睡。没有办法洗澡，身上衣服也有 5 天没洗了。

8月4日

大胡庄，是铜睢县最边上的一个庄。

上午回睢城，找后勤司令部，要了 1 个民兵。半路遇飞机在北面一带扫射，来回盘旋着。我在秫秫地里隐蔽了 2 次，约半个钟头。

提起飞机，没有一个老百姓不痛骂的。

天黑时到了桃园集，因下过雨，十几里路都是脱鞋走的。陈县长出发没回来，我睡在他的蚊帐床里。

外面月光照到蚊帐上来，体宁心恬，想念着萍。最近我们已经失去联系了，不知她在泗县被陷以后到哪里去了。战争结束后，我们一定将在打过胜仗的地方更甜蜜地拥抱的！

8月5日

我决心先回后方，将稿件整理出来，然后到后勤司令部了解目前战争的中心方向，再到适当的军队里去。

到睢城还有30里路，因才下过雨，到处隔水，泥泞不便行走，完全是脱鞋走的。天上乌云四起，有下雨征兆，闷热几乎窒息，夏天走路的确太苦。但看到一路都是民兵、民伕、军人、干部来去忙碌，谁不是为着争取自卫战胜利在流血流汗呢？

路上又遇飞机来扫射，这一带大小集镇都遭扫射了。

到王楼已经4时光景了，下起倾盆大雨来。似此大雨近几月来还是少有的。雷声在天空尖厉地划过，似乎亦很不满意目前的战争屠杀而大发雷霆了。

王部长告我战争中心转到泗县方向去了，最近后勤司令部向这一方向迁移，部队向这方向集中。敌人在南线的进展太快了，灵璧、泗县、五河3城先后被占，不搞他不成了，也到了该搞的时候了。

打算整理稿件，因人多嘈杂，无法落笔。

晚上就寝，床铺被人占了，只得将就，说好话，向人借了一条席子铺地上睡。外边大雨还是倾盆，天气很凉，借邦新同志的夹被盖上。没有萍的信，未知她近来情况如何。接到孟超月、刘冰旭来信，都说害了很厉害的肚痛病，险于死去。报上也看到泗南沙宿一带疫痨很甚，她身体好吧？为何不写信给我呢？是不是交通断绝了呢？内心很不平静！

8月6日

我今天留在城里，上午补记了过去几天的日记，下午便把朝阳集材料整理出来，完成了“朝阳三日记”。这篇通讯第一部分是“如此难民，如此还乡”，主要描写还乡队到朝阳以后的情形。第二部分是“嗜食同类的胡狼”，主要描写蒋军在朝阳屠杀人民奸淫妇女的事实。

上午有飞机在城市上空盘旋。

下午 4 时又下倾盆大雨，秋庄稼都遭到了损失，明年一定要发生大春荒了。

晚间，王部长、汪部长等亦来。睡觉时，大家把枪上了膛，以防特务袭击。

8月8日

昨天早晨由县委东行至后勤司令部，再设法寻找邓岗、戴邦他们，与分社取得联系。

沿路水势很大，大路上已积满水，行路颇不便，很费力到七里井。邓岗、戴邦都住在孙木匠家，遇到后，不胜欢欣。分别一个多月，在前线巧遇，话不是几小时能谈尽的。

傍晚，与戴邦至树下畅谈，一般估计今天能打下泗城。我说是不是应到泗县去了解敌军的材料，他们都同意，决定我去，并叫某某同志跟着我去。山东记者李后与我们大谈山东八路军的战斗作风以及爆炸故事，听了甚为激动。

清晨出发，行 10 里，至汤集吃早饭。受战争影响，集市萧条，百物昂贵，饼也要 40 元 1 斤，油条 5 元钱 1 根。

自汤集奔大庄，路上一片滔滔大水，有 20 余里广阔面积，我们在1—3尺深的水中涉水而行。行2里，逢新河，有深水，常有人淹水而死。中间有石桥，如果滑跌至桥下，水流很急，便无法救了。向前，又遇龙河，水深，遇睢宁市政府一位同志，帮我把东西带至对岸，然后由老百姓扶着我，由浅处慢慢过去。河里水已与路上水连起来了，分不出河与岸了，只是一片汪洋，无人带路，是很危险的。

又行四五里，疲乏不能坚持，脚泡在水中行15里路，也已肿胀不堪，便在一有卫生部的庄上住下。

找到了一间房子及凉床，躺下休息。有飞机来盘旋。傍晚时，闻远处有几十响轰炸声。

8月10日

由于涉水过多，疲劳一时不能恢复。昨天早晨就向甲长找伕子，费了口舌才找到。现在老百姓太困难了，青年男子大部出伕了。但如果不找到伕子，8里水路叫我走一天也是走不完的。伕子腹部以下全部浸在水中，双手将包袱高高举起，这还是在公路上，旁的地方水还更深，途中有飞机在头上低飞缓缓而过。

心内巨恐惧，但很镇静，一切只能“听天由命”，在水里是无法隐蔽的。

共行8里，地势较高，没有水了。给了伕子50元抗币，登岸步行。约行12里，至大庄吃午饭。遇徐勉一等同志。徐告我当天要解放泗县，军队已入城。我便不顾疲乏与湿漉往泗县奔去。时夕阳已西下，民兵、伕子不绝于途，担架、弹药不断输往前方，货管局马车来往频繁。前行5里，即闻前方紧密炮声、枪声，越往前越清晰。

心里极为紧张，我二人一直往前。月色如洗，星夜赶到坪山北 2 里的小苏家住下。这里才打过仗，老百姓尚未回家，随便取块门板，便在天井里睡，准备今晨进泗县去。

枪炮声至半夜始息，估计战斗结束了。

天甫明，即有飞机数架至屏山轮番轰炸扫射，明晰可睹，巨响撼动。约半小时去后复来。

庄上 8 师电话局长告诉我，泗县未攻下，我军伤亡很大，部队现在暂时转移，准备应付更大战役。我们真是白辛苦一场，不能进城。原想至屏山调查群众受害情形，因那里不断受炸，只能作罢。

于是便决定到分区司令部去。途中不断遇飞机低飞侦察，躲进秫地里隐蔽，故 8 里路至少走了 3 个钟头，到大贺庄时，已经是中午。

遇见地委王部长，他详告我泗县战斗经过如下：8 月 7 日我军消灭了屏山、姥山、长直沟等地敌人 3 个营后，8 月 8 日向城郊挺进，并攻入城内，将敌人压缩至东关一线，8 月 9 日晚进入总攻击。但我军冲入北门后，未发现敌人的 2 个炮楼，敌人便利用炮楼，将大小北门连成一线，并在城外占领了很多庄子，将我们后路切断，我军伤亡于炮火下者无数。这次未攻下泗县的原因是：一、准备不充分。进城部队只有 1 个团，但敌人有 3 个团；二、有轻敌心理。未将攻坚用重武器运来；三、后勤工作太差。此役我军伤亡有 2000 人之多，敌人约 1500 人。我们为了保持有生力量，应付更大的战役，部队暂时转移了。战士们都不愿下火线，但军部不准许。又因后勤差，有100多伤员未能及时运下，给敌人烧死了。事实上还是转移好。军部已命令山东八路军大批南下，准备控制津浦路，这样对整个华东战局才能有决定性的作用。

我的鞋子已洞穿了，叫老百姓略微修补，可勉强维持。午睡后，即往大庄去。到时，碰见货管局一会计，得知丁铮在青阳，但打听不到王萍的消息，颇为不快。

已是半夜时分，在乡公所住下。低首静思，这半月来过的流浪生活什么时候才能结束？又不知萍现在又漂流何处。天天想念着她，再得不到消息，着急死了。

8月12日

早饭后，向郭集去。沿路见一荒地上，有百来个新堆的坟墓，这就是前线阵亡将士的陵墓了。我不禁肃然起敬，并升起了一股愤恨之火。又是一片汪洋，这真是使我叫苦的。行10里，遇龙河，有两人深水。河上没桥，会水的都敏捷地浮过去了。我看着2丈阔的河，一筹莫展。时雷声大作，下起大雨来，赶紧跑向半里路外的瓜屋里躲雨。约半小时，雨终于停。复至堤上观望，一河之隔，毫无办法。施该吵着绕路，但绕30里路也不是好办法，我下决心在堤上等待。少顷，果有大队伤兵运来，领导同志派民伕用门板筑成木排过河。我们顺便在木排上过去。仅仅2丈宽的河，过去时已费了2个钟头。

出二郎庙庄后，又下起大雨来，只得重回庄上避雨。八路军8师卫生部两同志也来避雨。谈及目前后勤工作，皆摇头，叹不已。现在后勤已落后战争形势需要，呈混乱现象，此次泗县战斗中，很多弹药不能按照原定时间及时送上前线，伤兵不能很快转运，伕子逃亡厉害。部队同志谈起来，非常不满意。的确，后勤如不很快改善，对提高士气是有影响的。

雨后，天已黑，在二郎庙吃饭过夜。

今晨，涉水至朱家大桥，2 里路，行 2 时许始到。早饭后，仍涉水而行，水及腰身。途中找到一个木棍助行，行约 3 里是沙地土质，比淤地要好走多了。

自邱集向凌城去是公路，沙土地，脱鞋可行，沿路积水很少。将至时，飞机在头上低飞而过。在街上问穿制服同志，知报社在东南 5 里路的方郡墙庄。至报社，天已黑。先见方岚，我呼之，她亦跳跃而来。徐勉一、欧远方等旋自门内出，围成一团，欢欣万分，你一句我一句，胡扯乱讲。大家最关心的是泗县战斗经过，我们就将见闻所得，畅谈一通。

饭后，郝群带我们到河边洗澡，顿感爽快极点。归后与郝群等在场上漫谈半月来的生活情况。大家不感到什么“艰苦”，最怕是“水”及“飞机”。

至深夜始回房入眠，双目肿痛。连日在烈日下行军，火气上升所致。

编 注

全面内战爆发，华东战场共产党有粟裕司令员指挥的华中野战军 4 万人，陈毅司令员指挥的山东野战军 7 万人。

两支大军各自为战，都打了一些好仗，像苏中的“七战七捷”、淮北的朝阳集战役。但国民党军人多势众，装备好，大举进犯根据地的态势不减。

为打破敌之进攻，1946 年 8 月 7 日，山东野战军发起泗县战斗。由于指挥上的欠缺和连降特大暴雨，弹药受潮，重武器上不去，泗县没有打下来。国民党军伤亡3000余人，山东野战军主力8师也伤亡2700余人。攻防过程反复拉锯，巷战极其惨烈。

此役没打好，还由于对桂系军队估计不足。桂系7军号称“钢七军”，172师是其主力。国民党地方杂牌部队一直有“川军、滇军、黔军是羊，湘军是狼，桂军是虎”的说法。陈毅后来总结：两广军队是蒋军中战斗力最强的，硬不缴枪，真是蛮子蛮打，我们消灭他一个团要伤亡近千人，付出相当代价。

泗县之战各类史籍有记载，因未破城，故专述文字并不多见，它加速了华中和山东野战军合并为统一号令的华东野战军的进程，也促使各级指挥员总结经验教训，以后的战役部署不再计较一城一地得失，而专注于集中兵力打敌有生力量。

1946年3月，父亲尚在泗县课堂上教国文。4—5月，又带学生工作队赴五河县查粮。谁能料到，7—8月，泗县、五河竟都失陷，形势恶化之快猝不及防。这次，是他自己请缨，要到泗县战地采访，做一次特别的“故地游”。急如星火到了，仅赶上了战斗的尾巴，未进城。枪炮轰鸣、飞机扫射、烈士坟茔、支前伕子，他的生涯从此同军事相关，是一次实际锻炼。遇到一些辛苦，也真实反映和平时期的办报新闻体制已不适应战争状态，部队频繁移动，落后的通联手段跟不上趟了，亟须改进。泗县不克，预示苏皖边根据地将守不住了，向山东大撤退无法避免。

8月14日

最近到泗县去，真是白辛苦一场。5天的劳顿跋涉，一点收获也没有。

前天一夜安睡，未能将疲劳完全消除，昨天上午又睡了整半天，才觉得好一点。

今天上午看了近半月来的报纸。在外边一个半月，大部分时间是花在跑路上的，未能好好学习。

下午与方岚闲谈。她很关心王萍，告诉我曾经问过专署同志，都不知道萍在哪里，很使我失望。

自上月20号以后，战争已威胁了整个淮北，从那时起我便没有收到过萍的信，她的动向与情形如何，我无法可知。我想象：第一，她一定仍在半城、青阳一带调查农业；第二，她很孤单，周围没有可靠的女同志在一起活动，在这样严重复杂的情况下，她在情报联络方面也一定很差的；第三，由于她一个人在外，生活照顾上也一定很差。由于长时间隔绝，我对她的焦虑和思念，是较任何时期为甚的。首长及各县负责同志大部转到前方来了，半城、青阳一带根本没人注意，叫我怎能不担心呢？去年夏天她身体很坏，心境常不乐。但我时常能照顾她、安慰她。今年夏天我们分得太远了，见面都没有可能。日报上记载半城、青阳一带瘟疫流行，她是否受害呢？半城蚊子很多，她是否会打摆子呢？她住在半城那孤岛式的农屋里，是不是很惊恐以致不能安眠呢……由于不知她的音息，我的思念和担心猜疑也就特别多。

方岚估计，很可能她和专署失去了联系，一时无法找回来。但她原定7月20日便要回专署的，现在已经8月15日，

25天中，连专署在哪里都无法打听了吗？今天我写了两封内容差不多的信给她，一封寄到青阳化学工厂，一封直接寄到半城去。总有一封可以寄到的。同时把写了十来天没有办法寄出的信也寄去了。我劝她不要再在那里，应该赶紧回专署，在一定的工作岗位上为前线服务，并且告诉她，在目前严重情况下，我们可能要分离很长时间。我虽然爱着她，时刻想念和关心着她，但恐怕实际对她的帮助和照顾是不会多的。由于交通困难，她今后也不可能再像以前那样经常收到我的信了，只有希望她自己保重，提高警惕性，粗心大意只会给自己带来意外和不幸，她的健康和平安就是给我最大的安慰和愉快。我请她相信我在任何时候都忠实地爱着她，我能保证自己，使她放心！

战争分离了我们，但这种分离，对我们的爱情及双方的忠实将是一个很好考验，我信任我们的感情是在日渐增长着。维持着我们感情的唯一的因素，是双方的信任和深刻的爱，我热爱她、关心她，而且我毫无疑义地相信她也热爱着我、关心着我。

8月15日

昨天晚上与方岚在门口闲谈时，被蝎子钩了一下，痛至半夜未能入睡。

今日又下大雨，路上积水加深半尺许，原打算至专员公署处，只能作罢。

看完《干部读物》，《毛泽东人生观》一章对我帮助很大。因好久未看书，近来读书兴趣很高，向郝群借了《关于若干历史问题的决议》，准备精读研究。

时已入秋，近日下雨，天气甚凉，棉被尚存睢宁天主堂。半夜常被冻醒，每天肚子痛，拉稀屎，该注意一点。

见给王萍信仍搁置收发袋中，尚未发出，甚为烦恼。

8月17日

又是接连下雨，昨天原想到专员公署去，但原来很干的路上，大水已没胫，只能作罢了。

如果这两天不下雨，我恐怕又早到外面奔波了。雨把我禁锢在房里，使我两个月来从没有这样安静地看了很多书报。我重新看了毛泽东同志的《湖南农民运动考察报告》以及陈伯达同志的论文，使我得了不少的心得。我看了20份《大众日报》副刊，其中《谈判生涯老了周恩来》《民主联军在人民旗帜下前进》这两篇对我帮助很多，在写作技巧上启发较多。我的读书兴趣很浓厚，感觉得了不少新东西，尤其在看了周恩来的经历之后，更感觉读书的重要了。以后我即使在万忙之中，也应该抽出时间来读书，空闲的时候，还要记一些笔记，这样对自己的帮助更大一点。

这几天的雨，以下午为最大，后院墙在巨响中倾倒了，粪池里的水都溢到场上了。荒象已成，加以又发生大战争，很多民兵部队伕子都吃公粮，明年春荒一定很严重的。

邓岗同志从前方回社，全身湿透，他说路上水及腰深，看样子几天之内我们不能出发了。

在戴邦与曾任的关系垮台之后，方岚与戴邦产生爱情了，其实这事儿也并不出我意外。他们平时感情很好，而且在某一时期，还可以看出他们双方抑制着自己的感情，故意装得平静无所谓。现在他们再也压制不住感情了，在戴邦的忠心追求之下，方岚便答应了。他们这一对在我看来是很美满的，戴邦是文化人，没有什么地位观，方岚在找戴邦作为爱人时，根本没有考虑“地位”的问题。这一点上方岚的认识修养，是比一些女同志要强。

晚上洗澡后，与郝群到电台上听广播。声音太轻，几年没有听到爵士音乐，很使我兴奋。

我在 7 月 20 日写给方岚的信，到今天才寄到报社来。我估计写了很多信给萍，她也不一定能收到吧！近日来我常一个人在树下来回踱步，想念之中，掺杂着焦虑！

8 月 18 日

今日上午邓岗在报社传达刘瑞龙政委前线报告，内容与陈毅军长报告大致相同，特别指出的是：淮北地区将是华中自卫战争的决战场所，时间将在半年左右，我们要“大处着眼，长期打算”，号召集中力量整顿后勤工作。

晚上又去电台听广播，他们都爱听上海播送的京戏，我最头痛。后来听“中央社”广播，因电波混乱，未听清。

郝群与我谈恋爱观问题。他似乎没有什么观点，好像只要谈到手里就是了。他告诉我在淮中的时候，大家议论，认为王萍最漂亮，除王萍以外，没有能算漂亮的啦。他说她很朴素，头发上结一条素蓝的带子，穿了蓝大衣，显得很美的，还说了很多其他的好处，认为我有这样一位爱人是很幸福的。我内心真是非常愉快，人家赞美我的爱人比赞美我更感到荣耀。萍既然这样好，我应该加倍地爱她！明天要和王克同志一起出发到前线去了。这次报社把记者分成三批：最强的放在前线，第二放在敌后，第三放在土地改革上。他们这次要我上前线去，要我下团去，要我参加战斗去，当然这样对我的锻炼很大。但唯一使我害怕的是，恐怕我的体力支持不了。但无论如何，我应该鼓起勇气，到火线上去，全面地去体验战斗。

今天又写了一封信给萍，这封应该是第 27 封了，我准备利用今后的空隙慢慢完成它。到我知道她的音息时，然后一起去给她，那时也许又是很厚的一沓了。

8 月 19 日

才破晓，我就起床了，欧远方等还在呼呼地酣睡着。

今天要出发到淮河大队 2 中队（山野政治部代号）去了，这次要去部队，以及火线上采访了。何时回，未能一定，预计至少个把月才能回来一次。这一个月中，也许萍已自青阳、半城一带回专署了，所以今晨我趁旁人都睡着的机会，又写了一封信交方岚面交萍，主要希望她回专署以后，先很好地休息一下，再很好地考虑工作问题，再利用时间将“陈毅军长报告”及“刘副政委报告”等几个文件仔细研究一下。另外，我想这次到火线上去，也未尝没有发生意外的可能的。虽然我不是木瓜，会提高自己的警惕性。因此，我在信上告诉她，如果我出了意外就请她写封信告诉我母亲，但不知当萍看到了我这样一封信之后，是否会难过呢。

大水还没有完全退下去，长行军几十里水路，难免要摔跤的。我把自传、信件、照相本等都交方岚保存了。

早饭后，我拿了一根木棍当“stick”，与王克一起出发了。王克同志身体好，体强力壮，我拼命在后面追着他的背影，一小时行 12 里路的速度是很快的。

光坦均匀的睢凌公路，两旁树木并行，形成一条阔大的交道。我们赤了脚在软绵绵的沙土上行走，一点也不感觉痛苦。

行 25 里至王林，恰巧逢集，我们买了一个大西瓜，两个人吃得太饱，必须休息一会儿才能行路。

到睢宁时，周政委、戴县长、谢主任、王部长等都在。

王部长告诉我，雪枫镇姓王的（他知道是我的爱人）有一封信给我，已转拂晓报社了。虽未看到她的信，但知道她仍在雪枫镇，放心不少。

8 月 20 日

今天早晨，县委在惩奸运动中，没收了大汉奸某某的梨园，有梨树两千株，做机关生产基金。

早晨找周政委漫谈时事，附带告诉他我今后的动向，我活动的圈子已不限于睢宁一县了。早饭时，周政委设宴欢送我，王部长及赵医生同座。一盆肉丝、一盆炒蛋、一盆鸡、一盆鱼，味觉不错，这是两个月来吃得最好的一次饭。

饭后，即找 2 中队（山野政治部代号）去，记者们正在开会，本社记者全部都在了。沈定一、韩晓影，还是我到新华社以后第一次碰见，大家久违重逢，场面热烈而热闹。

我到河里洗澡后，即参加他们的会议，山东的记者李后同志等都在，主要是交流采访经验。

晚饭后，戴邦同志个别给我传达目前战争形势以及分社任务，主要有这样几点。一、自苏中大胜及淮北最近胜利以后，敌人轻易不前进，成相持状态。二、我们主力部队已在指定地点集中，最近可能夹击敌军，但战场可能在睢西，也可能在睢东（睢宁可能暂时让出）。三、最近，陇海西段的胜利意义很大，一方面解除了李先念部的负担，使其能顺利突围；一方面牵制了敌人兵力，使我们在泗县战役以后，得到休整。四、蒋介石“七七”演说，已透露出国民党内部的悲观情绪，对内战已无信心。目前他的问题，是继续冒险呢，还是停止进攻？五、美国对华政策也有可能转变，现在美国方面考虑的问题，是立即撤退驻军呢，还是卷入内战旋涡？

8月21日

上午继续开会，讨论写作技巧问题。下午由军政治部康科长总结，其中关于记者修养一项，对我帮助很大。

晚饭后，至东南5里某庄司令部驻地，听陈毅军长报告时事。我还是第一次见到陈军长，他个子魁梧，四川口音，很诙谐，穿执行小组特制的军装，相貌宏伟，使人肃然起敬，一看就是一个不平凡的人物。

陈军长报告时事讲得格外具体、生动、深刻且引人入胜。最后，他指出，由于和平生活已久，许多同志一时转不过弯来，工作生活很松懈。他号召直属队同志要紧张起来，做到迅速、确实，争取做模范工作者！与前线的战斗英雄并立在一起。

大会有500人，都是直属队的，有不少上海男女同志。

回来时天已黑了，陈洪石又在路上闹了很多阿Q式的笑话。他走在最后一个，一个人回头大喊“后面跟上来，不要掉队”。我说“你是叫鬼跟上来”，大家哄然大笑。

8月22日

黎明时陈洪石从床上跳起来，喊着早操去。我睁开眼一看，他竟推着自行车出去，不禁哈哈大笑起来，心想这家伙文人气味的确太重了，谈吐、行动间有许多与众不同引人好笑的地方。早饭后，陈洪石、沈定一、王克、韩晓影等要上睢宁，一定要我去，因为我对那里比较熟悉一点。于是5个记者便一路嘻嘻哈哈上睢宁去了。我领他们在街上逛了一圈，大吃一顿梨子。梨子只有7元1斤，1斤有四五个，真是太便宜了，后到县委会。王部长告我最近这一带虎列拉（疫病）流行，睢城已死亡10余名。以后出发要注意两件事：一、不吃不卫生的食物和水果；二、冷暖适当，还应该带两瓶十滴水。

晚上记者团又开会，成立了前线分社，每个记者要同时对山东及华中总分社负责。我与山东李后、叶诚同志为一组，李后任组长，出发到2纵队去，带了一架电台及一架照相机。这次2纵队担任主攻任务，所以我们的采访任务很重。陈洪石到9纵队去。王克、韩晓影到3纵队去。戴邦、沈定一以及山东两个记者，负责前线分社的内勤工作，暂时不出发，在这次战役胜利结束以后，记者团的同志们将再度团圆。康科长告诉我们，在记者节到来时候，陈毅军长还可能设宴招待我们，以示庆祝之意。

到新华社以来，精神上始终是很愉快的，因为同志们之间感情融洽，情调一致，无所不谈。由于大家都是初出茅庐的青年（这里没有倚老卖老的老干部），性情、作风颇一致。同志关系好，精神自然坦爽愉快了。一般同志关系不好，大都是由于工作关系搞不好。现在人们都是独立工作，互相无工作关系，不负什么领导责任，这也许是工作（中）关系好处、感情好的原因吧。

编 注

《拂晓报》是我们党新闻史上颇有名气的一份报纸，抗战期间由新四军第四师在淮北根据地创办。淮北人都知道，彭雪枫（四师师长）将军手中有三宝：《拂晓报》、拂晓剧团、骑兵团。《拂晓报》刻工精细，字迹工整，常有套版与插图，虽为油印报，可与铅印报媲美，甚至在国统区也有发行，曾寄往苏联和欧美展览。后报社隶属淮北地委，与新华社淮北支社是一个机构两块牌子。故父亲 1946 年 6 月调入拂晓报社，亦即调到了新华社系统。为适应战争形势，8 月，拂晓报社（新华社支社）这一班人马成为山东野战军新华社前线记者团了，隶属野战军政治部。

父亲 1944 年从上海到江淮大学，履历上就是参加了新四军。到干部学校任国文教员，应该不是军人。调至拂晓报社算入伍吗？一两句话说不清。那时，根据地都是由军队打下创立的，党政军高度融合一体化，军地干部都是党的干部，都穿制服，过供给制生活，互调频繁，十分正常。父亲好像不曾办过什么参军手续，调来调去也都不是个人的职业选择，而是一切服从组织安排。但当他成为山东野战军前线记者团的一员时，他的确是名实相符的军人了。

8月23日

入秋，气候有显著变化。中午比夏天闷热，早晚寒凉，半夜盖了棉被还嫌凉，应适当注意寒暖。但现在我已到了部队，而且是新闻记者，生活富于流动性，是工作特点之一。明天要出发到2纵队去了，我只留了一身外套，二套内衣，其余都送报社寄存了。我将被子棉花抽去，虽明知今后天气会更凉，但为了行军便利，必须轻装。

整日炮声隆隆，前方已打起来了。前线离此约30里，飞机终日在头上盘旋。但我们很稳定，胆子的确大了。还记得前年整风时，鬼子占领双沟，闻及炮声，大家就有些恐慌了。

晚间司令部来人传达，敌人全面向我进攻。朝阳集敌人已占领陇海路上一个车站，泗县敌人也将出动，其总的企图是进占睢宁，目前离睢仅25里路，大战即将开始，明天决定出发。

戴邦在专员公署遇见建设处陈处长，戴邦很关心我，帮我打听王萍消息。陈处长说她仍在半城农场工作。我很不同意她目前一个人缩在那角落里，能有什么进步和开展呢？

夜间蚊子甚多，屋里无法上灯工作，大家又在场上谈古今，虽然炮声隆隆。

8月24日

早饭后，行李都整理好，快出发时，康科长传达情况有变化。朝阳一带，敌人60旅和92旅（被歼后重建的）已很靠近，所以作战部署有变更，只有9纵队少数部队转入敌后牵制，明日军部将移至宿迁运河西岸，睢宁可能出让。

这样我们暂时又不出发了，待机行动。

我又写了信给萍，将目前形势简略告诉她。她在半城消息是很闭塞的。我请她考虑，根据如此形势，她留在半城是否好。我的希望是：她仍回专署，找一个适当的工作，一面消息灵通，有照应，一面我们还可以见面，未知她的意见如何。

晚饭后，独自一人在公路上骑自行车，以最快速度前行，来回共 10 里路。照例，又在夜色中谈至深夜始眠，唯少了陈洪石，似乎少了很多热闹。

8月26日

昨日上午与王克至政治部采访俘虏，主要是与一个管理前线电话总机的上士通讯兵谈话。此人因掌握总机，故对战斗中敌军如何指挥的情形非常熟悉。当我军围攻朝阳时，敌指挥官慌乱的状态，从电话交谈中全部可以看出……此人颇有谈笑风生之趣。

晚饭后，即在场上集合，宣布我们的番号是淮河大队 2 中队，记者团是第二小队。以后要严守秘密，一律以番号称呼。

天将黑时，即向凌城出发。路上见无数部队均向东撤退，睢宁是一定要放弃了。

原定昨日要行 50 里，但自凌城西行 5 里，即遇大雨，在一小庄上休息。我与韩晓影、沈定一三人睡在一过道中，两头通风，雨水常刮到头上来。盖了已经潮湿的夹被，寒冷难熬。

今日天阴沉，估计不致有飞机来，东行 18 里至埠子集。一路上尽是向东涌去的部队，集上乱哄哄的，到处是军队找房子，军人与伕子吵骂。夜色中，无数的黑影来去晃动。

看情形，激战将在睢宁展开了，这仅是我的估计。我们只是接受命令向东移动，对时局战局变化都是漠然无知。我自己情绪很高，但深深地替萍担心。战事是不是会向半城发展呢？她是不是与其他机关取得联系呢？是否有机警地打算逃难的方向呢？

8月28日

27日早上3时即开始行军。出埠子集，一路黑影幢幢，战马嘶叫，部队都在向东撤。大家冒着雨后的寒冷和泥泞，背着沉重的行李，有秩序地撤移阵地。大家知道，我们不是消极避战，而是在给敌人挖掘更大更深的坟墓，而且这坟墓要让敌人自己掘。

前天下了大雨，一路有积水。我们在黑暗中，在浓密森林的树荫下涉过无数道有几尺深、数十丈宽的水，必须持着拐杖，一步一步小心走，戴邦因不小心，连人带行李坐到水里去。

天明时，即到洋河，共行约30里。遇见赵汇川司令、刘政委等骑马来，他们是到101首长（陈毅军长）处开会的。

晚间与记者团同志漫谈业务，半夜4时又起身行军，至临河集。这次撤退，西方炮声终日未已，唯飞机似较前减少，至临河集时，有闻睢城已被占。这原在意料中的，唯情况究竟如何，因电台尚未工作，不得而知。

8月31日

一切在向东。

我们白天睡眠，晚上便向东撤移。大家情绪很高，因为都明白，向后撤移，是为了前进、更前进。现在一切向东，将来一切是向西、再向西！29日晚过黄河时，水势很平静。过运河时，水声犹如瀑布，像千军万马一样在桥下奔泻。

晚上1时到了泗沭县众兴集。

敌人已占领宿迁、睢宁、凌城、洋河、埠子、大李集、大庄等地。我们是有计划撤退的，所有的伤病员都安全运到后方来了，所有的东西也都运走了，敌人一无所获，他所占领的仅仅是几座空城。我们撤退，不是敌人的成功，而是我们的成功。敌人前进，不是我们的失败，而是敌人的失败。世界上没有只前进、不后退的军队。敌人虽然占领了不少地区，但他的战线伸长了，所以，他将无法克服他兵力分散的矛盾，便于我们随时胜利地出奇制胜。

大家虽在往后退，但胜利的信心没有动摇，都在考虑应如何为争取全线胜利多担任一份工作，完成一定的任务。我的情绪非常稳定，虽然吃了很多苦，但甘之如饴。但想起萍的时间是比以前多了。敌人在淮南已占领了老子山，特务及还乡团、土匪很可能活动到半城这一带去的。她仍大胆地住在那里吗？我时刻替她担心着，心中像挂了一块大石头似的沉重。

9月10日

今天是阴历八月半，是我在解放区过的第三个中秋节。第一个中秋节是在湖西岗小陈庄过的。那时正在整风，与王炜、曹川林、袁硕、罗炎石、陈鹤华一起，放假，吃得很丰富，还开了一个很热闹的晚会。第二个中秋是在五河的小集上过的，那时和史比鸥、王萍等带了工作队在蚌郊宣传，萍带了群运组回来过节，晚上我们在房里谈得很久。今年八月半，我在3纵队56团过，穿着单薄的衣服，一条夹被子，没有房子住，睡在树下忍耐着艰苦的生活。萍呢，我不知道她在哪里！

我和萍分别已经有两个半月了。在将分别的夏天，我和她在城墙上散步，谈得很多。我们决定再见的时候，便要写报告订婚。但今天是中秋了，蒋介石不肯批准我们在今天订婚，而且把我们遥远相互分开，想念着，担忧着。

这不是一个和平的中秋，淮北绝大部分主要城镇已经完全陷于敌手，我们的主力撤移到运河以东、以北。敌人在占领区内进行扫荡，战云密布在上空。中秋以后，如暴风雨般的恶战就要开始了。一切和平时期的工作都停止了，平日美丽的梦，崇远的理想，谁也不再去想了。大家都卷到前方来，一切为了前线！

这10天以来，生活没有安定过。其实，这两个月来，我就从未得到过适当的安定，从我两个月来所记日记的凌乱，便可以看出来的。

到来安集附近以后，虽然住定了几天，但心境上仍然是不安定的，因为我估计随时又要出发。同时住得也太拥挤，一间小小的锅房里睡了5个人，连一张桌子、一条小板凳也没有，想写字看书的余地也没有。

9月12日

记者团参加军部召开的营以上干部大会，听取陈毅军长总结两个月以来的淮北战局，决定争取10天时间休整部队。中秋以后水势稍退，便要反攻。9月内打几个小仗，10月份内要打大仗，大量杀伤敌人。12 月份内将要与南下八路军会师徐州，切断整个津浦路。陈毅军长并指出，目前形势是乐观的，敌人力量已经非常分散，只要水退去，消灭敌人是不成问题的。

干部大会以后大家情绪非但没有悲观失望，而且感到预兆着一种伟大的胜利。所有人员都在自己的岗位上积极准备，战士们积极地学习攻坚、野战和爆炸……大家用沉着的行动来迎接将来、争取胜利，充沛着一种紧张、平静的空气。

3 日晚上看电影，这还是到根据地以来，第一次看到电影。大部是新闻片，有 4 师骑兵团，延安、淮阴、上海等地的庆祝和平大会，以及一些苏联的片子、卡通、卓别林等滑稽片。

4 日又派来了 5 位记者，参加我们的记者团。一位是过去拂晓报社的单非同志，有两位是江大同学——张立和艾兄。5 日开记者团会议，决定分到各部队去。我与艾兄及一位王同志一起到 3 纵队，由我担任组长。

5 日晨出发，行 20 余里，至吴集师政治部。舒部长、周部长添了 4 个好菜请我们，把 3 纵队的情况介绍以后，我们便到前线支社，即 3 纵武装报社，与陈明同志商讨采访工作步骤。

7 日与纵队记者许平到 19 旅旅部去，黄政委、余主任等所告情况甚详，当晚随旅部行动，行 40 里。

8 日参加政治部会议，夜行军 30 里。

9 日我出发到 56 团去，艾兄到 55 团去。

今日至 3 营营部，明天准备深入到连去。

3 纵队的群众纪律以前不太好。我们这次任务，主要研究他们在纪律方面是如何转变的。如有战斗任务，我们就随团部上前线去，进行战斗采访。几日以来，感觉到部队里采访困难很多，要一级一级下去，在时间上的确浪费不少。

3纵队旅以下工农干部占大部分，团级干部也只有少数是小知识分子。他们给我的印象是直爽、果断、有魄力、虚心，我喜欢与他们多谈，似乎与他们多谈谈，比与一般会玩小聪明或自恃聪明的知识分子谈有益得多。

一般说，部队干部即使是知识分子，给我的印象也是不错的，因为他们受过锻炼。例如这里的记者许平，便是一个热情的、很富有阶级友爱的同志。武装报社有一位记者小林同志，他亲自给倒洗脚水，很使我感动感激。

部队里虽然比地方上艰苦一点，但仅是在行军及作战的时候如此，平时的生活实在与地方上天差地别，差不多天天吃肉，至少两天也有肉吃。即使不吃肉，菜量非常丰富，也是够吃的，油水非常充分。有客来，总能添上四五个菜来，所以近来我的营养不错。

现在我患了痞疾，一天拉15次，身体很软弱。在部队里只好忍受着，如果提出来，会使大家感到麻烦的。在军部时与沈定一等天天买梨子吃，有次一下买了15斤，一顿吃4个大梨子，再吃一大把枣子，晚上没有棉被，天天冻醒，于是拉起肚子来。这几天，次数增加，肚子常疼，拉又拉不出来，拉出一些血水状的东西。便后昏晕，如果营养不好，我真支持不下去了。目前我仍然坚持工作，也许过几天会好的。

我准备写封短信去安慰韩晓影，他因为失恋最近精神上很痛苦。虽然他克制自己，自觉意识到在战烟弥漫的今日是不应该去多想这些事情的。

他的爱人李某，21 岁，上海人，一个很活泼的小姑娘（像 17 岁）。3 年以前，他们在苏中时便爱上了。后因反扫荡，李某回上海住了一年。又来根据地后，到军部文工团当演员。这次很巧，他们在军部遇到了，但李某已不同以前了，她已有了新的爱人。韩很想挽救这关系，我也很帮他的忙，提供很多意见。晚上看电影时，我把他们一起叫了去，过河时，我先脱了脚，说："背你们俩过去！"也许这样可促成他们的感情。我把李某背了过去，又把他也背了过去。那天晚上大家谈得颇为投机，他们感情似乎好了些。第二天韩告诉我有好转可能。第三天，李某对他婉转地谢绝了，她说："我感觉我们的感情不是一种普通的感情，但也不是爱人的感情。"这小姑娘应付人的确有些本领。韩是个老实人，没有她老练，哪能压得过她呢?

谈起恋爱问题，沈定一也不是不想的，不过他修养好，不在口头上表示罢了。但有一次他对我说："在淮北毫无办法。"他是不要土包子的，至少也得是一个高中洋包子才行。

晚上与许平同志闲谈，睡在一头。他告诉我他有肺病。舒部长以及武装报社几位领导，与我一起吃饭的编辑记者也有肺病。我以后与他们相处要注意一点。他告诉我，陈明同志虽生肺病，但常常想讨老婆，他在反省会上说："我思想上有个不好的毛病，就是常常想要老婆。"几位编辑也想娶老婆。一般说，部队同志存在很严重的想老婆病，和平以后，适当解决这个问题是很重要的。

我的感情虽然不很脆弱，但总好触景生情。和萍分别时，正在初夏，每到傍晚，我俩一起散步，凉风习习吹来，那时我们便会身子偎得很近。她跟我谈很多话，她是很健谈的，有时候比我还要谈得多，似乎她比我聪明。现在已是秋天了，过去我们一起散步的地方，都被敌人蹂躏了。今天，萍又不知在何处。我只有将自己的心永远向她，像我们散步一样，紧紧跟着她！

9月13日

中秋节没有好月亮看。晚饭后，我一个人悄悄地沿着小径，穿过乱坟堆，走到湖边去。太阳才下去，西方还有一片红晕，月亮在浓密的云朵里忽隐忽现。我想在这个佳节良宵，让自己静静。想想在一年来的历程中，自己各方面究竟有些什么成长。

想到最后，我对自己竟是这样不满意：这一年来我的进步并不快！也许是由于自蚌郊工作队回来后，我的工作是处在一个很不顺利的环境中，教育界处在一个低落期……但我不能埋怨客观环境对我的约束，主要还是主观上努力不够。假使我能克服自己的英雄主义，维持自己的情绪，利用空闲时间，多研究一些学问，那么我的开展也不至于会是目前这个地步的！检讨起来，一年光阴损失了。但只要自己彻底认识到进步不快的原因，作为宝贵的教训，对于年轻的我，将成为一种积极的鼓励。我还年轻，还要活几十年，今后如能加强主观努力，不论环境及工作对我如何不顺利，我自会得到一定的成就！

这几天我自团到连去进行采访，从各方面来观察，各级负责同志，尤其是政治机关，都组织了检查组，深入到营连去检查，首长亲自负责此工作，目前违反纪律的现象，较前已大为减少。7 师在战斗力上还未经过很好锻炼，陈毅军长在营以上干部大会上特别批评了他们。现在他们已发愤自励，提高战斗力，争取自卫战争的胜利。7 师是革命的部队，本质上是好的，而且有很多优点，只要他们善于吸取兄弟部队的经验，改造部队是很有希望、很有前途的！

这几天，炮声又紧了。昨天下午我走到后田里，站在坟顶上听，每发一炮的呼啸声都能听到了。大概打炮的地方，离此至多只有十几里。3 营侦察排回来说，这些炮都是我们发的，总之战斗接近我们了。听！重机枪的声音一天近一天，我们的 17 师在建造工事，2 纵队也绕到前面去，9 旅在泗阳一带杀伤敌人。毫无疑问的，敌人要强渡运河，我们在这里一定要坚守，一定要确保两淮（淮安、淮阴），那么恶战就要在这里开始了！部队现在不再是向东移动，现在是向着西北去迎接战斗，迎接胜利。

经过几个夜行军，部队到了众兴集东北，离运河 5 里路的游圩子一带了，这儿离敌人只有 10 多里路，部队已架好电话线，在前面积极修工事。

到团司令部去，团长正在画地图，给我们讲敌人进攻的方向及企图。战士已开始战斗动员，战斗将开始了！

我呢，也应该积极动员起来，不要忘记，我是一个战地新闻记者，我应该勇敢，应该有万一牺牲的决心！同时，完成自己的任务，不作不必要的牺牲。郑益崐已做了我们很好的先例（郑益崐在拂晓文工团，是一个很有音乐天才的青年。这一次分发到连队采访，在苏中牺牲了，遗体也不知埋在何处。他的精神值得我们学习，但他没有完成自己的任务）。

看了军部宋时轮参谋长的情况通报，南线敌人已占领归仁集及马公店等地，有进占青阳企图。洋河敌人向泗阳推进。过去数日，敌人积极在其占领点线内“清剿”，估计敌可能继续东进，渡运河，犯两淮。如不得逞，也可能转而南下，那雪枫镇这些地区都可能被陷。

我对萍异常地担心，每听负责同志或通报上说，敌人可能南下时，我的心竟会跳起来。敌人如已占青阳，那么特务可以活动到半城去了。顾欣不就是给特务害死的吗（沈曾华说，在某条河里发现两女尸，其中一个是顾欣）？而她还住在警备森严的淮安城里。今天萍在荒凉的半城，住在引人注目的烈士陵园里，能无危险吗？

我有时也安慰自己：萍是很聪明的，她绝不会麻木地住在那里，她一定有办法的，但仍是不能使我放心。在家里一向娇生惯养的她（到根据地后，也未经过艰苦的锻炼），身体不好，又无在复杂情况中游击的经验，又是单身女同志……我便默默地祝祷，希望她能和顾芸等在一起，这样便比较安全。这也许是幻想呢？最使我烦恼的，我毫无办法立即去给她帮助。

今晚半夜起身小便。寒气彻骨，树荫看去与夏天不同，带一点阴森的气息，虫声唧唧，从田野间传来一阵阵叹息。秋是象征肃杀的，秋的气氛象征凄惨的大战即将开始吧！

编　注

父亲日记，我认为大多为及时记录，应该也有数日后稍得空时回忆补记的。父亲此时被派往山东野战军第 7 师进行战地采访。这支部队即以后的华东野战军 7 纵（25 军），是新四军老部队。父亲最初的战斗体验，是跟随该部行军作战获得的。

9月14日

晚上又向西移动，进入六塘河守卫的阵地了。7师的任务是坚守，不让敌人过六塘河，抵住敌人向两淮及众兴集进攻的道路。

敌人离这里还有十几里路，估计正在部署进攻。前几天的炮声，是我军发的，杀伤敌人有数百之多。这一胜利，多少阻滞了敌人的推动，可以使我们在这里赶筑工事。部队同志都已下去动员器材，连夜赶筑地堡。

吃过早饭与许平一起到参谋处了解目前情况，便于发生战斗时采访。大体情况是：敌人已占泗阳县城，宿迁之敌也自运河南下占领若干集镇，准备夹击众兴镇，再向两淮推进。我们目前的战略是坚守两淮。7师19旅布置在六塘河一线，其中55团在毛家桥西北，56团在毛家桥东南，57团一部在六塘河与运河之间，20旅布置在众兴集附近。打开地图来看，我们的布局是很周密的，准备很充分。敌人在哪里过河，一定把他消灭在哪里。

上午与许平到3营阵地去。自团司令部至营司令部有十几里路，用电话联络，电话员正忙着工作。特务连在司令部附近挖散兵坑，构筑机枪阵地、炮兵阵地，沿路布满坑穴，这些坑穴都朝着一个方向：西方！敌人来的方向！

与营教导员谈情况后，即下连去看防线及赶筑工事。3营的防线有20多里长，以2、8、9连分头防守，7连为机动连。

他们的防线沿着六塘河的河堤，大部是散兵坑、战壕、机炮阵地以及几个较大的地堡，枪眼累累，一个个朝着河对岸！战士们已经忙了一夜，但他们还提着精神筑工事。

战士们的情绪很高，他们听见要打仗是顶欢喜的。7师的武器质量差，因此他们都渴望在战斗中换枪！

在河对岸，是我们的侦察排及步哨。在河岸上稍站半个钟头，便可隐约地听到远处的枪声。侦察兵回来谈，敌人的还乡团已到了离这里10里的曹集，敌人进攻的迹象已经越来越明白了。

这一带老百姓很多避难到后方去了，庄上很少见到年轻人。他们都肩起了枪，在野地里来回散步放哨。我拿了望远镜看，田野里有三两的民兵活动着。

到处是一片静寂，也许这是一种静待，使人有窒息一般的感觉，像大雷暴雨将来临时一样。每个人的心弦拉紧了，在每一秒钟期待着大敌的来犯！

内战正在全国范围内蔓延，好战魔王蒋介石仍在庐山“避暑”。

马歇尔一面高叫调停失败，一面仍假装好人，一上庐山，二上庐山……至五上庐山，不知演些什么把戏。不但全国，而且全世界的眼光都看在淮北平原上，我们是不会使全国人民失望的，陈毅军长说：“只要我们保持革命的有生力量，我们就一定不会失败。希特勒的军队曾那样强大，但在莫斯科城下终于完全败北。斯大林，曾大大地退却，退到莫斯科，但最终打到了柏林……”

我们目前正处在同样的情形之下。两淮就是“莫斯科”。

敌人一定到不了两淮，一定要不可收拾地惨败！蒋介石的命运就同拿破仑和希特勒一样，而中国之命运是充满光明的、和平的、民主的！

9月15日

随着战局变化，部队的机动性也是无限大的，56团才在六塘河以南一线初步修好工事，又奉命东调了，六塘河由55团坚守。

敌人在泗阳及众兴集时，未遇顽强抵抗，居然得意忘形，越来越疯狂，沿众兴集至淮阴的公路大举进犯，昨日东犯安集，被我军击退。现在指挥部正在积极部署，抵住宿迁南犯之敌，要在运河两岸消灭敌人。

吃过早饭，参谋处通知各单位准备出发。9时，旅部命令到，沿运河向东南方向转移40里，到离众兴集20多里路的地方。

部队常在夜间行动，今天白天转移，看样子一定很紧急。

曾经沉寂了好几天的飞机声，现在又重新震响起来了。自黎明时起，便时有2架至3架飞机在我们周围以及头上盘旋，所以部队分散了走。我随团部转移。有两次飞机飞得很低很慢在我们头上经过，我们的队伍立刻停止行动，蹲在地下，飞机嘶叫着掠过，没有发现目标。

半个多月，没有在白天行军，田野变得很生疏。青纱帐已经完全去消了，片片断断地间隔着深绿色的豆叶、山芋叶、花生叶，留给人的印象是一片荒废。树木也失去了生气，好像将近暮年的老人。

原野里不再有喧嚣的蝉声，不再有成群的农人在忙着工作。

战士们在步枪、机枪以及自己头上、身上装饰了很多树枝，远远看过去就像密丛丛的树荫，只要一站定，就像栽在那里的树木。

40 里一点休息也没有，我们到达了指定地点。房子很小，100 多人挤在十几家房子里住，每一家挤十来个人，大家倒在一块睡。

入晚刮风起雨，炮声隆隆，离此地只 10 余里。

9月16日

前天一夜两次梦见萍。第一个梦好像我推进门去，萍赶紧站起来，握紧了我的手，久久说不出话来。第二次梦，使我非常不安，一直到天亮没有睡着……萍被敌人俘虏，我在一处茅屋里见到了她，她猛然扑过来倒在我的怀里，泪水簌簌滴下来……我虽然不相信梦里的事，但这梦使我痛苦，我的咽喉哽塞了。

昨天夜里，梦见母亲穿得很破烂，弟弟做了工读生，家庭很穷苦。我醒来后，追味母亲消瘦而可怜的面容，不由得伤心起来，眼睛湿润了。

这几个梦做得很伤神，醒后，我就不能安睡。我为什么好久都不做梦，而这两天突然做这么多梦呢？

现在淮北基本上已处在游击环境中，萍假使仍单独在半城，我实在放心不下。我知道萍也一定想念我、担心我的。所以我不但担心她的一切，而且担忧着她对我的担忧。

气候逐渐地冷了，这几天早晚照例应该穿夹衣，或穿绒线马夹了，可是我只有一套制服和衬衫裤。到晚上只有一条薄夹被。王政委借给我一条绒毯，还是压不住冷气，天天早上肚子痛，拉稀屎。我的痢疾才好一点，大有重发可能。仍只好听之任之，毫无克服办法，只望我的抵抗力强一点了。

近 3 月来尤其是到部队以后，我已习惯了流浪式的做客生活。当新闻记者就是到处做客。我倒不怕流浪，就怕“到处做客”，我在外做了 3 个月的客，在哪里的工作都不好生根。所以我过的生活一般说是很自由散漫的，3 个月没有过组织生活了，当然对我的政治开展是有影响的，党性也会削弱。我到哪里都是“客”、是“客气”，将来我的斗争和批评精神也会削弱的。竟日下雨，采访不能进行。

9 月 17 日

昨日晚饭后，大家忙着找门板安铺。天渐渐黑了，风雨渐作渐大，大家都存在这个思想，“管他呢，关门大睡”。突然，传令兵传来了旅部命令：“部队立即向南行动。”

大家立即打好背包，冒着大雨到场上集合，今天一定要做落汤鸡，可谁也没有怪话。

这就是军事行动，这就是命令，这就是部队生活最艰苦的时候！我望着压到头上来的黑雾，越来越紧的风雨，深深地感到了这一点。同志们的精神很镇定，我的神情也很镇定，我虽未受过军事训练，但我绝不露出这方面的破绽来。

团部集合好，就向南进发了。衣服渐渐湿了，潮湿的寒风吹来感到有些抖了。行 2 里路，在一个大庄上遇到了 56 团来集合的 3 个营，每家人家都挤得水泄不通，其余的人只好在外边受雨淋。第 2、3 两营过去，才轮到团部走。团部的同志们寒栗地站在雨下，至少有一个半钟头了，我的外套全湿透了，但没有地方避雨，只好淋下去。

庄上乱哄哄地吵着、喊着，人撞人、马踢马，2 尺外就看不见面孔，到处听见力竭声嘶的声音喊着："政治部在哪里""某某同志到这里来""喂，在哪里集合""特务连走了吗"……

在一片混乱的叫喊之后，团部才艰难地集合好。雨有几分钟的静止，又突然刮来寒风，不顾一切地扫射了。黑幕遮住了脸，伸手不见五指。

团部又出发了，战马在前面嘶叫着，部队在滑泞的小道上跑步前进。每个人必须张大眼睛，辨认在你前面一人身上的一些小小的记号，望着这记号紧张跟上，稍微慢几步，这记号就看不见了，你就找不到队伍、失散了，后面的同志便会以愤恨的字句来咒骂你。

我不知从哪儿得来了从未有过的力气，望着前面一条白毛巾的影子，拼命跑步，一口气跑了 2 里地，没有掉队。

前面又传来了口令："跑步跟上！"一个个传下去。一阵快跑之后，从队尾传来"后面掉队了""卫生队掉队了"，于是前面才走得慢一点，但仍是以我从来没有走过的速度前进着。我滑跌了一跤，但仍不顾一切爬起来就跑。现在想想，当时的确有些"拼命"和"疯狂"的样子，神经紧张到了极点。

涉过两条小河，队伍到了六塘河边的渡口，前面队伍正在过着，我们便到庄上去避雨。

一停下来，便感到突然的寒冷，我的衬衣也湿了，寒气彻骨。我将身子缩成一团，用力想把骨头挤拢来，这样可以暖和一点。

半小时后，我们过河。大雨暂时停了，天上稍微亮一点，大概月亮起山了。

河有半里路宽，风刮来似乎特别冷，我的牙齿不可抑制地战栗着，浑身发抖——像受刑法一样的痛苦。我的手冰冷，我的脚似乎抖得很难起步。

部队里的同志们虽也叫着冷，但他们似乎毫不在乎。张股长、刘华同志等，一面走，一面讲着笑话，前后的人还不断发出笑声。讲的虽是近乎低级趣味的故事，无聊得很，但也可以看出部队同志在吃苦的时候是如何地甘之如饴了。他们对我说，去年也是这个时候，部队北上，过津浦路时，比这更冷，冷死了很多人……部队同志吃的辛苦的确要比地方同志多，所以他们比地方同志要坚强。吃些苦，对于一个人是有益处的。

沿着河堤又行 15 里路，才到李圩子歇下。这时大雨又起了，副官大声叫着分配房子，这时候又是一片混乱，将门板拆去，到屋里边随便找个地方睡了。

我们十几个人被分配在一家破落的人家，只有两间小屋。一间快倒了，屋顶还漏；一间墙已倒下，用秫杆夹成墙，我们必须在这里挤下。

他们冲进屋里，点上灯，便将所有的门板及席子占有了。脱下湿衣，换上干衣（他们都有油布包背包），倒下便睡了。等我小便回来，已经什么也找不到了。临时到里屋拖了一条破席出来，但放席子的地方也找不到了。将且请唐同志将席子朝里拖拖，我便在门口将席子铺下。我将外套脱下，穿了微潮的一件衬衣衫裤，在风头上躺下来，浑身发抖。我实在忍受不住，与唐同志商量，将他的潮湿的夹被拿来同盖，总算挡住一点风。

我将手盖在肚子上，肚子无论如何要保护好，这是最容易出毛病的地方。

寒风紧紧地吹来，我躺在冰冷的席子上，蜷缩得像刺猬一样紧。牙齿不自禁地打着战栗，我微微哼着："呀，冷啊……"旁边也有几个同志哼着。这样受冷所造成的痛苦，我还是第一次尝到。我开始伤风了，清水鼻涕淌到了嘴边上，我想："明天我要生病了。"

就这样战栗着、呻吟着，到了天明。这是我生平第一次最严重艰苦的生活，第一个可纪念的考验，我是毫不抱怨地通过了。

天明了，天气似乎更冷一些，风刮得更大更紧。衣服是湿的，地是湿的，席子是潮的，而哗哗细雨还不断，从没有门的门洞里、秫壁缝里飘进来。

肚子一阵阵绞痛，我不能再忍受。解手后，即与老奶奶好生商议，搞到了 5 斤干草，把身上的衣服烤干，才感觉舒服一点（我的衣服都存在后方，现在连替换的也没有）。

组织股张股长和宣传股唐股长看我冷成这样，表示歉意（其实大家同甘共苦，完全不必要），立即替我在一家干净的房里铺好门板，铺好洁白的被单，还借了一条单被给我，叫我休息。他们亲自动手替我搞铺，使我又感激，又不好意思。在最患难的时候碰到这样的好同志，使我对他们实在有说不出的感谢和敬意。并且这样精神，是值得我学习的。记着"人家在最患难的时候，要不顾一切地去搭救他"，再记着"在自己最患难的时候，不抛弃我、而能来帮助我的，是最真实可靠的朋友”。

我身体还没有发生病症，只感觉有些伤风，精神不振，头脑昏晕，这是身体抵抗力最弱的时候。

9月18日

昨日晚饭后，命令来了，“立即转移”。

夜幕渐渐降下来，全团队伍集合，要开一个战斗动员大会。哨子一吹，全体肃静，大家紧张地听团长讲话，这是福建口音、军人式的动员讲话：

“同志们，我们要打仗了！大家跑了好久，打不着仗，今天就要打了……情况是这样：敌人3个团自来安大胆向于沟进攻，有1个营在路上被消灭了，其余的都被包围，今天或者明天就要消灭他们。现在南岸敌人还有1个团，众兴敌人1个团，估计他们要去增援。我们的任务就是去阻击他们……我们的兵力是超过了敌人的，我们1个营，对付他1个排，10挺机枪对付他1挺，我们的胜利，绝对有把握……”

接着队伍开发了，不再像往日那样的喧闹，因为今天不是普通的转移，而是要开到敌人跟前去，离敌人只有一里半里的地方去，每个同志的心绪是紧张的、兴奋的。

月亮升起来了，秋的月色显着有刺骨的寒气。雨后初晴，更是寒冷。我们的单衣实在难以抵御。大家过了几条有膝盖深的水之后，都有些发抖了。

部队到了来安集跟前，战士们还要忍受着疲劳，挖工事、筑阵地。

这次我们一定要消灭广西佬（桂系）3个团，这是敌进攻苏皖解放区最精锐的主力，顽强而骄傲。只要把这3个团消灭掉，淮北的形势就可以有一个基本的转变，给今后的反攻开一条有利的捷径。

连里要开战斗动员会，我与张股长一起到3营去。在营部吃晚饭后，即到7连去。这里离敌人只有两里路了，路上充满战争气氛。庄上的老百姓都跑光了，连一条狗、一只小猪也找不到。

门板倒在地上，到处都是乱草堆。

太阳快下去，东南前方响起了紧密的炮声，枪声离7连阵地只有里把路。战士们都紧张地钻到工事及散兵壕里去，侦察兵敏捷地到前面去察看情况，周围放出严密的警戒。

子弹嘶嘶地从头上飞过来，我们都卧倒了。

除了枪声，一切都是静默！战斗动员看样子不能进行了。战士们的情绪都很高涨，他们都盼望着等待着要打仗，要消灭敌人！

约一小时后，侦察兵回来报告：敌人有两个连自来安向众兴集去，出来才2里路，就被我们57团阻击了，敌人慌乱地退回去了。回到团部铺床，突然又来了通知，准备行动，到旅部集合。这的确是头痛的事，连日夜行军把我们搞得太疲乏了。

队伍乱哄哄地集合好，向旅部出发。人、枪、炮、马、骡、挑子、民伕……叮叮当当，以及马骡的嘶叫……到旅部门口集合，大家都在地上睡了。这已经是半夜了，寒气彻骨，我实在耐不住，肚子绞痛得太狠，我用手用力地压着肚子，我冷得浑身发抖，缩成一团。

约一个多钟头以后，团首长接受任务：56团要开到淮阴去了。因为情况又有了变化，敌人至洪泽湖南部老子山及观音寺一带向码头进攻了，现在离淮阴只有十几里路，现在就要展开两淮的保卫战了。

我很矛盾，我的任务不在淮阴，那里属于华中军区指挥，而我是属于山东军区指挥的。我与旅部阙主任商议后，决定改到57团去。恰巧从庄头来了一队到57团去的担架队，我就随着他们去了。

到57团政治部刚住下，不到两个钟头，队伍又移动了，在忙乱及寒冷中，一晚过去了。

9月19日

黎明时，队伍到了新的驻地。

在微弱的晨光下，看到了昨夜安置我的同志们的真面目，这是政治部彭主任、组织股徐股长、锄奸股石股长，以及一些文工团员、宣教干事们……我把自己的来历向他们介绍，把记者证给彭主任看，将本身任务告诉他，并请他给我指示和帮助。57团的同志们给我一个很好的印象：活泼、热情、团结、真诚、同志爱……虽大部是知识分子，但似乎没有知识分子那些自傲的习惯。彭主任看上去是工农干部出身，好讲话，与下级随便接近、开玩笑，但工作态度极严肃，好发脾气，骂人……

我与这些同志很快就搞熟了。

今天敌机较往日更为活跃，3架6架地集体活动，成天在周围轰炸扫射，子弹掉在庄前后，部队都隐蔽起来。我们也搞习惯了，大家在床上呼呼地睡。有几次飞机急降在庄头上扫射，我害怕流弹会飞到床上来，但看到大家镇静地睡着，心想难道就恰好打中我一个人吗，于是大胆多了。

午饭时，来安集敌人（离此只有 3 里路）向我阵地炮击，听声音有 3 种炮，迫击炮都打在前哨阵地上，其余是山炮和火箭炮，打在 2 里外的阵地上。

炮弹怪声地呼啸着从头上飞过，在后面、左右爆炸了。听见尖叫的声音，我们便敏捷地躲到墙角里，几秒钟爆炸的巨响就响了。

炮声稍微稀了些，我走出去小便。一颗炮弹向庄上飞来，我看得很清楚，是一颗大山炮弹，我赶紧蹲下。在半里路以外爆炸了，一股浓烟直冒起来……

约一个小时许平息，这顿饭吃得不安宁，我们常躲到墙角里去。下午 3 时又炮击半小时，还有我方发射的机枪声。

晚上，西南前方升起无数红色、黄色的信号弹，向我阵地飞来，接着又时常响起一声两声的炮声及稀疏的步枪声。向遥远的天际看，是望不透的黑暗，充满着战场的紧张气氛。

附近老百姓都跑光了，在广大的原野里，只有军队的步哨徘徊着。

一天又过去了，这是战争气味最浓厚的一天。

近来随部队转来转去，但始终没有打仗。战士们焦急疲劳，我也很焦急疲劳。不打仗，我的工作便没有内容。

我近来对前线的生活熟悉了，听到炮声、枪声不再心跳。这有两个原因：一是搞惯了、听惯了；二是集体的意志教育了我。我把个人的生命看轻了。在枪林弹雨中成千成百的好儿女们倒下来，他们死得，独有我的生命比他们宝贵，死不得吗？何况我死的可能性还没有他们大。成千成万人的生命集合在一起，我的生命实在显得太渺小了。

在炮声威胁到我们生命的时候，我一点顾虑也没有（但常想起母亲和萍，我死后她们将会怎样难过呀），这也许是部队生活给我的教育和锻炼吧！

9月20日

情况又有了突然变化。敌人趁我大军云集于沟一带企图围歼他3个团时，另一路主力从泗阳绕道蒋集，奇袭淮阴，现已至码头，离淮阴只有10多里路了。因淮阴吃紧，于沟敌人现已解围，退回来安集。我大军现赶赴淮阴一带去了。

昨夜部队向六塘河方向转移阵地，才行10余里路，旅部传来了这个新情况，部队马上又折回行军，到吴集、杨圩子一带，已经是上午7时了。

白天照例休息，大家横七竖八地倒在门板上、草上，像死人一样地睡去了。

我昏昏睡着，浑身发烧，一种病态的无力，心沉重地悸跳，昏晕，极度的神经衰弱，一天大便10余次，夹带着浆状血块……我不知道究竟是痢疾呢，还是感冒呢，还是疲劳过度呢，我想这些都是原因。由于近来不断地夜行军，没有好好睡，加上受雨受冷，以及生活不卫生（半月未洗衣服了），原因很多，我的病大概复杂。在这样的环境中生了病有谁来照顾你呢？何况我在这里是“做客”。

呼吸非常急促，也许很像萍的“半口气”，我疲倒在床上，饭也不想吃。萍是不是很康健呢？她生了病不也同样没人照顾吗？

我真的病了，但只有我自己知道。

9月21日

近来的生活完全颠倒了，白天变成了晚上。而晚上呢，太阳下山就开始行军，大家打好背包，在床上屈膝靠一会儿，等着行动的命令传来。谁也不会有这种幻想："让我好好安眠一会儿吧！"

昨夜12时光景，我打好背包，枕着秋夜的寒冷，躺在麦草上睡去，一个人推着说旅部又来命令立即行动。

参谋处没有将行军路线调整好，摸了几次弯路，10多里地走了一整夜，天亮时才到目的地。

一到驻地，照例又是乱哄哄地找房子……现在我也学到了经验：赶快找床席子铺床休息……

敌人已占了淮阴，兵力据说有一个多旅。其他的情况很模糊，连团长也不知道，但敌人尚未占淮安。估计敌人今后的进攻方向，当在淮安、宝应及涟水一带。

淮阴被占，告诉我们今后华中局面的艰苦，这出乎意料的突变，预示战争将变得更加的长期和残酷。我们自睢宁一直退到运河边，这不是我们的失败。但淮阴的失守，我们不能否认，这是一种失利，将使今后的战争变得更加困难。当然，另一方面，歼灭敌人的有利条件是增加了，但要收回这许多失地，却需要相当时日的！

淮北现在与淮南的情况完全一样了，变成了游击战争的环境，除了洪泽湖东西两岸（半城、高俊一带）尚有小块完整的根据地外，都被敌人占领了。现在敌人大步前进，后方也许空虚，便于我之游击活动。但敌人进攻达到一定目的之后，再回过来“扫荡”，这块地区的艰苦，当不下于过去抗战 33 天反“扫荡”，也许更要残酷残忍一点。

因为今天敌人是我们阶级的死对头，也有 20 年的仇恨了。

但最后胜利是属于我们的，目前暂时的失利，绝不会使人消极和悲观，这只是告诉我们前途上有艰巨的困难，需要用全体同志的努力和团结去克服。

整天下着细雨，北风又呼呼地刮着。我担心今天如果夜行军，我又要淋雨了。如果再像那些晚上淋一次，我恐怕非住野战医院不成。天天夜行军，天天受凉，肚子痛，病哪会好呢？吃些苦并没有什么了不起，只是自己的身体太不争气了。

淮北局面的恶化使我替萍增加了一层忧愁，我不知道她现在摸到哪里去了。假使她现在已回到专署，那么吃些苦、受些惊吓是小事儿。但如果她不在专署，事实上的确是很危险的。

愿萍平安地活着，让祸害不要降到她头上，一切不测都来袭击我吧！让我死得粉身碎骨，死得再惨痛些，来换取她的平安吧！

9 月 22 日

昨夜又行军，我的单衣实在抵御不了秋夜雨后的寒凉，仅仅 10 里地，就拉了两次大便，痛苦极点，胃也出毛病了，不住地呕出酸水来。

早上遇一位专署同志，他告诉我专署以及地委也到这里来了。

不知他们有没有把萍带过来，如果他们只顾自己跑，还把萍丢了，实在失去了共产党员的道德。部队打仗不准放弃伤员。何况萍不是伤员，专署也是战斗部队。

蒋集区的区长、区员们跑到孙圩子来了，他们告诉我与县政府失去了联络。唉，敌人一到那里，到处是手忙脚乱的混乱现象，上下级机关互相找不到，同志们跑失了也不寻找。

近来随着蒋军的进展，特务似乎较为活跃，已破获特务阴谋暴动案数起，部队里也枪毙了几名特务兵（有 1 名特务用手榴弹炸伤 2 名战士），以后单独出外要注意。

今天的驻地离淮阴 40 里，离涟水也很近。估计任务不是反击，是确保涟水。两天后当有战斗发生了，我们不能再让了，我们必须给骄傲的敌人以当头棒击。

9 月 23 日

指挥部命令全军休息 3 日，昨夜没有行军。我拿了些麦草铺床上，安安分分地睡了一夜。

上午许平来到 57 团，他告诉我，那晚 56 团赶到淮阴时，敌人有两个连突入了淮阴南门，在 50 里的强行军之后，战士们忍着疲劳，与之激战，情绪甚高。第二天又打了一天，我军在炮火炸弹下沉着应战，于当日晚上安全撤出淮阴，至涟水，昨日才到。他说我这次如去，身体拖不下来。我倒很懊恼没有去，否则一定可以采访到很多材料。

因对今后作战企图不明，加以有病，我决定先回分社，再拖下去会酿成大病，对任务也难以顺利完成。

淮阴失守，但我们的主力未被削弱。相反，敌人在这次两淮战役中损失了6000多人。只要我们保存有生力量，敌人是一定要被我们消灭，淮阴是仍要为我们所收回来的。另外，在这次战役的考验中，也暴露我们在战术上的弱点（敌人以3个团的兵力牵制了我军，而另一路从众兴偷渡，突袭码头）。

今日发烧，精神不振，傍晚又咳。

编 注

两淮（淮阴、淮安）保卫战发生于1946年9月中旬，共打了10余天。

14日，国民党军头等主力整编第74师猛扑淮阴，19日突入城内。

山东野战军守卫部队再战不利，撤出战斗。此役虽杀伤敌1.4万余人，但最终放弃两淮，就当时华东战场总态势讲难以避免。由于华中解放区首府淮阴及原苏皖边区地盘大部沦陷，党政军领率机关仓促转移受到损失，华中形势空前严峻，部队群众情绪动荡。

粟裕将军后来总结，解放战争开始，敌强我弱形势很明显，打歼灭战的规模必须有一个从小到大的发展过程。当时我军撤出两淮，绝对不是我们军事上的失败，而是对蒋军大规模歼灭战的开始。

父亲应该算是参加了两淮保卫战。因敌军未在预估地域渡运河，他所在的山野7师没能打上大战斗。父亲第一次参加野战军作战行动，他的经历是当时部队频繁拉动、雨夜行军、环境艰苦的写照。

7月末，桂系7军占领泗县，母亲所在的泗洪县半城镇还处于后方。9月，整编74师占领泗阳城后，洪泽湖西岸的半城便处于敌包围之中了。父亲与母亲数月音讯消息不通，不知母亲是否与专署的同志一同先敌撤出，能不急死！

9月24日

许平买了猪肝为我送行。半个月相处，我与他搞得很熟悉了，今日要分别，后会不知在何日。

到老张集，碰到大众文工团里一位淮中的同学，他告诉我一大批淮北的干部都撤退过来了，在淮阴的公路上还见到了萍以及专署张、周二秘书。我总算探得了萍的消息。她已安全撤退，使我快慰！

下午见到了久别的罗岩石及陈鹤华。岩石同志告诉我，在淮阴见到了王萍，她身体很好。

晚上见到了尹锡珍主任、钟仑、斯美、宋云等很多同志，我快活地对他们说“想不到我们在这里会师了”。倪斯美与我开玩笑，说王萍想死我了。我们一番寒暄之后，坐定下来细谈。我把目前战局形势从泗县战役一直讲到现在，我在这方面当然知道得比他们多。钟仑、尹主任等告诉我不少关于淮北的情况，以及萍、顾芸的情形。钟仑曾到过半城，见到了王萍，那时她身体精神均好。以后敌人占泗阳，她就编到干部学校里，向淮阴撤退了。到淮阴附近时，尹主任等又见到她。钟仑看到她在那里打了一天摆子……现在淮北除少数能坚持游击的干部外，大部分女同志以及体弱的都撤退了，编成了一个团体，无以名之，叫作淮北干部学校。尹主任告诉我，实质上就像一个干部收容所……

今天总算两个月来第一次这样详细地听到了萍的消息，她已平安地撤退！可能她吃了很多辛苦和惊吓，也可能像我现在一样挨着冷，但只要她安全，我也就放心了。现在又不知她向哪里去了，有说到山东去，也有说到盐阜区去了。我探得她的确实地址后，一定要想办法去找她。

文工团演出《后勤》《民兵》等剧，均短小精悍，甚为精彩。

9月25日

早饭后到野战政治部去，路过黄庄，淮北师范恰巧就在那里，尹主任等一定要留我吃了中饭才走。

尹主任现在也变得好说好笑，倪斯美更跳跳蹦蹦，较前大为活跃。尹主任告诉我："很奇怪的，在艰苦的情况下，大家都变得活跃了，团结也比以前好。"这是好现象，在患难的时候，大家的脑筋都注意到大的方面去了，一切细小问题都好解决了。

中饭有肉，及一大碗炒蛋，同桌者有尹主任、克明、斯美、钟仑、宋云。

钟仑同志当我提起李贞及南燕时，他低着头沉默不语。我难道触动了他的心境吗？尹主任也写了一封信给她丈夫李挽沦同志，托我代转。战争把很多革命夫妇以及热恋爱人分散了，在最患难、最需要互相帮助的时候，为了党，为了胜利，他们分远了。当然，工作之暇，怀着一颗爱的心，茫然地思念着自己的妻子和爱人的时候，这种情绪的忧虑和烦恼是难以形容的，我不也是其中一个吗？

政治部在大贩庄，走 7 里路就到了。

向李后及康矛召[1]同志汇报这半个月来的生活工作情况，他们同意我休养几天再出发。

沈定一告诉我拂晓报社在洋河把许多电料、器材丢了，老彭等到乡下时，险为俘虏，极其狼狈。报社大部分同志也都到干部学校保存起来了，只剩七八人在那里打游击。

顾芸给我一封信，劝我不要着急。她的丈夫汇川同志 7 月以后，即不知音信。她说："战争情况之下，几个月没有音讯是常事，你我应该宽心，不要为这些事情多费脑筋，要好好为自卫战争出力。"她这话倒说得很理智的。我近来不是费了很多脑筋替萍担忧吗？其实何必呢？萍是很聪明、稳重的，她自己一定会很好保重，何必要我多操心呢？我今后的确应该宽心一点。为了争取自卫战的胜利，我们暂时分离，虽然也许分得很长久，但我们必须克制过分的感情，不要难过。须知如果敌人继续侵占我们的地方，则一切都将毁灭，哪里还有我们的幸福感情呢？

不知萍是不是也这样想着？

9 月 26 日

又是下雨，气候变得肃杀多了。我衣被单薄，实在有些耐不下去了。沈定一说"我们就只能这样耐下去，穿着单衣熬到发棉衣"，因为我们寄存在拂晓报馆里的东西都丢散了……

我不吝啬丢的东西，却可惜一些宝贵的信件，萍的信。我

① 康矛召，新华社华东分社负责人，新中国成立后曾任驻外大使。

们初恋时一直到现在的长短信不下数十封了，从这里可以看出我们感情的全部发展过程，我们是如何地相爱着。这是最有纪念意义的，可惜丢了！我所有东西都可丢，丢了重新再置，信件丢了，使我痛心苦恼！

政治部对我们照顾不错，会发 500 元烟费。这笔钱我并不需要，设法寄给萍去用，她一定是比我更困难，我应该在各方面节约一点，省给她用。

我暂住在电台里。看电报员们成天成夜在马达声中，在“嗒嗒嗒”的电报声中过生活，且都非常安心，真值得我钦敬。同时也使我深深感到一个人真正地埋头于一种事业，不计名利地位是最伟大的。

拉肚子有好转，应该倍加注意，免得复发。

9 月 27 日

昨天晚饭以后，记者们坐在草堆上闲拉呱，趣事不少，笑语丛生。后来他们谈到 7 师的两个旅政委都姓王时，我冒失地说：“而且巧得很，都是大麻子。”讲后发觉李后同志也在座（他就是一个麻子），心中就觉得自己说话太不检点了。

我发现我这个人有个特点就是“事后方知”，而在做的时候往往是会冒失的。今后应该在做一件事情以前养成深思熟虑的习惯，变得更“稳重”更“老练”。

秋夜的雨声是凄寂的，一阵细雨，洒在快苍老的树叶上，粗大的雨滴从屋檐掉在石头上，合着秋虫的唧声，是那样地触动着人的心弦，掀起了无数的忆潮。仅仅 3 个月的时间，变化是多么大呀。在这肃杀凄凉的秋夜，淮北人民正过着怎样黑暗的生活啊！

（晨记）

9月30日

这一个月来的行程生活，虽然使我从未有过的疲乏，但我一点怨言也没有，我觉得对我的考验和锻炼是很好的。我有时也的确为这种生活愁哀，这生活渐渐使我变成自由自在的野孩子，不过组织生活，没有人来管我、批评我……使我政治上的开展受了很大约束。

这种生活还要继续下去，但今后必须使自己主观上极度紧张起来，不放松自己的学习和工作。

自27日起又是接连的夜行军。

出了大版庄，我们每天晚上向着北斗星行军。当北斗星绕了北极星转过一圈时，我们便息下来，这时已经四五十里路下去了。

我们是在向着沭阳、向着山东去的大道上走的。昨天在黑暗中我们通过沭阳的十里长街，又走了20多里路，在陆沟庄住了。一共走了一百几十里路，大概最近不再移动了。

现在一切后方机关都向西移动了，沿路看到后方医院、华中分局等都向山东去了。但战争的重心似乎仍在两淮一带，到沭阳来的部队只有8师和3纵，是确保维持山东和华中交通的。

夜行军最辛苦，放开大步，没有一刻可以休息地向前急行军。有时还要跑步跟上，简直累得气都喘不过来。

由于爱开玩笑的同志很多，所以虽然很疲乏，但兴趣无穷。前天晚上 1 时要出发，我们吃过晚饭便开始休息。单非建议烧鸡粥吃。我们每人出了 50 元抗币，买了 1 只老母鸡。单非亲自起火，粥好了，鸡还没有烂。吃过粥，他用报纸把鸡包起来，挂在背上行军。人家问他是什么东西，他一本正经地说“这是日本皮鞋”，大家莫不捧腹大笑，我说“你赶快把它穿上吧”，大家又捧腹不已。

昨天到庙头子，房子太挤，一间锅房坐了七八个人。由单非发起开娱乐晚会，讲了不少笑话。单非总是最活跃的一个，他用江北话唱东北曲调时，大家简直把肚子都笑坏了。

这表示我们精神上始终很轻快。尤其我与沈定一互相了解逐渐深刻，常能很投机地谈些问题，所以精神上没有寂寞的感觉。

过沭阳城时，我又碰到了钟仑等，知道后方机关都向这里搬来了。又看到了华中分局撤退的大批老婆孩子队，向山东走去。我估计王萍也一定到山东去了。如走沭阳到新安镇的公路，沿路多问问部队，是可以找到我的。今后我每天到公路上去看看，也许可以碰到淮北干校的人，托他们转告王萍。假使这次王萍在我们庄旁走过而仍找不到我，她到山东后恐怕今年就很难再见到了。

再过几天，我又要到部队里去了。我盼望着萍赶快过来，希望在这月亮快圆的时候，握到萍的手。

石处长和他老婆失去了联系，他担心她也许会陷于敌营。其他妻离子散的情形还有不少，爱人们也互相苦恼着，突然的战争和突然的撤退，使双方得不到一点音息，大家思念着寻找着，却很难见到面。

萍必定找了我好久!

10月2日

昨天早上总算到达了驻营地安定下来了。

近来由于过度疲乏,痢疾虽好,仍时常头痛。营养不好,伙食差,总感到身体虚弱。

卫生也谈不上了。我的衣服穿上去就脱不下来(天冷又没有替换),至少有3个星期没有洗过了。天天行军,出了汗,没有洗澡,身上已经发现蚤子了。

今天我向老王借了一条裤子穿,总算脱了几件衣服下来洗。

已是中秋后的天气,又下起雷雨来。我在写这篇日记的时候,大雨正在雷声中一阵阵地下着。我原来打算到公路上去,打听关于淮北干校第三批人员的消息,现在只能作罢了。不知萍是否已从益林出发。自益林到山东有数百里路,我真担心她的身体是否吃得消。在这动乱的环境里,恐怕很少有人能照顾她吧。杨小珍就是一个最好的例子,她掉了队,就只能一个人走,没有充分的路费,地方情况又不熟悉,真是一件很苦的事情!

10月4日

当我听到大批非战斗人员从益林一带撤退,他们的路线是通过沭阳到新安镇的公路到山东去,而这公路就横卧我们庄外的地方。

假使淮北干校也从这条路到山东去,我在公路上注意打听,那么我和萍便可以见面的。

2 日下午，雨才停，我就不顾泥泞，推了一部自行车到公路上。碰到了大批男女青年，他们都是建大的学生，大部是上海洋包子。我碰到了方尼，她现在建大文科学习，我从她那里打听不到王萍的消息。我在草棚底下，与上海人拉呱。男的戴了眼镜像个学究，女的看上去像“小姐”，还没有养成新女性“大方”“前进”的作风。总之都还不大老练。他们中有许多穿了呢绒西装，女的穿紧身短旗袍，大腿露在外头，有几个老头子已经在摇头兴叹了。还有一个十八九岁的学生脱裤子要在人家院里小便，给老头子骂了一顿。我和方尼等一直谈到傍晚，没有看到淮北的干部来，便到西南庄上单独一个人找房子住下。天黑透了，外边下着大雨，叫老奶奶做一点饭吃，便倒在草堆上睡了，我记得那晚上是很冷的……我不能入睡，我想念着萍，今夜她到何处了？我俩漂泊在天涯地角，不知何时才能见到。

昨天我到沭阳去买棉花，有 28 里路。一路上尽是部队机关的行列，向西行动，车马成群，络绎不绝。穿黄衣服的、武装整齐的 5 列行进部队，至少过了 3 个小时。后面跟随着成千的佚子群，抬着担架，挑着弹药。接着是看上去已经走得腰酸背痛的建大学生，从他们的谈话中知道他们大都是上海人。看了沿途的女同志不下几百人，但却见不到王萍，连一个间接认识王萍的人也找不到。这些女同志包括老婆、小姑娘以及青年女子，走得一路叫怨，已经走了 200 多里，到山东还有 200 多里。尤其是从上海来的，初来就要逃难，没有任何交通工具，完全靠两只脚，的确是件够苦的事情。我看了这种情景，免不了就想起萍。她身体不好，这样日夜不断地行军，是不是仍康健呢?

在沭阳吃饭，我不断注意看街上走过的干部队，始终没见到王萍，颇为抑郁。为什么成百的女同志都过去了，就没王萍呢?

我到街道上，满街挤塞着向西走的干部队伍。自淮阴失守以后，苏皖已全面陷入战争状况之下了，非战斗人员大批撤退是完全必要的。

在归途中遇到了华中军区政治部的一群同志，知道淮北还有一批干部没有撤退，但不一定走沭新这条路线（部队转移后，这条路线已不够安全），可能走南新安镇到山东去。

我知道我在这路上是不一定能见到萍了，明天我就要下部队去，更不可能去找她了。我在新河口的草棚上，以及庙集口的大树上，贴了两张标语："方岚同志，我现住庙头集西南约6里之陆沟庄。如峰。10月3日。"我想，假使王萍经过这里看到这条字，便一定会来找我的。我们已经分别三个多月，双方一点消息也没有。假使她去山东，我再要见到她，是很困难了。近日来为了想找到萍，精神上的确是很不安的。晚间不能安然成眠，萍的影子在我脑间怎么也挥不开去。我奇怪萍在我生活上所占有的地位竟这样重要呢!

今天早上我和沈定一在外散步，我买了些栗子请客，托他帮我办三件事：一、如有萍的信来，请他保存；二、如知道萍的动向，代我写封信给她；三、代我从各方面打听萍的消息。他说我多情，但很愿意帮助我。

昨天晚上开了党的扩大小组会议（未入党的沈定一等也参加），这是我最近数月以来过的第二次组织生活。这会开得很融洽、很愉快。我说："在初期，山东、华中的记者互相很生疏，但这并不是宗派主义……"单非同志补充说："我们的同志关系处得不错，但今后要在工作上思想更取得一致，才能使团结更加完整。"

午饭后，在草棚底下看到单非，也呆坐着等人，他正在等他的老婆。单非告诉我，今天上午碰见了袁芳以及她的孩子，其他熟人也遇到不少，可就是没碰到他要找的人。路上撤退的妇孺老弱，终日未断。有的女同志因走不动路哭了，连小孩子都哭了。这空前未有的灾难，使多少人因妻离子别而辛酸啊！

秋深了，我衣服还像以前那样单薄。我实在忍不住了，买了半斤棉花，求这儿一位老奶奶，将我的两件单衣套成棉衣穿。战争时期，一切都马虎些吧！

日落西山，我和沈定一去散步。我们谈了很多业务上的问题。我提出内勤与外勤应当经常适当地交流，因为干外勤的人在外，天天流动，在政治上的进步的确是要受影响的。我自己近4个月来，差不多连安下心来看报的时间也没有，至少有一半以上的时间是花在跑腿上的。沈定一认为最好经常有两个记者在一起活动，互相可以有商量，也比较有些照顾及帮助，不至单独一个人，寂寞地漂泊了。另外，我们还谈到了关于目前的军事宣传问题，很多同志认为打仗才有材料，描写战斗才是军事宣传。其实这种见解是很狭隘的，苏联记者常用一种极细小的但却很生动的材料达到军事宣传的效果。

老康（康矛召）分配了任务给我，决定我明天回7师，主要采访他们一个典型连的转变。发生战斗时，立即随团指挥部上火线。

10月5日

我没有等起床哨就醒了，考虑这次到部队去，将如何在平凡的材料中做有效的军事宣传。

早饭后，我出发。

路上人少多了，大概机关基本上撤退干净了。这几天简直比上海南京路还热闹的路，今天第一次冷清了，许多卖花生柿子的摊子，生意也清淡了。

近晌午，一路上没有碰到成队的干部来往。有一位泗阳的干部告诉我一些关于干校的情形，我明白，“萍一定不走这里了”。失望与一种莫名的气恼蒙住了我的心灵，我感觉到我显得异常的孤单。

河水涨了，哗啦啦响着。在这空旷的枯黄色的原野里，水永远是这样地向东流去，一个波逐着一个波……

我向西走去，走不完的庄子，走不完的路，走得太疲乏了。傍晚时，没有走到陇集，就到庄上找房子住。这里是新解放区，群众对我们的态度有明显不同。我说了很多好话，才在一家老奶奶家中找到房子住下。但她不肯弄饭给我吃，托词没有面粉。那时天已黑了，感到单独一人在外，人家弄饭都不帮忙，心中实在难过。

后来在庄上找到了63团参谋处，我将证明文件出示后，他们很优待我，给我添了客菜，找了床铺。我真感谢那位洪同志，他给了我温暖……

晚上，我在参谋处办公桌上写了这页日记，窗外是模糊的夜色，月亮被乌云掩住了——这和我的心境是一种很调和的色彩。

最近我是见不到她了，她现在一定在去山东的长途上，我遥祝她一路平安！

10月6日

昨天晚上写好日记，便呼呼睡去。到半夜，63团接到命令向西移动。

半夜就行军了，我的困乏和疲倦还没有恢复过来。我在半睡眠的昏沉状况中走路。过一段泥路，我的左鞋给拔下了，我才拾起鞋来，前面的部队已走两丈多远了，没有任何时间可以给我洗脚穿鞋。我只得赤了左脚，右手提了鞋走，石头把脚刺痛了，连叫痛的时间也没有，这样走到天亮。

行20里路到尚庄，63团仍向西走，我到颜集（7师师部）去。颜集住的部队太多，老百姓太忙，所以饭店里都不做饭。又是说了好多好话，才弄到饭吃，这一路简直像求乞似的生活。

在颜集东1里庄上，找到了周、舒二部长。我们是熟人，无须再客气，大家立刻很投机地谈起问题来。我提出是否有战斗情况问题，他们立即到参谋处调查清楚后告诉我，饭后他们把我送到武装报社（7师报社）陈明同志那里去。

陈明给他们报社同志传达陈毅军长的报告，在关于淮北战局问题上，陈毅军长首先检讨他自己在指挥上的失策，同时指出目前我们虽有很多困难，但只要大家不气馁，有高度的自我牺牲精神，局势是可以挽回的。陈毅军长号召大家集中一切力量，为了争取自卫战的胜利而努力，克服一切非战争观念，少为个人打算。

这报告给了我新的启示，近日来我身在前线，心在王萍身上，为了见不到萍深深的苦闷着，甚至感到空虚。这种情绪如果发展下去，一定要妨碍工作的。在这自卫战的炮声中，我能这样地沉溺于感情吗！这真是陈毅军长所说的“非战争观念”。

如果没有自卫战的胜利，则人民及个人一切的幸福都将毁灭，我的爱人也将失去。所以我应该把自己的爱转移到广大人民方面，发挥高度的工作热情，把对萍的爱和思念融化在紧张的工作努力中间！

想念自己的爱人，这是一种人之常情，但绝不能发展成为思想上主要的部分。萍一定不希望我成天地想念她的，我工作上有了成绩，萍一定比知道我时常想她更欢喜和高兴的！

我明天就要长期在 7 师随军活动了，今后的生活将是极其艰苦、困难重重的，今后的工作是很紧张的，我是一定会埋头于工作的。但在月光很好的时候，也会渴望着萍的。

10月7日

近来身体总感不好，常干咳，轻伤风，精神易疲，但饭又很能吃下，下午发烧，不知什么病。

陈明对我照顾得很周到，他看我只有一双鞋子，破了无法修补，脏了也无法洗，便给我写条到供给部领了一双鞋子来。

很想给家里写封信，但恐怕邮路断，加以目前反动逆流正高涨时，我们寄的（根据地）邮票易使家里麻烦，还是不写好。但母亲不知我的音息，一定很焦急的。亲好婆（外婆）又要去求签了，得了上上签，她才会放心……但现在我也顾不上她们了。也许，我会与她们永诀了（谁能预卜）。

19旅在昨午打了胜仗，明早要和陈明同志一起下去了。这次我应该更仔细地工作，多写新闻报道，眼光要向下，注意细小的事情。

10月9日

近来物价涨得很快，尤其是日用品，由于国民党对我们的经济封锁，更为昂贵。我在颜集合作社买了牙膏、肥皂等日用品，大概用到今年年底不成问题。

中央有指示，解放区由于反动派的进攻，经济已面临严重的恐慌，今冬起要节约，我估计明年春夏的生活一定更艰苦了。部队的供给当然要好些，目前部队里还是吃小麦面，地方上已开始吃秫秫了。

昨天中午我与陈明以及武装报社的画家吴云、摄影师老管到了旅政治部，5时向韩集出发，半夜1时到。

这次宿迁敌人60师有一个加强营，经常出来游击。我们得到了情报，当他出击来地庵一带时，我55团1个营及56团1个营，当即出动围击，消灭他2个连。其余向西逃窜，又被我8师部队阻击解决。缴获了1门山炮、1挺重机枪、八十几支步枪、4挺轻机枪（8师缴获不详），总算打了个小胜仗，7师的士气因此提高。

这次战斗，敌人的士气低落，有的一弹未发便缴枪了，大部100分钟只打了10发子弹，这敌人与广西军（桂系）比是差远了。

60师的底子是过去的19路军，抗战中曾参加台儿庄、长沙等会战，那时打仗很勇敢。战后因国民党排斥异己，大部军官士兵都极灰心，不愿打中国人，战斗力一落千丈。士兵中大部是当了七八年兵的，他们对生死看得无所谓。当我问他们是否愿意在这边干时，他们都说愿干，“反正都是当中国兵”。

7 师在战场上阵营混乱，战士找不到排长，排长找不到连长，与敌人混在一块，如果敌人来个反扑，就非常糟糕。56 团副团长骑了马指挥，给敌人的机枪扫下马来，负了重伤。有些俘虏说：“你们的枪打得太高，否则我们伤亡还要大。”“我们参加过长沙会战，这个小仗算什么，主要还是我们不愿意打。”的确，7 师的战术还是值得检讨的。

上午我搞了一些俘虏的材料。

这里的宣传科长史风同志是一位非常热情的青年，我们在这里工作，对我们照顾很周到，使我们工作上获得了不少便利。

他也是从上海来的学生，原在文工团工作。每天晚上行军，我们常常谈起很多上海学生界的事情，甚为投机。

他生得矮而黑，但他的老婆确实很漂亮，我在他的日记本上看到了她的照片。他说她是文工团员，他们在文工团里恋爱结婚的。

今天下午有人从山东给史风带来了一个包袱，史风快活得脸红起来，他老婆给送了 1 件绒线衫、2 双毛袜、1 副手套、2 双鞋子、1 封情书。在外边披星戴月，跋涉辛苦，他当然是得到了一个极大的安慰。

送东西来的同志与史风半开玩笑说：“她听说你冷得没有衣穿，哭了一夜。”史风大笑起来。显然，这话颇合他意。

这不免使我触景生情，我的萍在哪里呢？假设她生病或一路吃苦，我将怎样的痛心呢？我为她积攒着 500 元抗币将怎样送给她，帮她解决一些困难呢？

10 月 10 日

下午 5 时行军，行十几里路，到庄扎营，这次是向西南进发的。

今天又是国庆纪念日（辛亥革命纪念日），照例，各地要开庆祝大会的。但是苏皖边区已全面陷入战争状态中，反动派企图将他的黑暗统治推行到这块乐土上来，中国人民正遭受着空前的灾难，这个国庆是在全体军民一种沉默的愤怒中度过的。

今年没有什么纪念会，有的是愤怒，是战斗，人民将用行动、用胜利来纪念这 35 年度的国庆。

虽然今天看起来是很冷清清的，但这中间潜蓄一种力量，只要时机一到，到处便会开出胜利的火花来。

这国庆的第 35 周年，象征着反动派离死亡不远了。

10 月 12 日

近两日来，身体不好，患着伤风，鼻子呼吸很困难，中午发烧，有“精疲力竭”的感觉，我怀疑也许不是纯然的感冒，好像有自己所不知道的病在削弱身体似的。又感到这种想法是神经过敏，近来身体不好，主要是生活艰苦及夜间受凉所致。

不过伤风已很久了。这里生肺病的同志很多，自己对健康不关心的态度必须克服，免得因小病而生大病。

这里各级政治部门，对我们生活上照顾很周到，但对我们工作的协助太少。他们还没有将军事宣传当作军事工作的一部分而加以重视。

这里的战报我已用电报发到分社去了。

这次来龙庵战斗，敌人士气异常低落，大部是跪下缴枪的。我方士气则异常激昂，56 团 3 营不到 1 小时，走 20 多里路，追到敌人，有的 1 人缴几根枪。同时，群众工作也做得不错，伕子均上火线抢救伤员，伤兵下来就有鸡汤喝，大大提高了战斗情绪。

今日早饭后，我即到 56 团去调查敌我士气方面的材料。准备发一个电报，将敌我士气加以对照，说明蒋军必败、我军必胜的道理。现在到哪里都是熟人，工作上的确便利不少。黄主任见了我也不像以前那样客套，给我添了几个客菜后，便随便拉呱，他告诉我很多关于这次战斗的故事，又谈了很多时局问题……他对这次胜利好像很骄傲，希望我给他多报道一下，可以扬扬 56 团的威名。

他团里得到了很多慰劳品，“有 5 头猪、30 只鸡……”他一面说着，一面到饭包里拿了一把栗子及一块大头菜给我，这都是老百姓诚心诚意送来的慰劳品。

晚饭后，许平从营里回来。他告诉我，他和章股长准备向团委建议，在部队中开展“华国有运动”，以提高战士士气及战斗技术。华国有是 1 排 3 班的班长，在这次战斗中，机智灵活、勇敢，有特殊成就。他就是下连去研究华国有的材料的。我很同意开展这个运动，7 师在创造典型的工作上是做得差的。

许平直接送我2里路，太阳已下去了，黑幕正从天际挂下来。他劝我不要回（旅部）去了，因这一带特务很多（已破获几起阴谋暴动案），一个人走路有危险，我也考虑到这问题。这已是边缘地区，虽然部队多，也要小心才好，但我终于在夜色中沿着荒凉的小径走了。我近来似乎变了，对自己的生死已看得无所谓，这也许是我到部队后在心理上所起的剧变。因为我这样想，在反动派的进攻下，党的无数优秀的干部，都前仆后继阵亡了，我的生命与之相较，仅是沧海一粟耳。

今天大便时，拉了很多量的血出来，归后头很晕，即铺床就寝。沈定一来信："告诉你一个好消息，王萍在边区政府建设所，可能在东台附近。"

我却不认为这是一个好消息，昨天收到信就不安了半天。

近来传说纷纭，目前连华中分局等机关都已北撤山东，唯独边区政府为何还开到大有成为战场可能的东台去？假使敌人切断陇海线，占领涟水，逼向东海，则他们将成活俘。再者，目前各机关的女同志以及大部分非战斗人员都已撤退，连郝群等体强力壮的男同志尚要撤退，王萍还想留华中、东台去"建设"，这似乎是不合情理的。

我不知王萍去建设所的打算究竟是什么。据我估计，她可能恐怕到山东去离我太远，到建设所工作，可学些本领。

假使她果是这样打算的话，她在这个问题上是不够聪明的。因为到山东去虽离我远一些，但将来还是要回来的。许多干部往北去，独她不去，的确是很怪的。她现在到建设所去，表示她对时局认识不足。自两淮失守后，华中已全面陷入战争状态中，可能安然"建设"乎？她对时局的"长期"和"艰苦”估计得不够，可能存在“战争很快就要过去”的幻想，所以不想去山东，仍想留在华中。

以前当我听到她去山东的消息，心里是很快活的。因为她去山东一路虽较辛苦，但那里的确比较安全，而且大部分熟人现在都去山东了，在那里的照顾也比较好些。同时，我在山东野战军工作，经常在陇海线一带，去看她、信件来往也较为方便。现在她去东台，真是人地生疏，我也不可能去看她（因路线被淮阴所阻）。而且我是在北线，她是在南线，信件来往也不便。今后如果敌人向东前进，她还要继续流浪、吃苦，我真担心她的身体怎能受得了，更担心她情绪到底怎么样呢。

分别 4 个月了，国内局势起着这样大的变化，我们之间也起了这样大的变化。分别并不痛苦，所痛苦的是我们互不知音息，通信没有办法。

我收到沈定一信后，即心神不宁，两天接连失眠。半夜醒来，我的心会不自然地跳起来。我觉得自己的爱已完全付给了她，因此她对于我是很重要的，我不能失去她。如果她在这次战争中有什么不幸，将是我终身的痛苦！

10 月 13 日

晚间起风了，气候更为寒冷。

我只有半斤棉花的袄子抵抗不住寒气，于是害伤风了，头成天胀鼓鼓的。我连衬衣也没有了，长裤子只有一条，真是穷得可怜。我原想向戴邦提出，请公家帮助我解决一件衣服，但不好意思，我也不愿做这种求人帮助的事，还是忍耐一下吧！

许平送了一双鞋子给我，分社也给寄了鞋子来，于是鞋子不成问题了，真是“天无绝人之路”！

公家给我的钱快用完了，自己的500元准备寄给王萍，舍不得用，所以发生“经济恐慌”了。

这几天真是困难重重。

10月15日

大便夹带着浓块状的血！

我第一次感到身体“衰弱”得很，对于“没有好身体就不能办事”体会更深，怀疑身体是否能支持着我，使我有充分的毅力向前不断地开展。

我也感觉自己消瘦多了，屁股上的肉松了，臂膀细了，眼睛也似乎大了。

初夏时，戴邦说我脸很丰满红润，他认为我身体很好，最近他看见我时，惊奇地说：“小沈，你瘦了。”沈成惠说我个子细了，显得消瘦。讲话生气不及以前有力，做事不及以前敏捷，“慢吞吞”。

主要是今夏常在烈日下行军，常洗冷水澡，中秋以后，雨夜行军，冷得发抖。再加我衣被单薄，经常受冷，所以身体就支持不下来了。

但不论身体如何，我要学习保尔的精神，把工作坚持下去，绝不退缩，我还要在前方，在这火一般的自卫战争中为胜利多出力！

写好了两则新闻，用“淮北前线电、新华社前线记者报道”的名义发出去。

近一个月来战况沉寂，一举成名的“通讯”写不成，只能写新闻用电报发出去。

一则新闻是报道敌人思家厌战的情绪，来衬托“蒋军必败”的远景。一则新闻是报道我军士气高涨，以及人民与我们站在一块打击进犯军的情形，说明我军所以战无不胜的道理，以两则新闻做了一个很显明的对照，我自觉这样写法是很有力量的。

写了一封长信给康、单、李等同志，将我的工作情形汇报一下，并将我对 7 师的印象写给他们，供他们在了解 7 师状况时参考。

野战政治部发下来陈毅军长 10 月 7 日报告《争取胜利打开战局》，将全国特别是淮北的战局作了深刻的检讨，告诉我们要准备“长期战争”，要有半年至一年以上的打算。我将这报告的提纲抄了一份准备给萍寄去。

淮北战场打得不好，不但对苏皖而且对全国都有很大影响。淮阴被攻占后，敌人在苏皖“得手”，便按兵不动。接着张家口的内战起了，冀热辽的内战起了，胶济线的内战起了，现在没有一块地方不在打仗。

内战规模之大，在古今中外的历史上都找不到的，双方动员的军队已达到 500 万以上。过去的蒋冯战争，双方仅动员 50 万，美国南北战争也不到 100 万（实为 300 多万）。这次内战实际上是在美帝国主义的策动下发生的，所以不但是内战，而且还是外战，我们的自卫战争也就成为爱国战争了。

现在各地正在开展“美军退出中国周”运动，首先在美国四十几个大城市里发起，接着上海响应，而延安各地也响应了。野政也已发了指示，号召部队里也响应运动。美军退出中国，实为结束内战之前提，否则内战必将延长下去，规模还要扩大，性质还更要残酷。

半个多月来，我们部队基本上是整训，暂不出击。昨今两天飞机又来附近一带扫射了，在离我们驻地 3 里外的庄上投下了燃烧弹，庄上起火，又不知道多少无辜的人遭了殃！

必须记住，这次内战“长期”而“残酷”，我是个共产党员，就应该具有随时为党牺牲的决心。我虽不是战斗员，千万不要存在“我不会死”的想法，这只会削弱自己的勇气。我死的可能性很大，在前线指挥部，一个没眼睛的炮弹飞来；即使在后方的行进中，也可能遭飞机扫射轰炸；一个人走路时，也可能遭特务暗害；我军作战不利时，也可能被敌人俘虏。我具备了“生死何足惧”的信心，然后才有足够的毅力在这长期而残酷的自卫战中坚持下去。

近来我除了时常想念萍外，就不再有第二个为个人打算的地方。

而想念萍，也不是小资产阶级情调的“相思”，主要还是由于战争发生以来，我没有见过她一面，对她放心不下。她身体很虚弱，在逃难生活中是否受得住，以及她是否有“防空”“防特”的知识，以避免各种危险（顾欣就是给特务剥光了丢河里的）。假使当面跟她谈谈，知道她的情况，我的心情就会平静下来的。

但是她万一离我太远，而没有可能写信，也没有可能见到，我就要想得开一些。即使萍在这次自卫战中有什么不测，我也要忍住怨恨和酸楚。一个爱人的得失，在这次自卫战中算得什么呢？不知有多少的爱人被敌人杀死了，更不知有多少姊妹给敌人强奸侮辱，我的一个爱人又算得什么呢？

假使我有什么不测，托沈定一转告她吧！她也许很伤心，但顾不得了。因为我的死，只不过是一个灵魂的消失，又算得什么呢？

前天报上看到苏中台东分社的女记者叶某某同志，随民兵在敌后坚持游击被俘，不屈就义，还不值得我们学习吗？

10月16日

近来报上经常看到特务阴谋暴动案件发生，山东赵博县曾发生过几千人的暴动，杀死我们不少干部，接着在安东、哈尔滨、张家口、鲁南各地也都有发生。华中发生的不少，小股特务的活动已无法统计，我们现在驻扎的沭阳县境内已破获好几次暴动了。益林及东台一带都有发生，东台规模很大。最近在宝应一带发生几千人遍及几个区的特务暴动，蔓延26天始告平息，我们又有很多干部被杀害了。我们对特务的镇压也很厉害，逮到后大部枪毙。沭阳县群众对特务恨之入骨，便自发地起来将特务杀光。我们不能怪群众过分，不这样不足以镇压特务的气势。

做特务的大部是地主、恶霸，被斗争过的汉奸、土匪，和平时期，潜伏在解放区里。其所以能取得群众参加暴动，主要是利用我们工作薄弱的地方，用欺骗、威吓手段强迫群众参加，但群众究竟是明辨是非的，向他们说明以后，自动倒过来镇压特务了。

我们抗日时期，在游击区里不怕特务，现在出外竟时刻要防特务了。部队里常有被摸哨的，单人出外常有被打冷枪的，怪不得同志们常告诫我晚间不要散步太远了。

和平对我们有很多有利的地方，但太平麻痹现象太甚，以为内战主要在东北，华中不要紧。于是各种工作放松，防特锄奸做得更差。特务便衣便趁机打进来了，现在不是民族斗争抗日，而是阶级斗争。在土地改革未彻底实行以前，国民党在我们解放区内，也是有他们的社会基础的，所以他们的特务组织比敌伪时更易发展。

听到了各处特务活动的情形，我不免又替萍着急。她一向不注意时事，一定没有我知道得清楚。如果她在接近敌人的东台一带，存在麻痹心理，单人活动外出，是难免会出乱子的。我替她着急，但一点办法也没有！

大家（记者们）在一起闲拉呱，从自卫战到美国武器，到恋爱问题。往往主题变得快，正在谈各人所见美国武器时，突然转谈恋爱故事了。这兴趣却不会立即转移，青年们对“爱人问题”是常考虑的，尤其是他们大部都没有爱人，都在“想”“找”中。

有时开始谈得很“正经”，谈谈免不了下流起来。封泽州正在看《红楼梦》，他突然把其中下流的一段读出来，引得大家笑。史风谈他 15 岁那年就谈恋爱，握住了小姑娘的手不肯放。封泽州说：“一般在都市里的女子，20 岁以上不嫁人，十之七八并不是处女。”我们群起反对这种论调。

我没有宏论发表，过后觉得无聊。

10 月 17 日

我们的驻营地又移动了，从老瞿圩子到新圩子，又走了一个晚上。

今日飞机又来轰炸，好几处村镇冒烟。

10月19日

我们已放弃了张家口，国共双方等于宣了战。蒋介石宣布恢复兵役，这是宣布全国进入战争状态了。

时局一天天严峻，战争的扩大和持久，已经很明显了。没有一个人不关心时局，同志碰在一起，随时随地会讨论时事。

我们现在有100多个城市给敌人侵占了，可能继续给敌人侵占更多的城市。我们的战略方针不在保卫城市，而在保存有生力量。消灭敌人的有生力量，则这些城市将来终究是属于人民的。

但庞大地区的失陷，也使我们遭受更多的困难。在经济方面，中央指出，已面临严重的危机。地区失陷，使我们收入更少，失去可以安全进行生产的后方。在政治上，我们也处于一个反动逆流中，民主运动受了很大的阻碍。

一般同志估计党放弃城市，保存有生力量，可能在等待国际形势的转变，那么中国革命问题可能要到第三次世界大战时才能解决了。

由于蒋介石在军事上有了“成就”，美国对华政策也明目张胆了，毒药已撕去糖衣。这就使中国问题成为世界问题的核心，国际形势也严重起来了。

时局的变化实在太大了，今后变化，一定更复杂。假使我们继续放弃城市，而不能大量歼灭其有生力量，则形势一定更要恶化。

今日到张参谋长处，他将目前形势做了个简单的分析。两淮敌人打通运河线后，已在部署进攻沭阳，企图切断山东与华中的联系。我们有决心，而且有准备在这里打个大仗。

四五个月来，时局变化这样大，个人变化也不少。当我与萍在泗城北门外握别时，是料不到会分别这样长久的吧！假使敌人再向临沂进攻，萍等一定要撤退到东北去了，那时我也许永远无法找到她了。

我对萍的“忠实”一向很信任，但长此下去我也应该带点怀疑才对。此时假使有一位很合她意的男同志，与她常在一块，很体贴地照顾她，也可能发生爱情的……

爱人并不是我唯一需要的东西，因此我应当想开些，免得将来受刺激。

又感冒了，热度38，还在继续上升，不想吃饭、头痛、头晕、发燥、精神不好。原来打算到连里去，不可能了。

在这里生病，精神上太苦恼了。我在这里“做客”，不能将自己的病痛让人家知道，有病说不出苦！

我很看不起自己的身体，这种身体能干什么大事呢？

10月20日

我突然可怕地吐起血来，多么烦恼啊！这明白地告诉我，我的确害病了。

昨天身体很不好，到医务所去看，说是“感冒”，只觉得浑身发烧，手脚特别的冷，耳鸣……虚弱得很。

封泽州身体也不好，他很想回指挥部去。我还劝他，一定要把我们预定的报道工作做完后再回去，一定要努力振起精神做……

晚间，我拖着已病的身体，又行动了10余里路。到西宝安圩子住后，病更重了，满耳是像收音机的吱喳之声。

我铺开床，趁封同志他们喝酒的时候，呷了两口酒，便昏沉地睡去了。浑身烧得火样热，神志迷糊，四肢软弱……

到半夜，我昏迷地感到喉间痒痒的，一个咳嗽，就咳不停，有水一般发咸的东西流出来，心跳，气喘……

情形不对，我把老封叫醒，他给我点个灯，地上是一摊鲜血。

编 注

父亲吐血了，被用担架抬百十里，送到位于苏鲁两省交界的桃林镇山野第二野战医院。他有十天未写日记，大概身体恢复不快。他体质一向不强健，应付艰苦的战争环境确实不易。当时国民党军正在大举进攻，原苏皖边根据地基本丧失，后面还有数不清的仗要打，他咬牙坚持下来唯有靠拼意志加透支年轻了。

11月1日

昨晚又服了两粒奎宁丸，今天摆子（疟疾）没有来，据医生抽血化验结果，白血球7000，正常，红血球亦正常，血内未发现疟菌，大概杀尽了。

近来热度已退，小便黄色已祛，大便也正常，唯稍用脑子即感头痛，脸色仍黄，四肢无力，主要是病后贫血以及身体所受亏损过甚的缘故。

这里对病号照顾还不错，院长、政委、协理员、指导员等常来问病，晚上还有人送热开水来。唯伙食差，吃大锅菜，中饭是小米稀饭及一碟子大头菜。

我的病房是两间连着的堂屋，共四个病人，其中一位是刘管理员，害皮块病（黑热病，一种传染病）。

我袋里共有抗币 650 元，其中 500 元是留给王萍用的，我无论如何困难，不能动用这笔钱，其余 150 元算自己的。今天上午叫勤务员跟我到桃林街上买两只童子鸡，回来叫老百姓帮我煨汤喝。

快吃饭时方岚来看我，她原在华中军区工作，戴邦把她找回来团圆了。这次派到卫生部去采访，路过第二野战医院。她来谈起了采访经验、她的私人问题，还告诉我很多关于王萍的事。她说王萍担心我会不会牺牲了，如果知道我在医院里生病，她一定担心死了。我心中突然难过起来。生病十几天来，我无时无刻不在想念她，尤其在无人照顾的时候，我更盼望她到我床旁来，但这完全是不可能的。连我在哪里，她都不知道哩！反过来，假使她现在正生着病，而我又无法去看她时，心中的难过又将如何？方岚告我她在工作问题上很不果断，现在到建设所去不是一个长远的办法。方岚同意我这次病好后去找她一次，好好帮她把工作问题决定下来。

留着方岚吃中饭，我炒了 5 个鸡蛋做客菜，太穷酸相了，饭后方岚便回院部去了。

上集时顺便到华中联络站询问一下，得知华中驻鲁办事处在临沂东北之相公庄一带，到那里可打听到萍的地址。我盼望自己的身体快速复原，只要稍能走路，即可出院找她了。

11月2日

昨天刮了一天大风，今天突然冷多了，棉裤还没有发，穿单裤有些耐不住了。去年的现在，早将绒线裤子穿上了。现在这些东西不知道糟蹋到哪里去了，连我的照相本，以及一块打算给王萍做衣服的士林布（转移时）也掉河里去了（方岚说的）。

今天又感疲乏无力，早饭后即铺床睡觉，至晚饭时才起床，这里伙食太差了，所以复原慢。

病中感觉寂寞得很，一种令人难以忍受的寂寞，有时把我寂寞得发急，简直要跳起来了。沈定一说，人在生病时能安心镇静，是一种修养，我缺少这种修养！

拆开萍的来信（9月27日），她的钢笔掉了。又害关节炎，走路时关节酸痛……满纸都是使我难过的字句。我真替她担忧，但又爱莫能助，500块钱搁了一个月还无法寄给她，更何说别的帮助呢。她找我这样一个爱人，也真是倒霉！

我无论如何要出院了，我住不下去，过不惯这种出家人似的生活！

11月3日

这家姓王的老百姓待人真是不错，老奶奶每天早晨给我烘两个山芋，她知道我爱吃。大娘帮我烧鸡、炒鸡蛋，很热心。那位当家的，送来一大瓶花生，没事时常来拉呱。房东好，精神上也增添了不少愉快和慰藉，大家亲热得和自家人差不多。

这次生病，碰到的老百姓都很不错。在7师驻地小陈庄那位陈奶奶，当我热至41度时，房中没有一个人，她一直陪在我床前，一刻钟端一碗茶来，我喝有几十碗茶。这茶对当时的病状是非常需要的，否则，我准会给烧昏！直到现在我还忘不掉她那双慈祥地望着我的眼睛。我当时感激地对她说："你和我妈妈没有两样，我不会忘记你老人家的！"她快活地笑起来，到庄上把这话传开去！当我被抬回指挥部时，在新河集附近一个小庄上，我住的是一位完小校长的堂屋。这家才死媳妇，家中只有一位年上70的老奶奶和一个十来岁的男孩。老奶奶帮我一天烧几遍开水、做几遍饭都无怨言，那位校长还帮我做饭，真使我又感激又不安。

我回想这次生病总算是幸运的，有很多同志来照顾我。7师舒部长、陈明同志、包小白同志，亲自为我找担架、找医生、研究病症，给我想吃的点心，买鸡蛋送我、把凉床让我，临行时还给了300元钱。回指挥部后，沈定一更百般照顾我。晚饭后他们都出去散步，沈定一不出去了，他说要陪病人。他倒开水、替我上集买糖、告诉我关于打摆子的常识、劝我不要恐怖……今天闲着没事，想起了这些同志，真使我感激得不安起来。

现在身体总算渐渐复原了。在烽火遍地的战争状况下，很快得到了治疗，也是难得的。方岚说，如果在地方上，在撤退途中得了病，也只有丢老百姓家中了。在部队里连通讯员、伙夫生了病，都是送医院的，虽然医院的条件并不好。

现在身体已渐感有力，能出外散步了。医生明天准备检查大便，看看有没有寄生虫。

下午看《大众日报》副刊，已开始感觉有兴趣。

今天桃园赶集，我原想去买鱼，但150元早用完了。还有

500 元是给萍的，一定不能动用分文。我恐怕自己用了，便用信封封起来，上书“王萍同志收（内附北海币 500 元）”（北海币，根据地发行的抗币，又称北币），这样钱就不算我的了。

11 月 4 日

消化不良，不想吃东西，连鸡蛋都不敢吃，肚子成天叽咕叽咕地叫。沈定一告我打摆子以后，易得胃病。自卫战火正方兴未艾，还要长期打下去，由于艰苦生活，根据地工作人员害病的太多了，我应在可能条件下尽量保持自己的健康，远大前途，必须有壮健之身体来支持。

为使疟疾彻底断根，医生给我开服黄色奎宁丸，约服 6 片可停药。

11 月 5 日

近日身体已较往日为好。

看了一整天的报纸和书籍，今天主要研读了《大众日报》上的《现阶段的经济政策》及《巩固自卫战争的经济阵地》两文，对我们目前存在的经济危机及其对策有了相当的了解。

老大娘送豆浆给我喝，味虽清淡，在如此环境下已为无上之饮料，饮后颇感肠胃畅快！

11 月 6 日

早饭后到桃园集上去，见梨子、山楂糕等很想买些吃，但袋中没有一分钱了。对于自己这种“想吃”的念头颇觉可笑，穷得亦颇顾影自怜。

到华中联络站曹同志那里漫谈，知华中驻鲁办事处仍在相公庄附近。华中干部问题才开始处理，一般的是军事干部交军部，行政系统干部交山东省政府，党务干部交华中局（亦撤至山东）。一部分干部抽到东北去，一部分干部在山东分配工作（很多降级使用），其余干部到新组建的党校学习，以备一旦华中形势转变时，可及时南下。现在只有华中驻鲁办事处、华中分局及苏皖边府等三大机关是单独存在的，一般都并掉了。据曹同志估计，边府一定与办事处住在相近的地点，故到相公庄便很好找了。曹同志告我涟水连打几个胜仗，华中形势已有好转。

这里几位医生都不错，尤其是刘医生，他常来与我讨论病症。刘医生告我在大便中验出有虫，准备服药打一下。他认为我身体仍很虚弱，病对体细胞的损害是很重的，真正复原不易，最好再多住几天。

11月7日

病至今已 18 天，这 18 天对我完全是浪费了。

王政委来看我，告诉我在码头西南歼敌一个团，现在敌人已自枣庄等地撤退，这样山东形势又有好转了。

11月8日

近来伙食已改善，每天有了鱼、肉、鸡吃。我们每人每天有 70 元菜金，如果 5 个病号在一起就 350 元。鱼可买 10 斤，肉可买 5 斤，是吃不了的。另外，病人的粮食浪费太大，一大盆面条，我们最多吃 1/3，其余给了老百姓。这里同志很虚心，今天我们又提了些意见，他们准备有计划地来改善病人生活。

这医院在设备方面虽差，但办事精神及工作作风很令我们满意。今天下午政委来征求意见。他坐在那里耐心听。还有一个厨子来征求我们爱吃什么菜、怎样做法等。护士们换班时，总是来问有意见么，希望我们帮助他们改进工作……华中的病员们谈起了山东八路军的这种作风，总感觉华中是望尘莫及了。

上午写了一封信给萍，告诉她再过几天我就要去看她。这信送到桃园集上华中联络站，交曹同志托便人带去。

11月9日

下午院长来给我检查肺部，他很耐心地问清我当时吐血的情形。他们准备再将小便检查一下，后天打胃虫，看情形如何。

身体经院长证明无肺病，快慰不少。今天晚饭特别吃得下，饭量及胃口均好。

11月10日

下午看毛主席的《中国革命战争的战略问题》，看了3章，20多页，这是内战时代的经验总结，但很多在今天仍被我们使用着。

11月11日

上午不吃饭，打胃虫。

午后2点钟泻肚子，连续3次，虫不多，肉眼能见几条。

今日西南方向，炮声响了一天，声音似自远渐近，约在不到六七十里路以外，可能情况又起变化了。在这里休养，过得真是隐士生活，仿佛与世隔绝了。

傍晚独自散步，当沿着小河向西走时，隆隆炮声自前方传来。这声音是我在前线上早就稔熟了的，不免引起了我无数的忆潮。从淮北逐渐撤向运河以东时，这炮声曾紧随着我们。淮北人民终于远远地落在我们后面，暂时的在敌人压迫下受苦。未知那里情况现在怎样了，我们何时才能打回去?

几个月来始终紧跟着我们的炮声，告诉我们局面的严重。在这种时候，每个同志要发挥本身的“小螺丝钉”的作用，才能挽回时局。然而我却在这紧张的时候病倒了，实在是一件苦闷事。

我是个好思考的人，当我拖着脚步徘徊时，许多心思便起来了。我发觉我这个人并不是一个极端愉快的乐天主义者，长期的休养对我是不合适的，主要由于我的心理上是不会安分的。

11月12日

今天早饭后，病员们在我房里拉呱，那位教务主任原来是7军分区的干部，谈了很多关于两淮撤退时的狼狈及仓促的情形。那时公路上的行人是挤满的，除非汽车来才能够冲开。在公路两旁，什么贵重的东西都能拾到。他说：“有一次晚上，我看到似有一个小孩弯在田旁，走近一看，原来是一个大号热水瓶，主人大概在飞机扫射时跑掉了。还有一次，花生叶里有东西在动，过去一看，原来是4只拴在一起的老母鸡，向着四面乱跑，失主也不知去哪了。军区生产机关的几十只山羊，飞机扫射时，跑得只剩3只……”我们都不禁大笑。我们在前方部队，撤退时是井然有序的，为什么后方人员这样慌乱呢？主要是由于过和平生活的麻痹、缺乏军事常识及镇定情绪。

下午看《中国革命战争的战略问题》第二章，我一面看，一面参照今天作战的具体问题，仔细研究，很有兴趣。

晚饭后，偕老朱及教务主任散步。至圩内，适逢俱乐部组织跳秧歌舞，歌谱步法与华中不同，具北国粗糙风味。自庄后小道归来，回首西望，夕阳已落，红霞满天。

11月13日

晚间起暴风，风声在屋上锐叫而过，好像快把房子压塌了。今日天气突冷，早上脚冻得很痛。旁人都穿上袜子了，我还赤着脚。看样子，至少还要一个月才有袜子穿。

昨今两天炮声整日未止，传来消息，台枣之间正展开大战，我们可能打大胜仗，弹药都往那里运，伤兵快来了，医院正在找房子。

11月14日

上午病人们又拉呱，那位教务主任朱同志告诉我淮北张太冲被打死、戴县长被俘的消息，刘副政委、专员、司令们大部随独立团活动。淮北情形似乎很糟，连刘作孚等也险些被俘。

下午读完《中国革命战争的战略问题》。

11月15日

刘医生来告诉我今日检查大便结果，蛔虫尚未打净，还有钩虫发现。他说劝我再住一星期，然而，我决不再住了，打蛔虫到工作岗位再进行，我实已去心如箭。

编 注

父亲此次住院体内查出有三种虫子：疟原虫、蛔虫、钩虫。疟原虫是疟疾的罪魁，蚊子传播。疟疾是一种急性传染病（在中国现已根除），病人会高烧、头疼、无力，但有时又浑身奇冷无比。旧时不知原由，民间把这一阵热一阵冷的怪病，俗称“打摆子”。疟疾治不及时会死人，当时已有“奎宁”药。必须确保将原虫杀尽，否则会反复，治愈期较长。

蛔虫、钩虫为肠道寄生虫，环境饮食不卫生所致，而根据地、战争年代卫生的条件太有限了。这两个东西虽不致命，但对人之健康影响仍甚。

父亲住院，寂寞中更惦母亲。他的日记常有大段自白，思念与担心导致情绪极度焦躁、烦闷。

他曾数度反省：当前严重形势下，要坚强面对、努力工作，不应有太多温情纠缠，但着了魔怔般的情绪似也难一排而空。

读他日记，我可以理解……不是儿子对父亲的理解，而是基于普世情感对一个20岁年轻人彼时彼地境况的理解。

淮北失陷后，老根据地腥风血雨，在敌后约有3700人的武装、2500多干部，加上伤员共7000余人，大部分党员遭敌杀害。百姓广为还乡团荼毒。

父亲和母亲突然分开且数月不知音讯，当然会做各种猜测，能不把人急煞！

父亲极看重与母亲的情感，在解放区找一个让人爱慕、志趣相投的恋人不容易。那时，父亲穷得只剩一条单裤，连袜子都没得穿了，彻底无产者，所剩的唯有那份真爱。而现在，连这心灵中的私有部分也不知踪迹，让人揪心！

父亲铁定了心，出院即去找母亲，见不到她死不心甘。其时国民党军气势正盛，战争不知会打多久、打出怎样的结局来。见一面也可能就是最后……反正再无遗憾。

敌我双方都在排兵布阵，暂无大战。父亲请假获准。那时组织真的体谅淮北来的干部，领导将心比心很讲同志情。

这几个月母亲究竟什么情况？我无从考证了。反正在敌头等主力整编第 74 师进攻泗阳和淮阴之前，她先从半城镇撤到了淮阴，又撤往山东去了。

母亲说过，当时都认为我军很快就会反攻，敌人待不长。有人动员母亲留下来“打埋伏”，即化装成可靠农户家的闺女或媳妇，隐蔽潜藏，走、留就是一闪念间。母亲决定：走！事后证明，她的决定很正确。父亲最担心的就是她犯傻做傻事，稀里糊涂留下来。要知道，口音、做派、气质等于脸上贴了“共产党”标签；编造的家庭关系，也经不住几下盘问；还有即便骗过了正规军、还乡团，那些乡野地痞、散匪的鼻子也比狗还灵。

母亲只身一人走到某庄口，不知该往何处去。正着急时，遇到了专署领导汪道涵。汪道涵指点迷津，告她应走哪条路，到哪里去找大队。几十年后，上海市委书记汪道涵在电视上出镜，母亲感慨地说：“汪老是我的救命恩人！”

山野医院设于江苏东海县桃林镇，西去数里就进入山东界了。父亲打听到原苏皖边政府机关已撤至沂南县与沂水县之间一带，母亲的具体位置不详。他出院即上路，不管不顾地北去了。途经山东郯城县、沂南县、沂水县，图上直线距离300多里，如算上曲折路、回头路、冤枉路，单程不下500里，往返总有千余里。

莫笑世上果有痴心汉，父亲当年找母亲表现的果敢、执念、痴狂真的令人咋舌。

这是真实版的“解放区恋情”，简单用今天的“异地恋”概念无法解读。

11月16日

虽然刘医生告诉我还未充分复原，但我决定坚决出院，去找萍。

吃过早饭，向院长、政委告辞，便向郯城去。

共约40里行程，我们（同行病友朱会计）渡了一条河，翻过几个山头，到了郯城附近的供给部，裤子领不到，小朱将他的棉裤借我穿，回来时还他。

这次生病给我的教训是：要注意健康，否则一旦害病，要花出很多光阴做代价。

11月17日

晨到李处长房里看地图，弄明了到李庄去的路线。决定先到李庄华中联络站问询，再决定方向。临行时，朱会计送我袜子一双、毛巾两条，又借我一条棉裤（我还没有棉裤穿）。在庄外大道上，我和小朱分手了，我不住回头望他。这个年纪比我小却显得比我苍老的青年，是病中使我精神上得到不少慰藉的好友。

上了官道，北风迎面而来，刮得很暴烈，走路感到特别费力。到埠子集时，碰到一位坐独轮小车的荣誉军人（退伍伤员），我好生与他商议，将行李搁在车上，省不少力，走路轻松多了。

一路上尽是向郯城去的小车，装满了什物，吱吱喳喳，络绎不绝，在华中少见，是充分的后方气象了。日落时，到李庄兵站吃饭。

11月18日

兵站情形很乱，睡的地方同狗窝没两样。我和那位荣军同志另找一家店住下，在火炉房铺了一点草睡。饭店半夜还做生意，大声闹气了一夜，未睡好。

在兵站碰到了秦德明和周围生同志，秦德明在华中办事处当总务科科长，周围生当保管，当然仍打听不到萍的消息，但知道淮师已拆台散伙。李敬岩、丁力、宋校长、刘冰、朱晓初等已上东北，尹主任等仍留卫生部工作。

我们谈起了这次淮北干部的撤退情形，都摇头兴叹。我们这次见面很不易，再见又不知在何日，告别时手握得紧紧的。

联络站告我边府在沂水县界湖附近，但他们意见最好仍到西成子河华中驻鲁办事处，搞清楚再去。走了100多里路，脚又疼了，终于在半路一村公所要了一头骡子骑。那位荣军同志，到村公所吃饭，公开要求优待，否则就发脾气。我也沾了他的光，吃了几顿好饭。

北方风味更浓厚了，庄上有不少瓦房，还有讲究的祠堂、很大的松林。从李庄到王桥是沿着沂水走的，河滩上尽是白沙，雁群成千地在上面噪叫。向东北走不远的地方，连绵着高山，这就是沂蒙山脉了。

感想很多。这路自战争以来不知为多少撤退的同志踏过了，萍也一定在这条路上吃够苦头的，现在我循着这条路去找她……

11月19日

昨天晚上由于那位荣军同志要求“优待”，我也吃到了大白米饭及白菜炒肉丝。老百姓说，他们是舍不得吃白米饭的。由于走累的缘故，我需要的仅是开水和睡觉，不吃饭也可以的。睡下就爬不起了，两条腿实在太酸了。

上午到了西成子河，和那位荣军同志分了手，我找到了办事处，杨霈在当秘书，另外有几位淮师的学生在帮助工作。

杨霈告我边府（撤至山东的苏皖边区政府机关）仍在界湖北之单王庄，边府是独立不编散的机关，估计萍不致有调动。

又与淮师同学拉呱，他们撤退时有很多人险些做了敌人的俘虏。傍晚，我靠着大树坐在石滚上静思。自己这样不顾辛苦，遥远地去找自己的爱人，也许是近乎发痴的。然而我这次并不完全为了求爱，或者是为了巩固爱情去找萍。根据这样多变的局面，我不勉强她继续维持感情，这感情在过去虽是极融洽甜蜜的。

11月21日

昨日下雨，在办事处休息一天。

边府还在沂南县的界湖之北，离此尚有130里路。但既已到这里，不论多远，我下了决心去找萍，临行时杨霈给我写了一张拨小车或小骡的证明信。

早上大雾，5尺外不能见人。步行至白塔（40里）时，大雾始散，身上衣服潮湿，已近晌午。

又行35里，至葛沟集，天已黑，在镇公所找房子住下。

到葛沟这段路是沿着沂水走的，在河边的大道上碰到几个从边区政府来的同志，他们告我，边府除女同志、体弱者、年老者等外，大部仍回华中局，这样看来，我到那里是有把握找到萍的。

这里已靠近山地了，庄上房子很多是用石头造的，晚间起阴风，有下雨模样。

11月22日

今天拨到了小推车，坐小车在我还是第一次。沿着沂水到河阳镇，越过西岸，向西北去，越走越靠近山峦地带。北风迎面刮来，我冷得发抖，手脚麻木，过沂水冷得更彻骨。

在向界湖去的路上，住满了各种各样北撤的家属队，他们现在的任务是抱小孩休息。他们每人都有一大套行李，每两个人平均用一辆小车推。

沿路与两位驾车同志拉呱，他们告我这里的群众怎样的有组织，他们庄上共有55个青年，已有45个参军。

界湖是沂水县第一大集，新华书店、文具店、合作社、工厂等都在这里。至区署问清边府大队部在铜井（镇），还有12里路，另外要了一名伕子给我背行李。

至铜井时天已黑透了，在镇公所住下。

到边府秘书处，他们说建所根本没有王萍此人。女同志丁雯（她认识韩晓影），很耐心地帮我查遍了所有名册——疏散人员名册、分配工作人员名册、各中队名册等，都没有王萍此人。我将和王萍的关系告诉她，她于是又耐心地帮我查了一遍，结果仍是没有王萍此人，她说可能留华中（局机关）没有来。

自17日以来，一路辛苦跋涉，没有好吃，也没有好睡，找到了目的地，然而“没有王萍此人”，岂不失望到极点，心中的痛苦难以形容。

一整晚没睡着，失眠得很厉害，我猜萍究竟到哪里去了，她是不是因为我在华中而不来山东呢?

今天决心回指挥部了，找不到萍，不能怪我对不起她了，我对她的心意已经尽到极点了。

编 注

父亲又有7天没记日记，这期间，他竟然找到了母亲。他原本完全不知道母亲的具体地址，就那样执着地漫无着落地打听、寻找……好在他走路的大方向对头，踏破铁鞋无觅处，功夫不负痴心人。

11月29日

现在我居然在萍的房里写日记了，精神是很愉快的。为了找她，我足足费了11天的工夫，吃尽了苦头、熬尽了脑汁、想尽了点子，从南风里、北风里、细雨里，从南到北，又从北到南，从平原到山地，又从山地到平原，踏过了几百个庄子，走遍了五六个县份，从鲁南到鲁中、到滨海……终于在 27 日下午，我冒着北风，在大店找到了她。

还记得在 23 日，我带着满满颓丧的情绪，从来路上回去。晌午过界湖集，傍晚到河阳镇，一路上垂头丧气，准备到临沂后回指挥部了，将来再到华中去找她吧。可巧在河阳碰到了华中干校的陈爱华、李浩，陈爱华告诉我，萍在山东省政府水利局。

那夜由于过分高兴而失眠了，近来不是高兴，便是失望，这两个极端的情绪常常使我失眠。

于是我再度下决心去找萍，决心比以前更大了，因为估计这次到省政府去是一定可以找到的，无论再怎样辛苦，我一定要在山东找到她。

24 日上午又北上向汤头去，下午在葛屯住下。

25 日上午到了成子河，打听省府住址，下午到省府水利局。从张局长处知道王萍已到十字路调查小组去了，他说明天去还能见上面。我既查出确实消息，恨不得连夜赶去（35 里地），赶去官房集时，天已漆黑，找房吃饭。

26 日行 18 里，到了十字路。到调查组里，又是“没有王萍此人”，还是查不到她。心中纳闷已极，未吃饭，回十字路镇里住。到电话局摇了 4 次电话至省府秘书处、水利局、建所询问，才知萍到大店镇农业指导所里去了。问到时，天已黑，只得明天再走。

27 日刮大风，有下雪征候。顶着刺骨的西北风走，下午才到了大店农业指导所，推门进去，见到了萍，以及她的好友王俟同志。当时心中悲苦交集，真不知讲什么好，但有人在，竭力镇定下来。

以上就是这几天的一笔流水账。

我在这里已住了两天。一路虽很辛苦，见到萍，很愉快。不了解我的人，会以为我很温情，痴癫一样走几百里路，来找自己的爱人。但我们5个月的分散，见面是不易的，而且各人处在一个极艰苦复杂动荡的生活环境里，好好谈一下是必要的。

战士王萍

11月30日

天气时晴时阴，早上下了大霜，气候寒冷得很突然。萍在寒暖方面特别关心我，怕我晚上睡觉冷，将她的大衣给我铺在单被底下。

今天心神不很安宁，因为今天是我请假期的最后一日，明天该回去了。这次见面，以后的再见还不知在何日哩！

这几天，照例早该将很多问题谈明白了。但由于与王俟在一起，不好畅谈。王俟对我们好得很，我们三个人在一起就像一家人一样。

但无论如何我一定要回去了。

王萍似乎变得比以前天真了，她好笑，好学各种人的样子，而且还爱与我开玩笑。可以看出，她和王俟在一起心境是很愉快的，尤其在我来了以后。

12月1日

我和萍去散步谈心，我们坐在路旁的石头上谈了很久，她谈了很多她从半城撤退到后方的情形。的确，她在这5个月中，吃够了苦头。年轻人在物质上、体肤上吃些苦，是不值得计较的。但最使萍感到痛苦的，是她在这几个月中，受尽了冷落，无照顾，以及很多的惊恐，还碰到一些不二不三的人……所有这些，都是我在战争初期便预料到了，而在以后也时时所担心着的。我感到惭愧的是在这几个月中，我没有给她一点帮助，没有一个字让她收到。

我很佩服她能在半城这样的环境中坚持工作（虽然常常怪她为什么要去那样的地方）。我很了解萍的为人，大方、庄严、诚恳，而且她还有一个最好的品质是不会忘记人家的好，唯有些随便的习惯，她还没有转变过来。这也许是由于她放松政治学习，以及偏居于狭窄冷落的半城的缘故。

这几个月中她和我同样对爱人是忠实的，虽在隔绝音信的情形下，双方还时时挂念着对方，遥祝健康和进步。所以5个月的分别不仅没有疏远我们的感情，而且更加巩固了。为什么呢？主要由于我们的感情，原来就是很纯洁、真诚的，我们的感情不带有任何其他目的，完全是自然而真诚地结合起来的。萍对我说，希望我在外面要小心行动，不要时常想念她，她对我的感情是不成问题的，她说这话好像是临别赠言。

当我铺好床，在沉思中迷糊地睡去的时候，萍来替我将棉被盖好，我当时心里是很激动的。还记得十五六岁的时候，母亲在每天夜晚总要来给我盖被子的。所不同的，今夜是我的爱人来给我盖被，对只身漂泊在外的我，是起着很大的鼓励作用的。

我应该保证我对她的爱到永远！

12月4日

日子有时好像走得太快，有时太慢；愉快的日子总是去得太快，苦恼的日子总是去得太慢。找到萍后，日子逝去的速度，好像比往常不知快上多少倍。

今天早上我们煮山芋吃，后来上街买了肉、糖及山楂。我们三个人忙了一阵。我第一次当伙夫，萍当菜夫，王俟做梅酱。三个人在厨房里真是热闹得很，像一家人似的。我第一次这样起劲，洗的菠菜特别干净。王俟对我说："你现在这种生活是难得的，再不快活啊！"这话的确是说到我心里去了。当萍在锅上炒着菜，我在锅下生火的时候，我心里是很高兴的。萍的菜做得很美味，这是我几个月来吃得最有味道、最具有江南风味的菜！萍在这几个月的生活中，有许多事情逼得她非亲自动手去搞不成，她的劳动观念比以前好了，而且锻炼出一手好菜，小姐脾气也少了，这的确是她的进步。

晚饭后，我和萍去散步，月亮正升到当空。萍说，不知有多少次的月夜，在孤寂的思念中度过去了。在以往的每一次月圆的时候，她总是想念着我的。战争以来，由于始终得不到萍的消息，当迎着淡淡的月色半夜行军时，我内心里总不免浮起一些忧虑。然而在12月月明的时候，我俩会在山东大店别后重逢，在月色的爱抚下，又并肩散步了。

我原来好像有说不尽的话要对萍说的，然而这静淡的月光，这无风的夜野，真使我感想万千，许多话又无从谈起来。

我们的感情已毫无问题，但由于战争把我俩远隔在两地，今后局势又说不定，我们应该尽早使上级明白，自己的爱人何在，在写简传、填表时，也应该将爱人的名字填上去。王萍曾在"结婚否"一项中写道："关系早确定，尚未结婚。"这的确是个聪明的办法，这样可以减去不必要的麻烦。

最后，我对萍再三地叮咛：一、要当心身体，不要过多次数感冒伤风；二、加强政治学习；三、生活要过得紧张而有规律，防止养成散漫的习惯。萍再三地叮咛我，在前线上不要冲动感情，做无谓的牺牲。我还年轻，将来还能做更多的事情，给党作更多的贡献。的确，我有时为了表现自己英勇大胆，而去冒险。一个共产党员应该不怕牺牲，但也要尽可能地避免不必要的冒险。

回来，我和萍到锅炉屋里去烧茶喝，我们在那暗淡的灯光下，又谈了很久。

编 注

青年男子去寻找恋人，11天行数百里，跋山涉水、风餐露宿。

推开门，他终于见到了她！她不敢相信怎么会是他！大背景是战争来了，人们逃难流离失所，这一幕大概在小说或戏剧中能够看到，而这恰是父亲和母亲人生经历中的一段真实场景。战争迫使无数家庭、亲人、恋人分开，制造出一幕幕悲欢离合。许多故事被历史淹没了。父母的爱情故事偶然地让后人知晓，因为父亲写了日记，而且写得挺详细。父亲和母亲的恋爱经过从未对儿子们说起，我也是看了父亲日记才第一次知道。要问我的感想：当年这对年轻人（父亲20岁半，母亲刚满21岁）的战乱恋，揪心、痴狂，也不乏布尔什维克式的罗曼蒂克。

父母这次相见似乎缺少了想象中应有的逻辑和情节：喜极而泣，相拥而泣。他们很高兴，但也很理性。他们是年轻人，也是革命人。他们（尤其父亲）也会为爱而忧喜、冲动，但他们不是爱情至上主义者。如果爱情至上，他们大可选择双双回上海过小日子去（组织曾动员、安排知识青年干部回家乡暂避时艰）。他们为了同一的信念来到根据地、解放区，这是他们恋爱的基础，一方如在信念上退缩，这爱情也就完了。

高兴是短暂的，几天后父亲返回。他们再相见已是整整三年后，解放战争也已基本结束。这次见面对他们巩固感情很重要，对父亲排解担忧也很重要。父亲得以缓减了思想压力，更专注于战时新闻工作。人生精神上的支撑点有许多个，必胜的信念是，稳固的爱情也是。这之后，1946年12月初至月末（年终），有20多天父亲的日记断篇。可能他归队后事太多，且忙。12月中旬，华东野战军发起宿北战役，紧接着是鲁南战役。两场关乎华东战局未来走向的大战，父亲都参加了。

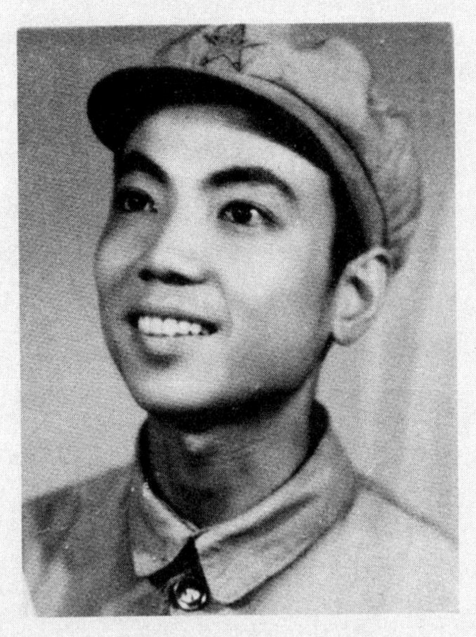

一九四七年

面对敌强我弱严重形势，山东野战军与华中野战军合并为华东野战军，统一指挥 // 宿北、鲁南战役为第一场大胜利 // 大军隐蔽北上，全歼莱芜李仙洲集团 // 围攻泰安意在调动敌军 // 孟良崮歼灭敌头等主力整编 74 师 // 华野 7 月分兵，为使敌严密合围圈破网 // 作为新华社记者，先随 1 纵行动，又派至 10 纵长驻 // 参与了华东多场战役，数度涉险 // 临时当指导员，带归队连渡黄河 // 诉苦运动全军哭声一片，转化为强大精神战力……

1月1日

自大店回到山东野战军政治部，过了新安镇，迎上了宿北大战。我到俘虏管理处帮助工作，第一次见到成万的俘虏兵和成千的军官。我在一星期之内审讯和登记了200多名团、营、连军官，他们在我面前像绵羊一样驯服和畏怯。

（去年12月）25日便又北上鲁南，至郯城一带。28日被派到1纵去，因为新的战役行动又将到来。

我军在苏北打了个大胜仗，给1946年做了个很好的总结，我们在战斗中度过了新年。

上午给戴邦写信，汇报工作。又给萍写信，不写信，她是会想念的。后天又要开始战斗，写信的机会很少。

下午在3旅参加连以上干部会议。3旅在宿北战役中付出的代价最大，伤亡最重。叶飞司令，张、何副司令亲自来做报告，做战斗动员。我们又准备在卞庄一线打个大歼灭战，配合刘伯承西线攻势，进逼徐郊。这次至少要消灭26师全部（其1个旅在宿北被消灭）及第二快速纵队全部，合计约万余人。我方共集中了30个团的兵力，敌人仅6个团，包围圈已经形成。明日北面将先发动攻势，南面则先解决卞庄之敌，予快纵以打击，继而再全部解决之。蒋介石一共只有2个快速纵队，每个有战车30辆、汽车200余辆，一旦被歼，对蒋军的震动很大。

会后与丁柯同志讨论报道问题，快纵被歼必须好好报道。看战略攻击部署图，我各兵团布置的位置方向大概都知道了。这时连营级干部们纷纷起立向首长表决死决心，粉身碎骨，也要完成任务，缴俘坦克！很让我感动。

晚间又行动，已靠近卞庄，明日将上战场。伤风已有一星期，咳嗽转剧，但工作在身，必须坚持。

1月2日

昨日月下行军。部队已进入阵地，连夜赶筑防弹洞。夜半西南及东北数里外，开始炮响，继而机枪声大作，部队开始攻击了。

清晨飞机即来轰炸扫射，随蔡团长到1营去。原打算在那里了解一些战斗的情形，经旅部时，被敌机发现扫射。后邱主任、丁柯告我从敌人话报机通话中探得敌人将炮击这一线阵地，部队可能转移，要我回去。我乃回团部，途中遇扫射，在野湖里卧下数次。

下午与董股长谈新闻战线种种问题。作家方巾（《6个战士》作者）亦来。飞机扫射很厉害，炮声亦剧烈，后闻卞庄之敌已突围西遁。饭后5时又行动，前面战况颇激烈，伤兵下来很多。

1月3日

清晨，敌以5辆坦克配合，向我阵地反扑。阵地就在2里外的庄子前沿。我站到坟堆里，用树枝隐蔽着，用望远镜观察。坦克正发着火舌，来回反复冲击，但似乎不敢进工事区来，摩托声很响，近在眼前。须臾，敌向团部庄上炮击，共发40发，炮弹数个都落在我左近前后。我跑到松树林去，炮弹嗖嗖飞过。再从松林到防空洞中去时，两颗炮弹在松树林里炸开了，危险至极。坦克上的战防枪子弹从头上飞过，可能坦克手发现了我，以为我是指挥官。这种时候简直是九死一生，生命随时可失去，而内心却很泰然。

10时许，下起细雨，部队奉命去向城方向追击溃敌。我们把背包留下了，轻装跑步出发。在泥泞的公路上，密集的队伍急驰前进。行30里到了向城，在向城南2里地的某庄与敌接触。队伍立即展开卧下，炮兵向庄子炮击，浓烟漫天，先头部队冲入庄子后，我们就跟着向火线前进。我和陈主任、董股长几人大胆，也太大意，在原野里摇摇摆摆接近庄子仅半里地时，还未卧下，我们穿着大衣，敌人又误会是指挥官，打了几排机枪过来，我们立即卧下。又打了几排过来，一排打得低一排。好在大家镇静，一会儿敌人以为我们被打死了，不再打过来。从前面下来的伤兵及电话兵口中了解，庄里敌人还未消灭，正在巷战。

下午2时解决战斗。我们进庄时，地雷尚在不时爆炸，巷道中，尸体纵横枕藉，汽车在燃烧，弹药在炸裂，满地是文件及衣服，沿公路两旁，汽车、坦克都倒在泥里，蒋军真是败得太凄惨。至5时许枪炮声全部停止，战斗结束了。敌26师及快速纵队干脆就歼，一星期的战斗两整天就结束了，比宿北战役更痛快，我们又替1947年开了个很好的头。

晚间，原野里汽车、坦克的灯光照耀如同白昼，我军把成百辆汽车开向后方，引擎声彻夜未息。

1月5日

敌快速纵队80旅、炮5团、战车团，26师两个旅为我全歼。这个胜利证明蒋军是可以打败的，即使坦克美械也难逃避失败的命运，这胜利对美蒋反动派的打击是很大的。

晚上转移至蔡河一线。敌已放弃邱县、峄县等重点，似集结兵力于台儿庄一带。

1月6日

军首长已命令继续消灭冯治安部。1纵队可能过运河打到敌人侧后去，今日正积极筑桥，敌人已全部溃至对岸。

今日有下雪征兆，白天甚疲劳，写了几个电讯发出，又写了一篇“向城追击”及快纵被歼之情景，精神不很好。

被子交存后方，晚上无被盖，在房角里铺些草，倒下去，盖上大衣，过夜冷得可怜。

1月7日

自野政来1纵时就害着伤风，至今未好，很不舒服，但天天要行军，毫无办法，能坚持尽量坚持。

背包丢失后，一切东西都丢了，一下子就搞穷了。

1月8日

部队向西移15里，离台儿庄仅5里，白天有小战斗。

上午到3营7连去采访，明日准备回纵队，下午与方徨谈采访问题。

近日来所经过的地方都是新解放地区，要小心特务。在前方敌我双方侦察兵活动很甚，更要小心发生误会。

1 月 11 日

部队在盆河一线时，原来计划整训 3 天。后来又部署了新的反击任务，先攻下峄县、枣庄后再西进。1 纵转到了古邱镇，防止韩庄敌人向峄县、枣庄一带增援。战士们连夜在挖掘工事。

前晚上榴弹炮响了一夜，峄县在半夜开打了。昨天上午到 12 里外的城里去，城靠山而筑，很小。满目是战场老样子，死人、废屋，满地的衣服。在城里又碰上了飞机的轰炸，回途上几乎又遭散兵的袭击，幸未遭害。

昨天晚上炮声又响了一夜，枣庄外围据点肃清了。

昨天中午到 2 营去看演习“进入阵地”及“短促出击”，在工事里看了一个钟头，晚上教导员请我们喝牛奶。

这次转移时，蒙受了整夜的大雪，大衣、棉裤、鞋子到现在还没干透。

1 月 16 日

前天，从旅部回到了师部。那晚上下大雪行军，我的身体有些支持不了，在团里拖着不好。

枣庄已被包围压缩，尚未总攻，听说正在挖掘地道，准备爆破攻入。

1 纵 1 旅在齐村以两个团解决了敌人两个团及一个旅部，伤亡 300 人，歼敌在 10 余倍以上。

今日写信给萍，在这个情况多变的时候，收不到我的信，她又要着急了。

飞机成天在上空扫射，大家很习惯了，防空洞似乎用不到。

1月17日

江部长给我们传达最近情况：枣庄这几天能拿下最好，如拿不下，就不准备拿了。鲁南战场已成为全国最重要最中心的战场，蒋介石正在调集军队与我们决战，旧历年后可能有更大规模的歼灭战。华中方面我们已放弃了沭阳、涟水、盐埠等几个地区，华中野战军主力已北移，目前部队可能争取一个星期的休整时间，在组织上加以调整，某些小的纵队要合并，使我们的各个拳头能平衡。另外，还可能成立一些新的兵团。整训期间，部队要展开战术研究及思想检讨。目前各部队本位主义风气很盛，缺乏整体观念，打下峄县后，军部让人去整查敌人资财，底下不准许查，非要本单位首长的信才成。宿北、鲁南两战两捷，所缴枪械，估计可装备10个旅的，但现在连1个旅都装备不起来，大部为人打埋伏了（缴获单位不报自用）。

1月18日

昨夜又刮大雪，至清晨止，积雪约尺许，原野群山构成朴素的银白世界，与长天一色矣。

今日不能回（华东）分社，一支社（1纵）叫我留在这里过年，我也同意。今日是阴历二十七，回分社得两天，恐两头过不到年，岂不扫兴。

董股长来，他是一个非常诚恳、信实、生活刻苦、不尚讲究的人，值得我学习。

背包失掉后，生活上困难重重，晚上连铺毯也没有，身上衣服也没有替换，全身发痒，今日写信回分社要求补充。

1月20日

前晚的雪还没有下透，整日阴沉沉的，好像大雪即将要压下来。

下午参谋处传来枣庄敌54师已全部解决的消息。敌人共约万余名，但战斗兵只有5个营，以机关人员较多。部队又有转移迹象。

1纵队要增设1个运输营，大概有10辆十轮大卡车、数十辆马车、100多副人力挑子的配备。

今天这里算过年，每一顿只有一个菜，量又少。我无所谓，在这紧张艰苦的关头，如果人家不提过年，我恐怕早就把过年这事忘了。下午有一位姓王的营教导员来，他于3个月前为敌人俘去，现在才从徐州跑出来。他说这次鲁南大胜后，徐州十分恐慌，公共汽车停驶，完全处于戒严状态。

很念着萍，分别后还未收到她的信，未知她情况，心里很急躁!

1月23日

今天是阴历年初二了，自除夕那天开始，我们又行了3天军，现在到了长城集附近。开头大家传说要到后方休整10余天，到长城集后听说敌人已占了沭阳及新安镇，昨天早晨又听到东南方向的重炮声，才知道不久又可能展开大战。现在是“休整待命”，随时都可能投入战斗。

华东战场已成为自卫战争最重要的战场，战斗最频繁激烈、残酷。最近敌主力74师自沭阳向北进攻，整11师又向鲁南进攻，企图切断陇海线寻找我主力会战。

我除夕那天离开纵队部到1旅去，原想和摄影记者徐光去素庄，但因部队要转移，只得作罢。当夜行军40里，第二日又冒着雪花纷飞行军。大路上乱哄哄的，至少有七八个单位并肩而走，互相穿插，秩序紊乱。我掉队后，临时参加2团行列，在长城集住下。第二天在范家庄找到了旅部，共行100里，满身是雪水，满脚是泥浆，狼狈不堪，由于太疲乏之故，今日在休息中过去。

这一月来，生活的流动是空前的，营养失调（吃了一个月的疙瘩），所以体力就感不够，很苦恼，这是与自己的工作愿望相矛盾的。我常常企图克服任何疲劳努力工作，总是很难。

1月29日

26日部队已转到郯城与李家庄之间的地点休整，敌人已占了红庄埠。一部分部队在前线阻击敌人，情况很紧迫，飞机三五成群地沿着沂水公路来回侦察扫射，战争气味已笼罩这条公路了，不久以前，这里还是很和平的。

最近战局已进入拉锯状态，我们在一个方向失一些城市，歼灭了敌人，又在另一方向收复一些城市。战局在慢慢变化，这种拉锯状态不会维持久了。敌人近来积极在华东增兵，企图找我主力决战，而我们不讨便宜是避而不战的。他们连主力的影子也找不到，等他们发觉时，也许又被包围住了。

昨天到破石桥去开营以上干部会议，陈毅军长报告目前形势，宣布敌人最近的战略企图。鲁南会战可能最近就要发生，这一仗对我们是只许胜利，不许失败，我们必须不顾任何牺牲的代价去争取胜利。敌情是相当严重的，国民党集中了 60 个以上的团来决战，但我们也去 60 个团的兵力，只要不轻敌，胜利是有的。

这次会议和在来安集那次会议给我一个不同的印象是：由于那次会议是在撤退以后开的，所以胜利气氛不像现在高涨，干部牢骚也较多，如“打死算了”“不打死跑死”等等。另一个印象是大会布置得庄严堂皇，满室是自卫战争以来的照片。两野合并，干部更多，大会吃得很阔气，还吃了美国饼干牛奶香烟，干部都是用汽车送来的。散会后，大场上灯光闪耀，俨然置身于大都市中。从这次会议的氛围上，也可感觉到我们是越战越强了。

会上碰到了戴邦，和他一起回到前方。沈定一拿出萍给我的两封信及口罩、日记本、手套等，内心的兴奋不可言喻，今天晚上是过得最愉快的。

2月1日

在军部开营以上干部会议，回到分社后接着又是雨天夜行军，跨过了临沂的五里洋桥，到了城东 35 里的田介庄。这两天走的路，都是我在两个多月前到后方看萍时曾经走过的，所以很熟悉。所不同的是，入晚，吉普车（鲁南战役中缴获）异常活跃，灯光闪耀，几疑这里近代化起来了。

华野和山野合并成华东总部，领导统一，力量集中，今后可以打更大规模的运动战了。新华社华野分社和山野分社也将合并，人员组织当更坚实，听说将向延安总社直接通报。

洪石、定一等已自采访岗位上回来，定一善于与人诚挚相处，洪石惯于说诙谐话，因此这两天日子是过得极痛快的，我发觉精神上的愉快往往会使人的疲劳解除得快些。这两天行军，同样的辛苦，但熟同志们碰在一起，一路上有说有笑，到地方后烧开水喝喝，倒在床上再拉一会儿呱，所有疲乏便烟消云散。

敌人已占郯码，“中央社”吹嘘鲁南会战已开始，说临沂共军极为动摇。我们一笑置之，一旦大败，看他们将如何自圆其说。

晚间月明如洗，蒋军飞机竟未轰炸，临沂方向有好几响爆炸声。这也许是周至柔（蒋空军司令）到徐州后的“杰作”，但又何补于颓废的大局。

2月2日

昨晚上在戴邦、丁九房里开集体汇报会议。陈洪石、宋大可、沈定一等报告完毕，已是10点光景。我正待发言，通讯员通知我们到唐主任（唐亮，华野政治部主任）处开会，一行数十人在寒风中走到了3里外的某庄去，又说延至明晨4时开会。白吃一趟西北风。

天未明即赴会场。戴邦、丁九懒得起床，模范作用不够。清晨下霜甚大，寒气入骨，萍给我做的手套穿上了，还挡不住冷。口罩给定一戴了。棉鞋在向城追击时丢失了，现在穿着单鞋确嫌太冷。唐主任主要给我们报告这次会战的规模，以及山野和华野合并为华东野战军的事。指出，这次是百团会战，其

▶上图　沈如峰（右三）在前线

▶下图　1947 年春，新华社华东野战军前线分社组成，社长康矛召（右一），副社长邓岗（左二），编辑部主任庄重（右二）、副主任丁九（中）、副主任戴邦（左一）

胜负将决定今后华东局面，我们必须集中一切力量，争取必胜，不许失败。陈诚这次亲自来指挥这次会战，这仅表示其最后的冒险而已，一旦失败，他的参谋总长地位就保不住了，而国民党在军事上再也无法翻身，我们就可开展反攻。刘伯承将军在 28 天中收获了 13 座城市，这说明只要我们站在这里，消灭它 10 —15 个旅，失去的县城也同样可以复得。关于山野和华野合并后，唐主任叫我们要注意团结问题，人事组织上将以华野为主，原山野人员将分散充实各部门工作。

午饭后，与洪石到重沟集去，在集上吃了两碗牛肉饺子。此时蒋机在 3 里外之玉皇庙投下炸弹数枚，烈焰腾天。洪石乃感叹战争之残酷，他素已抱为党牺牲的决心，其实我也未尝不然。参加前次鲁南战役，好几次子弹炮弹在身前身后飞啸爆炸，此时若无牺牲决心，便不能应付危险。在向城附近时，敌人炮击团部阵地，我卧于草堆旁，炮弹即在两丈外炸开，危险至极。我当时对个人生命是置之度外的，所以能卧着一动未动，结果也没死。到集西军邮站寄出给萍的信及北币 900 元。

编 注

1946 年 12 月 15 日至 19 日，宿北战役于沭阳地区全歼国民党军整编第 69 师师部及 3 个半旅 21000 余人。

1947 年 1 月 2 日至 20 日，鲁南战役于峄县、枣庄地区全歼国民党军整编 26 师、51 师、第一快速纵队 53000 余人。

这是在国民党军重兵集结全线进攻的严峻时刻，陈毅、粟裕共同指挥，原山东野战军和华中野战军集兵合力、攻势歼敌的一次重大胜利，是华东战场出现转折点的起始。

▶1947 年 1 月 2 日至 20 日，山东野战军和华中野战军合并成华东野战军，打响鲁南战役，共歼敌 5.3 万余人，创造了一次作战歼敌最多的纪录。鲁南战役的胜利扭转了华东战局的严峻形势，增强了我军在华东战区的作战能力　　图片提供：海峰 /FOTOE

战役后，两个野战军迅速、顺利整合为华东野战军（简称华野，后称三野），在指挥关系和组织编制上实现了完全统一。

作战思想上彻底丢掉了老想着恢复失地的包袱，下决心在山东战区与国民党军搏杀周旋，更自觉地运用毛泽东关于“集中兵力打歼灭战”的军事原则，在运动中寻找和创造战机，筹谋更大规模的歼灭战。

此役，父亲被华野新华分社前线记者团派往 1 纵队跟进采访，目睹和报道了敌第一快速纵队的覆灭。在日记中，他以轻松口气记录了自己的数次历险。不感害怕、不会退缩、不惜“光荣”，是当时我军官兵面对战斗和生死的精神常态。人生

沈如峰（左一）和三野新华社战友

如是，全体如是，乃胜战之基。

2月3日

这几天各部门都忙碌得很，两野许多机构正在合并。邓岗等昨天在宣教部开了整天会议，两前分社（山东野战军分社和华中野战军分社）合并事已有初步头绪。机构调整后，官衔恐怕是很多的。

上午在邓岗处开记者团会议，老康（矛召）首先做报告。他又提出了记者作风，记者要熟悉部队、在部队中建立威信，在会战中要克服疲劳，完成任务，最后他强调大家都是军籍记者，要有军人气概、军人礼节。他的用心很高，但对记者具体帮助少。后由邓岗谈这次会战的报道中心，强调在会战开始时，所有电信中不要提“会战”二字。等消灭敌人三五个旅，全役胜利有把握后，大事宣传会战，这确是应该注意的策略问题。

韩晓影自陶（勇）师回来，分别数月的同志又相聚一堂，大家感叹“分久必合，合久必分”。会后邓岗大谈淮北亡命经过，他的夫人至今未明下落，欧远方、陈向东等可能牺牲了，克英已逝，令人悲愤交集。

午饭后，又与洪石至文工团看张葳同志，她首先谈自淮北撤退时的惊险经历。她对人还是那样热情和气，似乎觉不出她内心里有什么悲哀。她丈夫在蚌埠被捕后，她始终这样乐观，确实不容易。

晚间两野的四五个文工团，以及电影队、军乐团等开娱乐盛会，我把定一、晓影、小吴等都请了来，饱饱眼福。各文工团都拿出了自己的法宝，华中军政文工团的歌咏，大部为自卫战争中的新创造，歌词通俗简明，曲谱也简单。这种小巧玲珑的形式，能很快地反映现实，又易很快地为群众接受。他们演的《还乡团》一剧，剧中人物仅地主、腿子及 8 个佃户，用小调演唱，剧情细致动人，效果也佳，获得全场鼓掌。军部文工团演的花棍，采自民间形式，是向老百姓学来，再加以改良的。两位女同志的舞姿甚美，技艺熟练，全场报以鼓掌。娃娃剧团全部是十四五岁的北平小孩，原是孙良诚的评剧团，在盐城解放时全部俘过来的。这些小孩唱得都不错，长大了可以成为梅兰芳、马连良样的角儿，到大舞台演出，包可客满。军乐团是苏中七战七捷时全部俘过来的原班人马，他们奏的《双鹰进行曲》很出色，在座者情绪都被激动。我更爱看那位指挥者的姿势，当音调平和时，他两手平铺，上下浮动，各种乐器像静水中的微波，奏出悠扬的声音来。突然鼓声随着拳落而起，手势舞得激动，声调就像狂涛大浪，达到最高峰。而他手指轻轻一点，鼓声息，音调又平和，像风平浪静一样。最后由电影队放映《柏林之战》，系新闻片，战争场面很多，剪裁很好，利用原来德国新闻片作对照材料，如在红军攻入柏林时，先插入一段希特勒在柏林向市民报告德军已镇服苏联的镜头。片子最后为斯大林在莫斯科红场上阅兵的镜头，数百门礼炮轰鸣胜利，画面极为壮丽。

至深夜 3 时散会，大家咬着席间所发的花生、柿饼等，说“此来不虚”。

我近来的生活是：艰苦一场，热闹一场。

萍给我的日记本是今天上午收到的，沈定一抢着拆开来看，戴邦读着萍题的字，说：“王萍比方岚进步，我要写信让她向王萍学习。”他们的确很羡慕我，我今后更要加倍工作，使他们觉得萍爱我确有道理，这样对萍也是光荣的。

看着萍在卷首所写的那首诗，的确感受到很大的鼓励和温暖。只要我有足够的体力来支持，我是会照着她的希望，翻山过路，在自卫战争中锻炼得更出色的。这本子订得多么仔细，她还给我贴上了在泗县合拍过的照片，笑得那么温和。萍对我的爱是再深刻忠诚不过的，是我这一生最大的幸福，我应该埋头于事业，不断进取才算不辜负她对我的一片爱。

2 月 4 日

分社仍让我到 1 纵队去，因为我在那里已比较熟悉。今天该走了，听说战争即将开始。

上午查路线，领路费，邓岗叫我带两份密码给江部长。

我和定一、小吴、洪石等，暂时又要分别了，最近不能围在桌旁一起听收音机了。我原想和沈定一畅谈一通再走的，时间不允许了。我只督促着他快把自传写好，入党问题该快些解决。从他的政治修养、生活修养看，是可以成为一个很好的共产党员的。

害着伤风，但任务迫切，只得抱病奔前线。又写一封信给萍，因战线北移，叫她注意。

2月8日

4日下午与阎吾[①]同志一起出发，5日与他分道。昨日下午才在卞庄南找到了1纵师部。

往前线走，一路情况有显著变化。庄上找不到男人，找不到卖茶水饭食的，甚至连地瓜也买不到，饿肚子走路。晚上到一地方后，为了找房子，找饭吃，至少要和村长、老百姓缠上两个钟头，费不少口舌。有时找到了房子，要麦草及席子，村长都要用“这里困难”推脱，搞得我甚感苦恼，大有“在家千日易，出门一日难”之感，倒在床上叹气。睡前把门关紧，用木棒抵住，以防“不速之客”光顾。生活是艰苦的，由于单人出发在外，处处感到不便，有无人照顾之苦。我必须以耐心及愉快的态度来处理生活，甘之如饴，即使一箪食一豆萁（羹），也不改我乐，这才是一个共产党员的高尚品质。

目前处于大战前夜，部队行动频繁，在1纵队后面追了几

① 阎吾，新华社华东前线分社记者，新中国成立后曾任新华社解放军分社副社长。

天。到一地点，他们总是先我而行。前天白天走一整天后，在月下赶路，昨日下午才找到。途中饥饿时，买不到饭吃，买了半斤柿饼吃下去。长途跋涉，营养又不好，故人困乏已极。但不巧得很，昨夜又行动35里，到了向城西北，两腿酸得抬不起来了。

将密件送交江部长，他叫我休息几天再下去。我暂在一支社住。江部长很年轻，架子不大，作风很切实，我爱与他谈问题。在生活作风方面，我不禁要敬重史比欧同志。他一向是克己奉公、生活上不讲究的。这次看到了他，还是像以前一样，穿着去年的褪色制服，今年的服装他节省给公家了，我应该学习史比欧的作风。因为在破军装里面藏着崇高的心地，而特殊的优越享乐，会腐蚀人的品质。

我沿路看到了成百的难民，慰问了20多人，从他们谈话中及表情上找不出丝毫难民常有的悲惧愁酸心理，他们相信不久又能回乡的。人民军队这次大胜，已最真实地教育人民，人民无比地信任着自己的军队，这就是他们所以这样沉着乐观的原因，这样的难民也只有在解放区圣地才能见到的。我很为感动，认为这是会战胜利的征兆，写了一稿，用一支社电台发给分社。

2月9日

昨夜又行动，我伤风甚剧，咳嗽不止，途中气喘。到宿营地以后，飘起雪来，真算侥幸。庄小人多，我和鲁山，以及女同志洪水，分配在一间屋里。没有办法，铺些草挤在一块睡。洪水同志说挤紧一些倒很暖和，满不在乎的。我们拉一会儿呱，就入睡了。男女间这样大方，同睡一铺，又这样有礼貌，也只有在革命队伍里才能做到。但能这样自然，也是因为三个人都是洋包子缘故。

我发现1纵队师部及旅部各部门有不少女同志，她们自浙东撤退时编入队伍。这次来自卫前线，一部为工作需要，一部为某些人的对象，硬拖到队伍中来。她们和男同志一样，大部脸红体壮，走路如飞，从不掉队，像我这样男同志不一定能比得过她们，称她们为军队中的女英雄，实可无愧。

2月10日

昨天日夜咳嗽甚剧，夜半常咳醒，气管有痛感，鼻孔阻塞，以致呼吸甚感急促。今日请门诊所王医师诊断，谓系重感冒，给些阿司匹林，老一套！

今日思想上矛盾得很，依我身体的实际情形来看，在部队里拖下去，对健康对工作都没有好处的。对于部队生活我只有招架之功，无还手之力，每次行动后，我非休息半天不成，于是工作时间变少了。但对于参加自卫战，尤其是鲁南大会战的光荣感，与其他记者之间的竞争心，又督导着我奔赴前线。向后转是件太失面子的事，不了解我的同事也许会以为“沈如峰，垮下来了”……然而身体却又不行，这矛盾该如何解决呢？

决定再坚持下去，到完全不行的时候！

给萍写信报告了前线情况，不知她是否明白，在前方要写一封信是非常不容易的，即使短短几句。

给定一、戴邦也写了信。给定一的信，指出了他的缺点，就是说话往往过于谨慎，批评精神差些。最后督励他快完成自传，提出入党要求，我在这方面，一直关心着他。

等身体好些，立即要深入到下面去。

今日宿营地叫扶邱，居向城北面，四周为环形山地，庄北有一河，水自高山下来，终日潺潺，水很澄清，老百姓均饮用此水。我问乡亲父老此河名称，一老者谓没有名字，真乃莫名河也。其实这是较阔大的泉水，其流甚急，晚间闻之，如瀑布然。

午饭后登山远眺，这一带都是我 2 个月前曾经到过的地方，敌人的 26 师、快速纵队、80 营、战车营、炮兵团等在这里被全歼。战场痕迹至今历历在目，炸毁的碉堡、机枪掩体、散乱的鹿寨工事，满野丢弃的被击毁的坦克、吉普车，显示着当时敌人惨败的情景。而今大军又落战场，战云密布鲁南，胜利的歼灭战又将重现于此。但这里一战再战，地方受战争的损害是无法计算的。

2月11日

昨夜咳嗽更剧，早晨起来又感心悸，大概因剧咳，心脏受震动缘故，精神亦因此而恍惚不安。征得江部长同意，用政治部名义，介绍到师卫生部去检查身体。

午饭后，整理行装出发，行 18 里，过一山河，到潘家庄卫生部驻地。独自一人穿行于深山中，举目不见人烟，山石峥嵘，荒草茸生，道路连独轮小车都不能通行，真乃“穷山”也。

我至保健科杨科长处诊断，用听诊器详细检查肺部，肺部无病，唯心脏跳动过于沉重，他开了两服药给我。

途中遇一黑白花狗紧随跟后，叱之不走，用石掷之，不叫，亦不走，我坐下休息时，即卧于我近旁。我用手抚弄其颈，与我甚亲热，乃知此狗有意投奔我的。过某庄时，我叫乡间父老牵去喂养，狗咬甚凶，无人敢接近，投以煎饼亦不食。我至李部长房里时，它即躺于门口，知我到目的地了。我不禁为之感动，乃托房东领去好好喂养。

2月12日

昨日夜半起又向北行动30里，扶病行军，更感困疲，待到目的地燕庄时，已是天明时分。所行尽是山路，路上多崎岖怪石。行前曾经下小雪，翻山越岭，滑泞不堪。

白天服药后，即卧床休息。房东家老奶奶待人真好，端地瓜汤给我们吃，中午还给炒了一碗鸡蛋，老根据地百姓对我们的态度确实与新地区不同。

晚间又要向北行70里，我因身体不适，与数同志留下白天走。此为我随军以来第一次掉队。

2月13日

王奶奶给我们烧了地瓜糊涂当早饭，与数同志即向东北行军，道路多险阻，翻越过无数山岭。村庄大都居于岭顶或山腰上，山间颇多涧溪及泉水，声汩汩然。有时投身于狭窄的山谷中，道旁为深两三丈之山沟，如稍不慎跌入沟中，必将头破血流，死于非命。沿途见无数伕子行列，蜿蜒于山坡上，所过村庄找不到男子，均出伕矣。行45里路时，在一农会会长家中吃饭，地瓜、麦疙瘩、糊涂、粉皮等，近来地瓜已为无上之美点。

到长埠岭时，天已黑透，狂风刮得很紧。自山上刮下来的风，经过平地上庄子，再卷上山去，声音更显得凄厉。请房东老先生烧了地瓜糊涂喝。上灯就寝后，听着门外北风呼啸，门扉咿呀之声，伸着酸软的两腿，倍觉温暖。铺着麦草，感觉比钢丝床还舒服。

据小广播，部队还要北移，再要三四天路程，才能到目的地。我随着卫生部，对情况无法了解。可能因敌人集结力量太多，空隙较少，诱敌前进，分散其力量后，更便消灭其主力。李家庄已为敌占领，临沂已准备放弃。不知十字路一带情况如何。萍可能又要北撤了。她有了一次撤退经验，又和王俟在一起，我不必费很多心去担心，离得这么远，担心也无补于事。

2月14日

早饭吃冷煎饼，虽很饿，却吃不下去，与老百姓换地瓜糊涂吃，饭后即随先头部队继续北行。沿着费县往平邑去的公路走，较山路好走，公路两侧均为高山地区，桥梁都已破坏，汽车不能通行。今日天气阴沉，清晨下小雨，飞机不能活动，大部队均在白天行动。3旅及13旅队伍均沿公路向北行动，一时人山人海，喧闹异常。

沿途见成千有组织的民兵及伕子、担架队伍，随军北行。解放区所有人民几乎全都动员起来，很多在外奔波月余尚未回家者。没有一个人可以隐身于自卫战争以外，不能胜利，则一切荣华，都将化为灰烬。解放区军民真是做到艰苦与共、团结一致，爬过当前（艰难的）山头。

途中在地方吃了一碗“丸子”，北币 25 元，由于好久吃苦了，这丸子特别有味儿。约行 60 里，在钥石宿营。晚饭后参观 8 师后方卷烟工厂，该厂有铁机 2 部，日出烟数百条，工人 100 余人。

这里是最中心的地带，但由于蒋机扰乱，群众出伕，故战争气氛很重，群众生产已受很大影响。

2 月 15 日

13 旅（中原突围出来的部队，已属 1 纵建制），已来钥石住，我与政治部张主任商谈，决定最近随他们行动。皮定均旅长已升任 6 纵副师长了，原方副旅长升任旅长。

今日天晴，蒋机 3 架来回于公路上扫射，我住处遭 4 次扫射。我躺在墙角里，以避一避子弹。

鲁南会战尚未全面展开。可能在这次北上任务完成后，再对进犯之敌大举反击。目前在南边将让敌人前进，进得越深，歼敌机会就越多。

到目的地还有 3 天路程！

2 月 16 日

昨午 3 时饭后，队伍在大路口集合出发。4 架敌机俯冲扫射。我们赶紧隐蔽到房子里去，子弹在屋檐上呼啸，扫射约 1 小时，已是黄昏落日时分，敌机向北遁去。伤了 10 余位同志，真是不测横祸，带队的对防空太大意了。

我们继续沿着费城公路，向东北开拔。露着白沙的浚河沿着公路蜿蜒。我们以每小时15里的速度前进，人人都变成了飞毛腿。“跑步跟上”，自前向后传来口令，接着是一阵急剧的步伐声。那些战士背着轻重机枪，背着迫击炮、六〇炮的炮筒子，同样地跑步。碗筷的叮当声，铁锅菜刀的噼啪声，打破了夜的沉寂。我像拉黄包车一样地狠命奔着，喘吁得非常急促，但一种“群”的“纪律”的力量推着我向前疾奔。

一阵跑步之后，接着是一大阵咳嗽。

北风料峭，简直要刮裂人的皮肤。近一个月来还很少有过像昨天晚上那样寒冷的气候。我拉起大衣的领子，戴上了风帽和萍寄来的手套及口罩，总算挡住了寒气。大阵跑步之后，身上淌出汗来，从脸上掉下汗粒子。偶然休息下来，北风刮来有像仲夏纳凉一般愉快的感觉，但不一会儿，浑身寒栗，冷汗贴住身体，口罩上的热气也结成冰块了。和打摆子发寒时的感觉一样，而伤风咳嗽就这样形成了。

行40里经过平邑县城，抗属门上都上了红灯笼、走马灯，欢迎过路军队，灯纸上写的“革命光荣”等字样。群众夹道观望，用马拉过去的3门山炮，使他们兴高采烈，倍增胜利信心。平邑街道很宽阔，房屋很整洁，给经过的人们留下好印象。

我们简直是“飞”出了街道，前面漆黑一片，只能望见五六个人影，两旁的高山再也找不到，隐匿在黑暗中了。由于走得太快，我几乎有着身子腾空似的感觉。又行20里，到立三宿营，是一个有400多户的大庄子。

我的身体突然感觉壮健了，这60里路近5小时就走完了。歇下来未感到丝毫疲乏，可能因为白天吃了几碗大白菜（已经有一个月没吃菜了），营养较好的缘故。如果我的身体能永远如此，我一定会在部队中坚持到最后胜利的。

今日黎明，飞机即来扫射。蒋介石在这“孤注一掷”的会战中，使用飞机的数量，比以前有着显著增加，到前线上应该特别注意防空。

早饭吃小米，饭后我买了 3 个鸡蛋，请老大娘烧汤喝，以补充营养。

13 旅是中原突围部队，骨干多系河南人，东三省人不少。与他们相处的两天中，感觉他们都很直爽、热情、真诚，这的确是北方人的特色。胡同志是辽宁人，曾在上海做事，以后到重庆，转到中原地区去，与我甚投机。因为他热情洋溢，我也很爱与他谈。热情的人较阴沉的人易于讨人喜爱，给人以好印象。

午饭后，北方同志拉胡琴、唱京戏、唱河南梆子，解除了不少行军中的单调感。

2 月 17 日

昨天接受了前天被扫射的经验，到日落后队伍才集合出发。仍沿着公路走，到卞桥镇时，队伍下了公路向北开去。共行 50 里，到北家汪宿营。我们又投入了山地的环形包围中，四周尽是突兀的山，这 50 里路，4 个钟头走完了。13 旅走路的确凶得很，华野部队在运动能力上可能要比山野强。记得去年 9 月余，来安集参加营以上干部会议时，陈毅军长曾说：“为什么华野的部队能七战七捷呢？因为他们能跑路，运动得快，所以一仗接一仗，一胜又一胜……”现在我看到他们走路的本领了，我也随着他们有了这种本领。

早饭吃小米地瓜干饭，青菜1碗，饭量很好。

上午偕胡同志出外闲散，山路多石块，极狭窄，两人很难并肩而行。登山顶松林中，回首望北家汪，正如老百姓所说的，落在“山窝”里了。

这里到孔子诞生地曲阜仅100里。到泗水、蒙阴各数十里，风俗和临沂及大店一带迥然不同。男子有留长发者，披及于肩，和女人一样，小孩头上均结有如牛角状的辫子。每户家院中均有用泥做成如亭子状的粮库两三个，越富则越高大。中储以粮食，取时在下部破一洞，粮即漏出。群众都饮泉水，水很甜洁。这里不论男女老少，对军队都很亲热，晚间到房里后，让床铺、铺草、烧茶水都不嫌麻烦。

现在部队建制已有改变，一切旅改成师，师以下直辖团。此为初步之架子，便于以后部队之扩大。师以上仍为纵队，原来的师长都成了军长，陈毅军长便是“大元帅”了。

午饭后到司令部方升普旅长处看地图，对几日来所走路线有了概括的了解，方旅长告我北上任务大概在莱芜（已为敌人占领）一带。

敌机时在周围扫射，北家汪是小庄，未被注意。

黄昏时，等着行动，无事可做，坐石上读萍寄来的几封信。北上后恐很难写信给她，也很难收到她的信。

编　注

父亲到1纵，原以为很快要打第二次鲁南会战，谁知却随13旅一路北上夜行军。此时，他尚不知晓要打莱芜战役的战略意图。

时任旅长方升普，新中国成立后曾任兰州军区空军副司令员。父亲去世下葬后，我发现相距几百米处有方升普将军墓。

2月18日

昨夜继续北开，穿行于山谷间的狭道。道上尽是尖碎的石片，巨石纵横于道旁，颠簸不便行走，我几次摔跤。因前天夜晚未很好安眠，白昼又未休息，行军时困倦异常。一面奔走，一面迷糊地瞌睡起来。队伍休息时，我竟卧于巨石上渐入梦乡，胡同志把我推醒时，倒在石上不肯起来。

宿营于吕家圩，这里处于济南、新泰、莱芜、泗水、泰州数县之间，队伍可能休息几天，机动待命。

翻开地图来看，我们已接近了津浦线北段、胶济线西段，这几天感觉奇冷，大概是到了更北地区的缘故。

这里乡庄往往有数百户者，房屋多高大，庄有大圩子，圩门如小城市的城门，已是十足的北国风气了。

下午胡同志等拉京胡、二胡，曲调哀抑，有中华民族大气魄。

2月19日

昨夜又向北行动二三十里，走出了山地，进入小片的平原，渡过汶水，到杨家官庄宿营。

回来后，继续了解一些关于13旅各方面的情况，使今后来此采访可以更便利些。晌午时，即到师部去。赵科长、胡干事、铁华同志等送我到门口，他们热情地盼望我再来。我的确很舍不得离开这群热烈、直爽、慷慨的北方朋友，在相处的一个星期内，在长途行军中，互相有了很好的了解，他们那种北方部队固有的朴实、艰苦作风，是我所喜欢的。在每次疲乏的行程中，他们常常愉快地唱着河南的梆腔，显得他们的心情是那样的轻松。革命者的伟大，就在于面对艰苦的时候，永远是和平时一样的愉快！我向他们学会了这个非常重要、非常宝贵的品质。我暂时要离开他们了，但 13 旅留给我的印象是非常深刻的。

去师部途中，翻过一小山，山上有一条长数里、深四丈许的沟，有石匠击石之声。爬至顶上观望，建筑工人在挖掘巨石，打成石磨及石碑等物。沟深入山腹中，巨石排列成层，此亦为我第一次见到的石器工程。

行 30 里，在秦崖庄找到师政治部，与通联室鲁山同志同住，晚饭后参加他们的支部大会，此为我数月以来第一次的组织生活。

晚间与鲁山、洪林等同睡地铺，在融融灯光下，漫谈这一次战役的报道问题。到了北方的确感觉奇冷，大家把脚伸在被窝中，老百姓都睡炕上，比较暖和。地上虽铺了很多草，还嫌太冷。这里离济南不算太远，《老残游记》上所写“流泪结冰”来描写北方的冷，的确是很形象的。

2 月 20 日

很可惜，昨天未能赶上师部召开的会议。和鲁山谈话以及江部长传达中，对目前局势有了了解，大体情形是这样的：

宿北、鲁南两捷之后，白崇禧等公开承认失败局面。国民党内对战局有两种意见，一是主张收缩兵力，巩固已占地区；一是主张集中兵力进攻。结果是后者的意见占了优势，陈诚为代表。马歇尔离华前，蒋介石曾向其请示，马歇尔说在 3 月 10 日召开的三国外长会议前，如果不能消灭共产党，也要能堵住共产党的反攻，以便于在会上发言。于是蒋介石便集中了 50 个以上的团，到处挖肉补疮，准备孤注一掷，企图在临沂附近消灭我之主力。北面又占莱芜一线，计划南北会师。这次进攻的特点是步步为营，非常小心，沭河和沂河间所有的庄子都住满了队伍，来势汹汹。我们退出临沂，是使他扑个空，部队转到北面作战，先消灭北面敌人后，再回去消灭南边敌人。

现在军事部署上决定，先消灭莱芜、新泰一线的 3 个军，活捉其副司令李仙洲。以后若（南线）临沂敌人北犯蒙阴，进入山地，就南下作战；若其按兵不动，就北上胶济线作战，再消灭其 3 个军，包围济南，孤立青岛。这样使鲁中、渤海、胶东、滨北连成一片，又是一片很宽大的地区。这一带人力物力都很富足，对我是完全有利的。敌人进占临沂后，好比陷入了大坑，进则兵力分散，退则政治上失去威信，进退维谷。坚持则兵多粮少，困难重重，而在其他的地区，我军就可乘其空虚，展开反攻。

下午研究了几个立功运动的文件，并详细研看了莱芜一线 1∶500000 的地图，准备作战时下去采访。

晚饭后，与洪林同志等一起煎柿饼吃。萍来信曾说，她过年时煎过柿饼吃，我觉得味道并不很美。大家谈起“中央社”广播已歼灭我军 6 个旅，可能 1 纵队也有几个旅给它消灭了，但事实上我们正在包围他们，真是自欺欺人。

2月21日

北方的气候的确冷得很，昨夜冻醒了好几次，鲁山和洪林也常常醒来。大家只好挤紧些，把所有大衣都拉开了合盖。战斗打响后，不盖被子睡觉的日子又要来了。

我们各部队已进入了部署位置，今夜10时就要打响。1纵由西北攻击莱芜，预定3天结束战斗。

今天天上一片云也找不到，一切是那样的平静，人们都紧张地做着准备工作。明天这时候，不会再这样平静了，那时将充满震天撼地的炮声、炸弹声、飞机的引擎声及枪声了，敌人又要被我们消灭干净了。

早饭后到政治部去看作战命令、作战部署图、敌情通报及附近作战地图，这些都是记者照例的准备工作。

下午我们要到指挥所去，明天我就可能冒着飞机的扫射到前线上了。

今日很想写封信给萍，但这里邮局和后方失去联系，无法寄信。在残酷的战争中，我很可能牺牲在战场上，希望萍不要过分地伤心，要更加激励，努力为党工作。

2月22日

昨夜向莱芜城西北方向进发，行50里，进入离城仅18里的指挥位置。这次行军与以前不同，渐渐靠近了敌人，所以大家都很严肃，鸦雀无声。约在10时光景，东北及东南传来的炮声、机枪声，由稀疏而紧急，照明弹、信号弹时时升到空中……战斗开始了。敌人像一字长蛇阵般自胶济线摆到新泰的3个军，数小时之内就要为我们割成数段了，人人心中都有着无限的兴奋。

今晨传来消息，在莱芜城四周，我们各个参战部队已打下了十余个据点，但406、516等高地，尚未为我占领，估计今夜将有更激烈的战斗。我们先将外围敌人压至城区后，再发动总攻，一举歼灭。

敌机天明即来骚扰，起初只有一架小型机回旋侦察，至晌午时，即增至十来架，有两架飞行堡垒。机声在耳边没有一分钟停止过。四周有很多庄子因投弹、扫射而冒出浓烈的白烟。但在几里外前线上，轰击的炮声，已注定敌人的命运是要被歼灭了，飞机仅能稍微延长一些时间罢了。

据侦察情报，李仙洲及其指挥部都在城里，李仙洲的命运已经注定了。吐丝口有敌人的北线总兵站，有大量弹药及物资，6师昨夜已向其包围，这次胜利品一定要堆积如山了。

我住在司令部里，看情况发展机动。整日住在地瓜洞里防空，昨夜的疲乏算恢复了。下午研究战备，在上面画了很多箭头。

2月23日

昨日敌机活动很积极，到天黑时还在头上扫射。大家已经有经验，敌机的活跃是表示敌人已完全陷于困境，虽然它在头上扫得那么凶，但对我军的杀伤微之又微，它的作用是掩护撤退、突围，限制我军的运动。当大家都坐到防空洞中去的时候，飞机的威力便大大减弱了。

昨天敌人在飞机配合下，向我1团及7团阵地连续四次反扑，均被打垮。7团因大意，阵线紊乱，被敌人夺取了一个庄子及一挺机枪，前锋报驻 7 团记者史强遭弹片擦伤头部。在大兵团作战中，阵地变化很快，应该切忌大意，当发生突发状况时，也要绝对镇定。

昨夜调整部署，司令部向北移动 10 里，至陈家矿坑宿营。行军时，夜间战斗正在激烈进行中，吐丝口方向枪炮声异常紧密。山炮的爆裂，以及闪耀的火光，好似就在跟前。白天被敌机投弹的村庄，火光冲天，接着炮弹巨响，北面又升起了几阵大火。敌人的照明弹不时升到空中，把司令部的行列照得清清楚楚，每人的脸上都反射着白光，一个个白点在树林中闪耀着。等照明弹熄灭时，人群又埋藏在黑暗中了。

敌人 77 师自北向南增援，为我陶（勇）师设埋伏包围，迅速歼灭。因敌我双方很接近，飞机连机枪都不敢打。军部已发通报。敌人也向济南总部报告了该师被歼灭的情况。另 46 军去新泰城向北增援，抵莱芜城 8 里之地，已为陶师切断。今日部署，大概要先解决 46 军。其实敌人突围，脱离其构筑的工事，更易为我们歼灭。

据情报，敌机今日在泰安一带，侦察我之兵力，估计若 46 军被歼灭后，李仙洲一定要向泰安突围。叶、何等首长，对今日攻击步骤尚未决定。假使白天敌人不反扑，晚上我们就要发动总攻。

我的采访任务是随攻城部队进城，这是一个艰巨的任务。我应该在进入情况极混乱的城市后，设法搜集攻城情况。

早饭后，借了郭秘书的望远镜，观察 10 里外的矿山。山上敌人及鹿寨工事，一目了然。这是全城的制高点，当总攻击令下来后，这制高点将立即转入我手，向城厢发炮了。

敌机整日滋扰，我躺在炕上休息。现在有一分钟休息，就是最宝贵的。买了一斤煎饼，这是上火线的准备。

2月24日

军事情况的变化是很快的，所以做一个军事指挥员，比做任何其他工作都难，他必须善于了解并掌握各种情况，才能取得胜利。

昨天午饭后，情况就起了变化。敌人利用矿山制高点向我东北、正东阵地猛烈反扑，一路自城沿公路向北伸展，企图突围，1旅正在查明情况，准备出击。我当时正往1旅去，穿行在枪声紧密的平原上，机枪子弹不时在左右呼啸，炸弹的爆炸常常造成剧烈的地震，炮弹在400高地上开花。在极度紧张中，到防弹洞中找到了陈主任，他正忙于指挥，叫部队一定要守住400高地。我就在指挥所里，听着情况的变化。电话传来，敌人的4次反扑被击垮，3里外的前线上就渐渐沉寂了。这时已近黄昏，金光四射，敌机在晴空发出一点点的银光，向我阵地上猛烈地扫射。从参谋处的话报机中，还听到敌人地面部队与飞机通报："打得很好，某某庄上再打一阵……"接着，敌机绕个圈子又是一阵疯狂的扫射。

一到下午6时，我们的天下便开始了。廖政国旅长指挥山炮营，准备炮击南白龙。炮位就在指挥所后面1里路的场上，作战参谋带个电话机到南白龙附近，去指示目标。等炮手把方位角度纠正好后，旅长从电话中命令："发炮！"接着一阵轰隆，炮弹在头上飞到5里外的敌阵地上去，火光一阵闪，房子就烧起来了。前面参谋来电话报还差多少米远，接着又是几个炮弹飞出去……打了十余发炮之后，1、2团里的轻重迫击炮、六〇炮、火箭筒都一起发炮。一时炮声隆隆，南白龙火光冲天。我们的步兵开始攻击了，枪声大作，轻重机枪，像暴雨般的吼叫，曳光子弹的红点子，在空中飞驰。敌人的照明弹升到空中，把烟雾腾腾的庄子照得通明。

廖旅长（现在应该称他廖师长了）放下电话机告诉我，1团3营2个连及2团2营2个连，共4个连，已经冲进庄子里去了，但这庄子共有1000多户，往里发展有很多困难。陈主任告诉我8连苦守400高地（又名安乐山）的情形，该高地的得失，对整个战役胜利有很重要的影响。我当时就写了一个简短的电讯，经他修改后送到纵政去。

夜1时光景，震天撼地一阵巨响，房上的泥土灰尘，没头没脑地掉下来，机枪声立时停止了。我们的爆炸手炸开了圩子，部队继续向里发展。陈主任打电话到各营："一定要好好努力，完全歼灭敌人……"到5时光景，因敌人抵抗相当顽强，我们未能很顺利地发展，纵队命令撤出战斗。这时候，鸡已经啼了。

东方已经发白，我们紧张地集合好，向东行10里路，到王家楼宿营。到那里，太阳从地平线上露出脸来，敌机的嗡嗡声已飞到头上。我们在雾气弥漫中找到了地瓜洞，盖了些土，准备防空。

敌机大清早就开始在战地周围扫射，炸弹的巨响不时传来，房门窗户被震得咯咯作响。吃过早饭，我们就被逼到防空洞中去。我们的防空洞是利用老百姓现成的地窖，里面有两张织布机，及一张大炕床，防扫射是可以的。假使炸弹丢到附近来，这防空洞就会成为我的坟墓。炸弹丢来，希望干脆把我埋到土里去，或者把我化为灰烬。如果断手断脚，半生不死，那就太不幸了。这时飞机几乎就在防空洞顶上扫射。孙干事伸直了腿，睡在炕上说："由它去！"徐德明呼呼入睡。的确，存了"由它去"的思想，心里就平静得多了。今天有 20 多架飞机在头上盘旋，其中 5 个头（机头加 4 个螺旋桨）的飞行堡垒就有 5 架，一丢就是几个炸弹，轰炸声没有停止过。我们庄上被丢了五六个炸弹，弹片和灰尘像雨点般落到防空洞顶上，泥土落到我的头颈里来。孙平往外跑，才跑到路上，2 个炸弹丢到旁边，幸亏没有爆炸。旅长门口也丢下 1 个炸弹，埋有 4 尺深，没有炸开，幸运之至。

下午四面机枪声大作，我们的全面出击开始了，部队散开了，队伍漫山遍野向前涌去。飞机来时，他们靠着坟墩，端起机枪扫射，打下了 4 架 P-51 型机。其余的便飞得很高，速度很快，把炸弹毫无目标地扔下来。

黄昏时，太阳落到山后去了，金光通过彩色的云朵散射了半个天空。出击的部队都回来了。纵队部来了电话："敌人已全部歼灭，46 军军长已被俘……"

这消息，使大家变得那么轻松和兴奋。天黑了，飞机的天下已结束。大家在巷道中穿来穿去，我们去检查前面那几间被炸弹炸倒的房子，人们到处欢呼着胜利。

2 月 25 日

胜利的到来简直出乎意料。前晚我军没有将南白龙攻下，乃将计就计，第二天早晨我们又继续撤出了几个庄子，敌人乃全部从城里出来。我陶师即从南面进城，7、9 等纵队从东北压缩。敌异常动摇，失去了战斗意志，46 军、73 军约 4 万余人，在 2 小时之内为我全部解决。这次胜利，突显我军首长指挥艺术的超越，用（南线）临沂空城换得（北线）歼敌 2 个军加 1 个师。

陈主任告诉我，1 旅在这次战役中付出了极重大的代价，对整个胜利有着决定的作用。1 团守小窟阵地，打垮了敌人 5 次反扑，最后一次因阵地被炮火摧毁殆尽，不得已撤退。伤兵未能退下者，多用手榴弹自杀。这已是光荣的传统。他们在浙东时，有一次被鬼子包围，战至弹尽粮绝，大家宁死不做俘虏，每两个人一对，用刺刀对准肚子，用力一挺，光荣殉国。这些事实说明 1 旅顽强的战斗力。陈主任说："有这种顽强无比的战斗力的部队，带兵的要解决什么问题都容易了。"

到 1 团去采访。那里有个爆破手被敌人俘去，吊了一夜，第二天我军出击时，他夺了一根卡宾枪，迫使敌一个指挥官命令部下放下武器，于是 500 余人举手缴枪。连里一面记他的功，一面要开他的斗争会，因为他把武器交给了敌人，做了俘虏，是军人的耻辱。我另外采访了敌 73 军政治部的中校秘书，他是北平燕京大学的毕业生。他说 19 位同学都参加了革命，自己太落后了，如果人民能宽恕他前半世的罪恶，下半世一定要好好做人。最后他向我表示内心里非常害怕，不知我们是否会杀他。我向他解释之后，他还是将信将疑。

今天令人兴奋的，是我意外地碰到了初中时代的同学——孙爕生君，现在应该称同志了，他比我早来 3 年。还记得幼年时代，我们天天一起游玩读书。他不仅写得一手好文章，而且是一个足球健将，体格很强壮，母亲常常夸奖他，说我不及他……我昨天见到他时的印象也是出乎意外的。他的体格和几年前差不多大小，发育不够。从他的谈吐看来，他仍显得单纯，进步不大。他离家时仅16岁，正处在青春发育期，到苏州后就参加了部队。动荡的部队生活，对这样一个年龄的小孩是不太适合的。以后他又到浙东去，他说在身体上受了内伤，现在还可能害着肺病。到部队后他做的是油印工作，限制了他的发展。从孙燮生我想起了自己的弟弟，等他文化程度有了相当基础后，再来根据地比较合适。

孙燮生的本质是非常好的，他对自己的工作很安心，热情地进行着。他非常愉快地谈起健康的丧失，不计较自己的事。他对自己能参加老1团，觉得是非常荣耀的事，我应该学习他的这些品质。

今天风沙很大，大清早飞机在附近丢了几个炸弹后，就没有来过。当我和燮生到野外散步的时候，尽是满载胜利品的小车行列，民兵们背着大炮弹、背包，发了很多洋财。打扫战场回来的人们，向我们形容情形“一条路沟里填满了敌尸”“要拾什么有什么”……

晚上回旅部，又向东行30里，到韩王许宿营。夜空出现了新月，我徘徊在月下，考虑应该用什么办法来写“无比顽强的战斗力”。

2月26日

莱芜大捷，在65个小时之内，共歼敌5万余人，对我们来说，还是第一次，超过了苏北及鲁南战役的胜利。1纵队在这次战斗中担负了艰苦的任务，在矿山、小窟、400高地、南白龙几次战斗中，使敌人73军193师主力受到挫折，失去了突击力量，所以等友邻部队赶来时，就很容易地在一小时半内解决了战斗。

这次大胜，又一次证明了陈毅军长指挥的正确。当我们知道敌人有突围的企图，1纵就停止攻击，在西边南北拉开。3纵队在北面完成歼灭吐丝口敌人后，回头向南拉开。9纵、7纵等在东边南北拉开，陶纵在南边东西拉开，形成一个棺材形的包围圈，沿路我机枪、大炮一起攻击，把敌人完全窒息在棺材里了。

现在敌人异常震动，放弃了博山的大煤矿以及明水、淄川等大据点，提出“固守济南”的口号，以济南为中心集结兵力。蒋介石亲自飞到济南去安慰王耀武，大概是怕他哭坏了吧！南线敌人也很动摇，兵力正在向后紧缩。最有力地证明了，只要敌人的有生力量被歼灭了，失地是可以收复的。我们放弃南线的一些城镇，在北线收复了同样数量的城镇，又歼敌5万多人，这买卖为什么不值得做一做呢？

今日到3营8连去采访。为了深入，我搬到那里去住，上午参加班排的报功会议，下午参加连部的评功。我和旅政干事孙平同志分工，谈了几个较典型的战士及班长。材料是比较完整的，400高地被敌人炮击400发以上，反扑7次，但8连阵地屹立未动。我准备进一步研究他们能够这样“沉着、顽强、坚决、勇敢”的原因。

该连指导员给我的印象很好，对下级很和气，办事情非常耐心，提意见很虚心。他向我们表示，才当指导员几个月，对政治工作不很懂，要求我们的帮助。

2月27日

立功运动的确比过去的英模运动要推进一步，因为英模仅限于少数骨干，而立功是人人可以立功，可以造成一个推动群众进步的大运动。我在连队中住了两天，深有这样的感觉。由于立功运动的展开，8连伤亡虽然很大，但情绪反而比以前高涨，战士们都不去计较个人的生死问题。他们私下常谈论着“假使我死了，就算革命成功了”“现在我们在山顶上打仗，要迎接大革命高潮的到来，就要每个同志不怕牺牲”。他们那种对党忠心耿耿、坚强不移的革命意志，使我大为感动，我应该好好向他们学习。

下午3时，到团部去参加排以上干部的“庆功宴”，庆祝在莱芜战役中涌现出来的33位功臣。会场门口搭起松门横匾，上书“为民立功”4个大字。入内正中挂党旗及毛主席像，上面4个艺术红字“党的光荣”，四周贴满标语口号，号召要在战场上光荣立功。会场上，置方桌40余张，到会者约300人。会议开始，首先鸣火箭炮、美式机枪致敬。以后旅部曾政委、方副团长讲话，内容多表扬立功者的光荣，以及他们在这次战役中所起的作用。团里杨政委讲的话倒比较确实些，他说：“我们打了胜仗，老百姓欢喜得跳到屋顶上去打锣……人民需要那些勇敢、顽强，能在战场上为他们立功的英雄们。人民鄙视那些懦夫，憎恨那些怕死鬼！同志们，在战场上向敌人屈服，是最可耻的……”他的话大大发扬了部队中的正气。接着由各营派代表报告立功者的英勇事迹，给全体同志一个很好的教育。1 营有一位排长，打退了敌人 7 次反扑，表现了高度的自我牺牲精神，但他并不是按照连长的命令去战斗的，所以记了过，这实例掀起了部队研究战术思想的热潮。在近代化战争中，必须勇上加谋，才能胜利。

晚上 8 时举行宴会，5 个菜，团长举杯向大家祝贺胜利。我不会喝酒，也为热情鼓动，向 8 连的英雄们致敬。桌桌挥拳、唱戏，全堂哄哄然，10 时许散会。

野政转来萍的两封信，信封已烂，看来经过很多人的手了。萍仍和王俟在一起，她现在可能到沂水一带来了。我倒不再像以前那样替她担心了，因为她有了固定的工作岗位，王俟也会照顾她的。

2 月 28 日

8 连的材料明天可以写好。可以分成两种形式写：一种是用文艺通讯写，需要较长的时间；另一种是用数百字写 8 连为什么能守住 400 高地。这对内对外都有意义。友邻部队很重视该高地的守备战，组织了很多参观团到战地去参观。

鲁中大块失地收复之后，群众都非常兴奋。他们组织了慰问团到班里去慰问，组织了秧歌队献演，庄庄有穿得花花绿绿的儿童团姐妹团送猪、鸡等慰劳品，给驻地军队吃，真是万民欢腾了。

今晨回到纵政，原来计划到俘管处采访一下，收集一些材料写莱芜蒋军何以惨败如斯，但俘虏官已解走了，这计划只得作罢！

明日部队要开到胶济线附近去，济南已被围，半月以后，可能发生更大规模的歼灭战。1 纵队争取这半个月时间整训，以后部队战斗力将更加提高。

《前锋报》是一张很小的油印报纸，居然也设有编辑室、通联室等正规组织，人员数十人。据我看来，他们两个人在做着一个人的事情，实在浪费人力。

通联室只有洪林一个人在家，她的工作就是登记一下来稿和发稿。其实这是丁柯一个人可以办的，何必又要多设一个人呢？浪费！后方机关已经减到一个人做两个人的事，前方机关的确应该下令精简一下才好。

午饭后，到庄外去散步。这庄子至少有几百户，大部是瓦房，巷道纵横，走了半天，才走到外面。大家向北走去，闻名全球的泰山已遥遥在望，离此仅 70 余里。我们很可能会经过泰山的。

3月2日

昨晚向北行军 60 里，又自平原到了山区。北方的气候真是太多变了，下午落风沙，两丈以外看不见人物，闷热得连棉袄都不想穿。天黑后，风停息，风平浪静，至半夜又狂刮西北风，接着下起雪来。

今日下午 3 时又继续向北行军，至大昆仑一带宿营。途经和庄及吐丝口等地，该处为歼敌 12 军 77 师的战场。房屋几乎全被烧毁，街道上满是硫磺及尸体的臭气，弹片及没有爆炸的各式炮弹遍地皆是，到处是击毁的碉堡及散乱的鹿寨。可以想见当时这一带是经过一幕非常残酷的战斗的。

当队伍行经博山城时，商店大都打烊了。博山是个工业城市，有大发电厂、石灰厂、玻璃厂，以及全国闻名的淄博煤矿公司。我们进去，电厂仍在发电，街道上灯光通明，老百姓家里都用电灯。该厂电力一直供给到淄川、张店以及铁路沿线的各大煤矿公司，电力很强。城内商店林立，我们参观了好几家酱菜店、书店、印刷公司，都有很西式的玻璃柜台，装置美观。城内有电影院一个、戏院多处，火车站附近有五六层的高大洋楼几座，外表很漂亮，内部都已破烂不堪了。出城后回顾城区，黑暗中闪耀着无数白色灯光，工厂的引擎哗哗响着，我们第一次嗅到一些都市的气息。

博山城形势极为险要。城墙依山而筑，有内外两层，城内有深沟，敌人筑有很强固的工事，极利于守。但敌人不战而逃，可见其惶恐之极了。

3月3日

军部离宿营地仅30里，我决定回去汇报工作，同时了解一下分社近况，狄耳同志要到组织部去，与我同行。

我们沿着公路及铁路走，道旁电线杆沿路前伸，附近山冈及平地上，烟囱耸立。过淄川城时，我们少许逗留。城墙很高大，用水泥涂过。城内多雕花石头牌坊，竖立于街道中央，居民多用电灯。

到大矿地（又名洪山），野政及司令部都住在那一带。

见到了沈定一，一个月的分别，有着很多事情可谈，我们烤着煤火，一直谈到半夜，明天要向戴邦汇报工作。

3月5日

昨晚向邓岗、戴邦汇报工作，谈到一些深入连队采访的经验，他们认为很宝贵。

晚上与沈定一交换意见，他对我提的几点意见非常深刻。（一）我太儿女情长。（二）我已好久没有看书，觉得遗憾。但书是可以补上的，目前伟大的自卫战争的功课错过了，就无法再补上。（三）在工作中应该多体会，处处带着研究态度。

3月6日

早饭后沿着张博铁路到张店去，沿途工事林立，可看出这里已经过无数次反复的战斗。

张店市面未完全恢复，大部商人对北币不敢信仰使用。据说部队初入城时，依币制一折50算，物价非常便宜，牙膏仅50元1支。以后货物越购越少，物价又渐贵。我费500元买了皂匣1个，牙膏1支，香皂1块，还是便宜的。商店均用玻璃柜台，有电器烫发，有电影照相馆，照相馆里所贴的，也尽是些穿短旗袍高跟鞋的摩登女子。糖果店里也可买到巧克力、咖啡，水果店可买到橘子、苹果，只是太昂贵了。

碰到军部文工团的同志，他们要到1纵去演出，遂与他们一道，至傅家庄纵队所在地时，已有八九时光景。无法找报社了，就在老百姓家歇下。

3月8日

昨天到1团找鲁山同志，了解最近工作情况。他们在搞3连的典型材料。旅政的五大干事、纵政的科长以及前锋报社的记者们，都在那里搞，搞得确很深入仔细，但时间上慢了些。

今天到2团去，准备在那里采访。

目前部队开始半个月的休整，政治重于军事，上课出操都很紧张，连队里成天是“1、2、3、4”的口号声，战士们的卧室都布置得非常整洁，情绪很好。

3月10日

今日到旅政去，将经审查过的稿件寄出。昨日写的关于2月27日2团庆功宴的报道也寄出，这篇报道很重要，但也许写得长了些。

下午突然发烧，呼吸急促，四肢酸软，在旅部躺了半天，晚上仍回团部，入睡后即昏迷不省人事，未知是何疾病。

3月11日

早晨起来头痛乏力，肺部不舒展，眼花，今日打算休息。

3月13日

昨日病得不能再支撑了，回旅部暂住。老百姓帮我找了间房子，搭了床铺，下午便昏昏沉沉睡倒了。起来小便时，脚力软弱得很，像生过大病一样。房东老奶奶待人很好，我醒来时，她那脱了牙齿的嘴噜噜地告诉我，已替我盖了两次衣服，还想把她的被子也给我盖上。她看我几顿未吃饭，到晚上送了一碗豆腐糊涂。

下午觉得有呕吐似的难过，吐了些酸水出来。2点钟拖着柔弱的身体，去参加旅直举行的庆功茶话会。会场门口用松门搭成，上写“立功门”三个大字。礼堂里悬灯结彩，四周布置得富丽堂皇，远较前次2团布置为好，各单位立功者均用锣鼓吹打送到会场上来。全体围绕着一列长桌，漫谈立功经验。桌上设花瓶和茶点。5时许，举行宴会。曾如清政委站起来高举酒杯向全体敬酒。在军乐庄重的、高昂的节奏中，全体起立唱《干杯》，继而各单位代表纷纷起立敬酒。全体起立者再，军乐声久久不息。我原想以记者资格起立敬酒，但曾政委先来桌上敬酒。因系首长来，只好多喝些。喝后头晕，身体又不好，不敢再尝试敬酒事了，晚上直属队演戏助兴。

我写了报道给《前锋报》。

3月14日

今日起床热度退尽，明日可下连去工作。

萍的信还未寄出，我把曾政委那里得来的一些战局问题，整理了四页给她，估计至少半个月才能收到。晚上纵队文工团献演《白毛女》，这是一出在全纵队很吃香的剧本，很多战士被感动得哭出来，我决定去看一下。

3月15日

《白毛女》名不虚传，不论道具、灯光、场景、化妆及演技各方面，都颇具特色，是我到解放区所看到的一台最出色的舞台剧。

《白毛女》系一歌剧，写北方某地，穷苦农民遭受封建恶霸迫害的情形。情节极动人，我无数次眼泪夺眶而出。不知是由于阶级的愤怒还是同情，毛主席看此戏时，看到剧中唱“旧社会把人变成鬼，新社会把鬼变成人”两句，也被感动得流出眼泪。很多战士甚至在谈论白毛女时，都要哭出来。另外，音乐协调，他们用小提琴、大提琴及手风琴等和起来，声音和谐悦耳。效果如雷雨、枪声、人声都和得很好。

今天洗澡，把几个月的积垢一扫而光，精神就振作起来，再无病的感觉了。

戴邦来1纵一支社参加他们的工作总结会议，回旅政时天已黑了。

3月16日

近日来，气候很暖和，南风送爽，麦田发绿，春的气息已经可以嗅到了。早晚虽然冷，但不像冬天那样冷得使人畏缩了。

我们现在驻扎的地方是靠在渤海区的边境上，是肥沃的沙土地带。群众生活水准较高，他们吃小米大秫秫等，家家烧煤炉，大部穿新衣服，很端正。女子不及山区的封建，缠小脚者较少。房屋高大宽敞，窗户洞开。部队到庄上去尽可以住得开，大家对这里的印象不错。

下午赶到纵政一支社去参加他们的工作总结会议，听他们的汇报，好处不少，在工作上要多向人学习。

3月17日

早饭后开始会议。先由鲁山同志报告在1团1营所做的典型采访，他们在深入连队方面有很多体会。他说过去往往走马看花地收集一些表面现象，所以写出的东西，不见血肉。今后必须深入连队，和多种多样的人物谈话，善于发问，善于启发，多体会人物个性、战士的语汇。徐德明反映个人的思想状况，对我帮助很大。他原有一举惊人的想法，使他专门收集一些富有戏剧味的材料，结果连一篇新闻也没有写出来，时间和精力均浪费。

戴邦发言，对记者采访重点做综合结论。记者的任务是对外宣传，对内教育，以及作为政治工作者反映各种情况。采访今后应该多写新闻。所谓新闻就是为人所要知道的事情，我们不可能把所有的东西都报道，必须有重点地报道。为了找重点，需要我们有高度的政治敏感和个人的经验、生活体会常识、政治修养。另外我们写的东西，要以对人民、对读者负责的态度，保证绝对真实。

在最近工作中，我感觉记者必须非常注意个人作风，言论必须客观，不说无根据的话，无把握不要轻下断语。这方面我应该向沈定一学习，他说话极有分寸而郑重，而我说话就常带肯定的语气。今后言行处处要留意自己的立场观点，以及自己的思想方法，另外我对工作的积极性，还未达到旺盛的程度。今天我能以一个新闻工作者的资格站在自卫战争的最前线，是一件极光荣愉快的事，可以使我在战争中在炮火下锻炼得坚强。平时可以说大话，而战争才真正地考验一个人的品质。今天我既然已站在新闻工作的岗位上，就应该充分运用这个武器，去为争取自卫战的胜利而尽力。

3月18日

与戴邦拉呱。他说将来转入外线作战时，我们这些人去哪里呢？大家是一定不会再在一起的了。的确，现在局势变化千万，明天的事，今天难预料，只要坚定自己一切献给战争的心理，那么个人的利害得失，个人将来的一切遭遇，就不去计较了。我们又谈起了记者的组织生活问题，记者和其他工作不同的地方，是他接触宽广和个人生活自由，经常出发在外，所以记者除了必须加强其业务修养及丰富其社会知识外，必须紧紧掌握自己的思想。一旦放松，自由主义和个人英雄主义就会大大发展，使自己都掌握不住自己。的确，如果反省我半年来的生活和工作，自由主义是得到了发展的。今后应该特别注意，一是到了工作位置后，就应该“就”人家的“范”，多尊重人家的意见。另一个是对党无限忠诚坦白，回来后要开严格的小组会，检讨自己的思想状况。

上午听纵政汤主任政治报告，传达中央的新指示——目前形势任务及克服不良倾向。中央原来说歼敌 80 个旅时，我们就可以转入外线作战。但莱芜战役后，敌人开始觉醒到我们力量的雄伟，把全部在后方的兵力（只留 12 个整编师在极广大的地区里）投到前线上来。所以我们要歼敌到 100 —120 个旅的时候，才可全部顺利转入外线（国统区）作战。1 年之内，还要在内线（老根据地）作战。另外，我们要大力开展蒋占区的游击战争，在全国范围内建立广泛的统一战线，争取最大多数人民来打倒蒋介石。我们在内部是公开打倒蒋介石，但在敌人还没有用“剿匪”名词的时候，我们对外也不用“打倒”的口气。目前我们首要的任务，是集中一切力量争取自卫战的胜利。因此每个人的思想、生活，必须适合于战争情况，要有自我牺牲、旺盛的工作热情，一切为了战争。放下一切思想包袱，全力争取胜利。战争要我到哪里，就到哪里；战争要我怎样，就怎样。这是最坚强的战争观念……在解放区另外两个极重要的任务是土地改革和生产节约，渡过当前难关。克服倾向中，中央特别强调提出 3 点：军民关系、山头主义及盲目的自骄自傲。今天我们所以能不断胜利，主要的因素是得到了人民的拥护帮助，人民支前数字，是惊人的，说明今天的战争是全民全力的战争。我们为人民而战，但很多同志又破坏群众纪律，这就完全否定了自己牺牲流血的光荣。所以今后要严格军民关系，干部切实负责，觉醒自己的人民本质。完善的军民关系，对于将来转入外线作战时更为重要。我们在战争中消灭了敌人 60 多个旅，但我们能不能将所得来的武器装备一个新的旅呢？不能！武器去哪里了呢？大部都被打埋伏或破坏了。莱芜战役结束后，枪声还响了三四天，浪费的子弹在 20 万发以上，不懂得以战养战的原则。在兵团作战中，胜利是大家得来的，不是由于哪个人的神通广大，所以山头主义及骄傲是毫无根据的。

戴邦一走，我又少了一个熟悉的人，空虚起来。戴邦的待人接物、艰苦作风、活泼的生活态度，的确是使人易于接近，他应该成为我学习的标帜。

3 月 19 日

昨日汤主任的报告，以及近来阅读《个性与党性》，对我有着很多新的启示。我们现在是处在伟大过程中，革命是大公无私的，只要一切为着他的胜利，一切贡献给他，他就会赐予你进步。假使自己背上了什么包袱，那就会可怕地落伍。我应该好好检查自己的思想，使自己轻松愉快地走在伟大自卫战争的行列中，得到最大的进步。

立功运动已在各个角落里蓬勃开展。新华社虽还没有颁布立功条例，但我在工作中必须建立立功的观念，牺牲个人一切，完全贡献在工作中，为人民立功。

清晨打开日记本，看着萍在卷首上给我题着的字，以及她的照片，又看了她的几封信。我不安起来，惭愧自己对她有什么帮助呢，假使战争要长期分离我们，甚至要牺牲我们中间的一个，使我们永远不能再见面，我们也应该毫无抱怨地去做。我是痴心爱萍的，但战争比萍更重要。今后我可能到很远的地方去，离得她很远、很长时间，这也是一种伟大的牺牲。只要有了战争的胜利，我和她也会胜利地在一起的。

3 月 20 日

纵队部将于 27 日举行“庆功祝捷，保卫延安，保卫毛主席大会”，凡立小功以上者均参加，估计连陪功人员在内，当在千人以上。前线分社又增加张记者、朱民同志及山东画报社摄影记者郝世保同志来此协助大会采访事宜。野政决定以 1 纵作为重点，突出鲁中战役全貌。《大众日报》将出社论《向 1 纵队贺功》，其他各纵队也将来贺电。分社要求我们除大会的通讯、速写外，还要 3 —5 个典型报道，以及 1 纵队在 8 个月自卫战争中壮大起来的材料。今天开了一下午的会议，研究组织报道问题。这次连支社在内，集中了十来个记者的力量，我们的工作方法是“分工深入，协同动作”，在大会之前先把典型材料写出来，29 日可向外发电，我负责将 2 团 8 连的材料重新写得更好些。

会后我们到大会筹备处参观，立功连队的大绸奖旗，部分已做好。8连的旗上写着："屹立在400高地，打垮敌人7次冲锋"。群众送来的红绿慰问袋已有数百个，用彩绸剪制的大红花，已用去北币5万元，收到的牛奶等慰劳品已堆满屋子……大会的隆重由此可见。支社记者今日评功，我亦参加。史强同志因在火线采访不避危险，立小功1次。徐德明同志因工作任劳任怨立功1次。我的立功问题将由支社报上去，今后工作中应加强努力，争取立功。

3月21日

昨夜和朱民同志谈到深夜始眠，对如何写作1团1连及2团8连的战斗，研究很仔细。

这几天参加一支社会议，得益确实不少。虽然一张很小的部队报纸，办好也确不是容易的事。编辑和采访的互相联络问题，对我帮助最大。另外，还给我一个极严重的教训，我们的采访活动应该从读者的眼光、人民及战士的立场来着手。多想想他们要哪些东西，我写的东西对他们是否有益，不能单从个人兴趣出发。

早饭后和张永同志到2团8连去，与1排长陆贵元及2班长金玉水等详谈400高地守备经过。我的材料更加完备了。

晚上与张永到方副团长处，他曾答应给我一支手枪，明天下午可给我。

这一带特务很多，有个侦察兵骑马被打死了。昨晚纵队驻地也发生特务从窗外向我干部打枪事，今后单独出外要小心。

3月22日

早饭后，到方副团长处。他将8连的战斗故事详细讲给我听，的确很生动。整个下午我整理材料，因为太丰富了，所以，在写作上感觉困难。作为新闻记者，文字的美丽倒是次要的问题，主要是材料的取舍问题。

延安已放弃，假使半年前放弃的话，对人心可能会有震动，又要政工人员费大力气来解释。经过半年自卫战争，人们已摸熟了运动战的规律。所以首府虽为敌人占领，连认识水平很差的人也觉得平淡。只感觉大的歼灭敌人的胜利，不久将自陕北传来。

“中央社”不再像临沂放弃时那样狂妄吹嘘了（它说共军15个旅被歼，但莱芜胜利，叫它自打自己的嘴巴）。它说“国军”已进占延安，未与共军主力接触，估计大战将于日内发生。这倒是实话，它虽然知道大战将发生，却无法肯定大战的胜负，虽然知道大危将至，也不能使它更聪明些来避免危险了。“中央社”竟然说起实话，足以表示它背负上了“延安”这个大包袱后的苦恼吧。

3月23日

8连的材料我把它写成了2000字的通讯，全文不够紧凑，又不适合于发电，今天集中心思修改了半天。

下午到8连去收集延安放弃后的反映，连莱芜新解放战士（俘虏补入）也认识这是战略上的转移，使我军能掌握胜利条件。他们相信我们把延安送给蒋介石后，是要收回价钱的。

要做一个敏感的新闻记者，确是不容易的。他须有独立研究精神。譬如，延安放弃后，不要等人告诉你，你便应该去收集反映，做有力之呼应。又如目前部队控诉运动中，要善于发现问题，做突破研究，以推动工作。

我应该学得更敏感一些！

3月25日

住在8连，帮助他们搞战士思想教育工作，的确比走马看花有意义得多。

半个月整训，首先是一个星期军事训练，练刺枪、瞄准及班的进攻和防御。旅部办了连排级干部研究战术的干校，团部抽调各连积极分子及新解放战士受训。可以看出，部队比以前更加整齐，战斗力更强大了。

军训停止，展开了以新解放战士为主的政治教育，开展控蒋诉苦运动，很多新解放战士在回忆过去痛苦时竟哭了出来。在老战士影响下，他们初步有了阶级觉悟，人民的本质开始被唤醒了。

连队里绝大部分都是新成分了，老战士能占1/3已算是多的了。老战士都很坚定、顽强，他们有着丰富的作战经验，我与他们接触，愈发觉得他们的可爱与可贵。

每次战斗中，总是班长积极分子等老成分伤亡最大。今后，为减少老成分的损失，应该重视骨干与群众结合的问题。

3月26日

连队工作是最复杂和繁重的，在班长汇报中，发现了形形色色的战士思想。在战士反省中，发现十有八九都曾经想过开小差。要纠正这些思想与巩固部队，靠说教没有用，必须多用头脑思考。能把连队工作彻底做好，这个人的能力就算不错了。

张永告纵队庆功大会已延至29日，不要回去。我原也不想回去，因为对连队工作发生了很大兴趣。虽然还没有什么名堂可写，但我和战士们有了深厚的感情，要进一步去熟悉他们。

天气渐暖，已不用穿大衣了。北方春天，风沙很大，没有口罩，会刮得满口是灰沙。

3月27日

方副团长昨夜打电话给我，叫我快去拿手枪。他做事情的确很认真，我倒有些不好意思起来。

诉苦控蒋运动已转入热潮，当新战士具有初步的阶级觉悟后，便感觉到共产党队伍里来，像回到自己的老家一样，什么话都可以向兄弟们讲。他们反省了开小差思想，并将隐藏着的（原蒋军）符号臂章及法币等交出来，认为这些东西都是迷魂符，留着会拿不定主意。

我整天参加各班讨论会，听取各种汇报。有一个新战士反省出庄上女特务勾引逃跑的事，我们就布置这战士去工作，女特务昨晚给他换衣服开小差。等衣服拿到手就有证据了。明晚上要加以逮捕，可能追踪着破获一些特务机关。

3月28日

敌大型运输机在头上来往异常频繁，有运兵往济南之可能。敌人已占蒙阴，可能即将策动新的攻势，估计新的战斗又快到来了。

叶飞司令指出，整训中三分军事、七分政治，改造新战士的工作完成了，就等于打了个大胜仗。今后将有大量的解放战士补充进来。所以这工作是重要而艰苦的。

下午我回纵队部去，商讨明天庆功大会的报道问题。

3月29日

今日举行（1纵）全纵队庆功大会，早饭后即与丁柯、鲁山等到宋家庄会场，讨论大会报道计划。

记者组有9人，我们用分工协同进行工作，一天是极紧张的，一直忙到半夜3点钟。

1纵队的庆功大会是华东的创举，到了宿北以后3次战役的立功人员800人，陪功人员300人，来宾数百人，宰牛8头、鸡千余只，有方桌数百张，盛况由此可见。

大会工作人员有百余人，忙碌已半月，设有秘书处、宣传处、招待处、登记处。1纵队究竟是洋包子（城市知识分子多）部队，所以工作做得很细致、有次序，把这样一个千余人的大会指挥得秩序井然，我的确学到了一些工作方法。

大会场上贴了数百张美术标语，及过去几次战役的照片，数百面红绿绸质奖旗，有其他纵队送来的，有纵队送给各立功单位的。

庄子四周都扎有松门，上写“庆功门”，两旁是“进门来满面光彩，回队去再立大功”。另有耀南县的秧歌队跳跃在会场上，军乐队奏着《双鹰进行曲》，电影师、摄影记者忙着摄取各种生动热闹的镜头。

耀南县府一位同志告诉我，在莱芜战役胜利的鼓舞下，群众支前情绪大为提高，两个区即有 4000 人参军，某庄子 140 户中原有 70 户抗属，现在又有 28 户参军，这种支前热情对部队士气有很大的鼓励。在油印快报上，这消息到处传播着。

晚会时，叶飞司令向全体敬酒，全体起立干杯，军乐又奏起雄壮的进行曲。

天黑时，大会正式开幕。全体肃立，5 门迫击炮鸣炮 10 响示敬。接着是首长报告，及立功者典型报告、颁奖等。首长报告以叶司令最好，讲得简单有力有条理，以 3 个典型例子说明了战术问题，及忘我工作的共产党员品质。最后他号召功臣带功，一个带一个，则在下次战役中就可有 1600 人立功，那么在我们面前没有不被打倒的敌人。典型报告以一连指导员为最好，他态度很沉着，这样的指导员是少有的。

最后由文工团献演歌舞节目，舞台布置极富丽。1 纵队文工团人皆誉为（华东）文工团之冠军，确实名不虚传。

会毕已是夜间 1 时，我当夜整理稿件，明日上午用电报发分社。

3 月 30 日

我们关于庆功大会的报道，有几万字。用电报发的约万余字，大部登载于《前锋报》（1 纵报纸）上。

方副团长的枪已送来，大概参谋处捣鬼，这枪不怎么好用。暂且用着再说，打胜仗时，再想法调换。

戴邦来信，叫我明日回去。

3月31日

早饭后，辞别了鲁山、丁柯等同志，回分社。我绕道张店，以仅剩的500元钱买了2支牙膏、1块香皂、1支牙刷，准备送给萍用，因她信上说日用品都要自给，很困难。

回分社，已近傍晚，大雨倾盆而下，大衣淋湿了。戴邦、定一很关心我，戴邦帮我找房子，叫小吴将公家发的牙刷、毛巾、牛奶（慰劳品）及瓷碗等领给我，又发了津贴及烟费，我确是感到了温暖，这样好的上级是难得碰到的。

我连夜写信并准备送萍一套“春季日用品”。公家困难，由我这个私家来供给她吧！

编 注

新中国拍摄的第一部战争片是《南征北战》，“北战”讲的即莱芜战役。

宿北、鲁南两役虽胜，尚未从根本上改变华东战场敌强我弱的态势，1947年1月底，国民党军以攻占华东解放区首府临沂为目标，实施南北对进。南线8个军（整编师）25万余人，密集队形，紧紧靠拢，缓慢推进。北线由第二绥靖区副司令李仙洲指挥3个军（整编师）驻莱芜、新泰一线，压迫华东野战军侧背。

陈毅、粟裕根据战场态势，大胆提出转兵北线先打弱敌李仙洲的设想，中央军委批准。华东十几万大军即星夜飞兵疾驰莱芜，仅留少数部队在临沂一线节节阻击，制造主力仍在南线的假象。

国民党从统帅部到前线各级，懵懂昏呆，竟无人能够辨识陈、粟用兵意图。这个仗在双方谋划阶段，胜负就已然注定了。获得胜利还要靠执行力，为躲避敌机侦察，十几万部队北上全是夜行军。月下，铁流滚滚；日出，悄然无息。行动初期高度保密，官兵皆不知战场在哪里，父亲也是快到莱芜才明白了战役企图。

1 纵先到先打，防止李仙洲向济南撤退。1 师打得尤为艰苦、顽强。父亲在战斗激烈时到了 1 师的师、团指挥所，直接体会战争场面，完成发新闻任务，也锻炼了战场采写能力。

李仙洲已意识到正在被包围。他的部队并非不能打，但上面的瞎指挥让他进退维谷，部署乱套，撤守彷徨间被迅速全歼于道途野外。莱芜战役 3 昼夜毙伤俘敌 5.6 万余人。敌第二绥靖区司令王耀武在济南哀叹：“就是放 5 万头猪在那里，叫共军抓，三天也抓不完呀！”“北战”既胜，华东野战军得以聚精会神、从容不迫对付南敌。1992 年我为写报告文学《8 · 23

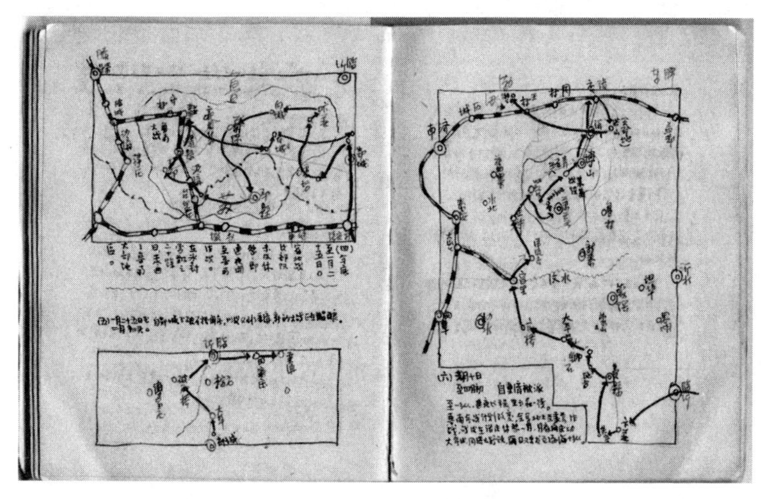

沈如峰手绘的行军路线图

莱芜战役中的华东野战军战士　　图片提供：张庆民 /FOTOE

炮击金门》采访叶飞将军，回来对父亲谈起。父亲说："哦，你见了叶飞了？"我说："是，你认识他吗？"父亲说："打莱芜战役时我被派到 1 纵，叶飞是司令，见过，他在庆功会上讲话讲得好！"

回想起来有些奇怪：父亲为啥对自己的战斗经历从来不提？我还奇怪我自己：为何就不问问父亲战争时都在干啥呢？

为写金门、厦门、西藏往事，我曾采访过数百位亲历者、老前辈。我对他们的战争过往、战斗情节和心得感想都烂熟于心了，而最不熟悉的战争见证人，却是自己的父亲。

万幸，父亲留下了日记。

4月2日

回分社后，开了半天的会议，分社又突然决定我到10纵去工作。昨天下午就忙转组织关系，从支部到总分支到直属政治部的总支，再到野政组织部拿到正式介绍信，来回走了18里路。

很遗憾，这次由于参加1纵队的庆功会，未能及早回野政

莱芜战役后，立功者通过庆功门　　图片提供：俄国庆/FOTOE

参加宣教会议。宣教会议将自卫战争8个月来的经验做了系统总结，新闻工作是做得最有成绩的，现在更规定为宣传工作中最主要的一部分。

分社的组织有了调整，内部已不分采访部与编辑部。几位负责同志分工对各支社的领导，对该支社负通、编全责，这办法很好。另外为了加强军事宣传，野政决定加强支社。分社除留两个记者，其余均充实到支社中工作，但还是属于分社的领导。我将在十支社任广播编辑[①]，负责对全国范围内的宣传。

晚上向戴邦汇报这一时期的工作。他认为我的工作是有成就的，但也表示我对上级汇报部队状况则嫌不够。他讲了很多军事宣传应掌握的原则和分寸、运用策略的方法。当一个新闻工作者，必须有慎重的态度和政治修养，然后才能正确地看问题、正确地报道，新闻记者还要具有特殊的朴实作风，不流于俗气。

戴邦的谈话对我帮助很大，就寝后，还在床上再三回味。一个上级的话，能那样深刻地映入脑海中，还是第一次。戴邦是我最衷心钦服的一个上级，他既领导着我，又教育着我。

给萍的信来不及写完就寄出了，在工作的时候，我思念萍没有以前多了，这是我情感上一个显著的进步。但在我写信时，我很想念她，仿佛她就坐在我旁边。

4月4日

沈定一不论自己水平如何，入党将会把自己的历史带上一

① 广播编辑，即给予授权可用新华社电台发稿的编辑。

个新的阶段，这次我又向他提醒，并把方副团长给我的手枪转送给他，作为临别的鼓励。

我和10纵宣传部陈部长、支社吴江、新华书店牟天、《大众日报》副刊编辑苏远等，于昨日离开野政，经淄川城向西北走，到明水以北之相公庄。

共走了2天，约一百余里。

这一路特务活动很甚，天黑时，常有打黑枪的特务出现在冷僻的地方。昨天我们原打算在普集住下，碰到10纵队的同志劝我们不要住，这集上特务特别多，有好几个同志被打死了。我们忍着疲劳又走了十余里，到有部队的庄上住下。

吴江，10纵新华支社社长，新中国成立后曾任中国新闻社副社长

萧望东，10纵政治部主任、副政委，后10兵团政治部主任，新中国成立后曾任南京军区、济南军区政委，国务院文化部代部长

10纵政治部主任是萧望东同志，原在淮南地区任政委，他对报纸工作特别关心，我们见他，他请了我们一桌丰肴的客饭。

4月6日

10纵队成立不久，原是渤海军区的主力兵团，最近才上升为野战军。内部尚未整编好，干部缺少甚多。

南线敌人分成3个集团。津浦线集团由王敬久指挥；沂水集团由汤恩伯指挥，已进抵费县、蒙阴附近；运河线集团由李默庵指挥。这3个集团想策动新攻势，蠢蠢欲动。除7纵、10纵以外，其他纵队已南下歼敌。战斗约在10号以后可以打响，首先汤恩伯这位常败将军所部，就要遭到歼灭的厄运。

我实际上已是军籍人员，在战争胜利前，将在部队中工作。今后见到王萍的机会很少。我又写了封信给她，希望她不要过分担忧我的牺牲问题。

4月8日

昨日把给萍的牙膏、牙刷、鱼肝油等五六样日用品用布包好寄出，也许能帮助她解决些生活上的困难。我离她这样远，实在没有更好的办法去关心她。

我们工作还未正式开始。今日召开了各团的报道员会议，了解过去10纵的报纸工作及通讯网状况。这里每个团每月经常有300篇以上来稿，我们以为10纵是山东部队，文化程度低。但恰相反，战士写稿的数量，远较其他纵队为多，干部对办报的热心，也较其他纵队为好，增加了我们到这里办报、办新华

周迅与夫人季亚萍。周迅，10 纵新华支社记者，新中国成立后曾任福州警备区副政委。离休后骑自行车游历全国，我国知名的骑行界先行者

社的热情及信心。我发言，把 1 纵队的经验介绍参考，一个是建立通讯组的经验，一个是报纸如何配合中心工作开展。

渤海分社又派来两个记者——黄平和周迅，电台也带来了。电台未与分社联系上，大概他们正在南下行军中。

我寄萍本子一个，在首页上写着："在伟大神圣的自卫战争中，愿你更迅速、更精确地完成工作，更切实、更夜以继日地去学习进取，不断提高，以迎接大革命形势的到来。这小本子将作为你的学习和工作的工具。"这些话也值得勉励自己。在自卫战争中，一切东西都是新的，一切都得去钻研学习，然后才能进步，才能不落于形势之后。

4 月 10 日

10 纵队各部门尚在调整之中，还未上轨道。同志之间相处得很好，感情融洽，大家的作风好。我们都很朴实诚挚，吴江（支社领导）是华侨，1933 年在新加坡参加共产主义青年团，1943 年回国到延安以后到华中。他为人热情爽直，爱讲笑话，

说话时配合着很多适当的手势。苏远在延安《解放日报》工作过，以后到《大众日报》编副刊。牟天爱与人抬杠，但人家对他的刺激从不记在心里。黄平是南京人，中央大学学生，这人很平和。其他多系山东同志，虽然有的是土包子，但觉得比计较私利的洋包子可爱些。

陈部长（10纵队宣教部部长）是从8师调来的，作风很朴实，易与人接近。在路上，他自己睡地下，床让民伕住，和有些人一定要单独找房子、找床才高兴的作风大不相同。他对下级很关心，谈问题采取商讨的态度，绝不自以为是下结论。

宋时轮（前左一） 图片提供：吴雍/FOTOE

有这些上级和同事，我的工作情绪很好。

10纵队还带有地方性，宋时轮当司令，不久可能有转变。

今日研究工作，目前是建立家务及整理通讯网，突击材料出版（纵队报）创刊号，讨论很热烈。我明日将至29师，任务有三：一是了解该师状况，便于今后联系；二是请首长写稿；

三是采访一些战争动员的经验向分社通报。电台整天未能与分社联系上。

4月11日

大清早，陈部长叫我们开会，讨论怎样写建立纵队报纸的决定。陈部长感觉不论条件如何困难，报社及新华社必须立即开始工作。在工作中才能考验计划是否行得通，再加以改进。

早饭后我和周迅到29师。李科长是广东人，曾在上海七八年，所以谈话的资料多。我在闲谈之中，逐渐了解了我所要的东西，这比一本正经地询问好得多，既可避去人家的麻烦，又可增加双方的感情。午饭后，到丁主任处漫谈报纸工作问题。我建议他在今后各种军政会议中，号召并指定各级干部写稿，他很爽直地答应了。这里首长的作风给我很好的印象。

10纵队是由（地方）军区主力上升为野战军的部队，一般战士害怕机动，害怕脱离家乡。刚过铁路就有大批逃亡者，但回到铁路北时，从未见过逃亡。目前部队中心是针对这一情况进行教育，再贯彻立功运动及战斗准备。

晚上用收音机收听延安及邯郸的新闻报告。西北战场又歼敌六百，山西歼敌一万八千，俘旅团长数人。我们简直天天盼望着数目的增加，加到120个旅时，我们就可以到外线去作战了。

南线蒙阴、费县间的战斗快打响了！我盼望着捷报快些传来，但内心很遗憾，少参加了一次伟大的战役。

4月12日

早饭后，到86团和温政委先谈，即到2营去研究部队的思想状况及巩固工作。

石教导员很耐心地给我说明了情况。他们在巩固部队方面，首先从反谣追谣出发，解决战士思想中的疑虑问题，结果整整四天没有一个人逃亡。

这一带特务的确可以用“如毛”二字形容之。他们除了造谣破坏打黑枪暗算干部外，还利用“破鞋”女人勾引逃跑。最近破获一个女教员勾引逃亡，打到部队中来的内奸也有发现。所以反谣追谣，达到巩固部队，已成为目前工作的中心一环。

2 营在反谣以前，逃亡 25 名左右，白天也发生。在反谣中破获内奸及组织逃跑者 6 人。反谣以前群众盛传“国军快来啦”“北海票不值钱”，拒绝使用北币。在开群众大会后，群众都拒绝使用法币了。

工作体会是：战士的思想状况变得很快，必须随时随地了解和估计他们的思想变化，及时对症下药，解释教育，这是巩固部队的首要关键。单纯注意典型班排的管理方式是不够的。4 连一向是团结友爱的模范，为什么一下子四五个人逃亡呢？说明干部及党员要洞悉内部的思想状况，不从本身领导方法检讨，而只怪战士落后、俘虏成分太多，对部队逃亡现象并不能得到转变。

晚饭黄营长添了几个菜，他年纪很大，这样的老营长在其他部队中已少见。

晚上仍回团部宿夜，在荧荧灯光下写稿件，另外又叫他们整理了一篇 8 连立功运动的经验。写了一封信给吴江同志，将 86 团各种情况综合报告，又对报纸提了些意见。

就寝时，已是“子夜”时分了。

4月13日

早晨到野外散步，行四肢运动。

这里向北是渤海大平原，南边是层层叠叠的鲁中山区。雾气荡漾在田野上、山脉间。高山泉水淌到平原的河流中去，杨柳长出了芽叶。麦子已有一尺高了，精神勃勃地梗直了茎子，田野间铺上了一片可爱的嫩绿。

1944年，也是这个时候，我离开上海，开始了新的斗争生活，亲历着大时代的各种急变，见识确实不少。看现在的我与那时的我已经变得生疏了。在根据地几年，我一直处在紧张的工作斗争中。尤其在自卫战争发生后，我一直在斗争的最前线上，没有苟安过一天，也曾为辛苦生过急性症，吐过血。而就在这些磨折中，我发现自己比以前、比淮北中学时代坚强了。因此我并不觉得艰苦，我很愉快！

在我个人生活上一件极重大幸福的事，是有了萍对我的诚实可靠的爱，她用温暖的爱情鼓励着我前进……

我并不沉溺于回想，相反的，自己处在战斗的最前线上，这种回想对我是有益的。过去，浪费的光阴还是太多，进步和时间不成为正比。从回想中更激发了我对今后的警惕和进取心：在伟大的自卫战争中，把自己锤炼得更出色些，全心全意为党工作，不使萍的爱失望——爱着一个不进步的人！

早饭后，把行李搬到2营，准备住几天，帮助连队的工作，深入基层，也多体会一些东西。

报社工作人员太少了，支社电台的译电员就不够。吴江同志向宋时轮司令去交涉，希望野战军总部能派几个人来。宋司令说，总部的电报员，大部是女的，10纵队是土部队，很多老干部未结婚，来了女的，易出问题，所以到野总交涉也不是办法。

渤海解放区最大特色是“特务如毛”。去年有 2000 干部（包括地委宣传部长、县委书记）被害，特务被破获者约 10000 人，尚有 10000 有组织的武装特务潜伏。建大女生李光同志（上海人）到村中工作，被特务于深夜害死，惠民县城开盛大追悼会，晚间出入要警惕。

4 月 14 日

昨晚上搬到 5 连去住。他们不允许我单独住一间房子，因为我没有武器，怕遭特务的暗算。在驻有战斗部队的地方，尚且不能一人单住，可见特务猖獗。曾经发生特务暗杀我团政委，在地方上暗杀干部及进步分子。本庄上曾捕获莱芜战役中逃出来的敌团长，其人暗藏在家。这一带是两面地区，基本群众少，大部没有发动，地方政权未建立，保甲长还是旧的……为此上级已通知严密防特反特。

萍一度要往渤海来，他们对这里情况显然不了解。像农业试验所之类没有武装的机关到这里，并不安全。他们还常常要单独出发到村里工作。我的意见，希望萍不来。

5 连 2 排的逃亡现象很严重。今天我大部精力研究逃亡的原因，从战士的反应来检查领导。

我从 5 连感觉，这个部队在军事方面未经历过运动战，对近代化的战术缺少研究。兵力方面，一个连只有 100 人（应该为 187 人）。

火力只有 6 挺（应该为 9 挺）轻机枪。政治工作方面，立功运动还未蓬勃开展。从他们站队等各种动作上看，还未能显出主力的精神来。当宣布升级为机动野战主力，下级干部怕走远路，战士怕爬山（从未上过山），发生家庭观念……但这部队经过两三次大战役锻炼后，一定会逐渐坚强的。

4月15日

整有一个半月没有战斗了。现在不但战士们要求战斗，连我也盼望着战斗快来。

5连4班的战士们写了一封决心书，要求上级快命令部队出发，否则他们定的立功计划就无法实现了。

这种旺盛的士气同样表现在日常生活及行动中。天还未亮，跑步的口号声就把我叫醒了。有空时帮助群众春耕，学习时紧张讨论。他们艰苦忍耐的作风比新四军好，生活比新四军苦。战士吃小米饭，菜金40元，不久可能与野战军同等待遇了。

下午连部召开群众大会，只到了十来个妇女。群众都忙于春耕，几乎9/10都下湖去了。我到庄外，田野里尽是忙碌着的农民，但牛及耕具均缺少，这是敌伪蒋长期统治的结果。

群众都参加了长期担架队及轮战营，半年一期。参军运动不断展开，一般庄上男子已很缺少，这种支援前线的伟大场面是很感人的。补救的方法，是动员妇女起来生产，生产运动已涌现了很多女英雄。

4月17日

近来天气闷热得很，甚不爽快，今日把棉袄拆了，改成夹袄。

今晚要行动，部队集合时，我仔细观察了他们的武器，每连约 6 挺轻机枪，武器大部系三八式。火力是不及 1 纵队强的，只能算华东野战军中的二等部队。战士大部系新参军战士，故部队逃亡较严重。

4 月 18 日

昨日行军 45 里，至文祖以西地区。20 里是平原地，25 里是小山地。风沙太大，双目充塞泥沙，张不开来，今日眼很疼。

4 月 19 日

昨夜继续向南行军 60 里。途中翻过一个很陡峭的山岭，上去容易，下来时因斜面过大，石头又滑，简直一步步摸下去。有个战士跌下去伤了，连话也讲不出来。天老爷也不帮忙，狂风刮得满天鸟绝，道路漆黑一团，分不清楚。而飞沙走石，眼睛又不能张大了仔细看，这一段路走得实在痛苦。

我们连队走到一个深渊古道中的时候，和营部及其他连失掉了联系，拼命叫也联系不到。离庄子很远，找不到向导，后来打信号弹才联系上。

行动以前，部队已经进行了半个月的时局教育和机动教育，所以虽然走得很苦，但情绪很好，战士们互助精神很好。我看到很多战士、班长、排长，肩上背了五六支步枪。自己连背包都未背，感到很不好意思，想抢一根步枪来背，都不愿给我，非常使我感动。

到目的地后，看到了 5 营营长。他说："喂，我们几个连和营部都失掉了联系，发生情况危险啊！"我说："你们这平原上生长的部队应该学习走山路，今后要在山里打敌人啊，不会爬山，是不能打仗的！”他笑了起来。

编 注

鲁南战役甫结束，原山东野战军、华中野战军正式合并，组成华东野战军，陈毅任司令员兼政委，粟裕任副司令员。下辖第 1 至第 10 纵队（相当于军，序列里无第 5 纵队），另外，还有一个特种兵纵队和两广纵队（原广东东江纵队北撤改编）。后来，又组建了第 11、第 12 纵，故有“华野 13 金刚”之说（华野初期共 13 个纵队）。

10 纵由原渤海军区第 7 师、第 11 师合编组成。7 师新番号为 10 纵 28 师，11 师新番号为 10 纵 29 师。纵队部驻章丘县相公庄，全纵官兵 16000 余人。该部由原地方守备部队升级为野战军，意味着将跳出原驻守区域，到更广阔的战线打击敌人，打更大规模更残酷的仗。官兵们要离开家乡，在未知的方向和地方，浴血奋战、建功立业。10 纵前身是经过抗战烽火摔打锤炼的老部队，现在要与兄弟纵队一道，担负夺取华东战场胜利极艰巨的新任务。

10 纵队司令员宋时轮，政治委员景晓村（后刘培善），参谋长赵俊，政治部主任萧望东。领导层清一色红军时期老革命，多参加过苏区反“围剿”和长征，身历百战，军政俱佳。宋时轮，湖南醴陵人，1925 年黄埔军校 5 期生，1926 年入党，历任游击队长，红军师长、军长，八路军第 4 纵队司令员，山东野战军参谋长，渤海军区副司令员等职。宋时轮当 10 纵司令员两年，多少次硬仗恶战打出了军威，打得连对手都承认

华野10纵司令员宋时轮（右二）、政委刘培善（左一）
图片提供：张庆民 /FOTOE

“10纵绝对是解放军华野的头等主力（之一）”。宋时轮后任9兵团司令，率志愿军赴朝鲜，在二次战役（长津湖之役）中指挥东线战场，全歼美军7师31团，并重创其王牌陆战1师，成为抗美援朝战争中的闪亮战例。宋时轮1955年授上将衔，最后军职为解放军军事科学院院长。作为功勋卓著的战将和杰出军事教育训练专家，宋时轮的名字与华野10纵（28军）熔铸在一起。

父亲有数月时间在1纵队随军采访，他的身份是华野总部新华分社的派出记者，所以他说自己在部队像“做客”。此次仍然是华野新华总分社将他派往10纵队，但情况与前不同，他已是新华社十支社固定记者团队中的一员了，非临时而是长驻，同时接受总部政治部和10纵政治部的双重领导。他参与编办10纵军报《前哨》报。两年征战，命运与共，日后若有人问起：“你是三野哪个部队的？”他必定不假思索地说：“10纵（28军）。”那是他的军中籍贯。

前哨

101

10纵《前哨》报

10纵成军前，各部参加了莱芜战役。强攻莱芜北80里的要隘锦阳关，坚决阻击敌96军南援，歼敌1100余人，保证了全战役胜利。

10纵组成后的第一仗，是从章丘南下，突袭泰安。章丘在济南正东方向约百里，泰安在济南正南方向约百里，华野首长就是要在省城济南府的周边攻城拔寨打大仗，意在调动敌军，使其进攻山东的包围网露出弱点和破绽来。

4月20日

昨今两个晚上，连续夜行军。昨日60里，今日80里，又到了平原地。部队太多、道路太少，常常好几个部别在一条路上走，秩序乱。今日80里是向莱芜去的公路上走的。因有人掉队，就常常要跑步跟上，所以80里路有40里是跑步，到目的地后累得我连茶水也不想喝了。

战士们到目的地后还要到山顶上挖工事才能休息，的确，他们的功劳比我们大多了。

4月21日

昨日纵队开到了莱芜县之周王许宿营。莱芜战役时，我随1纵队1师师部曾在这里住过，所以很熟悉。

这里到泰安40多里，到大汶口约50里，这两地均为敌人占领，估计我们的任务就在那一带。我们行军显然是绕过了难行的山区，同时也迷糊了敌人。

敌人是很麻木的，我们大军逼近了他还不知道，连侦察机也未飞来过。我们在周围已严密封锁警戒，只许进来，不准出去，不准赶集。同时，群众的心是向着我们的，他们从敌人那里来时，带来了敌方的情况，却从不将我们的情况带给敌人去。这是我在内线作战的有利条件。而敌人就像盲子一样，怎能打胜仗?

这两天四周显得很平静，连白天的空气也变得和夜间一样沉寂，异样得很，其实这平静就是大战到来之前的征兆。各部门忙着做准备工作，紧张得很。

4月22日

上午听政治部萧望东主任做战斗动员。他说了形势及战时应注意的问题，具体任务尚未决定，我们还在待命状态。

敌人最近又从冀鲁豫及武汉等地抽调了3个整编师，增援华东战场，实行所谓重点进攻。已沟通了津浦路，解除了济南之围，占领了泗水、费县，准备再占新泰，企图控制鲁中山区，将我军驱逐至平原，压缩在小块地区中，以歼灭我之有生力量。

蒋介石在无数次失败中，学得了一点经验教训，就是今后不求多占我城市，而要用尽方法歼灭我有生力量。鲁南战役后，敌人曾用全力，南线数路推向临沂，希求找我主力决战。但我避而不战，在北线莱芜消灭了他的有生力量。临沂就像陷坑一样，进得去，出不来。这次在津浦线上，他的梦想又要被撕碎。我们的俘虏管理处，正在为他准备若干师长旅长的铺位。

原来计划在费县、蒙阴之间打击汤恩伯集团，因大军南下时被敌发觉，敌人集结兵力不再前进。于是我们又突然转移到津浦线上来，要严重打击王敬久集团，这一招，却是出其不意的。

敌人在津浦线上的阵势摆得像一条长蛇，头大尾巴细，头已到了济南，正在向胶济线蠢蠢欲动。我们却把棒子秘密地从后门搬出来，靠近了蛇的尾巴，只等命令一下，一棍子把尾巴打断，他的头就要回过来的。

这次战役我们决心要消灭敌人之整编第 65 师、74 师、整 11 师及第 5 军。这 4 个师是敌人在华东的主力，消灭后华东局面将彻底改观，所以这次战役就是华东决战的开始。

华东战场是自卫战最后胜负的决战场，只要把华东敌人的重点进攻粉碎了，敌人就不再有进攻，估计战争要持续至明年才能结束。这一年多时间将是非常艰苦和残酷的，我将在战争中度过这两个年头。只要我身体健康，我是经得起考验的！

下午，商讨军事宣传工作，将用政治部名义发一指示至各级政治机关，把所有宣教科长股长组织起来，军事宣传是宣传工作之主要部分，指示由我起草。

傍晚时写信给萍，才写数行，出发战斗的命令来了。

4月23日

昨日晚饭后，即开始向泰安城进发。作战科长在集合场上讲话，要求今晚行军保持肃静，战斗将在行军途中打响。

纵队分成了两个部分：第一梯队到前线去，第二梯队离前线有20里，我、吴江、牟天三人到前线去。

我们将至南高庄时，号声响了，泰安城方向升起了烈火，但炮声并不紧密。

经过一夜战斗，我军已占领了好几处有利阵地。今日上午敌3次向我反扑，均被击垮。当面之敌为72军之13旅、34旅。72军人数不足，每连仅八九十人，每营只有2挺马克沁重机枪，装备还不如我们。

这次战役与前不同的是，战线阔远，将被歼之敌分成数段，在很多小包围圈中，加以各个击破。

上午去参谋处联系情况，并写了几封信与记者联系。

太阳才落，我们的十轮大吉普拖着几门重榴弹炮，到白天观察好的阵地上去。我们离城约4里，炮位离城约6里，今夜向敌人炮击时，炮弹将簌簌从空中飞过。

29师的混合侦察队获嘉奖令。这次10纵开至泰安作战，对当面敌情不很了解，尤其对从武汉调来的72军，更觉生疏。22日上午，侦察队便衣向城区进发，在城郊与小股敌兵激战，俘虏3名，于是我们得到了可靠的情况。侦察队作用很大，兵员质量是强的。

4月24日

昨晚移动阵地，至城南之篦子店宿营。我到前线来，只带了一条被子、一个饭包，非常轻便，有情况可卷被子就走。约9时许，夜间战斗打响了。我29师一部向城厢进攻，并集中迫击炮向之发炮，每门发3弹。一面是试探，一面迷糊敌人，使其认为我军将向城区总攻，28师主力继续扫清外围据点。

10时许，我榴弹炮即向之猛击，轰声震地，敌炮也还击。组织部长出外观战，险为炮弹炸伤，篦子店未落炮弹。我等均尽量恢复10日来之疲劳。

我各种轻重炮火力完全优势地压倒了敌炮，在榴弹炮之前，有山炮、迫击炮、六〇炮及掷弹筒等，密集的火力落到敌阵地上去。约2小时的炮击之后，轻重机枪开始轰鸣了，至天明时枪声渐渐沉寂。上午到参谋处去了解昨夜战况，我们已控制了所有外围之重要据点，赵参谋长正打电话给华野总指挥部陈士榘参谋长报告情况。派至28师的记者李光来信汇报了该师作战情况，两日来战斗很激烈。敌人采用步步退守的办法，将兵力向城区集结，真正的恶战、巷战还在以后几天。

下午随陈部长到29师去，那里工作薄弱，要我去帮助几天。我们从城南绕向城西，经过旧镇车站，这里前夜曾有激战。飞机来回在当空扫射，我们时时匍匐在麦地中隐蔽。

在城周围各庄上，浓烟冒天，好嵩山上，烽火点点。泰安城背山而筑，但泰山也不“泰”了。

城周群众见我们极为亲切，纷纷拉住我们控诉蒋军暴行。蒋军占城后，一日三四次四厢骚扰，抢夺粮草喂马，小鸡及猪等几已大部吃光，又强拉万余民伕至城内修工事、筑围墙，房子亦有被烧者。便衣队出没乡村调查我村干、区干，进行暗杀破坏。强奸则未见谈，这事恐怕也不会少，群众因爱面子，未直接谈也。曾见个别年轻妇人，愁眉不展卧于床上，全家抑郁无喜色。群众言下，极端痛恨，说我们来了，就是救星到了，要求赶快消灭城内敌人，使他们不再受罪。

4月25日

昨日3纵（即8师）开来增援，他们主攻西关。29师转至南关。经过一夜战斗，城之四关已为我占领，只南关外，还有2个小碉堡未占。敌人2个旅的兵力，几乎全被压缩在城内。今夜发动总攻时，将在城内发生激烈残酷的巷战无疑。

昨日快纵榴弹炮团用5门重榴弹炮向城内猛击数十发，敌人也还击，火光闪天，城内大火熔融，黑烟直冒出泰山顶。黎明3时以后，战斗最紧张，双方反复冲锋，至天明时，迫击炮、手榴弹还在轰轰响着。我们到城只隔着一个官庄，所以枪炮声似乎近前。

伤员纷纷从火线上下来。有一个伤员手腕脖子被机枪打伤，找不到包扎所，我到秘书处问清后，带他到庄外指引道路，他表情上显得很感激我。

上午到官庄找丁主任了解详细战况，官庄离火线一里半地，是飞机的固定目标。我在麦地里爬着前进，飞机在庄头打机枪时我就趴着，像死人一样不动。好困难地到了官庄，又遭飞机轰炸，就钻到防空洞去，等飞机绕到泰山背后时，我才找到了丁主任。

接着我又到李家庄去找86团，2连的战绩较好。

我来回穿行在两旁起火的原野里。城墙以及红庙后面，冒着一束束的炮烟，枪声稀疏响着。飞机就像老鹰逮小鸡一样，一步不放缩。但它的技巧终究拙劣，除炸倒几间房子，能有几个给它打死呢？我们庄上曾落下 3 个炮弹，一家老百姓炸死了 3 个人，1 个 15 岁的小孩负重伤。我去观察弹痕，那炮弹爆裂角度很小，周围的麦子都被弹片割断。打到松林去的炮弹，把石碑打得稀烂，坟墓被削去半个。这是经验，松林、独屋等固定目标，不是避难的场所。

晚间听收音机，刘伯承常胜军在豫北歼灭敌人之第二快速纵队。邯郸广播电台播放通讯，讽刺该快纵连快速逃跑的本领也没有了，仅数十小时内即被快速地歼灭。总计三、四月份，其他各战场均已发动攻势，共计歼敌又在三四万人。华东的歼灭战现在也在开始。我们几乎天天屈指计算，等歼敌之数达到 100 个旅以上时，局面就彻底改观了。

7 纵队已到了华中，2 纵队已在海州之陇海线上出现。这强大的兵力在敌人侧背出现，将使敌人吃惊，牵制他们的前进。前进不成，后退又难，是为进退维谷，处处被动，只等着我们去歼灭了。另外，从我们兵力部署上看，只要敌人败退，我们就可前后夹击，使敌人无可退之路，将来在徐州附近（或以徐州为中心），一定会有一次歼灭性的大会战发生。

渤海分社记者周迅同志遭炮弹把衣服烧了两个大洞，幸而扑灭得早，未曾受伤，幸极。明日将至 85 团去看他。

4 月 26 日

昨日完成了紧张的总攻击准备工作。军供部门的同志把成千的炮弹、榴弹运输到前方，晚上9点钟，兵力都已调动部署好。总攻击开始。86团2营4连运动到五马庄，在城东南压倒了敌人之火力，搭桥架梯，突入城内，放出了第一个信号弹。敌人打照明弹，4连就投烟幕弹，接着很快向纵深发展，其他四关队伍也接着进城了。

炮弹及炸药手榴弹的爆炸声，震响了一夜，房上泥灰时时掉下来，门窗咯咯作响，重机枪子弹在上空呼啸，天明时战斗还未结束。敌机比前两日来得早，这是敌人危急的表示。昨日下午5时，敌人的运输机曾投下16个降落伞，接济子弹数十箱，大部为我军拾到。今天早晨又增援轰炸机两架，乱丢炸弹，但数千敌人就在这时放下武器了。

我进城采访时战斗还在继续，尚有四五百敌人及1个师部在大庙里负隅顽抗，我们不再向他们发起冲锋，只用炮弹杀伤他们。南关外之大街上，队伍肃静警戒。进南关后，子弹在头上呼啸。飞机盘旋扫射，所有战士都端起步枪、机枪还击。一时子弹簌簌，我在城门下隐蔽起来。

约9时许，战斗完全结束。街道东西两侧，尸体纵横杂陈。有一敌尸坐在工事里，用手按肚，口大张，眼直瞪，看样子临死前，还大叫过的。我走前去看他身上符号，是一个尉级军官。靠近西首，大火尚在燃烧，闷热腥臭的空气，直接要使我窒息了。火堆中敌尸还在燃烧，连肠子都烧红挂了出来。烧焦了的尸体缩小得像猫一样大，有一匹马给硫磺弹烧去半个屁股。大街上，房屋中堆满了形形色色的怪尸，我是跨过一个个的尸体在大街上行走的，因历次战斗我已看惯了，不再有什么“惨不忍睹”之类的心理了，一切觉得很平淡。

放下武器的俘虏们，自动走到集合场所，神态均很懊丧。他们抵抗还是很顽强的，可能因初次与我们交手，对我们不很了解的缘故。负伤的敌兵撑着木棒行走。穿着卡其布军服的负伤军官，也可怜地倒在墙角里叹气，以前的威风到哪里去了？我们的卫生员给他们包扎纱布，这是最高厚的优待了。就这点，也使他们感激和羞惭了。一个打坏脚的军官在街上骂老蒋不该打内战，事实也是如此，凡是参加内战都有被消灭的危险。他们负伤了，国民党不会给他们住医院。

我问俘虏们为什么冬天戴美国大盖帽，夏天戴美国船形帽，他们苦笑着，说不出来。蒋介石为了讨好美国人，不惜把奴才相彻底外露，连士兵服装也和美军一样。

部队入城纪律并不很好，胜利品无统一处理办法，谁搞到就是谁的。俘虏们没有人看管，在街上乱走。战斗结束，反而枪声大作，大家拿着新武器试枪……所有这些不良现象，关键在于干部放任。其次是部队从未打过这样大的歼灭战，事前的教育不够，也无经验，我准备把这些情形向萧主任汇报。

我主要采访入城经过及群众反映。敌 72 军在城内纪律极坏，因此群众虽也吃了惊慌，遭到炮火伤亡，房子烧毁或破残，但我入城后，无不兴奋异常，见了我们都亲切地说：“同志，辛苦啦。”

在归途中，遭战斗机扫射。我伏倒在麦草中，四周部队都举起机枪射击，子弹壳不时掉落在近旁咫尺之地。该机下降扫射时，为我击中要害坠地焚烧。

晚，邯郸广播电台已报告泰安的胜利，共歼敌 2 个旅，毙伤 4000 人，俘 6000 人，缴汽车 70 辆，各式炮百余门。广播时，吉普车开亮了电灯，通过村庄，驶向后方，大车小车忙着载运战利品。

4月27日

今日至86团2营4连采访。该连第一个登城打信号弹，突破缺口后，发展迅速，控制东南部又向西迂回打入敌人的心脏，捣乱了敌人的部署，对战斗顺利解决起了很大作用。

今日敌机还来城郊及泰山上侦察扫射，看样子他连敌人（国民党军队）在几点钟被消灭都不知道。

泰山紧靠城门之北，出门就开始登，到山顶有40里路，但山高约7里半。山上名胜虽多，惜无时间去游览。初中时曾读过《登泰山记》，现在到了跟前，不能去亲眼目睹一番，实在可惜。

今日得到了很多胜利品，两套细布军装及日用品等，连长们甚至挂起了派克笔、瑞士表，我得的不多，够满足了。

4月28日

今日回到纵队部去。敌72师师长杨文瑔，及几位少将旅长、参谋长等都被关在政治部，我与吴江同志往访。这师长政治成见很深，输得很不服气，他问："今天能带我去见陈毅军长吗？"我暗想，陈毅军长不一定有工夫来找你呢！那个上校参谋，从战略战术上讲了一些他的意见，说："我们被包围后，知道一定要被你们歼灭的，假使你们的火力组织得更好一点，只要两天就可解决战斗。但假使我们的指挥更好一些，你们付出的代价也要更大一些。"接着他叹气道："整个战略错误了，即使我们打胜了，也还是失败的；假使战略胜利了，即使我们这局部的挫折，也还是要胜利的。”

这上校参谋长谈的话，有他一部分道理。

晚饭后，看四里外的泰安城，还在冒着浓烈的烟火。居民则扶老携幼，络绎回到城里，飞机仍不断飞来扫射。

4月29日

今日向西转移40里，在曾经剧烈争夺的蒿里山脚下，跨过了津浦铁路，到“卧牛石”庄宿营，离铁路约30里。

这是到了冀鲁豫地区了，刘伯承的部队现在不在这一带，到晋南作战去了。1纵队及野战指挥部等，也都到了路西。1纵在向宁阳攻击。我纵在泰山上扫荡残敌的29师也拉回来了。

这里到大汶口约40里路，可能在这里等待新任务。

4月30日

今日大汶口方向炮声隆隆，自远渐近，前方又有新的激战。我们小小的“卧牛石”处在飞机的威胁之下。在山上很难挖防空洞，当见到战斗机向庄子俯冲下来射击时，我们将身子依靠在墙角里。飞机走后，就起来办公。

下面部队关于泰安战役的报道稿件络绎送来了，我处理忙得不可开交。

编 注

10纵成军后，第一个作战任务是主攻泰安城。全纵于1947年4月17日从章丘驻地南下，5夜行军200余里，抵达战役准备位置祝阳镇。

守泰安者为国民党整编72师（军）之13旅、34旅，2万余人。该部原属川军，日美混合装备，老兵多，战术熟练，有山地战经验，为蒋军二等主力。中将师长（军长）杨文琭，四川人，却是蒋军的嫡系出身。黄埔二期，曾参加东征北伐，当过总统侍从室参谋，从八一三淞沪会战至兰封、南昌、随枣、粤北、桂南、湘西会战，抗战各大战无役不与，一直在头等主力当师、旅、团长，算是一位敢打善打之悍将。内战爆发，杨文琭率72师在鄂豫皖边区"围剿"解放军鄂东独立第二旅，致该旅遭重大损失，杨及72师一时声名大噪。

杨文琭被俘后，是抚顺战犯管理所最顽固的分子之一，关26年不吐一个"悔"字，1973年在狱中病故前，他坦言是为了"忠"，忠于蒋介石。泰安战后父亲曾到俘管所采访过杨文琭，日记中记载不多，仍可见杨文琭顽性。这个人和他的72师，不那么好对付。

泰安位于济南正南方，守泰是为了保济（南），同时，仍与在山东南线进攻的重兵集团形成南北呼应之势。72师于3月底进占泰安，杨文琭强征民伕数万人，抢修加固日伪留下的工事。围点打援，华野参谋长陈士榘担任战役总指挥。原计划10纵攻城，1纵、3纵在泰安南50里之大汶口一带设伏，待机围歼可能北援的国民党整编75师、85师。

10纵在兵力上并不占优。宋时轮说："我们在每个攻击点上集中力量，用山东人'吃煎饼'的办法，将敌人一口一口吃掉。"4月22日16时，10纵发起攻击。战一天，西关及蒿里山两阵地尚未克。陈士榘下决心调原准备打援的3纵加强攻城。于是，10纵与3纵两纵队24日黄昏合力总攻，26日拂晓从东、西、南三个方向打进城内，10时攻破敌岱庙师部，全歼守敌。是役俘杨文瑔以下11000余人，毙伤3000余人，缴枪28000余支，轻重机枪270余挺，各种口径炮60余门。我阵亡528人，负伤2800余人。父亲在一线采访，日记概述了他之所见。

我手头还有他撰写的一份“业务自传”，对自己参加泰安战役，有一段日记中没有的表述：打泰安，“10纵虽是新军，却旗开得胜。其中关键一战，是攻克制高点摩天岭。下面送来一堆材料，不能成章发稿。我于战后即登上摩天岭，俯瞰泰安城，亲身体验了攻克该阵地艰险及全城已尽在我握中的雄伟态势，然后动笔彻底改写《强攻摩天岭》通讯，短小生动地反映了我军迅猛果敢的战斗作风，受到了总分社和纵队政治部表扬”。

10纵打下泰安，随即撤出，仍把“占领城市”的包袱甩给国民党。10纵先是南进30里，在大汶口一线节节阻击敌整编85师。继而兵锋向北，回师莱芜东北地区，父亲日记中记载了这段忽南忽北大踏步进退的经历。10纵仅是整个华东大战场上的一个局部，此时，陈毅、粟裕等华野首长，正在谋划于沂蒙山的蒙阴地区对国民党军南线集团予以沉重打击。10纵的频繁调动，都是为了配合即将发动的孟良崮战役，他的任务是盯住看死国民党军另一个头等主力第5军，不使其增援即将覆灭的整编第74师。

5月1日

炮声自远渐近，是29师在前方与大汶口出犯之敌接战。系阻击战，故前线离此有18里。参谋处电话通知准备好行装，随时有出发可能。

明日28师将沿津浦线一路北上，绕过济南，在济南以北打下晏城，然后再到渤海绕一个大圈子。29师将担任牵制敌5军及85师的任务，迷惑他们，引诱他们北上，迫其兵力分散，以便在南线消灭它之主力74师。

泰安战役后为什么不能乘胜扩大战果？这也可以说明敌人在屡经惨败后的一点小聪明。这次打72师是想消灭5军及74师的，我军主力集结埋伏在大汶口两侧，希望5军出来向泰安增援，就可歼灭它。如果是陈诚指挥，一定要上我们的当，但这次恰巧顾祝同指挥，他主张不吃亏就是胜利。所以，虽然泰安危急，他宁可损失一个小的72师，不出来增援吃大亏，于是我们的主要目的未实现，这也许算顾祝同的一点小聪明。

5月2日

昨天原通知移防。黄昏时，忽又决定，29师及纵直不动，28师向北开。晚间大雨倾盆，真是侥幸，否则又要做落汤鸡了。今晨天气骤寒。泰山顶上还下了雪，高耸云天的玉皇顶、日观峰白茫茫的，老百姓叫作“桃花雪”。北方天气真是变幻莫测，忽冷忽热，不易琢磨，老百姓说夏天还用得到棉衣。

这几天忙得不可开交，从清晨一直工作到夜里。我初当编辑，工作不熟练，所以花费时间较多。我对每一稿件的处理，都是慎重而小心的。《强攻摩天岭》3000多字，删减成了927

字。新华总社有规定，通讯不得超过 1000 字，而且要生动，考虑它的政治作用。修改“摩天岭”一文，我花去了半天时间。

5月3日

部队又忙于调动。3 纵昨夜在这里经过，看样子我们很快也要移动，新的战斗不久可能发生，但究竟在哪里打响，很难判断。

敌人整日骚扰，附近炮声紧密，大汶口方向有小战斗，详情不清楚。

今日由我执笔写一详信，向前线分社康、邓社长汇报工作，将支社建设经过、干部、电台及泰安战役报道等综合汇报。现在急望分社再派几个记者及报务员、译电员来，支社缺少干部，今后大战役报道，难以完成任务。

5月4日

莱芜战役后，直到现在两个半月间，我的身体渐渐健康了，差不多恢复到自卫战争以前的状况。而在刻苦耐劳、跑路等各方面，还比以前高强得多了。莱芜战役以前，我是勉强支撑下来的，我的体力应付连续行军还不够，不要说工作了，所以常常精神上烦闷。近来身体较好，工作能胜任，精神也就畅快多了。我自己感觉到，做事情动作迅速、不拖拉，待人处事活跃，所以心里高兴，增加了精神上的愉快。

到 10 纵后，同事关系处得很好。吴江同志是一个诙谐、善谈的人，我和他在一起，从来不觉得疲劳。工作上大家能虚心磋商，这也是我精神愉快的一个原因。

5月5日

昨天是阴历三月半，我和牟天、苏远、李光四人，从兀突多石的小路上山去看“山地月景”。泰山巍峨的黑影耸立在北面，四周群山环抱，山峰层层叠叠，极为壮观。树木郁郁蓊蓊，参差参天，庄稼极茂盛。山上泉水淙淙流到“卧牛石”庄上，汇成一条急奔的渠。我们盘坐在大石上，闲拉了很久。有时候大家一句话不说，让自己的心灵沉浸在这春夜的月色里。

回来时，老百姓告诉我们山上有狼，前几天偷去两头猪，半年前吃过两个小孩。我们很遗憾，没有看到狼，4个人2根枪，狼来了，包管可以打死1条。

景致太好，萍的影子在脑海中浮现。她所处的环境并不好，我俩通信竟有人也要提意见，我心中不快活。

5月8日

我们在“卧牛石”这几天，新的战事在发展。敌自大汶口向北猛攻，炮声终日不绝。纵队部离前线约十里，受飞机的威胁很大。牟天胆小，当上空响起机枪时，他便坐立不安了。而我在前线早就习惯了这种生活，满不在乎，生死于我何足道哉，伟大自卫战争中，一个生命的陨落是不值得去计较的。

这里群众对我们实在太亲热了，我们进入战区时，他们纷纷向我们诉说蒋军的暴行。他们让房子、烧茶水，无微不至。泰安解放后，被抓的伕子都跑回来了。群众感激万分，要我们喝酒，我们都谢绝了。我们现在住的房东刘家，自动地让出一间好房子来，他们自己住在肮脏的锅屋里，每天送三四遍茶水，他们的亲热和拥护实在使我们太感动了。

今天我们离开“卧牛石”，群众夹道相送，大娘连连叫我们下次来时到她家喝茶。我们为了使她高兴，答应将来游泰山时一定去她家住，我又送给小孩100元钱，她高兴极了。

群众对我们太好，而他们受反动派蹂躏的痛苦太深。我们走时炮声正跟在后面，也许明后天反动派又要到这庄上去烧杀奸淫，因此临走时，大家心里确实很难过的。

5月10日

经过两日夜行军，翻过了无数的山冈高岭，现在到了莱芜县之水北镇，从冀鲁豫地区回到了华东。

这几天风大，行军时刮得满眼泥沙，眼睛不舒服。工作很忙，半夜三四点钟到达目的地后，清早8时就要办公。体力困乏、疲惫，还是照样完成一天的工作。紧张生活使人忘掉了自己的一切，因此一切也是愉快的。

我们的电台问题多、技术低，发报机又常常发生故障。泰安战役的报道延到今天才全部发完，新闻价值大为降低了，对于工作影响是很大的。

5月14日

这几天转移了好几次，12日到吐丝口之东，上午敌即占领吐镇。晚上乃转移至吐镇之北，在黄庄一带宿营。

敌情变化很快，敌于8日即重占泰安，10日第5军及整11师先头自大汶口侵占莱芜及吐丝口，企图继续北上，把王耀武从济南接出来，形成一个马蹄形的包围圈，将我军逐出鲁中山区，迫我退至海边，不得不与之决战，求得歼灭我之主力，以解决山东问题。其战术特点为稳扎猛打，10个师以上的兵力集中在一起行动，这种战术的确增加了我们一些困难。但由于敌人兵力不足、士气低落，我们仍可以运用自如，制造很多歼敌机会。

新的战斗于昨日在蒙阴的孟良崮一带开始，这次战役分两个阶段进行：第一阶段歼灭敌五大主力之一的74师，及一个25师；第二阶段歼灭敌之5军和整11师，均为五大主力之劲旅。陈毅军长已发告全军将士书，说明这次战役的成败，有关华东形势的转变，我们是一定能胜利的，要求不论主攻或牵制部队尽力完成任务。主攻的部队是1、2、4、6纵队，我10纵队担任牵制任务。

这次能够找到歼灭74师的机会，是陈毅军长巧妙的战术制造出来的。泰安战役后，敌人误认为我主力在津浦线上（其实泰安只有一个半纵队打，主力都在另外方向），即倾全力自大汶口向东北压迫。自“卧牛石”开始，我们就开始了牵制及阻击的任务。我们在每个山头上放一个班，打一阵枪。一个团布置了30里开阔的阵线，一个纵队布置了七八十里宽阔的阵线。这样迷糊敌人，使敌人感觉我军主力就在这里。我们逐步后退，敌逐步追进，南面敌人就疏忽了，兵力就分散了。当我退出莱芜及吐丝口后，“中央社”即狂吠：“共军已向胶济线以北溃退。”正在这时，我真正的主力却从滨海迂回，到南线把企图向沂水进攻的74师捉住了。敌人顾此失彼，处处挨打，其重点进攻不久就要破产。

这里天天在和吐丝口出犯的第5军打仗，但其飞机却不来助战。敌机一定都集中在蒙阴了，74 师是蒋敌之嫡系主力，岂不要疯狂挣扎一下。由此可见蒋介石的飞机还是有限的，它在天空上也只能有点，不能有面。

这一带都是原莱芜战役的战场，是歼灭 12 军 1 个师的所在地，房屋的烂焦气、死人的臭气还可闻到，嗅之作呕。我们行军经过泰安附近之蒿里山时，上面几百具发霉的蒋军尸体的臭气，几乎要使人晕倒。这一带太污秽了，据说已有脑膜炎发现。俗称大兵之后必有大灾，在作战地区，死伤者一下即有数千，在饮食上要加倍小心。

5 月 16 日

74 师已于昨日下午两点全部就歼，师长张灵甫被击毙（也有传自杀的），现对 25 师正在继续包围中。

晚上，全政治部到山顶上集合，听萧主任讲话。他特别指出，政治部每次行军时秩序混乱，高声喧哗，在严重复杂的战斗环境中是很危险的。我们离敌人很近，只有几里路。如果敌人发现了我们，派一个部队来偷袭或者伏击，那么像政治部这样一支没有战斗力的部队，是无法抵抗的，只有做俘虏，对党的损失就太大了。的确，由于我们相信上级，似乎感觉我们没有被袭击、被歼灭的可能，所以麻痹，晚上行军大声讲话，睡觉时东西铺一大堆，如果有突然的危险情况发生，就无法应付了。我们必须警惕。

半夜时突然山上枪声大作，我们都惊醒起来，通讯员通知有情况要走，我们慌忙打好了行李，又通知不走了。原来参谋处看不惯政治部的笨重现象，故意让一个班到山上打枪，给我们一下考验的。

5月18日

休息3天，一个月来的疲劳总算恢复了，细读《解放日报》社论，有很多心得。

今日又写了一封信给邓岗，要求他快派记者及报务员、译电员来。

晚饭后，在山坳松树林里开处以上各级干部会，萧主任动员立功运动。

5月20日

晚饭后，听纵队刘培善副政委报告时事。他简明分析了全国各战场以及全国局势。蒋介石被歼灭70多个旅后，已开始丧失了他的主动权，被迫采用“重点进攻”，其重点是陕甘宁边区及华东。陕北歼敌1、3、5旅后，胡宗南开始走下坡路，晋南4个城外，全部为我控制，已形成包围胡宗南的态势。目前最严重的战场是华东，敌人倾其总兵力1/2的力量来对付我们。但只要能再歼灭他3个师，他同样也要开始走下坡路。74师被歼，我军开始掌握主动。敌改变战术，从重点进攻变成重心进攻，从多个拳头变成一个拳头，10个师在一起作战，不敢分散。形式上他仍维持了主动，但本质上是被动的。只要再歼灭2个师，他连这种形式也不能维持了。刘副政委指出，虽然如此，华东的严重局面尚未过去，敌人依然强大。由于敌人实行了重心战术，今后大量歼敌机会较少，我们的困难还是很多的。这要求我们咬紧牙关，百倍紧张，来度过这个艰苦时期。现在其他战场的反攻形势已经形成了，目前正在积极造成反攻的有利条件。一切问题决定于华东，华东形势转变后，全国大反攻的局面就要到来。

回来，又开党的小组会，研究立功问题。我的意见不用再从“什么是功、怎样立功”讨论，因为大家已经很熟悉，我就被这样动员了四五遍。现在的问题是立即开始行动，掀起热潮。

编 注

莱芜战役结束，山东军事形势仍严峻。国民党军在南面临沂一线，集结了近 20 个整编师（军）约 45 万人，采取密集靠拢，逐步推进的滚球战法向蒙阴、莱芜压来，企图找华东野战军主力在沂蒙山区决战。

陈毅、粟裕指挥各纵队节节阻击，时南时北，有进有退，以高度机动调动、迷惑敌人。陈毅形容为“耍龙灯”，即引诱刺激敌军像长龙一样摆动起来，从而制造敌队形中的裂隙破绽，以图切割并先歼其一部。发起泰安战役，打掉 72 师更大的目标也是为了逼其分兵增援，打乱其部署，创造战机。可能 72 师出自川军，非嫡系，死了也不心疼缘故，济南王耀武不发兵南援，大汶口整编 75、85 师也不火速北援，都瞪起眼看杨文瑔归于覆灭。蒋介石及其统帅部学乖巧了，轻易不上圈套，不被你调动。

泰安战役还是起了作用。敌判断华野主力仍在北线，稍稍加快了推进速度。整编 74 师（军）张灵甫更是骄横轻狂，求胜心切，大胆突进，与其他各部拉开了一两天路程。陈毅、粟

1947 年 5 月 13 日至 16 日，华东野战军在陈毅、粟裕指挥下，发动孟良崮战役，历经三昼夜，全歼国民党军整编第 74 师，扭转了华东战局。图为华东野战军司令员兼政治委员陈毅（左一）、副司令员粟裕（左二）等在前线视察

裕痛下决心，果断出手，集中华野全部，硬将 74 师从密集队形中切割出来，包围于蒙阴孟良崮。5 月 15 日至 16 日，两天血战，将国民党头等王牌军 32000 余人全部歼灭。1993 年，我采访曾在孟良崮下达总攻令的 1 纵司令叶飞将军，他说："我军作战原则历来是先打弱后打强。孟良崮战役反用之，偏偏先打强，打最强。消灭 74 师，那是事关华东战局的关键一仗啊！"

我也问过父亲："孟良崮战役，你参加了吗？"

父亲说："算是参加了。"10 纵在北线打阻击，牵制第 5

军。10纵4月至5月间，马不停蹄，足不离鞍。先打泰安，又南下大汶口。敌不来，再向北向西至莱芜待敌。

第5军也到了大汶口，与10纵有接触。军长邱清泉狡猾，不走泰安了，怕被围。他东行泗水石莱镇，再向北进占莱芜。

孟良崮战役期间，10纵在莱芜周边毛家庄、对山、皇帝山与第5军天天有攻防战，拖住5军不能增援74师。

父亲日记记录了华野当时对战事的分析判断，以后形势发展印证了预测准确、部署正确。而且那时战情通报十分及时迅速，各级机关和主官知全局明战略，意志和行动高度统一。

5月21日

昨天（5月20日）是一个纪念日，我和萍的关系是前年这时确定的。

这两年的变化很大，从比较稳定的游击时期，到抗战胜利后的和平时期，又到动荡艰苦的自卫战争时期。去年6月以前一年多，我和萍是生活在一起的，这中间只有她到半城去后的几个月的短暂分别。而这一年来，我直接参与了前方的斗争，和她长期分离，中间仅在大店有团圆。战争给我们的感情也是一个考验，萍到处找我，我到处找她，大店相见后，双方的信任更坚定了。为了自卫战争的胜利，我们渐渐要分得远了，但幸福是会随着胜利到来的，我想只要我能侥幸不牺牲的话，会有这一天的。

5月23日

74师被歼后，敌5军异常恐慌，赶紧从吐丝口向东南撤退，收缩兵力于莱芜城。我军随后挺进20余里，并在莱芜城2里处，逮到副连长以下7名俘虏。据团里反映，在与5军接战中，所谓五大主力者也不过如此，其最大特点是火力猛、炮火密集，但士气低落，攻击精神是很差的。

今日略向吐丝口以南转移，所到过的地区，是莱芜战役时的老战场。当时掩尸工作做得马虎，天热了，尸臭就从土里翻出来，我们路过的地方，臭气四溢，闻之有立即要发呕的感觉，这些地方将来可能流行瘟疫。

5月26日

自24日起，我们向北行军，第一日半夜3时到博山。房东给我们开亮了电灯，几年来第一次在电灯光下过了一晚。第二晚到磁村，第三晚到王村，估计还要北上进至机动地整训数日。

敌自74师被歼灭后，其重点进攻破产，主动权开始丧失。现在又改变战术，很多拳头合成一个大拳头，即用10个师靠拢在一起行动，以防我反击。表面上，他仍能维持一个时期在某一地区的攻势，但本质上是被动的。如果他的拳头打到西，我们可以到东歼灭敌人；拳头打到北，可以在南歼灭敌人。最后必然逼使他的拳头分散。我们则可制造更多机会，各个击破之。

敌可能再向沂水、莒县等地进攻，华东人民为了歼灭进犯者而所受的灾难是深重的。我们现在正面临艰苦时期，而更艰苦的时期还在后面。

萍已到渤海解放区去了，使我放心不少。

5月28日

今日到章丘相公庄宿营。4月南下以前，我们是住在这里的。早晨到集上去，很多商贩都招呼我们。他们特别欢喜，因为主力回来了。

这几天走的都是崎岖山道，翻过一个一千米的高山，累得喘不过气来。尤其黑夜走路，望着道旁深坳山谷，狰狞的石块，实在有些害怕，一失足跌下去，岂能不粉身碎骨。

夜行军，精神常常很疲乏，眼皮像挂了一个沉重的铁锤要闭下来。可我却必须紧张起全身的神经，把它张开来。这种神经上的斗争，比我用了一天的脑力更要疲乏，更伤精神。最可笑又可恨的是，在紧张走路的时候，两条腿像机器似的自动地快步走，而脑子里却做起梦来，到碰到石块或掉在窟道中的时候才醒过来。史风因为几次做梦掉了队，便用拳头猛打自己的脑袋，恨之透骨似的，我们看了无不捧腹大笑。

5月29日

为了减少行军中神经上的过分刺激，今日上午就跟着事务处找房子的同志先出发，行40余里到刁家庄宿营。刁家庄有2000多户，是渤海一个极有名的集市。这里到章丘城约10里。我们到这里监视济南之敌，并进行10天的整训。各师团将庆功祝捷、检讨各种工作。

5月30日

下午召集各团宣传干事、报道员来师政开会检讨泰安战役前后的军事报道工作，最后由我总结，规定新的业务制度。

5月31日

今86团举行庆功会，会场布置、规模、仪式，不及1纵。丁主任告我，这几天他们正总结工作，要我参加，我答应可以了解一下29师的情况。

6月3日

昨天从29师回纵队驻地索庄，晚上汇报。

这一带为渤海最富饶的地方。庄子稠密，房子均系瓦房，高大宽敞，光线充分。农民注重水利灌溉，野田里普遍打水井，农民们天天犁水入田，麦子长得很高，穗稔子很结实，群众的生活水平比山里富得多。

我的房东，是富商的伙计，阔气得很，天天倒茶给我们喝。家院里种满了花卉，门上挂细竹编的门帘，堂屋里布置得很古雅，这是我住得最舒服的一次。

6月5日

五、六月份的保健津贴发下来，又有2000余元。我们上集买了枣子、绿豆烧汤，大吃一顿。牟天还计划着吃好些，我也很起劲，趁这机会应该补一下。

早晚都要到野外去散步，我们走得很远。看到农民们忙碌在黄金色的麦地里，确实感到农家自有其乐趣。我们到水井旁，看着大娘们、姑娘们引水入田，有时轮着戽水，趣味无穷。

昨晚上下了倾盆大雨，今夜凉风习习，非常爽快。土地很软，不再扬起飞沙。

6月10日

6日接受命令，向南移动，连日行军。7日至相公庄，这有名的集市，我们第三次通过了。8日至文祖，9日至三里湾，10日夜行军120里至大王庄。这是我们上次南下泰安作战时的老路，以莱芜为中心的鲁中地区，我们已经踏熟了。

自文祖南下，到大王庄，数百里地尽是难行的山道。9日晚行军时，遭了一场小雨，我外衣湿透了。大家不顾下雨，加快了步子，天黑前，无休息地走了40里，以后直到天明又走了80里。这种披星戴月的生活已经习惯了，到房里后，脱下潮湿的衣服、烂鞋子，什么也不想，就睡去了。

这次行军300余里，是为了执行陈毅军长一个新的伟大的战略企图——发动一个新的莱芜战役，消灭敌又一五大主力之一的第5军。大概1纵、3纵、4纵、6纵等几个纵队正面攻击，10纵则在泰安、莱芜间，先歼灭敌85师，完成对5军的彻底包围。此计划歼敌约7—10个旅，以彻底改变华东战局。据说85师一个旅长是我们共产党员，在战场上准备起义，至少一个团有把握拉过来。

战斗在明晚开始，约需一个星期全部结束战斗。今日的大王庄是军事上的部署位置，我部28师已向敌侦察情况，明日将由该师主攻。下午在陈部长室开会，商讨这次莱芜战役的军事报道工作，我留纵队部，牟天下去。

这次战斗一定比以往任何一次更加残酷，因第5军是蒋军主力的主力，他一定要竭力挣扎的。军部的政治动员令也说明，这次战役我们要不顾一切牺牲代价，去争取胜利，而且只许胜利，不许失败，我估计这次飞机的威胁一定更严重。

6月11日

因下雨及敌情变化，今日休息，战斗将延迟数日。后勤忙碌地准备，成百辆大车在为我们送粮食，伕子担架络绎于途，不论在规模及组织上，后勤已高强得多了。大部分男子已活跃在前线上，乡间生产由女子坚持。

6月12日

还是没有动静。

因连日夜行军，精神疲乏到极点，今日睡了整天，还像未睡醒似的。

萍从她离开莒县的日期算起，已快一个半月，应该到了惠民，为何未来信，很奇怪。可能她对时局变化不了解，我急等她来信。知道地址后，再写信详细告诉她。

6月13日

我们的作战部署改变了，11 日晚未能发起战斗。在我们部署消灭第 5 军时，敌人也有新计划在进行布置。占莒县的 2 个营已收回，济南之敌一部向南转移，另外 85 师与 5 军之间的空隙，已用一部分兵力填上，防我攻击。为了便于找到更好的机会以更小的代价歼敌，我们暂时将队伍撤开。今日我们又从来的路上回去，待机会到时，再南下歼敌。来回数百里地，吃了冤枉辛苦，但在运动战意义上讲，这是常有的事。华东又处在山头上搏斗的形势中，用兵更要小心，所以多走些冤枉路是必然的。

编 注

从父亲日记上看，当年从章丘到莱芜的300多里山路不好走，为了隐蔽作战企图躲避飞机轰炸，只能夜行军、走山路，山高路险崎岖，夜黑暗，雨湿滑，急行军走得很辛苦、很疲乏。从5月24日至6月16日，不到一个月，这条山路10纵往返了3次。华野首长原想孟良崮歼灭74师后，即发起第二次莱芜战役，歼灭敌5军，后战役计划因敌情变化而取消。10纵因而频繁南北折返，看似跑了“冤枉路”，但这就是军事，就是兵法。细读父亲日记，知道了何谓“运动战”。

6月16日

接连数日行军，今日至文祖南5里之西窑头庄宿营。第一日行40里至王石，第二日行86里至三里湾，今日至目的地。

现在是“待机休整”，什么时候行动不知道。这一带在深山中，只有东北一部接着平原。

6月17日

今日收到了萍自惠民的来信，真使我高兴。经过40多天辛苦的转移，她总算到了目的地，我心中的一块巨石也就放下来。她这次从烟台乘轮船，到羊角湾码头着陆，行程有1300里。她告诉今春以来身体不好，食欲不振，加以生活动荡，到山东吃小米饭，营养差。她到渤海农场后，又到了陌生的地方。现在我什么也不能帮助她，她就等于没有爱人一样，因此我深深地觉得对不起她。我除了留200元钱之外，整2000元用纸包好寄给她，至少可以解决她一个月营养上的需要。

6月18日

听着起身号起来，来不及洗脸，就把信送到军邮局去，我希望9点的邮班能把信送到章丘城，只要两天就可以送到惠民了。

把饶政委最近所做的报告《准备反攻，迎接胜利》抄了一份，寄给萍去。她在农业机关，对时局可能不清楚，这文件可使她概括地了解目前战局以及将来的发展，一定会对她有帮助。

编 注

1946年11月，父亲与母亲在莒南县大店镇短暂见一面之后，母亲撤至烟台，又乘船至滨州，上岸后到达惠民县。走走停停约半年，海陆均在千里以上，这是当年华中、淮北、山东根据地机关、干部撤退转移的主要路线。之所以走胶东走海路绕大弯子，是因为济南一带在国民党手里，直线北上太危险走不通。

母亲并不是那种风风火火能拼敢闯的女强人类型，她身体瘦弱，胆子也不大。我觉得就她的性格和体质，当年能在国民党军的进迫下，从淮北逃难似的一路走到惠民，其实挺不容易的。

抗战时期，共产党、八路军在“扫荡”与反“扫荡”斗争中，建立了渤海根据地。它以山东省滨州为主体，包括河北省南部数县，东临渤海（湾），西枕津浦铁路，北至天津，南跨胶济线，面积5.2万平方公里，人口1100万。整个解放战争，唯渤海根据地始终不曾沦陷，成为华东野战军的总后方。据统计，它为军队输送兵员18万人，民工82万人次，牲口百万头，大、小运输车130万辆，粮食近3亿斤，为战争贡献厥功甚伟。华东局党、政干部，后勤机关、兵站医院以及鲁中、鲁南、苏北、淮北的部分机关人员将近40万人撤退到渤海区。陈毅、粟裕也曾在渤海惠民县指挥作战。母亲转移到惠民，继续做农场工作，生活虽仍然艰苦，但基本稳定和安全了，父亲放心不少。

其时，10纵驻章丘，到惠民直线距离不过200里，相当于北京到天津。但父亲不可能去见母亲了，战争环境，咫尺亦天涯，多少恋人、家庭如此。

好在战争中邮路竟是通的。为了抗战，山东根据地创办《大众日报》。又依托报社，成立了战时邮政总局，负责报纸的征订投送，又负责传递文件信件。1947年2月，华野依此设立了野战前线邮局，为军邮性质，直接为部队服务。故尽管炮火连天，部队与总部、后方、友邻之间仍可通信，虽丢失收不到是常事，间隔数月甚至半年才收到也是常事。为保证报纸发行和邮路畅通，大众日报系统先后有578位同志牺牲。

烽火连三月，家书抵万金。父亲和母亲毕竟还能互知情况，慰藉大矣。

6月19日

上午时事学习。下午业务学习。晚饭后，萧主任传达华野首长报告。

这两天神经衰弱厉害，耳鸣严重，左耳不易听到外界声音。大便时起立，便头晕眼花。主要由于夜行军常常要和瞌睡作斗争，睡眠不足所致。这两月来体力很好，行百十里路毫不在乎，但精神的消耗大。

6月20日

近来我很注意有充分的睡眠，晨晚爬到山冈上去呼吸，调剂心情。

6月21日

早饭后，和牟天到西边沿山的窑洞里去办公。这是我们昨天晚上散步时发现的“世外桃源”，窑洞很大，入内和房屋无异，异常清凉，在里面好像到了冷气室一样畅快，神志清楚，工作效率大大提高，中饭也不吃了，一直到晚饭以前都待在洞里。

晚上大家到王科长处，也没有正经话好谈，以“乱弹琴”来放松一下精神。他们好谈男女关系这些事，成为业余消遣，我感觉没意思。

6月22日

今日到萧主任处。

据萧主任说，泰安及孟良崮战役中，敌人在毫无办法狼狈极点的时候，曾写过降书，但当时未能发现。（敌军长）杨文琼曾经三次送降书，因战士尚无受降经验，都把他们打死了。第四次降书送到了，但被排长放在口袋里，一直到战后才拿出来。张灵甫也曾送过降书，但被一连长放在口袋里，到战后才拿出来看，知道是降书。如果当时能及时发觉，我们还可减少很多人的伤亡代价；另一方面，我军的政治影响及对敌军的瓦解作用也就更大，这应该是一个血的经验教训。

6月23日

上午做学习笔记，准备明日时事讨论会上的发言提纲。反复阅读5月份以来的《解放日报》社论，以及陈毅军长关于目前战局、建军等问题的报告，以及野政最近颁发的干部学习文件。

6月24日

摄影员刘英要到惠民去采办照相原料，今日坐景晓村政委的汽车去。我把给萍的信托他带去，请他亲自到萍那里去一次。他高兴答应，我很快活。

上午打防疫针，有些反应，头晕目眩，脑子里像装上了炸药。医生量我的热度为38.5度，有好几次要呕。

工作效率不好。

6月25日

同睡一床的牟天又犯起失眠病来，几乎翻来覆去地不安定一夜。我原来就头痛，也跟着失眠。到天亮时，浑身神经痛，四肢要脱节一样的难受，早饭后实在支持不了，病倒了。

今日还要行军，听说还很远，很担心身体是否能经得起这种疲劳。

6月26日

昨晚行军70里，从到莱芜去的公路上走，目的地为东抬头，又到了深山中。

总务科长马在天，给我要了头骡子骑。但后面拐了一条腿，实际上是三条半腿子的骡，还不及人能走，途中跌倒了好几次。我只能自己走着。天气闷热得透不过气，一点微风也没有。我昏沉沉地在路上躺倒了几次，周迅同志也热倒了，我两个掉了队。我们几乎很可怜地逐庄向老百姓讨水喝，一路走一路哼气，支持不了时，就躺在路上喘气，抱病长行军的滋味，确实太痛苦了。

到东抬头时已天明，后面大队伍未来。参谋处说他们走到一半时情况转变，换方向走了，这样我们便脱了节。早饭后，我们又走 8 里路，到 29 师师部，暂时要跟着他们行动。

我们躺在沙河旁的松林柳林里休息。葱郁的树林盖着我们，周围是群山环抱，旁边是急流的山水。我们都脱光了跳下去洗澡，水凉得很，几乎凉得刺痛皮肤，但对我这病的身体很有兴奋作用，洗后似乎清醒了一些。

晚上行军时，换了一条骡子骑，天下起雨来。

今晚飞机又来回扫射，离我们休息不远的松树林里，被打了一阵，冒起的尘土向我们这边飘来。

6 月 27 日

昨晚黄昏出发时，下起细雨，衣服被淋得发潮。我准备做落汤鸡，准备生次大病，但侥幸很快就止了。拂晓时又下了阵小雨，天气凉快了一些。

共行 120 里，没有一次休息地直达目的地“周家庄”。这是向东南走的，听说今晚还要走百把里，到沂水北之鲁村一带去接受任务。我们除开头翻过两座高山，走小道以外，其余几十里都是走公路，很平稳，我和周迅两次换个骡子骑，比单走路要好一些。

虽然浑身疲乏得很，但睡了3个小时，头痛得再也躺不下去了，浑身酸软得非常不安宁。

牟天掉了队，到下午才来。

傍晚时，天气转晴，月亮明晃晃地出现在无云的天际。天黑后，我带了毛巾肥皂，到一里外的林泉中去洗澡。我坐在石头上，把冰冷的泉水慢慢往身上按摩，起初冷得发抖，后来渐渐温和了。我也不管在这初夏的晚间，在风头里洗澡对身体是否有利，洗一下对我这疲乏的病的身体却有兴奋作用。

6月28日

近来军事的变化真是快得令人难以琢磨，甚至连电报都难以赶上变的速度。以昨天为例，原来要行军100里到沂水去，要翻过一个两千米高的大山，后来通知不走了，原地休息待命。等我洗澡回来又吹哨集合，我们赶忙打起背包来。

又走了30里地，但不是向东南走，而是向西北走，不是去战斗，而是回到纵队部去，和大队伍会合了。大队伍前晚到博山，昨天晚上到千马户。我们又翻过了一个上下18里的高山，陡峭难走，气喘不息。

今日整整睡了一天，头还是沉重，浑身酸痛不堪。从24日失眠那晚算起，加上几个通宵达旦的行军，我也有3天半，计连续84个小时没有正常地睡眠休息了。没有病也要瘫倒，何况有病呢？

今日发津贴保健等，共计1300元，听说7月份还要增加。

6月29日

今晨6时半，敌机3架来上空扫射，被我击落1架。当我看到冒着浓烟的P-51型战斗机落在不远的东南方向，便借匹马去找。在18里外的黑虎山麓，找到了飞机，已全部焚毁，机师2名烧成了灰。

敌人正开始一个新的行动，分三路进犯鲁村：一路自沂水北上，一路自莱芜东进，一路自新蒙推进。以第5军为先导，其他企图在占领鲁村后，与肥城县之敌接起线来，分割我军。我野战指挥部根据敌人的行动，也有一个新的计划，准备在鲁村一带，至少消灭敌人两个师。10纵原来是要到南面去担任主攻的，后来又决定他担任牵制5军的任务。现在莱芜以北以3纵、8纵、10纵组成一个兵团，由8纵王司令统一指挥，牵制58师及5军。假使5军南移，便在后面猛烈打击。

今日情况又有变化，敌人这次进攻非常小心，一个师挨着一个师走，空子很小，因此，我部队很难迂回和插到敌人后方去，这次仗可能又打不成。

这种情况多变的局面，以及歼敌机会的减少，说明着华东局面的紧张，战争的严重时期尚未过去。山头上的仗的确是不容易打的，要慎重再慎重，而一旦决心打起来，也将是异常残酷的。虽几次未打成，但这一仗是快要打的，目前正等待最好的机会。

晚饭后，乘着凉风去散步。出庄走上山坡，“千马户”真有千把户人家，房子稠密地排在山腰上，山清水秀，这一带风景真够人赞美。回庄，我倒在碾上，昏沉沉睡去，很爽快，醒来已是半夜时分了。

6月30日

今天病好了，疲劳也恢复了，和以往一样，按照着办公制度开始办公。

清晨洗脸时，偶然照照镜子，胡须头发长得很长，脱下帽来，额上的“三间豁”越来越厉害了，前沿的头发由稀疏而脱落，已脱去了二三分宽，有些“未老先衰”的样子。脸皮也枯黄得很，真所谓“满面风尘”。12个月的战争生活，把以前那种“英俊”的样子早就走完了，从我身上到处可找到“生活艰苦”的种种标志。然而我已决心为战争的胜利献出我的一切，即使不幸负伤，也不会去计较，不要说脱了些头发。

生活安定的人，常常会羡慕生活流动性大的人，以为这样可以见闻广博，但流动惯了，却反而羡慕生活安定的人。我究竟要怎样的生活呢？其实我是比较爱安定生活的人。在目前这种极度流动的生活中，只要稍有几天休息，我会把一切用具摆置得好好的，一刻钟之内，就布置起一个适当的办公室来。但我现在已完全能适应于运动战状况下的生活，我想要把自己投在艰苦的战争生活中去磨炼。

仗又决定不打了，战士及下层干部们怪话很多，说“不打死也要跑死”。如果有些战略眼光，也会体念到上级指挥的艰难。目前每一仗都是带有决战性的，必须慎重再慎重，跑些冤枉路，就不会去埋怨了。

定一来信并附萍自烟台寄我的一封信。萍在烟台，曾学拖拉机驾驶，很快学会了。女孩子学开机器，除苏联外，美国很少，更何况中国，难怪两位美国教师会惊奇第一次见到女孩子开拖拉机而与她握手了。萍是聪明而向上的，她信上描写了很多烟台风光，引我入胜。我想，假使我和她能在海边散步，是非常愉快的事。但在紧张的自卫战争期间，我正随着千万铁的洪流翻山越岭，一切决定于革命胜利。

萍看到烟台青年男女放晚学时的情形，很有感触，和过去我们放学回家的情景一样。为了革命她已经抛弃了小姐生活，抛开了家和母亲，以及离开了我到处奔波，把最宝贵的几年青春生活，毫无保留地献给了革命的需要。她希望，这些小小牺牲能有一些价值，能够为总的胜利增加一份力量，得到愉快的果实。这番话很使我感动，一个党员为了党牺牲自己的一切，是很光荣的。过去小姐少爷的生活，以革命的眼光来看，并不能算作愉快和幸福的。相反，由于她能在这年轻的当儿参加了党，所以这几年青春也是过得最有意义的。假使能在这几年艰苦的年头，锻炼好革命者坚定的意志和修养，那么内心的青春不会随年龄的增长而消失的。我还希望她眼光要远大，把艰苦看得长远些，自卫战胜利后，我们还要有为新民主主义社会建设而吃苦奋斗的雄心，这种雄心是必须建立的！我还希望她能有为革命胜利，而献出更多私人利益的决心。她已献出了自己的青春、家和母亲，必要时她还应该让我，让她的心爱的爱人去牺牲，她是否有这种牺牲的决心呢？

这本日记到这里就告一段落了。这几个月的生活中，再也找不到淮北中学时代的我了。我是在变，在紧张艰苦的战争中磨炼。的确，我体会到前线，要成为一个坚强的好干部是不容易的。我不怕磨炼，让战争来磨炼我吧。

（完成于博山西南 30 里“千马户”山地中）

9月1日

拂晓3时，开始行动，到司令部集合出发。作战科李科长宣布，过河时要特别注意纪律和秩序，今天大家没有做防空伪装，他严肃批评机关同志太平观念太上升了。

行程共60里，沿黄河大堤走，堤路高宽平坦，走着很舒服。堤旁的庄稼都被水淹死了，农民们划着小船，收拾一些柴秆回家。水深的地方，好像湖沼地带一样，只有一点点高粱尖儿露在水面上。从这庄到彼庄，没有小船无法通行。老百姓说，以前这里有很丰腴的收成，国民党在花园口放了水，造成这样的惨状。今年雨水多，黄河正不断上涨，河堤旁竖起了水位标尺。各庄群众都已组织好，轮班看守河堤，防止水汛。在最险要的河段上，群众在用巨石抢修水坝。

中途吃一顿午饭，继续行军，黄昏后到了目的地，途中蹚了两次深及臀部的水。小店子到渡口4里路，我们将在这里过河（黄河）。

半个月整训过去了，接着将又是几个月的行军战争生活，疲劳上加疲劳，而没有一点休息。这种生活，过河后，当激烈的枪炮声、轰炸声又围绕着我们的时候，就要开始了。

7、8两个月是行军、战斗空前艰苦频繁的月份。我们从泰安以西的山区迂回到鲁西南平原上来作战。7月份曾打过两个战斗，但没有把敌人干脆歼灭。8月3日，敌5军及85师、75师、74师（重建）等从北面向南调，各路敌军蠢蠢欲动，企图合击郓城，将我军逐至黄河以北。我们10纵接受了一个非常艰巨的任务，阻击5军为主的几个敌军师团的进攻，掩护主力在郓城以南地区休整，并保证刘邓大军侧背安全，使其顺利向陇海路以南出击。历10天阻击，胜利完成了任务。我军一次转移5—10里，敌人像蠢牛一样地被拴住了鼻子跟着走，数个师、20余个团无法南调。最后当我军转移到梁山以北、黄河与运河的交叉地区时，敌人即以重兵向这个狭小的地区压缩，企图使我们背水而战，将我们歼灭。但黄河是在解放区人民控制之下的，我们得到了充分的船只，渡过黄河，集结休整，准备再战。敌人只能到岸边上“望河兴叹”。10天中，刘邓大军已经到了陇海路以南，1、3、4、8各纵队也已休息好。而敌5军在进攻中有7个营的兵力完全丧失了战斗力，很多连队只剩下40人左右，无法作战了，所以这次阻击战的意义是重大的。但最后我纵过河时，因计划不周密，秩序不好，敌人又紧跟在后面，所以受一些损失，丢失了700匹骡马，两三千民伕，及几百个人。在10天阻击中，生活异常紧张，飞机日夜不停地扫射轰炸，重榴弹炮、山炮及各种炮火所组成的排炮整天轰响着，我们前面的一些庄子上，随时腾起烈焰来。战斗打得异常激烈残酷。敌5军炮火虽猛，但因其过分依靠炮，无突击能力，故被我杀伤甚大。8月13日过河完毕，8月15日开始在寿张整训。冀鲁豫各界给了我们不少帮助，各县纷纷组织慰劳，秧歌队就来了有数百人之多。8月29日军区战友剧团演出，30日陈毅军长来此，召开全纵营以上干部会议，做目前战局及土改问题的报告。

我用心地看完了苏联的《虹》。这描写苏联人民顽强不屈与敌斗争的小说，对于有了一年多战争见识的我，是特别感到亲切的，给我不少启发。另外，我在工作上有了更显著的成绩和提高。15天有1万多字经过我的手，用电报发到前线分社去了。

在最后一星期中，我发了 2 次摆子，屁股上又生了个疮，身体很软弱，复原不快。但部队要行动了，我只有克服一切困难，跟着前进。战争期间，小病是不能称作病的。战士们负伤不下火线，我们负病也要同样完成工作，这才是共产党员的精神。

9月2日

今日原地不动，28 师及 29 师过河完毕，才轮到纵队部过河。

沿河一带无敌情，自敌人抽出 9 个师进攻刘邓大军向南去后，鲁西南一带很空虚，郓城只有还乡队之类盘踞。今日 28 师向渡口开拔，部队经过整训补充，战斗力已经恢复，又是神气十足的生力军了。

陈部长已有消息，他是在上月撤退过河时失散的，据说在

吴之非与爱人林彬。吴之非，10 纵记者，新中国成立后曾任解放军报总编

打游击，不久可归队，但我们通讯员小李至今无消息，可能过河时淹死了。

傍晚时，到了两位调来的记者，一位是通联内勤吴之非同志，一位是前方编辑蒋元椿同志，过去都很熟悉。

前方对我发出的稿件认为都在水平以上，满意。对我的意见是，还不够大胆。沈定一说，稿子首先要从政治上、效果上及策略上来考虑，然后才是求得文字上的简练明达，勿拘泥于后者而放松了前者，前者是主要的，给我启发很大，过去我对前者的注意的确不如后者。

晚上帮老蒋、小吴安排睡铺，帮他们架起蚊帐。他们还没有单独在外面活动过，可能生活上会不习惯，应该多给他们帮助。蒋元椿是一位很沉着、肯研究事物的人，和沈定一的脾气差不多，他来后我很高兴，今后多了一个在业务上帮助的人。我很敬重和喜爱那些心怀明朗的人，和他们相处，自己也会活跃起来。

下午飞机沿着河堤一带扫射，可能敌人发觉我们过河的计划了。

编 注

父亲至此有两个月未记日记。10纵在章丘一带短暂休整后，再次南下，穿行于鲁中崇山峻岭之间。10纵将士大概谁也没有想到，此一次出发远征，这支由渤海地方武装升格的野战大军，竟再没有机会回到他的成军之地，前方，将有数不清的恶战、血战迎候他接受考验。父亲直到9月1日才恢复书写。他概述此期间，“是行军、战斗空前艰苦频繁的月份”。

他实际上已无时间、条件写日记了。我查阅相关资料，对此两月华东战局和10纵行动有了进一步了解。

6月30日，刘伯承、邓小平率晋冀鲁豫野战军（刘邓大军）强渡黄河向鲁西南进攻。为配合刘邓大军挺进大别山的战略行动，华东野战军组成外线兵团，一路由华野参谋长陈士榘、政治部主任唐亮指挥3、8、10共3个纵队，开始进军鲁西的泰安、大汶口；一路由叶飞、陶勇率领1、4纵队越过临蒙公路向鲁南挺进；一路由许世友、谭震林率2、6、7、9纵队组织山东兵团看好胶东、滨海、渤海解放区。史称“七月分兵”。

10纵冒雨从章丘兼程南下，7月15日攻击敌整编84师吴化文部。汶上县城在鲁南偏西，工事坚固，外壕水宽10余米、深2米。10纵缺架桥器材，总攻3次未果。敌援军将至，10纵于21日撤出战斗，这是10纵第一次受挫的战斗。

与此同时，3纵攻济宁失利，1纵攻滕县、4纵攻邹县亦受挫。国民党军援军迅速赶来，企图以5个整编师（军）将1、4纵围歼于峄县、枣庄以东地区。叶飞（1纵司令）、陶勇（4纵司令）冒大雨、洪水突破包围，摆脱追击，部队减员严重，疲乏已极。

8月1日，10纵为掩护1、4纵队安全西撤，于鲁西南梁山地区阻击敌5军及整编84师。此时10纵因远离后方，连续作战，部队减员和弹药消耗未补充，处境亦十分困难。

10纵是第二次与5军交手。

国民党军有五大头等主力（军）：东北新1军、新6军，华东整编74师（师长为张灵甫）、整编11师（师长为胡琏）、第5军（军长为邱清泉）。74师于孟良崮战役被歼灭后，5军和

11 师遂成为蒋介石华东战场上最为倚重的两个“拳头”。

5 军全部美械重装备，机械化，训练有素，火力强悍，抗战时打赢了昆仑关战役，声名很大。军长邱清泉，毕业于上海大学，入黄埔军校 2 期，曾保送至德国学军事，参加抗战诸役，有丰富实战经验。邱性格特立独行，暴躁狂妄，打仗不要命，人称“邱疯子”。邱给 5 军拟定的战斗口号是：“找敌人，瞄准打。向前进，死不退。不惊慌，不突围。硬打到底，三天成功。”邱深受西方军事理论影响，认为“火力重于兵力”“无论攻防，火力总是第一”。他作战一般先用大炮、飞机猛烈轰击，然后步兵发起一波又一波冲锋，是一种不计死伤的碾压式战法。对方一旦抵挡不住，难免被其冲垮。

10 纵的任务是吸住 5 军，迟滞其前进速度，宋时轮司令指挥 28 师和 29 师采取梯次配置、交替作战的防御部署。当第一梯队打时，第二梯队把二线阵地构筑好。第一梯队打到一定程度，视情后撤，第二梯队即利用二线阵地接替防御。如此交替阻击，使敌每前进一步都要付出代价。

8 月 4 日至 12 日，10 纵在极度疲劳、敌众我寡的情况下，在梁山地区实行宽大正面运动阻击，辗转奋战，使 5 军 5 个营丧失战斗力。从此，国民党军中流传“排炮不动，必是 10 纵”。

10 纵前有强敌，身后的战场地理环境又极其不利。全纵边打边退，被逼至黄河与运河交汇的三角狭窄地带，已无陆路可退，处境万分凶险，宋时轮下令抢渡黄河。8 月 12 日至 13 日，由于船少人多，组织出现混乱，加之敌机轰炸，追兵紧随，致使掩护殿后部队伤亡 1500 余人，4000 余支前民工、500 余匹骡马被截于黄河南岸，人员与装备物资遭受重大损失。

在如此剧烈的行军、战斗过程中，父亲无暇写日记，能够理解，但他究竟是怎样度过的，便不得而知了。可以想象，新华支社随纵队部行动，相对安全一些。父亲记述，陈部长（应为纵队宣传部部长，名字已无可考证）和通讯员小李失踪。以后证实，陈部长被俘，小李牺牲。陈部长是父亲顶头上司，小李是直接下属，均没能北渡黄河撤出，可见当时战况激烈，战场凶险。

渡黄河后，部队在寿张一带休整。8月18日，陈毅莅临10纵，在营以上干部会上讲话，主要讲形势、鼓励。他说：打阻击是个苦差事，消耗大、伤亡多、缴获少，但对全局意义重大。刘邓大军已南下，山东战局将发生大变化。10纵当前任务，就是在鲁西南作战，争取大量牵制和消灭敌人，同时做好到外线作战准备，挺进豫皖苏边区去开辟新的解放区，把战争引向中原蒋管区去。

9月3日，10纵再渡黄河南下，回到鲁西南。这时，父亲身体出了状况，暂留北岸。

9月3日

决定今晚要过河。防空通知也传达到各单位了。天气很阴沉，人们都忧虑雨天难过河。

然而我却发生了突然不凑巧的事变，左肾突然酸痛起来了，只能伸直身子仰天躺着，转动一下就酸起来，更不要想坐和站。早饭是倒卧在床上吃下去的，不知是什么缘故，无法行军了。吴江为我忙了一上午，办理送到后方留守处去的手续。下午我躺在担架上，通讯员小李（另一个叫李遵华的）陪着我到后方去，沿着大堤到寿张城时已经半夜了。寿张城经过几次轰炸已破落不堪，居民大部迁出城外，我和民伕们就在一所破房里搭门板过夜。

9月4日

清早起来，吃了一副大饼油条。仍睡在担架上，沿着向东北的大堤，抬到后方留守处去，在八里庙找到自己的大队，牟天等都在这里（他们因害疮留后方的）。

这是我第二次睡担架了（第一次是去年10月，从沭阳抬到桃林去）。抬的老百姓都得到了土改果实，阶级觉悟提高了，并且在一年自卫战争中，对“八路军是恩人”有了更深的认识，所以群众对我们体贴和亲热得很。我睡在担架上，精神上是和过去完全不同的，腰还是不宜多动。

晚上，遥远的东南方向炮声轰隆，后勤担架队、弹药队在紧张地过河。

9月5日

今日已可起身，给萍写信。

自6月25日近两个月中，双方无法通信，部队转到了鲁西南敌人侧背的位置上作战，邮路切断了。到这次整训，才接到萍的信。

萍的信给我很大感动。当收不到我的信时，她会着急起来，看出她把我看得很重要的。但目前为了战争我们还要长远地分别，而在和平和胜利到来以前，战争、离别、为祖国、为人民，这就是爱情，我们的爱情是要在战争中度过的，因此我们就要忍受长远地分别，并不因此而烦恼。信主要是告诉她一些战局问题，及在土改运动中我们应有的立场和态度。萍在政治上的锻炼是不够的，所以，对实际问题也许由于经验缺乏而发表些片面的意见，我必须提醒她一下。

9月6日

腰差不多完全好了，仅转动及坐立时略感酸痛。

牟天从冯参谋长处回来说，我们在个把月之内，无法过河到前线去，要等局面开辟之后才能去。我很着急，这样会使工作受到损失。

这两个月中，由于过度的疲劳和辛苦，所以消瘦得多了。老蒋来时说“你比从前瘦了”。其实我的精神倒较以前为好，只是在打摆子以后才感到有些衰弱，只要稍微休息，会健康的。

有一位军邮同志才从渤海来此，他说惠民肉150元1斤，白馒头60元1斤，三星牙膏300元1支，肥皂200元1条，比这里物价低得多。我昨天给萍寄去2500元北币，也许够她用一下的呢？

我现在剩3000元北币了（本月份总收入是7550元，其中2500元是临时保健费），到下月再寄她一些吧。

9月7日

早饭后，到冯参谋长处去，他是28师的参谋长，现在是后方留守处的负责人。我因腰痛不能行动，来此后还未去见他，他叫我明天到常家庄后方医院检查身体。

晚饭后到堤上散步。飞机整日来回侦察河上活动，这儿到黄河仅七八里路，也在它的目标范围之内。当飞机以急促的轰轰声向头上冲下来时，我们就往草丛边坐下，任你再好的显微镜、望远镜也看不出来。当飞机在河上吐着白烟扫射时，我们又站在堤上散步了。晚间炮声轰隆，这样遥远地听炮声还是第一次，前面一定打得很激烈了。我到堤上去向炮声传来的方向望着，部队在那里一定又有一番惊天动地的举动了，我不知道什么时候可以赶上去。这时敌人的轰炸机，带着沉重的吼鸣从头上飞过，在不远的河口上投下了照明弹。

9月8日

敌机整日沿着黄河侦察扫射，但未听到有人被打伤的事。

群众在热烈地进行翻身斗争。庄子上活跃得很，早上和晚上都是群众开会的时间，妇女开会打锣，农民开会打鼓，晚上儿童团姊妹团唱着歌颂自由和解放的小调，农妇们天天欢喜地为我们推着给养。

我准备趁在后方的机会，和地方政府取得联系，参加群众的各种活动，以了解目前群众的斗争及群众的觉醒。

9月9日

今日与指导员去张秋集，借马骑着去。

县政府及公安局的一些干部告诉我们，自张秋到寿张这30里一带，群众正在发动，但地方问题尚多，特务很多，已逮捕20多人，群众闻特务均很害怕。最近逃跑了一个还乡团，群众在斗争恶霸时颇有顾虑，害怕人家回来报仇。

9月10日

从冯参谋长得到消息，野战军在郓城以南之沙土集歼灭蒋军整编57师，毙俘7000余人，并缴到榴弹重炮8门，炮弹甚多。10纵过河后，5军即自郓城以南进攻。我纵担任阻击5军任务，其他纵队歼灭了57师。

华东战场敌人原有机动兵力为9个整编师，现抽出5个追刘邓，机动兵力只有4个师了，现在又被歼1个，估计年内再打几个大仗，战争主动权将全盘落入我手。形势将由敌强我弱变为敌弱我强，那时我军将全面出击了。

刘邓南下，为时仅月余，攻克城市30余座，现已克复麻城，东面指头已指向合肥及南京。陈谢亦已控制洛阳至潼关的400余里。这两支大军捣入国民党心腹，将与敌区民主运动相呼应，使其部署错乱，而加速崩溃。

9月11日

下午看东北秧歌剧《血泪仇》，这是大众文艺运动中成功的创作之一。内容是作者深入农村采访来自群众的材料，成功于表现方法上创造了新的形式，该剧在编写上颇成功，我一气看完，得益匪浅。

9月13日

从寿张县政府，借到一本瞿秋白同志编选的《鲁迅杂感选集》，其中精彩论文颇多。

近来留守处往惠民来去的人很多，今日有人来此，说惠民城及其四乡被飞机轰炸甚剧。特务亦趁机活动，闹得很凶，渤海人心有些浮动。我难免替萍担心，因为那些农业机关是没有武装的。但后来想想自己太傻，我对萍是“鞭长莫及”，无法给她任何帮助。而她也不是木头人，她们的领导者也不是木头人，有情况自有办法应付的，担心是“杞人忧天”。

在渤海留守的文工团来了，庄上热闹起来，成天歌声不绝。男女同志哈哈笑，把小孩们都活跃起来了，跟着学唱歌，一到晚上，庄子四周便扬起孩子们的歌声来。

9月14日

近来敌机对这一带似乎注意起来。前天在寿张曾有几十辆大车及民工担架队被发现，挨了一顿扫射，也许敌人估计后方机关都在这一带了。的确，后方机关，以及通至渤海的运输干线都在这里。一到晚上，敌人的空中堡垒便低空飞行，投下照明弹，寻找汽车目标。但敌机还是无法侦察到机关的位置，只是乱炸一阵，我们未遭受损失。

今日河南又传来密集的巨型重炮的响声，似某地又发生激战。去问参谋长，他说尚未收到情况电报。

9月15日

到医院去检查身体。8月份打摆子时拉出了一条筷子长的胃虫，估计肚子里有不少虫子。医院无显微镜，无法检查，来去30里，白走一趟。

近来饭量很大，所以对自己健康很乐观。但也许有胃虫，所以还是消瘦。由于数月来的积劳，夜行军睡不够，造成神经衰弱，多用脑后，就有“腾云驾雾”似的感觉，目眩，近来我每天争取睡10小时以上。

回想去年常常为自己身体过分发愁，真是可笑（难免笑出声来）。为什么会笑以前的我呢？我想想，也许有了些进步吧。将来的我也许会笑现在的我呢。我现在也许正做着一些事，到将来看是可笑的，而现在不知不觉做着。我希望自己能够多有这种对过去自我的“可笑”。能够笑出来，一定有了进步，对自己永远不应有满足。

9月16日

起个大早，和潘政指到堤上散步。从寿张城方向，来了100多副抬着负伤同志的担架，行列拉得很长，到八里庙门口便停下来休息。民工们纷纷在小摊子上买大饼油条，塞到伤兵口上，“同志，吃吧”。同志们从美国军毯里伸出粗大的手来，把油条推开：“抬一夜饿了，你吃吧。”都是军民之间真诚的举止和谈吐，但很使我感动，这是一幅描写军民之间亲密团结的最生动的图画。自卫战争的伟大和必胜，也从这里显示出来了。如果这里有解放战士，他们一定会被感动，而站到人民立场上来，英勇地和反动派搏斗了。自卫战争中，没有一个解放区的人民是逃避在外的，他们积极支援前线，任劳任怨，坚决拥护我们，他们为自身的解放事业尽了最大的功劳。我觉得这些粗壮的农民，在心灵深处都蕴含着崇高的人类道德，是最可敬的。

据伤兵说，他们大多是阻击5军和围歼5军时负伤的，他们下来时，5军已被10纵歼灭两个完整连。冯参谋长已接到电报，因情况变化，已放弃歼灭5军的计划。部队现向郓城以南运动。

9月17日

部队已向陇海路南下了，据说将在铁路两侧组织战役，配合刘邓部队的发展计划。看到前方送来的政治命令，我们的战略企图是控制郓城，作为我们的后方，然后再打两三个大仗，开辟鲁西南的局势，然后再南下出击。但和刘邓的大出击不同，基本上还是内线歼敌性质。

参谋长也说不出我们什么时候可以回前方去，我们是待机过河，等部队靠近时才能组织回去。我强迫自己不要急躁，既然回不去，就不妨多看些书，充实一下思想，把身体养好一些，准备到前方去“再战”。

9月18日

早晨太阳才出地平线，我到大堤上散步。一架敌机在500米左右的低空，啸鸣着从头上削过，连机师的头脸都看到了。

我往草丛中一闪。敌机一直飞到寿张城上，来回旋转，然后俯冲下去，一阵黑烟升起来，然后传来机枪和炸弹的巨响，老百姓又遭殃了。敌机旋即转身沿大堤向东北急飞而去。经验告诉我，那是向渤海飞去的。近来敌机很猖狂，每天有不少的机群向北，向渤海大后方飞去了，渤海人民又遭殃了。但人民是不会害怕的，人民只会更愤恨。

渤海还住着我的爱人，她现在也处在敌机的威胁下，愿她平安！每当飞机向北飞时，我就这样默祷。

9月19日

电台上收到消息，东北又歼敌一个师，这说明东北的反攻也开始了。陕北又歼敌一个旅，这将紧紧拖住胡宗南的后腿，使其进退两难，无法南援。胡宗南在占领延安后，就给自己定下了死刑，他最后必然全军覆没，一兵一卒逃不出解放区的。他现在被困在陕北山区，如果要南援（中原），也得行军20天才能到，但这是不可能的。

9月21日

看完了《鲁迅杂感选集》。我的重点是体会鲁迅对社会问题的深刻分析、思想方法，以及他坚定的立场、对统治者黑暗势力尖锐的态度，我确是得到了一些帮助。譬如，前天我们谈起苏联产生了许多伟大的战争文学。我们在这次自卫战争中，同样有许多可歌可泣的故事，但没有能够写出来，很觉遗憾。有同志分析："由于中国的先天不足，所以没有写出来。"我明知这是一种近视的片面的看法，包含着一种轻视自己的消极成分，但我也没有充分理由来反驳，只说中国的作者还未能与战争实际结合，形成了文学与实际斗争的脱离，但也未抓着问题的深处。鲁迅分析说，一般在新旧斗争时期的文学的发展，要有这三个阶段：（一）革命行动未起之前，这时候文学，就显出了革命快要到来的象征，作品很多，大多数是暴露旧社会黑暗，申述革命理想的；（二）到第二阶段便没有文学了，因这时是革命的实际行动时期，大家忙着战争，打倒统治者，所以都没有空闲来写文学；（三）革命胜利以后，人们要感激和歌颂那些在战争中流血流汗的人们，于是文学又热闹起来……我仔细一想，我们现在正处在第二阶段。这是深刻而简明的分析。

看了鲁迅的杂文，告诉我对于一个问题的分析，必须要有老实的态度，知之为知之，不知为不知，要全面深刻，否则就少发议论。

9月23日

近来看到一些同志为了微小的不如意，而让苦闷桎梏自己，我很担心，长此下去，对个人对革命有什么好处呢？在过去，我在心灵上也常常会浮起“苦闷”的影子来，大部是在个人的理想、利益及工作问题与党的利益发生矛盾时。现在回想起来，都是妨碍着自己进步的，得不偿失的。

一年的战争生活给了我很大的锻炼，在血与火的斗争中，我体会到阶级敌人的凶暴。为了打倒敌人，应该不惜牺牲自己的一切利益，在这样尖锐斗争的关头，个人的一切还值得去计较吗？正因为这样，所以半年来的心境始终是愉快坦爽的。生活虽然艰苦，但愉快如故，虽然有时也会有些小的忧愁，不是严重的思想上的问题，只是情绪上起个小波浪，一闪就过去了。我体会，保持愉快和乐观，是会加强自己的工作效率的，人也热情而活泼了。一个革命者是应该让愉快来统治自己，苦闷是要克服排除的，苦闷是进步的敌人。况且在这伟大胜利的局面中，一切都充满着前进的朝气、胜利的希望，因此个人的前途也是充满光明的，还有什么事值得苦恼呢？

但我还必须警惕自己，目前的愉快是在我顺利情况下产生的，现在工作很开展，有信心，上级有照顾，爱人很忠心地爱我，战争一天天接近胜利……这当然没有什么可以苦闷的了。

但将来碰到挫折、不如意时也许仍会苦闷起来。那时候应该明白，苦闷是消极的，不能丝毫解决问题的，必须鼓起勇气去克服困难，这才是革命者积极的态度。

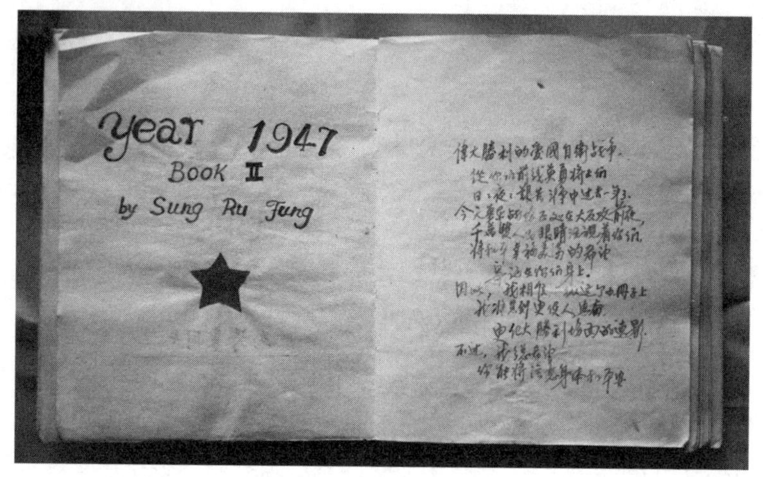

王萍送给沈如峰的笔记本

9月24日

萍给我寄了日记本来。装订得细致，用红色的玻璃纸包在封面上，显得光彩夺目。在这个时候，红色的封面，以及她剪贴在里页上的红星，象征着胜利。萍在首页上题了一首诗，给我以同志的鼓励、爱人的关怀：

伟大胜利的爱国自卫战争
从你们前线英勇将士们
日日夜夜艰苦斗争中过去一年了

今天华东战场正处在大反攻前夜
千万双人民眼睛注视着你们
将和平幸福美满的希望
寄托在你们身上
因此，我相信，从这个小册子上
我将见到更使人兴奋
更伟大胜利场面的缩影
不过，我总希望
你能将注意身体和平安
看成与工作同样的重要，这样才能
使你远留在黄河以北的萍
得到宽慰……

她在下面写着“给遥远的峰留念”，签名旁贴着她的照片。萍是一个具备纯良诚挚而热情心地的人，我以后每天见她微笑着的照片，对我的鼓励是很大的。

萍的保健证到9月底满期了，她叫我不要担心，担心也是“鞭长莫及”，无济于事，她自己会想办法的。她今年冬大衣可能不发，没有大衣将怎样过冬啊？

我现在衣食饱暖，每月还有几千元津贴保健，生活与萍相差太远，很觉心里不好过。但她们来信中总以敬慕的眼光看着前方的同志，觉得她们不能直接参加到战争中来而遗憾。事实上后方同志“倾家荡产”支援前线，其艰苦远甚于我们，是值得我们敬重和学习的。她们是在为着战争、为着胜利而受苦，虽然远在火线之后，但同样是在受着战争考验。虽然她把我当作唯一的爱人，但不接受我援助，而且有时因我的援助而发脾气，顽固地拒绝，我心中总是很不安，我对她太无益了。

9月25日

打算帮助留守处做些工作，在休养中也可以给党尽一些贡献，革命者不能光闲着吃干饭。已与参谋长谈过，他意叫我到归队连去担任指导员，对伤愈归队的士兵做些政治教育工作。这里有6个连的归队人员无人管，我去正是“及时雨”。我同意了，将来就随着他们一起回到前线上去吧。

已是三天阴雨绵绵了。晚上很冷，夹被是不中用了。今日要把蚊帐套在被子里，也许暖和一些。美国军毯已来了，但暂时还不能发下来。

9月26日

晚间起寒风，天空云彩飞奔，气候骤冷，穿棉背心还觉寒气入骨。到堤上散步，已有深秋时肃杀的感觉了。

看完了苏联的《复仇火焰》（中篇小说），这是一部描写苏德战争时期，苏联人民在敌后艰苦奋斗坚持游击战争的小说。在患难的日子里，真正的英雄们都挺身而出，不顾艰险去挽救危局，没有一个人是站在战争的圈子以外袖手旁观的。书中一切，和解放区人民，以及今天自卫战争中的情景是很相像的。

我看这书常常凝神静思，想从书中吸取苏联人民顽强坚决的意志力量，以及那种迎难不馁的精神。

书中也穿插着爱情故事，护林人的女儿爱着上等兵阿列克谢衣。从这爱情的发展中显出人忠诚善良的天性，也说明战争中所有的爱情都不能以战前的常轨发展。阿列克谢衣在战时往往忘了爱情，虽然他平时常常想起自己的爱人。某些地方倒和我的情形很相似。

9月27日

清晨大雾，暗淡的星光尚在天空夹着忪惺倦眼，东方渐渐发白。庄内宽大的水汪里，像魔鬼似的雾气翻卷着升腾起来。柳树下的船渐渐模糊了，那小桥也看不见了。到大堤上，望见远处的河水像水晶色一般地在浓雾中闪耀，大堤一二十米外，景物都看不见了。这是今年第一次的雾，北方的雾来得太早。

下午又下雨。今日送来报纸甚多，有好几种（《大众日报》《冀鲁豫日报》《渤海日报》《华东前线》《前锋报》等），遂集中精力看报。陕北《36团是这样消灭的》一文，写得很好，暴露了胡宗南部署错乱，部队士气低落。《华东前线》摘引《解放日报》"八一社论"中一句重要的话："整个说来，这些现象已经不是表现为害怕革命的失败，而是表现为大踏步前进中的不够勇敢。今天所需要克服的，一般已不是防御中的困难，而是前进中的困难。这些困难一样会把有些人吓倒，束缚他们的精神意志，使不敢于胜利。"

现在胜利的局面正在发展，我们的困难依然重重，这话应时时引以为警惕，作为前进中的"座右铭"。

9月28日

近日常和潘政指漫谈各种问题，有关工作、学习和修养方面无所不谈，范围甚宽，有益。

今日看完了苏联小说《团的儿子》。书中以12岁的小孩凡尼亚及叶拉吉亚夫上尉的炮兵营、侦察兵毕登科为主体。作者曾写过《我是劳动人民的儿子》一书，战争中他又服务于前线，所以他对军营生活很熟悉，所以能写出这样生动的战争场面来。书中主人公为祖国忠贞不移地牺牲，积极负责的精神以及崇高英雄气概，是值得每个同志学习的，尤其是直接服务在自卫战争前线的同志们。像叶拉吉亚夫上尉，他一面有着严肃严厉的工作态度，一面又是一个很仁慈和善的人，具有坚决冷静、善于思考的头脑和判断能力，不怕任何困难。还有他对小孩凡尼亚的爱是表现在他对这个小孩的前途的关注上，这是一种最大的爱。一个上级对下属的爱和关心，应该是用在对他们前途发展的考虑，并尽量给他们帮助，使他们进步得更快。我应当向叶拉吉亚夫的人格学习，使自己渐渐具备着完美的为人风格。

9月29日

今日是中秋节了，部队杀了猪会餐，每人发2两酒、3个梨，就算应时过节了。寿张有月饼，800元一斤，味尚佳。上午空肚子喝酒，醉了躺在床上，心跳得很剧。

老百姓过节也不过称些肉来做饺子吃，只有孩子们的秧歌队把锣鼓打得热火朝天……一切都是战争时期气象，简单得很。

去年中秋时，我记得正在六塘河两岸作战，淮阴快吃紧了，而萍也开始了她的流浪转移生活。今年中秋，是分得更远了。在团圆之前，我们只有全心全意为党工作，将来见面时才有意义，才能显出这种分别有价值。

看到供给部的通知，说现在很困难，冬衣材料尚未筹备齐全，号召节约。在前方总比后方好得多，即使什么不发，只要消灭一个师，也就都有了，但今年后方物资的艰苦是可想而知的。我很为萍的过冬问题担心，几乎成了大石头挂在心上了。

9月30日

昨晚到朱万义参谋长处，他要我帮助留守处工作，到连队去，离归队之日已不远了。

10月1日

下午去归队团部见王政委，商洽工作。归队团现有8个连，在此等机会过黄河，其中有新来的骑兵连、炮兵连及其他伤愈战士等。王政委叫我到2连去进行时事教育，帮助战士打通“外线出击”思想。王政委对我去帮助工作表示竭诚欢迎，并托付很多希望，详细指示。

下午至2连找刘连长谈工作，并找好房子，准备明早“上任”。

10月2日

上午召集战士开座谈会，启发他们发表疑问，然后再根据问题准备讲课材料，以真正打通他们外线出击的思想。目前部队有个别逃亡现象，大部是怕到外线、离家太远之故。

下午突打摆子，大概是由于受凉之故，旧病复发了。晚上较清醒，即将十余日报纸，凡社论及重要新闻均细看一遍，准备明天讲得具体些，看后眼睛酸痛，头颇昏晕。

10月3日

身体很软，吃不下饭，早饭吃老百姓家的金瓜稀饭 2 碗，中午未进食。

上午在大槐树荫蔽下，给战士报告时事。讲话时气甚短狭，觉累得慌，但战士的思想必须要打通，自己少休息无妨。今日主要讲目前反攻形势及外线出击问题，从发问中发觉，战士们常识太少，如“李先念”“魏特迈”等都不懂，又很难听懂我的口音。我平时和战士或农民接触少，故不能讲出适当的俗语及譬喻来，也许战士们觉得讲的道理很深，但不够生动。

10月4日

今日又雨，不能上课。

下午与刘连长漫谈他的历史。他现在身体很坏，过去是个很棒的人，看他的骨架亦是很棒的。他曾负过 5 次伤了，一次在面颊上，子弹未打透，否则已经牺牲了。两次膀上，一次腕上，把骨打断了，一次腿上。头几次负伤均在抗日时期。负伤后，就倒在野地里几天，等敌人走后才有法抬回来，以致流血过多，形成了贫血和胃病，身体一年不如一年。现在虽很虚弱，但他仍在前方坚持工作。他说话时，从未对自己的身体担心过，只怨恨身体太弱，不能担当更多的工作了。像这样经过无数次流血考验而不气馁的同志，在党内是很多的，他们都是为党尽了极大功劳的，所以我听他谈他自己的战斗故事时，不觉肃然起敬。我要向这位忠于人民事业的年轻连长学习，学习他战斗不懈的精神。

但对他照顾差，影响他恢复健康。我准备向王政委反映，他自己是不好意思向上级说的。

雨略止后，到潘政指处，亲自动手做油葱饼吃，味颇美香。我俩在这次休养中已结成好友了。

今日吃黄色的药片后，摆子未来，但仍耳鸣头痛。

天寒，晚间将蚊帐套棉被内，可相当一斤棉花，不觉冷，睡甚酣。

10月5日

今日来通知，明日晚上过河。10纵已打开鄄城，歼敌一个团。

10月6日

今日刘团长、王政委要我负责带2连回前方，名义是指导员，刘连长因为身体不好，留原地休养。

今日准备行装集队讲话，要求战士们在行军中注意秩序，不要掉队。

出发前写一信给萍，告诉我又回前方去了。

10月7日

昨天下午召开班排连干部会议，了解部队思想情况，布置防止开小差工作。

黄昏前在南门外大堤上集合，沿大堤向西南行军，一夜行70里，到范县附近宿营。因走得急，战士们发牢骚。到目的地后，3班少了两人，我批评了3班长。

10月8日

昨晚继续沿大堤到濮县，行军60里，很多战士掉队，8班少了一人。

行军中表现最不错的是6班长，他是在泰安解放过来的。汶上战斗中他负了伤，左膀已残废，但仍坚持到前方来。路上生了病，我叫他回去休养，他坚执不愿。行军时，虽发热很高，还是不掉队，很使我感动。遂设法动员了一辆小车，让两个民工推着他走。

离河口仅20里。今晚要过河，白天忙着种种准备工作，未能安眠。

10月9日

昨晚从濮县出发，有特务在黑暗中向我打枪。我当即令一个班还以一阵排枪，特务遁去。

我们到李桥渡口等船过河，队伍集合在河边上。这几天水才退去，地上很潮，泥土软绵绵的，如同有弹性的橡皮一般。黄河水在前面咆哮，河风吹来，身上打战不已，大家尽量地蜷缩着靠紧休息，互相吸取暖气。从10点等到晚上2点才有一大批船过来。原来现在河水很急，船向上游逆流驾驶时，是以“S”形前进的，来回一次需时很长，每只船一晚上来回4次，便天明了。岸上实在热闹，整夜熙熙攘攘，后勤部队与佚子担架来往不绝，数以万计。成夜在赶渡数十万套冬衣及大批弹药。前方又下来了几千伤员，所以船只虽多，还不敷应用。我们是部队，黄河指挥部给我们优先权，等船过来后就上了船。我带着的一个连恰巧坐满了一只中等船（最大的船可以载二十几辆大车）。船老大拉起锚，船很快离开了岸，等漂至河中时，水流更急，把船撞得左颠右覆。驾船的老百姓全神贯注，6条桨拼命地摇。下去了10多里路，渐渐靠岸了。有七八个民伕不顾寒冷，跳下水去拉船。部队依次序上岸，然后卸下重武器，到附近庄上集合休息。等刘团长过来后，又行10余里到陈刘庄宿营。因向导带错了路，大家蹚了一阵稀泥水到目的地后，天已大明。

沿河一带庄子很穷。敌人反复侵占数次，还乡团欺诈敲迫，再加水灾，已呈荒象。我们向村里交涉，连60斤小米也凑不起来，讲了好多好话才勉强凑了40斤。部队经过一夜行军，疲困饥饿已极，到目的地后又吃不到饱饭，必定怨到我头上来。我一面解释，要求大家忍受这种艰苦的生活，一面赶到刘团长处交涉，总算把一顿饭解决了。

早饭后，休息片刻。整夜忙于杂务，未得安眠。

过河以后，又少了5名战士，其中3名是3班的，很头痛。

10月10日

昨晚向东南行30里，到高家沟宿营，与团部共住一庄。离10纵15里，与大部队接上了。

大早即把各师团的人分编送走，纵队直属队的数十人由我带回去，早饭后，与刘团长、王政委握手告别。

中午到了纵队政治部。同志们见我回来，均非常高兴。吴江说，这几天他正着急，支社少了一个人，工作太吃重了，回来得正好。

回到工作岗位，精神上比在留守处高兴多了，我重新负起担子，紧张的生活又开始了。

10月11日

因连日行军，复要照顾一个连的生活起居，十分困乏。

但回到前方来，情绪上是很高的。过河时竟对黄河以北有不胜留恋之感，感觉我和萍又隔着一条宽阔的黄河了，今后还要离得更远，未知何年何地可见面。过河后心情平静了，仔细想想，离她虽越来越远，但胜利后见面的日子是更近了。

10月14日

接连开了两个会。一是党小组检讨会，一是支社工作检讨会。

我忙着清理工作上的“欠债”，颇费力气。今日发下了美国毯子，明天发棉花。

10月16日

昨晚纵队文工团公演，是成立后第一次和我们见面。演出的节目如《掉队》及《老来红捉俘虏》等，均短小精悍，适合战士胃口，演技尚算不错。史团长说：“我们一次不满意来第二次，不断学习，到大家满意。”我们应该鼓励他们。有人议论说，女同志没有一个好看的，唱歌嗓子亦不悦耳。这些只是大家闲扯中的一些杂谈，该文工团发展前途还是大的。

牟天同志决定调教导团任宣教股长，老蒋因关节炎很重，暂去后方休养。他们两位于今晨启程，我们一直送至庄外大树林。昨晚会上，他们对每个人都有几句临别赠言。他们对我提“对人较严，对己较宽”，的确值得我今后努力改正。

10月17日

棉被已套起来了，下面铺着毯子，上面盖着棉被，这种生活能算艰苦吗？上级现在强调着我们目前的困难，但较之过去，这算什么困难呢？真正的困难艰苦，恐怕还是落在后方同志身上。

摄影员王某某有腐化思想，企图不轨民女，组织上已严予处分。他要求留任，给以自新机会，组织上允其要求，再考察一个时期。这同志平时就落后，但做出这种事来，却是出于意外的。我在会上批评这种行为是出卖革命人格和埋葬革命荣誉，要他今后老实做人。

10月18日

牟天和老蒋走后，我的工作加重了，最近还加上了编《前哨新闻》及《新哨记者》的重务，所以整天很忙。前分社接连来了好几个指示，要我们进行反攻形势下的新闻报道，从战略眼光上来报道战役，准备开会研究。

今日发下棉衣，是冀鲁豫工厂做的，比山东还要差一些。我们闲谈物质条件方面，山东比华中差，而冀鲁豫更加艰苦。听老蒋说，过去中原地区，往往冬天连袜子也穿不出的。现发下的棉衣虽不好，但我们都很满意，只要衣暖食饱，争取胜利，在物质上不再有其他奢求了。

下午听刘培善副政委关于目前战局及任务的报告。我们华东野战军西线兵团的任务是开创苏鲁豫皖解放区，与刘邓大军腹背相依。我们最近活动的范围是在黄河以南，淮河以北，平汉路以西运河地区，将来过淮河时，战局当有新发展了。现在全国形势对我有利，估计全国革命彻底胜利之日，是不会出1948年年底的。我们困难尚多，没有一个困难是不可战胜的。一般来说，我们的困难是前进中的困难，而敌人却是无法克服的失败中的困难。

编 注

1947年8月，毛泽东经过深思熟虑，决定实行战略反攻，将战争引向国民党区域，在外线大量歼敌，使我内线获得喘息机会，以利持久。

8月7日，刘、邓的晋冀鲁豫野战军从鲁西南开拔，挺进大别山，掀开了战略反攻的序幕。

毛泽东急电华野西线兵团应在鲁西南（菏泽）地区积极歼敌，以全力配合刘、邓，使刘、邓尽快在大别山区减轻压力，立足站稳。9月3日，10纵立即结束在黄河北岸寿张地区休整，渡河南下，再次杀入鲁西南。

9月7日、8日，陈毅、粟裕发起沙土集（菏泽）战役，指挥3、6、8三个纵队担任主攻，全歼敌整编57师1万余人。10纵任务是阻敌5军西援，这也是10纵与5军的第三次交手。10纵在郓城以南王老虎庄、八里河一线，以简单的野战工事抵抗5军连续凶狠冲锋，坚守住阵地，保证了沙土集的全胜。是役，打乱了国民党军在华东、中原地区的部署，改变了我军“七月分兵”后的被动局面，提振了军心士气。

父亲因病住寿张县后方医院，未能参加沙土集战役。从他日记记录看，他身体底子差，不健壮，长年淋雨受寒夜行军，易染疾患病，很影响工作。人在战争中，不光拼信念意志，还拼身体体力，在国统区转战行军，一旦负伤或病，救治不及时，掉队会很危险。

10 月，10 纵到紧靠黄河的鄄城驻扎，父亲随归队团渡河返回，他的工作多了编《前哨新闻》和《新哨记者》两项。

那时，华野各纵队均办有军内报纸，10 纵名为《前哨》报，蜡纸钢板刻字，手工油印，不定期，发至连。《前哨新闻》和《新哨记者》，应为新辟的两个专栏。

激烈作战，大踏步进退转移中，仍坚持办报、出报不停，只有共产党领导的军队才有。光荣传统可追溯到红军长征时期：邓小平曾为《红星报》亲自刻蜡版。

部队作战，指战员很苦恼的一件事是：与外界隔断，不了解形势情况，不知道在打一个什么仗，为什么要打这一仗。于是，军内报成为部队最快捷获取各方面信息的主要渠道。战局战场形势、上级指示要求、兄弟部队战况、英雄模范事迹、时事路线政策、民情地理介绍等，军内报都有刊载。新华社系统发出的大量消息、通讯，也是要通过军内报才能在部队中落地发挥作用。所以，华东野政、各纵政治部均高度重视和支持新华支社及军内报建设，视为战时政治工作、宣传教育巩固部队工作的重要环节。

党中央、毛泽东的战略部署，不但在高、中层级得到贯彻，而且要通过军内报迅速传达至基层，成为全军指战员的行动自觉。

10月19日

明日要行动。据说徐州附近的敌 28 师要北上，我们准备结合兄弟部队去吃掉它。南下陇海路后，我们还要担任破击铁

1947 年 10 月，华东野战军通过陇海路，向豫皖苏进军
图片提供：文仕博档馆 /FOTOE

路的任务，使陇海、津浦两路在 3 月内无法通车，使徐州、郑州、开封诸据点完全孤立。

今日写一信给萍，告诉她我将南下的消息。同时，接到她 9 月 30 日信。她们现在都填了原华中干部登记表，准备南下空气浓厚。其实随着革命形势发展，胜利向南推进，她们也一定要南下的，但目前还不到时机。

10 月 22 日

昨日午饭后即向西南移动，行 60 里，到成武北之玉皇庙宿营。自开始行军就天色阴沉，下起细雨来了，途中雨时下时止。今日上午 9 时继续向西南行。昨日 60 里路一口气走，中间没有休息，我脚上关节蹩坏了，疼痛不能行。走至 35 里时即不能再走，于是坐在装运粮食的大车上，慢慢走完 70 里路程，到达目的地已是夜半更深的时候了。队伍先到两小时，同志们都疲劳已极酣睡了。我轻轻点上灯，叫醒房东大娘帮我做小米稀饭，吃一口窝窝头充饥，倒下睡了。

10 月 23 日

部队定于午饭后继续行军。我因脚疼，吃早饭后，即坐事务处大车先走，天黑时到目的地徐庙，行 50 里。一小时后部队赶到。今日路过成武城，到了单县境地，离城 25 里，这是山东省南部最边的一个县份了，离徐州百余里，距江苏省、安徽省、河南北部均很近，我们处在边界上。

成武城和所有鲁西南的城市一样，满目荒夷，人迹稀少，甚为萧条，已无城市味，实际上还不如较大的乡庄热闹，这都是受过几次战争摧残的痕迹啊！

今日所经之地，人情风俗以及村庄之分布、庄子的形式，和山东中北部已完全不同了，我感觉和淮北及涟水、沭阳等地的情形相似。

10 月 24 日

昨晚睡在用绳子绷起来的凉床上，这种床快有一年未见到了。我已过了一年的山东人生活，吃煎饼、大葱、窝窝头、小米，但睡的却比淮北好，大部是床或暖炕。突然又见到了这种淮北苏北式的凉床，不免有很多忆念涌上心来，在淮北时的情形，以及一年战争中的经历，历历如在目前。

这一带很多情形与北边不同了，从寿张过黄河以后庄子和华中一样，是一长溜的，树木较少，庄子周围有圩子圩门，农民生活习惯也与华中相似了。气候比北方暖，这几天还可以不穿棉衣，这次行军带的棉衣成了累赘了。

10月26日

今日陈毅司令员来此报告，他穿黑呢军装，面容较两月前略微瘦些，他那威严善和的风度使人敬爱交加。老实说，大家都很想他，希望他来。

在反攻问题上他指出，现在敌我力量强弱的对比已完全倒转过来。在一年战争中敌人被削弱了，我们则扩大且加强了。自卫战争开始时，我们还没有很好的山炮，现在每个纵队有 12—18 门山炮，另外还有榴弹炮和野炮，部队装备大大改善了。去年 7—10 月中间，我们只歼灭了敌人 20 个旅，苏中七战七捷，只歼灭了 5 万敌人。今年 7—10 月中间，我们就歼灭了敌人 40 个旅，刘伯承在鲁西 20 多天中就歼灭了敌人 9 个半旅。这说明我军大大加强了。现在各个战线上，敌人开始后退了，但蒋介石还舍不得丢掉城市，到处分兵把守。这样最好，更便于我们歼灭他的有生力量，使革命更早胜利。蒋介石现在南京、九江、成都、重庆等地调兵据守，成立第二线部队，整个计划似在部署大江以南。现在蒋介石只能防守，不能再进攻了。

陈毅司令员说，我们胜利是已经肯定的了，革命的艰难困苦已经过去了，一百步路已经走了八九十了，但还有十多步路还得去走，这路程中还有很多艰难曲折要我们去克服。对于

“离胜利还有多久呢”这个问题，陈司令说，快则明年的秋冬，至迟则后年的春季，革命就一定要胜利。他很幽默而鼓动地说：“看你们努力的程度来决定了，诸位愈努力就愈快胜利。”关于华东局面，他说，现在山东大部已恢复，胶东亦开始反攻，估计今冬至明春，我们要完全收复山东和华中。将来全国胜利局面可能在这两种情形下出现：一是我们在大量歼敌有生力量后，完全控制长江以北各省，打到江边，那时候蒋介石可能投降；二是敌人硬是顽抗，我们就一定要过江南，再到长江以南去作战，一直要打到南京上海才解决问题。但不管怎样，蒋介石在明年年底前后是一定要让位的，现在他也许已看到这一点，一面大发脾气，责怪其部下作战不力，一面说：“我已60多岁了，这样辛苦还不是为的你们，你们都是共产党清算的对象啊！”用这种方法来激励斗志。事实上敌人的战斗力已较前大为减低了，很多部队已不堪一击。尽管蒋介石鼓励，很多中高级军官都在考虑自己脑袋的问题了。陈司令又说：“在华东只要把5军和11师歼灭，长江以北的问题就差不多了，我们每一次与5军作战，都在造成以后歼灭他们的基础。5军和11师是一定要死在我们面前的，而且为期不远了，收条已打给委员长了。”最后，他对到新地区后之政策解释甚详，最主要的，我们到敌区后，要惩处土顽，因土顽是群众眼前的敌人，打倒土顽，可使群众发动更快。

听报告时，天下雨了，就挤到宋司令的会客厅中去，很多人被挤在门外。陈司令幽默、具体、深刻的报告中，笑声不绝。会散时，雨暂止，踩着泥水回家，已是半夜时分。

10月27日

野战总部现离我们仅30里，前线分社离我们25里。1、4两纵亦过来，补充冬衣。

已决定休整一星期至十天，干部以学习土改及“三查”为主。今晨萧望东主任做动员报告，政治部成立学委会。学习制度规定甚严，从今日起全体即进入学习浪潮。土改学习现已发展成为一种新的整风运动，最后要达到澄清思想、检查阶级之目的，每人要写笔记及鉴定，由组织部核定。

最近南线各战场无重大新闻。我军歼灭敌地方部队及乡公所、还乡团等消息不少，一般人胃口甚大，对这些新闻已不愿看。实际上，目前敌我均处于休息状态中，故无大战斗。我军才到新地区，也需要站稳脚跟，发动群众，巩固地区，歼敌保安队、乡公所都是摧垮敌地方政权、扶持群众翻身的表现。

前分社来电，要我们在大反攻报道中，即使“一人一枪地歼俘，也不要遗漏”，其基本精神也一定在此。

晚饭后开第一次土改学习会，同志们选我为小组长。今日订了学习制度及讨论了土改学习的重要性。明日起生活极紧张，我应抓紧严格些。

今日听萧主任报告后，感觉时代正在急剧变化前进，我们的确要在这时百倍激奋，加强学习，迎上时代。

今日起，政治部进入学习土改的潮流，每天除完成日常应做的工作外，还要抽出5小时半学习，故生活很紧张。早饭后由张副主任报告土地法大纲的精神。午饭后学习邓政委在华东局土改会议上的报告，学习土改的基本要求及基本政策。这次土改学习偏重两点：一是学习土改的纲领及实施方法、方针路线等；二是通过土改学习达到整顿思想、坚定立场的目的。这次与前次整风不同之处是，以前是偏重于“歪风”方面的整顿，而现在阶级斗争已达到了最尖锐的境地，每个同志需要更明确地来鉴定他自己的阶级和立场，以进一步改造自己，成为彻底的无产阶级的战士。

10月29日

吴江自前分社回来，带来了沈定一给我的信。信中述及一些部队到达豫皖苏地区后的情形说：“豫皖苏的场子已经打开，解放的县城已达24个。大军所至，土顽还乡团只恨爹娘少生两只腿，许多游击区变成了巩固区。蒋管区里建立了民主政权。目前的任务在发动群众，建立党政地武，并肃清土顽。只是干部奇缺，好多地委连部长也没有配齐，纵队和野政已抽干部下去，否则无法应付这一大场面。那里情形之好，实出意外。我们曾在鹿邑附近休整，每个区里都准备好了十几万斤面粉，十万尺布、棉花以及许多鞋子。县政府还请了一班‘梆子戏’慰劳，开了好几千人的军民联欢大会。现在淮阳、康邑两县都举行1万余人的农民代表大会（这是一种大规模放手发动群众的方式，会上有时局报告，诉苦翻身典型介绍，审判大恶霸地主，产生各种组织，然后代表积极分子回到各村去，照样开起来），平分土地，铲除地主恶霸。”另据吴江说，部队进入豫皖苏后，大部系分散作战，以师或团为单位，一夜数十乃至百余里行军，到达一地肃清保安团及土顽等，目前尚无“结束战役”的消息，而小战斗消息甚多，就是这个原因。另据邓岗说，新闻系统将抽调15人出去做地方工作，戴邦现留豫皖苏组织地方新华分社。另有消息，陈向东等未牺牲，他们曾被捕，徐州集中营暴动时出来的，这真是万幸了。

10月30日

近日，生活极紧张。清晨起来完成工作后即开始学文件，很少有空闲时间。同志们选我当小组长后，自当更加起模范作用。每日清晨哨音一响即起身，随即一个个去叫醒那些好懒睡的人，老油条们见我颇头痛。

10月31日

土改文件学习阶段今日结束。午饭后开学委会检讨，有干部思想上尚未十分重视，故明后天还要由萧主任动员。小组内同意我的意见，目前一切应以土改学习为中心，除了极急迫的工作外，次要工作均暂时搁置。不这样做，学习、工作均不会好。

听说要行动，我们亦将踏上南进的征途了。

11月1日

今日开宣教会议，新华社全体参加，会议由我建议召开。为解决全纵通讯工作问题，我曾向吴江提出，最好在团一级建立新华通信站，吴江与萧望东主任研究，主任当即同意。

上午各师团汇报部队思想情况，部队中对反攻问题的怀疑基本上已打消。下午讨论土改教育问题，一切思想偏差，均要在土改整风中求得解决。讨论通讯工作，我与吴江的意见，顺利通过。

会议在汽灯下进行至半夜结束。

11月2日

萧主任做土改学习的反复动员。他特别强调这次学习不是一般的学习，是党的建设的第二次大革命。第一次的整风革命，使我们打败了日本帝国主义。现在要打倒一个几千年来压在农民头上的封建势力，首先要肃清党内的封建思想，代之以革命的无产阶级思想。萧主任指出："打倒一个有形的敌人是容易的，但要侦察或打倒一个思想上无形的敌人非常不容易，这个敌人经常向我们反攻，要以坚强的无产阶级意识才能打倒它！"会后接开记者会议，讨论通讯站工作及大反攻报道问题。

11月3日

今日起土改学习进入"三查"（查阶级、查行动、查思想）阶段。第一步是查阶级，检查自己的家庭成分及个人出身。

晚上讨论到半夜，检查了5个同志的阶级和历史。周迅同志是城市贫民出身，受尽各种生活的折磨。刘保章是个破产的贫农，当了好几年学徒，吃尽被压迫的滋味。黄平是一个贫困的学生，在极端困难的条件下，他勉强入了大学。这3个同志在叙述身世时，不但他们自己的眼眶红了，我们也听得很难过，实际上给我们上了一堂很生动的阶级教育课。吴之非是一个单纯的学生，我生长在一个急剧没落的大家庭中，过去是剥削阶级，祖父死后家庭崩溃，实际上又是一个被大资产阶级封建势力压迫下的小资产阶级，故对旧社会的黑暗看得很明白，这是促成我早年参加革命的主因。我过去在整风时评定的成分是“小地主”，但实际上我家里与农村及土地的关系很小，这成分是不对的。这次又评为“没落的资产阶级”，与实际情况相对照，还是不很合适，尚待研究。

11月5日

上午张副主任报告到新地区以后的工作方针，及群众工作问题。到新地区后，每个人都要兼做发动群众工作。如政权来不及建立，纵政还要委派临时性的县长、区长，以开辟地方工作。明日要向南行动。部队休整了一个月，已精神饱满、兵强马壮了，战士们要求任务的决心很大。萧主任告诉我们，目前作战方针有二，一是去打东明，兄弟部队则打菏泽及曹城；另一方案是向陇海路大破击，同时使平汉、陇海、津浦三条铁路支离断绝，使开封、郑州、徐州陷于孤立，与南京切断联系，使敌人无法依靠铁路运兵运补给，只能用两条腿来与我们比赛。这两个方案尚未最后确定。

参谋长下令各部切实轻装。到蒋管区后，情形将与解放区大不相同。据1、4两纵南下情形，凡在行军中掉队者，就没有一个回来的，都被还乡团逮去了。有时部队派一两个人进庄找向导，也失踪了。部队行军累渴了，到老百姓家找水喝，结果中毒了。这些情形发生，主要由于我军尚未在当地生根立足，地方坏蛋还未扫清。那些坏蛋们知道我军要消灭他，他要竭力反抗破坏一下。为避免意外，我当少背几件行李，免得掉队。

学委会指示，不论行军多远，每天必须坚持学习。会后叫通讯员烧地瓜买花生吃，大家热闹一下，调剂一下精神。

11月6日

今日忙着准备行动。上午又写了一封信给萍，告诉她，我们要向南开拔了。想说的话很多，如土改学习问题、时局问题等，但没有时间写下去了。

明日向陇海路前进，作战方案已确定，先攻下马牧集、张阁、朱集（均系车站）等据点后，再用一个星期破击铁路。这次所有兵团都参加破击，并有大批地武及民兵配合。朱集是一个较大的车站，敌人好几个师的后方留守处都在那里，存有大批军用物资。打开后，蒋介石又要帮我们部队大大补充一次了。

11月7日

下午4时集合出发，行程70里，半夜12时到目的地（曹县南张庄），距陇海路60里。

越往南走，情形越与北边不同了。这里群众与我们较生疏，不像老根据地亲热了。据说，张庄昨天还有还乡团活动，被区所打跑了。我们住的是一户地主家，男的已不知去向。

上午坚持学习。为使土改学习能在近期内完毕，我决定抓紧一切空隙进行。

11月8日

昨夜部队投入战斗。我们于黄昏到司令部集合，参谋长说明敌情以及我们的作战计划，并严肃指出，到新地区以后，要提高警惕，随时有战斗的准备，切忌麻痹大意，行军时禁止喧哗及吸烟。言毕即出发。炮兵营开了上来，6门山炮轧轧作响，极为威风。我们还是野战军中最小的纵队，其他各纵均有山炮团，附炮 11—18 门，火力更强大了。

先行军 20 里至某集宿营待命。部队已向敌进攻。我们于夜黑中向前推动。命令到达后，大家迅即从睡梦中惊醒，赶忙穿衣穿鞋打包袱继续前进 20 余里。黎明时，浩浩荡荡的队伍通过刘口镇。几小时以前，这里还发生过小的战斗。待到目的地时，太阳恰从地平线上跳出来。

28 师亦于同时攻克了马牧集、张阁 2 车站，歼俘敌正副团长以下千余人，缴火车 2 列，满载各种物资。

现在已进入了蒋管区。昨晚越过黄河古道以后，基本上脱离老根据地了。这里群众对我们认识差，昨晚住的某集一共只有 12 户人家，就跑了 5 家。群众称我们为“老总”，与我们讲话时毕恭毕敬，唯唯诺诺。今晨到朱集北之丁楼，进房子后，老大娘把堂屋门关上了，她说里面尽是东西没法坐。后来我们把门推开看，原来里面关着一个年轻媳妇，低着头，站在门旁，吓得一句话也说不出来。老大娘赶快站到媳妇身旁，唯恐我们去戏弄她似的。我们看了这副窘样，不禁好笑起来，赶忙解释，叫她们不用害怕。

晚上在庄上查出两名潜伏的还乡团，并有步枪一支，在路上还抓到了一个大肚子女还乡团。

今日飞机来回侦察扫射，但不多，全线战斗尚未进入激烈阶段。上午收到萍 10 月 29 日来信，仅仅 10 天就收到了，而且直接送到前线来，在枪炮声中送来（这里到火线仅 5 里），真不容易。现在邮政局对前方邮递确实很负责任。我寄给萍的 2500 元，她未收到，真是气人。收到她的信，我精神上得到很大鼓舞，连旁人也看出来了。

11月10日

朱集以西之铁路沿线为5军防地，有5军之96旅番号，故步骤上，暂时不打朱集。朱集以东，一直到徐州之铁路正在“大翻身”，要使得敌人在3个月内无法通车。假如敌人以强大兵力在铁路线上布防修路的话，至少要3个月才能修复通车。而能否让其顺利进行，其决定权还在于我军，今日战略之主动权已落入我军之手。

当我一部逼近朱集时，5军之134团即被迫应战，以11辆坦克及数架飞机掩护向我阵地侵犯，彻夜彻日激战后，敌被我杀伤近千，退守原据点不敢出动。10纵战斗力比前有显著提高，5军每次陆空炮火猛烈进攻，均被顽强击退，且予敌重大杀伤。据5军俘虏谈，5军中咸认10纵为华野主力，见我颇头痛。

整日炮声炸药声隆隆然，但敌机忽来忽去，似不甚积极，显然这次战役战线甚长，敌机不敷应用也。

我们的钞票、粮柴票在此均无法应用，群众不敢接受。我们的给养就以“借粮”方式向地主富农去要。在刘口附近（刘口亦名三省镇，位居豫皖苏三省交界处，有城墙形状之大圩子）发动群众起来，分地主恶霸的粮食。我们起初认为农民不敢要，但事实相反，刘口一国民党24师营长家之1万余斤粮食，半小时内就分光了。穷人们欢喜地叫着“奶奶”，讲不出旁的表示欢喜的话来。除了麦子给部队以外，其他全为群众所有。同时在地主媳妇的腰间及房角里，搜出1支手枪及3支长枪。群众起来分粮财时，离前线仅15里路，枪炮声阵阵传来，谁的天下尚未最后定夺，群众竟敢无畏地起来斗争，这表示群众要求之迫切，以及平日所受欺压之深重了，党的政策是完全准确的。

在马牧集俘到之正副团长（24师2团）刘汉民、张振林已解来，彼等在战斗中未顽强抵抗即放下武器。同时有几百俘兵往后方解去，服色与我相似。

11月11日

昨晚向东移动20里，驻王某集，这是一个很大的庄子。此处离铁路仍为20里，离前线约5里。晚间行军时望见铁路沿线有数次起火。

今日战况沉寂，自朱集东至徐州间敌已全告肃清，砀山等大车站已收复。朱集以西我3、8纵及冀鲁豫之10纵搞得很凶，故5军有“西调刘河口待命”之说。如5军调动，我们明日即向朱集进击并占领该地。铁路上之桥梁均已破坏，今晚将实行铁轨大翻身，民兵、民工一齐下手，第一阶段战役任务已经结束了。

今日分到了几斤白糖，这是在马牧集火车的缴获物资。据说占领车站后，突然误报有情况，急于将车辆焚毁，其中尚有数匣子派克51型金笔未取出，很可惜。

到新地区后，每人都担任调查居民的任务，每个单位负责调查3家。今日就查出了王乡长等10余名，子弹数十发，枪数支，必定还有不少反动武装及坏人未查出，如不进行清查，是易遭后患的。近来发现有坏人夜间带武器搞我单身行走的同志。我们都已警惕起来，大家动手做调查工作，帮助群众翻身。只要地方封建势力彻底摧垮，一切坏蛋都可绝迹了。今日庄上又分了好几家地主的粮食，这是我们目前任务中一件很重要的事（破坏铁路、没收物资、发动群众）。

下午枪炮时断时续。这庄到前线很近，但飞机不来，显然不在其注意之中。

11月13日

昨今两日与第5军续有接触。敌之重榴弹炮日夜向我轰击，尤以夜间为甚。昨天我87团向敌进攻，有一个连队因过分突出，遭敌包围。敌以8辆坦克对付该连。该连在坦克群中与敌肉搏，最后仅剩10余人回来，但敌人伤亡亦甚大，被俘30余，杀伤800余人。到晚上，敌人恐怕我们去进攻，用重炮向四周村庄打了一夜，毁房屋无算，但我军早已转移阵地了。

今日下午85团又向5军反击，俘虏共100余人，杀伤数百人，如动作稍快，敌尚有一个整连可被我们消灭。

28师仍在朱集以东破击铁路，除路基外，已初步成功。今日萧主任说，总部来命令，等破路完成后，我纵的去向有两个方案，由我们选择，一个是到淮北去，一个是到金乡、鱼台、丰县一带去。纵队考虑结果，选择到金乡一带去的方案，因为在那里供给等较去淮北方便。今冬明春的作战方针，是一面休整，一面作战，肃清苏鲁豫皖境内之土顽及地方团队，开辟巩固新地区，发动群众，实行土改，使新地区作为我们进一步反攻的跳板，作为将来前进中的后方。所以，今冬明春不会有很大的仗打，以拉网式打法为主。根据这个方针，野战军将行分散作战，3、11、12三个纵队组成为“淮北兵团”。8、10和刘伯承之11纵三个纵队留在陇海路以北，其他1、4、6纵等就在路南。这样看来，敌5军11师等都要留到明年歼灭了。

晚饭后向东移20里，离虞城约6里。

11月14日

前线分社来电鼓励我们，说我们这次报道做得很好、很迅速。昨日，收音机中听到陕北、邯郸等台均在广播我们的消息。各部首长听到都很高兴。

晋察冀又打了一个大胜仗，解放了大城市石家庄，华北各解放区已连成一片。晋察冀原来打得不好，现在翻过来了，最近清风店、石家庄两捷，对华北局面展开影响很大，聂荣臻将军的名字震响起来了。

到外线后，部队一面打仗，一面协助地方逮捕恶霸及还乡团，实行开仓济贫，一星期来收获很大，有好几个地主家中藏粮百万斤的。目前部队的给养，不再从公粮里出。这几天上下一律吃麦面，生活反而好了，故战士们愿意到外线去。

到蒋管区后，从个别地方看，人民生活似乎比解放区好。事实是，解放区连年兵灾，所以一般人民生活均较贫困，蒋管区则兵灾较少，贫困现象似乎好些。但仔细向群众查访，农村中贫富的悬殊以及人民的痛苦是不堪言喻的，与解放区相形之下，显然是两个天地。

11月15日

近日来，气候陡冷，穿上棉衣还感到很冷。

昨天继续向东移动20里，在虞城城旁走过。这城于四五天以前为4纵攻克，城周还有很多敌人的尸体散乱着没有掩埋，有些上半身已被狗吃光了，只剩下倒卧着的屁股和大腿。脊骨血淋淋地插在屁股上，那些糜烂的尸体都显出临死时惶恐逃窜的姿态，如果在夏天，一定是臭气四溢了。

还有两天即可完成掩护破路任务，我们将向丰县一带去。

29师今天先去，过两三天计划攻占丰县城，据说城中约有土顽四五千人。

黄昏时，我们又向东移动20里，到马家寨子宿营，紧挨着黄河古道的大堤。这一带与皖东北的情景相似，房子矮且陋，人畜共住，墙倾瓦摧者极多，我们十几人分配了两间房子，大家只得搭地铺挤着睡。庄子中央有地主的高楼，地主早已逃亡，四周尽是穷苦的佃户。

这里往北是单县，往东是砀山地区，更往东则为丰县，是国共两面地区，使用两种票子。老百姓很害怕，不愿多说话，尤其是家中有多少地、租谁家的地等，不敢直说。

这儿离前线已较远，枪炮声已渐稀疏，战斗基本上告一段落，仅有小战斗。29师已插到东面去，打东边的敌人。明日走10余里，可到达江苏境地了。

今晚又向东北移动40余里，到单县境内之侯庄宿营。单县城在北面60余里处。又回到了山东，向东10余里即到江苏省境了。一星期来，我们就转战于苏鲁豫皖的边境线上，只要几小时的急行军，同一晚上即可足踏三省境域。

行军途中阴风凄厉，昏天黄地，伸手不见五指，互相紧挨着行军。好几个月以来，没有碰上这样昏黑的夜晚了。这一带地薄人稀，很久才经过一个庄子。过了一庄又是一庄，走了七八个庄子才算到达目的地，进入房子时下起细雨来。这一带土顽特务很多，途中常常听到周围庄上打黑枪的声音，火光在黑暗中闪烁。这一带民间还有打更的习惯，我们过第三个庄子听到打二更，到第七个庄子就听到打三更了。在沉寂无声的深夜里，我们这些“夜行者”听到清脆的更声，很有神秘之感。我们一面行军一面听着更声，所有的倦意都消失了。

群众都非常困穷，矮矮的房子，啃着地瓜和红高粱，终年不洗脸，与山东中北部群众生活相差甚远，与皖东北及洪泽湖四周情形则相仿，据说再向东就比较富些，现在已决定，不开往淮北去了。

近来身体尚可，行军不觉甚累，唯好气喘，日间怕冷。

28 师仍在东面阻击掩护破路，29 师已接近丰县。两师离纵队部很远，均用电台指挥之，估计数日后，将向丰县动手。

11 月 16 日

由于敌情变化，我们的作战部署又变动了。当中野 11 纵向丰县前进时，敌吴化文有两个团随其后而下，于是决定先消灭他两个团后，再去打丰县之敌。故今晚突然向北移动 50 里，到达金乡、鱼台以南 50 里之朱方楼宿营。

途中我们又穿过了黄河古道。中间有一段细泥路，表面上被太阳晒干，走上去橡皮一样有弹性，载重的驴马走上去，整个身子都埋到细泥里去了。叫了很多老百姓用绳子把它们拖起来时，那些驴马冷得浑身发抖。我们又经过了一些荒凉的碱沙地，庄子穷困而散远，树木稀少，荒草蔓生，给我们的印象是

“满目凄凉”。

天气也在与人作对，狂妄的西北风从正面向我们猛袭，呼啸的风声把我们相互间的说话淹没了。细密的灰沙向眼眶里一阵阵塞进来，简直要蒙住了眼睛。我今天又穿得单薄，下身只穿了卫生裤，没有穿棉裤，没有穿袜子，简直冷得要发抖。风尖厉地直往关节里吹，关节处感到有些疼痛。到目的地后，大家抢着进那些破陋的房子，也再没人说房子狭小的怪话了，这些房子在今天都变成像天堂一样的舒服了。

半夜出外小便，望见东北 10 余里外一片炽烈的火光。大概是远处什么庄子失火了，火势趁着干燥凶暴的北风便越烧越旺盛了。

11 月 17 日

经过一夜北风吹刮，气候突然冷了下来，除了槐树还保留暗青色的叶子以外，所有树木的叶子都被刮落了，随着狂啸的北风在地上飞卷，一堆堆厚实的吹到墙角里。今天第一次上冻，大家做起事来都有些缩手缩脚，人人都在叫冷。

今天我总算穿了棉裤和袜子，把吴之非送我的羊毛围巾也围上了。围巾是黑色中带白条子的，很大方。吴江突然走过来，抢住了围巾说：“我来代替王萍帮助你围围巾。”于是他装着爱人的样子，温存地帮我装饰起来了。大家都哄然大笑，我也不禁笑得捧腹不已。我除了吴江的玩笑开得太突然和奇怪以外，还好笑这玩笑的确开得很逼真，我们过去的确有过这种情形的。

部队处于战斗频繁的生活，一半的时间消耗在行军中，缺乏娱乐调剂。玩笑往往可以成为一种轻松精神的东西，尤其是诙谐的玩笑，更可以增加活力和同志间融洽的感情。

夜间风较小些，在树林上呼啸。大家紧紧地挤在一个小房里，剥着花生，吃着滚热的地瓜糊涂，尽情天南地北地谈论着，这也是我们在奔忙艰苦的日子里唯一的乐趣。

11 月 18 日

吃过中饭，行军 20 里，到曹马集宿营时，队伍拉得很长，以防敌机的扫射。这里到金乡 35 里，到鱼台 40 里。老百姓很欢迎我们，自动让铺位，一面说："同志们你们来了，我们就安心了！"昨夜金乡城里的还乡团还到这里来抢粮，抓了十几个人去。这几个月来，已陆续被抓去 100 多人了，老百姓均恨之入骨。老百姓还告诉我们，离这里 12 里路的唐楼，前晚上刮大风时，被还乡团一把火烧成了焦土。原因是前次还乡团去抢粮时，唐楼的老百姓逃避一空，民兵们抵抗了一下。这使我想起前天晚上的大火，原来是唐楼被烧光了。各庄的青年妇女闺女，也被抢去不少，老百姓所受的灾难实在太深了。他们说："你们如果能打开金乡鱼台，我们的日子就太平了。"我问："如果逮到这些还乡团，你们怎么样对待他们呢？"老大娘说："那还不给他杀了，撕碎了……"群众见了我们真是太亲热了，与蒋管区老百姓对我们那种毕恭毕敬的样子是完全不同的。

部队已包围了金乡、鱼台，今夜要战斗。

11 月 19 日

夜半听到我们炮队在向敌人轰轰开炮。拂晓时，我们向前推进40里，到朱家口宿营。路上炮声不断传来，87团已攻下了鱼台城，俘敌千余人。中野11纵已攻下沛城，守敌逃窜。昨日金乡敌一个团向鱼台增援时，被截于半途，今夜可歼灭他。这两天飞机没有来，很奇怪。

这一带墙上涂的还是蒋匪标语，不久前还是敌人的势力圈。但群众对我们很了解，我住的房东家是雇贫农，我问他："如果八路分给你家每人两亩半地，你要不要？"那老头说："给我还不要吗？那就够生活了。"

今夜风平浪静，上弦月在半空射出透明的淡淡的光。写日记时，几里外的火线上还未传来枪炮声。战士们在挖工事，现在还未到攻击的时候。

11月20日

清早从参谋处得到消息，从金乡出援敌70师139旅的2个营及保安团200余人，抵达金乡、鱼台之间之袁集李家楼一带时，即遭我包围，于昨日下午2时很快将其全部歼灭。前线分社电台整日在与我们的电台哒哒哒联络，等我们发报。我们已发了几份去（缴野炮两门）。

金乡城内有敌70师部及两个旅部，另有两个团的兵力。70师曾于7月间在羊山集为刘邓大军歼灭过一次，以后收拾败兵残将，补充新兵后重建，战斗力弱。但现在师长为整5师（即5军）200旅旅长高吉人新任，反共成见甚深，故该敌抵抗时可能还有相当顽强性。除该部外，金乡尚有鲁西南之还乡团两三千人，可谓鲁西南土顽之大本营。把这些土匪消灭之后，对鲁西南人民鼓舞极大。解放金乡将使鲁西南解放区，即运河以西、陇海路以北、黄河东南之地区，除菏泽一孤悬据点在解放区军民围困中，其余完全打成一片，是造成苏鲁豫皖为完整解放区的重要因素之一。金乡位于广大根据地的东边，菏泽、济宁、丰县之敌自身难保，无法相援，使我可以充分争取时间歼灭敌人。现在战士们打了几个胜仗，士气很高，再加上这次有总部的野炮团来参加，连同本纵的炮兵营在内，共有70多门大炮向敌攻击，在火力上是远胜于敌人的。所以这次有把握完全歼灭敌人，使我在人员弹药武器方面得到补充。

今日前线仅有试探性的战斗，85团曾经突入南关，俘虏了几个敌人，正在调动兵力，周密部署，明日晚上将向敌人总攻。

晚饭后，向北移动5里，到五庙宿营，原来地点让给炮兵住，那里满堆着各种炮弹。

这里老百姓实在很渴望着我们，我们一进房子，他们就拉住我们诉苦，说城里的70师怎样迫害他们，把水桶席子都抢去了，把桌子椅子都劈柴烧了，把妇女带进城去了。他们说："您来再好也没有了。"我告诉他们，明后天就可以打开金乡，把那些坏蛋都逮起来。他们，尤其是老头子作着揖说："好！那真好极了，我们就过太平日子了。"于是他们拉着我们喝糊涂，一个接着一个诉苦。前面一家的门被封起来，是我们农会长的家。去年8月间敌人到金乡后，他就离开了家，于是被敌人封起来了。房东老头子对我说："同志，这是俺会长的家，他在家可不得了啊，所以就走了。"我问，你这庄上农会的人很多吗？他拉住我的双手说："同志，我们都是农会的啊！"我不禁为他们那一心向着我们的意志深深感动了。

11月21日

城周仅有小战，无大战斗，我们在忙着攻城的准备工作，今晚决定不打。部队一面对城做工事，一面休息，已决定明晚总攻。

今日敌战斗机2架、轰炸机1架，在我阵地上侦察扫射，没有投炸弹，倒也是空前的。

下午开支部大会，号召大家做群众工作，到一地点，一定要向老百姓宣传我们的政策、进行调查研究。会后又开小组会，讨论怎样贯彻支部号召。

11月22日

总攻部署已决定延至明晚进行。各处敌人均未来增援，我们有充分时间做好攻城准备工作，以求战果大、伤亡小。

昨晚部队已占领西关，歼敌一营，现敌已完全被压缩于城内。今日仅有小战斗，战斗机与轰炸机轮番来侦察扫射，其活动较以往助战的积极性为差。徐州敌司令部有坐视金乡之敌覆灭的样子。

今日编了一些较详细的战报给前分社。

看《关向应同志在病中》一文，给我很大的教育和感动。关向应（八路军120师政委），在病中一直关心革命事业，从不为自己的病过分担心，因此他在病中的精神永远是愉快的健康的。他不怕死，但他竭力挣扎着想活，希望做很多的工作。最后他的身体违背了他的意志，一天天坏下去了，他依旧没有颓丧，他已彻底地将全心献给人民，精神上没有负担，所以一直轻松乐观。反省自己稍有病痛时，即愁恼不乐，寂寞孤独感顿生，缺乏关向应同志的精神。我想象若能具有他精神的一半，精神上的朝气不知增长多少倍了。今后应时时鞭策自己，不论处于何种艰苦病痛状况下，要保持精神的健全，成为一个具有畅达灵魂的人。

晚间周迅同志回来，谈及解放鱼台情景甚详，对周迅不辞艰辛，努力工作，不觉肃然起敬。

11 月 23 日

下午下雨，原定今晚向敌总攻，下雨对作战有碍。昨晚又向敌佯攻一下，战斗颇激烈，今日上午又小打一阵。敌机时来扫射，下午又沉寂。老百姓已等得不耐心了，希望我们快把城解放。

11 月 24 日

昨晚下了一阵大雨，到天明时，雨后的潮地冻上了。为了了解昨夜的战果，很早起身，冷气直流进肺里去，感到严寒又进入到一个新阶段了。

昨晚仍未向敌总攻，在城周边打了一夜。情况又有变化，吴化文已率其 84 师向北增援，到了丰沛之间地区。我们决定先歼灭该匪，再解决金乡之敌。84 团已于昨夜向南出发，其余部队对金乡取严密监视之势。待歼灭增援敌人之后，倾全力以解决之。很多同志对此甚不耐烦。古语云“自来兵家多变”，懂得了这道理，也就不会心急了。

我们对攻城准备工作做得很好，木桥已做好，可以浮在水面上通过去（金乡四周有大城河），其他如爆炸等则更充分了。入城工作也准备得很周密，已规定部队打开城市后，除指定之卫戍部队外，任何人不得入内。

萍来信，这信仅隔 19 天就送到我手里，算是很快的了。在这种飘忽无定的战争生活中，收到她的一封信，我总像收到珍宝一样的特别欢喜，因为今后胜利再继续向南发展时，我们的通信就要渐渐困难。萍信上说，大衣可能领到，还在吃保健饭，使我够安心了。寄去的 2500 元已证明遗失了，真是枉费心思一番，对萍一点益处全无。

11 月 25 日

23 日晚上大炮轰了一夜，仍未将城打开。当时我认为这也许不是总攻，今日了解，那晚确实是总攻。我们用 20 余门炮轰了一千发炮弹，迫击炮打得更多。但由于炮队分散不集中，步炮不协同，致未能攻进去，我们伤亡约 200 余人。昨日晚上未打，我们在挖掘地道接近城边，因四关的房屋已为敌人烧毁殆尽，我们接近敌人很困难。那晚上最不巧的事，我们刚在宽阔的城河上架桥，桥就中了敌人的燃烧弹，等再架桥时，时间已晚了。据说有一股增援之敌，正从丰县北上，离此仅五六十里，何时攻城尚不得而知。

今日周迅来说，83 团 1 营 1 连连长与连副在南关阵地上被飞机炸中，到今天才翻出一个屁股、一只手和半个头来。听者均愤怒异常，这些血仇要用血来偿还的。没有牺牲是不会得到胜利的，哪次胜利不是用血肉去换来的呢？一年战争，我已见惯了。陈毅军长来报告时曾说：“战争是一定要胜利的，很多同志也一定要牺牲在这个战争里头。共产党人要有不怕牺牲、勇敢赴死的精神。”今天突然回想起这一段话，应该牢牢记着，每一个身处于前线的人，谁也不能肯定自己会不会死或什么时候死，那么就应该勇敢。古人说“男儿马革裹尸”的话都可以用来勉励自己。在鲁南战役时，我曾亲手抬起一些牺牲的同志，看着他们埋进土里，现在也许骨头早就枯了。但没有他们的忠勇牺牲，哪来我们这群“胜利者”呢？

11月26日

昨夜与吴江海阔天空谈了很久，灯里的油也去掉一半。于是给萍写信，未写到一半油就完了，手也冻得僵硬，无法执笔，只得就寝。

上午把半个月的工作清理总结一下，发了一个业务通报给各团及各记者。其余时间剪报，苏共中央书记日丹诺夫有几篇重要的关于欧洲形势的报告，均好好剪存起来。

情况又有新变化，决定不打金乡了，今晚撤出战斗，到预定地点休整，详细原因尚不清楚，情绪上难免泄气。

与周迅谈学习问题，他说过几天开一次时事座谈会，我同意。周迅是很喜欢学习的，我与他不同的是，遇到40里以上的行军，就难以坚持学习。今后必须努力坚持，要保持在行军50里以下时，一定要抽出至少一个小时的学习时间来。

11月27日

昨日下午决定不打金乡，部队于黄昏撤出战斗。敌人运输机还在城上嗡嗡，投下弹药来。这次算敌人侥幸吧，但他的命运是掌握在我们手里的，最后被歼灭的命运是无法逃避的！

昨天晚上在往单县去的公路上走了40里路，途中与特纵炮3团漫长的野炮行列挤在一起走，熙熙攘攘，非常热闹。今天吃过晚饭后开始行军。出庄不多时，就碰上两架战斗机扫射轰炸。敌人的目标是另外一股行列，离我们很近。幸亏我们卧倒得快，否则也可能被发现了，难免会遭些损失。秘书处长每次带队总是粗心，规定了队伍如何疏散防空，但我们行军时，队伍总是密集拥挤，遇有敌机，无人指挥，四下奔跑。曾经有好几次（七八月间）碰到了危险的扫射，但仍不接受教训，改良行军方法，大概非要无谓地流一下血，才甘心改正的。这种粗心，表面上看来很勇敢，实际愚蠢。以后开军人大会时，我准备建议加强行军中的防空制度。

今天行军40余里，到目的地时已月上树梢头了。现在又回到了在单县整训时的老地方，住贾庄，离单县约25里路，听说要在这里休整半个月。

原来计划昨天晚上要打开金乡，但敌人4个半旅的增援兵力自南北上，已到达鱼台。粟司令来电说，如果我们有把握一个晚上消灭金乡之敌可以打。大概宋司令考虑了，不很有把握，所以放弃原定计划，撤出战斗了。反正现在主动权在我们手中，打不打全由我们，进可以攻，退可以守，敌人是逃脱不了的。

这次我们在兵力火力上完全压倒敌人，未能打开金乡的主要原因，是23日晚上的总攻未成功。金乡四周有宽达30米的深河，部队逼到城下，就是这道水无法过去，总攻时步炮配合不好，火力组织不集中。黄平同志说，当我们用野炮射击时，部队未能乘势动作，等炮不打了去架桥，结果敌人的炮火反而发挥威力，架上了一次，也中燃烧弹烧断了，所以无法攻进城去。另外，炮兵指挥很差，炮火分散，未能达到杀伤敌人和摧毁敌人工事的目的。这次战斗，敌人伤亡数百，我们伤亡200人，打了一个平手仗。

近来大家开玩笑总爱提到王萍。黄平说，大家虽未见王萍，但她是一个很熟悉的人了，实际上已生活在我们中间，吃饭是12个人，实际上有13个，这玩笑开得很幽默。王萍的名字给他们叫熟了，倒似在我跟前一样。

11月28日

已决定在这里休整两个星期。明后两天突击土改文件学习，以后进入反省阶段。这期间还要总结工作，萧主任将参加。时间允许，还要举行业务座谈会、时事座谈会等，所以一定非常紧张。

房子住得很宽敞，编辑室和通联室分开住。我们一间有两张桌子、4张交椅，窗户很大，门上有竹帘，很清洁明亮，适合整训生活。

断续抽时间给萍写信，告诉她一些军事形势。她来信说，我前信上的“表明”委屈了她，使她不愉快。她那样爱我，为什么不信任她呢？其实我很信任她，坚定爱她，但正因为如此，我常为她着想，唯恐她爱我这样一个人而不能得到幸福，所以就向她表明，希望她慎重考虑自己大事。黄平友人自惠民来信说，惠民周围发现有11个村子为地主掌握，准备暴动杀我干部，去年女同志李希被特务害死，已有前例。我又一次提醒她，到陌生的新地区，出入应有三分警惕才对。

看完了列宁的司机斯·基尔所写的《六年随从列宁》一书，给我很多具体启发。列宁是一个精神始终愉快活泼的人，即使在病中，他也愉快如常叫夫人念些轻快动人的小说，使疲劳的脑力得到休息。列宁对人有温和的关切，而又把这关切隐瞒起来，不让对方知道，他处处照顾人家，使人家舒服。列宁随处和民众接近，尤其爱与劳苦人民接近，与他们谈起话来，特别觉得痛快亲热。列宁在最危困的时候，他的言辞和举动也没有一点不安和着急的情绪，能保持冷静和坚韧的态度。列宁做事有规律、很严格，每一分钟时间的使用都是精密计算过的。列宁无论国家大事或是琐碎的日常细节上，都显现出他和蔼可亲的周到的性格，真挚、有义气而能体谅人。

列宁是我们的导师，不但要学习他的主张和革命的方法，而且要学习他爽朗愉快的个性，以及他为人的修养，使自己逐渐成为一个成熟的革命战士。上面所记的一些特点，当一个人全心意为人民的时候才可以做到，我还欠缺得很，应把它作为准绳。

11月29日

正式开始整训生活了。

下午纵队召开全纵营以上干部会议，主要是宋司令对于战斗检讨，及经济问题、整训问题做报告。

晚上漫步，半里路外，文工团所住的庄上传来提琴合奏的乐声，他们正在彩排《血泪仇》一剧。

11月30日

下午初度飘雪，雪片翻飞而下，瞬间即把大地染成白色。大家围着桌子开会。一直到晚上，都在开土改学习整风会。讨论完，明天可把反省阶段告一段落。

12月1日

半夜时一轮明月当空挂着，在遍地白雪上反映出一片银色的光芒，光秃的树枝散乱地耸立在大场周围，显出一幅素美的初雪夜景。

早上开始融雪，满地泥泞，无法走路。雪水从屋檐滴下来，凝结成无数的冰条挂着。天气寒冷非凡，手脚上冻出冻疮，行动迟缓了。

回忆去冬一共下了4次雪，每一次下雪都恰巧是紧急的行军，大雪纷飞中，把大衣、裤脚、鞋袜都淋湿了，这种日子的确是难熬的。今冬除了与敌人斗争外，同样还要与风雪冰寒斗争，还要挨过很多难熬的日子，越艰苦越能把人磨炼好的。

现在全部队正开展广泛的诉苦，以加强阶级教育，提高士气、战斗力，减少逃亡。为了深入和有成效，10天内各级干部都要参加诉苦，一切非必要的工作都停止。我们今天原开业务会议，萧主任叫我们明天即休会，参加诉苦，土改学习亦暂时停止。

这次敌人增援金乡共有11个团，内有5军一个团，传有向单县"搜剿"说，另原在胶东的敌第9师也已调到陇海中段来。

目前部队经济较困难，已亏空渤海、冀鲁豫各地几千万元。陈毅军长曾说过，今后供给除各纵自己想法解决外，总部还要向各纵要。所以近两月来，保健费等都已不发，还在号召节约。

12月2日

纵队直属机关的诉苦也开始了。诉苦会原是以战士为主要对象，但为了提高干部的阶级意识，所以干部都组织在运动之内。除必须坚持的工作以外，干部都编到勤杂人员的班里，和他们一起生活，一起吃饭，一起讨论。我因每天都有一定工作，组织决定白天到班里参加学习。这种干部战士混在一起的学习方法，可以使官兵关系更加密切，某些官僚主义干部被迫改变作风，放下架子，使非无产阶级出身的干部，体会到无产阶级所受的压迫和痛苦。王某某同志编到民工班里，开头不愿意，后来挟了背包去。晚上吴江找到他那里，看见他和年轻伕子、满脸胡子的老头子混在一起睡。王是个干净人，民工们脏不堪言，很不相称。吴江回来后，不禁捧腹笑，这的确是一件新奇事。我说假使干部们都能这样做，什么官僚主义都可以扫除净尽了。

上午参加运输班的学习，有几个人平时就老实，不会发言。我们的运输员老梁，平时很呆，今天倒诉了几句苦，会后我鼓励他一番。

4位记者明天要下去了，晚上开一个简单的漫谈会。会后大家出钱买了一斤麻油，用煮烂了的地瓜和在面里，氽油饼吃，味颇可口。大家围着融融的火堆，边吃边谈，愉快亲密得像在一个家庭里一样，近来差不多每个晚上都有这样欢欣的小会餐。

整训以来的生活比前大为改善，每天早饭还可以喝两碗豆浆，每顿饭的菜很丰富，油水很足，隔几天吃一顿肉。像这样的生活，在营养上是可以达到应有的水平了。

今天收到关于胶东的消息。东兵团在收复胶县、高密后，胶东形势已恢复到 8 月份敌人进攻以前的状态，敌人被困于沿海一带。自整 9 师调至陇海线后，胶东局面当更好转了。国际方面的大事是法国工潮正在扩张中，全国铁路交通停顿，法国已退回落后的步行交通状态。

12 月 3 日

敌人占了单县，下午便接到命令移防（贾楼离单县仅 25 里路）。这一带地区敌我双方反复进出已有数次，受战争惨祸甚众，老百姓的确苦得很。

敌人声言要向单县一带进行“清剿”，其兵力除原来金乡一线外，还加上自陇海路北上增援杂凑起来的 11 个团的兵力，只要等部队整训完毕，就会给他们吃到苦头的。

今天出发时，夜幕已降下来了，一直向西走了 60 多里，到定陶与曹县之间的朱庄宿营，继续整训。移防是为了避免与敌人接触，安心完成整训任务。

今天行军走得很快，每一次休息身上的汗便冷凝起来，寒气彻骨然。故到目的地后，头脑胀痛，像伤风的样子。吃了些热腾腾的地瓜糊涂后，两颊更加发烧，躺下便昏昏沉沉睡去了。

12 月 4 日

早饭吃得很少，经过一夜干烧，肠胃很不舒服。

房东一家4口，有3口害病，我搬到吴江处去住了。

所有勤杂人员都集中起来投入诉苦运动了，一切杂务事情都由自己来做，碗筷、菜盆要自己来刷了。这10天整训，给干部们在生活作风上也是一个很好的锻炼，加强劳动观念和艰苦朴实的作风。

下午与邮局的李之玉同志闲谈。他说现在从渤海来一封信，要经过风、雪、雨、寒以及黄河天险的阻碍，送到手里真不容易啊。我与萍通信，即使一张短短的小纸条，也是冲破了风雪雨寒的阻挠才到我手里的。我爱惜每一封萍的来信，在枕头里已积着几十封了，像珍宝一样保存着它们。

听到大连电台的广播，叫“华东前线解放军同志安心工作，你们的家属现在都安全地到了大连，而且生活得很好”，这大概是华野后方留守处的一批被苏联船救往大连去的人，广播中还有陈毅军长等20余位将领的名字。吴江同志听了也放下心来，他为了老婆不知下落，几乎背上了包袱。

12月5日

部队诉苦正在展开，大家现在不娱乐，不上操，不戏笑，全纵队充满着肃穆的空气，有一股强烈的怨哀和愤恨的情绪。司令部电话连通讯连很多人诉得痛哭不止，甚至全连都哭了起来，政治部很多杂务人员也多诉哭了。今天民运队男女同志都诉哭了，有的人竟站起来才讲几句话，便因抽噎而无法讲下去，也有人提起共产党的恩情便哭了起来。

可以说全纵队都在愤恨地哭着，诉者哭，听者哭，怨愤使最爱开玩笑的人都沉默了。

为什么他们一开口便哭呢？为什么听着的人也哭呢？我应该细细地去体会他们的苦楚，从千百人的各种各样的苦中，去进一步深刻认识旧社会的黑暗，地主阶级的罪恶，无产阶级及一切劳动人民、被统治者的痛苦。我是一个非无产阶级出身的人，不要认为对以上这些已认识得很清楚，实际上我是很肤浅的。我应用心地、以学习的态度去听同志们诉苦，自己能够越怨伤越好，越愤恨越好，使自己的阶级斗争心加强一步。当自己的阶级性加强了，那么当我遇到危险的时候，我就会想起我们的阶级正在受压迫，就会不顾一切地冲向危险了。当我被敌人俘虏的时候，我就会想起穷人们的痛苦，我死了又算得什么，就会从容地去就义。当我个人有不如意的时候，我就会从阶级的利益上去着想，不再去计较个人的一切了。

我在1纵时曾经参加过诉苦运动，以后我便自以为对于诉苦已经很熟悉了，穷人苦的“规律性”也摸到了，反正诉来诉去不出水、旱、蝗、汤，被奸被杀、家破人亡，人人之苦大同小异，这是一种对个人自满的表现。须知我这样非无产阶级出身的人要加强阶级意识，成为一个完全的布尔什维克，不是一朝一夕之功，必要经过长时期的锤炼考验才能成功。所以对于每一个被剥削者的痛苦，我应该把它当作对我最好的教育，三番五次不厌其烦地去听、去体验。

过去我总认为我家里有些苦情，也可以诉诉，如母亲被封建礼教束缚了一世，家产渐渐卖光等等，都是和巴金的《家》里相仿的苦处。但现在把它与千万无产者比起来，这算得了什么苦呢？

轰轰烈烈的群众诉苦运动，给了我那么多启发，使我懂得了无数实际具体的真理。诉苦运动给旧社会形形色色的黑暗现象来了一个彻底的总暴露，这样黑暗的地狱未被打倒以前，我们能够苟安偷生吗！在诉苦中，大家不但憎恨旧社会及其统治者，而且对于民主解放区、共产党及毛泽东同志，都有着一股出自内心的感激和尊敬，人们都因这种感激而滴泪了。

现在我体会到毛主席所说的“群众是多么干净啊！”这句话了，那些大人先生们，穿得华服革履，内里男盗女娼，有什么干净呢？而穷人们衣衫褴褛，但他们那种劳动不息、斗争不息的意志，不是最干净和最崇高的吗？

从此以后，我要经常访问和接近穷苦的老百姓，同情和帮助他们，假使他们能感觉我与他们之间没有丝毫距离，那么，我才能成为一个真正的无产阶级的战士。同时我更应经常地这么测量自己的进步，把它作为一根严格的阶级的鞭子，常常用它来鞭策自己向前进。

晚上纵队文工团演出《血泪仇》歌剧，共演 6 小时。演员们通力合作，结果使人极为满意。在道具、布景、灯光及音乐的配合上均达到了成功的地步。文工团成立不久，演员演技水平提高得如此之快，演出效果如此之佳，均出人意料，令人惊奇。

《血泪仇》剧本，我在受伤休养时看过。这次看演出，使我印象更为深切，这是与《白毛女》(一样)能使人共鸣流泪的大悲剧。本剧写农民王仁厚，遭受水、旱、蝗、汤四灾巨祸，过着在热锅上煎熬的日子。封建社会大大小小的统治者还是恶毒无情地鞭打他，逼他卖掉自己最后的老坟地，卖掉心爱的孙女桂花，最后还是儿子被抓去，媳妇被匪兵强奸不成杀死，弄得家破人亡。王仁厚唱出了“大路小路千万条，不知穷人走哪条”，最后，到了解放区才算找到了活路。这故事本身并不夸大，中国人民中极大多数人正遭遇着与王仁厚一般的痛苦，在我们部队中就可以找出几万个王仁厚来。民运队的诉苦，就有很多比王仁厚更悲惨的故事。有被抓丁 4 次以上而弄得倾家荡产的，有母亲、老婆、姐姐、妹妹被恶霸强奸而不可活的，他们一年苦到头，一辈子无出头日，一直到共产党来后才算找到了自己的亲人，从此世界地覆天翻，穷人翻身了。

这就是为什么在演出过程中，大多数人落了眼泪，掩面而泣，有的人哭得低下了头，看不下去了，坐在我旁边的徐管理员哭得说话发抖。主要因为王仁厚就是大家自己，戏中的故事一幕幕演出，好像自己在会场上诉苦一样。

我也流泪好几次。

整个故事的发展，除叫人哭外，主要还是引起观者对反动派强烈的憎恨，加强斗争的意志。而哭也是和单纯伤心的消极的哭是不一样的，哭中包含了很多同情、憎恨、感激的共鸣，“哭”是受感动的人们一切积极情绪的最高表现。

这几天日子大家的确过得很难过的。白天听诉苦要哭，晚上看演戏还要哭，全纵队哭开了，全纵队都充满着悲伤和憎恨。当大家苦水吐完以后，“哭”就会转化为坚决的力量，变成愤怒的火山、汹涌的洪流，要把反动派毁灭得干干净净。我们现在所进行的神圣自卫战争，就是要使今后永世永代消灭这种哭诉的“苦根”。现在所进行的斗争是中国人民生与死的斗争，是中国历史上最残酷，与最后一代的阶级斗争了。这个斗争，现在正以空前规模进行着（前方作战后方土改），中国共产党正奋勇地领导着人民大踏步前进，谁参加这一斗争，将是毕生无限的光荣。

12月6日

早饭后开全政治部的诉苦大会。

会场布置得阴沉缄默，标语和对联是用白纸写的，配合得适合于诉苦的情绪。会场门上的一副对联是“诉不清旧社会一身血债，流不尽穷人们满眶热泪”。场正中的一副对联“百年苦楚，尽情吐诉；怨愤激昂，誓雪冤仇”。标语是根据一些最苦的同志们的苦水写成的。

“地主恶霸狠行恶，五分半利不嫌多，不到一年半，滚去一亩八分多，高租重利滚净地，父母俱丧不再活。”——王卓堂

“三代扛活七十年，苦来苦去苦无边，共产党把穷人救，尽量吐诉仇和冤。”——李维滨

“旧社会里穷人难，少地无土没吃穿，风吹雪打去要饭，雪满壕沟行路难，母兄与我去找饭，埋在雪壕谁可怜？”——岳树森

“地主心肠真狠毒，霸占土地和房屋，逼死祖父和伯父，害死哥哥在山冈。”——田乃恒

“穷人讨饭无路，妹妹半夜被抢，肚饿逼吃硝盐，渴时就喝凉汤。”——吴万福

“重租交不起，借贷来交粮，高利无法还，卖妹妹抵债，卖妹还不算，倾家荡产离家乡。”——陈全万

“蒋匪爪牙乡保长，抓丁要捐似虎狼，父亲被抓去，妻子

吊死梁斗上。”——蒋曾平

“有钱人心肠狠，见死不救穷苦人，旧社会穷人不如狗，地主狗子欺穷人。”——杨玉声

“地主无情面，小斗出借大斗还，逼得俺讨饭吃草根，吃死妹妹两个人。”——周伯福

这些标语中的故事都是足以凄惨得使人痛哭流涕的，都是写不完诉不完的血海深仇。

同志们徐徐进入肃穆的会场，一点说话声、咳嗽声也没有。主席王公良说道：“这些标语上写的苦，仅是苦海中的一滴，千万人的血海深仇是诉不完的。过去封建地主压在我们头上，有苦无处说，现在共产党来了，不能诉的痛苦都可以诉出来了，请大家诉苦吧！”接着就有人抽噎了，第一个是吴万福发言，他痛苦说到妹子半夜被地主抢去，母亲光着身子出去追时，他大声痛哭，全场人都随着哭起来。以后，实际上每一个人都未将苦诉完，便哭得再也无法说下去了。全场号啕大哭，我也哭了起来。当交通班长田乃恒说到母亲饿得快死时，全场哭主席也哭，没有人发言了，最后只能劝大家回去再诉。

85 团郭绍文同志来说，他们的宣教干事马凌云已哭痛了，成天哭着，一开口就哭。29 师肖师长也被诉哭了，参谋长、团长都哭了。纵司通讯连昨天大哭一场，很多人哭得在地上打滚，连饭也吃不了。

看看阶级的同情和力量是多么真切啊，大家不但哭自己的，而且还哭人家的。像这样痛苦的场面，如果让敌人看到了，他们将怎样的恐惧啊？将怎样感到他们自己的危亡啊？因

为被压迫的人们都觉悟了。

我回来后心中难过得很，哭声时时在我耳边回旋，胸中闷得很，晚饭也只吃了一口。今天给我多大的教育啊！我觉得，自己在这深痛的苦海里，我所能贡献于革命的是太渺小了，即使我竭尽自己的力量去工作，对于移尽这苦海的革命事业，能有几许帮助呢！

编 注

解放军在整训中普遍开展了诉苦运动，所有人都明确了自己和队伍的阶级属性，明确了行军打仗的奋斗目标，政治教育的成效立竿见影。父亲日记的记录生动而具体，可以想象那种人人哭、上下哭、全军哭的场景会转化为多么强大的摧枯拉朽的力量。将士们从个人、家庭、战友们的痛苦家世中看到了旧制度的反动与黑暗，决心用手中的枪去改变自身的命运，用战斗迎接阶级的解放。蒋介石、国民党面对这样一支觉悟了的、不惜抛头颅洒热血与他们拼到底的军队，他们有再多美国装备，也不可能打赢。

12月8日

陕北今日转播《晋绥日报》社论《为纯洁党的组织而斗争》。这篇社论对于阶级立场等问题有了新的阐发。

社论教育要做一个真正的革命者，首先要确定坚决为人民服务的立场，一切行为均要符合于人民利益。只有这样，人民才会信任你，愿意你当他们的终身勤务员，承认你是他们的儿子。否则，如果自己所做侵害人民利益，而且以功自居，压在

解放军某部召开诉苦大会　　图片提供：海峰 /FOTOE

人民头上，那么人民就会把你清洗出来。人民是不要一切“口上的革命者”的。所以应该老老实实做事，一切依靠群众，以群众的意见为是，同时把自己放在群众的监督之下，受群众的批评和指教，做小学生。只有这样，工作才能做好。

全纵诉苦运动第一阶段——吐苦水已过去，现进入挖根阶段，要研究受苦的“根”是什么（蒋介石）、怎样可以不受苦等。从感性走入理性，使大家建立起坚强的阶级意识来。最后转入复仇立功。

整日阴雨绵绵，天气甚冷，办公时手足冻疼难忍，手上也出冻疮了，今日请老百姓做了棉手套。

饭后无事，与大娘拉呱。她见我对他们很客气，且关心他们疾苦，故对我反应甚好。群众说我好，心中很欢喜。这次阶级教育之后，使我感觉今后到一地，应该多和穷苦群众接近。

这几天学习稍有心得，因此而想起萍，未知她在后方是否也“三查”整风。她过去在政治学习上较放松，现在是否转变过来了？在阶级斗争的尖锐关头，如果没有明确的阶级认识，是要落后的。但我总相信萍不会落后，这种不放心也是多余的事，我的义务是去封信鼓励一下就行了。

屋外一片乌黑，伸手不见五指，这样的天气要行军太困难了。吴江今日到刘政委处，看到在翻看陈留一带地图，部队可能会越过铁路西去。兵家多变，原来确定的方案说变就可变的。

12 月 10 日

昨日早饭后，往正北 12 里之邵楼野纵政治部驻地找顾芸，因摸错路，多走了 20 里路，到晌午时才找到。一年多不见了，相谈甚欢，在她处住了一夜，今日早晨才回来。

顾芸比以前更健康壮实，精神十足，我对她开玩笑说："赵汇川真有福气。"

顾芸在土改学习后有明显进步，去年初到卫政时，曾哭过几次，大闹情绪，现在任性也改正很多，也能在半前方吃苦。她的性情是很开朗的，现在是大干部老婆，有什么不高兴的呢？她说这一年来，服务于野战医院中，亲眼目睹无穷的动人场面，给自己的启示教育甚大。江大出来后是过得太平淡了，这一年就抵上几年了。我也有此同感，大家都进步了。

谈得很晚，她才回去，今后见面较困难了，虽然他们暂时跟 10 纵行动。

12 月 22 日

上午 11 时，柳河之敌 24 师 5 旅两个团及旅部完全为我歼灭，估计人数约在4000人左右，缴汽车8辆、榴弹炮2门，旅长陈扶民被活捉。战斗结束后，敌机反复至柳河四周扫射，但何济于事！

我们的战报发得很快。

旅长陈扶民下午解来政治部，满脸胡子，在冯玉祥部干过很久，是一个老行伍出身的人，颇健谈。他说被歼是意料中事，早知逃不出解放军之手，仅是时间问题而已。他形容他的部队败亡时像一股水乱冲。他自己就是混在这水流中，至于还能活着是意想不到的事。他盛赞我军战士每个人都能谈一套，政治质量很高，且纪律很好。

晚上突然接通知立即行动，北行30里至考城以南之赵岗宿营。

途中遇到新缴获之吉普车及10辆大卡车，拖着榴弹炮疾驶而过，大家兴奋万状。

月色很好，大地奇样宁静，每次战斗结束后，都会有这种异样的感觉。

12月23日

已决定在这里休整两三天，等待新的作战命令。

纵政仍住赵岗（柳河西北40里）。

吴江今日至萧主任处，知道了一些目前我军动态。1、4、6三个纵队自陈留折回平汉线后，将与陈谢大军同时南下，威迫武汉。粟司令统一指挥这一新的行动。其目的似在牵引5军南下，更加分散敌之兵力，便于我之歼灭。8纵、10纵、11纵等目前仍在陇海两侧作战，逐一歼灭敌第20师、55师、68师等部。这一新的作战方案，必将引起蒋匪的惊惶不安，以至手足无措。萧主任估计，1948 年的夏秋，我军百万雄师下江南的形势必然要出现了。

赵岗是个很大的地主庄，有地主四五户，每户有瓦房六七进。早饭后与周迅逐一去参观，高大的房舍里已空无一物，都为穷人分光了，地主逃亡在外。真是昔日荣华，今日安在？只留下一片萧落的气象。朝代变了，这里不再是地主阶级逞威的地方了，高厦四周尽住着困苦的佃户，他们已过着自由的生活。但在目前我去敌来的情况下，他们暂时还不敢搬到大房子里去住。

柳河战役报道已发了几篇出去，今日我起草写了一份报道指示。

12 月 24 日

今日一连收到 3 封王萍寄我的信，其中 1 封还是在今年 7 月寄出的，那时我们正在泰安一线向南反攻，以后敌人又向胶东渤海发展攻势，所以这信直到现在才转来。其他两封是 11 月 29 日寄出的。邮局总算很灵通，差不多每次休息，我总能收到信件的。

白天忙于工作，晚上给她复信。萍因身体不好，产生了一些消极情绪。我在复信中鼓励她提高积极性，成为一个愉快爽朗的人。

12 月 25 日

今日发下棉鞋来了。这批鞋在 20 天前就从河北运来了，部队恰巧南下行动，所以迟至现在才发。到根据地以来，还是第一次穿棉鞋。前几年不是穿草鞋，就是自己想穷办法做。野战军生活，除了行军少睡算是艰苦以外，其他真是优越得很。

天气很冷，通讯员到空无一人的地主宅院搬木头来烤火。搬来了一块匾，屋子里像生了炉子一样。但那块匾烤得太可惜，原可以送给群众做一些桌椅板凳用的。

12月26日

今日骑马向北15里，在旧考城吴庄之俘管处，去访问蒋匪5旅的参谋主任及两个团长。我去时，3人正挤在一个大床上，用大衣盖着睡觉。叫醒后，高干事说："这位是参谋，前来与你谈谈。"他们慌张起立与我握手。我即摆起参谋架子，与他们随便漫谈一些军事情况，随后再渐渐扯到政治问题上去。他们一般地暴露了一些对内战悲观的情绪，但对蒋介石卖国还是不肯承认。我对他们反驳了一下，还不够厉害。记得戴邦访问俘官时，常常揪住他们的要害，使他们服服帖帖讲话。我因经验较少，还拿不出这一手来，但得到可以宣传的材料还不少。回来后，连夜赶写了电报发出去。我觉得化装参谋的办法，比介绍"记者"好得多，因为一般军官见到记者，讲话就不吐实。

12月27日

几日来工作空前紧张，这次报道做得很圆满，我们发往前分社的稿件已经不少，但对发扬部队革命英雄主义方面做得差。为弥补这缺点，集中记者3人到83团去采访典型英雄人物。

85团的报道员郭绍文在柳河战役中光荣牺牲了，团里寄来了他最后的稿件，以及他最后给我们的信。我很难过，郭绍文很喜欢亲眼目睹去观察战斗，但意想不到竟会在这次牺牲。但仔细想想，在战争中各种意想不到的事都会突然发生，在任何一秒钟内，每个人都可能有死活的突变，因此只有把悲痛变为力量，才是真正的纪念。

下午3时集合出发，又有新的战斗任务了。但这次往北走，大家很奇怪，北面除了菏泽以外，还有什么敌人呢?

晚上10时以前，到了宿营地伦庄，离魏湾集四五里。房子很拥挤窄小。今日共行45里。

编 注

父亲在12月6日的日记中还提到过85团的报道员郭绍文，仅仅20天后牺牲了。报道员不是新华社正式记者，他们战斗在火线上，向新华社提供第一手新闻材料。郭绍文牺牲前还在发稿，应该是个很敬业的人。生命随时都可能逝去，这就是战争。

12月28日

昨晚睡得不好，很早即醒。起来后，头脑胀痛。上午看到了命令，这次任务是向菏考线之敌进击，果然不出意料。今晚向北行35里，到某地宿营。老百姓说往北30里就有敌人，于是判明今晚要开始战斗了。

12月29日

夜间即闻炮声隆隆，知道开始战斗。

这次战斗是清扫性质，故部队很分散。29师担任攻击考城及阻击增援部队，28师攻击菏考公路上的3个敌据点，8纵攻菏泽。11纵攻东明，这一线之敌主要是从开封、兰封引延出来的卫星据点，孤悬在解放区之内，呈着挨打的姿态。我大军出动，敌人一点也不知道，一上去就被团团包围了。在菏考之间有3个据点，每个有兵力约一营，已被分别包围就歼中。近来敌人兵力越来越分散，正是造成我大量歼敌最有利时机。大反攻以来，敌人兵力分散的形势，最迟笨的人，也可以体会得很明白。

昨日收到了两个重要消息，1、3、4纵与陈谢大军会师，沿平汉路直下后，在西平以南地区全部歼灭蒋匪第5兵团司令部，及所属整3师3个旅，仅缺1个团。另在晋南解放了胡宗南的战略要地运城。前几天曾听到我们电台在向运城守敌进行政治攻势，想必这个战斗不小。

12月30日

新年前夜，胜利雪片飞来。昨日收到东北解放彰武，歼敌一个师消息。我们的电台上又发出了解放考城、歼敌千余的消息，我面对这些频繁的胜利，真是兴奋得很。

陕北新华社连夜播发毛主席于12月25日在中央会议上的报告《目前形势和我们的任务》，全文约万余字。当我从译电员手中接到这报告时，兴奋得快要跳起来了。毛主席有很久没有说话了，前几天我还说，新年时，毛主席一定会有报告的。现在“毛主席的报告”是多么使我兴奋鼓舞啊！他的警辟的语句和所提出的任务，将怎样使敌人惊慌失措和感到末日将临啊！

至下午，有2个据点被打下来，还有1个正在攻击。8纵昨晚向菏泽总攻，11纵今夜向东明总攻。我们已解决了敌之团部，团长已俘来。战斗中，蒋机一日仅来数次，近来战场扩大，蒋空军显然已不敷应用。

战后将在此休整过年，杂务人员们正忙着排秧歌，锣鼓声与枪炮声混在一起。

12月31日

今日主要的工作是校阅“毛主席的报告”，设计了漂亮的封面，然后交油印股去印。我做这件工作是非常认真而特别仔细的，一方面由于这报告重要，它将作为全纵干部的学习材料；另一方面，因为这是“毛主席的报告”，不能稍有怠忽，一字一句都要极敬重地去念。参加印这报告所有的人员也都是很认真的，不论从电台的报务员、译电员，一直到油印员都一样积极负责。

油印股的同志实在太辛苦了，他们每天从早到晚扑在蜡纸上刻写，常常做夜工。今晚我去看他们写，突然宣教部曹科长送来一份“连队讲话材料”，条子上说是奉主任面谕，今夜赶印，明早要送到各连队去向战士讲话，于是他们今夜又得开夜工了。我不但同情他们，而且很敬重他们的工作精神。

菏考线上的3个据点已拿下2个，还有1个敌人较多，尚未最后解决。夜间炮声紧密，又在发起总攻了，大概今夜可解决。东明已为 11 纵打下，歼敌约 7000 余人，菏泽消息尚未得到。

枪炮声中，各单位正在准备过年，准备大会几次餐。杂务人员们积极排演秧歌。

一年以来，我始终以新闻工作者的身份出现在前线，毫不犹豫地经历一切艰险，和指战员们一样工作着。但由于我身体一向弱，一年的折磨，身体虚弱、神经虚弱，脑力智力减退。这都是为了人民，并不值得多想，也不必让人家知道。为人民做事应该“哑口无言”地去做，不要有一点“我有功于人民”的思想，何况我实际工作的成绩并不很好。

今天是除夕，难免会使我回忆起过去的一些事情来。去年今夜，正是炮光闪闪，坦克车隆隆，打响鲁南战役，全歼蒋匪快速纵队及 69 师的时候，没有过年，同志们以头颅和鲜血做了新年礼典。前年是过了一个好年，和萍一起在泗州城里，有很多愉快的谈话，城里也是充满新气象的，但这些情景已过去了，是不必去多想的。

明年新年也还是要在战争中过去的，艰苦的路程还要努力不怠地走下去。

明日有空时应该多回忆一年来的长进和缺点，以及 1948 年度的打算。

编 注

1947 年夏，刘邓大军（晋冀鲁豫野战军主力）千里跃进大别山，减轻了华野压力，打破了国民党军对山东的重点进攻。同时，毛泽东要求华野分兵，组成西线兵团转战鲁西南，又是为了减轻刘邓大军压力，助他们在中原（大别山区）早日扎根。在毛泽东逐鹿中原的大战略中，华野（陈、粟）与中野（刘、邓）两支大军已经在紧密配合，协同作战了。

11月至12月，为剥夺国民党军依托铁路迅速转运兵力的有利条件，陈、粟动用7个纵队，发起针对陇海、平汉、津浦三条铁路的破击战，掀翻路轨，烧毁枕木，挖断路基，炸毁桥梁，使交通大动脉瘫痪，10纵先后担任破击陇海路砀山至朱集段、开封至民权段任务。

10纵兵力或分或合，逐一拔除铁路周围和沿线大小据点。柳堤圈、小杨集、马牧集（虞城）、刘口、张阁、贾寨、古心、王庄、兰封、柳河、考城，作战频繁，歼敌多则三四千，小则数百、千余，缴获颇丰。国民党军分散据守，首尾难顾，被动挨打。10纵曾在朱集以东阻敌5军增援，毙伤敌500余人，这是10纵第四次与国民党头等主力5军交手。为配合友邻破击津浦路，10纵先打下鱼台县城，又歼灭援敌近一个团。续围攻金乡县城。守敌近5000人，据壕固守。10纵因架桥未成，援敌又将至，遂放弃攻城。此一阶段作战，胜利不仅仅体现于歼敌数字，还在于消灭许多保安团、还乡团地主武装，对开辟新区、发动群众、巩固地方政权尤为重要。

鲁西南作战（菏考战役），敌我双方都投入了大量兵力，相持时间长，规模大，生活艰苦，但实现了打开中原大门，将战争引向蒋管区的战略构想。毛泽东的部署，一开始不但敌人没想到，自己人也不太理解。打了几个月，才能真正感觉到他确实筹谋深远，棋高一招。

父亲拿到毛泽东《目前形势和我们的任务》，倍感振奋。

广大将士莫不如是。毛泽东说："人民解放军的主力已经打到国民党统治区域里去了……这是一个历史的转折点。这是蒋介石的二十年反革命统治由发展到消灭的转折点……这个事变一经发生，它就将必然地走向全国的胜利。"所有为"历史转折点"有付出的人，读毛泽东这话时，心情一定会澎湃激动的。

一九四八年

刘邓大军挺进大别山区，华东野战军西线兵团跳到外线国统区作战，与中原野战军密切协同，形成逐鹿中原战略态势 // 经过“三查三整”新式整军，10 纵斗志昂扬从鲁西南进军豫皖苏，给中原野战军送去 2 万新兵，临时配属刘邓大军调度 // 2 月至 6 月，10 纵在河南、湖北境内转战数千里，纵横驰骋，参加陇海路破击，老河口、宛西、宛东、上蔡诸役，连续行军作战，艰苦异常 // 睢杞战役是中原战场的关键一战，10 纵在桃林岗顽强阻击敌 5 军，打出了“排炮不动，必是 10 纵”的威风 // 打济南 10 纵担任东线主攻，准备付出 5000 人伤亡代价，司令员宋时轮与全体均抱定为胜利准备做这五千分之一的决心 // 10 纵稍事休整，即南下参加淮海战役，在徐东阻击又碰上了老对头 5 军 // 一对恋人未能在济南见面，失之交臂……

1月1日

今天是1948年的第一天了，晴朗的天空、冰冻的天气和昨天一模一样，但人们的心境是不同的。

有些渤海的同志很重视这个新年，一切计划要把这个新年过得圆满，也许他们初次远离家乡的缘故。至于我呢，如果新年里有什么好东西吃吃，增加些营养，的确是很欢迎的。除此以外，对于过新年并无其他的要求了。我觉得在战争时期还谈什么过年呢！去年元旦打响了鲁南战役，前线上的炮声隆隆代替了锣鼓的响声，死亡和鲜血代替了饮酒作乐，战争中是没有新年的。今天，我们虽然难得机会在这新年期中安过几天，但其他战场上的战争仍在激烈地进行着。

只有用自己更大的坚韧的斗争心，用对于工作的积极负责来迎接1948年。

8纵攻菏泽未攻开，据说敌人工事很坚固。现已决定不打，另有新的作战计划。

1月2日

昨晚由我纵文工团及东江纵队（即两广纵队）文工团联合组织晚会。当东纵团进入会场时，我纵团与之相互拥抱，亲热异常。原想广东人的文工团可能比北方的要活泼，带有浓厚的南国情调，但大部均无特殊异样，节目平淡，东纵歌喉较渤海为好。

这种时候，我特别忆念着萍。萍这样忠诚不移地爱着一个小干部，确实是个怪现象。这对于我是幸福，有时感到与我的身份不相称，所以很不安，感到自己对于萍的帮助很微小，对不起她。在这新的一年，我应该更加努力，使自己在工作能力及政治上更加老练，才对得起她对我的一片爱。

晚上 9 时向南行动 18 里，至高庄宿营，这次准备消灭吴化文的 84 师。

我很舍不得离开老大娘，她家是一个翻身农民，对我们真好，向我们诉苦，烧地瓜给我们吃，抱草给我们烤，照顾得太体贴了。

临走时我安慰了她一番，使她也不要难过。

1 月 3 日

昨晚只走了 18 里路，恰在睡意蒙眬的时候，一面瞌睡，一面走路，跌跌撞撞，神经疲劳异常。今晨又很早起来，故太阳穴神经很痛，精神不振作。

上午吴江传达，这次行动是要消灭吴化文的部队，宋司令将吴化文的作战特点及我们的对策做了很详细的讲解。

菏泽等据点，有 8、11 纵队及两广纵队各一部加以包围。我们成一个弧形缺口，等待吴化文的增援，如果他进了这个缺口，就要完全陷入重围。假使敌人不来，还是要用迂回奔袭的方法将吴部包围。估计敌人进缺口的可能较少，恐怕最后还要采取迂回包围的方法。因吴化文一贯保存实力，一俟我军接触即遁逸，故不易将其包围。同时，他对增援友邻绝不积极，所以，他不至于长驱直进。

下午敌机两架来上空侦察。

晚上吴江与我们漫谈业务及个人修养问题，我们谈到部队中一些“当官”的有一些怪脾气，官架子大，难以接近。刘保章说，他碰到摆架子的人，就不加理睬，不买账。周迅意见则不然，他说不论人家对你如何，你都应该平心静气地尊重人家。我们得出的结论是：“尊敬人家就是尊敬自己。”关于这一点，我过去体会不深，做得不够。与人相处宁可自己吃亏，多忍让，一切骄傲自尊都是不必要的。

1月4日

看完了苏联飞机构造家雅可福烈夫的自述《生平回忆》，对我教育意义极大。雅可福烈夫为空军建设立了很多功劳，他具有高度的事业心，不怕任何困难，把困难看成是工作进程中必然发生的事情，而进步的关键就在要去克服这些困难。他能够虚心请教旁人，向人学习，善于研究和思考问题，善于组织大家为完成同一工作而努力，善于发现自己的缺陷而设法补足它。他不怕挫折，不因此而烦恼，虽一时被冤屈、被埋没，但最后终因他的努力和成绩被发现了。他反对官僚主义，做事亲自动手，深入到每个部门去，他从生活到工作的每一个小节，都井然有秩，态度严肃，不浪费一点时间。但对于休息和运动是不放松的，他应该作为我今后修养中的借镜。

晚上十来个人忙忙碌碌做饺子吃，热闹得像一个小家庭一样，跟着我们挑行李的老李说，比他在家吃饺子还热闹呢。

1948 年初华东野战军外线出击，新华分社领导、同事拍摄于平汉路边。左起为康矛召、沈定一、戴邦、邓岗、丁九、庄重、季音

1 月 5 日

前分社最近来了两个电报，一则是新年贺电，一则是关于菏考战役（菏泽、考城地区作战）报道，其中批评我们的报道有错误，应予检讨改正，词句严厉。

近来情况变化太多，一日多变，原来要歼灭吴化文的计划又放弃了。部队将于明日南下，经 7 日行军，到平汉线之许昌一带地区。这次战役较大，将是一个空前的中原大会战，刘邓自南向北，陈谢自西向东，陈粟自东向西，3 路会师一点，打一个大歼灭战。估计如果能再歼灭敌 3 个师，蒋匪在长江以北的防御就很困难了。

民运部王副部长曾贪污粮食万余斤、银洋数百元，已被撤职，现已看押起来。这些贪污行为，虽然最近才被刘政委查出来，但他平时生活铺张，工作官僚，谁都可以看出来，给干部政策一个严重的教训。王虽然是一个红军老干部，但由于他放松教育，所以造成这样严重的毛病。

我骄傲地说："还是干新闻工作的人干净些。"

晚上情况有变化，决定 10 纵不南下，改由 8 纵去，部署变动不到枪打响，是不能肯定的。

1 月 6 日

曹科长把他写的短篇小说《党证》拿来给我看，挤出时间来一气看完了。这故事主要写一个红军战士的坚强党性，贯穿了很明显的阶级路线，以及党的组织路线问题，对我教育很大，很感动我。文字方面"苏联风"浓厚了，缺乏中国的通俗语汇，曹科长说他受苏联小说的影响很大。

情况又有了变化，原准备在大别山以北打一个中原会战，现在 8 纵仍要南下，与兄弟兵团越过平汉路到陕东地区去，那一带是纯粹的蒋管区，我军从未到过的地方，是蒋介石的屯兵区，他长江以北的后方。如果控制那地区，蒋介石的后方就非被迫转移到长江以南了。

部队可能要整训几天，干部将贯彻"三查三整"。

1 月 7 日

我们可能在这里休整一个多礼拜。自 8 纵南下后，鲁西南只剩我们和 11 纵了。这一带只有一些匪伪的据点存在，我们不致作战很频繁。我们开玩笑说，我们成为二线兵团了，一般人都盼望着南下。

吴江是个很慷慨的人，气量大方，在物质和生活上宁可使自己吃亏而使旁人舒服。如通联干部王建飞是排级干部，照规定没有大衣穿，吴江再三向上级提出要加以照顾。上级不同意，吴江乃将自己大衣脱下给他穿，自己穿俘虏的大衣。

今日收到了萍 12 月 24 日的信。这信送到我手里是很幸运的，因为如果这次南下了，那至少要再隔两个月才能见到。

她冬季以来，体力充足，精神愉快，从她信上清秀整齐的字迹、清通的文句都可以看出来，我愉快得激动起来了。

1月8日

近来工作太事务化，有些原来不必要我做的事情，总爱去凑热闹，结果吃力不讨好。时间也不能科学分配，东抓西抓效率不高。今后工作应该集中完成，剩下时间用于休息和学习。

明后天要发扬民主。支社同志对工作上意见不少，但吴江为人很好，大家由于情面关系，一直未爽快地说出来，这次恐怕要说了。今日看完中央土地会议的报告，给我极大帮助，要做一个真正无产阶级化的共产党员是不易的事。

1月9日

晚饭后给萍写回信，绝大部分是关于土改学习和“三查”整风问题，写得很长，以为彼此鼓励。

明天早上 7 时半要行动，到成武集、九女集一带去休整，主要是搞干部的“三查”整风。

1月10日

天未明即吹号起身，匆匆忙忙，送还铺草门板，吃过早饭很快出发了。

今日重雾，一直到将近黄昏时才开晴，我们的大衣打潮了，穿着感觉加重了不少。

途中与新华随军书店的老俞等谈起去年七八月间的情形。那时正当战略形势转变的关头，1、4纵插到敌后去，10纵和3、8纵，从泰安直插鲁西南。那时正值雨季，有半个多月衣服不干，行军时绝大部分的路程都要蹚水涉河，白天黑夜，冒雨行军，在雷声轰隆、电光闪闪下，行军的滋味实在够回味的。尤其当我们过黄河时，遭到了敌人攻击的危险，很多同志光荣牺牲了。这些故事已经过去，当时也并不觉得很苦，事后想起来，又觉得每一件事都是具有神话一般的惊奇而百谈不厌了。

我们行军70余里，到成武集西南10余里之九女集一带宿营。集上灯烛辉煌，吃食摊摆满一街，据说是他们的担架队胜利回来了，唱两天戏庆祝。这样灯火点点的夜，在我去年离开淮北以来，还是初次见到。

“九女集”名称的来历，传说从前有个大官生了九个女孩，一男不生，受人嘲弄，于是九女决心不嫁人。后人因以为名耳。

今日又发下1450元（10、11、12三个月）保健费及12月份津贴600元、稿费700元，连年前发下的5500元烟费，合计收入已近万元。后方同志刻苦节约，非但没有钱发，而且还要向公家缴钱，我们实在太受优待了。我有时感到对前方同志发这许多钱是不必要的、近乎浪费的。

1月11日

在“三查”整风运动中，许多忘本的干部被撤了职。渤海行署正副主任以下6个干部都因生活铺张、脱离群众而撤职。

10纵除发现几个贪污腐化的干部，最近渤海区党委又来信把87团副团长要回去，交人民处理……这种处理完全正确，因为上梁不正，中梁下梁就要倒了，一切正确的政策都无法贯彻。

这次整训将以检查领导为主。过去对小干部严格，对大干部则放松，所以这次检查，领导改进作风是非常必要的。

近来收到一些消息，很多是关于纯正党的组织的活动，各地都在展开“三查”，改造干部。因为党内不纯，一切工作都要失败的。

集上自早至晚都在唱梆子戏，人山人海，热闹异常。这在战争时代确是少有的现象，我们也去凑凑热闹，看梆子戏，吃些点心。

晚上到油印股去校阅今日的电讯。见他们整日扑在桌上，在钢板上擦擦划着，正赶写着数万字的“三查”教材，他们的青春和生活就在钢板上滑过去了。今日电讯上有两则刘邓将军在干部会上号召树立艰苦朴素作风的报告，我把标题标大些，好让整日麻痹的家伙一触纸就能见到。

我问小朱是否想开小差，他否认了这事。说开小差，在渤海早开了，不会到现在才想开。我很相信他，他参军是父亲叫他来的，他父亲比较觉悟。现在又教他学习译电，只要努力，前途极有希望。他不会开小差的。

给萍的信今日寄出，附去了 3000 元，未知这回能否使她收着，确实有些冒险。

1月12日

今日在司令部驻地开营以上干部会议。

宋司令及萧主任的报告有两个内容：一、传达毛主席《目前形势和我们的任务》，中间穿插宋司令根据毛主席的战略原则，对历次战斗成功与失败实例之检讨；二、决定自明日起，整训 10 天至半个月，主要以干部的“三查”为主。总部对此极为重视与严格，来电说：“如果 1 月份未完成‘三查’，纵队政委就要受到检查。”“三查”是目前整党整军的一个重大运动，搞好搞不好是一个是否对党负责任的问题。“三查”中要发扬民主，对各级领导按组织提意见。同时，萧主任还提出了防止偏向的一些措施，反对隐瞒包庇，反对私人互相攻击，反对斤斤计较与非原则问题等，最后强调党内思想斗争和对敌人的阶级斗争要区分开。如果突然接到任务，不能因对领导者有意见，而不服从领导指挥，这时一切力量、一切思想，都集中到对敌人的斗争上去。党内斗争，是为了提高党的组织，反对坏倾向，是为了加强战斗力，而不是分散力量，使敌人有隙可乘。

黄昏时，敌机两架出现上空，低空侦察一刻多钟始遁去，可能又有奸细报告了，明日要注意防空。

1月13日

晚上在房里烤大火洗澡，这是我在秋深以后的几个月来第一次沐浴。

1月14日

今日起进入正式整训，时间约10—15天，干部主要是“三查三整”。战士们集中学习后，一切杂务均由干部自己担任。

“三查”是一个群众性运动，自纵队首长到连排干部，个个要查。纵队与师集中一起，团营两级集中一起，连集中一起，有意见可按手续互相提。头上3天主要学习毛主席论目前形势与我们的任务，我又被选为学习小组长。上午讨论学习纪律，定出了十大“反对”，以保证学习任务的完成。

给萍去信时，曾谈到“三查”的问题，希望她在这运动中也能突进一步。

1月15日

早饭后，因小问题与刘保章闹意见，脾气上来把桶踢翻了。事后，极懊恼。自己修养太差，太冒失，胸襟不宽大，不能忍让，更无克己的能力。这些都只怪自己不好，不老练之故。但愿有一次教训，前进一步，今后处人处事，总要平心静气才对。

两天来，黎明即起，有时醒得比鸡叫还早，部长们都上早操了，这在10纵来说，尚属初次。

昨晚热烈讨论国内形势，每人都发言，把自卫战争以来的思想变化过程都检讨一番。大部同志看问题从个人观点出发，缺乏远大的战略眼光，所以战争顺利时就乐观，战争稍有挫折时便灰心。我对时局一向乐观，但对战争的长期性、残酷性估计不足，总希望战争快些结束，这也是从个人观点出发的。

1月16日

昨今两天，进行土改问题的学习。我从早晨5点半钟起身，一直到晚上9点钟以后，除个人学习及讨论外，晚饭后要到学委会去汇报，中间连一点空隙也抽不出来。

电台上一些同志对学习表现比较落后。昨天开了一个检讨会。我最后发言："这次三查应把它看作党交给我们的任务去完成，这是最能考验人的。"

1月17日

今日进入"整顿党的队伍"反省。

我检查的重点，是放在个人主义及小资产阶级的"儿女情长，英雄气短"方面，以及作风上的官僚不劳动化等。

联想到萍的"三查"问题。上次去信谈了很多，现在觉得还有很多要对她谈。我所担心的，是她政治学习放松。"三查"以后，我准备把个人的"三查"笔记抄一份给她。

1月18日

上午轮到我反省，同志们给我补充了不少意见。一般感觉我在支社有很特殊的地位，感觉我有"小独裁"的味儿，很自尊，生活上不劳动化，等等，是很正确的，我应该好好检讨自己。晚上举行民主座谈会，大家对吴江提出了几十条意见。他领导上的毛病确是较严重的，我强调一面要提意见，一面还要有组织观念，尊重吴江，相信他的领导，不能不服从领导。

1月19日

思想检讨及民主座谈会已告一段落，明日将进入查阶级出身的阶段。

下午到原野里散步，这样使精神稍可松畅些。

1月21日

今天开党小组会，要求达到党内行动一致、认识一致，向一切不良倾向作斗争。

下午敌机两架来轰炸，我听到炸弹的啸声后，赶紧卧倒。轰然一声，房子震得很厉害，两个炸弹恰巧掷中萧主任住的地方，离我们只隔了几户人家。压死了两条骡子。一家老百姓全压在房子里，我们有4位同志压伤了。通讯员小李正在小便，离炸弹爆炸的地方只隔一垛墙，满身掉满泥灰。大家估计一定是特务搞的鬼。前几天飞机天天来，一定是先计划好，再来轰炸的。

参谋处发出了普遍挖掘防空洞的通知，我们决定利用集外的大石桥。桥洞底下可以躲七八个人，两旁再堆上些土，就成很好的防空洞了。

1月22日

收到萍1月4日来信，他们正在执行节约方案，所以萍的保健饭也取消了。只要她身体能支持，在这艰苦的关头，对个人的营养问题不必过分去计较了，应该牺牲个人利益去服从整体的需要。未实现方案以前，各级干部生活水平相差悬殊，科长以上即便身体壮实者，也可取得丰富的保健。实现方案后，这些现象都要消灭了，大家一样吃苦。所以她吃些苦，我也没有意见了。

今日看了《斗争》四期。渤海财经困难严重，仍存在贪污浪费现象。要通过“三查”及整顿党的队伍，克服一切不良倾向。

1月23日

昨日上午飘雪。今天雪下得很大，狂风把雪吹得像粉末一样的细，在空中乱舞。老百姓说这样的雪已经20年没有了。这样的雪天要行军是很艰苦的，记得去年鲁南战役时，我们在大雪中一夜行军，衣服晒了几天，还没晒干。这样艰苦的日子是随时会有的，思想上要做好准备，不要有一点松劲。

今日整天烤火，围着火看书。

1月24日

昨天半夜雪才停止，下了一尺多厚。由于风大的缘故，屋子上的雪都刮到院子里来了，院子里的雪有两尺多厚。费了很大劲，才把门推开了，一直等老百姓扒完了才走出去。今天阳光不强，像这样天气，雪一个月也化不尽。

今晚起进入全面查思想与作风的阶段，时间约六天，这是最后步骤了，以后要转入立功运动。

天气酷冷，墨水都冻成冰块，烤化了才能写字。

1月25日

下雪以后，天气的确冷得厉害，太阳也显得无力了，晒了一天雪还未化开。

晚上由李光同志召集党内小组会，讨论在全面筛查时党内的保证问题。首先要求共产党员的模范作用，在生活学习上不但自己紧张，而且要帮助别人。

1月26日

开过党内小组会后，大家精神比昨天集中了，党内外工作的结合，这是我们一个新的经验。

今日进入“三查”学习的最后一个阶段，即“通过”的阶段。

1月27日

早饭后，马部长传达总学委会新的指示，指出目前学习中存在的偏向及认识问题。

今日头很痛，咳嗽、流涕，自己是小组长就得坚持。

1月29日

今日轮到我反省，我在土改态度及时局思想两部分反省比较深刻。在个人主义及英雄主义方面，大家给我提的意见多。

1月31日

学委会接到纵队的指示，在“三查”中每个学习小组要再添设一个副组长（贫雇农出身），大家一致推选刘保章同志为副组长。

今日举行民主座谈会，宣教部各科长都来，意见很踊跃，很多人提得正确而尖锐。

2月1日

晚上我补充反省。比上次要深刻具体了。我的英雄主义、个人主义如果不是“三查”，自己还是不了解的。

这次“三查”对每个人的帮助确实很大，对人对己，坚决从无产阶级立场出发，是一个极其重要的问题。

2月2日

今天从渤海来了很多《大众日报》，后方消息对我们来说还是很新鲜的。后方正在热烈进行“节约精简，清理资财”的方案。后方机关中，凡年轻力强有能力的干部，都要送到前方来，而用女同志或荣军同志坚持工作，一个人顶两三个人用。后方降低生活水平减少财政上的现金支付，支援前线，以争取自卫战争的彻底胜利。

萍的保健也取消了，在目前财政困难的情况下，个人的一切是不应去斤斤计较的。不久前我已去信给萍，希望她不要在生活上特殊，就是这个意思。

前方也要清理资财，“三查”后就开展。贪污的财物全部弄出来充公，在战斗中发洋财的东西也清理出来，建立廉洁朴素艰苦的作风。

昨天收到新华社社论《整顿后方机关，帮助前线胜利》，说到一个干部的生活，不得超过农村一个中农，或城市一个技术工人的标准。当群众的生活尚未改善的时候，我们的生活是不应该提得太高的，否则共产党员“先天下之忧而忧，后天下之乐而乐”的精神，就等于空谈了。另外社论指出了过去机关重叠，工作效能不高。精简后，只要科学分工，多用脑子想办法，一个人是可以顶上两三个人用的。

现在就是要集中一切人力物力，使用到战争上去，送到前方去，支援长期战争。晋冀鲁豫的政治部主任说：“如果有 99 件工作做好，而支前工作做不好，就要受批评。反之，如果 99 件做不好，而支前工作做好了，也要加以表扬。”为了使战争的胜利有充分的物质保证，这种强调是完全必要的。

数日来天气暖和，雪快化完了，满地泥泞，极难行走。

2月3日

收到萍 1 月 13 日来信，知道她入季以来身体比夏秋为好，精神愉快，头脑聪明，开会发言也快而锐了，我得到很大安慰。

她说如果失去了我，对她的打击是很大的。但战争的胜利是很多英勇的同志用牺牲流血的斗争去换来的。如果我牺牲的话，仅仅是千万牺牲者中的一分子。因此她不能过分为我一个人而伤心，因为这在战争中是极其平常的事情。这样我万一牺牲，她就不至于为脆弱的情感，而使自己痛苦了。

顾芸也来信，说她不日将要到平汉路附近去。

2月4日

“三查”第一个阶段告一段落。小组里连我在内，有 8 个同志的反省基本上通过了。下一阶段主要复查出身成分，使之符合每个人的真实情况；复查对土改的态度，使之能联系到自己的阶级本质；通过复查看清自己在革命前后阶级本质的变化，进步了多少，退步了多少；通过复查，进行经济民主及家务登记，要求今后做到不超出供给制度，力求节约，克服贪污浪费现象，树立艰苦朴素廉洁的作风。

反省以来，全组同志在每一个具体问题上接触思想，提高到阶级本质上去分析，对地主富农的立场思想进行了原则批评。每个人都用无产阶级的利益来衡量自己。从成分出身以及入党动机，发掘一切非无产阶级思想的根源。这次“三查”是每个同志革命以来第一次伟大的阶级教育。

2月5日

我的复查反省已通过。这次“三查”真是得益匪浅，其中，土改反省就比上次要深刻得多。自卫战争发生后我到部队中来，一直到过黄河时为止，我认为土改是地方干部的事，而不知道前方的战争，就是保卫土改果实，并把土改推向全国。在徐楼听陈毅司令员报告后，才开始关心土改，这些不关心态度是我的阶级意识不明确所造成的。自己未受过严格的阶级斗争考验，对地主阶级仇恨不深，对贫雇农的痛苦也不了解。今后我应该明确自己的阶级立场，听取贫雇农的意见，从他们的利益出发，衡量自己所作所为的正确性。

过去我把“政治开展”单纯认为是政治理论上的开展，这次“三查”使我认识到看一个人的政治开展，是应该根据他的阶级本质的变化来决定的，如果阶级本质不变化，理论再好，也是落后的。

在家务登记中，我缴出了粮票20多斤。过去留下来，不认为是贪污行为。以正确的观点来看，这就是贪污，值得我以后警惕。

2月6日

新华总社今日播发《论布尔什维克的原则性》，告诉我们要做一个有原则性的工作人员，从人民的利益出发来对人对事。一切从私人友情或者少数人利益出发、没有原则性的人是庸俗的人。

这个文件对“三查”有极大帮助。我抽时间编好后，交油印股印出来了。

昨天已立春，准备过年。听说初四五可能要行动。

2月7日

阴历二十八了，后天就是除夕，老百姓都在蒸糕蒸包子，房东家要我们替他写门联。文工团在排演新年的节目。总务科也在计划新年时怎样会餐。这些情形与去年相较有着显著不同。去年这时，峄县的炮声正打得紧，除夕和初一都是在飘雪中行军，哪里能有这样长时期的整训呢?

今日收到萍1月24日来信，也许是我在这次休整期中收到的最后一封信了。她们在“三查三整”之后可能要南下。据我得到的消息，渤海地区已成立华中工作队，向苏鲁豫皖地区南下。

王俟和洛辛居然能在惠民见面，简直是意想不到的喜事。

2月8日

今天讨论立功计划，晚上给萍写信，就她的南下问题，提了一些意见。学习小组晚饭后正式解散。

2月9日

今天是旧历除夕，老百姓忙着蒸糕，找同志们写门联。杂务人员喜洋洋地在排演高跷和秧歌。

我和李光是住在老百姓堂屋里的，为尊重地方风俗，我们把床搬开，正中放一张供桌，老百姓要在这里供老祖宗。我们把房子打扫了一下，像过年的样子。

晚上宣教部报社文工团在一起开除夕晚会，闹至半夜散会。晚上与前方来此的陆仁生同志漫谈报纸工作诸问题，至半夜2点钟始就寝。

2月10日

"一夜连二年，五更分两岁"，这是我们给老百姓写的门联。事实也是如此，过了昨晚，年纪又算是大了一岁。

天未明，老百姓就起来向财神、老祖宗供香磕头，满街上响起鞭炮声来。天方明，附近老百姓即来拜年，不管大人小孩、近亲远戚，都在老祖宗灵位前跪下磕头。如来者系长辈，则主人要在一旁跪下答礼。

从早到晚，锣声不停，直属机关各区队的秧歌、高跷、花棍，满街飞舞，的确是很热闹的。部队每个连队都有高跷和秧歌，把周围数十个庄子都轰动起来了。

部队连续战斗行军，利用新年机会，加强娱乐活动，以活跃部队精神是完全必要的。估计年后必然要加紧战斗，休整时间较少了。

2月11日

今天初二，老百姓过年很简单，新年气氛已减去大半了。

过年吃得还不错，昨日一天吃饺子。今天会餐，平均每人有四五斤肉的过年费，如以中农生活较量，还是很高的。

吴江传达，我们将休整至初八。那时可能有两个方案，一个是作战方案，另一个是继续休整案。据说总部及1、4纵正在北上，本纵1948年要建设强大的炮兵，以做夺取大城市的准备。纵队将成立炮兵团，师炮兵营，团炮兵连，营为炮兵排。其他工兵、辎重兵种均要大量建设，1948年内要完成歼敌四个中等旅及一个团的任务。

2月13日

总部及1、4、6纵已越陇海路北上，敌人正宣传民权以北之大战，企图破坏我们的休整和补充。

2月14日

今日军法处组织军事法庭公审贪污罪犯，一为原民运部部长王某某，变卖公粮，贪污180万，在后方与民女通奸，把贪污所得购买皮大衣两件、皮靴及一些用品，像个大富翁一样。另一为原司令部科长杨某某，贪污20余万。两罪犯均系已有20年革命历史的长征干部，在党20年教育下，还要做出这种反人民的行为来，绝不是一件偶然的事。主要是由于他们忘本

（都是贫农成分），而站到地主富农的立场上去，他们不以人民利益为重，而处处为个人打算，才犯出这样大的错误来。宋司令在讲话中指出，如果不克服个人主义，不能全心全意为人民服务，都会或大或小地犯错误的。

王理应枪毙，但体念其20年革命斗争历史，判有期徒刑15年，杨判两年。这就是个人主义发展至严重错误的下场，值得作为前车之鉴。

编 注

新中国成立前，农村中地主与贫农间的阶级斗争已空前尖锐。少数地主占有绝大多数土地，靠土地盘剥贫农，导致生产力低下，贫富悬殊，民不聊生。无土地者亦无政治权力，饱受土豪劣绅官衙的欺凌，故改变中国之当务是必须改变土地制度。

1947年7月—9月，中共中央召开全国土地会议，通过《中国土地法大纲》，宣布废除封建土地制度，实行耕者有其田。随之而来顺理成章的步骤是土地制度改革（土改），没收地主阶级土地，平均分配给贫农阶级。

土地制度的改革是中国新民主主义革命的主要内容。为提高干部、战士对土改伟大意义的认识，正确对待、积极支持农村土改，正确执行政策，开展新区工作，中央和军委要求全军利用战争间隙，开展一次新式整军运动，加强阶级教育，提高为解放劳苦大众，打倒国民党反动派而战的觉悟性，克服部队中存在的不良现象和不正确思想，从政治上提高部队战斗力。

新式整军运动亦称“三查”（查阶级、查工作、查斗志），

“三整”（整顿思想、整顿作风、整顿组织）。10纵于1947年12月至1948年2月利用战役间隙进行，在华野开展较早。

第一阶段为诉苦运动。干部、战士绝大多数为贫农阶级出身，旧社会和地主恶霸给予他们深重的苦难，发动他们诉苦情、挖苦根、报冤仇成为激发阶级觉悟、知道为什么而战的有效方式。那时，部队中的解放战士普遍已占50%以上，对俘虏士兵的教育是一项紧迫而繁重的工作。父亲曾说过：“同样一个兵在国民党那里贪生怕死，参加我军后只要经过诉苦，掉转枪口就坚决打国民党，很多人勇敢无畏当了英雄。”

第二阶段的重点是查阶级。所有干部，特别是剥削阶级、非劳苦人民出身的干部，土改中难免有家庭、亲眷受到冲击，要从思想认识上解决正确对待革命的问题，从灵魂深处站稳无产阶级立场。

第三阶段查找个人及单位工作纪律、作风、民主各方面存在的问题，定措施整改。

父亲此阶段日记，使今天我们对“三查三整”有了一些生动具体的了解，可见当年每个人和全体均学习认真、反省自觉、批评严肃。提高觉悟表现在认识上更明确了自己的阶级属性，甘愿为无产阶级和劳苦大众利益革命奋斗。

新式整军运动在我军建军史上地位重要，产生的作用甚巨甚远。经过“三查三整”，解放军的政治优势和精神战斗力提升到一个更高水平，夺取全国胜利的步伐更加不可阻挡。

2月16日

昨天因敌情变化，部队向东南方向移动，从黄昏开始行军，到单县西南的马楼庄宿营，约 100 里，是数月来最艰苦的一次。从站队集合就开始下毛毛雨，一直到目的地没有停过。帽子、大衣都淋湿了。途中路既黑又滑，伸手不见五指，前面的人只要隔两尺，就看不见了。我有好几次走错了道，如果不用电筒照，后面所有人都要跟着我走错。走了 50 里路以后，很多同志掉队，干部队文工团，整个都掉到后面去了。开头掉队，大家还跑步跟上，以后谁也跟不上了。在漆黑的原野里，几百只手电筒闪耀着光芒，无疑是会泄露秘密的。但如果没有这些手电筒，部队也许会掉得光光的。

我走了 70 里路后，既饿又冷，便与周迅、李光二人找个地方，在干草上倒下就睡。等天明再走。一路上走走息息，每息一次，向老百姓要稀饭窝窝头吃。这里老百姓很好，我们一面喝稀饭，一面拉呱，拉拉地方上的土改。到目的地时，已是晌午时光了。吃过饭，便昏沉沉睡去。腰酸腿软，的确很累。

2月17日

今天情况变了几次。早饭后决定部队西进，与西兵团会合，并送 2 万新兵给中原野战军去，行程约 10 天。晌午时说敌人现集中 5 军等 4 个整编师的兵力，向郓城方向推进，想扰乱我后方，认为郓城一带是我们物资集中地。我们的任务是迂回至敌 75 师的侧后打一个小仗，牵制敌人前进。但任务刚确实，在我阵地西北角 13 里处发现敌人有 1 个营的兵力出现，我特务团当即予以阻击。

于是任务又变了，到晚上仅向东南移动 10 余里。现在军事情况多变，所以固定的判断是不正确的。

1、4纵越过陇海路后，敌人4个师便在后面紧紧跟踪而来，行动很快。我们于15日晚离开九女集，当天半夜敌人便占了九女集。

三官庙（九女集东南25里）也于拂晓被占。由于敌人紧跟在后面，所以这次行军部队秩序乱，掉队现象普遍。手电筒的光亮如走龙灯一般，几十里地以外都能望见，的确是一件很危险的事。据说，有个别掉队以及在半路找地方住下的同志被敌人俘去。我这次和周迅等在半路住下，的确是一件很粗鲁而冒险的事。以后到外区去，这样更危险。今后行军再累，也要鼓起精神走到目的地，掉了队给特务弄去是太不值得的事。现在下了命令，禁止掉队和打手电筒。

西北角与东南角已与敌人接触，下午炮声不断。敌人轰炸机和战斗机在头上来回盘旋。炮弹的弹落点离我们仅2里路，炮弹在空中划过的啸声都听到了。

2月19日

18日下午4点半集合出发，以80里的急行军奔袭马牧集、张阁等车站，总计歼灭敌人近千人。这次战斗企图威胁商丘5军及75师后方，使敌人停止向北推进，而且非要掉头不行。这次我们实际上是一个大迂回，当敌人由定陶、菏泽、成武一线向北推进，10纵和11纵便向单县方向一闪，钻了空子向南去了。战略很好，只是两条腿辛苦了。

这次行军秩序比上次好。还是阴天，但初九的月光很明，不至于伸手不见五指了。由于很疲乏，掉队的人不少，走在后头的经常要跑步。我跑了几阵，实在喘不过气来了。只得到最前头走，这样才走得轻快些了。我们过路以后走 20 余里，在马牧集南宿营。

今天经过的地方，大部是蒋占区了。还乡团时时向我们打枪，在铁路附近的小庄上，我们尖兵还与敌人发生了小战斗。前面几个庄上闪出手榴弹和机枪的火光，据说逮住了两个还乡团。

这里没有我们的政权，土顽特务很多，所以没有人敢掉队。我们到目的地时已是拂晓，这一带连鸡叫声都听不到，可见老百姓受蒋匪压榨的困苦境地了。

大家的衫裤都被汗湿了，到目的地住下，冷得发抖。近来大家咳嗽伤风，这是主要原因。

今天军邮交通班在我们隔房院草堆里搜出了两个敌兵，6 区队在驻村查出步枪、匣枪、机枪等武器 30 余支。民运队到 2 里外的某庄查地主时，还乡团大特务头子刚刚跑掉。搜出了几十斤大吃大喝剩下的肉，放走了一个被特务强占去的年轻姑娘。据说那姑娘感激得痛哭流涕。今天下午向南行军 20 里，途中有几个还乡团拿着粪筐，假装拾粪。我们的尖兵大喝一声“干什么的”，他们拔脚便跑，逮到了几个，跑掉了几个。

这一带土顽特务太多，参谋处已下令，不论白天黑夜，一个人不准单独出庄，必须两人以上且带武器者，始可出庄。

这几天在行军和炮声中过去了。昨天夜幕里不断闪出炮弹爆炸的火光，这是我们后卫部队与敌战斗。今天的炮声是我们到敌人的侧背，向马牧集、张阁等车站进攻了。我们晚上行军出发时，各单位连老百姓在内组成的破路队，也去再一次破路了。

2月23日

接着三天都是行军。20日行75里在商丘以东宿营。21日行65里到商丘南宿营。22日行50里到柘县北宿营。今日又行45里到太康东北地方宿营。几天行军都是月明风清之夜，走得很急，20里路休息一次，大家没有掉队的，不再乱哄哄地叫跑步了。所经过的地区，大部是生疏的两面地区，基层政权均未改造，有的地方只有少数县大队活动，有的地方才建立区一级政权，土改还未实行，很多老百姓不知道我们是中央军还是八路军。22日住张楼时，我们住在一家地主家里，他误认为我们为中央军。我们为了要看看他的态度如何，也就不说实话。他夜里给我们讲了一些八路的不好，次日清晨，他就把吴江叫醒，说："连长，我给你烧肉了。"有些老百姓，当我们半夜去叫门时，怕得发抖。

这一带比鲁西南要丰沃得多，庄子很整齐，树木成行，公路纵横。由于向来战争较少，所以断墙残垣的现象也少，到处遍立牌坊。很显然封建势力强大，老百姓迷信拜佛均较根据地普遍。

一路上到处打土豪劣绅，除分给老百姓外，解决部分给养问题，部队生活也好一时、坏一时。打到大的地主时，就吃麦子、吃猪、吃鸡；打不到时就吃高粱，连菜也吃不上来。22日在张楼一带，不但吃了好饭，而且还吃了不少的糖。一般感觉到外区后，部队生活改善了，但老百姓不及解放区对我们亲热，由于还未发动群众的缘故。

2月24日

今天在陈庄休息。我们的任务是配合11纵将2万新兵送到大别山去。现在情况又有变化，敌人还想向鲁西南进攻，捣乱我们的后方，破坏1、4、6三个纵队的休整计划。如果敌人计划成功，对我们不利。因1、4、6纵已很疲乏，不休整会影响到今后难打大的胜仗。敌人也知道这一点，所以害怕我们的休整。因为充分休息补充后，大的歼灭战必然又将出现。所以现在我们就留在这个地区，配合鲁西南作战，掩护1、4、6纵抓紧时间休整。今后一两个月内，我们的行动战斗将特别频繁了。参谋处已下令各部要轻装精简，以适合行动要求。

据说75师正尾随我们而来，今天可能与我们部队接触，如敌不来，我们将有3天的休息。

这里是豫皖苏根据地了，就是过去的睢杞太地区，现在是1分区。我们调给1分区的50名干部今日将出发。1分区今后成为10纵的后方依托了，将来的兵源和给养补充，都由这里解决。

咳嗽已一星期，今日更剧烈，还有些咸味。而且由于连续行动之故，更是筋疲力尽，做工作脑力甚弱，头痛，心跳，夜间失眠。医务员给了些止咳药和安眠药，效力不大。这种时候要好好爱护身体，行动中生了病是很麻烦的事。

2月25日

上午编完新闻和参考资料以后，又接到行动通知，大概向西走四五十里路。

昨晚失眠，夜间常咳醒，以致无法安睡。

2月26日

昨晚原要走50里，后走35里就住下了，因再往前，便到了黄泛区，数十里地内无人烟。地图上有个庄子，实际上都没有了，太康以西是遭黄河水害最厉害的地方。

今晚行军50里。经过太康城，折向正南走，在淮阳县境内宿营。这一带是碱土地，地广人稀，历年遭水淹。人民极穷困，庄子无超过30户者，房子小而陋，树木甚稀少。

昨天是农历的上灯节，比较富些的老百姓都上了灯，小孩子们不断地放九龙、花筒和鞭炮。我们行军，四周远近的庄上火光闪闪，九龙的火尾时时在上空滑落。比起平日路过的庄子死气沉沉的景象，确有一番新气象，给我们解除了不少疲劳，减少了行军中的枯燥之感。近几天，天天月明如洗，行军秩序因此很好，虽然走得很快，过沟上坡也不再跑步了。

已经到了解放区，这里最老的解放区时间也不过一两年。土改已进行，但大部不彻底，还发中央票，可见并不是最巩固的地区。这里没有地主可打了，因此生活也坏起来，吃了几天红高粱窝窝头，肚子饿，一天共吃两个，天天行军，是吃得很不够的，故白天工作常头晕眼花，神经很虚弱。

2月27日

今晚又行50里，到淮阳东70余里之白果树（试量集以西18里）。今日刮大风沙，月亮又起得迟，故前20里几乎是伸手不见五指，月亮起来后才好走些。

咳嗽还未好，尤其行军后肺部因剧烈运动，咳嗽更甚，虽然行军，我还是每天在早饭前起来工作。我是抱着“鞠躬尽瘁，死而后已”的态度，如果因劳苦过度而使身体亏弱，也是一种对革命的光荣牺牲。为革命牺牲，有什么值得计较的呢？

2月28日

今日收到收复营口，敌52军1个师起义的消息。这是东北第6次大胜利了，东北的局面正急转直下。

今日休息，这很需要的，大家腰酸脚疼，再走也很困难了。晚上与电台黄春及李光沿着圩子散步，这样的散步已好久没有了。

2月29日

昨晚又刮大风，半夜飘了一阵雪，今天又冷了些。这几天工作很忙，自己精神不好，还是坚持。现在我一个人要负起两个人工作的责任了，一个人要编四五种东西。只要精神能胜任，我愿意更忙一些。

下午与吴之非同志漫谈。感觉同志间的真感情，只有建立在原则性上，相互关切忍让才有可能。

“三查”后，我比以前注意多了，什么地方多让步一些，人家对你的印象不会坏。所以生活上多让一步，并不会使自己吃亏。我近来到一地方总睡地铺，把床让给人家，盛饭吃菜，也让人家先来，说话开玩笑，让自己多吃亏。只要经常这样，就会养成忍让的好作风，人家也不会意见纷纷了。

3月1日

我们房东是一个大地主，家里男人都跑了，只剩下些老少女人在家。对他的恶迹我们不很了解，但四周群众反映都不好。这里虽已实行土改，但不彻底，大批浮财还没有分掉，地主把几十担麦子都埋在地下了。我们第一次发现，是饲养员拉马到牛栏去喂草，在地上走过，有些空空的声音，挖出来，是一大缸麦子，在其他地方又陆续挖出好几缸来。以后发现的东西越来越多，电台住的那一家还挖出很多布匹，红绿锦绸做的衣服。知道这里土改不彻底，乃决定将地主财产没收分给穷人。

3月2日

政治处决定将本庄（白果树）上所有大地主的财产粮食分光。早饭后我们为了便利群众分东西，从堂屋搬到东屋去。战士们把粮食及细软物件搬到场上，群众兴高采烈地一会儿分光了。战士们跑来跑去，像群众一样高兴。

这里群众已有基本的觉悟。昨天一位贫农（他分得了3亩地）对我说："你们在外打老蒋，我们在家刨蒋根。"我与他谈了很久，感觉贫雇农的革命积极性确实是很高的。

今日下午又开始行动，向东南行50里至郸城集宿营。

3月3日

豫皖苏二分区地委、专署都在郸城集上，这里新到了一个华中工作队，大部是淮南淮北的干部。很凑巧见到了过去淮北一中的宣教干事王甸同志，他从前线分社调到豫皖苏后，便一直在二分区地委工作。他现在穿着一身灰军装，又恢复新四军的模样了，我从他那里听到一些地方阶级斗争的实际情况。

现在敌人比以前更毒辣，用乡村对付乡村的办法，组织保安团、还乡团等土顽，准备好一大套县长、保长、甲长，他的部队到哪里便在哪里安下这些伪组织，摧残我根据地。当我北兵团在鲁西休整，西兵团在平汉路附近休整时，敌人也不来扰乱我们，却在二分区的中心住下，积极扶持土顽，杀害我干群，搬走公粮，抢去我在平汉路战役中得到的大批物资，以造成我的困难。土顽到处杀人，镇压群众，破坏土改。其杀人的办法已出乎常情，往往是几个还乡团带着铡刀，抬到大场上一放，用红绸盖上，然后把群众集合起来，要他们招出我们的干部和民兵来，如果不招，便随便拿出一个人来铡死，直到逼出来为止。铡时，往往把人分成几段。还有用两条牛绑上人的两条大腿，把人撕开而死，其他凡干过八路的都要全家抄斩。有一个当排长（我军）的家中，11 口都被杀光了。还有一家，除老婆被强奸外全家全杀光。现在的阶级斗争已是面对面的武装斗争，是一种你死我活的斗争了。地主已是最反动的人物，当他到穷途末路时，就用尽一切办法来挣扎了。

现在郸城集这一带基本还是游击区性质，往往一天打好几次仗。土顽很多，但并不难打，因为土顽是一股一股，易为我各个击破。现在问题是群众还未真正发动起来，所以根据地还不巩固，土顽还不能最后消灭。

王甸讲的一些事情在部队中是不知道的，我们力量大，到哪里都是太太平平的，而且一到就走，对农村阶级斗争是看不透彻的。今天王甸讲的故事，确实给我上了一堂精深的阶级教育课。

3月5日

昨晚继续向东南方向开进四五十里，到刘寨东南之小刘庄一带宿营。我们分配的房子，又是四面通风，凉快异常，我宁可挤到老百姓的锅房去睡。今晨我跟着设营人员先出发，到太和县境的刘庄一带。虽只有三四十里的行程，设营人员纷纷掉队，数十人的队伍拉了二三里长，可见疲乏。到目的地天已黑了，我们匆忙弄些地瓜和面鱼吃了，到指定的房子去休息，大队伍到来已是半夜了。

这一带真算是穷乡僻壤了，今天经过黄泛区，在一个庄子休息。老百姓说，这些庄子已淹没了10年，只有柳树，没有一间完整的房子了。自国民党花园口决堤后，他们在外要了10年饭，现在刚回到荒墟上重整旧业。他们用芦苇搭一些草棚住在里面，置一个小锅，烧些稀饭喝喝。但我见到也有些穿的比较整洁的，这些人在外混了些钱回来，所以生活才比较优裕。我们住的小刘庄和刘庄，地势比较高，房子大部分完整，我们在有方桌、有大床的房子里宿夜。

3月6日

今日早饭后，即向东南行军35里，到太和城的旧县集。我们十几人分配了一间又小又矮的房子。我说只有把人吊起来睡几个，再打浆子贴几个在墙上睡，才睡得下去。没有法子，我到新华随军书店老俞那里挤一下。

这里是安徽地方，人情风俗与河南迥异，庄子四周少有圩子，而水沟多。水沟深且阔，只有一条路可以通向庄子以外去。小刘庄里面亦纵横水沟，把这一部分人家和另一部分人家隔开。一水之隔，可以对面讲话，但却走不过去，非绕路才可过去。另外，在原野里，水沟小河也非常多，有清澈的水流。庄庄都有小竹林，再加这几天天气暖和，带着大衣很累赘，北方同志都以为这一带已到南方了。

3 月 7 日

部队打下了太和城，消灭 74 师（被歼后重建）1 个营，及土顽联防队千余人。这只算个小仗，敌人一架飞机未来。歼灭敌人为数虽小，但部队走八九十里急行军去奔袭，确实很辛苦的。旧县集紧靠沙河岸上。沙河通涡河，涡河通淮河，因此大家开玩笑，从这里坐船可以一直到上海去。沙河虽不阔，倒也船帆来回，很忙碌，北方同志看了很兴奋。

3 月 8 日

昨晚又向东北开进 35 里，到孙庄宿营。路程虽不远，但走了一个通宵，到天明时才到达。原因是途中有几条小河小沟阻拦，部队过河时混乱，人唤马叫，半天才集合起来，耽误了时间。我们说北方部队真是见不得水的，见了水就缺少办法。将来到南方去作战，真得好好练习才行。

这几天所到地区，大部是被黄河水淹过的穷地方，没有地主可打，故我们吃得很差。昨天一天吃地瓜，吃咸菜，再加通宵行军，困乏到极点了。到地方后烧了一顿地瓜，把昨天从太和城得来的麦子煮煮吃了，便在小草棚里找一个地方睡下，下午三四点钟又要行动。

3月9日

昨天晚上又向东北开进60里，大部沿着去涡阳的公路走，很平坦，走得也轻松。

任务是掩护11纵打涡阳，城里有74师的一个团及还乡团土顽两三千人，我纵在这地区，暂属于刘伯承指挥。

今日不行动，休息一天。

3月10日

近日来天气异常暖和，老百姓男的都赤了膊，女的也穿了单衣。我们都把大衣缴了上去，有同志把被子里的棉花套也拆去了。柳树已茁出绿芽，原野里一片麦青。晚上已不再像冬天那样冷寂淡静了，大家都感受到一种浓烈的春之气息。

涡阳之敌跑了，大部跑到蒙城去了。蒙城县有74师1个师部1个旅2个团，阜阳现有74师1个旅2个团，其中有1个营已在太和消灭（尚有2个团在山东），现在究竟打仗还是休整尚未决定。

据传达的情况，5军等在鲁西南破坏1、4、6纵的休整。4、6纵曾跳到陇海路南，5军也到路南；4、6纵跳回路北，5军又跟到路北。现在1、4、6纵决定过黄河去休整，5军到平汉路隋县一带去了（敌军现大部集中在平汉路上）。对于1、4、6纵，他们去夏以来，从未很好地休整过，是急需要休整的。只要经过诉苦“三查”，战斗力必然大大提高，那么迎接新的大攻势，就有充分的把握了。敌人是很害怕我们休整的，西北野战军经过冬季大休整，首次出击，便一举歼敌5个旅。敌人看得极清楚，因此他见我们休整，便心惊胆战了。

3月11日

昨夜打雷下暴雨，屋子漏得很厉害，恰巧漏在我的被子上、头上，把毯子当雨布，蒙上了睡觉，也不管漏不漏了。正月下雷雨是怪现象，显示天时不正常。老百姓说“正月雷，遍地贼”，倒是数千年来的经验之谈，不能认为迷信。记得大前年在淮泗时，也打过正月雷，后来那年先旱后冻，庄稼不收。

宋司令送来了一篇解放军总部发言人评宜川大捷（我们电台在行军中未收到），其中最重要者指出了两点：一、这次胜利不仅改变了西北敌我力量的对比，而且将牵动南线敌人的部署，今后西北我军将更有效地配合南线大军作战；二、解放军用诉苦“三查”的新式方法整军，使全体指战员对于打蒋贼，解放被压迫人民的觉悟性大大提高，这将使我军无敌于天下，任凭反动派怎样拼死挣扎，胜利是终将属于我们的。

近日工作甚忙，行军亦照样。“三查”以后，自己工作观有了改变，不再去考虑前途等问题了，因此一些事务工作，也有兴趣做，精神上也愉快。

记者刘保章见了我说：“小沈近来怎么瘦了？”我说：“天天行军还能不瘦吗？”

这几天生活改善，天天吃肉吃馒头，也许可帮助半月来积压的辛劳恢复快些。

这一带都不使用我们的票子，但却又算是八路地区，有我们的区长在这里工作。油印股买一个铁夹子，费500元北币，老百姓喜欢用粮食交换。

编 注

1948 年 3 月 12 日至 5 月 9 日，父亲又将近两个月未写日记，以后也未见说明或补记，只能用移动和战斗频繁太忙太累予以解释。查相关资料，10 纵 3 月临时配属中野作战，暂归刘、邓指挥。

毛泽东此时指示刘、邓，暂不在平汉线附近与集中之敌作战。新的行动方向是豫西南、鄂西北和汉水流域，歼灭分散之敌，调动敌向平汉线西进，以利粟裕（率 1、4、6 纵在豫东北）行动。

10 纵 3 月先南下安徽阜阳地区，继而进入河南境内，转战新蔡、驻马店、确山、桐柏、南阳，曲折西进千余里，打了一些小仗。5 月上旬，参加宛西战役，与中野桐柏军区的第 10 纵队会攻邓县。两个 10 纵紧密协同，4 小时破城，全歼敌整 9 师 226 团及 3 个保安团 4000 余人，是一场硬仗。

华野 10 纵成军后，一直在山东老根据地内线作战，现已深入河南腹地进行外线作战。10 纵的运动轨迹，是毛泽东关于把战争引向中原蒋管区大战略的一个具体体现。刘邓、陈粟、陈谢（陈赓、谢富治）三支大军在中原大地呈“品”字形侧应配合、纵横驰奔，把国民党军调动得首尾难顾手忙脚乱，正为更大规模的歼灭战准备着条件。

父亲终日行军，以至有两个月未曾写日记，可以想见当时部队长途行军之辛苦。

5 月 10 日

在这里（镇平县观音寺）已住将近一个星期了，天天很

1948年5月，河南宛西战役，支援前线的民工运输队
图片提供：文仕博档馆 /FOTOE

忙碌。

我们在侯集找到很多物资，其中有大批药品，鱼肝油很多，连以上干部都发了一些。昨天还发到蜂蜜和牛奶，吃饭时用馒头蘸着吃，味颇美。

报社在选人民英雄时举我做候选人。据说未被批准，因为我虽有优点，但成为英雄的条件尚未成熟。我听了并不失望，当在今后继续努力。

5月11日

下午1点，又接到移动的命令。部队在前几天枪毙强奸犯的树林里集合，行程少，只有24里路，向西南走，到尚家寨宿营。天气太闷热，到后头昏脑涨，半天未清醒。

这一带确实丰饶，满坡的麦子长得很扎实，麦穗子已高出肩膀了，随着和煦的春风，掀起柔软的波浪来。

这里是河南文化比较发达的地区，乡村中学堂很普遍，观音寺庄上有两个女大学生。男学生大都穿着童子军服装，女学生也有穿中山装的，她们穿着黑大衣，有几分洋气。比较鲁中山区或者豫皖苏一带，大有差别。

我们的摄影记者刘保章同志不幸在此次邓县战斗中随突击队冲击时牺牲了，噩耗传来，不胜哀痛。从司令部转来电报，大家突然接到这个消息，不禁哀痛欲绝。我拿着那张令人心痛的条子，在手指上翻来翻去，一字一字地看了再看，半晌说不出话来。

前几天他还打电话来，问吴社长对他有何指示，最后他又客气地问我对他有何指示，我听了笑着说："你太客气了，我对你有什么可指示的呢？"这时电话突然故障中断，未能更好地谈下去。想不到，这就是最后一次听到他的声音了。

在伟大的自卫战争中，为了争取胜利，每天有不少同志在慷慨就义。一个同志牺牲原来是一件很光荣而平常的事，但与自己亲近的同志死了，确实更加难过，而感觉痛惜。

刘保章同志的牺牲是光荣的，我要学习他这种勇敢有为的精神，不要把自己的一切衡量得过高，一个共产党员既然随时愿意献出自己的生命来，其他的一切，如地位、名誉、爱人……哪一样不能丢掉呢？我仅仅是一个后死者而已，我要趁还没有牺牲的时候，做好自己的工作，对党无限的忠诚。对自己的结论是由自己来做定的，光荣也是从自己的努力中得来的。

编 注

刘保章是新华社10纵支社的摄影记者，父亲日记中，曾多次提到他。父亲老战友周迅叔叔曾回忆说：刘保章是完全可以不死的，他为了抢拍攻打邓县的照片，坚决要求参加突击队，跟随冲锋，不幸中弹牺牲了。战争年代，突击队伤亡比例最大，董存瑞、黄继光、邱少云等我军著名战斗英雄都是突击队员。刘保章自己要求加入突击队，他是一个英勇无畏的人。父亲突然获得熟悉战友阵亡的消息，其悲痛心情可以想见。所有战地记者都时刻面临生死考验，父亲再次十分现实地思考这个问题，他在日记中给予了回答。

5月12日

刘保章牺牲后，大家都痛惜。张部长说，准备开一个追悼会。

房中跳蚤太多，一夜未能成眠，满身咬起红块，以致今晨工作时常常瞌睡。无法，用冷水浇头，清醒脑子，总算支持了半天。

又有新任务，明日拂晓开始连续行军。

5月13日

昨夜睡在两张大桌子上，很好睡，连起身哨也没听到。吴江来叫时，已经开饭了。我只吃一个馒头，就吹集合哨了。

今天行程60里，到尚家寨宿营。一路上麦子长得人头高，部队淹没在麦浪中，只有马头伸出在麦浪上，飞机是找不到目标的。

5月14日

今天继续向西南行动60里，我们攻击的箭头向着湖北老河口射去。

自昨晚起，又下起雨来，路上满地淤泥，真有寸步难行之感，疲乏异常。且天气很闷，衣服被汗湿了，夹衣也被雨淋湿，里外没有一块干的，真是难受得很。

此次我们发动对宛西的攻势后，南阳之敌受到威胁，北边的敌18军（原整11师增编而成）即南下增援。我3、8纵队，旋即北转，18军亦随而往北。现总部已决定集合刚过黄河的1、4、6纵等主力，聚歼该敌。本纵即奉命南下，已相机占老河口处据点，牵制张轸兵团，使其不往北援。

今天到了湖北省光化县北的高庄，距老河口及光化县城均有30余里，是起伏地带，庄稼较昨日经过地区为差。

这一带遭蒋匪抓丁甚多，男丁缺少。沿途见田地荒芜者多，野草满坡，庄子稀疏，房屋败坏，无兴盛气象。

5月15日

前方已经接触了，刘邓大军2纵4旅已打下老河口北关，歼敌一个连，本纵也在外围歼俘了一些土顽。

宋司令写条子告诉我们，8纵于6日奔袭许昌，歼敌独立21旅2000余人，专员、县长、团长等无一漏网。

房东家是一位孤苦的老寡妇，没有儿子，大闺女、二闺女都嫁出去了，只有一个12岁的小女孩伴着她，靠五亩地生活，每天喝水都是她俩抬的。我与大娘拉呱，她告诉很多关于蒋匪后备队及土匪的猖狂罪行，她最后充满了真挚的感情说："我们天天盼你们来啊！”真使我们感动。那小女孩叫高小英，念书很聪明，念到8岁后，因交不起学费失学，长得伶俐可爱。我觉得比我妹妹活泼得多，看到这样聪明的小孩特别喜欢。工作完后逗她玩，问她名字，给她认字，测验结果，她的聪明出乎我意料之外。她告诉我某晚上土匪来抢东西，她和老母亲吓得缩在灶门里的情景。在这乱世里，连小孩也受够惊吓、吃够蒋匪的苦头了。

晚间炮声轰隆，激战甚烈。

5月16日

高小英对我们很亲热。我们前天到时她怕得躲在亲友处，到晚上老母亲叫了才回家。昨天还扭扭捏捏不肯说话，今天就站到我们办公的桌子旁，乱画乱写起来了。小孩子喜欢我们，我很高兴。

18军又自郑州南下。张轸兵团已牵了回来，在白河北岸，如其明日不过白河，后天上午即可攻下老河口。如明日过白河，则老河口可能不打，因牵制任务已完成。北面的计划又改变，据说要歼灭孙连仲兵团了。

所俘土顽已解来，老百姓见了均恨之入骨。

5月18日

张部长告诉我们老河口的敌人偷跑了，可能是从水上跑走的，这下子我们费了九牛二虎之力又扑了空。由此也可看出敌人的战略是比以前灵活而狡猾了，一些比较不重要的众寡悬殊的据点，他是有逃跑准备的。我们从陇海路南下以来，马牧集、涡阳、新寨、汝南、驻马店的敌人都是逃窜的，我们都扑了空。在目前情况下，战机的确不易捕捉。

吴江同志的马取消了。我的行李原来是放在吴江的马袋里的，现在成了问题。幸亏他照顾我，把我的行李放在电台的驮子上带。吴江这样对干部关心照顾，很使我感激。事实上我体力较弱，在行动频繁时，如果得不到适当照顾，我即使党性再强，行李问题将成为一个大负担。

5月19日

吃过早饭出发，向西北行30里，到孟楼车站宿营。临走时，高小英的母亲连连真情地说："你们住这儿，我们就大胆开着门睡觉，你们太好了，真舍不得你们走。"她夸赞我们好，使我感到宽慰。高小英也很难过。我摸着她的头说："八路军来办学堂时，不要忘了去上学啊！"我对她们有些恋恋不舍。

5月20日

上午9时继续北进。行军前下了一阵骤雨，一路都是土地，比较好走。

今天又算（从湖北）到了河南省。一天走两省，行50里，到邓县东30里的李耳坡宿营。行军中经过了一片山冈地带，冈上荒草漫长，庄子稀少。

途经柏林镇，我们在一家饭店里做饭，掌柜的很欢迎我们，高兴地帮着做面条。他向我们叙述蒋匪的暴行，苛捐杂税名目繁多，现在甚至连名目也没有了，穿军装拿枪的，可以随便到人家要粮要款，中饱私囊。他说："老百姓连骨髓都给敲出来了，你们再不来真是活不下去了，说实话老百姓很早就盼着你们来。”他们一面做面条一面说，“中央的人来吃点心，吃了就走了，我们也不敢要。前天有一位住客，半夜里被抢去了大批的香烟，这样同土匪不是一样嘛！”我们快走时，还了他的粮食。他说：“八路军不拿老百姓一针一线，真是好队伍！”

李耳坡的房东是一位烟商，他也向我们叙述很多关于蒋匪敲诈地方的事，说：“我们天天在盼你们来呀！”

这一带群众对我们热诚拥护，对我们的鼓舞是很大的。

爬上爬下，较平地累得多。部队上山时总是拥挤，而且很慢，下山时就要跑一阵步。

今日东南方向炮声隆隆，蒋匪增援老河口的队伍与我们接触。但他来得太迟了，老河口的大量物资已被我们得到了。

5月22日

昨晚才熄灯，又突然接到出发命令。情况是：我们完成占领老河口、牵引敌张轸兵团南下的任务后，迅即撤出。张轸兵团增援至老河口，即跟踪北进，现离我们约40里路。我们为了摆脱这股敌人，即继续北进六七十里路。

经过一些山岗上的羊肠小道，我们走上了通往内乡县城的公路。公路西边靠着山地，路旁栽满柏树和杨树，漫长的队伍在树丛中通过，夜间景色显得幽美。

一夜行军，东方甫发白时，到了内乡城。饥困交加，在街上买了3张饼、几个粽子充饥。昨天白天行军，夜里又急行军，故甚困乏。自内乡往北到了赵营的20余里路就走得很狼狈了，掉队的很多，谁也跑不快了。又因马科长不会带队，找错了地方，枉走了十几里路，故至目的地时，满身尘垢，潮湿汗臭难闻，一个个瘫痪似的倒下了。

刘邓大军有一部分沿着公路南下，下午敌机在公路上扫射了一阵，恐怕发现了目标。刘邓部队现在都戴八角帽，帽上有红星。

这里四周山地环抱，但庄子稠密，人口很多。故虽肥沃，收获仍不够吃的，群众大多青黄不接，现多以豌豆为食。

5月23日

今天上午9时继续沿公路北进，8里休息一次，中途喝一次开水，四五十里路走得很痛快。住六里庙附近庄子，已经在深山中了，群众说，山上曾经打过仗。

沿公路一线敌我双方大军曾数次拉锯，故粮食供应很困难。大地主早就打光了，有粮户也不能再借。本部粮食已吃完，今天连吃饭也发生恐慌了。补救办法是除一般贫农外，挨户借一些，维持一顿给养。

5月24日

昨夜睡下不久，接到晚上2点行动的通知。把行李整理好后，就穿衣睡。后延至破晓才行军，一夜未能成眠。

沿公路向西走45里，过了西峡口5里，至南上房宿营。这里是山地，泉水纵横，老百姓用泉水灌地种稻子。一年两收，夏收麦子，秋收稻子。

这一带山地风景秀丽，树木成林。路旁树木最粗大者三四人方可合围，在树下乘凉、吃饭、开会很舒畅。下午饭后，我至半里外一处泉水渠洗澡。坐在大石上，伸足入水，后全身浸入让泉水激冲，洗后感觉异样畅快。

在西峡口东的小镇上住有陈谢兵团 4 纵的工作队，南方口音的多，女同志也很多，据说这批人是从延安下来的。他们在西峡口一带宣传工作做得很好，布告标语贴满街，还画一些有鼓动力量的漫画和形势地图。

记者们回来了。他们在老河口过了几天很洋气的生活，牛奶、冰淇淋粉、各种罐头吃不完。因敌人增援太快，老河口有很多物资未来得及拿出来。丢弃的东西，有数十辆大车的药品、数十车军装及食品等，如果都拿出来，可帮部队解决很大的供给问题。

这次到老河口去的一些人，在谈吐中有为物质所迷恋。

我在今后行动生活上应该多加检点，除衣暖食饱外，要力求简朴，力戒骄傲，在物质上要清高一些，不为物质所引诱，不去追求享乐，这样就不致染上了“李闯王”思想。

5 月 25 日

今日不动，休息一天。很多同事都累垮了，不休息，行军也困难。

敌人已占内乡城，据说是整 9 师。前说张轸兵团跟踪北进系误传，张轸仍在老河口一带，我们的 3、8 纵已到南阳一带。

上午参加支组联席会议，讨论支部工作，强调今后要大家都背粮食，否则给养很困难。

自过内乡以北，沿途群众跑得很多。原因是误以为国民党来了；国民党造谣，说共产党来，14 —50 岁的人都要抓去当兵，50岁以上的杀光。

前天在赵营有一位很和善的大娘，对我们很好，帮我们做面条，不嫌麻烦，她说："你们不来，老百姓难以再活下去了，国民党要粮要款实在太重了。"

5月30日

自26日到今天一直都在行动中。当敌进到镇平、邓城、内乡一线后，我东兵团趁机收复了驻马店等地，并在确山包围敌两个团，威胁了敌人的后方。敌慌忙掉头东援，窜回南阳，宛西全境已无敌踪。我们准备开往镇平地区，待命休整。故沿前几天走过的公路，回头向东南走。26日通过西峡口行25里。27日行80里路，到内乡附近。28日行80里，通过了内乡城，到了镇平地区。这时情况又有新的变化，刘邓大军下决心聚歼张轸兵团，以吸引18军南援，造成北线消灭新5军的有利条件。于是我们休整的计划又取消了。29日又行80里至侯集东韩寨宿营，今日拂晓又接令继续东进，行程是120里。敌人发现我们的计划后，正兼程向东逃窜。我们要紧紧随后歼击，以包围敌人。午后下起大雨来，离目的地还有18里路时，满地泥泞，伸手不见五指，于是在一个小庄上暂宿一夜。我们十几个人满身泥浆和潮湿，在一间很小的房子住下来，马虎用冷水洗了脚上的泥垢，带着潮湿的衣服就在席上躺下了。连日行军的疲劳也不觉得了，因为这时感觉最不舒服的，不是疲劳而是寒冷了。

这一段连续七八天的长途行军，对我来说，是好不容易过去了。没有掉过队，情绪也好。

这半月中，我们离平汉线最远时有 700 里，离陕西省最近时仅 100 余里，到过湖北省，跑遍了豫西南，转来转去已不下千里。走过平原，到过水网地带，也爬过一些小山，走到崇山峻岭中去，见到各种风俗各种人物，见识是不少的。

现在正是青黄不接的时候，我们一路吃粮食很困难。尤其公路两旁部队来往频繁，借粮户早就借完了，不能再借，于是就不得不借中农。有些部队借了贫农，或者打总条，这都是不对的，我见后即向支部反映。以后，萧主任也知道了，将借贫农的粮食送回去。

昨夜，小朱对我说："我们爬山过岭，蹚水过河，风吹雨打，受凉挨饿，都轮到了。"这对我们近来的生活是做了一个简明的概括，他倒有几分聪明。我们的艰苦是在胜利发展中的艰苦，所以大家都是以愉快的精神去忍受的。

在西峡口一带时，第一次吃到了大米，那一带很丰饶。

5 月 31 日

清晨雨止，满地烂泥，再向东行 18 里，至张大楼宿营。今日原地不动，在此待命。今天做饭都请老百姓帮忙，很麻烦他们。因门外泥泞不堪，除小便外未出过门，尽量消除疲劳。

6 月 1 日

昨晚上向北移动，至何营宿营，距南阳有 60 里。

因离战场很近，老百姓跑了很多，我们住在一座空无一人的家院中。

夜晚八九时，响起了枪炮，这一伟大的战役开始了。当张轸匪部发现我们聚歼他的企图后，他即自南阳向东南逃窜，又为我陈谢兵团所阻，我们即兼程东进尾追。昨日张轸又回窜南阳，我们又向北阻拦。这一次刘邓大军集中一切可能集中的力量，下决心要歼灭张轸兵团。

6月2日

早上，房东家的老奶奶回来看看，她说家人不知跑哪里去了，这家看样子是富农和小地主，见我们即避之夭夭。

昨晚战况激烈，打了一夜，今天上午还很紧张，午饭后又渐渐沉寂下来，张轸匪部大部已回窜南阳了，只有 50 师及 183 旅两个团约五千之众，尚被我纵包围在西北角一带。这一次大战役又打不成了，只打了个小的，不免有些扫兴。现在敌人确比以前狡猾了，打不过我们时，便赶忙逃窜，现在战机之不易得，原因即在此。

上午即把工作恢复起来，把一些稿件整理了一下。黄平要下（部队）去，开了一个临时报道会议。下午把一些破旧衣服请隔壁大嫂修补一下，自己也补了一些，这样还能坚持穿一时期。

晚上向东北行 10 里，至魏庄宿营。敌重轰炸机投照明弹轰炸，有几个落在离我们很近的地方，有一个老大爷慌慌忙忙跑出去就被炸倒了。可我睡熟了。据说飞机一直闹到半夜，我竟一点也不知道，实在太困乏了。

6月3日

今天住在一位贫农家里，大哥曾经动员过 7 个青年参加刘邓解放军，算是个积极分子了。他对我们讲了很多关于庄上一个恶霸老头的罪行，据说那老头已吓跑了，否则真要治他一下。

蒋匪自南阳东窜时，曾从这庄经过，纪律很坏。据老百姓说，敌军沿途逃兵很多，大多想家，厌倦战争。这次张轸虽能侥幸逃脱至南阳，也一定破烂不堪了。

下午又向西北走 18 里至魏庄宿营，飞机不住在头顶上侦察扫射，我们依部门分散了行军，每人都用树枝伪装起来。

晚上总攻开始，飞机来投照明弹轰炸。

6月4日

敌 58 师 1 个师部 1 个旅部及其所属 2 个团共 5000 人为我消灭了，活捉副师长、参谋长、183 旅旅长等以下 4800 人，缴了 2 门山炮、4 门化学迫击炮、26 门六〇炮，这是我纵今年第一个大胜仗。昨日原来准备困之以待敌援军，聚歼援军，这叫“围城打援”的方法。但该敌昨日傍晚突围，我乃不得不立即消灭。

早上敌机来回侦察，再也找不到他的师部了，只在附近盲目投弹，下午干脆不来了。

编 注

河南南阳，古称宛城。南阳以西广大地区，习惯称宛西，以东习惯称宛东。

4 月，10 纵参加宛西战役。又南下袭占湖北老河口，诱敌张轸兵团跟进。得手后，10 纵掉头向北，再入河南，向着内乡、西峡一带行动，张轸尾追一段，不敢冒进，返回了南阳。

张轸，毕业于保定军校，曾任黄埔军校战术总教官，并非蒋介石嫡系，仕途几度沉浮。抗战期间率部打过台儿庄、武汉会战，又率远征军入缅。时任郑州绥靖公署副主任，指挥由整编第 10、20、58 师组成的机动兵团 5 万兵力，是刘邓大军挺进大别山后主要对手之一。5 月 27 日，刘邓大军指挥中野包围平汉线重镇确山。战略上是为了配合华野粟裕兵团从濮阳南渡黄河，加入中原作战行列。战役目的则是要吸引敌整编 11 师（18 军）从临颍南下，诱张轸兵团从南阳东进增援确山，我军准备在南阳以东待歼张轸。

张轸够狡猾，遭我军阻截后预感可能会被包围，于 31 日突然向西返回南阳。10 纵和中野 2 纵追赶到马刘营，6 月 3 日，将张轸兵团的尾部整 58 师直属队和 183 旅消灭。宛东战役原想打大歼灭战的计划未实现，只打成了一场小歼灭战，全战役共歼敌 12000 余人。其中 10 纵在马刘营围歼 5000 余人，俘敌 58 师少将副师长萧本元、少将师参谋长杨墨林、183 旅少将旅长魏沛苍。

父亲日记记述了 10 纵此阶段频繁夜行军、急行军经历，强度高，相当辛苦。不断移动都是为迷惑、调动敌人。10 纵在马刘营担任围歼主攻，吃掉张轸兵团尾巴，是 10 纵跳到外线进入河南以后所取得的一次较大胜仗。

6 月 5 日

昨天晚上向东北方向走了 70 里路，到离方城约 18 里的三间屋一带宿营，困乏异常。

清晨敌机来侦察。我拿望远镜看时，敌机下来扫了一阵机枪，不知是否给发现了目标。

休息半天，下午工作。

6月6日

吴江出发回来，带来一些奶粉，大家冲着吃。我还加了两粒维他命进去。这东西不见得有多少营养，但近来体力耗损大，幻想能补益一下。

工作积压很多，今天忙了一天，连洗衣服的工夫也没有。下午脑子痛，眼睛困乏，四肢酸软。这次战报都发出去了。

6月7日

三间屋是个地主庄，地主已跑光。全庄房屋十之七八为地主的，现在均空空如也，庄上只剩下些佃户或中贫农了。从这庄的规模来看，可以想见从前的“荣华”了。

午饭前敌机又来扫射。在前面几里外的庄上（29 师驻地）投了几十枚炸弹。共有敌机 5 架，1 架是大轰炸机。这也是老百姓倒霉，不见得能伤到军队。

天气不好，气闷得很，池里的鱼都翻到水面上来。因是地主的池，大家跳下去打鱼，大的有几斤重。老百姓说鱼翻上水面要下大雨。午饭后，果然雷声隆隆，大雨倾盆而下。

与周迅漫谈学习问题，大家觉得，向实际学习是一件困难的事。时间对我们太宝贵了，所以必须好好利用时间来学习，不能有丝毫放松。我说如果 5 年自卫战争，那就有 3 年以上在走路，不到 1 年在工作，不到 1 年在学习。如果再不抓紧学习，那么整个战争时期，学习的时间连1年都不到。当然这学习仅仅是书本的学习。战争本身也是一种学习，我们随时都处在学习过程中，同时也必须抓紧书本的学习。

夜行军后未好好安睡，又连日用脑甚多，今日脑子很痛，思想无系统，眼前的事转过身便忘了。耳鸣心悸，神志恍惚。这种神经衰弱，的确是很痛苦的，使工作和学习的效率减低。发愁有什么用呢？现在也坦然了，在战争中，一个共产党员既然准备随时付出生命，那么健康问题也就微乎其微了！

6月8日

今日休息一天，明天又要行军，到叶县一带整训，行程约3天。

下午雷雨交作，池里的水溢到道上了，到半夜又是繁星满天的好天气。

6月9日

编完报纸已经正午12点钟了。为了减轻运输员负担，将一些不必要的稿件文件都整理出来烧了，箱子空了一些。

下午3时开始行动，第一天只走40里，沿着向许昌去的公路。宿营的庄子很小，每个部门只分到一间小屋，且住有老百姓，我们只得在外露营。我拣了一棵树下，铺上席子、褥单，睡下去，望着满天的星星，伸伸酸软的两腿，心中有说不出的舒坦。

6月15日

10日向东北行60余里，到叶县的某某庄住下。原来要整训半个月以上，今天突然接到命令，要我纵赶到平汉路东的上蔡一线去阻击18军，配合北线消灭5军。

5天休整过得很愉快。庄子很大，房子宽敞，树木成荫，还有大池塘可以洗衣服。离庄子半里路处有一条清润的小河，可以每天洗澡。庄上群众很好，他们对待我们像自己人一样，都盼我们长久住，最好安据点。他们说八路来了就平稳，也没有土匪了，可以开门睡觉了。我们也想在这里住久些，但明天早晨就要走了。我们原有一套工作和学习计划，现在又无形取消了。

今天早上刚揭幕的全纵人民英雄大会（我被选为候选人），下午就解散了。这次大会原定开3天，人数300。早上会场留声机唱得很热闹。为布置会场花费了很多时间，也前功尽弃了。

前天听宋司令传达“毛主席关于形势和政策的报告”。“毛主席报告”说现在已不像过去，来谈形势对我们是否有利了，现在是来谈“优势”的问题了。在政策问题上，他主要的精神是克服目前党内“左”的偏向。去年全国土地会议克服了右的偏向，使土改蓬勃发展起来。但一个会议不能同时解决两个问题，会议之后，又发生了“左”的偏向。“毛主席报告”将使全党在胜利中走上正确发展的轨道。

5天休整中，工作很紧张，报纸每天出两张，此外还有各种名堂的会议，的确很忙。

这一带和镇平一样的丰沃，麦子每亩能打200斤。这几天天气好，老百姓忙着打场晒麦子，妇女天天一早就到地里去拾麦根，在烈日下辛苦。政治部曾发出帮助群众生产的命令，可惜我们还没来得及做，仅仅叫杂务人员帮房东挑了些水。

这里群众生活好，妇女们穿得半洋不土，也穿短袖宽裤，露着肩膀，剪发大脚，却不与人谈话，似乎较山东解放区挂小辫子的姊妹团还封建些。这一带如河南其他地方一样，妇女比男人多。

群众对我们很殷勤，显示还不了解我们，故见我们很奉顺。

6月19日

自16日拂晓，我们又处在连续不顾疲劳的行动和战斗中了。

北线兵团要消灭5军，5军处境很孤立，现在是最好的战机。我纵奉令至上蔡一线阻击可能北援的18军。18军昨日拂晓就接触了，战斗很激烈，我们伤亡了八九百人，18军也伤亡了两三千人。但北线情况又有新变化，我们没有包围5军，却包围了开封，正在打着，据说总的目的还是要设法寻找战机，消灭5军。

我们这次是把两三天的路程在一天半内就赶到了，15日下午接到行动通知，等到16日凌晨才接到正式命令，一夜未好睡，天未明即出发。原定行程80里，以后又加50里，一共走了130里路，越过平汉路在漯河以南35里的地点宿营，已半夜1点钟了。睡了四五个钟头，早上7时继续向东南走45里，到了上蔡以北30里地带吃饭。下午又沿上蔡至漯河的公路向北走10里，至常湾庄宿营，算是赶到目的地了，大家的疲乏不消说。但机关比战斗部队好的多了。战斗部队在同样的时间内还要比我们多走四五十里路，而且进入既定战场后还要修筑工事，所以疲劳更甚于我们。为了使这伟大的任务顺利完成，大家正不顾一切疲劳，不惜一切代价坚持战斗着。

昨天一天的阻击，18 军以二三千人之众，只推进了几里路，用死人来叠工事，可见死人之多了。我们也付出了相当的代价，87 团杨团长牺牲了，其他营连干部当然有，现在还不清楚。

这次最早赶到这里的，只有我们一个纵队，刘邓大军 1 纵、3 纵等昨晚才赶到。今天我们还要再坚持一天，掩护刘邓部队构筑工事。敌机又来扫射轰炸了，在我们前面的庄上投了一个炸弹，浓烟冲天。大家并不恐惧，站在树下看，这种事太普通了。

这次进了两次洪河，前日过洪河到常湾（离河 3 里），昨晚又过洪河到崔庄（在常湾西北紧靠河岸）。洪河很窄，但很陡，水流甚激急。洪河两岸庄子稠密，都是沙地，树木参天。现在在战斗，我们不免替这一带担心，几天后，也许又会遭劫了。

战争中的老百姓是天天在惊惶中生活的。我们才到时，大人们、小孩们欢天喜地地在场上打麦子，暂时无忧无虑地生活着。昨天晚上打了一阵炮，他们就惊慌了，望着满场的麦子发愁。老百姓问我出担架要走多远，走哪儿去，样子很害怕，我把详情解释后好了些。

6月20日

昨天一天前线战事平静，卫生部的担架等到晚上还没有伤号下来，敌人没有前进，我们也没有移动。

但敌机非常疯狂，当担架队在庄上乱哄哄的时候，便轰炸起来。昨日29师的担架队群众纪律做得坏。我的房东一天中给他们忙着做了三次饭，烧几遍茶水，他们却坐着一动也不动。缸里水用完了不去挑，烧了柴火也没有还。晚上走时，从旁的庄上带来的担架床和门板都丢了，不想法送还去。这种现象，主要是负责干部不加注意督促之故，我准备报告29师政治部这种不良现象。

这几天除日常工作外，赶着编“前哨丛书”。

6月21日

昨天白天战况沉寂。晚上有重炮轰鸣声，但打得稀疏，拂晓时有机枪声。天明后有两架敌机到洪河岸上打了一阵机枪。敌人第一天进攻时，以五个旅的兵力向我阵地猛犯，实行轮番冲锋。被我杀伤了二三千人后，只前进了二三里，受到了重创。

所以，这两天北线虽很吃紧，但敌人不敢再积极进攻了。至少他要考虑一下，费了很多代价，能不能真正赶到北线去。这两天，敌人未进攻，我们的估计是：一、受了重伤，需要调整；二、等从大别山区调集兵力；三、等路西张轸兵团的配合动作。但无论如何敌人是熊种了，不敢前进了。

据昨日军息，开封已经打开。这次3、8纵队的缴获又太惊人了。前几天我们的广播电台积极向敌人做政治攻势，要敌人投降，解决战斗真干脆。

这次（上蔡）阻击战，我们在一天中就伤亡了1000人，对我纵来说还是第一次，是空前的。这里动员担架民工很困难，数百伤员无法转运到后方去，昨天动员机关勤杂人员抬，我们的运输员也去了。行动起来，携带文具行李需要另想办法。

这次我们伤亡大，主要因为我们应战很仓促。部队超度行军后，刚到阵地，还未挖完工事，敌人就来进攻了。假如我们能挖好工事，则伤亡要减少一半，敌人的伤亡要增加一倍。

现在师团营各级正日夜紧张阻挡敌人，伤亡重的单位在调整组织，准备再战，他们的精神值得敬重。

6月22日

敌整11师（18军）真是熊种，经我们一打，伤亡了3000多人之后，非但不敢前进，而且往后退，今日大概退到汝南城去了。我29师随后进击，今午收获了上蔡城。南阳的张轸兵团原来要向驻马店前进，企图和整11师（18军）靠拢后再北进，现在也不敢了，却由南阳东之社旗镇，折而向南，今日到了泌阳，估计可能到南面去和整11师（18军）靠拢，详细企图未明。

明日我们又要行动，行程约3天，到扶沟以北地区休整三四天。北线开封战果盛大，共歼敌1个师部、1个炮兵团、2个整旅、2个保安旅、2个保安团及省政府等约在2万人以上。

前几天29师担架队丢弃的担架门板，政治部打电话去质询后，今日派人来（取走）送还了，这些同志忘记了群众纪律，真不应该。

6月23日

今日拂晓，饭毕即行动，向北行60余里，渡过洪河，到沙河边的下刘庄宿营。已经到了西华县的地界了。天气甚闷热，行军中又遇雨，潮湿不堪。

这里地方工作做得差，所以群众对我们的态度与铁路西不一样。问老百姓中央好不好，他们说，哪面来都一样，说话对我们敷衍，这是由于这地区敌我拉锯频繁的缘故。

6月28日

这几天处在行动中，5天工夫我们又走到杞县地界了。这一带是6个月以前我们从陇海线南下，曾经准备消灭整75师的地方，6个月以后又回到这里了。

我有感慨，野战军的腿真是了不起！

24日我们到了鄢陵南，25日到了鄢陵城北，26日休息。晚上又接命令向东北开拔，夜行军80里，次日9时才到目的地。昨夜又行军45里，已到达杞县以西30余里的地方。

蒋匪5军已到了开封，75师在兰封，83师在杞县，沿线上还有72师、74师残部，敌人分散。我们在此集结，作战命令尚未到，估计可能打杞县。

战机是不易捕捉的，战机重于一切。我纵虽然迫切需要休整，也只得取消休整计划，积极准备作战了。

这几天行军，除鄢陵城郊有小片比较肥沃的土地外，大部均为黄泛区。地广人稀，十多里路才有一个穷庄，里程又大，大家走得叫苦连天，80 里路实在可抵普通的 100 里。尤其是扶沟以北的地区，遭黄河水淹没最厉害，过去的高大瓦屋现在只有一小块屋顶露在地面上，其余部分都埋在沙土下面了。去年蒋匪在花园口堵水，黄河归道后，这里水就下去了。出门八九年的老百姓三三两两回来收拾家务，用苇子搭些破烂的茅草屋住下，开垦荒地，赤手起家。黄泛区今年麦子收得很好，两三年下来，当可渐渐回到原来的面貌。

经这几天行军，感觉疲劳万分，有不可支持之感。人也瘦，脸色焦黄，脑力衰弱。在行军中看到文工团的女同志也挑担子，不免惭愧自己身体就是这样不强，也无可奈何，只求不生病就是大幸。

6 月 29 日

昨晚走了 40 里。原来是向东北走的，走了 5 里情况有变，又向偏南走，到杞县东南 30 里的侯坡李宿营，天已大明。

6 纵政治部亦在此庄宿营。

战役在昨晚行军时就打响了。榴弹炮的声音震撼着大地，远处照明弹不住升往空中。整 75 师全部 3 个旅及 72 师、70 师各 1 旅已被包围（1、4、6 纵包围），3、8 纵阻击 5 军。我们原来要与两广纵队包围杞县城内 83 师的 1 个旅，后来决定先全力消灭 75 师等 5 个旅，我们担任阻击 83 师。

这次战役很大，将使 5 军更加孤立而易于消灭了。

6 纵支社的毛编辑来。他谈起了 1、4、6 纵在黄河北休整时，朱总司令来做报告。朱总司令要到连队中去看看战士，陈毅司令员说不必了，这样太辛苦了。于是每个连队派 3 人去，战士派 1 代表，排级派 1 代表，连级派 1 代表，大会共有六七千人，朱总司令用扩音器讲话。大家进入会场，精神顿时严肃。朱总司令说："我代表中央及中央军委，向华野 1、4、6 纵队致敬致慰。你们一年多以来的作战是很光荣的……"讲到打 5 军时，他说："消灭 5 军是中原战局的转折点，5 军是要你们 1、4、6 纵去消灭了，消灭 5 军是最光荣的任务。"关于何时过江的问题，"只要你们消灭了 5 军，转变了中原战局，你们要什么时候过江就什么时候过江，这取决于你们，而不决定于我"。他又说："你们是很光荣的，但也有缺点，就是纪律不太好，过去的就算了，今后再坏，我总司令是不答应的……"这话是多么亲切又严格啊！总司令穿着还有很多补丁的军装。他说："这还是我最好的衣服呢！"他处处像老父亲一样，慈祥而又严厉。

6 月 30 日

昨日战线离此远了些，经一夜战斗，消灭了敌 2 个旅部 2 个团。5 军已自开封出援，估计今夜或明晨我们将与 5 军接触。据说蒋介石曾到开封，5 军出来后，就飞走了。南京方面因（前次）开封失陷互相埋怨，大家怪白崇禧。白说："一切战斗，大小部署都是蒋介石亲自做的。"

今日天气很爽快，凉风整日吹拂，入夏以来还没有过。我昨夜睡得很好，疲劳也恢复了，今日工作精神振作。

7月1日

今天是中国共产党成立第27周年纪念日，中共中央发出关于纪念“七一”和“七七”的通知。部队正在以胜利的战斗来纪念“七一”。

我党经过27年长期曲折的艰苦奋斗，今天展示的局面，已经与过去任何时期截然不同了。蒋介石已在全国人民中完全孤立，我党在各方面开始取得优势。今年的“七一”，是我党和全中国人民走向胜利的日子，是人民死敌蒋介石走向灭亡的日子，是全国人民看透“蒋贼卖国”和“美帝是纸老虎”的日子，是全国劳苦人民和一切被压迫人民觉悟空前成熟的日子。

因此今年的“七一”意义特别重大，不能像过去老一套去纪念了。为了鼓舞前方指战员的战斗士气，我清早赶写了一个《以胜利的战斗纪念“七一”27周年》为题的短论。

昨天晚上战斗空前激烈，又消灭了敌人4个团的兵力。从晚9时开始我们的排炮便没有停过，比5军的排炮打得还厉害。5军的排炮每打一阵，便有间隙。而我们的排炮每七八响一阵，一阵接一阵，就像打机枪一样。我到空院听听，像这样震天撼地的排炮，即使在莱芜战役中也没见过，我个人所见还是空前的。炮声把重机枪的声音都淹没了。挨打的那一片庄子毫无疑问要变成灰烬了。敌飞机还来配合，投了无数照明弹，他看看对面的火光着急，有什么用处呢？蒋介石的飞机很少有用处，只在战斗结束之后来逞威风。

昨日我们的部队在杞城西北角与增援的5军接触，被我们打垮了3次冲锋，弃尸甚多。缴了两挺机枪，夺回了几个庄子。5军勇气已不如前，今日白天进攻也不积极。实际5军见被围敌人被打得差不多了，故增援积极性不高，同时自己也觉得朝不保夕，害怕被歼。

从“中央社”的电讯中透露，国民党内部意见纷纭，互相埋怨。顾祝同、何应钦都把失败责任推给蒋介石，内部分崩离析，象征其灭亡在即了。

7月2日

昨日已将敌之兵团司令部（司令区寿年）及75师师部解决，并解决了2个团。75师还有2个团未消灭，今夜将要将孤立的72师残余完全消灭。

昨夜战斗不甚激烈。这已成规律了：每次战役中总有一个很难熬的时候，能熬过这个时候，则战斗就可接近结束了，最难熬的时候就是敌我双方激战最高潮的时候。

5军进攻已不甚积极，炮声稀疏，飞机来往亦稀少，人已绝望了，没有勇气再增援了。5军军长（邱清泉）在给蒋介石的电报中说：“当前之敌为华野主力之主力……”如此夸大情况，可见其胆怯。

10纵半年来，在中原转战数千里，连战皆捷，威信提高。中原局组织部长在团以上干部会上说：“10纵在宛西宛东，处于情况多变、行动频繁的情况下，但纪律很好，现在越战越强，已上升为一等主力。”战士们听到这个消息后说：“只要上级了解就好了。”

7月3日

战役越打越大了，昨晚，对75师2个团及72师等部均未动手去打他，我主力向东包围了25师（新自兖州来增援者）全部及快速纵队、交警纵队等，这次战役总共要消灭敌人8个旅的兵力。战役结束以后，我们将要到鲁西南去休整，时间可能会长些。这里的阻击战打得很好。几天来阵地从未后退过，到晚上还要反击出去。昨天消灭了敌人1个营。工事前的沟里填满了死尸。

政治部关于干部行李问题又有了新规定，所有的担子都取消了，每人由公家负责一条被子、一条毯子、一件蚊帐，其余东西一律自带。行李问题对我一向是个威胁，我身体弱，主要靠吴江设法照顾。如果领导不是吴江，这一年来我行军将是很困难的。如果走不动掉队，失去联络，甚至给特务搞掉了，最多是叹息一下吧。

怪来怪去，只怪自己身体弱力气不大，照顾了我，其他同志有意见，到处很为难的。要争口气自己背起，又的确负担不了。要丢东西（轻装），但没有穿时，又没法想……

要尽可能克制自己，不要为这些事烦恼！

昨日吴江自野战军政治部回来，谈很多事，摘要如下：

干部问题，不久将给我们一个摄影记者、一个记者、一个电台队长、一个译电员，可能还有一个编辑。

中央现在对宣传工作极重视，因革命靠近胜利，打入蒋管区去，只有加强宣传，才能使广大人民了解我们。宣教部门以后每件小事都要请示，做后都要汇报。出版的一切东西，都要寄中央两份。宣教部将要添设一匹牲口，专门驮宣传品，书店也要增加一匹牲口，专门驮书。还要建立一个宣传队，进入城市后，召开各种座谈会，宣传我党政策。

最近干部学习将着重研究政策。野战军政治部将举办政策研究轮训队，每团干部轮流抽调去学习。

后方组织了一个女子大学，凡不适合前方生活的女同志和后方的一批女同志都将去学习。

这次打下开封，我们获得的枪炮弹药无算。鞋子可穿几双拿几双，衬衣衬裤能带的话，每人可得一两套，连民兵都穿上了。开封人民对我们的熟悉和对我们的了解，出乎我们意料。前线分社丁九说："人民的水平比我们高。"

至今未收到萍的信。

7月4日

昨日傍晚，敌人向我们进攻很激烈。根据炮声，战线似乎已由西北方向向正北移动。半夜沉寂，至拂晓前两小时又复趋激烈，天明后又较沉寂。敌机现在越来越猖狂，晚间也保持一夜活动，掷照明弹无数。半夜本庄 1 里多处落下一颗炸弹，房子震动。我们不去注意，注意了晚上就不想入睡了。

今日午后，敌机又出动了 5 个头的巨型空中堡垒，约有七八架，三四成群。在正北的战线上，升起了巨大的烟柱。敌人愈接近死亡，是愈加疯狂了。这是临死前的挣扎，巨型机的出动只能使我们为胜利多付出些代价，是挽救不了他的灭亡的。

东线方面（战线已离这里很远）昨日解决了快速纵队一部，72 师 2 个团也消灭了（75 师已全部消灭），25 师也歼灭了一小部分，今明战役或将告一段落。

文工团排了秧歌剧，由张部长亲自率领到连队去慰问，这是文工团初次下连队。

老百姓逃难的很多，纷纷自北边战线上下来，说他们的房子被炮打着了。情形很悲惨，引起本庄老百姓不安，房东家的闺女老婆子都跟着走了。

7月5日

昨日全线无战事，双方正在调整步骤中。5军连日向我83团3营坚守的桃林岗阵地（位于杞县东南20里，东北至公路仅10里）猛攻，配合以飞行堡垒、榴弹炮、坦克等等，我坚守3日夜，阵地屹立未动。致使敌6个团受挫，失去战力，击毁坦克3辆。敌已于今日收缩兵力，进攻勇气大减，其军长邱清泉也“自顾不暇”了，还能救人乎？

陈谢兵团一部已北上，至陈留一带，将5军的后勤打得很狼狈。据“中央社”电讯，前几天蒋介石曾由南京坐飞机至豫东战场上空指挥，与战场司令通话。今日飞行堡垒还在飞，有个大官在上空是没有问题的。蒋介石把所有老本都拼上了。

大战估计将于两三日内可结束，我们将至郓城以南地区休整补充。今日张副主任带侦察营、总务科、病号及笨重物件出发，先至休整地做准备。

陈毅司令员给本纵10余门山炮，纵队将建立炮兵团，师将建立炮兵营。打阻击战也分到战利品，这在过去是很少的，一般打阻击战是消耗的。这是我党我军一切高度集中的表现，对打阻击战的（部队）士气鼓励很大。

新华随军书店于强同志随张副主任先去鲁西，我临时写了一封信给王萍，托他带去寄。已经半年未通信息了，对她真不知有多少思念，因想不出好办法给她寄信，也常压抑着自己少去想念她，现在也不知道她调到哪里去了。

7月6日

5军已收缩后退，睢县东北经一夜战斗，已将快速纵队第3队全部消灭，交警纵队也全被歼灭，并消灭25师一个多团。油印股王股长调动工作了，文印股工作繁重，做夜工，完成超额任务，文印股的同志应多受表扬。

7月7日

昨日傍晚我们向东北方向转移，行70里，至离陇海路野鸡岗7里的桃花村宿营。

敌南路援军18军已北上至太康，离睢县战场约80里，一天即可赶到。部队已极疲劳，战役到此就收旗息鼓。部队均向陇海路以北鲁西南地区转移。

本纵28师在前面阻击5军，掩护大批伤员北撤。昨夜行军时，我们的大卡车不断来往疾驶，满载伤员，到后方一定地点，即有担架运往医院去。

今日敌机滥施轰炸，自晨至晚闹了一天，未有5分钟的间隙。我们庄上也遭了扫射，大家不能安眠，但很少听到有死伤。

7月8日

昨晚越过野鸡岗向北行40余里。打响雷，淋了一阵小雨，后来风向转变，把大雨刮到旁处去了，总算万幸，途中经过6纵驻地，部队都集中在这一区了。

这几天走的又是黄泛区，沙土松厚。行军时，灰尘满途，满身像撒上细粉似的，皮肤干燥得发痛。

白天有大批担架及1纵等部行军，从我们庄前的大路上经过。他们不注意防空，队形又密集，被敌机发现了目标。于是，从早到晚在沿路的村庄扫射投弹，空前猖狂。一共有四五架日式战斗机、2架重轰炸机、1架飞行堡垒。我们庄子小，只挨了一阵扫射，附近庄子被炸得很严重。他们的队伍还是很沉着地前进，没有一个隐蔽的。敌机低飞时，他们就用机枪射击，飞机不敢低飞。所以队伍井然不乱，也没有听到打死人。成百辆的辎重车，成千头的骡马，也没有被打坏的。如果说敌机有作用，最多使我们一夜行军之后不能安睡，增加些疲劳吧。

在1纵队伍里看到不少女同志，这些女英雄们，和男同志一样沉着，一样走路，很使人敬重佩服。

7月9日

昨晚天刚黑，敌机的天下过去了，我们集合出发，与1纵的队伍在一条路上走。这条路一天之内不知过了多少队伍，单是1纵队伍过了半天还未走完。大兵团行起军来，真有“万马奔腾”之感。

我们至（陇海）路北后，惨败的敌人居然还想在我们后背捣乱一下，昨日也跟着到路北来了。晚上行军时，即与我们的掩护部队接触，发生激战，榴弹排炮轰到离我们不远的地方。夜深后，战斗沉寂。

敌人重轰炸机晚上不断在四处投照明弹。等飞机过去，我们的吉普卡车又射着明亮的灯光，在大路上奔驰了。汽车的轰鸣声一夜未停，我们都有一种机械化起来的感觉。

因连日未有睡好（三天内最多睡了半天），行军时困乏极点，有时走着走着，就站定睡起来了。后面的人一推，顿时推醒，便往前再走几步，头脑像要崩裂般难过。后来小朱扶着我走，一直就闭着眼，半醒半睡的状态中。

现陇海路以北算作华北（解放区）的地区了，我们又从中原到了华北。今天的宿营地是在曹县西南 70 里的郭寨村，到时正是半夜，才算睡了一个安分觉。

编 注

1948 年 6 月，华野和中野两大野战军协同，在中原战场打了一场大战——豫东战役。10 纵在战役两个阶段的角色均是打阻击，先对阵敌头等主力整编 11 师（18 军），又对付另一个头等主力 5 军。

1948 年 5 月底，粟裕率整训完毕的华野 1、4、6 纵从河南濮阳渡黄河南下鲁西南，目的是寻机歼灭在河南商丘驻扎的 5 军。因敌部署收缩，粟裕改变计划，命令已到达睢县的华野陈唐兵团（陈士榘、唐亮率 3、8 纵）攻占开封。开封当时为河南省会，不能丢失，蒋介石急令整编 11 师、5 军等部火速增援。

国民党军队编制有两种样式：一是军、师、团，一是整编师、旅、团。整编师的架子即是军，整编旅即是师。故整编 11 师与原 18 军是同一支部队，不同时期番号和称谓不同而已。整编 11 师（18 军）在国民党五大主力中，是建军最早、实力最大、出名将最多的老牌劲旅，美械装备，训练有素，战斗力强悍。整11师师长胡琏，黄埔四期生，于实战中逐级提拔，作战经验丰富，作风凶猛而狡猾，在国民党军中算是一个比较能打而且会打的将领。全面内战爆发后，胡琏率领整11师一直充当“救火队”的角色，哪里有难便被蒋介石派往救援。歼灭整11师（18军），是华野和中野渴求创造的战役目标。6月15日，胡琏督率整11师自河南汝南开拔，北援开封。16日抵达上蔡，距开封有300里路程。

6月16日，父亲所在华野10纵奉粟裕命令，自河南舞阳东进，插到上蔡地区阻击整11师。20小时强行军180里，17日9时到达上蔡。但已晚了，整11师3个旅刚刚渡过洪河，唯师部及直属分队仍在上蔡。宋时轮攻其必救，果断下令10纵佯攻上蔡城，打整11师指挥部。胡琏只得命令3个旅回渡洪河救急。

18日，双方在上蔡西北近郊血拼大战了整整1天，10纵以伤亡865人的代价，杀伤整11师3000余人，阵地屹立不动。胡琏无奈，遂放弃救援开封的企图，率整11师向南撤回汝南一线。

10纵在上蔡的顽强阻击，拖住了整11师，有力保证了陈唐兵团顺利打下开封，歼敌3万余人。此为豫东战役的第一阶段。

到了战役第二阶段，粟裕主动放弃开封，让5军邱清泉重占一座空城。然后集中4个纵队兵力，将敌区寿年兵团包围于睢县一带。此时，10纵已归建华野指挥，领受的任务是急进到杞县以西构筑阵地，阻止5军东援，这是10纵与5军的第五次交手。

6月29日至7月3日，10纵在桃林岗一线顽强阻击5军5昼夜。村庄被重炮夷为平地，阵地前敌尸累累，阵地反复争夺，战斗极为残酷惨烈，蒋介石急了，亲乘飞机临空督战。但邱清泉拼了老本始终无法逾越10纵防线，眼睁睁看20里外的区寿年兵团5万余人被全歼。桃林岗阻击战是10纵战史上最激烈和最成功的战例，为战役全胜作出了重要贡献。

豫东战役改变了中原和华东战场的战略态势，国民党军从此丧失了在中原战场发起大规模进攻的能力，更加动摇了据守战略要点的信心。

父亲日记，仅仅反映了豫东战役中10纵两次打阻击战的小侧面小片段。父亲非战斗兵，对一线作战着墨不多，只对连续急行军记之较详。阅毕，亦知胜利来之不易。

7月中旬，10纵又回到了山东（鲁西南，菏泽地区）。从2月开始，10纵从这里出发进入豫皖苏，再深入河南、湖北，临时配属中原野战军作战，几乎是不间断进军，边走边打，行程约3000里。从父亲此时期日记，可以感受到他经战火洗礼和艰辛磨砺，品格意志似更加坚强和老练一些了，这一年他22岁。

7月10日

昨天部队出了黄泛区，庄上树木参天，敌机来回盘旋数次未发现目标，所以大家睡得比较安定。晚上走70里至菏泽西北的赵楼宿营。途中困极掉队者甚多。至目的地尚有15里时，萧主任下令休息，队伍就在大场上躺下，人人都呼呼睡去了，直至天明后再走。

这一带入春以来未下过雨，麦子收成不好，粮草困难。今日我们只吃两顿饭，只能挨点饿。

空气干燥，庄上无水沟，洗澡洗衣均困难，气候闷热不畅快，热得整日淌汗，无法安宁。

我们快到整训地点了，据说整训有 45 天，步骤第一是展开文娱活动活跃情绪，同时进行补充；第二是政策教育及复查复整；第三是大练兵。

本纵队半年来辗转数千里，打了很多仗，部队的辛苦和消耗都是空前的，在华野里也是空前的。陈毅司令员除嘉奖外，决定给本纵以 5000 人的补充，发给 100 辆汽车的物资（包括毛巾、肥皂等日用品，已经半年未发了），津贴从二三月份起重发，军装也重发。同时还装备起炮兵团和炮兵营，我们听了这些消息都很兴奋。

1、3、4、6、8 等纵队又南越陇海路了，这次是他们掩护我们休整了。1、3 两纵，今晚将包围兰封，他们来回转战也确实太辛苦了。

原来粟司令要来做报告，现在不可能了。全部休整计划暂时也不可能。主要原因是敌人又集结起来了，除整 11 师已北上与 5 军会合，张轸兵团也正沿平汉线北上，另大别山之夏威兵团（包括整师）也已北运，据“中央社”广播已运至郑州。鲁西南地区狭小，我们大部队在此集结是不利的。故 1、3、4、6、8 等纵队再掉头南下，以分散敌之主力，威胁敌空虚后方。

敌机已很少来，没有空袭的威胁了。

7月11日

昨晚行40里，至菏泽西北的石集宿营。这一带是黄灾区（西距黄河仅20余里），百姓很穷，庄子破烂，晚上找房子很困难。

已到了整训地点了。今日睡了一天，还是不能恢复过来。接连数夜行军，只睡了几小时，疲劳过度，精神很不好。

我们靠着黄河休整，原因是：接收物资快；敌人如来扰乱，万不得已时就过黄河，在此掩护转运大批物资和伤员。

刘（培善）政委回来了，他带来了两个补充团。

吴江老婆寄来了信和照片，我很羡慕，希望这次能快些收到王萍的信。

7月12日

蒋匪5军已到菏泽，据说也在休整。他在菏泽休整，估计作用有二：一是菏泽位置机动，可以北呼济南，南应开封，西援徐州；二是监视我黄河渡口。因为离敌人近，今天大家都做战斗准备，据说休整地点还要转移。

7月13日

昨晚转移休整地区，主要因石集一带太穷了，连烧草都发生困难，不宜长期居住。走了一个通宵，行程约70里。房子很狭小，都是矮小的平房，又热又闷很不舒展。

在石集两天，喝的是苦水，喝了发呕，又吃了厨房里的臭肉，路上又喝了冷水，再加上天气闷热难受，昨晚行军时就闹肚疼，还呕，吃了急救水才算止下来。70里路撑着走是很艰苦的，今后要格外注意卫生，行军中生病是最痛苦最麻烦的事，就是到医院，医生也忙着治伤号，对病号是很少关心的。

今天感觉到神经衰弱的痛苦，脑子糊涂得无法思索问题。主要由于连日来未好好睡眠，且在行军中工作，使脑子过分疲劳，这几天要尽量少用脑力，争取时间多休息。

现在又回到鲁西南来了，去年今日，正是刘邓大军过黄河消灭敌人九个半旅的时候，正是我们由泰安一线南下打汶上城的时候。至今又一年了，这一年变化真大，我们在中原已站稳了脚。我个人在战争中度过了两年，以我的健康情形而论，出于自己意料之外，是很不容易的。

这两天很想念萍，希望很快收到她的信。我喜欢向于强等同志谈我俩的恋爱故事，谈时自己感到愉快，借以解除对萍的渴念。与她分别已两年了，不知她最近的情形又如何。

7月14日

今天下午4时半，举行纵队营以上干部大会。由宋（时轮）司令、刘（培善）政委、萧（望东）主任做报告，做休整动员。宋司令首先回忆半年来作战行动，把每一次战斗前后的敌我情况及部署详细说明，作为检讨总结的根据。因目前部队有不根据情况乱发言埋怨，故必须将情况及经过说明，才能客观地进行检讨。宋司令说，这半年的作战行动，对部队是一个严重的考验，是成为一个完全正规化兵团的转折点。过去怕到蒋管区，现在深入蒋管区千余里；过去不会打阵地战，现在会了。只要我们善于总结，部队就可以很快提高一步。刘政委因这一时期在后方休养，故说话客气，主要是勉励大家。萧主任报告此次整训计划，暂时布置4个星期。第一个星期开展文艺活动，消除疲劳，清洁卫生，规定每天要喝5磅水，洗一次澡，睡足8小时。以后再进入补充新兵和总结阶段。会后，由文工团演出音乐晚会助兴。内容一般，看了几出，时已夜半，回屋睡觉。

敌5军200旅在桃林岗受创甚重，现已缩编，每个团仅有两个营，每连人数亦不足，士气极颓丧。据他们自己说，遭此打击还是空前的。

我个人已有休整的初步计划，首先我要恢复半年的疲劳，充足自己的体力，以准备应付未来更艰苦的行动。其次要抓紧学习，学习党的各种政策，同时也看些文艺书。工作方面，我准备把部队报编好，使报纸能起一定的指导作用。为了完成这些计划，每天时间必须很好支配。早上早起，在10时以前完成整个工作，即进入学习。饭后午睡，午睡后再学习。傍晚则可洗衣裳、散步、洗澡等。

昨夜月明，敌人的重型轰炸机隆隆然从头上飞过，在不远处响起了阵阵的爆炸声。这时我很困倦了，便独自一人踏着月色回来。不知怎的，又想念着萍，不知她这半年中的变化如何，又不知她到哪里去了。想想自己恐怕已经成为她的累赘了，她还不如另找个爱人对她的帮助大一些。她一定天天盼着我的信，天天失望，至于绝望了。

只要知道她的去踪，得到她健康和进步的消息，就是最大的安慰了。

这一带有特务案件发生，前在菏泽以北时，29师肖师长的2个警卫员和1个站岗的，即被特务架去，失踪后竟无法查明下落。我现在一个人单身住在一房，应提高警惕。

8月1日

到汶上西北休整已近半月了，体力疲劳得到了充分的恢复，但脑子还没有休息过，天天很忙碌、很紧张，午睡的时间也很少有。

这几天政治部忙着开人民英雄座谈会，这是整训一项重要的工作。7月30日以前，宣教部便为英雄大会忙碌起来了，我们也开会研究报道问题。7月30日晚上，人民英雄们被从连里欢送到团师，然后再被欢送到纵队来。一村送一村，锣鼓喧天，热闹异常。政治部所有干部战士都热情欢迎，把二百多名骑着高头大马、披红戴花的英雄接到会场上去，晚上会餐。他们都喜欢讲述自己的功绩，很直爽，有啥说啥，毫不扭捏作态故作谦虚。如果人民英雄客气地说“我没有什么功绩”，反而不能给人好感。他们越是吐说自己的功绩，越能使人感佩。30、31日连开了两天座谈会，记者们忙着深入探访，我也为了编大会专刊和八一增刊而忙了整整两天。我虽然拿着一张入场的红布签，但没有去参加会，昨晚上的娱乐晚会也未参加。

昨天忙了一天的八一增刊（四大版），用鲜明的红色印出，早饭后就送到大会场去，上面登着萧主任在英雄大会上的报告《发扬革命英雄主义》以及新华社社论《人民解放战争两周年的总结和第三年的任务》。报纸编排很受大会满意，萧主任也很高兴。当然，我也是高兴的，整天忙碌总算还有些成绩。

今天下午举行英雄大会餐和八一英雄大会。我也去参加，看看大会的场面。

英雄大会原来的规模是很大的，因连日下雨，今天上午又下了大雨，很多单位无法来，所以只能开小些，简单些。晚上文工团演出《李闯王》一剧，一直演到拂晓才结束。

8月2日

下午向西北方向移防，又从上次渡汶河的地方渡回去。但这次有桥了，不像上次那样大家光着腚蹚水了。

一共走了20里路，到大刘庄宿营。住的房子不如二郎庙了。二郎庙住的地主房子，又高又大，空气畅通，办公学习没有淌过大汗。住下后，我把房了打扫了一下，光线暗淡的地方，贴上些印坏的报纸。余祥同志要到黄河以北去采办书籍。我赶写了一封信给萍，同时拜托余祥，如他离惠民很近的话，请他去看一下萍，并且把我的情形，以及部队半年外线出击许多生动的故事转告给她。我这封信任何事未谈起，就是要她把我俩的关系再好好考虑一下，还有三五年时间，她是否能等，否则还不如趁早另找爱人。这封信也许是写得多余的，虽然我是出于一片好意。

8月3日

今天只编了一份报，使文印股的同志调剂精神，适当休息。他们有很多同志日夜工作，还未休息过。为了出八一增刊，他们加倍工作，开了夜工。袁新同志因为过分辛苦，眼力已不如以前了。

这次评功的结果是：吴之非同志评四等功，因他在支社帮助内勤的一个时期颇有成绩；李贞评二等功（大功），因他一年多来担负和完成了相当繁重的译电工作；周迅追认以前评定过的三等功；我被评三等功，因我在“三查”以后工作积极，而且对报纸建设有些小贡献。

8月4日

据说将在这里整训一个月至两个月。整训在机关是展开评领导、评业务、评工作，在连队中则是评指挥、评功、评领导。“三评”的要求和目的，就是要整顿机关，提高工作。

8月5日

上午讨论怎样进行“三评”。以领导为重心，不但评过去，而且对今后有建设性的意见也可以提出来。评完后，讨论今后工作问题。

黄昏时雨过天晴，独自到庄北的河里去沐浴，非常畅快，几天的污垢都得到了清洗。

听说后方留守处的老婆同志们，不日即将送到前方来，这不能不使我有些触景生情。萍离我很远，想念也无用，还是应该克制自己，把她丢开些，否则是会影响工作的。

8月6日

这几天又想编好部队版，又想把英雄大会特刊编出来，又想准备“三评”工作，又想写信给爱人。做每件事都不很坚决，才拿起一件又搁下想做另一件事。还是感觉半年来很辛苦了，应该好好休息休息。这种休息思想，往往使工作、生活不够紧张。应该克服。

8月7日

连日打雷下雨，气候甚闷热，许多地窑都淹了。

下午写信给萍，把半年来的艰苦生活和目前健康状况告诉她，希望她得到慰藉。

今天看了谭震林同志关于两年来战局发展的报告，他把自卫战争初期敌我情况、战局变化，直到现在敌我情况加以分析，从具体的数字中看出我们是强大了，敌人是削弱了，胜利很快就可到来。

8月8日

黄平同志说，我们现在都变得像老头子了，每天工作学习谈问题，开些玩笑，大多也是一本正经的。我也有这样的感觉，我们在精神上和生活上缺少活泼活跃的一面。一年前我还是一个好说好笑的人，爱与人接近，现在相反了。这变化自己也能很尖锐地感觉出来（可见变化之大）。主观方面是一意埋头工作，客观方面是周围同志也没有很活泼活跃的。另外大部分时间都是消费在行军中，我在行军中不爱讲话，时间长了，养成不爱多说话的习惯，也就不活泼活跃了。

“老头子”脾气是一种暮气沉沉的脾气，年轻人应该充满朝气，充满活力。“老头子”脾气虽然老成，一本正经，但这是一种停留的情绪，使人不能很快前进。我今后应该尽量活泼活跃，是一个充满朝气、有活力的人！

8月9日

记者周迅同志的女朋友季亚萍前天就来了，他们两年不见，在战争环境中能见面实在是太幸福了。今天同志们买了两只鸡招待亚萍同志，特地搬了两张大交椅请他们坐在一块。亚萍是一个很老练的人，经得起开玩笑，出乎我的意料。他们两人很亲热，在一起，当然会有谈不完的话讲，这不免会使我想起萍来。但是我不应该去留意过去的事，现在一切要献给胜利，只有我努力工作，才对得起萍对我的叮嘱，我们的爱情才是有意义的！

8月10日

昨今两日进行评领导，郑部长参加。吴江同志检讨了自己的工作作风。郑部长说，在党内要常展开思想斗争，对待思想斗争应该有严肃冷静的态度，要经得起考验。共产党里每一个重要的领袖，没有一个不犯过错误，没有一个不是经过思想斗争才向前迈进的。

的确，我们过去党内的思想斗争开展的不好，这主要由我负责，因为我是小组长，自己党性不强，常把开小组会的事忘了，今后要严肃起来了。

8月11日

我被通过为三等功，还须待军人大会通过，直政最后批准。

8月12日

这次休整很愉快，健康状况也有了转变。以前好失眠，现在每晚呼呼睡去，一直到天明，精神很充满，一天开几个会，做很多工作也不觉累。

午饭后，开军人大会评功。我们所评的功，都为全体军人大会通过了。

8月13日

昨晚，冀鲁豫文工团演戏，我因工作未去。

回屋后，感觉寂寞，就钻到蚊帐里借油灯光看半年前萍的一些信件。萍在一封信的结尾中这样鼓励我：毛主席说“曙光就在眼前，我们应当努力”，把这两句话作为我俩共同的勉励吧！我看后感觉对我鼓励很大，就把这两句话写在日记本的前面。一方面是督促自己不要忘记毛主席的话，另一方面也表示不忘记萍对我的一片鼓励。

萍的信对我鼓励很大，但是我不敢多看。看后感觉自己进步不快，很惭愧，同时也更加引起对她的思念而使自己不安。

8月14日

至今收不到萍的信，不知道她究竟漂流到哪里去了，内心焦虑。如果在这次整训中收不到她的信，那就没有打听她的机会了，再经过两三年时间的间隔和地区变动，我就很难再找到她了。今晚为了这个问题，弄得有些“戚戚然”。

8月15日

晚饭后，与吴之非同志到堤上去漫谈，催之非抓紧时间写简历，入党问题应该很快解决。

8月16日

今天清早到大堤上独自散步。这在整训以来还是第一次，我每天早上都是要赶着编报的。太阳还未出来，高粱叶上露珠点点，走几步感觉身体特别爽快有精神。这一带风景很秀丽，正南是一片广大的平原，正北是一片崇山峻岭，庄内庄外树木参天，真是山明水秀，加上这样晴和的天气，实在使人恋念。

今晚在郑部长处开会，主要讨论今后的工作中心，一直开到半夜2点钟。有同志认为《前哨新闻》内容主要是加强时局思想教育，我则认为不能这样刻板规定。《前哨新闻》实无须规定内容，因登的都是新华总社的稿子，内容是由中共中央宣传部来决定的，我们结合部队的需要加以选择而已。仅就内容而言，也并非局限于时局思想一点，现在有政策思想、土改思想、整党思想等很多内容。我提意见较多，有意见就要大胆提，但方式方法以及对问题的考虑、估计、研究，必须郑重再郑重。我提完意见后说："这是个人意见，照上级意见决定，一经决定，就坚决执行。"事实上我们在"三查"之后，执行决定的基本组织观念是有的，不会无纪律状态。

8月17日

早上戈副部长说我提的意见很好。我走后，他对郑部长说，沈如峰所提意见有值得考虑的地方，这当然是鼓励。

我已为政治处批准为三等功，通知明日去参加庆功大会。

8月18日

早饭后，协理员即把“人民功臣”的红布佩签送来，机关敲锣打鼓把十几位“功臣”送到会场去。我早晨很忙，到吃午饭时才去赶了一顿会餐。同时感觉自己功绩很小，称我为“功臣”实在惭愧，所以也不愿意接受大家欢送，否则心中很加不安。

我这次立功，主要是半年来埋头苦干，一个人顶了多人的工作，有些小成绩。但工作中尚有不少缺点，给我批下了功，如果我立的功不够，是很对不起人民的。

会餐后，举行“功臣”座谈，我们一组中，有的谈巩固部队经验，有的谈新区工作经验，都很好。文印股袁新同志谈他为什么一天做12小时工作而不觉苦，对我启发很大，他说：“我们要知道做机关工作，无论怎样也比不上前方同志。前方同志要牺牲流血，我们则不流血，所以要更加努力，只要这样想就不会觉得苦了。所以我在行军中帮人挑担子，住下来就能坚持工作……”我是不如他这种精神的，尤其在“完成任务，忘却私事”这一点上更不如他。今后要更加努力，才能真正够上一个“人民功臣”。

因下大雨，庆功大会延期举行。

8月19日

昨夜下了整夜大雨，今天又下了大半天。休整以来，差不多没有断过雨，这就是“雨季休整”。事实上雨季作战确有许多不便，去年我们在战略上还处于被动，即在雨季也不得不作战，今年则可主动休整了。

于强同志从后方回来了，据说华东局和山东省政府等均已搬回鲁中淄川一带去了。

萍究竟到哪里去了呢？再也没有写信的兴趣了。

8月20日

我同时收到了两封信。一封是山东画报社鲁岩同志寄给刘保章的信，另一封是萍寄给我的信。我接着这两封信有一种说不出来的心情，刘保章同志已经光荣牺牲了，这封信已经不能为他所亲自收到，而我居然还能侥幸见到萍的信。我应该把自己看成一个后死者，勇敢地踏着烈士的血迹前进，绝不计较生死！

萍的信还是4月份写来的，那时她已查整完毕。她说查整对她的帮助大，认识了自己的脆弱、温情主义、小姐习气。我盼望她能克服自己的弱点，锻炼成为一个刚强的女共产党员。

她对我的“英雄主义地位观念”亦给予了严厉的批判。她说：“这个东西对你来说，是带有一贯性的。我觉得只要老老实实为人民当勤务员，地位英雄问题可以不必去多想。我记得我们在初恋时，我曾对你说过：‘地位在党内并不是了不起的问题，仅仅是党的委托和工作的分工而已……’你‘三查’以后，对这个问题一定有很清楚的认识。”她的话对我帮助很大，“三查”后我在克服地位英雄思想上已有进步，萍这样毫不计较爱人的地位问题，忠心地爱着我，我就应该更老老实实地去工作，做人民的勤务员。

她信上叮嘱了要我注意健康的事项。已经半年没有人这样亲切入微地给我健康关心了，此信虽是4月份的，却给了我不少安慰。

8月21日

这几天政治部在召开团以上的政工会议，总结半年来政治工作经验，我去参加。部队正加紧军事演习，庄庄都修了假据点，每天练习攻坚，枪炮声整日未断。据说我们这些非战斗人员也要参加演习，每人打3枪靶子。

8月23日

戈副部长明日到教导团上时事课，向我借一部分材料，我即把总部关于自卫战两年的总结、新华社社论及谭震林报告等送给他，他很高兴，张部长、曹主任等都在。他们当面谈论起我的优点来，戈副部长说我认识问题很好；曹主任说我为人有礼、诚恳、做事仔细，事业心好；张部长则说："你不要看沈如峰和气，实质内里个性很强。"我说："这一点倒给你看透了，我的确是这样。"大家便开玩笑，说张部长这老家伙有"透心术"。

其实，他们对我仅仅是一些印象，闲谈中的一些优点，也是不完备的。如对人诚恳，其实给我印象好的人，我对待他很好；印象坏的人，便不诚恳了。做事粗枝大叶的地方多得很，事业心方面也不够。所以他们一番称赞之后，反而使我不安。当时我说，过分夸奖了，事实也是过分夸奖了。

人家对我印象好，戈副部长说我有前途，丝毫不会引起我的自满自傲，应该更加检点自己，认识自己的缺点。英雄主义不但害了自己，也不利于工作。

8月24日

今天收到很多报纸，其中有9纵的《胜利报》与7纵的《武装报》，我看了一下，感觉他们的报比我们办得好，比我们有指导性，我们的确要加油努力才行。

8月25日

下午4时，直属队补行庆功大会。

我戴大红花，被同志们打着锣鼓，喊着口号，送到会场上去。鸣炮开会后，主席讲话，把人民功臣夸奖为全纵的火车头，说在这半年的艰苦斗争中，我们起了带头作用，这火车头把大家带到了沙河南、带到了平汉西，完成了各次任务，并说明机关干部是同样可以立功的。这些夸奖，真使我惭愧，我不落后就很好了，还能当火车头吗？今后应加强努力，才能对这种奖励受之无愧。

会议最后在乐奏声中给奖，我领到了一张写有“光荣”二字的大红奖状。会议毕，鸣炮散会。这次直属队立一等功者5人，二等功36人，三等功100余人，共210人，平均20人中有一人立功。

编 注

父亲去世后，干休所将他档案中的立功奖状复印了一份给我们。凭这复印件，民政部门发放的抚恤金增加5%，多了一万多元。我们也才知道父亲在战争年代还立过功。奖状上有

“立功事迹”三条，主要是：“工作埋头苦干，一个编辑做两个编辑的工作，并完成的很好，在连续行军中保证报纸出版。”另外还有“对业务改造有新的创造；（报刊）在部队中威信很高”。从父亲日记可以看出，当年的立功运动对于部队鼓舞士气、激励斗志作用很大。当然，父亲本人对自己曾立过功这件事并不看重，以至他从未对我们说起过。当我们看到他的立功奖状，第一印象是：在战争年代，父亲的工作成绩和工作精神还是得到上下左右认可的。

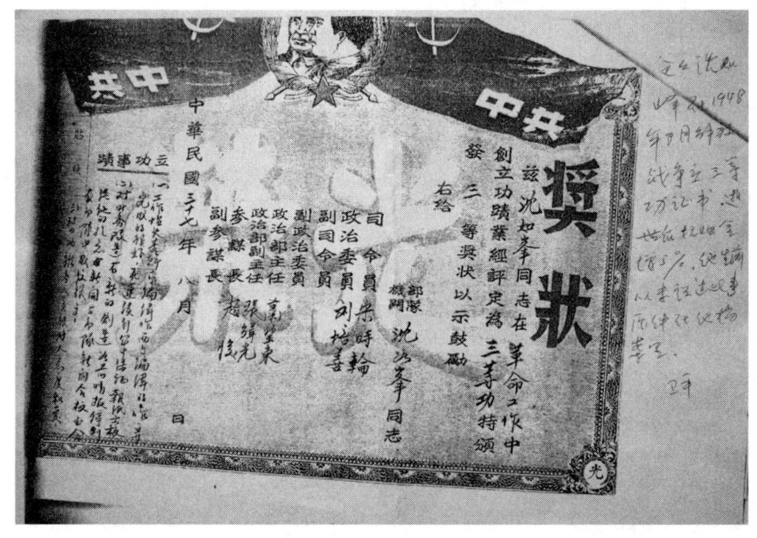

沈如峰立三等功奖状

8月26日

今天全纵召开营以上政工会。萧主任的报告共五部分：一、正确执行政策纪律的基本认识；二、新区政策总的方针；

三、我纵半年来执行政策纪律问题的检讨；四、违反政策纪律的原因及必须克服的错误观点；五、今后新区的群众工作任务。萧主任对问题阐述透彻，使我们对新区政策有了明确认识，获益大。

8月27日

情况有变化，部队29日要出发，打济南！南北两个方向都要打，我们的任务是开到邹县一带去打增援。野战军真了不起，在外线我们一直打到了湖北，回到内线来又要打济南，真是南征北伐。

今日下午给萍写信，写得很多。我说胜利形势就是向南发展的形势，我也要逐步向南，我们越离越远是肯定的。我叫她做的准备是：一、她如感觉将来见面无把握，可以另找爱人，我决无怨言；二、只要我不死，我一定找到她。只要她不死，我决不找第二个爱人。我提出一些将来联络的方法，对她讲了一些时局方面的问题，写到上灯时才写完。

8月28日

因明日要行动，清早把给萍的信寄了出去。目前一月内我们仍将在内线作战，我相信还能收到她的回信。

信刚寄出就收到了萍17日寄我的信，真使我高兴，读了几遍。晚上写回信时，主要多鼓励她。她现在调到渤海干校工作，还不很安心。客观形势的发展，事实上也不会叫她长期在那里的。同时，我相信她是一个愿意考验，也经得起考验，愿意进步，也能进步的同志。

照片洗出来了，这是半月前在本庄拍的，也寄给她，让她看了喜欢。

8月29日

过去人家对我有意见是感觉我生活上照顾自己太多。今天发鞋子，我让人家先拣，自己最后拿一双不合脚的，再到管理股去调换。过去我先拣，人家当然有意见了，以后还要注意这方面的修养。

8月30日

家属们都要被送回黄河以北去了，我给萍的信和照片便拜托周迅的爱人季亚萍带到渤海去寄，希望她能与王萍取得联系。

这几天会议较少，比较空些。但一空，思想便不安定起来了。萍提出："战争还有2—4年，我们要做好准备，免得将来联系不上时，双方苦闷。"对这问题考虑得特别多。我唯恐将来万一与萍失去联系，耽误了她的年龄，害了她的幸福。因此虽然有信心，但也感觉对不起萍。

后来想通了：我们在马庄初恋时，能估计到在大店相聚吗？大店分手时，又岂能想到我会到中原来呢？那么现在还能估计出将来的变化吗？将来还是少想为好。现在一切要献身于战争，我们随时都可能将生命付于人民，那么爱人等问题，还是少去顾虑为好。

8月31日

情况变化，我们暂无行动，继续休整。

9月1日

今天下了整日的雨，天气突然冷了下来。

原来是记者节，是我们新闻工作者的节日，但今天过得平淡。我下午看了一本蒋元椿译的《苏维埃军人》。

9月2日

我们的任务已确定攻济南城，这几天部队正在演习打核心工事。叫10纵打济南，是容易动员的，因为打下济南城，将最后解放山东，使冀鲁豫和山东完全连成一片，使渤海人民不再受敌人的摧残。战士们当然会更加奋勇，不顾流血牺牲去夺取这座孤城了。同时，对于10纵来说，经过打18军（整11师）和阻击5军两次残酷的战役，再打阻击战，光拼消耗，对士气不利。而攻坚的胜利，将使士气、战斗力更加提高。

这是一个绝对秘密的消息，我们先知道，是由于工作需要，一点也不能透露出去。郑部长说，前年东北攻四平，泄露了秘密，结果未打下。去年6纵要组织第二次莱芜战役，也因泄露了秘密未成功，这些都是值得教训的实例。

上月30日晚上，我们去司令部听宋司令的军事报告，增加了不少军事常识：一、两个攻击点的理论；二、迂回钳击；三、优势兵力。以第一部分论述最为透彻。我们在进行战斗时，必须同时有两个攻击点，其中一个是主要的，要配以优势的兵力火力；另一个是次要的，但也必须卖力打，不能自认为是牵制。只有这样，才可以做到攻无不克。

9月3日

今天郑部长传达：政治情况方面，自开封睢杞大捷后，蒋匪内部更加恐慌混乱，连何应钦、白崇禧等都对蒋介石不满，说打败仗要由蒋介石负责，因为这是蒋介石亲自指挥的，国防部根本不知道。美帝对蒋指挥能力更加不信任，就扶植一批亲美分子，叫孙立人当参谋总长，引起了蒋党内部的派系斗争。有人大为不满，大吵大闹，逼孙立人下台，改由余汉谋来当参谋总长。国民党内部的分化混乱，对我们是很有利的，所以我们要加紧作战，用更重的打击，造成其内部更加分裂。军事情况方面，蒋介石认为全国解放军中最能打装备最好心计最多者还是华野。同时，重视中原地位，所以他不惜削弱别的战场，加强到中原来。最近又从东北调来了 8 军。现在陇海路徐郑段集中了 4 个兵团，一个是杜聿明兵团，以 5 军为骨干，兵团副司令是 5 军军长邱清泉；一个是黄维兵团，以 18 军（整 11 师）为骨干，兵团副司令是 11 师师长胡琏；另一个是黄百韬兵团，已整补完成；还有一个兵团以 8 军为骨干，正在组织。4 个兵团共约 20 万人，在陇海路上一字排开。济南方面敌人约有 10 万兵力，但战力不强，士气很坏，除最近空运去的 8 军 1 个旅算是主力外，多系残部，如 73 军、12 军、96 军等，都曾遭致命打击。我们打济南有几个有利条件：一、敌人不强；二、我准备充分，对济南一切情形，已有年余之详细调查研究；三、有全国各战场配合，有中央的直接指挥，有强大的兵团。困难方面是敌人工事较坚强，增援部队多，敌人一定要死命挣扎。这些困难，均有对付方法。这次打济南，把华野全部力量用上了。7、9 纵与鲁中纵队是东兵团，攻东面；3 纵、

10纵是西兵团，攻西面，攻飞机场与商业区；8纵与渤海纵队攻南面。北面有其他部队监视。1、4、6及11等纵队在陇海路北侧阻击增援。战役20天结束，阻击部队则要有一个月的作战任务。这是一次空前规模的大会战，刘邓、陈谢兵团也要配合动手，双方接战部队在200个团左右，是中国战史上空前的一次。打下济南，不但要消灭敌人的有生力量，且使山东与华北连成一片（全面连接），使山东解放区最后巩固，而使徐州凸出孤立。

东北战场已不打长春，但中央给他们的任务是今冬明春全部解决东北问题；华北方面，今冬要打下太原，现在正在破平绥路，打下攻太原的基础；山东方面则要在今冬明春打下济南和徐州。这一连串伟大的任务实现后，战局将有新的变化，等我军取得全部优势后，战局将急转直下。

9月4日

这一带群众已全部动员起来，分区已准备了3000万斤粮，担架组织极严密，每个组都配以适当的党员和积极分子。以一县而论，在工事材料上即要粗木材12万根，平均每村要200根。

这次打阻击，我们一共要修筑5道防线，这12万根就是作为5道防线上修2000个地堡用的。这次战争规模之大，从这些后勤动员上就可看出来。

打开济南后，城市工作由华东局负责，市长市委均已委派，我们部队入城后就会拉出来（不驻城区）。

部队里正在突击军事，天天演练攻子母堡、攻核心阵地、破铁丝网及巷战等。天天炮声隆隆，早晚均有机枪声，战士们都在积极练武，准备战斗。很多连队且已发起要求任务、要求打仗的挑战，保证坚决完成上级命令。

9月5日

意外地收到了谭亮同志的来信，她在开封、睢杞两役时，曾初临前线，她在丈夫死后，始终不变革命的积极性，有着很好的党性。赵汇川腿部负伤，顾芸已去华东局。

打济南的消息连老百姓中也有知道的，大批担架正在动员组织中。

今日发棉花，近来夜间奇冷，正切合需要。

9月7日

下午抽空写一信给萍，把目前政治军事形势向她简单解释一下，以鼓励她的情绪，这一次是我们距离最近的一次了。在湖北老河口时，离惠民几近3000余里，这次打济南离她只有200余里了。

9月9日

下午4时到司令部去听粟裕司令报告。10纵在这次伟大的战役中担任主要而艰巨的任务，粟司令亲来动员，将大大鼓舞全纵指战员，在实际战斗中产生更大的力量与顽强作战的毅力。粟司令一进会场，全体热烈鼓掌。粟司令说目前的形势很好。他以山东局势为例，去年此时，我军转入外线，山东的大部都给敌人占了。经过一年斗争，现在山东的形势之好前所未见，绝大部分地区已经恢复，只剩下了青岛、济南、临沂等孤立据点。他又从睢杞战役（豫东战役）的战略意义而说明目前形势的特点。从政治方面说，我们打击了敌人，而且由于我军执行政策正确，使开封数十万人心向我，并且影响及于全国；从军事方面说，使敌人在短短的20天中损兵10万，等于南斯拉夫铁托部队全部，解放战争以来还是空前的；从经济上说，使敌人通货大膨胀，京沪一带米价狂涨，所以说开封、睢杞两役是有战略意义的。为了把这种形势推前一步，决定打济南。打济南有这样几个好处：一、在军事上消灭敌人十几万人，拔除了山东解放区心脏地区的一个钉子，使山东华北连成一片，使山东兵团可以抽出来投入中原解放。现在敌人在中原的兵力已到了饱和点，很少可能再增援。如果我们把新的力量再投入中原，中原形势当然要变得更快，使淮河以北的拉锯形势可以很快结束，使敌人的重点防卫和机动防卫垮台，使徐州凸出孤立，把战争逼到长江边上去，使全国胜利来得更早。二、在经济方面说，济南打下后，交通方便，物资可以交流，商业更加繁荣。三、在政治方面来说，我们可以有一个（大城市中政权）样子，将来开政协成立联合政府时，可以使那些民主人士有地方住。四、对全国革命来说，打下济南，将给蒋管区学生运动、工人运动极大鼓励，使他们有更大的勇气起来斗争。最后，粟司令指出，任务是光荣的，但也是艰巨的，要不惜一切代价去完成这个任务。

大家听了粟司令报告后，对目前形势有了系统的具体的认识，对济南战役的胜利有足够的信心，散会时情绪异常激奋。

9月10日

下午4时至司令部听宋司令对全纵营以上干部的战斗动员报告。他首先说明我纵的具体任务和一般部署：攻济战役将于16日晚12时整发起，除南线阻击打援外，攻济分东西两路。东路有9纵、13纵、渤纵等部队。西路为10纵、13纵1个师、鲁中纵、3纵、两广纵等部队，以宋司令为西线兵团司令。我们第一步以特务团及总部特务团围攻长清，主力则从长清以北直插古城、大小饮马河，炮击飞机场，并以全力夺取飞机场，以冻结济南，再进一步夺取商埠。以后围攻城垣。时间约需20天至1个月，争取两星期完成。济南有敌人10余万，加南线阻击打援在内，消灭敌人总兵力将近20万左右。这次战役虽有很多胜利条件和胜利把握，但也存在很多困难。宋司令把所有可能遭到的困难都一一说明，如工事坚强，敌人拼命挣扎，供应及器材困难等。但只要有勇气，对党高度的积极性，用脑子想办法，一切困难是可以克服的。我们困难，敌人更是困难。如果能熬过困难的最后5分钟，我们就可获得全胜。反之，就会功亏一篑，遭受失败。宋司令指出，要争取这一次战役的全胜，是要付出相当的代价的，要准备一批同志在这次战役中牺牲，或者负伤。宋司令下很大的决心说："这一次我们（纵队）准备5000人的伤亡，我就准备参加到这5000人里面去。"他说："每一个人都要有决心准备做这1/5000，为革命而死，正是死得其所！"他还说："这一次战役对每个同志是一次严重的考验，过去的一切都不算，是真是假，都到实际的战斗中去看，每个人要不顾一切牺牲流血，想尽一切方法去争取这一次战役的胜利。"宋司令一方面要求大家有这种自我牺牲的勇气，这是保证战役全胜的主要一点，同时又指出，只要大家讲究战术，是可以减少很多伤亡的，也许不需要有5000人的代价。他说自纵队成立以来，每一次开营以上干部会，经常见面的同志到现在还是占极大部分，所以一方面要有死的决心，同时也要有生的信心。

宋司令最后讲述取得战斗胜利的7条战术后散会。今天散会时，精神上的感受与昨天不一样。昨日是激奋，今天是一面感受愉快，一面感觉到肩上所负责任的重大，感觉到自己随时可能在这次战役中把生命献给党，因而都特别地严肃起来了。今天还是很平静的，但是两三天后，当炮声一响，今天到会的几百个干部就要在激烈的火线上冲锋陷阵，抛头颅流鲜血了。今天的会议教育了我，一切个人的自私应该坚决地抛弃，要把自己的一切贡献给党，做一个党和人民的最忠诚的儿子。

回来时，已是11点钟了，万籁俱寂。

9月11日

这几天较忙，全部精神意志用在编好报纸上。最近报差不多天天出，连新闻每日要三张，还要收集一些资料，所以自早至晚，未有隙暇，散步时间也没有。我屡次要求再调一个助编或校对来帮忙，这样可以使我抽出时间，少忙于事务，但还未获得结果。如不可能，我决心将报纸交给宣教科办，我可抽出时间来担负新华社的工作。

晚上开这一次战役的报道问题研究会。

9月12日

今日清早参加支委会，讨论保证战役胜利问题，决定要求：一、每个人要在这次战役中想尽一切办法争取胜利；二、要百倍提高工作效果，两天事一天做完，并准备担任后勤供给工作，必要时干部还要拿起枪杆担负警戒任务；三、要服从命令，不要强调本部门的特殊性。

早饭后又开会研究这次战役如何出报。我提出报纸完全交宣教科办，部长同意，我以后（专对新华社发稿）的时间可以优裕些了。周迅和吴之非都下去了，他们走前表示了很大的决心。吴之非留下了家里通讯处和地址，周迅写给季亚萍一封信，准备做光荣的1/5000。他们的精神给我很大感动。我听宋司令报告回来后，思想上也准备做这1/5000，虽不在火线上，但飞机猛轰，牺牲的可能还是很大的。我还应该写封信给萍，向她表明我的决心，如万一牺牲，要让她感到光荣而精神如常。同时，在日记里留一张条子，应该将遗物设法转交给萍。

人是迟早要死的，为革命为人民而死是最光荣的，真是死得其所，贪生怕死是对人民不忠实的表现。

9月13日

后晚行动。至司令部集合后，先看电影和军乐队表演，他们是从野政赶来慰问的。电影是有声片，苏联内战时代海军英勇斗争的故事，阐明共产党员自我牺牲和慷慨就义的精神，至解放区后看有声电影，还是第一次。

看完电影已是9点半钟，部队即向北行动，行45里，过大清河，至东平东北的舍家仓宿营。途中月色如洗，有谈有说，走得很愉快。

又调来了两位干部，一位是路真同志，东北沈阳人，女同志，做通联干事。一位是周洋同志，摄影记者，苏州人，拍照技术很高。相处虽仅一天，谈得颇投机。

9月14日

昨晚继续向东北行军，穿行在山脉中间。行50里至刘塘宿营。晚上凉风习习，月色柔明，行军速度在每小时10里左右，也丝毫不觉得累。

途中与周洋同志谈及六支社的一些经验。

9月15日

昨日休息一天，整装待发。部队进行战斗动员，现在全军士气异常奋发。

今天看完了一本华野参谋处翻印的战役战术问题小册子，增加了不少军事常识。许多战役战术问题都深刻地贯串着马列主义的唯物辩证法，对我思索问题方法的帮助很大。

今年的中秋佳节（17日）将要在防空洞中、在炮声中、在残酷的战斗中度过，谁也无心去欣赏那圆月了。今天政治部提前过中秋节，中午会餐，张主任致辞，每人发一个月饼。

昨日吴之非写信给黄平，把“后事”交代给他。我连夜给他去了一信，同时也写了一信给周迅，希望他们要注意保存自己，有牺牲的决心，是表示对人民有真正的忠实，但如不懂保存自己，也不能使工作完成。

今天要分前后梯队，我们把笨重的东西都打包袱留在这里。早晨开了支委会，提出保证此次攻济打援战役全胜的四大口号。午饭前我召开新华社党员会传达，大家表示决心。一切准备在紧张进行着。

今天晚上就要向济南进逼了，将在平阴至肥城之间向长清挺进，明晚12时整炮声就响了。

王耀武的命运已被人民判定了，再负隅顽抗，也逃不了死亡！

9月16日

昨晚向东北行50余里，经过一片光秃秃的山地，到长清西南公路上的潘庄宿营。

今天路上，我们时常同成千辆运粮食的大车小车混在一起，长长的担架行列在向前走。所有的庄子日夜在推面碾米，群众的情绪空前高涨。在敌人据点附近的老百姓说："只要你们来，没有柴烧，我们拆房子给你们烧。"为了最后解放他们的家乡，他们不惜一切，以全力支援我们。

沿途的墙上写着"打开济南府，活捉王耀武""青壮支援前线，妇女儿童碾米推面"！

在这静悄悄的月夜，汹涌的人的巨流、力量的巨流在滚滚向济南。

9月17日

昨晚向长清方向沿公路走55里，至离城15里的薛庄宿营。我们至目的地时已过12时，搭好床后，枪声响了。听到第一声枪响时，大家心情的紧张和喜欢，是不同于以前任何一次战役的，因为枪一响，规模巨大的济南战役便拉开序幕了。

战斗的行列、担架的行列很早就赶到我们前面去了，到长清以北去了。古城的战斗也在今天打响了。

现在进行的是济南外围的战斗，待外围肃清后，便可直取济南府活捉王耀武了。

今天敌机在城周扫射，但并不很疯狂，显然还不到最紧张的时候。

这一带都是土顽的活动区，昨日有土顽千人在薛庄附近的翟庄一带被活捉，毙伤甚多。潜伏之特务还不少，支部屡次提出防特防空。

群众知道我们这次去打济南，都很高兴，他们自动地沿路设茶水，修公路。昨天的房东说："打开了济南，老百姓就有饭吃了。"

他们谈起蒋匪的抢粮抓丁，都是唉声叹气的。他们看到公路上、小路上、山头上滚向济南的力量的巨流，都充满了信心。房东家的大爷说："你们 1 个人可抵他 10 个用。"

王耀武的命运就是这样被决定了，这种军民一致的坚强信念，就是打开济南的基本保证。

9 月 18 日

昨晚 7 时我们在野炮配合下向长清总攻，到 9 时就解决了战斗，俘敌近两千，顺利得手。我主力前夜在古城外围歼敌 4 个连，昨晚又歼其 1 个营。

据说王耀武及一些高级军官均不在济南，到南京开会去了，这是从一张济南报纸所看到的消息。如果王耀武不回来，则一些军长师长的守备决心必然动摇，这样对我们夺取济南非常有利。

敌人准备从徐州将 74 师空运济南，今晨有两架敌机想在飞机场降落，遭我榴弹炮轰击未逞。今晚将以全力攻下古城占领大小饮马庄，控制飞机场，把济南冻结起来，今天将是整个战役能否顺利发展的关键。

我们到两广纵队去联系，要他们负责报道长清的战斗，主要说明在我强大攻势前，土顽如何土崩瓦解。

今晚向东北行动 20 余里。

9 月 19 日

昨日下午古城的敌人向济南方向逃窜了，其在外围被消灭的 1 个营中，有 1 个排带重机枪 1 挺、轻机枪 4 挺起义。

据“中央社”消息，王耀武已由南京专机返济。果然不出我们所料，是一定要回来的。如果不回来，则济南失陷，罪在王耀武一身，所以他亦不得不回来。王耀武处境可怜就在这里：明知道济南危急，明知自己有被打死和生俘之可能，但又不得不回来，不得不投到这死网中来。这不是表示他对什么所谓“国家民族”的责任心，而显出其之进退维谷。他的回来，他的被俘……他的命运不是由他自己自由掌握的，而是被人民所掌握着，注定着。

昨晚向东北行 23 里，至长清东北 12 里之王徐铺集宿营，长清因战斗不烈，故破坏甚微。

在夜幕里，依然是黑黢黢的担架行列，后勤的人群像潮水似的在奔向济南去的大路上滚动。十几辆载重汽车拖着榴弹炮在公路上奔驰而过，灯光闪亮了公路，汽油味在田野里飘散着。大家看了很高兴，有一个战士说：“榴弹炮是最好的政治工作。”

前线离我们还有十几里路，外围战时紧时松，破晓时战况颇激烈，至正午时又陷入沉酣的状态了，我们正在逐步向济南紧缩。

这一带群众热忱地欢迎我们。房东老太太说：“我们天天盼你们来，却是盼不来，想不到你们突然来了，真是说不尽的高兴。”她又说：“过去人家盼‘中央’，我们从未盼过‘中央’，盼‘中央’的也都上了当……你们早来20天就好了。你看，这庄上可用的树木都给国民党砍了，庙也给扒了，神像也拆毁了……”

这家房东并不穷，很像富农，但对蒋介石的黑暗统治也有不满，这说明蒋介石统治的孤立程度，除了大恶霸大地主外，一般中小地主也对他失望。而蒋介石为了苟延残喘而施行的各种政策，把除了大恶霸地主、大资产阶级以外的一切阶层的人民都推开不要，这对我们是有利的，使我们可以争取一切可以中立的人，扩大统一战线，孤立敌人，集中一切力量打击敌人。

9月20日

昨日阴雨，前方战斗激烈。古城以东峨嵋山敌强固设防的周官屯据点千余人被全歼，部队已挺进飞机场，济南已完全冻结，29师已迂回至大小饮马庄以北之地区，敌已背腹受敌。

商埠以外，均为敌吴化文部96军之防地。在我强大压力下，吴化文前日即派人来接洽起义。昨晚其 84 师即让出阵地，今日其整 2 师也让出阵地。我们指定其到小清河以北的吴家铺一带集中待命，此为第一步。第二步将令其过黄河。96 军独立旅未接受吴化文之令，尚在飞机场西之彭家庄一带顽抗。吴化文对他说："我是要把队伍拉过去了，你去不去由你自己决定。"我即施以军事压力。独立旅之一部一面顽抗，一面撤出一部分阵地，似甚犹豫。该旅旅长最后派人来接洽，至下午亦全部开往小清河以北。至此，敌 96 军乃全部起义。我已迅速占领飞机场，外围街道据点全部为我席卷。

敌人军心动摇，是预计到的，但战斗竟有如此意料之外地顺利发展，及敌人整军整师之起义，也是想不到的。今晚我们将猛攻商埠，预料活捉王耀武不过一星期左右。

吴化文是头号汉奸，反共老将，是山东人民最痛恨的敌人。在我军铁掌打击下，接连惨败削弱之后，最后迫使他不得不走投诚一路。这一次他能带一个军撤出战斗，对我迅速攻占济南帮助甚大，还能将功赎罪。纵委已请示中央如何处置此事，对此事之处置必须十分慎重而策略。一般的可能维持其原来官职，这样可以争取与瓦解敌人，当然其部队是必须改编的。

西南两面，也已逼到济南城下，现在已提出"争取提早完成战役任务"的口号了。

王耀武这次作战部署方面有一个特点，就是将杂牌和保安团队全部布防在城外当炮灰，把嫡系和较精锐部队缩在市区和城内，其用意有二：一是牺牲旁人，保持自己，并可在外围削弱和消耗我军，以利其固守待援；二是害怕杂牌临时变卦危害自己。

其实这是很愚笨的，这样使杂牌不满而投诚，同时外围惨败，城市守军士气削减，也无法抵抗。

9月21日

昨晚部队向北推进，行20里至担山屯庄。这一带是经过激烈战斗的地方，有数处有死人死牛，臭气使人欲呕。庄上树木都砍光了。长清打开后，前后方道路畅通，我们还没有像预计那样遭到粮食供应的困难。

昨夜部队向商埠进攻，以3纵全部和我28师全部的兵力投入战斗，29师监视吴化文。至夜间18时炮声即沉寂，商埠

人民解放军炮兵部队炮击济南城

守敌被很快解决，剩下一部约数千人被围于商埠，与我接洽投降中。部队现已逼近济南城墙，离东门仅一里。今晨29师85团在攻津浦车站，我榴弹炮猛烈轰击，战况甚激烈。

这里到济南市仅十余里，到飞机场六七里。早晨我在庄后远眺济南，在一根根粗黑耸立的烟囱下面，烽烟阵阵直冒，飞机的炸弹声和扫射声，及重炮的怒吼，已分不成阵次了，只是像大风一样的在济南上空刮着。市郊的难民和商埠里的居民成批地络绎不绝地向南逃避，有梳洋发的西装革履的居民，有摩登女子提着小包袱走向后方，他们对国民党禁止他们跑出危险区非常不满。我们攻入市区后，立即疏散居民出战区，他们对此万分感激。打散的敌兵自动地向我问到俘管处走哪里，这也是怪现象和好现象。老百姓看着他们，便气得直骂："你再来砍树吧，要门板吧！"

今夜将攻城。今日飞机又疯狂了，这正是快完蛋的象征。

9月22日

昨日和今日白天战况较沉寂。现在正是晚上八九点钟的时候，我军向城区的总攻已开始两小时了。连珠般的炮声正在济城上空呼啸着，炮的火光在夜空里闪射。

如果今夜能突入城内，明后天可能会有残酷的逐屋战、反复的巷战，因为主力敌人都在城里，但最后活捉王耀武的日子是不会出这两三天的。

据"中央社"广播，王耀武亲自在城东指挥，认为"共军"的主力是在东面。其实西面也不弱，还附有榴弹炮团。不管他在哪里指挥，决不能解救其危险，最后一定要活捉。

我们进入商埠后，纪律很好，没有发洋财的，但老百姓抢东西的很多。老百姓在战争中有两种极端的表现，一种是较富的，如商人家，则连店也不要了，恐怕被炸弹炸死，只顾逃命。另一种是穷人，则天不怕地不怕，也不顾死不死，乘机打劫，面粉公司的面被抢了很多。另 84 师吴化文部后方机关从商埠出来时，也乘机抢了两三家商店。这些现象，是我们进入城市后，秩序一时未能恢复所造成的。

公路上依然充满各种人群，市民继续不断地向外逃难。政治部把杂务人员组织起来，组织了 3 个茶水站，写上一块牌子："人民解放军茶水招待站"，一天就供应了 40 多担水。喝水的老百姓都说这是"救命水"，说"你们太好了"，有的更说"你们行好"。我们就说"不是行好，我们是一家人应该这样的"。逃出来的学生很多，二联中被炸完了，有 4 个学生在我屋前经过，我慰问他们。他们说没有吃饭，我把他们领到伙房里去吃饭，他们感激得快哭了。另有几个四平街籍的学生和老母亲住在过道底下，我请他们搬到一座学校里去住。他们感激地说："过去逃难哪有人理睬呐！"

这是一种最好的政治工作，只要喝过一碗茶的人，都会宣传人民解放军怎样爱护人民的。

纵政成立了城市管制委员会分会，下设纠察部、治安部、物资管理部、宣传部等四部及秘书处。上午郑部长开了一个会，宣传部便成为城市管制分会的宣传部；宣传科负责对士绅、剧院、体育场、学校、电影院等的联系；新华社则负责对敌通讯社及报馆的联系，要叫他们迅速恢复工作，并禁止收抄"中央社"的电讯。

今后局势迅速向前推进，我们要夺取更多的大城市，新的问题放在我们面前了。我们虽是城市出身的人，但脱离城市太久，所以对城市的一切也感到很生疏了，表明我们还不能迎上时代的需要。的确要加强这方面的学习，特别要学习党的城市政策。

分社指示我们要做好济南战役的报道，把济南市各种情况明白掌握。我们现在做得很差，甚至连济南马路的名字还搞不清楚，的确是要立即改进的。

今日飞机很猖狂，所有式样的美式飞机都飞出来了。由于扫射，下午只能在洞里工作。火车站一带掷了很多重磅炸弹，昨天有两个汽油库着火，浓烟冒天，席卷了半个天空。今天下午，济市上空被炸弹炮弹的浓雾弥漫了，使远处的山隔着一阵薄雾似的，看不清楚了。在那些烟雾里，成千成万的难民钻了出来。黄昏时，我与黄平到公路上看难民。这些艰苦的难民只要一走出危险区，便到处有解放军的慰问。像这样的逃难，有史以来还是第一次。

我们打进市区后，所有的囚犯都开放了。今天碰到一个沾点“八路”边的老百姓，被判 15 年徒刑，已关了 2 年，现在出来了，这种悲喜交加的心情是难以形容的。去年过黄河时被俘的陈部长也出来了，他被判 7 年徒刑，已关了 13 个月，敌人还不知道他是部长。晚上我们去看他，真是悲喜交集，他说：“想不到我们还能见面啊！”

萧主任从前线上打电话来，9 纵和 13 纵已突入城内。敌 1 个铁甲车营 4 辆坦克向我投诚。敌整 2 师 511 旅 2 个团欲向城内缩，被我全歼，活捉副师长及旅长。

现在是晚 8 点 50 分，到天亮还长着呢！窗上的纸被榴弹炮和炸药的声浪震得格格作响！

9 月 23 日

白天，激烈的巷战继续进行。敌有五六架运输机到济南上空投掷东西，数十个降落伞的白点子渐渐降下来，可能很多会被我们收到。

敌机成群结队地围着济南绝望地飞，但不如昨日猖狂，好像有些“大势已去、情绪不高”。

入夜，我们的进攻又开始了。炮火的闪光在夜空中闪射，济南市火光冲天，红色的火柱直冲半空，半个天空给照红了。炮火之密集，战斗之激烈，还是空前的。在奔向济南去的公路上，大车小车绵延数十里地，向战线上运粮食，成百辆汽车来回运弹药，公路上拥挤不堪。

南线敌人的增援已开始动了，估计日内即可接触，我军一部曾向陇海、津浦两路出击了一下，歼其 1 个旅大部。

下午综合了两篇稿子，一篇是济南人民看到了晴天，另一篇是在济南外围战中我军以少胜多范例。

9 月 24 日

前天部队打入了外城，把外城之敌全部肃清了，我纵吃掉了敌特务旅全部 3 个团。当该旅危急时，该旅副旅长亲自来接洽投降事宜，等他回去，部队已完全被歼灭，这是战场上一个趣闻。

昨夜我各路大军已攻入内城，进行巷战。昨夜看到的炮击和浓浓的大火，就是我们的榴弹炮打中了敌省政府所在地。这是在 20 多里外，根据地图测量打的，我们的炮术已提高到惊人的程度。

内城是敌最后核心工事，最后和最激烈的战争正进行着。敌人到昨晚为止，已被歼灭 6 万余人，内城尚有 4 万余人。但这 4 万人中战斗兵不多，杂兵较多，后方机关也多，士气沮丧，故虽有核心工事也不管用了，估计战役很快就要结束。

南线之敌在吹嘘增援，但迟延未动。他看到我们不但有阻击的兵力，还有打援的兵力，也不敢轻易冒失而步区寿年的后尘了。南线敌如不动，可能我们会主动向敌人进攻，再歼他一两个师，以推进战局的变化。

吴化文部已编为中国人民解放军新编第一军，昨晚已渡过黄河，至河北长期休整。吴化文这次起义，对我们有两个有利的地方：一是实际地帮助了我军攻城战斗，减少伤亡，发展神速；二是可以争取国民党的大量起义，不论在军事上政治上都是影响很大的。

黄平曾去访问在济南外围战斗中放下武器的一个营，他们现在情绪都很好。当他们看到同部的其他部队被歼灭时，感到起义的道路是正确的。

今日飞机在公路上来回扫射，在城里打死两个年轻美貌的女学生，倒在路上没有人收尸。在我们附近打死了一个 17 岁的中学生，下午又打死了一个小孩。蒋机在商埠里炸毁了很多公司、商店、学校、报馆，这种罪行我们将报道出去，在政治上大大打击蒋介石。

城里市民继续向外逃难，在我们庄子前一批批走过，所以我们庄上也挨了扫射。

9月25日

昨日天甫黑，前方打来了电话，下午5时，就把敌人完全歼灭了，济南完全解放。这次战役如此神速地结束，出乎我们意外。原定20天至一个月的任务，7天就完成了。我们的损失也不大，以本纵来说，原准备5000人伤亡，现在是1000多。就城市来说，原来准备有很大的破坏，现在大部分工商、火车、市街都完好。这样神速的胜利，是由于我们有了充分的准备，我们对济南每一个工事，都画有清清楚楚的地图。我们这次集中的炮火是绝对优势于敌人的，集中的兵力、士气，也是绝对优势于敌人的，再加上全山东人民的支援，使这次战役能如此神速地结束。

昨天晚上，敌巨型飞机嗡嗡地飞，敌人何时被消灭，蒋介石无法知道，恐怕还只有依靠新华社去告诉他。无疑的，济南解放，不仅将使国民党大为震动，就是全世界也要震动。短短7天中，我军突破层层坚强的工事，歼灭如此众多的敌人，在中外战史上还是少有的。

我纵缴获的物资甚多。在敌人的中央银行里，存有大批黄金和金圆券；在敌人的电讯器材仓库里有可供全山东军队需用一年多的电料。我们宣教部还搞到了一架电影放映机、一部铅字、一部发电机。

老百姓听到济南解放，个个叫好，现在看到晴天了，济南市以后是人民的济南市了。

我们的吴之非记者在进入突破口时负伤了，昨晚上回来，左手的中指打断了，是给炮弹炸了，右肩还擦破了皮，万幸没有牺牲。我们很好地安慰他，并把他送到卫生部去。

这次我们阵亡的烈士有300余人，已运到古城一带去安葬了。据余祥回来说，市里国民党死尸还未来得及掩埋，臭气充塞市街，他闻得连饭也吃不下去了，昨晚已开始打扫战场。

9月28日

下午部队要转移到长清南郊区休整半个月，我被派往济南去进行城市采访。我们觉得，城市采访已成为新问题，必须加以学习。于是我去，一面从事实际采访，一面希望能吸收一些经验。

早饭后，我骑自行车直驰济南。从二大马路直达中山公园，在附近找到了东线分社，陈冰社长（过去大众日报的副总编辑）详细给我介绍了城市情况及城市采访的精神，使我得到不少启示。他又带我去找新华社济南分社，见到了社长恽逸群、编辑主任沙洪。他们给我分了工，我主要担负生产部门（工厂、矿山、铁路……）方面的采访。

陈社长告诉我，进行城市采访，主要的问题，要理解“什么叫政策、什么是政策、怎样报道政策”。我们所要吸取的经验也是在这一方面。有些记者专门在采访方式方法上考究（如对什么人讲什么话、用什么礼貌等），这当然很重要，但这是表面的。这些方法经验，也不是到处都能应用的。而要采访得好、正确，能说明我党对城市的态度，最重要的就是要掌握政策、报道政策，也只有这样的经验，才是最基本的，到处可以应用的。他给我的这些启示很重要，使我了解到学习政策的重要，过去，我们在这方面做得差。

沙洪同志给我介绍了一般的工业情况，这次战斗中，许多工厂能完好无损地保存，主要是工人保护有功。如有一家面粉厂，当战斗激烈时，有十几个工人在那里看守，所以一切机器都没有被破坏。如在中山公园里的济南广播电台，地上有一瓶硫酸，有一个战士以为是普通的瓶，想用脚去踢，立即被里面的职员阻止了，否则这电台准会烧起来。现在工商邮电方面最大的问题，是如何利用旧职员的问题，现在职员来登记的已不少。城内好几家报馆的公务长都主动来找新民主报要事情做，因为他们的饭碗，就只有依靠这件本事。现在只有一些暂时还有饭吃的职员，如中小学教员，还没有急切地盼望复业，他们对政策还有观望态度。现在我们记者在采访中，显得常识不够。如有一个记者去采访一个工厂，他对一个汽锅就了解了半天才弄懂。有的说工厂很大，用各种形容词来形容，其实要说明面粉厂之大，只要说明有多少盘磨；说明纱厂大，只要说出有多少锭子就行了。这也给我不少启发。面临这样一个大形势的发展，我们的常识的确显得不够了。

济南市的《新民主报》将于两日内出版，我去大华日报旧址时，工人们正在排字房里积极地整理铅字。

下午到照片展览会去参观，室内挤满了市民。有戴眼镜的看上去颇有“经纶”的老年人，有学生，有摩登小姐，有老婆子，有小孩子，他们用心地看着照片和陈列的书报。在签到簿上，很多人题词，有的写：“看了这些照片，才知道蒋匪过去的欺骗宣传，希望赶快编印成册，以飨全国人民。”有的写：“请赶快推行民主政治。”有的写：“黑暗从此去，光明今日来。”有的写：“看了照片，知道解放军力量之强大。”从这些来自各阶层人民的题字中，看出济南人民对我军的盼望和热烈拥护。

晚饭后，和陈社长、顾编辑、陆记者等至市内各处散步。感觉商埠颇洋气，街道宽阔整齐，商铺门面华丽，大半为洋式建筑。市民装束也极洋化，但女人烫发、奇装异服者也不多，一般多穿阴丹士林布旗袍。男子穿中山装者多。商埠除少数几处战斗激烈、破坏较甚外，大部完好无损。

保安司令已自动来投降，他对我们的政策很明白，也很相信，所以自己来投。他说共产党最厉害的是两个政策：一是俘虏政策，瓦解了国民党部队；另一个是城市政策，博得了民心。他说从潍县放回来的尉级军官，对国民党士气的破坏是太大了。我军攻入城市后，看到我们的纪律，与新华社所说的一样，真是言行一致，佩服至极，乃坚决来投。他说如不来投，也可能会被查获。如逃回去，国民党也可能枪毙他，只有自投是最好的出路。

现在军管会是全城最高机关，市政府将于后天成立。

9月29日

早饭后至（新华社）济南分社找洪流同志，他是生产部门采访的组长，舒文、田进绪同志参加。我和洪流至生产部去了解情况。生产部接管32家工厂，对民营工厂采取保护态度。我们选择了有名的华丰铁路工厂采访。经理滕虎忱与会计主任潘某，因我军的保护感谢万分，告诉我们很多材料。如工厂建立受日寇及蒋贼摧残的经过，及他们事业的宗旨、今后的愿望等。他们说现在是真正民主政府，认为在民主政府保护下，他们的事业可以向前发展了。他们工厂在济南解放前完全被国民党霸占，改为第44兵工厂。他们的同仁散落四乡，直到济南解放，才回来团聚。从他们谈话的态度中，对民主政府的依靠，是可以代表今天一般民族资本家的心理的。因为他们在四大家族的垄断下毫无出路，同时这也说明毛主席团结各阶层人民方针的正确。

谈至黄昏始结束，接着去市政府见徐冰副市长，请示政府是不是准备扶助滕虎忱，他的答复是肯定的，同时指出，我们报道应该是宣传我党对民族资本家的态度和方针，他这点指示是很重要的。

入城部队干部都很朴素，市民们说："共产党进了这样华丽的大城市，还保持冷静，是人民本质的表现。"

下午回来时，在一辆汽车里见到萧主任、郑部长，他们准备回部队去了，叫我赶快回去。

今天飞机来扫射两次，且在北大槐树投弹，市民们万分痛恨。

9月30日

上午至生产部了解一些情况，然后至纬七路去找恒泰火柴厂。这是一家正着手恢复生产的工厂，战争中工人主动保护工厂，使工厂基建完整无缺。我找了一位老工人谈谈，了解工人生活情况。那老工人可能和厂方有接近，故谈吐颇有顾虑。

明日准备至北商埠天桥一带去访问纱厂。

10月1日

今天已换了一个月份了，真有些“岁月易逝”的感觉。

早饭后即去津浦路两侧的纱厂区，以规模最大的仁丰纱厂为中心进行采访。成大纱厂是官办的，已决定接管了。仁丰是官股多，民股（私股）少，处理方针未决定。成通纱厂是私股多，官股少，实际情形尚未调查清楚，故处理办法也未决定。这次战争中，这三大纱厂均完好无损，主要是解放军保护有功，其次是工人保护有功。如仁丰纱厂留厂之200余工人，在炮火连天中，自动组织起来，提出“有厂在，就有饭碗在”等口号，日夜轮流看守。现各厂员工见“约法七章”后，已纷纷回厂供职，准备复工中。仁丰纱厂昨晚已开工了2个小时，将浸在缸中之200匹布染好烘干。仁丰纱厂负责同志吴处长与杨处长，将该厂内幕告诉甚详。该厂2000员工中，至少200人是官府介绍来的，光挂名不做事，到月底拿薪水，工人甚感不满。职员与工人中有宗派斗争，国民党与三青团斗，矛盾甚烈。厂内女工多，男女关系也很复杂。这种种都是旧工厂的形态，要改造转变成新式的人民工厂，确是不容易的。

我在仁丰纱厂参观了他们的全部规模。该厂有地基300亩，房屋2000余间，工人2000，锭子17000余个。纺织部共分11个部分：清花、钢丝、并条、粗纱、细纱、摇纱、排纱、浆纱、织布、扫毛机、拉宽机等。另外有近代机器染色部。有铁工部，自己制造机器。有原动部，自己发电（可发1000单位，自己只用600单位）。规模的确很大，每天可出布600匹。看了一下，的确感觉机器的伟大、工业的伟大，可惜自己没有在这方面造就的机会了。

今日各厂接见我的负责同志，如成大的路处长（过去渤海实业处长，认识王萍）、孙秘书，仁丰的吴处长、杨处长，成通的孟主任等，都是很耐心、谦虚、朴实的同志，具有生产干部的优良作风。他们与部队干部迥然不同，近年来还很少遇见，他们详尽帮助我了解情况，很使我感激。晚上写稿。

10月2日

早饭后，至济南分社与各路记者交换情况，对济南目前工商、实业、生产、文教各种情况，有了全面的了解。目前济南市面尚未完全恢复，商店不敢开门，主要是货币问题，金融尚未稳定，另外，商人怕货品卖完后无法再来货了，故也不敢卖。目前济南粮食渐感缺乏。有同志对这些问题很焦急，这是不明白事物的必然性，济南才解放，许多困难是必然的。

下午至生产部找王部长审查稿件，他提出以下几点：一、仁丰工人保护工厂，是受厂方指使，虽对我们有利，但不能过分表示赞扬，这样会助长厂方继续以功自居，压迫工人；二、论功行赏方面，该厂提出发双薪，是厂方企图收买工人提出的，且旁的工厂未提论功行赏问题，报道出去，对内对外影响均不好；三、官营、官僚资本、私营等性质尚未确定，故报道时不必提出。他这三点启示，使我得到这样一个体会：许多情况表面上看是如此，但实际上又是一样，必须多方调查，反复研究。此外，掌握一般政策，还必须与具体情况结合起来，如论功行赏是对的，但领导尚未肯定提出，就不宜过早报道。

吴江来一信，说萧主任、郑部长等希望我早些回去，家里工作也很忙。这里明日总结，我将于后日回去。

明日准备去看看周其伟与唐凝同志。很多熟人来济南，独独遇不到萍。济南有不少女同志，独独见不到萍。这真是一件憾事！内心对她有不少的渴念！她的信来得太少，不能使我满足。

10月3日

今日我们的采访工作告一段落了，早饭后由陈社长总结。我们先把个人的经验汇报了一下，陈社长就军队进入城市的特点，提出几个问题，将来再带回纵队去讨论。

下午便搬到二大马路纬六路丁部长处住，那是一座小洋房，布置得幽静、华丽。

晚上，与丁部长乘小包车至大观园剧场看特纵文工团演出。

10月4日

上午至趵突泉。老百姓来庙中烧香者颇多，泉就在庙前，水自池中冲出水面，在水面上滚滚而流。

以后又至大明湖畔的省立图书馆参观，馆中图书已被蒋军捣乱殆尽，图书被撕毁散弃满地，图书室均变成弹药库了。

接着至大明湖。在数日前，满湖躺着蒋军尸体，现在已搬运完了，但湖中漂流着的死鱼还是很多，可见此处战斗之烈、炮火之猛了。

下午4时，至纬三路大华电影院看军政大学雪枫文工团慰问市民的演出。三四个短剧中，以《兄妹开荒》演得最出色，合唱以《向解放军致敬》演得最好。

晚上入睡前，坐床上与房东（火柴公司的老板）闲谈。他们对我们的工商政策都很赞同，并盛赞我们严明的纪律。我把目前的局势向他们详细解释，他们都很爱听。他们把过去蒋军在济南如何拉民工修碉堡、如何压迫商人的情形告诉我，给我不少体会。

10月5日

现在城市秩序逐渐恢复了，商店逐渐开张，小摊子摆得很多，路上行人十分拥挤，公共汽车也开了。很多高大的工厂烟囱都冒出粗黑的烟柱，铁路明日也要复工了。

城市每天在变化，在恢复，一天与一天不同。如果再隔几个月来看，面貌当大不相同了。

城里因战斗激烈，死人很多，处处有倒塌的高楼，尸臭四溢，行人都要掩鼻而过。尸体虽已运光，但臭气还有，可见死人之多了。

编 注

1948年9月16日至24日，华东野战军发起济南战役。仅用8天时间，全歼国民党守军10万余人，俘其司令官王耀武。

10纵原定任务仍是打阻击。宋时轮面见粟裕请战，坚决要求10纵这次要打主攻，最终得到同意。

济南是山东省省会，王耀武在此经营多年，工事坚固火力强大，主攻必是一场硬仗。宋时轮在战前动员会上强调必须获胜的意义，他不讳言，此战10纵队准备拼付5000人伤亡的代价，他自己就有做这1/5000的思想准备。10纵当时2万余人，5000不是一个小数、小比例。父亲的日记反映出，他和身边的同事们都有着与宋司令一样的心理准备和坚定意志：不惜为胜利而献身。攻济之战打得惨烈而总体顺利，解放军将士在精神士气上碾压敌人是重要原因。

济南战役的兵力展开为东西对进，攻城西集团由3纵、10纵、两广纵队、鲁中南纵队及冀鲁豫军区一部兵力组成，宋时轮、刘培善统一指挥。攻城东集团由9纵、渤海纵队及渤海军区一部兵力组成，聂凤智、刘浩天统一指挥。全战役由山东兵团司令员许世友统一指挥，13纵为总预备队。

西集团扫清外围，炮轰西部机场，迫敌96军吴化文部2万人战场起义，最后攻占商埠。10纵用战绩证明，这是一支善打阻击，也能攻坚的部队。

父亲于战后进城，采访、报道工商业恢复情况，也是一段有趣的经历。向外界及时宣传共产党管理大城市的政策，是胜利正迅速向全国发展的形势要求，对于安定人心争取舆论有紧迫意义。

济南战役是解放军首次攻占有敌重兵守备和坚固设防的省会大城市，标志解放军由不拘于一城一地得失，转变为永久占领大城市和统一大片解放区的新时期的到来。

攻克济南使山东全省基本解放，为打更大规模的淮海战役创造了条件。10纵稍事休整便向南进发。父亲转战了两年，终于随队踏上了将重返苏皖边老根据地道路。

10月6日

昨晚12时坐文工团汽车回纵队。

清晨回新华社十支社（住长清西南25里的小屯），大家好像分别几年一样的高兴，问长问短。我把在济南的所见所闻，详尽地告诉了他们。

萍没有信，很使我失望，她为什么不多写些信呢？吴江的爱人徐静秋也来团聚了，独我连信也收不到，很为焦念。

10月7日

这次休整预定至15日。毛主席对目前形势指出：军队继续前进，生产提高一寸，加强纪律性，打倒蒋介石！同时“攻城打援”战役只完成了一半，必须继续扩大战果，所以估计不久又要继续打大胜仗。

10月8日

昨天晚上到司令部驻村去看电影，这是文工团在济南缴获的胜利品。会上军乐队也奏了几个曲子。这也是在济南的胜利品，是敌77旅乐团的原班人马，现在他们为人民服务了。

10月9日

午饭后参加支部会，我被选为党代表之一，明天去司令部驻村出席总支的改选大会。

野政教导团来此接收俘虏，派了一位同志来。这位同志一进门叫我沈先生，我倒不认识他了，原来是过去淮北中学的学生，我很高兴。我们谈了很久，知道宋校长晓村同志已在大连去世了。

我听了，心中不由悲哀万分，因为晓村同志是对我最有帮助的一位领导同志，是我到解放区后第一个碰到的领导者，又是相处最长最密切的一个同志，谁知他已经去世了呢！

这两年人事的变迁太大了，活着的都不知道哪里去了，有的牺牲了。这告诉我一个事实，趁活着的时候，应该努力工作，为党多贡献些成绩，这样到死的时候，才算活得有意义，死得也有价值。

10月11日

昨今两日，整日在司令部的驻村参加总支部选举大会。大会首先由主席、直工科科长张建忠同志说明总支一年来的主要成绩与缺点，以后由总支副书记刘瑞堂同志报告一年来的工作，午饭后，分座讨论这一报告，再在大会对总支提意见，再由萧副政委讲话。今日傍晚进行竞选，司令部的一科长、二科长等作风不正，威望不足，被取消了候选人资格，这不但对他们两位教育很大，就是对所有到会代表都有很大的教育，说明群众的眼睛是明亮的。同时又说明了一个领导者工作效果的好坏，是与威望高低分不开的。

但会议开得不紧凑，有许多同志发言冗长，缺少中心，总支对会议的准备也显得仓促。

10月12日

晚上受冷拉肚子，今日精神甚不好，余祥同志说我面色不好。

近日做事无次序，忙于事务，故效率不高，以后每天晚上要把明日该做的事仔细想想，计划一下。

常念萍，至今仍未见到信来，心中有些抱怨她。

10月14日

吴之非从医院里寄来一信，似乎心绪不甚好。今天我们都写信去慰问他，如果部队不立即行动，准备去看他。

今日与周迅聊目前部队中存在的一些偏向，现在官兵同甘共苦的精神已较抗日时期差。有战士还没有发到被子盖，白天辛苦一天，到晚上冷得不能入睡。另如发洋财问题，战士们发洋财，至多是拿身衬衣，拿一双袜子，但有些干部却在那里比表、比钢笔。干部不能以身作则，确是严重现象，我建议他向组织反映。

周迅深入连队，熟悉战士，能够从战士中学习很多东西，体会到战士们阶级本质的纯洁，的确值得我学习。我今后应该多体念战士和穷苦人民的生活情感，来磨炼自己的阶级品质。

10月15日

上午编济南战役的稿件发到前方去。晚饭后开支部大会，提出参加总支改选的候选名单，我被选为候选人之一。

棉衣发下来了。我们发的是济南缴获的国民党棉衣，很单薄。我准备去换战士穿的粗布棉衣穿。

昨夜受凉，今日伤风。

10月18日

昨天收到萍的信。她从渤海干校回来以后，得了重伤风，剧烈咳嗽，吐了几口血。这样，她怀疑（甚至是相信）自己有了肺病，情绪很悲观。我为她设身处地想，她的确是很可怜的，无人照顾，缺少调养，故复原很慢，所以思想上有了负担，甚至想到“死的问题”。她告诉我今后的动向有三个可能：一是仍在渤海；二是向南靠；三是她要我做好思想准备，照她这样的身体，可能会拖死的，等和平后我去找她时，她可能已不在人间了。那时，要我去安慰她的母亲，她是为革命而死的，在她出来的四年中，她没有做过一件对不起母亲的事情……我看了，眼泪夺眶而出，对她有无尽的痛怜，也影响情绪。但感觉比之她隐瞒我要好，如果她说近况很好，有什么意思呢？

萍情绪的确不好，对她的健康会有影响。她想到“死”是过分的想法，毫无好处。我连夜写信去安慰她，劝她要有信心静心休养。我感到有无限的歉意，她找了我这样一位蹩脚的爱人，对她有什么好处呢？同时也为她着急——得不到人帮助，我又是远水救不了近火，看着她病，而无能为助，内心焦虑难过。

我不相信我们永不见面的，我只要在这次战争中不牺牲，只要胜利和平，不管多么山高水远，是下定决心去找她回来的。两年来，在最艰苦的时候，萍常常为病所纠缠，我则在前线上奔波，不能给她丝毫帮助，这两天越想越感觉对不起她。

写完给她的信，我又写了一封信给仲、王两处长，请他们多照顾她一些，多给她些安慰。我与他们从未相识，但除了拜托他们，又能拜托谁呢？

10月19日

晚上电影《木偶奇遇记》和《玉女神驹》，兴味索然。

10月20日

这几天捷报纷传，锦州收复后，关闭了东北敌人向关内逃跑的大门。长春60军起义，接着新7军全部投诚，解放了长春。现在东北只剩下沈阳一个据点了，其解放也为期不远。华北方面，11月份之内，太原将最后解放。西北已歼敌2万余，牵制了胡宗南的部队。在全国秋季攻势的初步阶段，就获得解放济南、锦州、长春，歼敌40万，活捉敌3个总司令的伟大胜利。待秋季攻势结束，全国战局要起根本的变化。我们现在只打了一拳，东北只动了1/5的兵力，还有4/5的兵力没有打仗。打济南也只动用了1/4的兵力，3/4的兵力没有打仗。故第二拳打出去的时候，敌人是更加吃不消了。

晚饭后，听萧副政委报告时事。目前形势听得人人欢喜，都是空前的大胜利，对敌人是一连串沉重的打击，听后感觉自己的情绪与这种形势发展不协调。萍有病，虽然是我的伤心事，但要认识，我抛弃她而奔波在前线上，正是牺牲小我、先天下之忧而忧的精神，是光荣的。

敌人现在云集在徐州四周，唯恐我们去打徐州。敌人广播中说，徐州是南京屏障，“徐州失，则南京无保”。据说我们这次行动，将去打淮阴、海州，使徐州完全孤立。

10月21日

情绪逐渐正常了，今天工作愉快。

傍晚与周迅漫谈工作。我们现在忙于事务，不善于总结，因此提高慢。他认为我是党内支委，就该负起责来，领导大家学习业务和时事。

10月22日

今日下午参加全纵营以上干部会议，刘政委传达前委扩大会议的决定。

这次（华野）前委开了20天会议，传达了毛主席指示："军队向前进，生产长一寸，加强纪律性，革命无不胜。"我们要由游击战走向正规战，共歼敌500个旅，建军500万，根本打败蒋介石。这就是我们第三年度的战略任务。刘政委详尽地解释，特别是对于加强纪律讲得更详细，我们必须克服无纪律、无政府状态，才能使革命得到彻底的胜利。

这次前委开会，充满了批评与自我批评的精神，粟司令、唐主任都做了关于无纪律的自我检讨，各纵队首长也都做了检讨，而且都写了保证书，保证克服党内军内的无政府无纪律状态。在全国胜利的新形势下，我们的高级首长没有一个在这次会议上夸功的，相反的，反而进行了严格的自我检讨，这就说明共产党不能不胜利。这次常委扩大会议，是一次推进胜利的大会。

刘政委对下一次战役进行了动员。我们将要发动淮海战役，这次战役的规模比济南战役还要大，我们集中的兵力比济南战役还要多。第一步以歼灭某兵团为主，第二步以打下某地区为主，刘政委号召在这次战役中就要保证克服无纪律无政府的现象。

10月23日

部队已确定在28日行动。萍来了（济南）也找不到我了，只是白辛苦一场。这次休整原来是一个见面机会，萍也打算来看我的，只因为我顾虑太多，又叫她不要来，以致失去了这个机会，太可惜。

据黄平说，新民主报社有一位徐放（女同志，上海人）同志认识王萍，徐放说王萍身体的确不好，但她又未说究竟如何不好。这是我两年来第一次从旁人口中听到王萍的事。听了以后，更加替萍担心，心中很不安。

10月24日

昨晚下了整夜大雨，今天又下了一天雨。

前天工作紧张，昨天下午又开党员大会，故稿件积压太多，今天赶了一天，还未搞完。

晚上我召开了一次学习会议，研究今后的学习制度。

10月25日

明日部队即开始行动，向邳县一带进发，六七天后就要打响战斗。这次我军将横扫徐海段，拿下两淮，形成对徐州的包围，并消灭黄百韬兵团。战役如果圆满结束，消灭敌人将在15万左右，对战局将起决定影响。

今天下午写了一封信给萍，向她告别，希望她善自保重，并托黄平写信给徐放同志，王萍如去济南，请她多照顾。

王萍在解放了的济南

编 注

济南解放不久，母亲就从惠民（渤海解放区）来到济南，但她未能与父亲见上一面，因为10纵已经南下，参加即将在苏北地区展开的淮海战役。济南战役距淮海战役仅月余时间，父母再次失之交臂。他们知道胜利已经近了，但不知道相见还要再等上一年。

10月29日

自26日起开始南下行动，行70里至肥城北一个山庄。27日穿过肥城平原，行80里至胡北岭宿营。昨天待命休息，今日下午1时继续行动。

26日出发那天，长清县组织了秧歌队来欢送。部队集合时，

淮海战役期间，山东长清县人民欢送华东野战军10纵南下

图片提供：文仕博档馆/FOTOE

本庄老百姓组织了吹打队，抬来两大袋花生到大场上欢送我们，使我们感动。这一带现在成大后方了，今后再不受敌人的糟蹋了，我们离开这里，当然很使群众留恋，也很使我们留恋。

两日来行军，行 30 里休息一次，弄得很疲劳，昨日一天浑身酸痛，像受了伤似的，今日好了些。但是谁也不叫苦，大家盼望这次战役能够打成，使全国战局变化得更快。

两天中东北的捷报不断传来。我们电台工作人员不管多疲劳，到目的地就架线收听，译电员把消息翻出来。

东北在辽西地区歼灭了由沈阳增援锦州的精锐主力 5 个军、12 个师。现在沈阳至营口一线只有 9 个师，其中只有 1 个师是主力，其余战斗力很弱。现在东北只剩下了最后一仗——沈阳之战。等东北部队入关，华北的问题就很容易解决了。时局这样急转直下，真是出人意料。

昨日收到萍 10 月 18 日来信。在行军中能收到她的信，是由于解放区到处都四通八达了，交通方便。晚上又给她复信，再三强调要精神愉快，应有足够的信心去迎接胜利。

10 月 30 日

昨晚行 40 里，至马家庙宿营。此地距宁阳城 20 里，到曲阜 70 里，今日休息待命。

我在发棉衣的时候，不通过上级同意，把干部服发给一个参军不久、还是战士待遇的译电员张振刚同志，以致影响了旁人的情绪，这是一种无纪律的表现，下决心今后凡不在我职权以内的事就不要多管。

10月31日

参谋处上午打电话说下午要走，紧接着又来电话说不走了，情况变化真快。

前天在陈主任（新来的10纵政治部陈美藻主任）处开了一个会，研究报纸问题。讨论结果，（报）还是要从宣教科移交我们办，责任又落到我肩上了。

11月7日

又是一个星期的连续行军，从宁阳到兖州后，就沿津浦路向东南插，经邹县、滕县，现在到达临城（枣庄薛城区）东北8里路的地方（临城敌人已逃跑）。这几天每天五六十里，中间很少休息。

到邹县后，就进入了鲁南山区。路上石块多，高低不平。沙河多，常常要涉水。行军汗流浃背，一坐下来休息，冷汗贴在皮肤上，又冷得发抖。到目的地，用热水烫烫酸痛的脚，烧上一点地瓜糊涂喝喝，浑身暖和起来。在干草上铺上被子，睡下去有像沙发一般舒服的感觉。

11月8日

今晚行军，拂晓就要打战斗。我们的任务是在徐州以北消灭冯治安的33军。我们和7纵队组成一个兵团，由宋司令指挥。这次战役第一阶段是消灭黄百韬兵团，由1、2、3、4、6、8、11、12、13纵及刘邓大军的11纵担负直接消灭该兵团的任务。陈毅司令员和邓小平政委则带了4个刘邓大军纵队在蚌埠以南牵制南线之敌。刘邓大军的另一部则在郑州开封，刘伯承亲自指挥。这样东南西北形成对徐州的四面威胁，搞得好，可能连邱清泉兵团也要消灭在内。整个战役歼敌人数在15万—20万，将使中原形势彻底改观。战役战线很长，从徐州一直到海州，战斗可能是连续性的。同时因战争逼近京沪大门，敌人必然拼命挣扎，故战争必然是很残酷的。

行军中东北的捷报不断传来，情绪兴奋减去了不少疲劳。

迅速收复沈阳，东北的解放战争大功告成。东北全境解放，决定了中国革命的即将胜利。如果华东中原再搞得好些，则战争在未来两年内是完全可以结束的。

敌人方面现在非常恐慌，高级将领们垂头丧气，情绪不振。冯治安曾去南京见何应钦后探询今后战略如何，何应钦置之不理，说："有关军情，请去请示总统。"但等了几天，总统避而不见。卫立煌从沈阳逃至北平后，已被蒋介石扣押起来。现在南京正加修工事，一切情形很混乱。

美国人现在也非常不安，美联社播发的一些消息中，美国的"名流""记者"发出惊呼："美国又失去了一支军队""中共显出夺取大城市的能力""国民党对剿灭'共匪'所做的一切努力已宣告失败""共产党之席卷中国，将象征共产主义在亚洲的胜利"等。

现在形势是太好了。

吴江召开了会议，研究这次战役的报道工作。

11月12日

战斗在8日就打响了。我们连续沿向徐州去的公路走了4天，最多一天走80里，现在住运河南30里的前高庄。几天来战况发展顺利，部队通过运河上的韩庄铁桥后，即逼向利国驿、柳泉、贾汪等车站，并予以占领。部队像流星飞箭，长驱直进，前锋已抵徐州城下。冯治安之 33 军的 2 个师，除少数被歼灭外，大部已起义。59 师在台儿庄全部起义，77 师则在津浦路沿线零零碎碎地起义。今天晚上，我们的榴弹炮将要炮击徐州城，徐州将恐慌不安。

刘伯承的部队已收复商丘，歼敌 1 师（仅 1 夜战斗），并攻克砀山。5 军一个营投诚。淮海前线方面，已收复海州新浦，黄百韬兵团向西逃窜，我强大兵团正追击围剿中。敌 5 军现在徐州以南，不敢东援黄兵团。敌高级将领沮丧万分，对守徐州无信心。美国人也悲观万分，一个美国记者说："如果国民党军队不叛变，还可打仗后退，如果叛变蔓延下去，军队不打仗而投降，则自沈阳到长江就完了。"

近来睡眠少，每天半夜到目的地，次日清晨坚持工作。前日失眠，头很痛，向路真同志要了安眠药。但只睡一小时，就被叫醒行动，反而更难受，在睡眠状态中行军。昨晚睡了好觉，今日精神尚振作。

11 月 16 日

自 13 日至现在，战况有了很大变化。黄百韬兵团向西逃窜后，即在窑湾、碾庄一线的运河地区陷入我军的重重包围之中，至 14 日已歼灭其 2 个军（100 军、63 军），及海州绥区之 44 军。今日将向其被压缩至狭小地带之兵团部及两个军（64 军、25 军）总攻。我纵完成清理徐州以北、争取冯治安部两个军起义后，即向徐州以东南下，在大庙以东阻击由徐州东援黄兵团之5个主力师。

敌以30余辆坦克、大量炮兵配合进攻，我勇猛阻击，敌数日内仅前进5里，昨今两日则未得寸进。

淮海战役已获得重大发展。我在商丘以南消灭了敌1个师；在徐州以南，孙元良部被歼灭1个军，另1个军被包围于宿县城内；现自夹沟至固镇以北100余里铁路线已被我控制。陈赓部与华野的3、8纵正向徐州以东敌人的后背进军，准备在消灭黄兵团之后，再将这股敌人消灭掉。如果这样，消灭敌人将在20万人以上，将使战局起更重大的变化。

昨日从收音机中听到中共中央负责人关于中国军事形势的评论，目前战局已到了一个新的转折点，敌我双方力量的对比已经起了根本的变化，我们不但在质量上，而且在数量上占有了压倒敌人的优势。在战争第三年的头4个月内，就消灭了敌军100余万人，这就使原来估计5年内打败蒋介石的进程大为缩短了。从现在算起，再有一年时间，便可从根本上打倒国民党反动政府了。我听了非常高兴，一夜不能成眠。两年来的辛苦，不是白吃的，再有一年，全国人民便可解放了。

再高兴的，是收到了萍在济南写的信。她为了找我，费了很多力。她很失望，就在她到济南的时候，我已到了徐州附近。但她到济南，我很高兴，在铁路要道上，将来见面方便些。

行动以来，体力和神经都很疲劳，晚上行军，白天睡不着，就只得向路真同志要安眠药吃。晚上行军休息，把大衣铺在地上倒下就睡。以后又过运河、不老河，经过有水的洼地，把鞋子弄湿了，很觉疲劳。但行军中未放松工作，到达阻击战地区后，为了鼓舞前方战士的士气，每天要出报，同时把前线的战况播发出去，所以自早至晚未有空暇。吴江掉队两天，我负责全社工作。尽管紧张，也许可以使自己在这次战役的胜利中也有一份苦劳，那就可以无愧于人民了。

吴江在行军中掉了队，碰到了土匪脱险回来，值得我们在今后新区行动时注意警惕。

现在住在八义集西北 30 里地的石庄，离陇海线约 10 里，敌机成天疯狂在附近扫射。

写到这里，就在我们东面六七十里的地方围歼黄百韬兵团的炮声响了。

编 注

看父亲日记，我很希望凡遇有 10 纵参加的重大战斗、战役，他能有更详尽的情节叙事。但往往此时期他的日记会出现中断，记得也愈发简单，印证了部队行军、作战时的工作、生活已非常紧张，人已无暇他顾了。在淮海战役最较劲的阶段，居然还有日记留下来，实属不易。此时华野主力尽出，已将黄百韬兵团 12 万人死死包围在碾庄地区。黄百韬是一个硬骨头，很难啃，10 纵猛插至徐州以东，仍然要用自己的看家本领，打阻击，阻滞徐州出动的强敌增援。

11 月 17 日

昨天晚上，在碾庄方向，攻占了敌人一个庄子，还没有总攻，改在今天晚上发起总攻击，参加的为 8、9 等纵。

今天一天敌人（对我们）的进攻很凶，在拂晓前就开始进攻，密集的炮火打了一天还没有停止，数十架飞机在上空盘旋，激战地带离我们约10里。我们的指战员为了争取这次战役的胜利，表现了高度英雄、顽强、自我牺牲精神。一个连里干部打光了，便由战士指挥战士。一个连打到剩少数人，还是坚守着阵地。有些解放战士奇怪，说："要是国民党军，打到这个地步，早就该缴枪了。"

今日晚上我们向正东移动，到大李庄宿营。28师因伤亡较重，准备退后整补一下，29师明日准备边打边退，诱敌人的增援进来。现在我另路强大的兵团，正在向援敌的后路直插，打得很凶。等黄百韬兵团被消灭，这股增援的敌人也可以消灭了。

这里到碾庄有40里，夜行军中可以望见那里上空的照明弹。这几天每天编两期报，主要内容是表扬英勇战斗的范例，以提高士气。当我看到雪片般飞来的战斗故事时，我被感动得不顾疲劳，忘我地整日工作着。我想，机关工作再辛苦10倍，也比不上前方牺牲流血的同志们，如不积极努力，真对不起他们。

11月18日

昨日还是没有向碾庄的敌人进攻，今日此间部队在休补，敌人也没有进攻，除飞机仍疯狂扫射外，全线平静。总的情况还不清楚，大概有一个新变化的趋势。

黄平、周迅今天都回来汇报工作，我们知道纵队两个师在阻击战中均付出了很大的代价。每一个路口、每一个村镇要点，都要经过三番五次的争夺，我们每主动撤出一个地方，必定要使进犯的敌人伤亡过半，建制破乱。在一周的阻击中，单是28师就杀伤了敌人4000余人，击毁坦克10余辆，敌人士气非常沮丧，7天只走了20余里，到碾庄还有四五十里路。

在目前报道中，我感觉有些过分夸大了敌人炮火的猛烈，没有显出我军主动阻击和反击敌人的姿态，同时在宣传策略和宣传效果上也不好。我提出我们报道对敌人应该藐视，因为敌人是垂死的老虎，敌是失败者，敌人士气很沮丧；但同时也要显出敌人疯狂，在做垂死前的挣扎。两点兼顾，才能把这次阻击战宣传好。

昨天收到萍在去年 11 月 12 日写给我的一封信，不知何故，隔了一年才送来，但至今不遗失，也是一件不容易的事。

11 月 19 日

昨日一夜，在西边阻击方向的战线上炮火响了一夜，战况很激烈。天明后，主任告诉我们，这是 87 团向敌人进行反击，歼灭了敌 9 军的一个营，并使另一个营建制破乱，除毙伤外，俘敌一百数十人。这是阻击战中一个辉煌胜利，在阻击战中还能把敌人消灭是很少的，我们准备把 28 师的记者抽一个专门采访这场战斗。

在猛烈的反击下，今天阻击线仅有炮战，敌人未有什么动作。战线上群众逃难很多，庄上挤满了难民。他们三三两两传说着中央军到了哪个庄，把东西都弄光的情形。有的拿了很多敌人飞机上打下来的子弹壳，他们是在敌机扫射时拾到的。

连日工作忙，今天精神不很好，午饭后只得躺一下。

11 月 20 日

东线我军已经攻下了碾庄圩，完全解决了黄百韬兵团的司令部及 25 军全部，现在只剩下 64 军的残部。

今天敌人的增援似乎要比往日更激烈些，整日重炮声没有停过，数十架飞机在上空盘旋扫射。重磅炸弹的爆炸使房子格格震动，屋上的泥灰不断掉下来。

今日在庄头上看到了一幕趣剧，敌西边增援部队的俘虏见到了东边黄百韬兵团的俘虏，他惊奇地问："你是哪一部分的？"东边的说："我是兵团部的！"西边的问："怎么样了？"东边的说："解决了。"西边的说："我们是去增援你们的，现在咱们会师了！"这个笑话的本身就足以说明蒋匪的捉襟见肘、无能为力了。

今天又收到萍 13 日来信。在炮火连天中，仅隔 7 天就收到 700 里外的济南的信，确是一件高兴的事。她已确定留在济南，但在何处工作合适，好像很彷徨，同时，在治疗方面，连葡萄糖也买不起。我看了她的信，除了抱歉以外，再也没有旁的感觉了。写了回信，告诉她胜利已经可以看到了，鼓励她愉快、乐观、积极地去工作和休养。

11 月 21 日

今天我们的位置又向东南方向移动了 10 里，至耿家河湾（一个小庄）宿营，这地方正位于东西两边敌人之间。白天，西边增援的敌人把榴弹炮打得震天动地。晚上，东面方向，我们的重炮在把敌人消灭着。炮声是日夜不停的，在每一分钟里，不知有多少的生命离开了这世界。

这一带群众很穷困，连闹了 4 年水灾，又遭蒋匪长期压榨，已弄得民不聊生，很多人家仅够吃到过年的。这一带房子都是破烂不堪，牲口也很少见。我们到这里，应该向群众好好宣传解释。

11月22日

昨天晚上响了一夜的炮声，黄百韬兵团完全消灭了。今天大雾，敌机未来，只来了一架侦察机吊吊丧。东边敌人消灭了，西边敌人也着慌了，急忙调动兵力，有向西撤退的模样。

在徐州西南方向，刘邓的部队也与黄维兵团打响了战斗。

新的战役正在开始，现在我们不但要准备连续战斗，而且还要准备连续战役，要咬紧牙关，克服一切疲劳艰苦，争取这次战役的彻底全部的胜利。

新的战役还至少要消灭敌人五六个师，中央军委命令指出：你们这次打好了，就等于基本上打倒了国民党反动政府。意义是如此明确。这次战役后，中央叫我们不要再想着什么休整，要继续向南打下去。下一次战役，也就是在过长江以前的一次战役，恐怕将要到江淮地区去打了。

这次黄百韬兵团还是打得很艰难的。中央告诉我们，敌人在整个战略上政治上的败退，并不等于每个具体战斗上的败退，敌人在战斗中还是要顽强挣扎的。所以我们一定要在战略上藐视敌人，同时在具体战斗上不能轻视敌人。

编 注

为确保华野主力在碾庄全歼黄百韬（兵团），10纵在徐州以东死守了10天，使敌增援始终未越雷池。然后，无任何休整，又南下追歼李延年（兵团）。父亲和新华支社的战友们于硝烟炮火中每日坚持发稿出报，艰苦异常。一线官兵反映：我们有饭吃，有炮弹打，有报纸看，后边的政治工作就算做到家了！

11月23日

今天炮声沉寂了，（增援）敌人不再东进，蚊式飞机在我们头上反复侦察扫射。

晚上我们向陇海路以南行动，经过了曹八集，行60里至睢宁县以北70里的石峡宿营。途中遇雨，行军淌汗，至目的地时，里外都湿透了。这种生活已习以为常，到房子里吃上一张煎饼，就睡了。

现在我们要三天行军，到宿县以南地区，准备把李延年兵团一举消灭之。刘邓大军已在徐州西南将黄维兵团包围起来了，新的围歼战正在开始。

11月24日

早饭后，天气开晴了，大家把昨夜淋湿的衣被晒晒干。有很多同志的袄子湿透了，如果没有今天的太阳，都要冻病了。

黄百韬兵团覆灭后，敌人内部及其美国爸爸都非常恐慌，美联社消息中甚至已发出“徐州失陷”的消息。敌人就是这样，当其在濒于最后崩溃的时候，往往把其对手的力量估计过高；而当其在发起内战的初期，当其虽然一面打败仗，一面还能前进的时候，总是把其对手的力量估计过小。反动派反人民的本质决定了，他不能有科学的辩证的头脑，他对一切历史发展的估计都是错误的，决定他最后一定要失败。这就是我们所以在政治上、在战略上藐视敌人的原因之一。

今晚继续向西南行动，到了睢宁以西地区，接近灵璧县界。

上图：1948 年 11 月，淮海战役期间，华东野战军部队经鲁西南地区，徒涉冰冷的河水，向江苏徐州挺进　　图片提供：文仕博档馆 /FOTOE

下图：淮海战役的战场上，人民解放军在前进　　图片提供：黄欣 /FOTOE

11月26日

又是接连两天，每天60里夜行军。今夜到了宿县正东50里的常家圩子宿营，明天走不走还不一定。西边津浦路上的炮声已经响了。看样子我们不会休息就要投入战斗。现在敌人已经被打伤了，我们必须抓紧这个有利的战机，给敌人以接二连三的打击，使敌人喘不过气来。现在，刘邓大军（在双堆集）已把黄维兵团包围起来，我们将集中全力吃掉它，然后再吃（蚌埠）李延年，再吃邱李兵团（徐州邱清泉、李弥两兵团）的一部分。这样吃掉敌人众多的有生力量之后，徐州就能顺手拿下。

这一带是过去的淮北地区，前几天走过的睢宁县境，双沟镇、朝阳集等都是我前年曾经到过的地方。经过两年，又打回来了。两年时间把一切改变得如此前后不同，不能不使我有很多感想。

老百姓现在很穷困，两年中受尽了敌人的压榨，现在他们见部队回来了都非常高兴。在两年以前，他们见我们步步向东撤退，曾经怀疑共产党将要失败了。现在他们听到炮声，都很有信心地希望我们赶快拿下徐蚌，把"中央"赶远了，可以过太平日子。我这几天行军，遇到所有的群众，都是这样诚心诚意地对我们说的。

天气冷了，今天更刮起大风来。我把棉裤也穿上了。行军时显得太累赘，走快了还是要出汗。

社长在午饭后，传达了目前的情况任务。我们原来准备打李延年兵团补补血，现在则改变了，准备先全力敲掉黄维兵团。6纵、10纵、11纵将配合刘邓的6个纵队打黄维，7纵、

13 纵、淮海独立纵队（即过去淮北的地方武装）阻击李延年的增援。1、2、3、4、8、9 纵阻击邱李兵团南下增援。现在敌我双方将近 100 万军队在徐蚌之间的地区交战，战争的规模是空前巨大了。现在为了不让敌人喘气，不但要连续战斗，而且要进行连续的战役。1949 年的元旦，恐怕会在战斗行动中过去的。

11 月 27 日

情况又有了新的变化，黄维兵团 18 军（整 11 师）的 1 个师已为刘邓大军所消灭，其 85 军有 1 个师已起义，其 10 军想突围，失去了斗志。陈毅司令员来电说，在几天之内就可将黄维兵团全部消灭了。另外，在灵璧方向又消灭了敌人 1 个师。根据这样神速发展的情况，已经不用我们去打 18 军了，现在由宋司令组织了 1 个兵团去消灭李延年。我纵的具体对象是消灭李延年之 99 军，这是一个烂葡萄（不经打），曾经受到过一次歼灭。现在，形势的发展是很快的，往往一晚一觉还未睡完，形势就向前飞跃了一大步，等睁开眼来，与昨天的情形大不一样了。

黄百韬兵团被消灭，造成了我继续消灭黄维和李延年的有利条件，如果这两个兵团能很快消灭，则李弥、邱清泉两个兵团就完全被孤立在徐州，再也无法南逃了。中央指出，完成整个战役，准备的时间要 3 —5 个月，我们要准备 10 万—15 万巨大数字的伤亡，准备每天 150 万人的粮食，华东、苏北、华北、中原要准备 30 万—40 万人参军。中央的决心是如此之大，因为这次大规模的战役，不但解决了长江以北的问题，将

“基本上完成了从根本上打倒蒋介石”的任务，因为敌人只有这些精锐部队了，整个长江以南，敌人没什么可靠的守备力量。

现在敌人内部混乱得很，白崇禧到处说泄气话，他说：“共产党所以胜利有三：一曰有理；二曰与群众联系；三曰有组织。我们（蒋匪）所以失败有三：一曰无理；二曰无群众；三曰无组织。”他说国民党失败是无法避免的。蒋介石自己脾气很大，心绪很乱。其亲信秘书陈布雷是蒋介石的忠实走狗，一年来看到蒋介石的失败局面，又看到“领袖”束手无策，极度悲观，最近又受蒋介石熊了一顿，于是服安眠药自杀。古今中外每一个朝代没落时，都有这种现象，敌人的高级军官现在也已悲观动摇。黄维兵团副司令胡琏感觉情形不好，便请假到南京去休养，表现得毫无斗志。国民党反动政府已在研究迁都问题，起初准备迁到南昌，但南昌也很快要受到威胁，于是就准备搬到广州去，现在已经派了一些“先头部队”到广州去建设“国都”了。“中央社”最近发了一篇社论，号召其内部“团结、团结、团结”，说得很凄惨悲痛，表现在失败面前的极度恐慌，它沉痛地形容其内部的分崩离析，说“凡是敌人喜欢我们做的事，我们样样都做得很好”。

看看敌人，再看看我们的万众一心，坚强团结，全心全意为人民服务，的确增加了无限的胜利信心与胜利勇气。

今天晚上向西南走了 20 里，到津浦路任桥车站以北 40 里的蒋家宿营。这一带庄子又小又稀，老百姓所有房间、草棚里都住满了人。今夜就要完成对 99 军的包围，枪声又要打响。

11月28日

昨日晚上，李延年兵团没有等我们赶到就向南逃窜了，部队一直向南猛追，收复了任桥和固镇车站，一直追到了淮河边上。今日晚上我们向南走了40多里，到固镇以北12里的于家圩宿营。这一带99军曾在这里住了3天，把老百姓害得不轻，他们逃走时，把锅揭走了，把粮食吃了个精光。半夜里我们到庄后，老百姓一面为我们烧水做饭，一面向我们诉苦，他们说："你们来了，我们就壮胆了。"老百姓对我们这样好，使我们忘记了辛苦和疲劳。

11月29日

昨日追击的结果，99军有2个团被2纵队消灭。

我纵则消灭了2000余人。敌人跑得快，已跑过了淮河，可惜这块很容易吃到的肉，没有把它吃完。

这样情况就起了变化，我们休息待机，是向西越津浦路去参加歼灭黄维兵团呢，还是向北呢（打邱清泉、李弥兵团），看情况再定。

今天开支委会，讨论生活管理问题。政治部有同志近来因生活问题闹，如吃红高粱发牢骚，部门之间争房子，个别部长科长不能以身作则，造成了不团结现象。支委会决定明日召开支部大会，号召全体党员以身作则，吃苦耐劳，降低生活要求。在淮北地区作战，思想上就不要怕吃红高粱，不怕住牛栏，没有高桌子办公，就在大腿上办公，一切问题迁就些。同时号召大家团结友爱，互相忍让。我建议：今后支委会在不良倾向面前，要表现出高度的原则性，要认真地展开批评，如果表现软弱，就会使支部工作失去战斗力。大家同意。

11月30日

这一带群众在敌99军住的3天中，受到了很惨重的摧残。文工团史风同志在小李庄大李庄，他们知道群众受了苦，就召开了一个老百姓诉苦会。妇女向女同志们个别诉苦，那些庄上的妇女都被强奸了，连老太婆、小闺女也在内。妇女们第二天怕再被强奸，便住在一起。到晚上还有（国民党）兵翻墙进来，用电筒照脸，捡好看些的就要拉走。妇女们群起阻拦，有一个老太婆骂得很凶。那匪兵就凶狠地说："你骂就把你拉去。"还有一天晚上，有一个兵光了腚进门来，门口坐着个老太婆。那老太婆气愤地说："我七八十岁了，你光腚我也不怕，就是不让你来。"蒋匪兵临走时，把群众的锅砸烂了，在房里房外、床上床下、锅子盆里拉上了大便，把年轻人带去当兵。他们公开对老百姓说："现在八路盛了，你们和八路军通气，我们活不成，也不让你们活得成，叫你看看我们的厉害。"

我在于家庄时了解，群众也受到了这样的摧残，不过我了解得不够全面罢了。蒋匪军现在到处肆虐人民，比战争初期更厉害了，这是敌人内部失败情绪的表现。反动派在最后崩溃时，必然更加脱离人民、残害人民。反过来，人民对他的憎恨也更增强，他就失败得更快，历史上任何朝代在其末日将至时，总是这样的。

今晚又向北行70里，到王圩子以北的村子住。灵璧县在东南25里，泗县在正东90里。因李延年已过了淮河，我们就不追击了，现在我们军的任务，是保证全歼黄维兵团。在徐州附近的邱李兵团现在很动摇，至今还未出动去增援黄维。大概也接受了教训，知道增援无望吧！

现在，得到了新的情报，说蒋介石已表示不要江北，要退守江南了，提出“我们来自两广，再回到两广”的口号。据说，长江以北的蒋军，将分3路总退却。华北傅作义向西退，与马鸿逵合流。胡宗南则退入四川，再进入两广。徐州之敌则一路向南，一路向东南突围逃。消息是否确实，尚未得知，但徐州敌人已用飞机开始撤退是事实，这几天徐蚌间敌之运输机整日未断。

在夜行军中，正西方向天空上挂满了照明弹，炮声轰隆，这是正在歼灭黄维兵团的炮火。自长清（济南辖区）南下以来，已1个月有余，中间总共只有几天休息，20多天都是在行军中。在徐州北、东、南迂回了一圈，又沿津浦路南下固镇，现在又北上。20多天中，炮声没有停止过，纵横数百里地都是战场，这次战役规模是巨大了。

今天接政治部通知，叫我去参加时事座谈会，讨论中共中央负责人关于一年内根本打倒国民党反动派的评论。

报社里补充了一名运输员，他是100军解放来的，是鲁西巨野人，被抓仅两个多月，他告诉我很多黄维兵团被歼灭时的狼狈惨状。像（一个）十几户的小庄，就住了两个团，一炮打来能死几十人。满屋满院都是伤兵，屋里的伤兵，被大火活活烧死。他们每天只吃到一张煎饼，一天喝不到水，飞机上掷下来的东西都拿不到。他说，看到死这么多人，真太伤心了。

12月1日

李延年匪军虽然已逃过了淮河，但在溃退中被我军消灭了好几千人，被打得狼狈不堪。现在，情况又有了新的变化，由于徐蚌段被我们迅速切断，黄维兵团在被包围歼灭中，使徐州之敌完全孤立，陷于全军覆没的危机中。于是蒋介石严令邱清泉、李弥、孙元良3个兵团向武汉方向突围，已于今晚10时前逃出了徐州。我渤海纵队立即进占徐州重城。

逃窜之敌现在已到了萧县一带，准备经永城向周家口过平汉路向南逃。我们今晚立即掉回头向西北方向行80余里，准备配合兄弟纵队全歼邱李孙（3个）兵团。

12月3日

又是接连两天共160里的夜行军，在宿县以北越过了津浦路，今日到了萧县东南。这两天都是每天到天亮才走到，走得很辛苦疲劳，又寒冷又饥饿，衣服为霜打潮了，手脚冻僵了。个别同志有叫苦现象，我说：“现在我们疲劳，敌人更疲劳，我们困难，敌人更困难，我们必须咬紧牙关，吃得起一切最大限度的苦，要有不让一个敌人漏网的气魄。”他们不再叫苦了。事实上，我们的苦仅仅是多走了些路，比起前方战士走了路还要挖工事打仗好得多了，再要叫苦，未免惭愧。

现在各路大军正在追击徐州逃敌，他们的逃路已经被堵住。敌人脱离了老巢，军心慌张动摇，正是歼灭敌人的良机。中央指示全军要不顾一切伤亡代价，一定不让敌人逃到长江以南去。把在徐州战场上的敌人完全消灭之后，就等于解决了江北问题，并基本上解决了全国问题。

前几天，敌人的运输机在徐州南京间来往频繁，这时没有了，我们当时就判断敌人要从徐州撤退了。现在徐州军管会已成立，袁也烈为司令。

12月4日

今晚向北走60里，到萧县永城间的青龙集西南20里处。伟大的战斗即将于今夜打响了，我们将在广阔的战线上完成对敌邱、李、孙兵团20万人（21个师）的团团包围，战争规模空前之大，这将是在长江以北最后的一次大仗了。

大家都充分估计了这次战争的残酷性，个个都准备把自己牺牲在这次战役中。在行军中我们都谈起了生死的问题。我说人死了，不过等于一个物质的毁灭，在战争中少了一个人算得什么。我对周迅说："我人死了，一切东西都可丢掉，但一定要把我的书信和日记本给王萍寄去，并（请你们）写封信安慰她，我也不写什么遗书，所有日记就是最好的遗书。"周迅也要求我，他若死了，要我多照顾他的季亚萍同志。我说，我们就结成这样的生死同盟了。大家虽然在谈论死的问题，但却谈得很高兴、兴奋，只要有了慷慨赴义的精神，任何对于死的危险，都不会引起精神的烦恼。

近来失眠很厉害，黑夜行军，一路上打瞌睡，颠颠簸簸，到地方后又睡不着了，晚上再行军就更想睡觉。没有办法，这几天都吃路真同志给我的"巴古通"安眠药。吃了后，安睡几个钟头，否则精神支持不下来。

12月5日

昨晚战斗打响了，我们急于讨论这次战役的报道工作，故虽通宵行军，大家坚持着不睡觉，开了一个会，到午后才睡了一会儿。

这次会议，检讨了淮海战役第一阶段报道的指导性不够，尚未达到野政和前分（社）要求的宣传效果。这次报道的精神，除表扬英雄主义外，要报道军政工作，说明我军在这次战役中的伟大力量是从哪里来的，以及战役中所表现的高度纪律性。

东兵团的野炮团住在我们同一个庄上，庄子小，人又挤，满坡挖了洞穴，牲口都在洞穴里住。

今日来了大批敌机，专在第二梯队防区轰炸。我们四周的庄子都挨了炸，老百姓纷纷逃难。

12月6日

昨天晚上，部队向前进了一步，我们纵队机关也向东北方向前进了10里路，向前方靠拢，现在离前线不到10里，昨天有炮弹落在庄子跟前。

与我们行军同时，炮兵也向前进发了，他们晚上进入阵地。今天敌机没有来。大概其他战线上比这里打得更激烈紧张，所以敌人的飞机虽已集中起来使用，仍是不够用的。连空军也顾此失彼，无可奈何。

我房子后屋有部队挖的单人防空洞，飞机来轰炸时，可进防空洞里办公。现在上级一再说，敌人快要覆灭，但一定会不择手段进行报复，大量的轰炸、放毒气也必然会出现。应高度估计到战争的残酷性，在作战期间需要防空，避免无谓牺牲。

今天住的庄很大，有 300 多户人家，昨天就挨了 20 多个炸弹。有一个大嫂炸断了双腿，还炸死了两个人，有一个粉身碎骨，有数人负伤。我到弹坑旁去看，还可看到炸碎的骨头、肉片，以及棉衣的碎片。哪位同志的帽子被炸到树上去，帽子里还粘着头发。有人看了害怕，其实战争就是这样：用人血换人血，没有很多同志的牺牲流血，胜利从哪里来呢？

今天收到一封萍在 8 月寄给我的信，到现在才转来。

12 月 7 日

昨天今天两日均在原地未动。

邱（清泉）、李（弥）、孙（元良）3 个兵团及由徐州逃出的大批蒋匪党政人员已被团团包围于萧（县）、永（城）、砀（山）三角地带，方圆仅 30 里狭小。连日已被歼数万人。昨今敌向我阵地突围，70 军被歼一部，47 军被歼万余人。据参谋处消息，孙元良兵团即将全部被歼，李弥兵团已被歼大部。现在敌人内部军心动摇，士无斗志，当兵的都想缴枪不打了。敌人把北方干部换了南方干部，因北方已大部成了解放区，恐怕他们战斗不坚决。敌人脱离徐州老巢后，飞机不能再帮他们运东西了，弹药非常困难，打不了几天就要完了。现在敌人又没有了粮食吃，孙元良、李弥都在吃红薯叶子，邱清泉也只剩下 3 天的粮食，再把他困上几天，不打也要饿死了。

敌人撤退时毫无计划，带着繁重的辎重，行动笨重，还带了 9000 多个家属，一炮打去，老婆、孩子哭哭啼啼，对动摇敌人军心倒起了很大作用。现在敌人饥寒交迫，混乱异常，整营、连、排投诚者不断，数日内我军收容投诚官兵已有数千人。

当面敌人共有22个师，20余万人，但因是逃窜、恐慌、饥寒、孤立无援之敌，实际战斗力大大削弱了，20万人最多只能当15万人用，所以敌人被全歼是完全肯定的，甚至不需要太长的时间。

南线方面，被围于宿县西南50里双堆集狭小地区的黄维兵团，也已饥寒交迫，连水也没有喝了。飞机扔下一些东西来，敌官兵为了抢夺而互击致死，其内部已混乱不堪，被全歼在即。

12月8日

从战区逃出的老百姓，不断经过我们的驻地，他们纷纷向我们诉说蒋军的暴行。有一个老大娘和两个嫂子、一个闺女是从青龙集（敌人据点）中逃出来的。她们说蒋军在那里把粮食都吃光了，逃窜时带不走的就烧光，敌人说："你们想留给八路吃吗？"见到女的就强奸。一个大嫂说："他们把所有娘们都拉去同床和被，逃出庄的就打枪追回来。"说着，她们哭了。

现在敌人已经到了日暮西山、穷途末路的时候，必然大肆破坏，残酷地虐害人民，暴行空前。人民对他的仇恨和斗争积极性也就更加高涨。这种无耻地奸淫烧杀，等于自掘坟墓。

今天刘政委打电话来，批评吴江同志，因为一篇社论在报上登的太迟，待登出时，情况已变了。我说主要由我来负责，应该批评我。我在这一段行军中，不能更积极地克服疲劳去工作，以至这篇社论拖延了几天才登出。其次，已经过了时间，我又未请示是否还要登，擅自做主登了，这是无纪律状态。我应该勇于自我批评，立即改正，要争负这个责任，虽然刘政委并没有直接批评我。

今天敌人大量的运输机来投掷弹药粮食，被我 29 师拾到了 100 多担大米，真要感谢蒋介石了。

12 月 9 日

现在全线战况进行得很顺利，孟楼、王白楼等地已为我攻克，孙元良部两个军已全部消灭，孙元良本人也在亳县地区被活捉了。匪主力 5 军已被歼灭 4 个团，且有一个炮兵营向我投诚，其他各部整团整营被歼灭者已不计其数。杜聿明亲自率领之邱李匪军 10 余万人已被紧密包围于以李石林为中心方圆不及 20 里的圈子之内。南线方面，黄维已被歼大半，现仅剩 10 个团左右的兵力，指日即可全歼。

我纵队阵地正是敌人突围方向，敌曾纠集 8 个团兵力向我 85 团阵地猛突，均被击退。总部已来电嘉奖。

这两天工作紧张，报纸每天出一期，但仔细检查起来，内容、形式均不能够跟上战士的需要。

12 月 10 日

今日黄维兵团又被歼 1 个团，现残存不足 9 个团的兵力。

敌人大批运输机昼夜不绝给送粮食弹药，投落于我阵地上的不少，有大米、洋面、罐头、炮弹等。老百姓看了，纷纷说：“八路军也有飞机了。”

敌人已被围得饥饿不堪，飞机上投下东西后，互相争夺，当官的开吉普车去抢，互相开枪射击。敌人现在士气非常低落，据 29 师丁主任到阵地上用望远镜观察的结果，敌遍野丢弃死尸，不加掩埋，能不叫人寒心？我们每到晚上，用喇叭向敌人喊话。敌人就像项羽临败时的“四面楚歌”（状况）一样。

今天部队接到了几名从敌人阵地里逃出来的学生，他们说徐州敌人撤退时，强迫数千中学生跟他们走。校长欺骗学生说：“徐州不能读书了，只得移校。”接着使用警察逼他们走。走至第三日，男女学生就被汽车冲散了，学生晚上在荒野里住，一动就挨机枪，女学生被国民党抓去强奸，这真是一件大暴行。我们决定广播出去，这将激起全国的公愤。

敌人今日又向鲁楼阵地全力突围。邱清泉亲自指挥，说：“拿下鲁楼，就能到南京；拿不下鲁楼，就到不了南京。”突围七八次均未得逞，为我毙伤2000余人，毁坦克5辆。看样子是再也到不了南京了。

编 注

10纵在鲁楼一线顽强防御了6天，击毙敌副师长以下2000余人，堵住了杜聿明、邱清泉集团南逃的道路。粟裕、谭震林发表嘉奖令，指出10纵以坚决顽强英勇奋战的战斗作风，给妄图夺路南窜之敌以连续迎头痛击，毙伤敌数千，对战役胜利，起着重大作用。父亲和十支社战友及时报道前线战况和英模事迹，《前哨》报刊登了野战军首长的嘉奖，鼓舞和激励将士们保持斗志和士气。

12月13日

昨天又向南移了8里，到鲁河边上的小河沿庄宿营，在睢杞口正西42里路。

这一带曾遭遇敌机轰炸，小河沿也挨了弹。周围的庄子炸得更严重，昨天走过的刘楼庄，已完全炸光烧光了，再找不出一间完整的房子来，群众惨遭炸死者数十人，现在还有很多死尸埋在断墙残垣中。老百姓都被吓破了胆，整天躲来藏去，有些丧魂落魄的样子。连日前线战况较沉寂，只有今天又有激战，据说 86 团消灭敌人 1 个营，俘敌百余人。敌运输机整日投运粮食，其中有很多为我缴获，下面战斗部队天天吃敌人的大米。

部署略有变化，现决定集中全力先敲掉黄维兵团，渤纵、13 纵、3 纵三个纵队已抽去打击黄维。这里是把敌人包围住，不给突围。南面堵击，北面削弱敌人，等黄维兵团覆灭后，将对邱李兵团展开全面攻击，最终歼灭之。中央指出，战役过程将是长期的，需要 3—5 个月时间。我们多少有些急躁，对“长期”认识不足。我们必须对“长期艰苦”有充分的认识，才能在实际行动中有备而无患。

这两天工作忙，每天出两期报，从早到晚没有得闲，在这战役过程中，越忙越好，才能对得起这次战争。

12 月 15 日

昨天又向南移动了 5 里，到某庄宿营。

这两天敌人不停地向我反击突围。我们前面的鲁楼阵地为敌人突破后，敌人在北面放弃了李石林一线，全线向南收缩。敌人要突围没有可能，但拼命在南线挣扎是必然的。所以我全线部署有了变化，把北面的主力抽到南面来，我纵阵地让给 4 纵、11 纵，我纵暂时休息几天。现在是把敌人小放一下，让敌人前进三四里，然后歼其一部，仍是堵击，等我全歼黄维兵团后，再用全力歼灭这三个兵团。

部队连续作战，伤亡很大，有些连队只剩下了二三十人。现在实行“即俘即补”的方针，把刚解放的俘虏随即补到连里去作战，所以，我们部队中戴国民党帽子的战士已占1/2左右了。解放战士到部队后，经过短促教育，很快就转变了，打仗很勇敢。他们往往打了一仗就变成老战士了，87团济南解放战士宋琨峰，现在已被提拔为排副了。

现部队思想中有两种倾向，一是急躁，想速胜，不了解战役的长期性、持续性；一是叫苦，说部队伤亡大，疲劳。他们只看到自己的困难，没有看到敌人的困难，敌人同样伤亡大，而且比我们更困难。

记者都回来了，忙着开战役第一阶段工作检讨会。

到河堤上拍了两张照，在这样残酷的战斗中，死了也留个遗像。

12月17日

黄维兵团已在前天（15日）12时完全解决，详细经过及消息尚未知道。黄维兵团解决后，我们可以集中全力来敲邱李兵团了，估计淮海战役彻底胜利的日子不会太远了。

全国形势正在急变，东北解放军已经入关（尚未公开宣传），林彪和聂荣臻两支大军收复唐山后，包围了张家口和北平，使傅作义的西逃企图完全破碎。据宋司令传达，平津在年内可以攻克，如此华北问题即完全解决。几个月以后，东野即可与华东、中原两支野战军会师，明年春夏即可共同下江南了。

我们全歼邱李兵团后，这次伟大的淮海战役就圆满结束了，部队将进行两三个月的休整补充。

工作会议昨天结束，最后由郑部长指示，我在会议中曾对他提了意见，他的答复，似乎对我有些不满。今后对这种自尊、自信颇强烈的人提意见还得小心一些，要注意词句和方式。

编 注

淮海战役进行同时，毛泽东还在部署平津战役。为稳住北平傅作义，不使该集团对淮海战局彻底绝望，从而下决心向塘沽撤退，乘船从海上逃跑，毛泽东电令淮海前线部队：于歼灭黄维兵团之后，留下杜聿明指挥之邱清泉、李弥、孙元良诸兵团之余部，两星期内不作最后歼灭之部署。于是，华野主力在陈官庄地区将20万敌军围而困之，暂且既不让其死，也不放其跑。10纵官兵虽不能透彻了解中央军委和毛泽东的大战略，但坚决执行命令，构筑坚强工事，将敌邱李兵团看死。父亲日记，对此阶段特殊的战场态势有一些具体鲜活的记述。

12月18日

敌人的运输机成百架运输弹药、粮食，看征象是要突围。自黄维兵团歼灭后，敌人（邱、李两兵团）更加处于远离基地、孤立无援的绝望境地，万无生路了。在敌人看来，突围还有一线可望。我们现在休整，部队构筑强固纵深工事，准备应付敌人的突围。

黄维已被活捉，18军军长也被活捉。

今日看到华野前委关于争取迅速、彻底、干脆歼灭邱李兵团，完美完成中央作战任务的指示，指出淮海战役即将全胜，那么蒋介石就几乎全部丧失他的嫡系精锐主力了，解放战争的胜利进程必将缩短。的确，现在全国胜利的形势已经看到了，我们能生长在这个时代，亲眼看到中国几千年来的私有社会崩溃，看到自鸦片战争以来的革命问题的彻底解决，是一件非常光荣的事情。

晚上郑部长召开编委会，确定我为主任。

12月19日

昨天消息，从济南到徐州的铁路已修好，正式通车了，从徐州到洛阳的火车也于几天前通了车。这两条破坏很严重的铁路，能迅速恢复，说明铁路工人觉悟后的惊人伟力。现在其他过去为国民党使用的铁路都是完好无损的，将来我们每攻克一个车站，都可在一两天内立即通车。

吴化文的部队现在也开到淮海前线参战了，原6纵蒋政委在那里当政委。在全国很快就要胜利的形势下面，这些部队与过去的郝鹏举（汉奸伪军）有不同，稍加教育就可以参战，因为何去何从，在他们面前摆得很清楚。

昨天，我们参加歼灭黄维兵团的坦克部队回来了，坦克部队曾经参加过攻克碾庄之战，不久又要参加歼灭邱李兵团的战斗了。我们坦克部队经过一年多的训练，有很高的政治质量和勇猛作战的精神，对于我们的战士是极大的鼓舞。

今日到电台上去听陕北广播电台的播音。电台正一遍又一遍向杜聿明、邱清泉、李弥的部队进行政治攻势，叫他们赶快投降，才是唯一生路，如果还想再打一下，那么就再打一下，反正是要最后解决的。华北方面，东北解放军已大举入关南下，对北平完成了团团包围，攻势正发展中。

近来天气暖和，至今尚未上冻，恐怕济南早有半尺厚的冰了吧？北方同志都这样说。

12月20日

今日下雨，满地泥泞。敌人的坦克汽车都很难开动了，对他的突围企图是严重地打击。

12月21日

最近天天吃白米，是从苏中及淮南运来的，由此可见此次战役后勤运输规模巨大。服务于淮海战役的民工，北面从渤海、华北来，南面从长江边上来，东面从海边上来，真是大半个中国都动了。

晚饭后，开时事座谈会，讨论一年内根本打倒国民党有何根据。我认识到胜利是肯定的，但必须积极工作去争取，同时也要准备在未来战斗中，随时随地要把自己的生命献上。只有这样，才是正确态度。

全线沉寂无声，部队战地休整，再等几天，大歼灭战就要开始。

12月22日

昨日半夜北风呼啸，气候突然冷了。拂晓时下了一地的霰子，天亮后接着下小雪，下午才停止，坐在屋里执笔困难。这一阵雪，使杜聿明更加绝望了。

据邮局同志说，近来部队集中，文件报纸寄递甚多，故私人信件暂时不通，这是萍最近来信未能收到的原因。

今天收到大批报纸，《新民主报》和《新徐日报》都来了。《新民主报》能抓住城市特点，内容多样化，引人入胜，感觉办得很好。

12 月 23 日

刮了一天风，傍晚又下起大雪来，至天黑已有一寸厚了。

昨天有一位患慢性病的同志被介绍来此工作，吴江来商量如何处理。我看了他鉴定表上建议他在后方工作，却又调他来前方，是一种对同志健康不关心的行为，我建议送回后方去。吴江同志向组织部建议后，调回去了。当一位同志因劳成疾之后，如果不照顾，这是对干部不负责任的行为，且不合阶级友爱的情理。如果我将来当了一个上级（即使是最小的），对所属干部一定要尽力去关心爱护，尤其当他们有疾病的时候。

看了这位同志一个人冷落在招待所里，不禁使我想到萍，感到担心。

12 月 24 日

天明时雪止。下了半天细雨，下午又刮起大雪。今天新华社正式宣布东北解放军已汹涌入关，完全孤立和包围北平、天津、张家口。敌人总兵力共 40 个师，其中有 21 个师在北平，大多数战斗力很弱。看样子战役的重点在北平，伟大的歼灭战将在古老的京城里展开了。

这里原定休整到 26 日发起战斗，现在中央军委决定休整到过年。全体部队将在战地过洋历年。纵政正在布置新年工作，部队将通过回忆晚会、贺年、娱乐等方式来教育新解放战士，进一步提高其阶级觉悟，加强部队战斗力。

我们掌握完全主动权后，打仗也与以前不同了。过去我们包围敌人必须急急忙忙两三天内完全歼灭它，打完了就走。现在我们包围邱李兵团，可以在阵地上休息，要什么时候动手就什么时候动手，一切完全由我们支配。

得到当面蒋匪军情报：匪首领杜聿明也在阵中病倒，邱清泉致电蒋要求将杜送回南京（匪军临时修筑了小机场）。蒋不准许，说是正当军事危急之期，不能离职，杜聿明已难逃被歼的命运。

12月25日

上午听文工团王副团长的汇报，敌人现在最严重的是粮尽柴绝。5军待遇算是最好的，每人每天只吃到一个饼，其他部队一个班每天只分到一碗半大米烧稀饭喝，吃时由班长拿勺子分，分不均就引起打架。由于饿，士兵们挖工事时昏倒的很多。投诚过来的士兵说："你们不用打了，再饿上3天都躺下了。"重伤员都活埋，轻伤员每天发3两米自己想办法做饭。由于他们才到时大烧大烤，现在庄上所有的桌椅、柴火都烧完了，连工事里的铺草都拿出来烧饭。士兵晚上冻得睡不着，现在不得已把地堡拆了，取木材烧饭。敌人没有饭吃，便杀战马吃，很多骑兵连都吃掉了。那些连长营长的太太们没有地方住，就睡在汽车底下，饿得哭哭啼啼，很使那些当官的伤心。由于这样狼狈，再加上我们天天展开政治攻势，敌人向我投诚者日有数十。有一次我们派俘虏挑了一担大米饭回去，敌人都抢着吃，到晚上一个连就来投诚了。投诚过来的士兵吃到饭后非常欢喜，说：“我就在这里干了。”当时就参加了战斗连队。我军方面，则情形完全相反，战士们挖了很好的壕沟，构筑了“战士之家”。所有的防炮洞里面铺上半尺厚的草，晚上点灯学习。洞上贴着“胜利洞”“光明洞”等等红纸贴，洞外有放碗挂枪的地方，有茅厕。战士们休息了几天，疲劳恢复了，情绪非常高，他们说：“请上级放心吧！我们没有苦受。”“上级这样关心我们，我们打不好仗，不会去见上级。”

下午研究新年工作，我们将出一期特刊，以通过新年工作达到教育部队。

12月27日

天还没有开晴，仍飘些小雪。这几天敌机绝迹，如果再阴上几天，敌人不用打就饿死了。

今日，津浦路徐济段、徐宿段，陇海路徐洛段、徐新（安镇）段已通车。现在有些人以功臣自居，上了火车不懂规矩，火车正开着，他乱叫，“老子要下车”。真是笑话，给外界印象不好，现已通令各部教育部队。

我已攻克张家口，守敌 2 个军 12 个师于弃城突围逃窜时全部被歼。现在只剩下天津、北平、新保安 3 个孤点了，兵力仅剩 32 个师。东北解放军入关后，立即采取了这一惊人的作战，给美帝国主义是一个极沉重的打击，因在这以前，美国曾意图扶持傅作义，傅对蒋介石闹半独立性。但在解放军强大攻势面前，这一切终将幻灭了。

在我一连串严重打击之下，南京反动政权摇摇欲坠。敌人正准备撤出蚌埠，形势发展下去，不到一年就可打倒蒋介石了。

12月28日

后备力量源源不断涌上前线。山东和华中各地共有10余个新兵团送到淮海前线上来。渤海的新兵1000余人已到达我纵，每团约可补充一二百人。都是老解放区翻了身的人民，有很高的政治觉悟，他们将是部队中最好的政治骨干，使部队的质量大大提高。虽然他们的战斗经验较差，但经过一两场战斗之后，就可以成为熟练的战斗员了。

从最近的《新民主报》和《大众日报》上看到，大后方的军民正以全力支援前线，各机关的汽车都抽出来运输了，成千成万的民工正以最高的热情涌上前线，济南工人的工作效率大大提高，从徐州到济南的火车来回忙着运物资，这都是构成这次战役胜利的原因。这次淮海决战背靠解放区，而且靠着铁路进行，使我们得到很多便利的条件。

自己工作近来有改进，但处理材料迟缓，对同一战斗的许多稿件，表扬配合的多，表扬主战的少。今后须注意。

12月30日

我们从长清南下时，留在后方的大批人员回到前方来了，记者吴之非同志也伤愈归队了。他的中指折断，左手不能使用，已成了三等残废，他精神仍很愉快，这是一个革命者应有的坚强意志。

这次从后方来的人，坐满了一列40余节车厢的列车，到夹沟车站下车再到这里，其中有 600 多名伤愈归队的指战员，这些同志都是很好的骨干，将使部队战斗力大大提高。

今日又下大雪，杜聿明的处境更加危险了。我们在这里将休整至年后，这半个多月休整对我们非常有利，部队人员补充了，有了充分的休息和准备。对敌人大大不利，其更加饥寒交迫，士气低落。敌向我投诚者连日有数十起，83 团 4 天中争取了敌 1 个营另 1 个连投诚，1 纵队 5 天中就有（接收敌）1000 多人来降。我前线各部天天对敌展开政治攻势，办法很多。有的晚上偷偷摸摸到敌人阵地前面几十米的地方，竖起一块门板，写上口号："不要替当官的卖命，缴枪投诚优待。""你们受饥挨饿为的什么？想一想吧。"有的用风筝送传单，有的打宣传弹。这种强大的攻心战，将使我们不久发起战斗全歼该敌时，省了很多力量。有谓"多喊一句话，少留一点血"，真有道理。

我们的印刷厂来了，新年号用铅印出版。昨天晚上我突击工作，把眼睛突红了，今日一只眼用纱布罩起来，只有一只眼工作，很不方便。

下午开支委会，讨论新年工作。除举行娱乐晚会外，还要开一次回忆晚会。

12 月 31 日

今天是 1948 年的最后一天了，一夜连双岁，明天就是 1949 年了，这将是我在这伟大的解放战争中过去的第三个新年了。

这一年中间，有 1/3 的时间是在行军和战斗中过去的。上半年经过了艰苦的外线作战，下半年参加了内线最大最后的一仗——济南战役。回想一年来，自己虽比以前坚强多了，但是丝毫也不能满足。仔细检查起来，我在这一年中的进步并不很大，尤其是在业务方面，我与一年前的水平相差不远，甚至有许多工作经验还是老一套的。这值得我警惕，在今后一年中应该更努力地去追求自己的进步。

在这除夕之夜，特别想萍。她是一个有点能力的人，照例不必要我去多操心挂念。但她一年来常常为疾病所缠绕，颇使我烦恼。最近由于战斗，未接到她的信，不知她在济南情形如何。明后天要写信去，把目前的形势发展扼要地提醒，让她愉快、安心。

一九四九年

总攻陈官庄，淮海战役落幕 // 缴获的胜利品太多，成群的俘虏狼狈不堪 // 全军实行统一编制，华东野战军改称第三野战军，10 纵新番号为 28 军 // 终于渡过长江，亲身参加了解放全中国的历史大变动 // 调野政新华总分社 // 新中国成立，南京城沸腾了，150 万人大游行 // 胜利日，与母亲、恋人相见……

1月1日

今天是1949年的第一天，我们在前线上过新年。这是一件非常光荣的事，因为我们前线上的胜利，将要决定独立富强自由的新中国，不久就要出现。

慰劳5包纸烟费、2斤猪肉，可以好好地吃一顿。我们以严肃沉着的工作，以无限的信心与顽强向前的斗志来迎接这新年。

今天早上，我们的铅印报纸出来了，形式大方朴素。郑部长说，刘政委很满意，并加赞扬。

1月2日

今天晚上，我们举行新年回忆晚会，形式简单，大家围着熊熊的柴火，随心漫谈。我回忆中，对1948年有满意的地方，也有不满意的地方。我“三查”之后在安心工作积极努力等方面均比以前要好，一年中思想是平静的，个人前途打算比以前少了，这是好的一面。但业务水平与能力的提高差，这是一个缺陷，在今后一年中要特别往这方面努力。

1月3日

今日晚上我们自孟庄向东北移了一下，到青龙集正东20里的张胡集宿营，我们将在6日晚上向敌人展开总攻。

现在全线都在欢欢喜喜过年，文工团忙着到战壕里去演戏，各地的慰问信雪片般飞来。连队里的解放战士都经过了入伍教育，举行了“抛帽（国民党军帽）入伍典礼”，换上了人民解放军的制服，全军在新年中生气勃勃，象征着不久就要打大胜仗。敌人方面则完全相反，由于阴天，飞机不能来，已好几天没有吃饭了，庄子里一切可以作为燃料的东西都烧光了，现在只得拆汽车烧。重伤号无法医治就活埋，轻伤号冻死饿死，使敌兵非常寒心。这种非人的生活，迫使敌人纷纷向我投诚。半月政治攻势中，我收容敌军投诚者已达14000人，相等于两个师的兵力。

在被围圈内的七八十个村庄，现在已被夷为平地，边沿各庄的群众大部出逃了，中心村庄的群众则都遭到敌人惨无人道的迫害。

周迅今天自第一线回来，告诉一个故事：他在我军阵地的一条天然沟里，见到有一个小孩子的头露在防炮洞外。他到洞边时，臭气使人作呕，里面躺着一个快要冻死饿死的青年妇女，叫她时，已哼不出声了。周迅把小孩抱了出来，送到庄里去，我们的战士用火把这小孩子烤活了。接着大家去救妇女，她说“我不能活了”，大家说服她，一定要救她。但她身体已经冻僵，出不来了。战士们就用锨把洞挖开了，把她抬出来。她还知道害羞，把半解的棉衣和半脱的裤子拉拉好，裤子里淌出很多脓血和大便来，她大概被蒋军轮奸受伤了。抬到庄里，战士们给她烤火、吃饭、换衣服，到下午就能坐起来了。这故事很使我感动，表明了敌人怎样残害良民，而我们是如何爱人民。

1月4日

昨天晚上，我全线所有各种口径的炮火向敌人进行一刻钟的炮火突袭。一时炮声震地。等我们的炮击停止了，敌人稀稀拉拉向我们还炮，看出敌人的炮火比我们弱得多了。

这几天天气很好。据捕获的敌人一个情报主任说，敌人准备在今明两天突围，杜聿明、邱清泉乘坐小飞机到南京开了会，敌人突围时准备以200架飞机大肆放毒，杀出一条路来。这虽然是不可能的事，但要提高警惕。

1月5日

明日就要进攻敌人，估计战役时间快则10天至半月，慢则在阴历年前一定结束。我们的第一步计划是大胆插入敌人纵深，分割敌人，先歼灭李弥兵团。

今天很忙，上午开记者会，研究战役的报道工作，下午开编委会，研究战役中如何鼓劲士气，宣传胜利，郑部长均参加。

眼睛红得发肿，工作很困难，但责任在身，仍是坚持。我对医务员的本领不很信任，今日去求教庄里一位土医生，他给吃了几服退火气的药。

1月6日

白天，敌人的战斗机轰炸机，1个头（螺旋桨）、3个头、

5个头的各式飞机，在庄上骚扰了一天，丢了不少炸弹，我们庄上被打了一阵机枪。因大家隐蔽好，未被发觉，故未吃到炸弹。下午4时，我们向敌人的进攻开始了，炮声震耳。到6时，我纵就歼灭了敌人2个营，晚上有1个营向我投诚。

收到萍的两封信，她已到济南山东农学院工作，担任辅导员。她说照了X光，有石灰化沉着的痕迹。路真同志说，这是结疤现象，是肺病停止进行或好转的象征，但还须注意休养。

1月7日

昨夜整个战线上，攻克了敌人6个庄子，歼敌约2个师。现在李弥兵团部所在之青龙集已完全暴露，今晚将攻克青龙集。

敌机整日滥炸，虽然房子上的灰都震掉下来，但懒得钻防空洞。钻进钻出，很妨碍工作，等炸到时再说。

1月8日

昨夜战斗更加激烈，但炮声渐渐远了。一夜攻克敌人20余个庄子，敌人向西收缩，已缩成了一个蛋，剩下二十几个庄子里要住十几万人，我们一炮打过去，就要打死很多人。我们部队正在挖近迫作业，接近敌人，估计战役可能会较估计的结束更快些。被我们释放的敌军伤兵，三三两两在这里经过。他们满身泥泞，手脚都冻裂了，20多天来未洗脸，像鬼一样的难看。我同他们谈谈，他们都破口大骂蒋介石、杜聿明该死，他们负伤了被丢死人堆里不管，都伤透了心，很多号啕大哭。

1月9日

昨晚敌人的阵地更加缩小了，运输机已无法空投，干脆不来了。

昨天收到方刚同志来信，她已有了一个孩子。从她信中知道了很多旧日同学的消息：沈曾华仍任张鼎丞秘书，林络任舒同秘书，尹绮华在新华总社，已有两个小孩。真是三四年分别，一切都变了，将来见面时大家都要大吃一惊。

今天晚上在震天动地的炮声中研究新华社元旦社论。这篇社论是1949年，也就是在胜利以前全党全军的行动指南。除分析过去形势变化外，主要提出：一、不要让敌人有喘息的机会，要坚决肃清全国范围内的反动势力；二、我们绝不抛弃真正的朋友，所谓真正的朋友，是真正能与人民站在一起的人；三、预先揭露了蒋介石的和平阴谋。

最近从“中央社”、美联社的电讯中看出，敌人正在散布和平谣言，孙科组阁时声明“我们的内阁是和平内阁”，蒋介石说“我从未放弃过和平的努力”。这种和平的叫嚣，说明敌人不再是解放军的敌手了，他已经非常脆弱，不堪一击了。新华社已经尖锐地揭露了这一和平阴谋。美联社记者说蒋介石的和平希望“好像一个单相思者对着镜子预演求婚一样”，譬喻真的很恰当。

1月10日

昨天晚上炮声震天动地，我各路向敌总攻。至半夜三四点钟光景，除5军残部尚在抵抗外，其余十几万人全部被消灭或投诚了。至今日上午10时，我以30辆坦克配合，向5军据守的最后2个庄子猛攻，全歼该敌，于是淮海战役胜利结束。

由于长久的饥寒，敌人士气低落，不堪一击。当我军围攻鲁楼时，敌人犹图顽抗，1个师被我杀伤5000余人，仅两三万人活命，于是敌人心惊胆寒，纷纷缴械投降，单我纵即生俘敌3万余人。

我们缴获的胜利品实在太多了，坦克有百余辆，汽车有几千辆，大炮有几百门，这些蒋军最精锐的装备全部转入我们手中。今天上午，敌俘分成数十路纵队向东开到后方去，他们衣服褴褛，满身蚤子。一个年轻的烫发的太太在休息时，也不顾羞耻，把上衣半解，露出个肩膀逮蚤子，到这时也顾不得体面了。敌人军官队里夹杂着许多老婆姨太太，凡是投诚的，我们都优待他们，仍给他们带着随从勤务兵服侍他们。

老百姓见俘虏饿坏了，便提着馒头、花生等到路口去换东西，1个馒头能换1床被子，1斤花生可换到十来件衣裳，1支派克笔只要1万元。甚至许多老百姓赶着蒸馒头，为了想去讨一下“便宜”，我到路口去拍了好几张大批俘虏经过的照片。

今天早上，敌人的运输机还来投掷东西，到10时以后，再也看不到运输机了。敌人的轰炸机战斗机也显得更无力了，地面上的混乱情形，使空军很难找到目标了。

1月11日

昨天晚上向东移动了30里，到李庄宿营。因为每次战斗结束的第二天，敌人总要到战区上空肆虐的，这已是规律。

在这里休息三四天后，部队将东开休整。早饭后，我们移动到2里外的一个大庄子上去住。路上遭到敌蚊式战斗机一架扫射。

俘虏群中检查出的高级军官都送到政治部来了。吴江在登记他们的级别时，有一个穿破大褂子的老人闯进门来，大家赶走他，他发抖地说："不，不，我不是老百姓，我是俘虏……是72军军长。"他这种狼狈的样子，简直要使人笑出声来。

1月12日

部队将在这一带稍事休息三四天后，开到整训的地点去。据说全野战军将划分为4个地区休整，并将整编为4个兵团。

10纵在战斗中缴获空前，俘虏敌人有3万多（有1万多人因无人看管交给兄弟纵队了），汽车百余辆，大炮300余门。现在全纵装备整齐，人员充足，每个连队已扩充至150人以上，班长都拿美式冲锋枪，各技术兵种也建立起来了。我们真是越战越强，越战越大了。

淮海战役经过2个月3天的战斗，现在已经胜利结束了。我感觉很光荣，因为我在这次伟大的战役中也算尽了一份小小的辛劳，也有一份小胜利。10纵队自长清南下后，争取了冯治安部的起义。以后又阻击徐州邱李兵团的增援，保证全歼黄百韬匪军。接着南下追歼李延年匪军，直到蚌埠。又回师北上，围歼邱李兵团。两个月中，不顾伤亡、疲劳，打过野战、阻击、攻击等各种各样的仗，克服一切困难，最后取得了如此重大的胜利，证明10纵是越加强大，而成为主力的主力了。

淮海战役的胜利，实现了不让敌人主力逃往江南去的作战方针，使江北问题基本解决，而且使"一年左右根本打倒蒋介

解放区军民隆重集会庆祝淮海战役胜利
图片提供：樊甲山 /FOTOE

石反动政府”的预言基本上实现了，现在有一部分地方部队正向长江沿岸挺进。不久当可听到长江北岸很多重要城市，如合肥、蚌埠、南通、扬州等地的收复。

编 注

济南战役与淮海战役间隔仅一个半月。10 纵在济南近郊长清短暂休整即南下，向徐州方向开进。父亲打消了见上母亲一面的念想，重返鲁南战役旧地。

淮海战役由邓小平、刘伯承、陈毅、粟裕、谭震林组成总前委，统一指挥华东、中原两大野战军，历经围歼黄百韬兵团、黄维兵团和杜聿明集团三个阶段。战役以徐州为中心，东起海州，西迄商丘，北到临城（薛城），南达淮河广大地区，历时 65 天。10 纵参加淮海大战，先后打了三仗。

第一仗，徐东阻邱（清泉）。

11 月 6 日始，黄百韬兵团 4 个军 9 万余人从海州回撤徐州途中，被华野 6 个纵队包围在碾庄地区。碾庄距徐州仅百里路程，徐州必定要向东援救碾庄。10 日，宋时轮统一指挥 7、10、11 纵队猛插至徐、碾间的交通要道，将敌两大主力集团割断。

11 日，由徐州出动的邱清泉、李弥兵团疯狂东犯，甚为惨烈的徐东阻击战打响。这是 10 纵与国民党头等主力 5 军的第六次对阵。国民党飞机连日轰炸，炮弹打了 12 万余发，把阻击沿线村庄夷平，集团冲锋一波紧接一波，阵地失而复得，几易其手。

10 纵将士前仆后继，誓死不退，顽强抗击，阵地前敌尸遍野，邱清泉、李弥总共只向前推进了 5 里。直到 22 日，华野全歼黄百韬兵团，敌东进集团也未实现“会师解围”之目的。

解放战争最后阶段，解放军有三大著名阻击战：东北战场之塔山阻击战、黑山阻击战，再就是淮海战场之徐东阻击战。徐东阻击战的胜利，为保障华野主力全歼黄百韬起了重大作用。

第二仗，固镇追李（延年）。

11 月 26 日，10 纵奉命与 2、13 纵攻击宿县李延年兵团。李延年闻风丧胆，拔腿撤退速度极快，10 纵以 3 天急行军沿津浦路向南猛追。28 日在固镇一带截歼两个团，29 日又歼敌 3 个营。

10纵甫结束徐东血战，来不及休整，即挥师南下，3日行300里，吃掉李延年一个尾巴。部队疲劳已极，但尽显连续作战、奋勇向前的作风和斗志。

10纵等部迅速抵达徐州正南的蚌埠、淮河一线，在战略上对徐州形成包抄态势，杜聿明选择撤走路线的方寸已乱。

第三仗，陈官庄歼杜（聿明）。

11月30日，徐州“剿总”副总司令杜聿明率邱（清泉）、李（弥）、孙（元良）3个兵团，放弃徐州，避开津浦路，绕道永城方向南下，企图避我锋芒，攻击中野侧背，向被围于双堆集的黄维兵团靠拢，会合后一起南逃。12月3日，10纵奉命北上，一夜急行军120里，占领百善集、李楼、鲁楼一带阵地，担任堵击。

4日，杜聿明集团在永城陈官庄地区坠入华野布下的天罗地网。12月5日至8日，邱清泉亲自督战，集中百余门大炮轰击鲁楼。两个师的敌人，在数十辆坦克和大批轰炸机的配合下，采取宽正面、多批次、集团滚进方式连续进攻。这是10纵与邱清泉及王牌5军的第七次较量。前六次是配合主力歼敌的阻击战，这一次则是要把邱清泉和5军关在笼子里的歼灭战。邱清泉预感到了即将覆亡的命运，做垂死挣扎，叫嚣“打下鲁楼回南京，打不下鲁楼别要命”。鲁楼战场，烈烟蔽天，血肉横飞，10纵有的连队全部拼光，以前所未有的伤亡代价，抵挡住邱清泉极尽疯狂的进攻，杀伤敌5000余人，粉碎了杜聿明集团夺路南逃的企图。

12月15日，黄维兵团（18军）在双堆集被全歼。

1949年1月6日，华野15个纵队向陈官庄杜聿明集团发起总攻。

10日拂晓，10纵率先攻入陈官庄杜聿明指挥所。逃跑中的杜聿明被活捉、邱清泉被击毙。10纵的老冤家对头5军终于土崩瓦解，被全部歼灭，淮海战役胜利结束。

淮海战役共歼敌1个总部、5个兵团部、22个军、56个师，共55万人，蒋介石的精锐部队损失殆尽，其长江防线和统治中心宁、沪地区，直接暴露在解放军面前，长江以北的华东、中原地区基本上解放。10纵打的3仗共毙伤敌21890人，俘17700人，缴获各种火炮385门，轻重机枪1486挺，各式冲锋枪、步枪17320支，坦克、汽车95辆，其他军用物资甚多。战役中，10纵战斗伤亡5255人，其他减员1540人。伤亡团干2人、营干23人、连干126人、排干333人，伟大胜利是用烈士们的鲜血换来的。

父亲日记，为10纵参加淮海战役的历程又增添了一些生动、具体的细节，读他的记录，能够真切感受到战役中10纵将士的艰辛。他在军部，不在火线，生存概率高一些，但机关距火线也不过数里之遥，机关同志也都做好了牺牲献身的思想准备，能活下来的都是幸存者。他为能参加决定中国命运的大决战而感到光荣，我以为，正是这种人所共有知己使命的光荣感，构成了10纵炸不垮战必胜的意志基石。

1月13日

部队决定15日行动，到两淮地区去休整。

宋时轮司令已奉命调离10纵，去第9兵团任司令员了。今天晚上去司令部参加营以上干部的欢送晚会，庄子四周的大场上停满了大小吉普卡车。大会开幕以前，许多同志坐了吉普车，在庄里开来开去“过瘾”，真是土包子大开洋荤。

大会首先由刘培善政委致辞，称10纵由渤海人民的子弟兵，一支普通的地方武装上升为野战军，经过两年来的战斗，已经成长为一支强大的正规军了，这些成绩是与宋司令的领导分不开的。

宋司令向全体干部做临别指示，他很谦虚，把他的功劳推给大家，他说：“10纵所以成长得这样快，变得这样强大，主要是靠大家的努力。”他回忆了两年来的战斗，及建军的经过，得出几点经验教训，作为大家的努力方向。

最后文工团表演歌咏、舞蹈、京剧、电影等节目助兴。

1月14日

眼睛害得很重，红肿而痛痒，很影响工作，用眼一小时就睁不开了。医务员一天来洗两回，仍未见好转，内心有时不耐烦。不管他的技术如何，天天来洗眼，总得感谢他。

晚上才吃完蛋炒饭，郑部长叫路真同志去，组织上已同意她调往地方上工作。她回来后，即与我交换意见。我给她提了意见。最后，她与我谈起她的恋爱问题，我劝她不要三心二意，要干脆一些。路真给我生活上的帮助不少，但这一时期，她做助理编辑，我对她的帮助太少。

1月16日

部队决定到涟水以北去大休整，大约有十余天的行程，每天行50里，5天休息一次。到那里去的原因，是这一带经过两个多月的作战，柴粮俱缺。到涟水一带去，一方面可以保证粮柴供应，一方面靠近长江，便于了解江南敌情，将来南下进军便利。

现在新的番号已经确定，但尚未正式命令公布。华野整编成16个军，每4个军组成1个兵团。10纵将改为第28军，与11、12、13纵组成1个兵团（10兵团），叶飞任兵团司令。宋时轮司令任第9兵团司令。近日大家对过长江问题时有谈论，一般说，华野主要向江、浙、皖、闽、赣五个省份进军。看趋势，过江后第一战很可能为京沪（南京、上海）之战。

昨晚向东行50里，至沙沟宿营，离曹村车站15里，今日将越过津浦路。

1月18日

昨今两天又连续走了110里路，至双沟一带宿营。我们在曹村车站休息时，见到路轨都已修好了。徐宿间早就通车，每日来去开两班车。路上不断遇到大车小车向车站上送枕木，宿县以南的路轨正在加修中。

昨天收到华北我军收复天津的消息，并警告北平守敌，如不投降必然要消灭。北平市政府已在郊外成立，由叶剑英任市长，徐冰任副市长，华北敌人的全部肃清已经指日可待。

休整的地点又改变了，大概是到淮阴附近去。各部的宿营人员已经先去划房子了。

1月20日

昨日东行60里，至小王集以东之陈庄宿营，离睢宁城15里，这一带我前年在睢宁采访土地改革时曾到过。

近日行军天气总在零下10度左右，出了汗又受冷，冻了肚子，拉起痢疾来，一日拉10余回，弄得精疲力竭。近来总感觉身体不如以前。这次从长清南下行军就不如以前了，有“吃不消”之感，60里以上就难以胜任，往往走一天的疲劳，两天还恢复不过来。对体力不支，非常忧愁。

1月22日

昨日休息一天。今日继续向东开进。我因拉痢疾，体软力乏，取得陈主任的同意，坐他的汽车代步。早上7时出发，至10时许即到凌城北之薛庄，全程55里。从睢宁经凌城、埠子、洋河、众兴、来安集、丁集，这一条路，是前年部队在淮北东撤时曾经走过的，萍也曾经从这条路上走过。两年之后，我们又回到了这块地区休整。这一带去年4月就为江淮军区地方武装所解放，但老百姓见到主力又有不同的感觉，他们见到的部队，比前年东撤时强大得多了，那么多的美国武器，那么多的吉普车，在前年我们一样也没有。我问房东老大爷，前年部队东撤时，老百姓是不是感觉八路军不行了。他说有些人是这样说的，但现在完全不同了。自徐州解放后，他们就肯定南京解放也快了。南京在搬家的消息他们也知道，来往的商人常常把这种消息带到这里来。

房东大爷70余岁，精神矍铄。陈畅同志说，像我们这样奔波的人，很难有如此高寿，我说能活到50岁就满意了。事实是这样，现在我又回到这两年前到过的地方来了。但经过两年的奔波辛劳、披星戴月，我的身体是差了。

我们决定到淮阴以北的西坝一带休整，还有 3 天行程。到那里后，首先将进行评功祝捷工作。陈主任已叫我们做好准备，要出一期特刊，来迎接新年，号召全力搞好休整。

1 月 23 日

今日仍坐陈主任汽车向东行 50 里，不到 1 小时就到了洋河镇。队伍下午 1 时出发，至晚 8 时到达。痢疾略好，吃的特效药尚算灵验。

这次休整时间至少有 2 个月，我很想叫萍来一次，谈谈过去，准备今后。今日与吴江商议，他说夫人徐静秋同志有很大可能来看他。我将写信叫萍找她联系一下，能一起来最好。近来由于幻想见她一面，夜间偶然醒来，往往不能安眠，左思右想，万念俱集。这不正确，还应该多想工作问题。

1 月 24 日

今日 29 师供给处的汽车也往众兴（集）去，于是坐了上去。汽车在半途陷入泥水中，费了 2 个小时工夫才推出来，至众兴集天已傍晚了。沿途群众挂灯结彩，要途上均扎有门楼，运河大桥被点缀得非常壮丽。过泗阳县时，群众还在土圩子上敲锣打鼓，部队非常兴奋。

住在一商人家里。今夜是阴历十二月二十四日（1949 年 1 月 24 日阴历应为十二月二十六），是送灶神上天的日子，他家吃得很好，端了红烧肉和糖饼给我吃。我问这两年众兴（集）老百姓是否盼解放军，他说大家都很盼。

1月25日

休整地点又有改变，两淮一带让给12纵了，我们改到涟水以北。今日随陈主任绕到淮阴去，前年的战争痕迹现在已经看不到了。淮阴的干部都是新生的一批了，新从上海来的男女学生很多，他们排着队在街上歌唱欢迎队伍，神情与我们初从上海来时是一样的。

下午到了大兴庄，还在涟水以南。

1月26日

昨天汽车先到大兴庄，部队在半路上接到通知，直接到涟水以北去了。因我的行李仍留在汽车上，（没了被褥）晚上只能盖了大衣睡觉，不时冻醒，吃了一夜苦头。

今日大雾，地里的潮气翻上来了，汽车下了公路更加难走，在浅沟里翻上翻下，走得很慢，下午3时才到达涟水西北的周庄、郁圩子一带宿营。

1月27日

今日整理房屋、整理生活。老百姓家家户户在忙过年，我们要房子住，多少使他们感到麻烦。有些同志与老百姓吵，我立即加以劝阻。无论如何我们不能与群众把关系搞坏了，我们应该主动帮助群众劳动，把关系搞好。

在泰安逗留的家属都准备到前方来了。

1月29日

昨天忙工作，春节的报纸突击出来了。把4个月来没洗过的被子、一个多月没洗过的衣服洗了，明天再去洗澡，就算大清洁一下。

我们东进行军的几天中，时局又有了新的发展。北平已为我占领，南线方面已收复蚌埠、合肥、滁县，南京已受到威胁。苏中泰县也已收复，敌人准备放弃扬州。蒋介石“因故引退”，到奉化去扫墓了，遗职由李宗仁代理。徐州的惨败，已使国民党南京政府陷入混乱状态，据合众社消息，南京正忙于撤退，许多要人的家属已搬往台湾。现在南京和平攻势甚为嚣张，白崇禧说只要能和平，一切条件均好商量。国民党要求“四强”出来调停，但各国均表示冷淡。毛主席对于目前时局声明中所提8项和平条件，对国民党虚伪的和平攻势是一个有力的反击。

陈新同志自徐州回来，说飞机常往轰炸，车站已被炸光。我一方面想叫萍来，一方面也担心她路上的困难与安全，内心甚是矛盾。老百姓家家户户忙着蒸糕过年，我对过年的兴趣不大，只要有东西给吃，营养一下就行了。

1月30日

还没有天明，就踏着满地的霜赶十几里路，到涟水城里去洗澡。几个月来的肮脏污垢得到了大扫除，但出澡堂时受了冷，下午很头痛。

今天是阴历除夕（除夕应为1月28日）。每人有5斤肉过年，是很丰富的。除吃些菜以外，一切很平淡。

今天最高兴的是收到了萍 1 月 9 日给我的信和 2 个小日记本。这信早该收到了，因部队行动，现在才转到。萍说她近来身体好了一些，脸色也转红了。如果真是这样，并能持久下去，不论对她对我都是一件幸福的事。她在第一个本子上写着："……在这两年多的时间里，我们尝受了想不到的艰难与困苦，但为了将革命进行到底，战争能得到彻底的胜利，目前的一切都有它光荣的价值……希望我们再接再厉……"她在第二本上写着："也许当你开始在这小本子上记日记的时候，胜利的人民军队包括你在内，已经到了遥远的江南，同时，我希望当你记完这个本子的时候，伟大的解放战争已经胜利结束，而我们已经幸福地见面了。"我可以想象出来，当她写上这些词句的时候，她是有着很长远的思念，对我有着最深切的关怀，使我得到了很大的鼓励，周围同志们都羡慕我有这样一位对我体贴入微的爱人。

除夕之夜，我喝了一点酒，非常兴奋，回到屋里，万感俱集。这是我在战争中过的第三个阴历年了，去年是在九女集三查时。前年是在鲁南大捷之后、风雪交作的峄县城。再大前年，是在泗县过的年，在专署看戏，以后与萍谈到半夜才回去，谁也不知道明年的年将到哪里去过。

1 月 31 日

天刚亮，鞭炮声刚响完，部队的各种炮和轻重机枪也都响了起来，（祝贺新年）数十里地之内，宛如变成战场一样。我们的手枪也都拿出来射击，我连打了 3 发，凑凑新年的热闹。

大清早房东就端来饺子给我吃，我们也送汤圆给他们吃，军民亲热如同一家。

晚上到文工团去参加他们的晚会，看电影、听京戏。

我要利用新年的机会好好休息一下，年后将非常紧张，很少有空闲的时间。

2月24日

我们17日完成了第一阶段的整训计划。经过两天行军，到了淮安以东的水网地区继续休整。我们要在水网地区进行大规模的河川战斗军事演习，人人要学会在水上前进的本领。因为我们过长江时及过江之后，首先遇到的问题便是水的问题，如果不熟悉水性，我们是无法克敌制胜的。

彭飞，10纵新华支社第二任社长，新中国成立后曾任总政群工部副部长

自吴江同志走后，整训前后，支社共调走了5个人，还没有一个人补充进来，工作上困难很大。

支社全盘工作，现在交给我负责。新社长彭飞同志前天下午来，昨天接到野政的通知去开会了。最近半个月，我必须用全部的脑力和努力去考虑怎样进行工作，以我的经验和能力是很难应付这样重大的工作的。但我想只要积极，只要能团结所有同志，加强党的生活，就能克服一切困难，使支社的工作开展起来，而且所有的同志现在都能积极主动工作，这是支社工作向前开展的保证。

这几天连日绵雨，等天晴后，我们又要移动到泰州和姜堰一带去。因靠近长江边（约 100 余里），可以掌握江上情况，命令一到，随时可渡过江去。

这一带都是产米区，高地一年还可收两季，一季收麦，一季收稻，故生活富庶，与山东、皖东北、豫北有显著不同。家家吃得好、穿得好，脸盆、脚桶等都有，并且很爱干净，早晚打扫。这里河水纵横，家家有船，田野到处有水车的草棚，已经初具南方味道了。

2 月 27 日

自 26 日起，我们开始了南下行动。因敌机天天沿着运河线扫射，白天不能行军，每天下午 4 时出发，至 12 时到达目的地，约计 9 天工夫可到达泰州县的曲塘一带。

昨天我们先到达平桥镇，上运河大堤公路，向东南行到宝应城北许家庄宿营。在大堤上居高临下，河水奔流，船帆来往，和风习习吹来，由于心情轻松，60 里路只感到轻微疲劳。

25 日收到了萍的信，她决定不来了，这使我放心不少。事实上已经忍耐了 3 年的别离，还有 1 年就不能忍耐吗？何必这样感情用事呢？

在行军中准备看完《论主动和完成工作的才干》及《反对经验主义》两篇论文，把自己的思想水平提高一步。

2月28日

经过两夜行军，到达高邮城，住在北关。宝应和高邮是运河边上两个较繁盛的小城市，生意很热闹，除扬州、南通外，在苏北就算这些城市为最好了。

差不多有一天路程，公路是在宝应湖与高邮湖的边上经过，遥望远处水天一色，白帆点点，成群的野鸭与白云齐飞，湖水闪耀着银光。我们边走边望，神趣顿生，减少了不少的疲劳。

晚上湖风吹来，觉得很冷。

3月1日

我们住在一家很大的地主家里，房屋有五六进，有庙堂与厢房。我睡在一张铜床上，很舒服，可以很好地消除疲劳。但是，我在警惕着自己，还是多睡草铺好。草铺可以养成刻苦、耐劳、朴实的作风，使自己得到艰苦磨炼。

3月2日

昨天晚上到了邵伯，老百姓家家挂着彩色灯笼，放鞭炮欢迎我们。部队情绪激奋，唱着打过长江去的歌，歌声响彻街道。当千军万马在狭小的街道上奔过时，那种浩浩荡荡的声势，使人感到一种胜利的鼓舞。

这一带都是走田埂，河沟上有独木桥或独板桥，牲口很难通过，跌下去的很多。北方同志初到南方来走小路、过小桥，确实不很习惯，这次行军是一个很好的锻炼。

3月3日

昨天晚上我们至宜陵镇东北的姚家营宿营，到扬州36里，至最近的长江岸边也是36里，我们可以说到了江边上了。敌人已经发现我们，飞机每天在公路上扫射。

3月4日

昨天下午我们向东行，到姚王庄宿营，在这里休息一天。

虽然还没有到江南，但这一带老百姓的生活，已远较北方富裕了。即使在江南也不算差。人们都爱干净，而且穿得好，家常的用具很齐全，床铺都整洁，每家有好几床被子。鲁中南与渤海大部地方，要地主才能有这样的生活。

我们目前的生活水平，在河南山东要较一般中农为好，老百姓常常羡慕我们，或者向我们要饭吃。但与这里老百姓相比，我们的生活较一般中农为低。昨天我住的是一家中上农，我们吃剩的青菜送给他，他就倒在猪食盆里，他说我们盖的被子太脏了。

今天我们住的是一家多少做点生意的人家，家里摆设得很漂亮。

3月5日

今午行军时，遇到大雨。大家很想歇下来，但都服从命令，冒雨坚持走。到彭家庄（东距泰州18里），才接到通知住下。我们的大衣都湿透了。大家很疲劳，在潮湿的地上铺草就寝。房东老家在苏州，对我们招待很好，我们与他在闲谈中讲了些工商业政策。

3月6日

昨夜北风一刮，天气晴了。大清早集合出发，到泰州城吃早饭，接着就赶昨夜少走的路程，行40里至东石崖吃午饭，下午4时又出发，行60里经姜堰到曲塘，今天共走了100里路。姜堰镇确是一个很热闹的市镇，全市电灯辉煌，有几家规模较大的洋货店还装置了荧光灯。有“战士静静听流水，河边明月照芦苇”的诗句。

3月7日

我们住曲塘镇上，算是到达目的地了，在这里有较长的学习时间。

晚上开小组会。我检讨行军中能吃苦耐劳，没有掉队，但有缺点：累了便发牢骚。

周迅同志提出，我在学习时事的讨论会上不能批判错误的意见，只是提出正确的意见，给人的帮助就不大。

3月8日

这次在行军中学完了艾思奇的《反对经验主义》，并正在学习斯大林的《论列宁与列宁主义》，今天又看完了《东北日报》社论《经验与经验主义》。由于常行军，我深深感觉时间宝贵，必须利用一切可能利用的时间来学习。

早饭后，彭社长召开工作会议。我们休整的时间据说还不短，第一周普遍进行河川战斗军事演习，第二周进行政策纪律学习，学习将自上而下进行。

《新华日报》暂时来得迟，我们要继续出版新闻。但由于停出了一段时间，现在究竟应该出第几期，谁也说不清楚，无法查考了，这对我们是一个讽刺。的确，我们工作缺乏条理，这个小小的偶发事情，给我很大的教训。从学习反对经验主义文件中，使我体会到事务主义者缺乏计划性、缺乏条理和朝气，这种作风，妨碍了工作的开展。

3月9日

早饭后参加支委会，讨论改选新支委与军事学习。他们举我为支委候选人，我再三推辞了。因为实在太忙，一旦当选负担过重。

周迅同志虽然在提意见时，思想方法上有毛病，但他是一个好同志。他能大胆地提意见，能无情地不放松原则，有相当的阶级觉悟。由于这样，他的一些无关原则的小缺点就要原谅，不要过分去计较，我想这是正确的态度。

今天很忙，赶完工作后，晚上看完了一周来报纸上的重要消息与社论评论。

3月10日

这几天四周不断地响着炸药的响声，部队整日进行紧张的实弹河川战斗演习。

昨夜受了凉，清早便拉肚子，一天只吃了一碗稀饭，感觉很疲乏。

晚上翻了翻月历，突然想起前天是“三八”妇女节，在报上又看到华东局关于庆祝“三八”的通知，便写信向萍祝贺这个节日。萍在这3年战争中，从华中到山东，辛苦跋涉，历经各种艰苦，健康受到了损失。但她始终担负着繁重的工作，完成着任务，这表示萍在这次战争中是经得起考验的，她是一个好党员，一个优秀的妇女干部，作为爱人的我，应该向她致敬，并且给她鼓励。

3 月 12 日

这几天时晴时阴，天转晴时，敌机便来盘旋扫射。从“中央社”广播的消息中，知道敌人已经发现我们在这一带了。

为了帮助部队了解长江和江南情况，我广泛收集一些资料，准备编写“江南介绍”。今天整理了一份江南人民武装的概况。编写过程中感觉材料太贫乏，要用的材料找不着，平时在积蓄资料方面的工作差。

今天接到络云同志来信，他听说渡江基本部署已经确定了，28 军（10 纵）将担任第一梯队，29 军为第二梯队，10 兵团将来是向上海一带挺进。不过我感觉将来的事现在很难肯定，往往会与事前估计有出入。

3 月 13 日

晚上打霹雳，这样粗野的雷雨，在今年是第一次，夏天也是少有的，我至少一两个小时不能安静地睡觉。

近来伙食搞得很不好，由于营养缺乏，我显得很消瘦，感觉精神够不上工作的需要。好几天晚上我准备了二两灯油，想迟点睡，多做些工作或多看些书，往往支持不下去，提着笔便迷迷糊糊瞌睡起来，脑子胀痛，一切问题都考虑不好。在一年前，尤其两年前，我没有这种现象，能坚持到半夜一两点就寝。现在唯一的办法就是在精神不够的时候多休息一下，否则神经衰弱严重下去，要大大减低自己工作的效率与学习效能。

3月15日

天晴了，一片片白云乘着东风在蓝空中飞奔，身体感到特别爽快，精神也轻松了。

今天上午在彭社长处开会，我们的报道，动态多于经验，未能掌握部队特点。部队工作大部为突击性短期工作，故动态报道往往落后于工作的开展，而部队干部最需要的就是经验。我们这种缺点，显示我们还不能深入部队实际，从部队的需要出发来办报；部队在军事演习中，有许多同志对敌人力量估计过高，对渡江发生许多顾虑，如军舰、水雷等。我们事先缺乏预见性，不能报道这种情况。我们决定过江前每期报纸，都要紧紧掌握“渡江”的思想指导。

整训方针又有改变，军事学习决定延长到月底。因为我们对于河川战斗自上至下均很生疏，这是完成过江这一战略任务的重要关键，政策学习放在过江之后再进行。

3月16日

下午独自一人带着一把卡宾枪到镇外散步，向一群乌鸦射击，但自己向来没有射击锻炼，所以仅仅把乌鸦吓飞了。这次散步总算很有趣，使终日工作的疲劳，得到很好的调节。

3月17日

看了野政发来的《思想指导》第6期。我军已面临渡过长江的战略任务，一过长江，全国形势立即要有新的变化。华野将接管京沪一带中心城市，因此我们人人要学会两套本领，一面要会打仗，一面还要会建设城市。我们过江之后思想可能发生两种倾向，一种是仇恨城市，而破坏有余；另一种是享乐思想、功臣观念，这些坏思想都会妨碍我们的前进。

我仔细检查自己的进军思想，也有不纯洁的东西。如江南生活好，可以到城市去工作，可以很快与爱人见面等。这些思想的产生，主要由为个人打算而来。在胜利中，我们特别要保持清醒，特别要求自己刻苦，特别要严格自己的阶级立场。自己总不要忘记了人民，只有这样才能前进。

下午，看了华东局扩大会议关于纪念革命烈士的决定。决定说“……这种胜利的获得，有赖于我英勇牺牲的烈士者甚大，人民民主的花果，主要是我革命烈士们的热血所栽培的……”自战争以来，我亲身参加了许多战役，亲眼看到或听到牺牲的同志们何止千百，我们后死者绝不能有侥幸享乐的个人打算，否则太对不起这些烈士了。一个忠诚的布尔什维克，应该随时随地慷慨地做一个光荣的革命烈士。

3月18日

兵团分社里罗记者到这里来玩，他是上海的秘密党员，来此才三个月。晚上与他漫谈甚久。他介绍了近一时期上海工人、学生运动的一般情况。近两三年来，上海学生、工人与国民党反动政府的斗争，有着许多可歌可泣的故事。他讲的每一件事都使我受到很大的感动，上海学生觉悟程度惊人提高，使我非常高兴和得到安慰，有时眼眶里含了眼泪。为什么呢？因为我曾经也是上海的一个秘密学生党员，这几年来，我到了与他们不同的岗位，但同样是为了一个目标而奋斗着。

3月19日

今日召开宣教会议。

头脑胀痛，工作又多，彭社长要我白天参加会，晚上干完一天工作。头痛使我没有足够的精力来支持，只能尽力而为之。

各师团的参谋长、团长出发到长江边上，去观察敌情与地形，过江的时候更加迫近了。

3月21日

19日晴了一天，到半夜便下起雨来。今天夜里更下了雪，气候骤冷，已达冰点以下。打过了雷，还要下雪，这种气候很不正常。

这一带吃水很不干净。群众没有挖井的习惯，都是到镇间的河里去打水喝。但河边都是粪坑，下雨后脏水淌到河里去。并且在河里洗衣裳，水流得很慢，所以河水发苦。如此不懂清洁卫生，夏天真容易传染疾病。

晚上看兵团的评剧团演出，我看完一幕没有兴趣，即退场，这时大雨倾盆而下，至住宅，鞋袜均湿透。

4月1日

现在整训快结束了，就要到江边去。在江边有两三天准备动员时间，中国革命史上具有伟大历史意义的渡江作战就要揭开了。

一周来，比任何时候都要忙碌。我们对这次渡江报道，必须像军事方面一样充分作好准备，当做一个最光荣最严重的任务去完成。我说："如果我们这次不能很好地完成光荣的渡江报道任务，将成为我们一个历史性的缺点。"同志们的确重视起来了。

昨天写信给萍，她决定暂时留济，等第二批干部南下时再说。我很同意。她身体脆弱，如果现在南下，反而使我不放心。我希望京沪解放、铁路畅通后，她便可以迅速到达京沪地区了。我叫她不要急躁，安心工作，保重身体，握手的日子不会很远了。

沈定一、余祥等同志最近都有信给我，他们说，现在全分社都在赞美我和萍是一对好爱人，有很多人惊奇与羡慕我们持久巩固的爱情，与我们相互地鼓励和推动。我是很高兴的，因为萍对我那样忠实热爱，并且每封信都在鼓励我前进。

4月4日

3日下午，讨论渡江作战中的报道工作，充满了战斗的气氛，事实上再有十几天工夫我们都要到长江以南了。

国民党和谈团于1日到达北平，和谈开始。这次和谈实际上是以和平方式达到实现毛主席8项条件的谈判。我们在军事上给予敌人的压力越重，谈判成功的可能性就越大。所以和谈不是停战。停战是反动派的要求，只对反动派有利。我们必须配合和谈，打过长江去，迫使敌人就范。

晚饭后与陈都同志到郊外散步，旬日不出门，麦子也长有尺余高了，有的已长出穗子，满地菜花香，河沿上的桃树都开了花。我们很高兴，感到需要每天出来走走。

这也许就是在长江北岸最后的散步了，半个月后我们就要在江南的土地上战斗、工作了，想起了这点，实在太兴奋了。

长江是我们走向全国胜利的一个重要关键，过了长江，从全国形势到我们个人都将有一个重大变化。我深深感觉自己的水平赶不上形势的要求，所以担心焦急，我是不是能担负得起党即将给我的重要任务呢？我将怎样地努力提高呢？

晚上开小组会，研究保密、发展等项工作，通过了两个同志入党。现在全社差不多有一半同志都是我介绍入党的，我感到很荣幸。

4月7日

今天，244团寄来了1连全体指战员的血书。他们要求上级给予渡江第一船任务，人人宣誓，在100多个名字下面盖了100多个血印，有的用血写名字，表现了他们的顽强斗志。

现在全军正在掀起求战的热潮，人人准备做长江白浪里的英雄。

4月8日

确定明日行动向江边挺进，行程90里，分两天走。到目的地后，离江边就只有30里了。

今天调来两位同志，一位是助理编辑徐福芝，广西人，原在国民党军当空军联络员，莱芜战役中解放，是一个热情的青年，除有相当文化水平外，并擅长美术与无线电学，的确是一个人才。我应在政治上帮助他进步，并向他学习各种特长。另一位是原85团的摄影员小张同志，调来当抄写员。

傍晚时带了房东的小孩出去打卡宾枪，两个小孩很可爱，玩得很高兴，散散步对脑力的调剂有很大益处。

4月9日

下午4时半集合出发，行50里，至离黄桥5里之张庄宿营。

我们经过了两个多月休整，渡江作战的各种准备已经就绪。只等号令下来，长江上就要炮火连天，200万解放军就要打过长江去了。

我军这次与23军（原4纵）共同担负光荣的突击任务。政治部号召全体指战员坚决打过长江去，为解放京沪杭及东南诸省而英勇战斗，每个参加这次历史上空前规模渡江作战的同志都感无上的光荣。

长江对南京反动政府来说，是最后一道屏障。在漫长的长江防线上只有60多万军队防守，1个排要担负二三里的防线，只要有一点被突破就会全线崩溃。这些防守部队军心动摇，只要我们强大的军事压上去，有一部分是会投降或起义的……所以我们有足够的信心打过长江去。

群众见大军南开，情绪激奋，每走过一个集镇都是夹道欢迎，张灯结彩，儿童团唱歌欢呼，对我们有莫大的鼓舞。

据说，我军（28军）在完成解放京沪杭任务后，将住在苏州。这是目前说法，不可确信，将来的变化是很大的。

4月10日

今晚继续南进，到靖江北10里的小泗潭宿营，离江边约20余里。部队则已到达江边，可以与敌人隔岸相望了。

天气骤冷，半夜下细雨，外衣淋湿了，寒风吹来，冷彻肌骨。料不到这几天还有如此天气，容易把肚子又冻坏了。

行军途中，庄庄打锣鼓欢迎。姊妹团自动在街上、大路上唱歌。

路上三三两两拾粪小孩，见部队来便自动集合起来唱歌。老百姓如此热烈欢迎，使部队得到很大鼓舞。

4月12日

渡江时间延迟一个星期。

写信给萍，把我们过江的形势作综述，叫她安心工作，保重身体。这是我在江北给她的最后一信了，以后的信要到江南写了。下午单社长来此，我们阔别两年，相见甚欢。从他处知道了很多旧日同事的消息。戴邦在开封日报任副社长，已与一女同志结婚。方岚在中原总分社，李后在中原总分社任采访部主任，欧远方下落不明，一般估计牺牲了。

单社长谈对总社渡江报道指示的体会，他说基本精神是要通过战斗报道宣传形势。过江不论在敌人方面、人民方面、我们方面都是新问题，全世界人民也关注我们怎样渡过长江，我们的宣传力量要集中在这方面，另外也是配合目前的和谈。如果我们顺利过江，宣传要避免“廉价的胜利”的宣扬。因为顺利过去，实际是由于我军力量强大。

他传达后，感觉我们原来的研究太肤浅，对文件还缺少仔细钻研、分析的精神，需要我们努力改进。

4月14日

这里群众受蒋匪迫害太深，所以对我们太亲热了。我住的一家是个贫农，两年前我们北撤时，他被敌人逮捕，受了很多苦，后来出很多钱赎回来。他说："新四军北撤时，我们真有说不出的苦……"他又讲到新四军游击队晚上到村子开会的情形。他那种对人民军队的热爱，以及我们游击队在敌后艰苦坚持的情形，使我感动得要掉泪。这种事情不只是这个农会长的，除了富农与地主外，所有村民都是这样。老百姓对我们这样好，给部队很大鼓励，如有的战士说："我见到老百姓这样爱我们，死了也有所值。"

连小孩子对我们都非常热情。我与单社长到附近一个小学校去参观，所有小学生站起来，唱歌欢迎我们，并且要我们唱。我们出门时，无数小孩还在后面，有的拉着我们。

我在这里，有老百姓的爱，就像住在家里一样。

4月16日

两位同志在文工团闹三角恋爱，反映不好。我写了一封信给某某，说明现在全体人员正在为争取渡江胜利而献出一切心力劳力，再有几天工夫炮声就要响了，在这种时候不能紧张工作，非常不应该。我着重说，如果我们这次不能完成渡江任务，不能集中全部精力去努力工作为渡江做贡献，将成为我们一个历史性的缺点与错误。我们要像全军指战员一样，下决心牺牲个人一切，全心全力去完成任务。

彭社长与我商讨，从党的利益出发，应予以制止。

4月18日

现在每晚上可闻稀疏的炮声，我们阵地还是寂静无声。担负突击任务的部队已到了长江边上，正在紧张举行实地入江演习。部队从港口入江，呈三角队形开到江心二三里，即折回做登陆演习。

到江边以前，部队对长江的顾虑很多，到江边实地观察演习后，反而滋长了轻敌松懈情绪。有的甚至说，一人夹一块门板就过去了。这告诉我们一个真理：纠右必须防“左”。

我们过江后第一步是接管武进城，准备接管城市报纸，办一个短时期的城市报。

一切准备在紧张进行中，过三四天战斗就要打响，我们处在一个历史大变动的前夜。

4月20日

北平和谈已到最后阶段。我党提出的修正和平草案（《国内和平协定（最后修正案）》）与国民党代表商谈后，即限期在今日签字，否则，即表示其无和平诚意。但国民党代表没有此种表示。我们过江的日子也就提早了，明天晚上，长江上的炮声就要响了。

82师、83师为渡江第一梯队，84师为第二梯队，我们军部亦为第二梯队，渡江地点在八圩港一带。

下午6时，我们向西南走10里，向江边靠近些，便于上船渡江。

4月21日

昨天日夜飞机来回侦察，敌人是慌张起来了。

今天还是很平静，但晚上惊天动地的大进军的炮声就要响了。明天此时，我们完全处在战斗的环境中了，一个较长期的连续战斗的艰苦生活又要开始。

我必须以淮海战役克服艰苦困难、取得胜利的精神，去应付与克服一切困难，思想上要有最大的坚韧性与自我牺牲的精神，参加这次渡江战斗是我一生最光荣的事，在渡江战斗中牺牲也是最光荣的。

在胜利中，要受得起胜利的考验。如果竭力想保存自己，让别人去牺牲流血、争取胜利，这是最卑鄙的思想。

下午，彭社长传达目前政治情况。

关于和谈，南京国民党政府、广州政府与溪口蒋介石三者间意见不一致，蒋介石极力破坏，故南京已拒绝签字。

江南人民听到我们要过江的消息，非常高兴，地下工作同志希望我们早些。工人、学生由于高兴和激动，过早暴露力量，受了些损失（如南京“四一惨案”）。上海许多资产阶级，带了金子跑到台湾去，现在一则钱花完了，二则在台湾并不受国民党欢迎，绝大部分又回到了上海。他们对工人说：“共产党来，你们吃得开了，希望你们要帮帮忙。”工人说：“共产党政策固然对我们是好，但对你们的态度也很好。”国民党面临灭亡，正在布置一系列阴谋破坏工作，有些报馆开始伪装进步。如苏州仁报社社长对编辑主任说：“我们的编辑方针，今后要改了，改为‘中间偏左’。”编辑主任说：“以前连中间也不许，现在怎么变为‘中间偏左’呢？”社长说：“现在就是需要立即转变了。”华野接管苏杭、无锡、上海几个城市，10兵团进驻以苏州为中心的城市，我们28军决定住苏州。9兵团到上海，7兵团在无锡，8兵团在杭州。

昨日9兵团两个军已过江，登陆时敌人没来得及发现。

4月22日

昨晚我们向江边靠拢，到离江边3里的长兴圩宿营。

战斗部队在天将黑时就登船向江南开发了，还没有到达目的地，大约九、十点钟光景，我们数百门大炮同时开火，一时东西数十里炮光闪闪，炮声如骤风暴雨，至夜半1时还在继续射击中。

11时到目的地。明日白天防空，我赶夜车把工作做完。就寝时，敌向我还炮。炮弹簌簌在屋上飞过，到后面爆炸了。爆炸的震动，使墨水瓶盖子在桌上轻轻跳了起来。

昨天晚上过江很顺利。部队登陆时敌人没发觉，5个连在拂晓前过了江，全兵团大部分队伍也都过了江。现在已经把申港、发港、新安镇等江边据点包围起来，我们今晚可渡江。

沈如峰渡江战役纪念章

看到昨天驾船渡江的船工，他们情绪很高，今天司令部为他们发奖。船工们都富有经验，在昏黑的天气中，部队指哪里，即能把船开到哪里。昨晚帆船来回渡了四五次，火轮来回 3 次，成绩很好，船工们高兴说："很容易就把解放军渡过去了。"

新华社正广播渡江消息，形容我们的渡江规模是"千军万马，万舟齐发"。

1949 年 4 月解放军渡江战役时的壮观场面　　图片提供：吴雍 /FOTOE

4 月 23 日

部队占领了申港等重要港口，现常州至江阴，沿江阵地已为我控制，江面已平静无事。

今天晚上我们到江边去，等待过江。由于无风，船只来回一次就近拂晓了，所以支社只去一部分，我和其他 6 位同志明天过。返回原驻地，已鸡鸣破晓。

4月24日

江阴敌人已投降。今天炮声更远了，但情况不详。下午4时半我们集合到江边，公路上充满了辎重、后勤、机关的行列。到江边，天还没有黑下来。几百张大船张着满篷，摆着整齐的队形，向南岸航去，江面上充满了汽艇的马达声，船只一个接一个从港口驶入江心。我们等了两个多钟头，第一批船只回来才上船。正起东风，乘风破浪，20多分钟就到了南岸。上江堤，向东经申港口到申港镇，再到油家庄露营。

我实在有说不出的高兴和激动，终于过长江了，我亲自参加了这一历史的大变动。我们登陆约10分钟，后面的船遭到一群从南京东逃的敌船炮击，虽未受损失，但吃了一惊，有一艘敌船因搁浅被迫投降于申港口附近。

4月25日

南京已为我们占领了。

这是早上收听南京广播所听到的消息。他们报告，解放军于浦口渡江占领下关后，即经真义门，大队进入市区，秩序良好。希望学校开课，商店营业，各守岗位不得乱动。

以后听到南京广播电台与北平新华广播电台通电话，请北平派人来接管。北平叫他们好好保机器，不得受到破坏。由此知道早上宣布南京解放的消息是他们自拟，并表示“本台今日起继续广播”，由此可见，他们对我党政策是很了解的。连国民党首脑部的宣传机关，也自动自觉地遵守我党的政策了。

今日，南京至无锡完全解放了，我军一部正向苏州、常熟挺进。国民党匪军正向杭州方向逃跑，28军已追至宜兴一带，离军部已有150多里。

形势变化太快了。如果我们能追上这股溃敌，予以彻底聚歼，预料全国胜利数月内即可实现。

5月1日

今天我到了我母亲的故乡——太湖西岸、浙江东部的名城吴兴。住西关内小西街，暂时在这里待命。

我们到江南后，一连几天几夜追击敌人，经过曹桥镇到宜兴城后，即走上有名的京杭国道。自宜兴至吴兴100多里公路线上，我亲眼见到敌人狼狈逃窜的情形。粗略统计，有50多辆卡车、包车、吉普车丢弃道旁，还有2辆坦克、3辆装甲车。匪军相互争路逃命，汽车互撞掉入沟内者不计其数。在贾埠以南的大桥上，因汽车同时争着上桥，把桥压塌，汽车掉入河中，跌毙淹毙者有200余人。在全线追击中，敌人失散、死亡、被俘者达4万余人。

我们追击中克服了许多困难，有两天吃自己携带的干粮，没有菜蔬。7天7夜追击，有2天2夜是狂风暴雨，衣服、被子全部淋湿。第一次下雨，我们到了京沪路上的戚墅（堰）车站。在房东家里擦干身体，就与房东的小孩们共寝。第二次遇雨，从长兴到吴兴，下了一天一夜的倾盆大雨，我们在风雨中冷得发抖，70里路走得很累，但大家都不愿歇一歇，因为歇下来，便要冻得站不住了。天黑后，天气更冷，我们在离吴兴15里的地方住下来，在潮湿的地上铺一张席子过了一夜，我很担心经受艰苦的雨夜行军很可能要得病了。但始终精神很好，自己身体能扛得住，使我得到了很大宽慰。

现在算是到了“天堂”了。一路上景色秀丽，房屋整洁宽大，老百姓的语言风俗是我最熟悉的，一切都嗅到了江南的气息。山东人到这里像到了外国一样，言语不通是最大的困难。而我呢，讲一口江南话，老百姓对我特别得亲热。我借此便向新区群众不断宣传党的各种政策。

编 注

1949 年春，全军实行统一编制。华东野战军改称第三野战军，10 纵新番号为 28 军。军长朱绍清，政委陈美藻，政治部主任吴嘉民，辖 82 师（原 28 师）、83 师（原 29 师）、84 师（原 30 师），全军容员 54725 人，有步枪、卡宾枪 25000 余支、轻重机枪 2150 挺、山炮 68 门、战防炮 18 门、迫击炮 80 门、六〇炮 1024 门、火箭筒 1125 具、汽车 354 辆、骡马 1256 匹。

10 纵 1947 年春成军时 16000 余人，两年间发展到 5 万余人，堪称兵强马壮，越战越强了。还有一个统计数字，在两年艰苦卓绝的转战过程中，10 纵阵亡将士 2 万余人。故成军时的老干战们，真不知尚存多少人有幸看到了此时的军阵。父亲说过，他刚到 10 纵时，指战员大多都是渤海人，到处都讲山东渤海一带方言。临到过长江时，部队里天南地北口音都有了，全国不同地域的人换了好几回。

28 军（原 10 纵）休整了 3 个月，向长江边开拔靠拢，参加渡江战役。

父亲 1944 年离开上海到淮北根据地，5 年后再返江南，心情当然兴奋激动，过江时刻恰逢他 23 周岁生日。从他的日记可以读出他的成长和进步，3 年革命战争生涯，已使他从一个学生成了一名战士。

7 月 15 日

我原在的 28 军及第 10 兵团已经向福建进军了。

上级将我调回野政前线总分社工作，本月 10 日，野战军机构到南京，于是我到了南京。

我在上海，与分别了五年的家欢乐团聚，外婆、母亲现在才理解我，知道我的路并没有走错。她们非常爱我、关心我，使我感动。

我为了安慰她们，便抽工作空隙，在家里住了 4 次，好让 72 岁的老祖母、49 岁的母亲多见我几次。

在家里翻阅了所有弟弟的家信。弟弟（在北京清华大学读书）非常用功，同时政治思想也很进步，他现在已经是一个青年团的团员。他因为有我而感到光荣。弟弟是一个有希望有才能的人，他的进步，给了我很大的鼓励与鞭策。王萍来信中说："你弟弟很好，你这个做哥哥的就要更加努力，不要落后了。"我不应该落后，但是我担心我会落后。

1949 年沈如峰与母亲在上海团聚

自渡江以来，我没有记过日记，许多宝贵的经历都遗漏了，非常可惜，这主要由于自己的疲劳所造成。

编 注

三野渡江后势如破竹，兵临上海城下。5 月 12 日至 27 日，三野发起上海战役，双方各 8 个军对阵，解放军 40 万人，国民党军 20 万人。最终，国民党军从海上逃跑了 5 万，余 15 万被歼灭，上海解放。

28 军（10 纵）作战任务是攻占吴淞港，吴淞为守方进出咽喉，周围碉堡林立，鹿寨遍布，工事坚固。28 军为主攻部队之一，打得相当艰苦，在攻占国际电台、杨行、刘行敌核心阵地时，付出很大代价，甚至歼敌一个营，自己伤亡 1000 人。

父亲的日记本，从 5 月 2 日至 7 月 14 日，又有两个半月的空白，竟没记一个字。他是否参加了上海战役呢？我查各种材料，终于在他早年撰写的“业务自传”中找到了答案，他这样记述：“在上海战役中，我率领一部电台和两名记者，到主攻方向之一的上海郊区大场前线采访，及时发回了战讯。战后，被评四等功一次。”四等功是小功，但说明父亲参加了上海战役，而且到了打得非常激烈的大场火线，任务完成得还不错。

父亲 1944 年离上海赴淮北根据地，5 年后参加解放上海的战斗，我以为他会抒发一番感慨的，但恰恰这段时间他未写日记，他自己说因为“疲劳”。的确，他身体底子不行，体格不壮实，几年强撑着应付极其艰苦的战斗、行军生活，感到疲劳很正常。我叔叔曾对我们讲过：“上海战役后，你们奶奶到郊区去看你们爸爸。我哥他面黄肌瘦，身体轻得你们奶奶一只手

1949年7月新华社二野总分社与三野总分社会师，在南京原国民党中央党部门前留影。一排右起：蒋元椿、叶家林、李南力、邓岗、李杨、李翼振；二排右起：王敏昭、何立夫、缪海稜、沈如峰、沈定一、王甸、方德；三排右起：丁九、唐西民、季音等

就能将他抱起来。看到儿子这个样子，你们奶奶当时心很痛。”

打完上海战役，10兵团、28军（10纵）继续南下去解放福建，父亲被调回南京三野新华社总分社。正式履新前，他住院体检和治疗，难得空闲了若干天。

7月中旬，父亲恢复写日记，他说“自渡江以来，我没有记过日记，许多宝贵的经历都遗漏了，非常可惜”。他当时可能还未意识到，他随野战军南北征战的经历到此结束了。

到南京三野新华社总分社工作，生活上相对安定了。他决定先到医院检查身体。

7月16日

昨天经过种种麻烦手续，从南京军管会拿了检查身体的介绍信，今天再到市卫生局转介绍至“中央医院”（原国民党）。“中央医院”是一个很官僚化的机构，登记足足3小时，而且要等半个月后，才能照X光，内外科诊断的时间还不在一天，如此费20天工夫不能得出结论。三野卫生部提议我到上海国防医院去检查，邓岗社长亦同意，我准备于明后天启程。

晚饭后，大家外出散步，从鼓楼绕着金陵大学的校园走，鼓楼上扩音机里的秧歌乐，伴着我们的步伐。我们轻松地在幽美的景色中走着，谁也不说话，都浸沉在这恬静的环境里。

7月20日

昨天早上从南京乘车回到上海，先到家里休息了一天，于今日上午到江湾路原国民党国防医院去。今天暂在招待所住下，等医生检查完毕再去住院。

17日是我们革命以来的首个“礼拜天”，上午，我与沈定一、谢丁等同志到玄武湖公园划船、拍照，玩得尽情而归。下午，二野新华总分社请我们去会师聚餐，吃得丰美。饭后，乘汽车到新华街新都大戏院看苏联片《侵略》。这样愉快的星期日，被同志们称为“great sunday”（美好的周末），由此，可见我们过去数年来的紧张与艰苦了。

7月22日

这两天下午都在国防医院门诊部进行全身检查。昨天检查心肺，今天照了X光，明日才有结果。外科检查了小肠气，医生说要住院开刀，在眼科查了眼睛，医生说主要是火眼，这种病治好，大约需时半月以上。只要医生批准我入院，我决心安心休养，把身体养得壮实一些，才能以充沛精力去工作。

7月23日

我现在住在国防医院的招待所，原来是日本人造的一群小巧玲珑的小洋房，我住在楼上，有宽敞明洁的大窗子，窗外是花园，长满了美人蕉，正盛开着黄色、红色的花朵，迎风招展。前面1里外，便是江湾公路。环境很好，整天凉风习习，我闲时便看书看报，几年来这样安逸的时间是很少的。

下午到医院治眼睛，并取全身检查报告。

（一）眼睛患慢性结膜炎。

（二）肠内有钩虫、胃虫。钩虫是吸血虫，人体如寄生100个钩虫，则每天能吸取60cc的血液，对健康危害大。

（三）肺部右上有肺结核钙化的痕迹，表示该部位曾受到结核的入侵。

（四）阴囊略为膨大并非小肠气，是因行军摩擦造成的积水现象。其他由于我常年缺乏营养，故身体显得较弱。

医生的意见，要我暂时在医院中治疗，除眼睛要10天左右的治疗时间外，钩虫的治疗也是很麻烦的，因为打钩虫的药很毒，必须先从血液中检验人的肝脏对于毒素的解毒作用如何，然后才能确定用什么药来打。

我准备于明日住院。

7月24日

我于今日下午治眼睛，就搬到院中去住，我虽然没有什么严重的病症，但也像病人一样，有一个病床，上面还给我挂上了号牌。也好，几年来在战争中太紧张与疲劳了，这是唯一的休息的机会，等出院时再加倍地努力工作吧！

我所住的病房中，共有五个病人，他们是慢性关节炎患者，对我无传染性。他们中有一个是1纵队的指导员，另有一个是野政文印股的誊写员，我们很快就熟悉了，他们把前几天收到大批慰劳的葡萄干送给我吃。这原来是连级干部的病房，医院里把我送错了，据说营级干部的病房在楼上，设备要好一些，因我已有了熟悉的同伴，故也不想调换病室了。

7月25日

这所（原国民党军）医院的设备与工作状况都是很好的，这可以称为是一种“Teaching Hospital”（附属医院）。他们在医院范围内划分好几科、好几个病区，每科有主任、总医师、主任医师及普通医师，在每病区内有一组专门的医师和护士负责。一个病人进院后，不管其病的性质如何，都要进行全身的检查（包括听诊、叩诊、大小便、血液），如来院中发现其他疾病时，也同时给予治疗。诊断一个病人时，往往有几个医师（主持、助医与见习医生）同时临床，共同研究，这是一种很科学的方法，一方面对医师的技能可以日益求精，对病人也非常有益。

昨今两天，有 4 个医师反复地给我检查，没有特殊的发现，肺部无浊音，鸡胸的成因是幼年时代缺少维他命 D 所致，并非遗传。等血的反应检查后，始可打钩虫，现在每天吃 1 碗牛奶、3 粒补血丸以补养身体。

这医院在治疗上虽有很多优点，但也有很多弱点，如护理照顾差、伙食营养差、沐浴卫生设备差、手续太机械等，这些方面不如我军医院，还须今后大力改造。

晚饭后，与 1 纵的沈指导员到后面的花园中去散步。这里还是日本鬼子修筑的，花卉树木与亭台楼阁都按照日本的特色布置修成，幽美恬静，置身其中，异常安适。但有许多小桥栏杆折断，温室内荒草遍地，这是国民党在此时不加建设的缘故，国民党只会破坏，不会建设。

7 月 26 日

昨日夜间突发台风，疾风咆哮，暴雨倾注，门窗被震碎掀落者甚多。据今日报上载，此为 30 年来上海第一次凶暴的台风。今日全市由于海水倒灌，街道普遍积水，最深处达 5 尺，交通商业均陷于停顿状态，至此刻（12 时止），大风仍在猛袭中。

负责我们病房的是一位姓魏的女大夫，年纪约 35 岁，是国民党一位达官的太太，但很朴素，事业精神很强。据她说，她已是一个有了 6 个孩子的母亲。她是在结婚，而且有了孩子之后才开始学医的，到现在才毕业两年。她的这种学习精神，以及事业精神（她在政治上、思想上尚须进一步的转变）是值得学习的。像我这样年轻的人，正是事业的开端，切不可满足，应该不断学习，加强自己，打下基础，使自己成为一个有用之才。

7月27日

研究《解放日报》《团结起来，战胜帝国主义封锁，为建设民主新上海而奋斗》(《粉碎敌人封锁，为建设新上海而斗争》)的社论，启发甚多。我们克服困难的方针办法，主要的为加强城乡互助，鼓励内地贸易，发展生产，疏散人口，以减轻上海拥挤臃肿的畸形病状。要医治蒋匪数十年来弄坏了的上海不是一件容易的事情，一时的萧条是必然的，但新的条件在增长，不要很久，新的繁荣会出现。

7月28日

沈一展同志是1纵的指导员，他是一个严重的关节炎患者，全身骨骼疼痛，已经没法担负繁重的工作，他很痛苦，说："我今年30多岁，正是应该一天天有成就有进展的时候，但关节炎使我不能尽力而为，精神上非常痛苦……"我很同情他。我这样的年龄，以后还有几十年工作要做，使自己恢复健康，使以后能胜任愉快的工作，是很有价值的事情，任何急躁的想法，对自己都是有害的。

7月29日

今天沈定一有信给我，他说我已调到新华日报社了，这是一个好消息，我的意愿达成了。我曾经做过地下工作、地方工作，在三年紧张残酷的解放战争中，我始终在前线上，在军队中。现在，为了更好地、长久地、胜任地为党工作，我应该找到适合自己的岗位。

午饭后与沈一展讨论在前线上种种惊骇的经历。我们都一样，从华东战场的第一仗，到解放大上海为止的所有严重战役，我们都参加了，但我们的身体是拖垮了。我们为了人民，拖坏了身体，这与牺牲负伤的同志一样，是无上光荣的。今年遍地灾荒，再加上帝国主义封锁，使党增加了很多的困难，我们应该自觉忍受一切艰苦。一个共产党员应该有这种看法。

7月30日

医师已确定我有钩虫，今天我用显微镜看钩虫卵，是一种鸭蛋形的透明体的东西。

今天三次大便，黑而稀，并分泌鼻涕状液体。医生说是有虫的关系，待打虫后再诊断。

7月31日

今天接到邓岗社长来信，信中告，组织确定我的工作已调（新华社）南京分社任广播编辑科副科长。

8月1日

新华社今天发表八一节社论，《解放日报》首版套上大红灿烂的八一军旗，象征着胜利与欢腾，医院休假，每人吃一斤肉。

8月3日

今天各报以醒目标题登载英国军舰紫石英号消息。该舰自镇江江面逃窜，击沉我江陵解放号，船上数百旅客遭淹毙。这一惨案，是帝国主义对中国的又一罪行，只能进一步地唤起人民的觉醒，引起人民的仇恨，帝国主义的气焰绝不允许在中国的土地上施展了。

8月4日

医生用四氯化碳给我打钩虫，服药后头晕站不稳，反应很重，至12时服泻药猛泻，晚上开始吃饭。

上海近来物价飞涨，人民生活困难，主要由于帝国主义的封锁及灾荒等造成。正在竭力疏散人口，以减轻这种困难，一般估计，今年秋收后，困难可以缓和些。而在明年春夏，是困难最严重的时期，度过这个时期，情势会逐渐好转。

8月5日

自离28军后，已经一个多月没有收到萍的来信了，甚为想念！这几天晚上，在花园看到一对对爱人在柳树荫下漫步，不禁忆起3年前与萍在淮北时的情景。今年我们该注定见面了，但不知在何日。晚上写了一封信给她，带去无限的怀念！

8月6日

半个月的休养、充分的睡眠、新鲜空气以及近日来较好的伙食，我的精神已较前饱满。今日磅秤，体重为108磅，较在常熟时增加两磅，沈一展说我面上红光焕发。我很高兴，我有把握一年内恢复至战前的健康水平。

8月8日

（旧医院）医师、护士中有好几种类型的人，共同特点就是对国民党都是厌恶的，一致的，没有什么幻想。他们也对共产党表示拥护，但在服务态度上却各有不同，大都是单纯技术观点，以不问政治为清高。有的知识分子的尾巴还挂得很长，如一位徐医师，因出外被门岗查了一下，回来就很不高兴。还有的喜欢多说些共产党的缺点，而不是站在善意立场上来说话。

有几位年轻的护士比较纯洁，常爱与我们接近，希望从我们这里多知道些东西。今天晚上我们对一位俞小姐讲了很多，她希望我们多帮助她进步。我们说“你应该多接近共产党，应该找医院里的共产党来帮助你进步”。

我准备向内科队长建议，这医院的改造，应从原有人员中培养积极分子，像俞小姐这样的人可以作为积极分子的。

8月12日

这几天看《真正的人》，小说中描写的故事与我有相像的地方，所以感到很亲切，激起很多回忆，给予自己很大鼓励。主人翁中尉飞行员阿列克赛从飞机上掉下来以后，因两腿锯断而残废。但是奥丽亚始终爱他，他也努力使自己习惯于假腿，最后顽强地重新投入了空战。我感觉自己与阿列克赛虽然相差很远，但自己数年来在战争中不顾身体衰弱，勇往直前的精神很有些像阿列克赛，王萍也很像奥丽亚，因此，我在许多地方被感动得流下泪来。

我希望萍也看完这一本书。

8月14日

昨天我决定出院，晚上7时回到家里，后天晚上动身赴京（南京三野总部）。

最近上海商业萧条，工厂不能复工，一般中层市民对我党反感甚多。我回家后，伯伯向我诉说共产党的苦，好像我就是共产党的代表。我忍耐着听，一句也不回答，因为要想说服他们是一件徒劳的事。

8月16日

昨天晚上离家赴南京。

我的工作又有变动的可能，野政准备把我留下。

8月17日

上午给母亲与弟弟写信，下午给萍写信，并寄包裹一个，里面有日用品，到新街口中央商场买的。寄出后，忽然懊悔，有两双颜色很显的短袜是买得多余的。虽然钱是母亲给的，我也不该这样浪费。我们过去好几年做赤脚郎，为什么今天要穿好袜子呢？送袜子给她，在山东穿出来会给人认为奢侈腐化，故我很后悔。明天准备去信，叫她不要穿，可以去换旁的东西用。

8月18日

王种蓝将我与萍在淮北泗县拍的照片寄还我，这张照片留着我们甜蜜的感情。我还记得是一个春末的早晨，我与萍走到专员公署东面小照相馆去拍的，我非常喜爱这张照片。

8月19日

晚饭后，到照相馆里去拿翻印的照片，沈定一说："啊，你这张照片那么年轻啊，王萍很像个小姑娘。"我惊奇地问他："难道我比那时老得多吗？"他笑笑。我自己拿了镜子一照，现在头发秃了很多，眼睛是圆大而疲倦的，是一个经过了严重辛苦的人。而那时还未完全脱离洋气，除了吃杂粮外，尚未吃过大苦。在战争中人活一年会老两年。许多人猜我的岁数时，总说："大概不到30吧？"我说27岁也有人相信。现在萍也一定不像小姑娘了。她来信中说，经过这几年的艰苦锻炼与疾病的折磨，已经老了。是的，她一定也老了，但是我希望她的精神仍然像小姑娘一样愉快活泼。

记得拍好这一张照，我就出发了，不久淮北就发生了战争，王萍也开始了流浪的生活。我们（1946年）大店见了一面，至今已有3年了。

我望着这张两个人凝视着一个方向的、幸福愉快的照片，回想3年分别中，双方许多艰险的经历，有着一种莫名的惆怅。

8月20日

早饭后，丁副社长传达毛主席关于目前时局与任务的报告。主要内容为：一、渡江以来，迅速接管各城市胜利的基本原因；二、困难原因及克服困难的办法；三、怎样团结大多数；四、不久将来，我们要接触苏联同志，对他们要虚心团结，要热情。毛主席在谈到团结大多数时，特别指出目前许多同志思想狭窄，看到旧人员及技术人员，依然拿着很高的薪水，过着舒服的生活，看到大批涌入（队伍）的洋包子、洋学生受到很好的优待，心中便不舒服，讲“老革命不如新革命，早革命不如晚革命”。毛主席说：“这些人还有一句话未敢说出来，就是‘干革命不如反革命’。”因为像傅作义这样原来是反革命的人，现在也受着优待。

明天是星期日，很多同志都在谈论怎样出去玩，我很感兴趣。

8月23日

工作决定了，我仍被留在野政工作，组织上说：“这里工作迫切需要。”

8月24日

晚上，沈定一说，他也一度要调往新华日报去。决定他不去时，也曾苦闷了两天。后来一想，我们做新闻工作，不论部队或地方，基本的原则方法是一样的。重要的问题，在于我们加强政策理论方面的学习，在于我们掌握原则的能力，锻炼意识修养，则我们不论做什么工作，都可以做得好。沈定一又给我介绍了前总（分社）环境，如领导强，政治生活好，周围同志水平高，学习的空气也好。

昨天晚上，我与张立、定一，以及资料室的一批同志到对面（原国民党）“外交部”去拍照。前总社长康矛召（现在是外事处外交官）带我们玩。大家说过去在这里不知道签了多少卖国协定，现在我们穿布鞋的人居然也能自由出入了。在拍照中，我感觉（总分社）同志间的团结是很好的。

8月25日

沈定一给我详细介绍了这里的情况，工作制度等，我搬来了一张写字桌，准备埋头苦干地工作了。我要像在10纵一样地努力工作，而且积极学习。

自己的身体也重要，我至少要活到50岁，还要干25年工作，因此我要锻炼体格。

从今天开始，要建立有秩序的生活，时间分配如下：

上午5时起身，5时半到小店吃两个鸡蛋、一碗豆浆，然后看书半小时。上午下午办公时间，晚饭后散步半至一小时，随后是理论学习或写信。

8月26日

来此，尚未接到萍与家中的信，很焦念！

晚饭后，与定一到中央大学游览，环境很安静，学校就像安置在一座花园中。我对定一说，我在上海读的学校，虽然很大，但没有这样好的环境，真是憾事！

8月27日

今天通联部一位女同志（呼冉）请假回济南。我托给萍带去一信，及蓝宝大号金笔一枝，派克墨水一瓶，并拜托她尽可能亲自找萍一次，看看她生活环境怎样、人是胖是瘦。几年不见面，确是很想念的。呼冉同志叫我放心，她一定会去找萍的，回来时详细描述给我听。

下午至新华日报出席部队、地方新闻工作座谈会，约 50 人，有糖果、饼干招待，讨论中心为怎样加强军事报道问题。

8 月 29 日

丁副社长传达南京市委会关于召开各界代表会议的决议。南京是一个十足的官僚城市，解放后由于大批官僚机构解散，失业人数很多，一部分人对我抱怨，故召开这样的会议，势必有人发表反对我们的意见。我们必须有准备，要在舆论上争取主动，一面宣扬我们的政绩，一面也表示愿意接受各界善意的批评。

为了舆论上的配合，新华日报负责政府施政方面及时事方面的宣传，3 野总分社负责军事胜利及南京警备工作方面的宣传，我今天到警备司令部突击准备这方面的材料，约 3 天可回来。

8 月 30 日

为了有系统地介绍警备工作动态，昨天下午到警备部队 34 军后，即向新华支社同志传达了工作任务，研究分工，我偕一记者至 102 师师部、306 团团部采访。师参谋长、薛副团长详细耐心地向我们讲述，显然为了使他们的成绩能向全南京人民宣布，对我们感到很大的兴趣。

回到 34 军支社，整理已经获得的材料。

8 月 31 日

今日完成了警备工作报道，派人送往总分社。

任务完成，精神上感到轻松。晚饭后与方正同志到秦淮河石桥上散步。河面约 30 米宽，两岸布满精巧别致的洋房，连毗的红瓦从垂柳顶上露出来，显得格外优美。回来时已经月上柳梢头了，我倚在二楼的阳台栏杆上眺望着远处的月景，我看到远处的田径旁有几棵细小的树木，秋的气候唤起了我的回忆。我想起了在燕子崖，我和萍就是靠着这样的小树吻别的，已 3 年多了，我感到幸福，同时也感到了惆怅，甚至在这样美好的月夜，竟有一种无法压制的寂寞之感。现在我天天盼着萍来，我设想着我们见面的一天，将是怎样地欢喜！

9 月 1 日

34 军支社要我介绍总分社的办公制度，并讲一些发稿注意之点，午饭后至淮海路大礼堂参加“九一”记者节纪念会。

在会上全体肃立向牺牲的（新闻记者）同志默哀，因为他们的思想和行动已完全一致，他们是我们最好的模范和榜样。

晚上返社，已有王萍来信。萍说不久要南下，我又高兴又担心，她来后工作安排也是一个大问题。如上级不了解，把她乱分配，她又会烦闷。晚上与张立谈，他们一对也是为了工作问题而苦闷，真是同病相怜。

9 月 4 日

下午给弟弟、萍、母亲、王种蓝写信。弟弟从北京清华来信说起（食堂）吃高粱问题。他说如果在过去，大家一定要满腹意见，但现在觉悟了，所以觉得很好吃，怪不得有些人讽刺他们“（解放前）大米干饭反饥饿，（解放后）高粱窝头扭秧歌”。关于请求助学金问题，他说现在一个大学生（费用）要几个中农来维持，人民负担已经太重，我们尽可能不要加重他们的负担，万不得已时再请求助学金。他的意见是对的，有立场的。我去信赞扬并鼓励了他一番。

晚上，阴历七月十一（应为闰七月十二）的月色很好，路真同志约我、小毛、洪涛等，去玄武湖划船。路真与我摇船，洪涛撑舵。小船在湖里，轻快地荡着，大家的心也轻快地荡着。今天因为月色好，虽然已是9时光景，游客仍很多。初参加革命的华东军政大学男女同学们在湖上尽情高歌。我问路真同志："我们现在为什么连一支小曲都不想唱了？"她说："我们现在老练了！"我想起，几年前我们也是爱唱歌的，现在是老练了？不过这理由也许不恰当。也许是由于我们经过了几年激烈紧张的战争生活，性格与情调有了变化了，年纪虽然很轻，却不像年轻人了。

9月5日

下午4时，三野的政协代表动身去北平，有粟司令等。医务界的女英雄李兰丁也在其中，我在国防医院时认识她，丁社长令我随代表团至中山码头参加欢送大会。十几辆崭新的小包车，从华侨招待所出发，我与粟司令的秘书同坐一辆汽车。会上粟司令讲了话，华大文工团演打腰鼓。我随着粟司令一行坐轮渡至浦口车站，粟司令在车窗边，向外挥帽子。

今天再一次看到了粟司令，他身体很壮实，这是革命事业的喜兆之一。

9月7日

李浩同志在蚌埠最大的面粉厂当厂长，这种发展是太快了，后悔当初没有听萍的话，到工业部门去工作，但后来发现这是一种患得患失的思想，便立即克服了。

昨天晚上开党小组会，讨论了我的保健问题，同志们都以爱护的态度，建议我要注意运动，以锻炼自己的体格。

9月9日

今天在办公室传阅一张某部长的工作规程，是用打字机打出来的。星期一到星期六从早到晚安排了他自己的工作程序，有学习、批公文、写东西考虑问题、会客等等，表示他工作很有计划性。下面的附注就显出脱离群众了。那附注说："同志们对这工作程序如无意见，就请照单办事。如需超越以上程序，须事先报告，经批准后方可办理。干部约谈，须批准后在一定时间方可接谈……"使我感到上级离我们远了，我们更难得到上级的帮助了。我们有问题只能照章办事，而不能有商谈余地了。

这种的正规化可能会造成官僚主义的。

9月10日

上午总结8月份工作，并定下9月份计划。9月确定仍以剿匪、进军、渡海作战为中心，此外并确定试行每星期六小结等制度。

9月12日

收到萍的信，她说现在战争还没有结束，还有很多同志冒着炎暑，克服无数的困难，向前进军。上级把我留在南京工作，对我是很照顾了，因此应该满足于这样的环境。她的意见很对，对我的说服力比任何人要大。党需要我在这里，我必须克服个人打算，在部队新华社里继续工作。

她母亲寄她一信，对萍几年来的渴念、担心，和母亲对我是一样的，我看着信就像看到自己母亲的信一样。

9月21日

北平政协于今日开幕，晚上，大家围在收音机四周，听北平广播电台的广播。中国人民第一次当了国家的主人，这是伟大的划时代的历史事件，中国人民兴奋鼓舞，世界人民也都兴奋鼓舞。

从今天起一直到十月革命节日时，我们将有一连串突击性的工作，10月2日全市将举行国际和平日（国际和平与民主自由斗争日）的游行。

9月22日

人民政协昨天开幕了，每个人的心情是那么激动。中国共产党20多年来艰苦奋斗，就是为了要达到这个目标。我们抛开了家庭、爱人，出生入死、艰苦奋斗也是为了要达到这个目标。现在达到了！这种心情真是笔墨所不能形容的，每个人都有一种人民胜利的荣誉之感。

大清早，大家围着收音机听广播，报纸来了大家就抢着看。读毛主席开幕词时，人人都欢呼起来了。

9月26日

收到萍的信，还有照片4张。她精神是愉快的，身体也健康了。萍的照片拍得很好，几年来第一次这样清楚地看到了她的影像，我看了再看，高兴极了。沈定一说她和前几年的样子差不多，没什么变化。我想她一定老些的，这是自然规律。然而我不怕她老，就怕我对她没有什么幸福可言，如果如此，我太伤心了。因为我爱她，如耽误了她的青春，结果就还是不幸福。等她来时，要好好研究这个问题，切勿轻举妄动！

9月30日

写这篇日记前的一个小时，北平新华电台已发出中华人民共和国于明日成立的消息。听到消息的人都狂欢起来，有的唱起暂时用的国歌——《义勇军进行曲》。

今天看到了政协通过的三个重要历史文件：一、人民政协组织法；二、中华人民共和国中央政府组织法；三、政协共同纲领。国旗、国歌昨天就公布了，国旗是大红底，五黄星，光辉灿烂，象征着以共产党为中心的人民大团结。

10月2日是国际和平日，世界各国人民将进行大游行，以显示人民的力量。京沪杭各大小城市，正在热烈筹备。其中以南京、上海规模为最大，将同时庆祝中华人民共和国的成立。这不但是中国的大事情，而且是全世界的大事情。我们的工作也面临着一个严重的政治任务，我们要报道群众的庆祝行动，从舆论上给中华人民共和国以热烈的回应。

中央宣布全国放假3天，这3天将是我们最忙的时候。

10月1日

中华人民共和国成立了。大清早就到处有鞭炮声，各学校各团体的宣传队冒雨出动，上街宣传。新街口一带，整日没有停止过锣鼓声。

我们党数十年来英勇奋斗、艰苦牺牲，我自己几年来参加斗争的第一个奋斗目标是达到了，这个胜利果实是用无数烈士的鲜血凝成的，是用巨大的代价换来的。现在帝国主义和国民党反动派正在千方百计想夺取这个果实，因此我们在庆祝胜利的时候，必须勿骄勿怠，提高警惕。

上午9时，直属队在原“国民大会堂”举行“庆祝中华人民共和国成立，保卫世界和平大会”。会场今天第一天改称为“人民大会堂”，主席台上挂了斯大林、毛主席、朱总司令的画像，国旗，军旗，布置简单壮丽。在首长讲话及各单位代表发言时，会场上不时沸腾着掌声和口号声。

今天是我一生中最荣誉的一天，我感到我们这一代非常光荣和幸福。

10月2日

今天虽然下雨，但全市居民风雨无阻，照预定计划进行庆祝世界和平日及中华人民共和国成立大游行。

我到中山门华东军政大学，帮助他们组织大游行的采访。下午2时，整个东区的游行队伍，都在军大的大操场上集合，总人数约有3万人。还有南京女二中、南京大学，其他若干中小学及工人农民队伍，我在指挥台上向这3万的队伍看了一番，数不清的红旗在人头上翻飞，分不清有多少面锣鼓在轰鸣，数十个秧歌队在跳跃。最引人注意的是华东军政大学12团的黑人舞，一队黑人举着“民主”“和平”等牌子，围着一个战争贩子舞蹈，用以象征只要人民有保卫和平的决心，战争的危险是可以克服的，农民们把水牛、大车、小车都赶来参加游行了。游行的队伍出操场时，整整一个半小时才走完。前锋到新街口时，队尾仍在中山门，队伍前锋以巨大的“保卫世界和平”及800面国旗为前导。他们一路扭秧歌、呼口号，无数的红星灯被坚强有力地举起来。沿路群众也卷入了狂欢的漩涡里，他们随着队伍狂呼，鞭炮不时在队伍上空爆炸着。到新街口时，队伍便与四面八方的游行行列会合了。

以新街口为中心，是今天游行的总检阅地点。电灯厂工人特地用霓虹灯装置了国旗、口号，巨大的毛主席、朱总司令画像镶着数万盏电灯，新街口中心花台四周挂满了世界各国的国旗，数百门大炮并列着。各式各样的秧歌队、腰鼓队以及用汽车装饰起来的机车、轮船、军舰、工厂，灯光通明，在街口通过，锣鼓响成一片。

今天参加游行的总人数约50万，队伍长达150里，除部队外，最多最活跃的还是学生、工会。今天不单是青年人活跃，连大学教授都排队出来游行了，有一个老先生也举起拳头，领导（指挥）叫口号。此外许多摩登的少奶奶也出来了，这完全是自发的，事先政府仅号召了一下。由此可见，南京人民过去虽然受了很深的毒害，但在解放后几个月来事实的教育下，他们开始觉醒了，情绪转变了。2月以前由于大批公务人员失业，许多群众曾对我们怀疑观望，但现在不同了，他们明白一切困难都是帝国主义所造成的，知道共产党是可以而且一定能把事情办好的，开始诚恳地拥护共产党了。

看看这样伟大的惊天动地的群众场面，对自己是一个很好的教育。我是那样的激动，简直想投入行列里去和群众一起跳舞，如果没有采访任务的话。今天是南京人民难忘的一天，也是我难忘的一天。

10月4日

苏联已于昨日（确切时间是1949年10月2日晚）正式照会我中央人民政府，承认我为唯一代表人民的政府，并愿交换使节。这是世界上第一个承认我们的国家，意义极为重大。真正的友谊只有从苏联这方面去找，也只有苏联及一切新民主主义国家和世界各国人民才能给我们平等互惠的帮助。苏联的承认，使新中国在国际上的地位大大增强，在苏联帮助之下，我们在经济建设上的胜利更加加强了，而且这种胜利很快就会到来。

今天到警备部队去采访，晚7时回来。

10月5日

3日、4日，南京国庆游行始终未中断过。今日下午为了向苏联驻南京使馆人员表示中苏友谊，南京各界1万人在苏使馆前集会，向苏联参事献花献旗，队伍包括各工会、各大学、各中学、女中、小学等，还有各文工团、人民团体等。民主妇联的代表牵着一个小孩子献花时，苏联领事走下台来抚慰小孩。当其他的代表也走上台去献花与苏联领事握手，并高呼

“斯大林万岁”，苏联人高呼“毛泽东万岁”，我为两国间真诚的友谊感动得流泪。许多人都这样，这不是一般的友谊，是兄弟间、阶级间的友谊啊！

在宣讲会上，见到了彭飞同志。他刚从福建赶来，散会后在他卧室闲谈，喝了他从武夷山带来的茶。他给我讲了很多福建的奇风异俗，以及进军途中种种艰险的故事。（28 军）部队病的太多，支社同志大部病倒了，他说如果我到福建去，是一定要病倒的。

明天是中秋节了，昨天收到萍的信，她南下问题还有周折，今年中秋是不能团圆了。

10 月 30 日

从 10 日到 24 日，我临时担负了采访任务，到华东军事政治大学去了。25 日回到家里，稿件已积累一大堆，工作较前忙碌得多，这 20 多天就没有记日记。

华东军政大学现有学员 2 万多人，连教职员工在内，则有 3 万人以上，它正担负起培养建设现代化国防军的艰巨任务。18 日举行盛大隆重的开学典礼，领导上对此很重视，所以派我去帮助他们组织稿件进行报道。从 11 日起忙了几天，帮助他们编了一期开学专刊，在《新华日报》上发表。18 日起，为了争取第二天报上能见军大新闻，每天忙到晚上 10 时以后。

这次工作，我们通过军大政治部，调集了他们 2 个总队报纸的编辑记者，另外，从每团抽 2 人，再加上我和谢丁 2 人，新华日报 1 人，摄影记者 5 人，共计 20 余人组成记者组，我任组长负责组织领导。

这次工作基本上是有成绩的，但也有很多缺点。我分配任务，从对人客气出发，如开学典礼新闻很重要，我为了客气，让给新华日报同志写了，结果写得很不好，军大很不满意，仅马虎地寄给了新华日报，未能发总社，第二天我重写，已耽误了一天。

在军大我感到很愉快，因为学校空气和机关不同，充满了朝气和青春的气息，我在那里感到更年轻了。

收到萍16日来信，她说南下已没有问题，我很高兴，简直天天盼着她来。

10月31日

昨天上午忙着搬家。搬到河南路火车站附近原国民党中央党部，我们编辑部5个人住一间房子，没有在“最高法院”独自一间的清静了。而且现在的房子光线暗淡，卫生设备都破坏了，生活也不甚便利。但现在生活安定，有吃有穿，工作规律，应该满足了。

晚上在人民大会堂参加冼星海纪念音乐晚会，共有12个节目，近40支歌，由各文工团、南大、金女大、“国立”音乐院、市立小学、市立师范、邮政工会、电信工会等联合表演。根据冼星海创作的历史发展演出，很精彩。只是“国立”音乐院，以那种小资产阶级的情调唱人民的歌曲，是唱不好的。所有上台的人都穿得很朴素，显出现在城市的风气的确开始转移了。

11月1日

直属队党委布置了3个月的学习计划，以学习社会发展史、人民政协三大文件为主要内容，赵部长亲自为大家上课。他准备上 12 次课，今天下午听他的第一课。

高尔基说，不学习就会死去。我的学习近来也很放松，时冷时热，使自己在许多问题上一知半解，水平不能提高，等于死去了一半，如再不加紧，则可能会全部死去。今天我到图书馆去看了一下，新出版的书太多了，我看过的连 1/4 也不到。我站在图书馆竟显得这样幼稚，再不加紧努力，的确快要死去了。

现在有正规的办公制度，有规律的生活程序，有清静的环境，自到解放区以来，遇到这样好的环境还是第一次，我应该抓紧学习提高。此外，时间是紧张的，应该好好计划分配，才能获得较好的效果。

我规定每天早饭前看报，中午稍事休息即看报纸或记日记，晚上政治学习，业务学习放在办公时间内进行。

11 月 2 日

公家对我们太爱护了，天还不是很冷，棉衣大衣就发下来了，还有 5500 元慰劳金。人民如此关心我们，我们应该更积极地工作。

军大宣传部写了一封信表扬我们，说我们对他们帮助很大，说我常常忙到深夜，应该得到表扬，真叫我惭愧。这次去军大，基本上完成了任务，但缺点很多，而他们对我们的照顾实在无微不至。我特地去信检讨一番，并向他们致谢，以回答他们的表扬。

陆云来信说他老了，二十三四岁小伙子，怎么老了呢？我回他一封信，说其实不老，主要是思想老了，需要好好纠正，使自己变得年轻起来。同时我把军大宣传部女同志冒怀昆的《爸爸的来信》一稿寄给了他。她在那封信的按语上写道:“谢谢毛主席,你使一个52岁的老头儿从精神上返老还童……”一个老头儿,尚且在共产党领导下能返老还童,为什么一个年轻的共产党员会感到心情苍老呢?难道没有爱人,就值得悲观吗?我去的一封信是说得很尖锐的,但为了关心爱护他,应该如此。

11月3日

雨没有停,整天下着。今天的工作很忙,从早上到晚上,没有离开过桌子板凳,只在中饭后才休息了一下。

今天用了很大功夫,综合编成武昌部队英模大会的消息。真是事倍功半,全文缺乏中心,一般动态太多,缺乏指导性,虽然能对地方党报发,但却没有对总社发的价值。明天准备重新编写,充实内容,字数仍不得超过900字。

11月4日

晚上开学习会,大家一致反对形式主义的学习。过去每天集体学习两小时,把大家关在一起,明明大家都已经懂得的问题,却硬要来讨论一遍,兴趣也就不高,没有一次集体学习能坚持到一个月以上的。这次学习,强调自觉,并加强督促检查,时间不做刻板规划,但每星期必须学完一定的进度,以自学为主,在讨论时,以本组中普遍存在的问题来讨论,开会一定要解决问题。学习方法上注意多找参考书籍,不强迫做笔记,反对做抄书的笔记,但提倡在每一阶段后,根据自己的思想，写一些心得之类的笔记是有益的。

今日领了保健费，又有稿费近7000元，最近收入有余，准备买些书籍。但现在战争尚未过去，不敢多买，恐怕增加负担。

11月9日

今天到人民大会堂听粟司令传达，讲人民政协的意义、中国革命胜利的原因以及三大文献的精神，大家听了都很兴奋。粟司令说，人民解放军的生活以后将逐步提高，但我们仍要保持“吃苦在先，享乐在后”的精神，永远艰苦朴素。10年、15年以后，当全国人民生活水平都提高了，我们的生活也就可以过得很丰满了。并说，战争完全结束以后，全国要转入大规模的建设，那时军队中很多干部要担负起经济建设与文化建设的任务，所以，现在应加紧学习。

晚上到解放剧场看《俄罗斯问题》，是西蒙诺夫的名著，揭露美帝国主义的假民主。资本家垄断新闻，并制造谣言污蔑苏联，但美国人民是看得很清楚的。全剧中心说明美国有两个，一个是华尔街的美国，一个是美国人民的美国，我们反对前者，而诚挚地团结后者。布景、演技都很好看，至晚12时才散场。

11月10日

今天又收到了一笔稿费，两次稿费收入共计14000元，合5个月的津贴，但目前物价太贵，已买不到什么东西了。

萍至今没有信来，心中很着急，为什么20多天不来信呢？前天去信附上了500元邮费，我猜想她寄信付邮费也是很困难的。天天盼她来，天天拖，不知道哪天才能见面！

11月11日

沈定一来信，说他开刀后反应很重，头昏呕吐，坐不起来，月内怕不能回来了。我回他一信，希望他休养好再回来，家中工作都由我来代替。

11月13日

真是高兴极了，今天收到了萍的信。她不但没有生病，而且比以前胖了。在这一个时期她工作特别忙，也特别有成绩，在欢迎苏联文化艺术代表团时，她被调去布置会场并担任记录。耿厅长说："如果将来要调人去苏联学习，我第一个便要调你。"可见，耿厅长比较器重她。我不但为她高兴，也为我自己高兴，因为她太好了，她20多天不给我写信是正确的，而我的一切假想都是错误的。她是一个有能力的人，不是一个小孩，我对她一切均可放心。

她十月革命节到城里去看《远方未婚妻》。她说这张片子爱情的真切简直同我们一样。当战争发生时，一对爱人告别了，当战争结束时，他们幸福团圆了。萍说她觉得我们更伟大一些，因为（电影）当男主角走上战场，女主角是在家里，在她母亲的安慰下等待他。而萍没有母亲的安慰，她是从事革命工作，用工作来安慰自己，并且忠实地等待着我的。这段话主要表示她对我的忠实，要我反省对她是否忠实——我想，一定是这个意思。

不过有些看法不妥当，她用"漂流"来形容她这几年的生活。事实不是这样，虽然流动很多，但她是在党的领导下，是有组织有领导的，怎么叫“漂流”呢?

11月14日

《社会发展史》第一章《从猿到人》学完了，现在正在学习《阶级斗争》。我感到自学的办法的确比形式的集体学习要好。一个人可以静心思考问题。

参加世界民主青年大会的代表回来了。人民英雄刘奎基和青年团中央女同志何理良同志将向大家传达，报道的任务又落到我身上了，今天参加他们的会议。

11月17日

今天上午，南京各界青年在大华大戏院欢迎出国青年代表，我随刘奎基同志等一起去参加大会。他着重介绍了我国青年在国际上的崇高地位，以及毛主席受到国际友人崇敬的情形，全场不时兴奋地鼓掌。

最后放映《团的儿子》，何理良做我们的现场翻译，她译得很快，但大部分的话都能听懂。

11月25日

今天收到萍的信，拆开一看我真高兴极了。她真的已决定南下，而且几天以后我们就可以见面了，她写道：“峰……现在告诉你一个好消息，今天早晨人事科来电话对我说，已决定我南下了……大概一个星期之内就可以动身……峰，我们分别三四年，现在即将见面了，我心里是很高兴的，我想你一定也很愉快吧，希望我们能永远幸福……你等着我吧！”

我真高兴，几乎不能自抑，人家看我兴奋异常，也不知是为了什么。

11月27日

昨天下午开了一个工作检讨会。车、邓、丁三位社长均参加。总结中提出：我们必须明确我们的主要任务是向总社发稿，因此，我们的报道必须考虑到适合全国的水平，今后凡非新闻性的稿件，交给其他有关部门去处理，这样可以集中时间、精力完成向总社发稿的任务。今后工作要有计划性，应根据实际情况，按月拟定恰当的报道项目。

11月28日

我估计王萍快来了，今天到后面去看了一间房子，把里面的东西准备好，现在就只等她来了。

11月30日

今天收到28军支社路云同志来信，前几天收到吴之非同志来信。他们经过思想整理后，情绪已经逐渐稳定下来。他们为了28军在金门岛的挫折，以及失去了周洋、陈都等很多亲密的战友非常痛心，甚至哭了几次，我看了他们的信也觉得很难过，我不知怎样写信安慰他们才好。

28军新华随军书店的张同志今天赶到野政来开会，他给我讲了很多关于他们在福建艰苦奋斗的情形。如果以我们现在的生活环境与他们比较，真不知好了多少倍。所以我今后生活上要更加克己，学习他们艰苦奋斗的精神。

编 注

1949 年 10 月 17 日，三野 10 兵团解放厦门，24 日，28 军（原 10 纵）发起金门战斗。由于船少、不明潮汐、国民党军增援等原因，解放军登岛作战失利，3 个团 9000 余人大部壮烈牺牲，一部被俘。这是解放战争中我军从未有过的损失，也是 10 纵成军后遭受最严重的一次挫折。它说明组织越海登陆作战是我军面临的新的重大课题，必须汲取教训、认真对待、重整旗鼓。

我因为写报告文学《8 · 23 炮击金门》，对金、厦海域的历史有了更多了解。我问过父亲："如果你没有留在南京三野总部，而是随 28 军（10 纵）进军福建，打金门战斗时你会登岛吗？"父亲回答："当然，完全有这个可能。新华支社我的两个战友上去了，周洋、陈都，唉，非死即俘呀，再也见不到了。我们能活到今天，就是幸存者。"

周洋，苏州人，28 军（10 纵）摄影记者，父亲日记中说他摄影技术很高明。陈都，河南驻马店人，当时 10 纵行军过驻马店，陈都找上门来要参军。父亲听说此人是上海复旦大学新闻系的学生，亲自找他问话，很满意，招入新华支社当文字记者。父亲在 1949 年 4 月 4 日的日记中记载，晚饭后与陈都外出在长江北岸散步，他们为即将参加渡江战役而兴奋不已。

父亲 4 月 7 日的日记中还记载，82 师 244 团 1 连全体指战员写血书，要求担任渡江第一船任务。这个 244 团，前身为原 10 纵 28 师的 82 团；还有 251 团，前身为 10 纵 29 师的

86团。这两个团均为10纵老底子、战斗力最强的部队，他们参加了10纵成军以后所有的重大战斗、战役，攻坚、打阻击，浴血奋战，攻无不克，长途转战数万里，兵锋南向进福建，没想到最后竟败在了“船”上。因无援兵，也无退路，244团（老82团）、251团（老86团）没能从金门岛上撤回来。或者换个说法，父亲1947年加入10纵，这两个团当时清一色的渤海子弟兵，调出者除外，已全部倒在了解放战争的战场上。我一边读父亲日记，一边回想英雄悲壮的244团和251团，眼会流泪，心会滴血。

父亲11月30日的日记写得特别简单，我猜测他不愿意多想多写来自老部队的坏消息，他很难过，无以言述。

几十年后，我从福建回京，同他聊起了登陆金门作战。没聊多会儿，他说：“不说了，不说了，想起来我心脏不舒服，难受！”

12月3日

昨天开小组会，给邓、丁两位社长做鉴定。他们的自我反省检讨了很多缺点，但他们许多优点都是我没有的，他们的反省对我是很好的教育，使自己感到更加空虚，不敢自满，并更加强了我要求进步的积极性。他们的优点特别有以下几点，值得我学习。

一、他们很少有个人主义的打算，当个人利益和组织要求发生矛盾时，他们很能自觉服从组织的要求，能集中主要的精神时间到工作和学习方面去。

二、他们对同志都一视同仁，很少厚此薄彼，或与某些人

沈如峰与王萍在南京团聚

特别接近，而成为小集团。

三、他们对自己的要求很严格，总感到跟不上形势发展的需要，而从不自满。

四、他们善于冷静地、反复地思考问题、分析问题，能把问题提高到原则的、政策的高度去认识。

12月23日

已经半个月没有记日记了，但这半个月是一个极度兴奋的时期，萍与我见面了！

萍是在7号早上来的，天还没有亮，通讯员来叫我，我知道是萍来了。我赶忙穿上衣服，出去迎她。当我握着她被一夜寒气冻得冰冷的手时，我心中真舍不得她受累了。同时，我毫不出力，叫她千里迢迢前来与我团圆，心中真有说不出的感激。

3年来，我们忠实地保持着爱情。三年如一日，到今日我们终于又重新会合在一起，这是多么伟大纯洁的感情，甚至连最熟悉我们的同志都会感到惊奇的。

3 年来，我们在两个完全不同的环境中，但我们同样忍着苦难，受着战争的残酷的锻炼，大家盼着胜利见面，今天终于实现了这个愿望！这是多么不容易的事情。

萍在 18 日动身，到苏州去了（探亲），约两个星期才能回来。我那天送她到车站上，但到今天还未见来信。不知她过得可愉快，我等她回来过年。

12 月 27 日

今天下午我们政治部全体同志参加南京下关修筑铁路的义务劳动，刚上火车遇到空袭，到 2 时正才开车。到下关后我们 20 个人一段，把石头翻出来，铲去潮泥，再铺上去，大家积极性都很好。我手上划破了，累得喘不过气来，仍尽量坚持。电台上的庄立同志身体最好，竟赤着膊劳动，大家称赞不已。

12 月 29 日

越近年关我们工作越忙，这几天我编写几篇较有分量的综合经验，做 1949 年工作的总结。

昨天收到萍给我的信，她在苏州玩了几天。表哥（医生）给她照了 X 光，说她肺部没有什么影子，比较弱一些。我想她只要注意营养，身体一定会一天天壮实起来的。

快过新年，各机关部队正在积极地准备文娱活动，我们也准备明天晚上开干部、战士同乐晚会。后天起接连三天，每天晚上放一次电影，星期一补假一天。我希望萍在 31 号回来，我们好几个新年不在一起了，今年一定要过一个愉快的新年。

母亲大概已从海门回来（上海）了，我希望她能看到王萍。

12月30日

今天晚上开新年同乐晚会，开得很热闹，大家都充满着热烈欢乐的情绪。开了这个会，就算除旧迎新了，大家用胜利者的心情去迎接1950年艰巨伟大的任务。记得我战争中第一个新年是在鲁南战役过的，第二个新年是在鲁西南过的，第三个新年是在淮海战役的战场上过的，这三个新年是紧张而艰苦的，每个新年都盼望着一个胜利的新年能早些到来。现在终于到来了，当我们每个人回想过去的情景时，大家都感到无限的安慰和骄傲。

一九五〇年

分开三年的战地恋终结善果……

1月1日

起床号吹得很早，大家赶紧起来，因为1950年是全国胜利的一年，因此都非常兴奋。一面起床，一面说一些有关新年祝福的话。去年元旦我们正在紧张的淮海战场上，不到一年工夫，我们竟在南京原国民党中央党部过年，形势发展得实在太快了。

7时，大家集合在大门口举行升旗典礼，张副主任亲临，向大家贺年。他勉励大家加紧学习，努力完成我党我军1950年的伟大任务。

编 注

1950年元旦之后，父亲没有再写日记。

这年2月春节前夕，父亲和母亲长达4年的战争异地恋终结善果，他们在南京结婚。母亲说过，他们没有什么婚礼、婚宴，只是在房间里贴一幅“喜”字，备些糖果、花生、茶水，还有一块供来客签到的红绸缎。有领导和同志们前来祝贺，大家围坐一起谈笑一番。几件简单家具是公家配给的，铺盖就是两个人的行军被褥。那时部队上结婚人人如此，朴素而革命，彻底的移风易俗。

父亲为什么不继续写日记呢？我们不得而知。合乎逻辑的解释只能是：他写日记的原动力是坚信战争一定会取得胜利，他和母亲胜利后一定会团圆。另外，他如牺牲，母亲读他日记便可了解这期间他的一切，他既忠实于革命又忠实于爱情。现在胜利的愿望终于实现，爱情也随之圆满，工作和生活进入平稳状态，他大概不想再耗费时间精力去记述一些重复琐碎平常的事情吧。

父亲、母亲结婚时 24 岁。1985 年，他们 60 岁时双双离休。

他们的干休所有 200 余户，他们是众多离休老干部中十分普通、平凡的一员。父亲在 60 岁生日时说过："我们这一辈子

沈如峰与王萍 2015 年合影

工作努力、家庭和睦，虽然成就不大，但没有虚度光阴，虽然还想多做些贡献，但现在退下来就是最大的贡献。回顾个人以往，我们无怨无悔，展望国家未来，我们充满信心。”

母亲的晚年生活过得比较充实，她积极参加老年大学学习，研习书画，学写诗词，作品多次参展获奖，很有一些获得感。

父亲晚年的生活质量要差许多。尚未离休，他的关节炎症状就很严重了。他的手指关节和脚趾关节先是红肿，然后僵硬、变粗、变形，发展到步履维艰，手难以握笔，出行开始靠手杖，最后坐轮椅。看过他的日记，即便不是医生也能做出判断，关节炎的病根是战争年代落下的。华东那几年，他频繁地夜雨行军，赤足涉水，潮地为床，湿被而眠，薄衣迎风，雪冷彻骨，长时期过这种生活，人的关节肌理会受到损伤、侵蚀，进入老年后免疫力减退，关节炎症便越来越重。行军中常常遇到的强风沙对父亲的眼睛也造成伤害，他在日记中多有记述，他晚年的视力只剩下了模糊光感，几近于盲。手脚功能丧失，眼睛又看不见了，父亲实际上已是残障人士。

父亲很少对母亲和我们讲他肢体的疼痛和心中苦闷，不想给家人增加精神负担，始终呈现出积极乐观的情绪。他晚年唯余的爱好就是仍然关心时事，这是新闻人长久形成的习惯。看不了电视了，他就听电视、听广播，雇家政员登门读报纸。不论什么人，与他聊一定会聊到国内外，有机会发表一番高论是他愉快的时光。他说：“天下兴亡，匹夫有责。尽责没能力了，但应该知道、关心，看到国家一天天好，高兴啊！”

2016 年 6 月 7 日，父亲和母亲一起如常吃早饭，当天上午，父亲因心动过缓住进了301医院重症监护室。下午，母亲因二次脑梗住进了火箭军总医院重症监护室。那顿早餐，竟是他们此生最后一次聚首聊天。

父亲出院，即赴火箭军总医院，俯身在母亲耳边喊了半天“王萍”。许久，母亲费力睁开眼睛点点头。父亲喊：“我是谁呀，你认得我吗？”半晌，母亲从牙缝中硬挤出两个字：“如——峰。”

然后又闭上眼睛昏睡。父亲连声叹息，泪水在面颊上流淌。

9月17日，母亲走了。我们第一时间告知父亲。电话那

王萍同志，因病医治无效，于2016年9月17日14时15分不幸逝世，享年91岁。

王萍生前嘱咐：我的丧事彻底从简，不麻烦组织，不邀亲友、同事前来告别，不写生平。事后发一信函告知。

专此告诉诸位。

王萍老伴　沈如峰

2016年10月

王萍，生于1925年10月，原籍江苏昆山，后迁居上海。在大学就读时，她追求进步，抗日爱国，于1944年4月，毅然投奔新四军4师淮北敌后抗日根据地参加革命，1945年9月加入中国共产党。

在抗日战争和解放战争时期，她不畏艰难、意志坚定。在和平建设时期，她保持艰苦朴素的作风，工作兢兢业业、任劳任怨，始终做到光明磊落，一身正气，淡泊名利，两袖清风。王萍是一个平凡而高尚的人，她的一生无愧于党，无愧于人民。

头，传来父亲长久的冲开肺腑的号啕。

父亲嘱咐，母亲丧事从简，不写悼词、生平，不开追悼会，不设灵堂，只有原单位几位领导代表组织前来告别。

丧事办完，父亲说："可以制作一个卡片，将你妈去世的事告知有关亲朋，有些老同志是这样做的。"于是，他口述文字，并告我们制作的样式。

隔几日，父亲又召集我们，口述他作的《悼妻文》。我们记录，再经他修改而成。父亲要我们镌刻于墓碑之后：

吾妻王萍　闺秀大家
投笔抗日　英姿勃发
解放转战　无愧年华
农业出版　辛劳有加
挥毫不辍　数十冬夏
吾妻忠贞　爱国爱家
吾妻坦荡　心底无瑕
吾妻先行　阴阳牵挂
吾妻记否　山盟月下
甘苦相濡　同心无涯

母亲下葬那天，父亲在墓前再次失声，他哽咽："王萍，你先安息，不用多久，我就会来陪你的。"

数月后，父亲对我们说："你妈生前一直有个心愿，要捐一点钱给国家，资助扶贫。你们替我去办这件事，先捐 20 万元。"遵父嘱，我们联系了中国扶贫基金会，受捐者为云南偏远的梁河县一中四十几个家境贫困的学生。

又隔着数月，父亲说：“还要给那所中学再捐20万元，你们去办。”中国扶贫基金会为此举办了一个小型捐赠仪式，有内部员工数十人参加。会上领导讲话，赞扬了新四军老战士沈如峰、王萍的善举。父亲坐在轮椅上简短发言：“捐款是我老伴王萍的遗愿。因为人民哺育、培养了我们，我们想用这种方式回报人民。”末了他又补充了一句：“我和王萍这一辈子，每一分钱都是国家和人民给的，都是干净的。”

我们非常理解，父亲迟暮之年只能用这种方式来表达他仍然想对国家人民有所贡献的愿望了，也是为了告慰母亲，办妥了这件事，他的心才会宁静的。

捐款留念

关于自己的身后事，父亲也有明白交代：“一定彻底从简。和你们妈一样，不写什么生平、悼词，不要组织做什么评价。

像你妈那样的告知卡片也不做，也不要请任何人来告别了。我们认识的战友、同事大多已经走了，还在世的都年岁已高，来不了了，多少年来别人的追悼会我都不去参加啦。我们是彻底的唯物主义者，请一些不认识的人站在你面前鞠躬有什么意思呢。真正在心里长久纪念我们的其实只有你们……我们这一生做的最无愧的事情就是参加了共产党。我们这个党是世界上最好的政党。你们可以告诉后辈，爷爷奶奶是怎样的人。对我们最好的纪念就是永远跟党走，热爱和报效国家……”

2018 年 4 月 27 日，父亲终因心功能和肾功能衰竭，追随母亲而去。遵父嘱，只有家人和几位在京亲戚向他作最后告别，场面虽然极冷清，但父亲在天有知，一定会觉心安。

父亲和母亲默默地长眠一穴，他们的本心如此，没有意愿再在这世界上留下什么印迹。直到我们发现了父亲的战地日记，才让我们得以循着他曾走过的路，重温那峥嵘铁血的年月，更深入了解那个时代的人。

《我的解放战争——一个三野记者的战地日记》整理修订中，编辑同志向我提了一个问题：“你如何评价自己的父亲？”

我答：“父亲是一个新闻人，新闻是他毕生的职业。而他骨子里始终是一个革命者，他一生都在为年轻时选定的理想而努力着。另外，用共产党对自己党员各个时期的要求去检视衡量他，父亲真的都是一个合格者。”

战场两地书

沈如峰写给王萍的信（2 封） // 王萍写给沈如峰的信（2 封）

沈如峰写给王萍的信

（一）

1947 年 2 月 2 日

萍：

我已自 1 纵队回到军部，收到你的 4 封信，以及手套一双，北币 200 元整。你这 4 封信把我这一个多月中积累的疲乏和辛劳扫除得干干净净，自内心里发出笑声来，使我感到无限的幸福和高兴。

从字里行间以及手套口罩的针线里，传递你的温暖，使我感激得饭也不想吃了。你是否能体会我在长期辛劳后，一看到你的信时的内心激动呢？这一时期由于我生活流动，我给你的信的确太少，而且每封信与以前比较显得太简单。但事实上当我写每封信时，所寄予你的关心和爱，都是逐日增加着的，我相信你是能了解我的。

这一个多月中，部队胜利西进，鲁南失地大部收复。所以鲁南大部重要的城镇乡庄，我都走过，我的脚步没有一天停过。枣庄解放后，鲁南战役胜利终结，部队转移至后方休整，两天夜行军 140 里，到长城（郯城西 20 里）住两天，又转至郯城北之十里坡，沿着公路住下。第二天早晨又行30余里，到大殿参加指挥部召开的营以上干部会议，碰到了戴邦。会开至夜半二时结束，我又行30里，到李庄西南10里之“破石桥”野政驻地。接着又是两天转移，现住在临沂东20里，重沟西20里之地点，暂时不再移动了，这就是我最近流动的情况。

首先想告诉你的，还是时局问题，苏鲁战场始终是自卫战争中最重要最残酷和规模最大的战场。敌人在这损兵折将也最多，尤其在宿北、鲁南二次战役以后，形势已转为对我有利，主动权为我握有，局部反攻已开始。由于这个战场在全国政治军事影响重大，蒋介石仍调兵遣将，准备在这里“孤注一掷”（已调来3个整编师）。所以，苏鲁已成为全国最艰苦的地区。但其他地区的负担就大大减轻了，如刘伯承26天中就收复了13座县城。目前战局对蒋介石是非常危险的，就是说一旦这“孤注一掷”归于失败，他所集中的优势力量被我消灭，那么他在军事上就永远不能翻身了，而我们就可以展开全面反攻。陈诚已来华东亲自指挥，他集中了50多个团的兵力在第一线上，前锋已越过红花埠，但后方非常空虚，很多城市没有驻兵，这从军事上说是一种非常冒险的行动。假使一旦前面垮下来，后方又为我控制，他将无巢可归，又要造成全军覆没。我们在临沂一线也集中了50多个团，历史上空前规模的残酷的百团会战明天就要打响，这次我们计划消灭敌人10—15个整旅。为了便于消灭敌人有生力量，必要时还要放弃郯城甚至临沂（军事秘密不要外传），会战时间预计要一个月至一个半月，这就是翻山顶的大战争。这战争的胜负，关系全国今后的局面至大，是只许胜利，不许失败的战争。而我们是完全有胜利把握的。你在二月中好好看报，等着这次大会战的好消息吧！

华野、山野现合并成华东野战军总部，粟裕任副司令。这次召开的营以上干部会议上给我们传达了中央的指示，以及毛主席对野战军的希望。现在野战军装备已大大提高，新成立了很多重炮兵团，还正在成立“特种兵纵队”，完全用吉普车、坦克车装备起来的近代化部队，将来大反攻时将要大显威风的，这真是要感谢蒋介石的“赐予”。

这次召开的营以上干部会议，是一个非常隆重盛大的会，宰杀的牛猪羊鸡整整堆满了一大间屋子，还有国民党“赠送”的饼干香烟。吉普车不断地送与会者来到会场，入晚时，会场门口数十辆汽车灯光齐明，照耀如白昼。会场内布置了近千帧自卫战争放大照片，有汽油灯、电灯，灯烛辉煌，饶政委、陈军长都做了报告。会后大家对时局异常乐观，要抱着自我牺牲，不怕疲劳的决心完成这一次大会战，消灭敌人 10 —15 个旅的伟大任务，会议至深夜始散。但会场上除情绪激昂外，还有一件事表现得与以前任何时候不同，就是咳嗽之声非常普遍而“响亮”，常常打扰人们的听觉，自始至终未间断过，这显然是前方将士因日夜奔波而健康减弱的现象。为了争取自卫战胜利、中国革命新形势的到来，不知多少共产党员在前方献出自己的生命和健康，实在太令人感动了，这完全是一种共产主义事业者真品质的表现。

你愉快健康地度过了这个新年，我很高兴。除夕、初一、初二这三天，我又在行军，没有肉吃，吃了些西北风及冷蒸饼，初一雪花翻飞，我们从早饭后走到天黑透时方才休息下来。这样告诉你，希望你不必替我担心身体健康问题，这正是你所说的是一个共产主义者痴心于事业的品质。你应该替我高兴，能参加这个“翻山顶”的斗争。为了打垮反动派，吃些辛苦，实在是一件太不值得计较的事。对我个人来说，这是我一生中一个最不平凡的新年。以往几个吃得很好的年头，我差不多快要忘记了，而这个艰苦的新年必将永远留在自己的记忆里，因为虽然苦些，内心却是无比兴奋的。

在 12 月初临别时以及你信上几次三番提醒我注意的一些事情，我是不会疏忽的。这一时期，肉体上虽是太疲劳，但很健康。在前方活动，由于战争规模越来越大，一次战斗，双方阵地上落下的炮弹至少数百发，数百挺机枪对射，再加飞机轰炸，确是很危险的。但请你放心，这几个月中我也有了些战场经验，会适当照顾自己不致出意外。假使今后可能离你远些，一时收不到我信，你不要替我担忧。昨晚十时，唐主任叫我们去开会，传达这次战役的组织以及两个野战军指挥部合并的事。我已带上了你的手套口罩，由于你的聪明，做得非常合适，我感到无限的幸福和温暖。萍，衷心地感谢你。

你打算回华中去，目前是不可能的。一年之内，你在实验所工作也很好，利用时间多充实自己，以备将来致力于和平建设事业。我明后天就可能立即回到部队里去，不参加会战将是我非常遗憾的。最近一个月中，我写了一些电讯，但行动频繁，精神疲乏，大文章“杰作”之类是无法写出来的，任何记者都如此。假使每个记者能备匹马，就可能写出好东西来了，但这仅是一个理想。

这次战役胜利后就可能转入反攻了，那时很可能收复很多城市，我可能走得很远，我俩的联系，主要应该由我来负全责。我会常写信给你的，即使是短短几句，自卫战争结束后，调在一起是不成问题的。这就是我们前途的远景，让我们努力争取它。

今后战线可能稍向北移，你们在十字路一带，一定能听到炮声以及碰到很多部队，不要惊慌，应该多和省府，尤其是当地政府联系。不要大意，更要注意防空，无事少上集，免得遭到轰炸。到一地方后，第一件事是要了解庄上情形，哪些老百姓有问题、哪些是坏地主，要注意防特。我们有一个记者去卫生部采访，睡到半夜被一个“疯子”进来三刀就把头割了下来，真是飞来横祸。所以防空防特的确还得提醒你注意，因为你在这方面没有经验。

前说寄你的钱及粮票我打算亲自到邮局寄给你。我的钱很多，出发时还发出发费。这里老百姓很苦，有钱买不到东西，与其跌价，不如寄给你好。你不要再啰嗦，更不要寄还，来信也不必多提，说收到就行，免得被人知道又要开玩笑，说我俩“送来送去”，羡慕太“体贴”了。另，鱼肝油（一位营长送我的胜利品）60 粒也将寄上。这样，你在营养上可以有调剂了。

你寄了手套、口罩、日记本后，他们非常羡慕我有了一位这样好的爱人。戴邦说要写信去教训方岚为什么不寄日记本来，要她向王萍学习（开玩笑时说）。沈定一对我说，王萍的确不错。我给他看了你的信。他说，你文字很聪明、很会写。你心中对我的热诚的爱和关心，的确是他羡慕的。你假使要送手帕给我，隔一些时候再给寄来，因为一时寄得太多，会使他们羡慕得不安起来。因为他们年纪比我大，谁不想有一个爱自己的爱人呢?

我写的那篇报道，主力与敌后军民欢欣会合的电讯受到延安总新（新华社总社）来专电表扬，说很使人感动。

反卖国独裁、反帝国主义侵略的革命高潮已经在解放区爆发半年了。随着自卫战争的胜利，全国范围内（包括蒋管区）的新的民主革命高潮明年就将出现。那时将是人民解放军的反攻和蒋管区人民运动声势浩大地结合起来、最后摧垮蒋介石反动派的时候。萍，愿我们忍着艰苦，忍着我俩暂时地远离，迎接黎明的到来吧！紧握手！并祝你健康、愉快！

你的峰，二月二日下午于飞机轰炸声中

关于时局问题，再作如下补述，供你讨论时事时参考：

中央指出，在解放军至今为止，歼灭敌人 54 个旅之后，军事形势正转变。敌方处处挨打被动，只能集中兵力于一点冒险进攻，其他地区只能放弃很多城市。如果这一攻势被击垮，那全国范围内将不再出现蒋之进攻，而是我军的反攻了。中央要求再消灭蒋军 50 个旅，局面将有彻底改观，我们就可全面反攻。中央又指出，黎明即将到了。这所说“黎明”不是用半年或一年的时间来表示的，而是指在达到消灭敌人 80 个旅时，就是“黎明”到来了。而在消灭敌人达到 100 个旅时，就是光天化日了。

（二）

1948年7月4日

萍：

自年初南下后，我们转战数千里，一直处于无后方作战的状况下，半年以来行动频繁，邮路中断，无法给你寄信。你为我的远念焦虑，在我预料中的。这半年以来，我们间或有三五天的小休息外，几乎还没有歇过脚。虽很辛苦，但身体健康，精神畅快，工作顺利，这是唯一可以告慰于你的。

首先把我半年来所经过的地区告诉你：年初我们攻克陇海路商封车站以后，即开始逐步南下作战，经过睢县、商丘、柘城、淮阳、太和以后又到涡阳，在回太和路过沙河后至沈丘，至新蔡。又向西参加平汉战役，穿过确山、驻马店一线至平汉路以西地区作战。到泌阳县北后，又向西到唐河县以北一带，进入桐柏山地区，穿行于崇山峻岭之小片平原中。以后又配合刘邓、陈谢两支大军参加宛（南阳）西作战，到了镇平、邓县之间的地区。战役结束后，又向南渡过好几条河，到了湖北省边界，打下老河口、光华等地没有几天，由于敌人集中优势兵力增援，我们为分散敌人，便向西北走，经过内乡城，沿到西安去的公路经赤眉县集到了西峡口，进入豫陕鄂的伏牛山地区了，除公路平坦外，两旁尽是崇山峻岭。此时敌人已被分散，我们不顾疲劳，又连夜自原来公路，回内乡至镇平，至南阳东之赊旗镇以南地区，消灭了张轸兵团所属之58师师部、183旅旅部及其所属之两个团。战役结束，又向东北经方城至叶县、武阳之间休整了五天。为配合开封战役，又奉令向东南越过平汉路至上蔡城以北，阻击向北增援的蒋匪18军，完成任务后又向北至鄢陵城北地区，休息一天后又向东北参加杞睢地区战役（全歼蒋匪75师、新21旅、72师、快纵、交总及25师等部），阻击蒋匪主力五军，保证兄弟兵团全歼区寿年兵团。写这信时，战役尚未结束，我们正在前线区域内，敌人五个头的飞行堡垒在头上轰响着，因有人上鲁西南去，所以赶着写这封信，带到鲁西南去寄，可以使你收得更快一些。近几个月来中原三大解放区，都有了我们（纵队）的足迹（豫皖苏、豫陕鄂、鄂豫皖）。经常与刘邓部队、陈谢部队在一条公路上行军。战役结束后我们将回鲁西南有较长时间的休整，那时只要知道了你现在的工作岗位，一定多写几封信详细告诉你。

半年以来的生活好起来比地主还阔，苦起来也是空前的，真所谓此一时彼一时也。打开镇平以北的侯集时，我们论斤地发到蜂蜜吃，还发到清鱼肝油保健，打开老河口后发到了细布的军衫军裤和美制日用品。但苦的一面也不少，首先今年的单军装到现在还无法领到，生活是可以拿“爬山过水，风吹雨打，受凉挨饿，日晒雨淋”概括。除万里长征的雪山草地及那时的困难条件外，其他一切都尝到了。现在只是告诉远在后方的你知道，其实我们在吃苦时，是没有感觉到苦什么的，很平淡很愉快，因为大家都经过战争的锻炼了，而且谁不知道革命是艰苦的呢？而且还懂得共产党员要吃苦在先。所以大家只觉得在胜利在前进，苦的感觉是很少的。

希望你全心全意投入工作中，努力学习党的政策，迎接全国的胜利局面，把意志锻炼得坚强些，把我的远离看得极平淡极小的事情，将来的一切，总会照着我们的希望实现。

南下以来未接到你的信，大概都积压在鲁西南邮局中了，这次到鲁西南后一定可以看到。你接此信后，请连夜赶写回信，先写简单些，告诉你的地点就行了。同时这一时期可多写些信来，最近写信可这样写：“寄冀鲁豫鲁西地区转交华东野战军第10纵队政治部新华社沈如峰。”个把月后就这样写：“中原前线转交华东野战军第10纵队政治部新华社，烦交沈如峰收。”

你入夏以来身体如何，请详告，念甚！

这封信只能写到这里了，再谈。急等你的回信！健康！

峰七月四日下午于杞睢前线

王萍写给沈如峰的信

（一）

1947 年 2 月 3 日

峰：

你元月十七日在峄县发的两信，都于十字路温水泉实业厅转来。

我已于二月一号离开大店指导所，来到试验所参加工作了。薛厅长对我们这样决定：在未回华中（局）之前，暂时算山东干部，等华中局面好转，可放我们回华中。我们工作分为二部分：一是技术部，下又分森林、作物、园艺、病虫害等专门组；一是推广部，我和王俟都做技术工作，所内人才要比华中建设厅多一些，但由于初成立，也还是个空架子。联总听说有一部分物资给我们，什么拖拉机、活动房子，还有种子、药品、肥田粉之类，在这种情势下也不知道什么时候来到，我们自己已找好几十亩地作试验农场。反正我对于农业知识太不够，真正的技术本领，又要说学习了。当然以后我要纠正以前对于政治文化忽视的错误，完全接受你常常对我学习上提的意见。到试验所仅两天，正式工作还未开始，然有一定的生活制度。白天防空到山沟里躲避飞机的轰炸和扫射，晚上集体研究讨论文件。这两天晚上，我们已讨论了生产节约和机关立功文件，因此生活比在大店指导所时要正规化些。

近来鲁南战争情形怎样？我慎重地叮嘱你，要特别小心。

又及，你是否已回军部？一月二十一号我接到戴邦的来信，他还告诉我你仍在1纵队，最残酷的战斗将要开始了。前天二月一号，我和王俟到街上去，当我们刚走出街东半里地，坐在松林中预备歇一歇，西边街上转来一架大飞机，在我们头上低飞盘旋，扫了不少机枪，掷了五六枚炸弹，街上房屋被炸掉几座，死五六个人，伤不明。制皮厂房子被炸平，经理受重伤，会计被炸死。我和王俟急忙躲进一堆秫柴堆，王俟的眼镜在太阳光下反光，给敌人发现了目标，侧着翅膀围着我们的草堆乱扫射。我们两人扭成一团，只觉得周围的土受了机枪子弹的猛烈扫射而在震动了。飞机扫射了一阵，向西飞去，我们赶紧出来，躲入另一草堆。还不及躲好，飞机又转回来了，比刚才飞得更低、更凶，围着那草堆扫射得更猛。我们看着它来回毫无人性的毒辣地猛射，心想要是我们俩没有出来，那一定完了。过后又见老百姓拾来的大拇指粗、半只筷长的子弹壳，假使碰到不死也残废了。那天下午又来轰射，约一小时光景才去。昨天我和王俟两人就躲在东面山沟里，天虽冷，风虽大，也只得躲在那里。当飞机从我们头上飞过往西北，估计在大店一带，传来连续的炸弹爆炸声时，想起又有不少同志和老百姓被他炸死，又有许多房子被他轰平，内心勾起一阵阵愤怒的憎恨。今天在写这封信的时候，我已经放了几次笔，到外面去躲飞机。你知道了是不是会替我们担心着急？假使你要替我担心着急，你就应当知道我对你整天在最前线枪林弹雨中的担心着急了。像你信上所说你离火线常常只有里把路，子弹炮弹常在你头上飞过，或者在你脚旁爆炸。子弹是不长眼睛、不懂理、不会怜惜你宝贵的生命的，你就可以想象的出我对你的焦念忧虑了。

你的来信都已收到。就是你上一次说起，托小吴寄的券票和钱没有收到。如没有寄出，不要寄了，我在后方有办法，今年全年都可以结线生产。我自己订出这半年的生产计划，结50双袜子，因此零用钱是自己可以有办法的。你在前方生活艰苦，钱留着买些鸡蛋，行军吃饼时吃吃吧。这时候，你多照顾些自己吧，我不需要你帮忙。我早说过，等自卫战胜利，你从前方回来后，再帮助我吧。目前只要你在前线平安健康，常常告诉些你的情况给我，就是我最大的安慰了。以后你的来信可直接寄实业厅试验所（十字路东三里温水泉）交我亲收，以后不要叫实业厅转了。因为实业厅事情多，又在搬场，你的信也多，有时常常两封同一日发的，又用了很特殊的美国信封，还有书报刊物等，因为目前战争频繁，我又是新到一个工作岗位，如前线来信太多，有时收到你同日发出的两封来信，这样也许会给人觉得，我们战争观念不强，甚至让邮局或转信的人感觉麻烦。因此希望你以后每封来信尽可能写得详细一些，而不要同一天发几封寥寥几句的短信。这一点我们应该注意，你觉得对吗？

近来我的身体尚好，因为前方战争频繁，我们的财政经济发生困难，尤其粮食给养，因此近来后方机关都实行生产节约，大家都吃小米子饭。因此，我的保健问题最近没有提出，也吃小米子饭。然我们以后可能有些技术津贴，加上自己织绒线生产，对自己的营养是有些办法的，你不用在遥远的前方为我着急。而你缺少些什么东西需要我替你帮忙做的，来信告诉我，能够办得到的一定给你做了寄去。支援前方同志，也是我们后方人员应该的事。

我的情绪还好，对于农业工作不像过去那样，对它抱着幻想、发生抽象的兴趣。我对于是否适合以农业作为我的终身工作，还没有完全断定，有些矛盾在里面。正如你是否已将新闻作为终身工作没有完全断定一样。不过，这一时期既然决定在实验所试验农业工作，那既做之，则安之，好好地努力工作。等自卫战争胜利结束，我们一起再来决定我们的终身工作吧，你觉得如何？

你的通讯我在报上看到两篇，一篇是《主力军与蒋管区游击队会合，欢欣亲如家人》，第二篇是介绍一个小战报。我个人感觉，你后一篇的文笔比前一篇的要老练一些，今后要多写通讯。除了文笔，应该注意老练生动，在内容上也应该注意报道富于政治教育意义，不应纯粹为了新闻而新闻，为了报道而报道。这你又觉得可对？

又得到一个同学的弟弟的消息，就是孟琴的弟弟，于前年八月日本投降时死于空袭，这真是一件很痛心的事。那小孩是很好的一个青年，而他的母亲和祖母，就只有他这么一个男孩，如她们知道了，将不知伤心到如何地步。

手冻得很僵，又常常要跑躲飞机，匆匆地胡乱地写下来，恐怕白字错字写很多，望见谅。末了，望你健康、平安，并祝你精神愉快！

萍二月三日上午

（二）

1947年3月23日

峰：

今天收到你三月十二号的信。

因为你身在烽火猛烈的前线战场上，我对于你的安全与健康确实是深深担心的，尤其在每次剧烈大战斗之后。因此，在给你的信上，对你的提醒和叮嘱，往往占了很多的部分，而把我的状况少写了，也引起了你对我的牵挂和不放心，这是该向你抱歉的事。

今天向你汇报一下我的状况吧！

自从二月一号我和王俟两人调至实验所工作以来，就在实验场量地，划区做实验准备工作。后因鲁南会战将开始，全所人员，即分至附近各庄，帮助支前与生产结合工作。滨海专署希望我们在十字路一带搞试验，因这里群众基础较新解放之莒县好，那里常有飞机轰炸，不安全，因此实验所把我们又调回十字路来。我决定在技术部工作，我对于一切农作物的种植技术都是知道得不够的，各方面都应该学习。王俟搞园艺，我准备向她学习种番茄和其他蔬菜的知识。

这里的技术同志们，北平农学院来得很多，也有日本留学生，也有从延安农业学校和南泥湾来的同志，我们相处得还不坏，女同志只我和王俟两个，我的年龄最小，在农业技术和经验上，他们都比我高明，我应该好好向他们学习，将来和平建设时期是用得着的。

近来我对时事的关心比以往好，我除了每日读《大众日报》外，还找了些时事参考书，学到不少新东西。每次集体学习讨论时事时，我的发言比过去也多了，因为自己知道的比过去充实丰富，理解问题、分析问题也就较容易，发言的胆子也大了。同志们对我有这样的感觉：人虽不大，在政治认识上并不幼稚。我自己也准备通过自卫战争，更进一步地来认识革命，改造以往自己思想上的毛病，需要你经常给我鼓励和帮助。

我们的生活，现在是吃小米子，还算好吃，因此我也不去提一定要吃保健饭。饿的时候就和王俟一起将你送我们的卷票，去换锅饼和盐花生吃。近来我们又领到一些毛线，每天织一双袜子，能生产 50 元，还可以去买些鸡蛋，调剂营养。因此生活没有什么大困难，你不必为我担心。你要给我寄鱼肝油来，千万不要寄来了，一则现在的邮寄很不方便，人的移动性很大；二则你的需要比我更甚，因为你在前方比我辛苦得多，自己又没法生产，在营养上是比我更需要的。

现在后方机关的立功运动都纷纷开展了，我们机关的生产节约、献金献粮也已实行，我将去年冬天没有烤完的 100 斤烤火草和结余的十餐粮票，于上月初献出了，又节约了一双鞋子。去冬的棉大衣，因为迟迟不来，我就干脆节约不要，穿旧大衣过冬。幸亏一冬来不大出门，在家有火烤，虽然北方的天气比南方冷得多，我的衣服又穿得比以往任何一年为少，也过去了。今年的一切日用品都得自给，因此我订了这三个月生产 3000 元的计划，如每天能织一双袜子生产 50 元，这个计划就能够完成，我将能立到几个小功。后方的工作主要是土改、生产与支前相结合，由于村庄中的青壮年大部已出发支前，后方的工作和生产就动员了妇女和老年来完成，涌现出了很多能干的积极的妇女英雄们。现在十字路一带尚算安定，没有见到队伍，只是常有几架飞机来侦察，有时扫射轰炸。将来鲁南大会战的时候，这一带可能波动，当然我会自己注意，你不必太挂念。

愉快的春天又来到了人间。回忆去年我们一起在泗州城、前年一起在马庄度过的春天，都是很愉快的。由于伟大的爱国自卫战争需要我们，我们不能在一起度过今年的春天，但当你嗅到暖洋洋的春之气息的时候，你应该知道，我还是像去年和前年一样地爱着你。不过因为自卫战争的需要，我们不能在一起，不能在你的身边。当我们各人都有所进展，翻天覆地的胜利和平来的时候，我们再团聚在一起时的愉快将会比以往任何愉快的春天更有意义的。

你说在前线由于过度的紧张和辛苦，连洗澡理发的时间都没有，你已弄得满面泥灰，肮脏狼狈。我并不会就此讨厌你的，相反会更敬爱你，因为这正是一个共产主义者痴心于事业的表现。不过在休息的时候或在可能条件下，希望你还应注意自己的卫生，因为不卫生容易遭疾病侵袭的。

以后更大规模、更残酷的战争还将接踵而来，因此我对你还是不能放下心来，在这里还要向你再啰嗦叮嘱几句，要随时机警、小心，不要太冒险。以后战争时期还长着，不要拖得累出病来。在有时间和可能情形下，常给我信是很需要的，因为在大战后长期接不到你的来信对你的焦念你也应该知道的。

你的日记本如快用完，请先来信告知，好替你准备。你记完的日记本，应该设法妥当寄来我保管，以免遗失。以后来信仍寄此处，如非情况过急，我们不会搬移。

纸满了，希望这信能早些到你手中，在你们休整的时期能看到。搁笔了，祝你平安胜利。

萍于温水泉三月二十三日